U0565586

狂蝶

一夫 著

上海三联书店

每人心中都有狂蝶

如果有哪本书催稿让我心态近于崩溃，就是它了。六年来，我几乎每天盯着作者，从一个月、半个月交一次稿，变为每周交稿，从一章一章交稿，变为一节一节交稿。好几次我以为他写不出来了，或是害了巴托比症候，不愿写出来。但在我心里，我比谁都希望他写出来，于是我像一个陀螺，被这愿望抽打得转动起来，不停地催稿。直到今年 7 月 30 日，终于拿到了整本书的定稿，窗外的骄阳似乎变得没有那么毒辣了，空气里也弥漫着香甜的味道。

这本书写作的时间远远超过六年。他大概是我见过的第一位一个字一个字抠着写小说的人。有时我与他通电话，他恼火地说，今天只得了一句话。我劝说，先放开写吧，后面终究是要删的，但他始终没有妥协。这样的坚持换来了一部结构精妙，不同寻常的小说。书中巧妙的比喻和精辟的言论俯拾皆是，许多文字在我看来可以算作中文的典范。

这部厚厚的著作分为上下两卷，上卷 10 万字，下卷近 28 万字，是一部疯狂的寓言故事。文字讲究，富有表现力。具有哈罗德·布鲁姆认为一部好小说应具有的一个品质，即陌生性，这是很难得的。作品的上卷发生在民国，一位老人以第三人称讲述了一个传奇故事：赵广陵是锦都古玩店的老板，此人精通瓷器，长相俊美，也生性风流。他手上有一件雍正珐琅彩三蝶杯，一次意外发生后，他发现杯上的一只彩蝶变成了黑色，这激起了他拥有一件绝世珍品的狂念，他为了实现这个愿望，开始了一系列的计划。下卷发生在 2000 年左右，主人公王兴以第一人称讲述了自己的故事。作者巧妙地将上下两卷写成了两种文体，两卷合在一起是个完整的故事，分开读又各是一个故事。也就是说，作者在一部小说里，写了三个故事。

这些故事读起来既像传奇，带有魔幻主义色彩，又像真实发生的事情。而生活本是魔幻的。小说中的一些人物在生活中确有原型，文中的地名也能与现实情景对应起来。作者似乎有意在真实与虚幻中游走，正如小说开头说的，这是梦中人讲述的，还是现实里一个死者的幽灵讲述的，并不清楚。

王兴是小说的主人公，他有品位，有原则，精于算计。在读下卷的时候，或许会感到文字的紧绷，有一种费心费力的故作，而这正是"我"的一种生活状态。这个人活得既自在又小心，既随性而为，又处处设防。他与不同的女人相处，却不认为是在玩弄女人。

"男人能称之为男人，是女人成全的，如同有靶子才会有枪，枪没有了靶子，就不再是枪了……唯有女人令男人成为男人。说'玩弄女人'是不确切的，不是玩弄，是迷醉。"

他有一套理论，按照自己制定的规则行事，活得还算如意，直到接连发生了两起失踪案，使他身处窘境，内心也开始了一些变化。小说的发展越来越快，最终迎来了整本书的高潮，王兴陷入了迷狂，开始反省"自己这一生到底过得怎样，我自己到底是怎样的人"。他将自己的生活，如同放电影一般在头脑里放映出来。他再次思考起与女人的关系。

"没有女人是我真正得到了的，没有什么女人是真正属于我的，她们跟我其实都不相干，我也就不会嫉恨。我心里是明白的，之所以如此，是因为我不爱任何女人。我迷醉女人，然而那不是爱。我知道爱的厉害，爱一个女人，是将心和身体，还有别的一切都给出去了，我不愿这样，想做自在的人……我明白了，我和女人在一起，只有算计和提防，只会得到享受，不会得到人。我其实从来都不是一个男人，就要去另一个世界了，却从来没有作为一个男人存在过。我一生求自在，这一生却是惨败的。"

男人和女人是小说中的一个哲学命题。作者并非女权主义者，却为女性喊出了最高调的口号："女人造就了男人"。有的人会感到不适，女人怎么就成了男人的神？但读完"我"在觉悟后的感言，会觉得这个话很真诚。

王兴在孤独的氛围中凋萎了，他的内心始终是孤独的。作者在这位主人公身上安放了现代人精神和生活的种种征象，人性的种种征象……在这个没有奇迹的世界，他一步步走向迷狂，也走向了新生。小说的最后一章读来尤为感动，王兴的迷狂是真实的，也是文学性的。

有人读《狂蝶》，可能会觉得里面有不怎么道德的成分。不道德的言行，恰恰是本书予以揭露和批判的。《狂蝶》表面上写的是男女之间的故事，实际上在探索人心的隐蔽处，并指向主题：爱。上卷讲爱的唤起，下卷讲爱的觉醒。当然，这本书可以有很多的解读，但其中最重要的主题是爱。

值得一提的是小说中的赵广陵和王兴都很懂古董，尤其是古瓷的鉴赏，下卷多处用独到的文字写到古瓷鉴赏，十分出彩。作者本人就是一个古董的藏家，在古董，尤其是古瓷的鉴赏方面下过大功夫。王兴在书中讲出古董鉴定的奥秘，道出古瓷鉴赏的玄妙，并不只是小说家的杜撰。可以说，也是作者献出了他毕生的绝学。

作者一夫，未到壮年时选择了一条最难的路走——辞去收入不菲的工作，开始了二十年如一日的写作。一开始他肯定没有想到自己会写 20 年，可这路越走越难，你我都很难想象在当下社会，一个男人在屋里坐着写了 20 年书，是一种怎样的孤寂与执着。但他又是幸运的，因为他是极少数的，能够完成自己人生理想的人——终于写出了接近他文学标准的书，消除了对死亡的恐惧，实现了文学梦。一本书是否不朽，只有时间说了算，但我们还是想看到确切的希望。他有着明确的文学主张，从三个方面评判文学：文辞、野性和敏感。在他看来，一部好小说应该是一个不死的寓言，而且这个寓言是别人没有说出来的。他认为，不死的寓言既是人普遍的生存状态，也是持久的生存状态。他告诉我，之所以写那么久，是总觉得写出的文字离自己定的标准还远。他自己的才华不够，是朝自己定的标准硬写。如果写不出来，他也认命了。他在文学面前的虔诚与谦卑深深打动了我，我想出版这本书，也想作为编辑有一次创造，将这部用心经营的小说带到更多人面前。

书稿编辑的难点在于拿捏。如今的文本在原稿基础上做了大量删减，第一稿 50 余万字，上卷删改了 5 次，下卷删改了 3 次。看见作者将抠着写的文字几千字几万字地删除，有时我感到可惜，甚至惶恐，怕自己给的意见不对，影响了作品的表现力。有时又觉得的确该删，自迷和不必要的冗长不是读者想见的。不同的文本有着不同的审美趣味，也带来不同的阅读体验。好在最后我们达成了一致，决定以现在这个文本作为定稿呈现给读者，我知道，他为此已拼尽了全力。

作者本想留下一句题记："每人心中都有狂蝶。"我建议他去掉，我说这个句式已经烂大街了，但事实上它很贴切。蝴蝶具有象征意义，每个人心中都会有某种妄念，可以将人推向极致，进到癫狂的状态。自然，就像这部小说讲的那样，癫狂并不一定是崩溃和毁灭，反倒是觉醒和重生。

很快，小说会送到读者手里，这正是它生命的开始。随之是我编辑工作的结束，我本有许多话想说，落笔时却又迷糊了，就像期盼了那么多年，真正拿到书稿时的平静一样。很荣幸成为它的第一位读者，也很感谢作者将书稿交给我。只是做了最平常工作的我，此刻却感觉像完成了使命一般，可以隐去了。

陈马东方月

2021 年 9 月 1 日

目 录

上卷

引子

　　我没有疯，疯了的人讲不出这样的故事。然而是在梦里面，还是不在人世了，我不知道。若是在梦里，这故事就是一个梦中人讲的。若是不在人世了，就是一个幽魂讲的。

　　我是锦都一个古董商，没有开古玩店，通过别的渠道进出货。我贩卖古董，也韫藏古董，最懂的是古瓷，最喜欢的是古瓷杯。我觉得古瓷杯的风姿，简直与女人无异。

　　一天，我接到望义一个小古董商的电话，说他本人手上有件东西，还有人手上也有东西，问有没有兴趣下去看一下。只为那几件东西，我并不愿意去，但过了几天，还是去了望义。先看了那小古董商的东西，然后由他带着去了另一家。其实，我听那小古董商讲了这家有什么样的东西，本不想看的，是那小古董商请求务必看一下，才到了这家。但很快看过后就离开了，换了一家看东西。

　　我从那小古董商那里得知，这家男主人是个老人，姓林，得了癌症，曾是望义一个区长，有一只青花釉里红鼻烟壶要卖。老人的家在河边一幢三层楼房的顶楼，我见他脸色带着病态，然而还比较精神，看不出是离死不远的人。老人见了我，很客气。我却觉得，他身上还保留着有权者那一份矜高，虽已是平民，还是有绝症的人，却仍是有威势的，只是那威势装模作样，还透出死气。

那鼻烟壶比我原来想象的好许多，是道光的，虽是民窑，却精美，纹饰还罕见。有原配的壶盖，尚存大半壶鼻烟。我与那老人讨价还价后，去银行柜员机取了钱，给了老人，买下了鼻烟壶就想离开了，那老人却要我看他从山上和河里等地方捡回来的石头。

这些石头除了摆在客厅里的架子上和桌子上，还有的放在饭厅和卧室等处。楼顶的花园里也放了不少。那老人带我看那些石头时，小古董商一直跟在旁边。我随老人上了楼顶花园，他也跟了上来。我明白，他是怕老人与我单独在一起，会商谈还有什么生意要做，将他撇在一边，他也就不能从中得到好处了。然而，离开楼顶花园时，那小古董商或许是放松了警觉，先进了楼道往下走。我也正弯腰要进到楼梯口，突然被身后的老人拍了两下，便收住脚步，回头来看老人。那老人随后将头凑向了我。我立刻明白他有话要说，也将头凑了过去，听到老人压低了声音说：

"你明天上午十点钟再到我这里来，我还有好东西。明天上午十点。"

我听那老人说话时，闻到声音里有浓重的口臭。我瞬间觉得那口臭如腐尸的味道，似乎老人还没有死，身子里面已开始腐烂了。

次日上午，我在十点钟到了老人家里。

老人端出一个瓦楞纸盒，上面捆了细麻绳。老人将盒子放在茶几上解了绳子，取出一个黑漆描金小方盒，再由这小方盒里取出一块绸缎包裹着的东西，打开绸缎，露出了一个白瓷杯。然后，老人将绸缎铺在茶几上，再将杯子放在绸缎上，用手指着杯子，对我说：

"你看嘛，这是真正的好东西。你是有眼力的，我不多说了，你看嘛。"

我将杯子取在手里。那杯子釉色如雪,而且好似有一层油脂,由雪一样的釉里渗出来,因此那杯子就像是在油锅里炸过,却既不会融化,也不会变色的一小把雪。在我眼里,杯子还如同才刚冷下来的年糕,因为很薄,似乎一捏就会变形。拿在手上,却坚硬结实如同玉石。然而摸着釉面,又好像是女人最为柔腻的肌肤。我觉得,那杯子有高贵女人的风姿,而且那女人虽高洁又似乎暗藏风情,使周围的一切显得十分粗俗和乏味了,又给周围的一切带来了神采和生趣。杯子通体并没有纹饰,只在底部书有"雍正御制"青花双框款。杯上只有几丝细微的软道,没有别的损伤了。我看了黑漆描金小方盒和包裹杯子的绸缎,觉得都是晚清的。

然后,我显出思考的样子。

"你觉得好不好?"老人问道。

"林区长的东西,都比较奇怪呀。"我笑着说。

"昨天,你说鼻烟壶比较奇怪,确实纹饰很少见。但是奇怪,不等于是假的,对不对?假的你也不会买。你说这件东西也比较奇怪,我还没有看出来。我看器型还是有,也有这个款。这件东西肯定是雍正的官窑器,是为皇帝专门做的,是清宫的东西,这个是肯定没有问题的。"

"林区长,这件东西,器型和款,确实是有的。但为什么感觉比较奇怪?我了解的情况:雍正官窑的瓷器,凡是用青花写'雍正御制'款的,目前见到的是彩瓷,有珐琅彩,粉彩,五彩也有——比如有一种珊瑚地的碗,上面画的牡丹纹。白瓷没有见到。如果只是白瓷,有的还有暗花,只有两种款:'大清雍正年制',或者'雍正年制'。这只杯子是'雍正御制'青花款,这样就有疑问了。"

"你觉得哪个地方有疑问？"

"我首先肯定，这不是新的，但会不会是清末，或者民国仿的？整个都是清末，或者民国仿的。还有一种可能，就是杯子原来是雍正的，但是没有款，或者是别的款，比如下面是图案，这个款是清末或者民国写上去的，或者改写的。也许还有别的可能，现在我想不出来。"

"你的意思我明白了。你是说这个杯子有问题，不是雍正的官窑。小王，你昨天买了我的鼻烟壶，我看你的眼力还是比较好，给的价钱也比较公道，所以我让你今天上午再来。这件东西，肯定是雍正的官窑器，这个我们不讨论。你要是觉得有问题，没有关系，我还是要感谢你今天按时来我家里看东西。"

我没有离开的意思，又看了杯子，对老人说：

"还有一种情况，就是这个杯子确实是雍正时候的，但不是专门制作的一件白瓷杯，是为了制作一件珐琅彩，或者粉彩、五彩瓷杯，先烧了这个杯子。这我们都知道，雍正的时候做珐琅彩、粉彩、五彩（釉上五彩），先要烧出白瓷，然后画上纹饰，再烧一次。这件杯子烧好以后，没有画上纹饰，居然保存下来了，流传下来了。如果是这样的，也是例外。这件东西就算是雍正官窑，也不能算是成品，是半成品。我刚才反复看了，很有可能是这样的。"

"你说了有两种情况，你能不能给我一个确切的说法：你认为它是雍正的官窑器，还是不是雍正的官窑器？"

"应该是雍正的官窑，这个我现在可以确定，可以明确地说。但是，它不能算是成品，只能算是半成品。我刚才说了，它的……"

"等于你还是认可它是雍正的官窑瓷器，这一点我们基本上达成了一致。但是你认为它不是成品，是半成品，这一点我是不接受的。半成品，就是还没有做完，没有最后完成，对不对？这件杯子，哪一点看出来没有完成？器型，上的釉，款，哪个地方没有完成哪？器型少了哪一部分？釉少了哪一块？款少写了哪个字，哪一笔呀？对不对？白瓷就是这样的，成型以后，写上款，浇上釉，烧出来就算是成品了，有的还有暗花，对不对？至于在白瓷上，包括在有暗花的白瓷上，再加工，再画上纹饰，做成粉彩，还有你讲的珐琅彩，那就是另一个品种。但是，作为已经烧好的白瓷，它本身是完成了的，那就是成品。怎么不是成品呢？这件白瓷杯子，要是只是因为款和雍正别的白瓷不一样，那就只能算是半成品，不是成品，这个在道理上说不过去。我倒认为，这件雍正白瓷的杯子，款和其他雍正白瓷的款不一样，它反而稀有。'物以稀为贵'，它反而更珍贵，起码比同样的雍正白瓷杯子要珍贵得多。"

其实，我已想好要买下这只杯子，但是担心老人会把价格开得太高。我知道老人对古瓷懂得并不多，然而对自己的藏品心里还是有数的，并不是可以随便糊弄的。这个人还固执，认定的事情不太可能会让步。我听了老人刚才讲的话，心里就收紧了。我想到，老人要是认定这件东西是珍稀的雍正官窑白瓷杯，开出很高的价格，要想把他的价多压一些，按我可以接受的价格成交，就很难了。

但我也想到，老人之所以固执，是因为自认为是对的。然而，他对古瓷，尤其是古瓷买卖这一行，毕竟是外行。因此，利用他不怎么懂这一点，去制服他接受自己的说法，还是可能的。而且，老人毕竟还是想卖掉这只杯子，不大可能会开出一个明知卖不掉的高价，只要给他的说法让他不觉得是受了骗，他也未必会坚持自己的想法，也就不会非要多少钱才肯卖这只杯子。不过，我已意识到，要想用便宜的价格从老人手上买到，是不可能的了。但只要老人定下的价格不是太高，即便贵一些，我也会买的。我最顾虑的是，这种人做事不一定按常理来的，有时固执起来，根本不在乎后果。而且，他们在不懂的领域，反要表现得很在行，即便知道自己不懂，也要自己说了算。他们对利益都很看重，甚至看得比他们的生命和荣誉还要重要，因此会不顾一切去争攘利益，以及捍卫已获得的利益。这种人或许在理性与智识上有缺陷，缺陷甚至很严重，然而，他们却是世上最勇蛮，最有心计，最务实的人。我一时忘记了对手是患了绝症的老人，只感到这个人难对付。但这也激发了我的斗志，只想如何将老人制服，得到这只杯子，且不必花太多的钱。

我蹙了蹙眉头，表示对老人的话并不怎么赞同，又笑了笑，表示对他还是很客气的，并对老人说：

"林区长，你这个说法，有你的道理。有两点，请你考虑：第一，'物以稀为贵'，是有前提的，大家都认为那是稀有的，那才会贵。要是因为稀有，很多人没有见过，不认可它，吃不准，别说贵了，恐怕连价格都很难起来，甚至就没有价格。这种例子是比较多的。有的东西，比如有件东西，林区长也应该听说过……"

"你不用举例子。还有一点是什么？"

"林区长刚才谈到半成品，成品这个说法，如果只从理论上谈，是没有问题的。但是林区长应该是最了解的，一涉及具体的事情，往往是不按理论来的，而是按照大家认可的规则，必须遵守的规则来做事情。你们在官场上是这样，我们做古董生意的也是这样：现实规则，力量是很强大的，什么理论在它面前都没有用，都得按它的来。这个没有办法。"

老人已将眉头皱紧了。

我接着说：

"从理论上讲，成品，就是林区长说的那样。在古玩行里面，大家还就是认为，你这个杯子本来是应该用来制作珐琅彩、粉彩、五彩——是用来制作彩瓷的，但是上面没有见到有彩绘，没有最后完成，虽然这是一件单独的白瓷，也不能算是成品，只能算半成品。这个好像没有什么道理，但是这个就是规则。林区长也知道，规则是不给你讲什么道理的，它就是要让你遵守。"

"你不用再扯这些了。我现在也不是在给你探讨什么问题，我就是在卖这个杯子。你是买家——你是干什么的都不重要——我就问你，你也反复看了这件东西，你想不想买？你不想买，我们就不用说了。你想买，我们就说价格的事情。"

"林区长想要多少钱？"我说这话时，已有些紧张了。

老人脸上突然出现了茫然的神色，舌头舔了舔嘴唇。我觉得，老人这个表情和动作，表明他对这件杯子该如何叫价，心里是并没有底的。然而，老人却用不躲闪的目光望着我，并用十分肯定的语气报了价，比我担心会报出的价要低。

我的心放松了，知道这杯子已是我的了。因为如果老人矢口要那个价，我虽不怎么情愿，也会给的。我也明白，老人不会一定要那个价才卖，是给了还价的空间的。然而，我想将价格尽量往下压，便要将想好的说辞给老人讲。

老人却不愿意听，只让我还价。于是我只好还了价。最后，双方定了一个成交价。

我去银行取了钱，回到老人家里，又很仔细看了杯子，这才将一堆百元钞票放到了老人面前。

老人病态的脸透出了光彩，仿佛这不是人世间的一堆钱，而是来自仙地的神药，让他陡然间勃然兴起了一股生气。但我想到老人得了不治之症，仍觉得他是快死的病人。

我提出给老人与杯子拍合影，老人在我答应不将照片外传后，才同意拍了。但老人却变得对我很友好了，既在态度上十分亲善，还要请我在附近河边一家餐馆，吃本地做得很好的叶儿粑。我并不情愿和一个快死的病人一起吃饭，但难以推脱，又对那家餐馆的叶儿粑有了兴趣，就与老人到了那家餐馆。

在那家餐馆后面河岸边的一块空地上，摆有几张桌子。老人带我占了一张。在我们旁边有一棵垂柳，而在我们对面的土坎边有几棵芭蕉树。河水是污脏的，但并没有臭味。我们除了要叶儿粑，还要了几个菜。我没有要店子里的酒，取出包里的酒壶，喝自带的熙酒。老人是不喝酒的。

吃了没有多久，老人突然对我说：

"现在归你这个杯子，有个很不一般的传闻，你想不想听？"

"好啊。"

"那你慢慢吃，慢慢喝，再一边听我讲。但是这个传闻你不要当真，这只是一个传说。你说这个杯子上面应该有纹饰。据说原来上面确实有纹饰，而且是很贵重的珐琅彩，不是粉彩。我再给你强调一下，小王，这只是故事，一个传闻，不可能是真实的事情。"

我其实不需要老人做这样的解释，却也不想打断他的话。

老人就接着说：

"这个杯子，本身肯定是没有问题的。我要给你讲的这个传闻，和这个杯子有没有问题，没有直接的关联。不能说杯子没有问题，这个传闻就是真实的。也不能说这个传闻不真实，杯子就有问题。这一点，我要先给你讲清楚，然后我才好给你讲这个传闻。"

老人将话停顿了片刻，开始讲述了。

第一章　赵广陵其人

一

我给你讲这个传闻，也不能说一点不真实，完全没有依据。这个传闻发生的时间，不是现在，是民国时候。传闻里面的主角实有其人，是当时锦都一个古玩店的老板，叫赵广陵，据说是宋朝赵氏皇族的后裔。赵广陵这个名字，是依照赵氏皇族的辈分来取的。我专门查过资料，赵氏皇族的辈分排列有三大支：一支是宋太祖这一支，就是赵匡胤这一支；第二支是宋太宗这一支，就是赵匡胤的弟弟赵匡义这一支；第三支是魏王这一支，就是赵匡胤另外一个弟弟赵匡美这一支。赵广陵属于魏王这一支。

这个人眼力很好，各种古董都能看，那真是弄通了，最精通的是瓷器。他开的古玩店在麻丝街（后来一直都有麻丝街，现在也应该没有变），古玩店店名叫古乐斋。当时，锦都古玩店有几十家，主要在麻丝街，还有附近几条街上。赵广陵开古玩店，不像有些人，只是为了赚钱。他自己也确实喜欢古玩，遇到自己很喜欢的东西，就留下来，不卖，所以这个人手上留下来的东西不少。

现在归你这只杯子，就是他给自己留下来，舍不得卖的。不过当时这只杯子是有纹饰的，而且是珐琅彩。画的是什么呢？只画了三只蝴蝶：一只红蝴蝶，一只黄蝴蝶，一只蓝蝴蝶。当然每一只蝴蝶不只是一种颜色，还有别的颜色。

每只蝴蝶都栩栩如生。用的珐琅彩的材质，没有一点杂质，就像是宝石一样，晶莹剔透。给人一个感觉，就像捉了三只蝴蝶，粘到白瓷杯上，再放到窑里烧，烧好后拿出来，蝴蝶在杯子上还是活的。蝴蝶经过炉火烧以后，因为蝴蝶是透明的，就像蝴蝶的魂魄也看见了，蝴蝶的魂魄也烧到杯子上了。

这三只蝴蝶，因为很雅致，又很有风情，很像是怀春的少女。这些女孩子穿了丝绸做的很华丽、很高雅的衣服。刚才我们不是说蝴蝶是透明的吗？少女是很纯真的，内心是很清澈的，没有杂质，就像珐琅彩的蝴蝶一样是透明的。

赵广陵很珍视这只杯子，不轻易给人看。他有一个很好的朋友，叫罗金，他给他看过。罗金看了以后，对赵广陵说："好像杯子里头，怎么有股邪气？"他觉得，杯子好像不是人世间的东西。从来没有见过画蝴蝶画得和蝴蝶一模一样，而且罗金看出来了，好像蝴蝶的魂魄也看得见。这就不是人能够做得到的。

罗金对赵广陵讲，这件杯子要说好，确实好，但是再好也要正常才对。他是说，杯子既然是人做的，再好，也不能超出人能力的限度，也必须像是人做出来的。要是超出了人能力的限度，就不像是人做的了，就不正常了。所以罗金觉得杯子里面有邪气，是不祥之物，劝赵广陵最好卖个好价脱手算了，谁愿意玩，让他玩，不要留在手上。赵广陵听了以后，只是笑了笑。

赵广陵这个人有个毛病，就是很风流，也可以说很下流。这个人那是长得一表人才，是个高个子。他也不缺钱，就是不结婚。他也不缺女人。他条件很好嘛，有的女人是主动对他投怀送抱，但主要是他去勾引别人，目的也不是结婚。他还不满足，有段时间还是窑子里面的常客。但是后来就不爱去了，觉得只是花钱让女人来满足自己，那些女人也只认钱，纯粹是肉体买卖，没有什么意思，还是勾引别的女人有情趣。其实是嫌嫖不够刺激，还是既要玩弄女人的肉体，又要玩弄女人的感情，才能得到最大的满足。打一个未必确切的比方，比如吃肉，光吃本味有吃本味的风味，但是，加了烹调进去的味道，吃起来应该才是在享受美味。有的人喜欢嫖，就像吃肉吃本味。有些人，这样就不满足了，既要玩弄女人的肉体，又要玩弄女人的感情，就像还是要吃烹调以后的味道。

那个时候，赵广陵惦记上了一个女人，这个女人叫郑丽曼，长得很漂亮。有一双大眼睛，瓜子脸，皮肤很白净，气质也不凡。但是，她不是一般人家的女人，是保安司令部副司令王政安的姨太太。王政安有五十多岁，郑丽曼二十出头。

郑丽曼原来是灵津一个比较大的商人的女儿，王政安看上她的时候，只有十七八岁的样子。他看上她以后，就让人去给她父亲说，让她给他做姨太太。他父亲是打死不愿意。王政安就使了个办法，让人做局，让她父亲做生意赔了一大笔钱，还欠了债。她父亲后来知道是王政安做的局，就是要逼他把女儿给他做姨太太。她父亲想到虽说是去做姨太太，其实就是去给他糟蹋，让他玩，肯定很心疼，但是也没有办法，只有同意。当然他也有条件，就是要把他亏损的钱物还给他。王政安不但答应了他的条件，还另外给了一笔钱。这样郑丽曼就做了王政安的姨太太。王政安对她一直都还是很喜欢。王政安还把郑丽曼一个哥弄去当了他的手下，后来做了保安司令部的副处长。

郑丽曼当时常去看电影。那个时候，锦都看电影主要在三个地方：商业场有一家。人民公园（以前叫小城公园）有一家。在盐市那个地方有一家，既可以看电影，也可以看戏。郑丽曼爱去商业场这个地方看电影。这个副司令王政安有时候一起去。赵广陵也去这家电影院看电影，但是，他另有一个目的：去电影院，可以见到郑丽曼。

王政安跟她一起去电影院，身边带了护卫的兵。王政安没有和她一起去，她身边也有兵跟着，一方面是保护她，王政安其实也不放心她，就还有监视她的职责。但是他对派去跟在郑丽曼身边的兵，也是不信任的，经常换。当时有个传闻，说有一次郑丽曼脚底下打滑，眼看就要摔倒，一个跟在她身边的兵去扶她，手接触到了她的胸部。是不是故意的，忍不住，趁这个机会占她的便宜，这都不好说。王政安也不管是不是故意的，反正你手摸了你不该摸的，就惩罚这个士兵。你不是喜欢摸胸吗？就把母猪……乳房放在油锅里炸，捞出来放在这个士兵手上，这样反复烫，往上面浇油，把这个士兵的手就烫烂烫熟了，手就完全废了。这个事情是秘密做的，他又故意泄露出来，让人知道这件事情。那谁敢去调戏，或者勾引他的女人，除非是不要命了。就是想起震慑的作用。这件事是不是真实的，不好说。但是也说明，这个人能当上副司令，不是简单的人，不是只知道用武力，也知道利用舆论。——顺便讲个观点：枪杆子是征服身体，嘴皮子是收拾人心。既要靠枪杆子，又要靠嘴皮子，才能成大事。目的是冲着三个东西去：一是印把子，就是要"我说了算"。二是金条子，就是要拥有财富和支配财富。三是享乐子，就是要享受让自己开心的东西。理论上再有道理，话说得再好，大体上不会出这个范围。——所以这个人还是有手段，要说有多高明，那也未必。

王政安当然知道，郑丽曼来到外面，男人会看她，甚至专门到她经常出现的电影院去看她。但是，王政安还是要让她每次出来，都要精心化妆，浓妆艳抹，穿戴很体面，就是要让别人看他这个姨太太有多漂亮，风采有多好。他心里面其实是有满足感的，这说明我的这个女人的确相貌风姿都是很出众的，看可以，甚至晚上想她也可以，但是只有我有这个艳福。不过，他和郑丽曼在一起，有人要是盯着她看，就是不把他放在眼里了，他肯定是不高兴的。要是当面给他讲心里面想郑丽曼，你要是权势不如他，或者有后台，后台的权势没有他大，他恐怕是不会放过你的。

赵广陵去电影院，见到王政安和郑丽曼一起来的，看她当然就小心。赵广陵有时候难免和郑丽曼照面。郑丽曼不管身边王政安在不在，虽然赵广陵长得很好，但是见到他，显得很矜持，甚至很傲慢，似乎不在意他，看他的目光总是冷淡。赵广陵因为自己长得很好，知道自己还是很讨女人喜欢的，觉得她的目光虽然冷淡，其实是在有意看他。赵广陵在心里想，如果她不是王政安的姨太太，他只要去勾引她，迟早会把她弄到手。他心里当然也清楚，只要郑丽曼是王政安的女人，他要得到她是不可能的。赵广陵毕竟只是古玩店的老板，就算她主动去勾引他，他也未必敢去接近她，一旦要是被这个副司令知道，他这个命恐怕就保不住了。

但是，王政安有一次到下面一个地方视察，突然死了。对外公布的是殉职。下面的传闻，是王政安晚上上厕所，有人趁这个机会行刺他，用刀把他捅死了，而且把他作为男人这个地方全部挑出来，把肚皮划开，相当于开膛破肚，下手非常狠，做得也很绝。这个时候发现，他虽然有好几个姨太太，其实作为男人这个地方受过伤，是不健全的，缺一个零件，也不够正常的尺寸。民间对这件事有各种说法。有一种说法，说是报仇：王政安另外一个姨太太，和一个人有了私情，还有了身孕。但是王政安是不健全的，尺寸也不正常，可能还是有那个功能，也可能没有。生育能力是肯定没有的。这个事情就暴露了。王政安把这个女的吊起来打，还让其他的姨太太来观看。这个女的下面流血不止，死了。那个男的，知道那个女的怀孕后，知道王政安不会放过他，躲起来了。王政安还是派人找到他，用刀把他杀了，把他作为男人这个地方都挑出来，把肚子划开，下手也是很狠的，做得也很绝。这个男的有个哥，发誓要给弟弟报仇，花钱请了有功夫的人，趁王政安下去视察的机会，用王政安杀他弟弟的方式把他杀了。还有一个说法，说王政安和保安司令部的司令关系很不好，这个司令找了这个机会派人把他除掉了，故意做成是和他的姨太太私通那个人的哥哥报复的假象。还有的说，是遭到官场其他人的暗算，和其他仇家的报复。

赵广陵听说王政安死了以后，心里很高兴，他觉得现在有机会可以去勾引郑丽曼了。但是，他去商业场这家电影院想见到郑丽曼，郑丽曼没有再出现。去另外的电影院，也没有见到有郑丽曼。

第二章　梦幻成真

一

过了好几个月，有一天下午一个时间，赵广陵在他的古玩店，躺在一把摇椅上，睡着了，梦到他在赏玩画了三只蝴蝶的雍正珐琅彩杯子。其中的一只，突然从杯子上飞到了空中，飞跑了。赵广陵想把它抓住，放回杯子上去，不然杯子上面缺少了一只蝴蝶。

赵广陵就去追赶这只蝴蝶，见到它飞进了一户人家，跟着进去了，到了客厅，见到了郑丽曼。郑丽曼全身没有穿衣服，都看得清楚。皮肤很细白，像白玉，很耀眼，发出白光。赵广陵恨不得马上上去抱住她，占有她。但是想到人家是副司令王政安的姨太太，要是王政安事后知道了，或者王政安突然回来看到，自己命肯定没有了，下场肯定比和他另一个姨太太偷情那个人还要惨。虽然想，但是不敢，只是看着她。

郑丽曼好像是在专门等他，向他示意，让他跟她走。赵广陵想，她是要带她去她的寝室。他想到后果，心里面还是害怕，但是姿色这么出众一个女人，想得到她，想了很久，马上就可以得到她了，为她死了也值了。她又一丝不挂，还主动示意，让他跟她去做那个事情，他心里面想不去，自己也不会听从。虽然害怕，还是情不自禁想跟她去……

实际上，这是他做了一个春梦。春梦做到这个地方，从店子外面进来了一个中年人，把他这个梦打断了。赵广陵还有点失落。对于赵广陵来讲，这当然是一个美梦，而且这个美梦和他一直念念不忘的郑丽曼有关，马上就要得到她了。突然把他这个梦打断了，又不可能刻意再做同样的梦，或者能够把这个梦补上，他当然有失落感。

这个中年人不是来买古董的，他跟赵广陵讲，他主人家有些字画古玩要转让。跟他大概讲了有哪些东西。赵广陵听了以后，愿意去看，和中年人到了那户人家。这户人家在城的西边小城那个位置，以前是满城的地界，离街道不远，也很安静，是比较大的宅院。房子周围有些树，其中有上一二百年的银杏树，枫树。

那个中年人把赵广陵带到客厅，拿出了十来件字画古玩给他看。赵广陵看的时候，突然闻到一股香气，一抬头，看见了郑丽曼。因为刚才梦到了郑丽曼，赵广陵第一时间还犯疑惑，是不是还在梦里？又是在梦里见到了她？当然很快他就明白过来了，这不是做梦，这是在现实里面，是真实的。赵广陵心里面很吃惊，一方面刚梦到她，很快就见到她了，另一方面，完全没有想到在这个地方突然见到她。心里面也很激动。

郑丽曼跟以前不完全一样，不像以前浓妆艳抹，简单化了妆，穿戴还是体面。因为本身五官长得好，尤其有一双大眼睛，皮肤又很白嫩，加上气质不一般，还是很有风采。她看赵广陵，表面上目光还是冷淡，还是显得傲慢，还是一副大官太太的作派。问赵广陵："先生应该晓得我是哪个吧?"赵广陵回答:"我晓得,太太。"
郑丽曼就给他讲:"我姓郑,请你叫我郑小姐。"赵广陵马上改口叫
了她一声:"郑小姐。"郑丽曼又对赵广陵讲:"这些东西,我不是
想都卖的。看得上的话,你先挑三件五件。挑好你作个价,不要亏
我就行了,也要保证你有钱赚。"她说完,就离开了。

　　赵广陵挑好了东西,报了价。他虽然对郑丽曼有意思,想讨她
的喜欢,但是没有故意把价报高。就算再喜欢她,他也不可能报很
高的价,出手的时候自己还要赔钱。他也没有报价太低。那个中年
人做不了主,把他给的价给郑丽曼报了,然后回来把郑丽曼回的价
又给赵广陵报了,其实只是在赵广陵报出的价上,加了不多一点
钱。赵广陵当然同意了。

　　过了一段时间,那个中年人又来叫他到郑丽曼的宅院挑选字画
古玩。他进到庭院,见到郑丽曼站在屋檐下面,看院子里的石榴
花。郑丽曼也像用余光在瞟他,但是装着只顾在看石榴花。赵广陵
还是到了客厅挑选东西,有的是他上次挑剩的,有的他没有见过。
那个中年人给他讲,郑丽曼还是只让他挑选三五件。赵广陵选好以
后,双方照原来的方式成交。赵广陵拿上东西,朝外面走。郑丽曼
还在庭院里面,好像因为听见了赵广陵的脚步声,朝他这边看,目
光和赵广陵的目光很自然对上了。这个时候,她脸上略微带起了一
点笑,朝赵广陵点了点头,看上去还是很高傲。赵广陵觉得应该跟
她打招呼,也想跟她说话,那么就笑着对郑丽曼说:"郑小姐,你
的石榴花开得好。""赵掌柜也喜欢石榴花?"郑丽曼这样回了他一
句。赵广陵说:"石榴花还是有自己的味道,好看。"郑丽曼没有再
接话了。赵广陵没有再多说,从大门出去了。

　　从那以后,那个中年人没有再来叫他了。赵广陵到了郑丽曼的

宅院外面，等到了那个中年人，问他郑丽曼的古玩字画是不是不想卖了。那个中年人回答，还卖不卖，他也不知道。赵广陵问他，这段时间郑小姐是不是都很好？那个中年人只是笑了笑，没有回答。赵广陵给了他一些钱，请他问一下郑丽曼古玩字画还卖不卖，问了以后给他一个回信。过了些时候，那个中年人也没有来见他。赵广陵又去郑丽曼的宅院外面，等到了那个中年人。那个中年人给赵广陵讲，他问了郑丽曼，郑丽曼没有说不卖了，也没有说还要卖。赵广陵又给了那个中年人一点钱，请他再去问郑丽曼还卖不卖古玩字画，然后离开了。这次，那个人还是没有给他回信。赵广陵只好又去郑丽曼的宅院外面，等到那个中年人。那个中年人说他还没有机会问，问了以后再给他回信。

本来，赵广陵以为他还要往这边跑，再来找那个中年人，但是没过几天，那个中年人自己来叫他了。赵广陵再次去了郑丽曼的宅院，还是在客厅里挑选东西。但是他挑选好东西以后，那个中年人让他去和郑丽曼当面谈价，带他去了后面一个天井旁边一间屋子里面，见到了郑丽曼。

郑丽曼坐在一张西式红木沙发上，正在听留声机播放的歌曲。她请赵广陵坐到对面的沙发上，又叫给他沏杯茶来。

两个人都没有马上提到价钱的事情，谈别的话题。郑丽曼还是显得矜持，但是看他的眼神，有时候还是掩饰不住对他那种爱慕的意思。赵广陵当然能够感觉得到。对于赵广陵，恨不得马上可以占有她的身体。这个时候他就很想去挑逗她，去接近她的身体。但是，只是有这个念头，没有敢这样做。后来有个女佣人把郑丽曼叫出来，两个人说了几句。然后，郑丽曼回到了屋子里面。赵广陵知道已经是吃晚饭的时间，买了挑选好的东西，就离开了。

　　赵广陵再来的时候，带了买的唱片，送给郑丽曼。他是晚饭后来的，因为那个中年人这次去叫他来的时候，让他晚饭后来。唱片是他让那个中年人转交给郑丽曼的。然后，郑丽曼让那个中年人又把赵广陵请到了他昨天和她一起听唱片、聊天的屋子，又一起听唱片，聊天。聊天当中，郑丽曼问他："你爱不爱跳舞？你跳得应该还可以吧？"当时锦都是有舞厅的，只是很少。有条件的人家也举办舞会。赵广陵就说："很少跳，跳得不好。"郑丽曼问他："你现在想不想跳？"赵广陵问她："在你这儿跳啊？"郑丽曼又问了一句："你想不想跳嘛？"她的意思是明确的，就是在她听唱片这间屋子跳舞。赵广陵就算不会跳舞，这个时候也要她带他跳舞，可以借跳舞接触到她的身体。

　　赵广陵是会跳的，就和她跳舞。但是赵广陵心思主要不在跳舞上面，在郑丽曼身体上面，逐渐靠她越来越近了，后来和她抱在了一起。赵广陵要吻她，她也没有拒绝。赵广陵邪念就起来了，手就管不住了，身体跳舞也不像跳舞。郑丽曼开始也没有阻止，后面就不愿意了，一下把赵广陵推开了，对赵广陵说："你这个人，你怎么这样！"

　　要是别的女人这样对他讲，他可能不会当回事。但是，赵广陵听到她这样讲，觉得像突然被她扇了一耳光，很难堪。要不是郑丽曼，是别的女人，赵广陵可能会再把她抱住，强行对她做出更过分的动作。赵广陵对女人是很了解的，知道有的女人喜欢装正经，表面上拒绝，其实心里面还想男人对她放开，对她硬来，她反而会接受了。赵广陵本来也确实想对郑丽曼这样做，但是她刚才虽然在他怀里很温柔，知道她是很喜欢他的，对她还是有些畏惧，不敢放肆。这个时候他其实还担心，郑丽曼要叫他离开。

但是，郑丽曼没有再多说，情绪很快稳定下来了，问他："你还想不想跳？"气氛马上缓和了。赵广陵又和她跳舞，但是不敢像刚才那样了。

那天晚上以后，赵广陵到郑丽曼这里，间隔就短了。他一般是晚饭后来，郑丽曼也不说让他来吃晚饭，只是有时候请他吃宵夜。赵广陵还是要给她送些礼物。

这个时候，郑丽曼不再说卖古玩字画给他了。赵广陵也不愿再从她手上买东西了。郑丽曼本来就不是因为缺现钱才卖给他的，而且卖给他，可以说事实上也是由着他在定价，相当于故意让他捡便宜，所以要是再以这样的价格从她手上拿到东西，那不就相当于还可以从她那里捡到便宜？但是，赵广陵本身已经赚了不少钱，又有不少值钱的东西，他用不着借这个机会，利用她那些东西好好发一笔财。他也只是想贪她的色，没想贪她的财。而且，赵广陵已经有所察觉，郑丽曼肯定不是一个简单的女人，弄到手不容易。就算是弄到手了，到时候想甩掉，也不容易。不在钱财上得她的好处，要摆脱她，恐怕都要费点周折，再在钱财上占她很多便宜，要想摆脱她恐怕就很麻烦了。当然，他也没有觉得到时候她就摆脱不了。要是有这个意识，郑丽曼就是再漂亮，再有魅力，他是不会和她接近的。所以这个时候，他想的只是得到郑丽曼，但是有一天是要摆脱她的。

这段时间，郑丽曼还是会在这间屋子里和他跳舞。每一次，赵广陵都是很想占有她的。但是只能和她接吻，做点小动作。想在她身上得到满足，得不到，就很难受。有时候他和郑丽曼跳完舞，他去找以前的老相好，得到满足。但是之后，心里面又想郑丽曼了。

二

　　这一天晚上，他又和郑丽曼跳舞。外面，月光很好。两个人跳到后来，只是抱在一起接吻。郑丽曼突然问他："你今晚上想不想留下来？"赵广陵一听，是她愿意今晚上把身体给他了。赵广陵就说："我不是一直在等你这句话吗？"但是，郑丽曼又对他讲："我有个条件，我不能随便给你。"赵广陵想到了她要提出的条件，不像有的男人这个时候说"只要是你提的条件，我都答应"，他等她往下说。郑丽曼问他："你愿不愿意和我结婚？"郑丽曼的条件，就是他先答应娶她，和她成为夫妻，才满足他。

　　这个时候，郑丽曼眼睛在望着他的脸，除了看他的表情，同时在观察他的眼神。因为人是会撒谎的，人撒谎，可以说假话，不能只听人讲。表情上也可以装，有的装得很像。眼神装得很像不容易，常常不小心，暴露内心真实的情况，当然要会观察才能发现。郑丽曼毕竟做过王政安的姨太太，一直都得宠。王政安这个人很有心计，也很霸道，疑心又很重，给他当姨太太，一直得宠，是不容易的。这就首先要会观言察色，观察他的眼神，了解到他真实的想法，真实的意图，这样才能够应对他。

　　赵广陵本身肯定是不愿意答应她的。但是，他心里清楚，要是不答应她的条件，要想占有她，是不可能的。而且她要是知道他和她交往，只是为了风流，为了玩她，她很可能不会再理睬他了。所以，最好还是先答应她的条件，先把她弄到手再说。赵广陵这个人在勾引女人方面，除了长相上的优势，很善于欺骗女人，在女人面前是很会装的。他脸上表现出很高兴，很愿意，眼神也表现得很高兴，很愿意。而且，眼睛看着她的眼睛，没有回避，答应了她的要求。他知道郑丽曼是很精明的，回避她的眼睛，她会起疑心。不回避，就相当于：我确实是真心的，不怕你察看我的眼神。

郑丽曼见他答应了，就说："那我们就算定亲了？"赵广陵点了点头，脸上，眼神，表现得很高兴，很愿意。郑丽曼又说："那你就是我的未婚夫了，我就是你的未婚妻了。"赵广陵笑了笑，表示认可。郑丽曼没有发现可疑的地方，相信了他。

赵广陵想马上就在两个人跳舞的地方占有她，对她动作也大了。她没有生气，但是不愿意在这个地方和他做那种事情。

后来她带他到她的寝室，她自己先进去了，让他在外面等她叫他。他听见叫他以后，推门进到了郑丽曼的寝室。郑丽曼的寝室有一架雕工很精美的金漆架子床，挂了蚊帐。他看见郑丽曼已经躺在里面了。靠近窗子有个梳妆台，旁边一张小案子上点了香。床头柜上面点了两支红蜡烛。他走到床边，把蚊帐掀开了。床上铺的、盖的、枕头，都是新的，而且都是红色为主。猛一看，好像满床都是红色，都是喜气。郑丽曼看上去，确实貌美如花，甚至花不如她美。

赵广陵反而不急了，已经是到手了，要慢慢地享受。他没有马上上床，在床边上先挑逗她。她就很难自持，主动叫他到床上去。女人就是这样：喜欢一个男人，觉得这个男人对她是真心的，其实还是只想玩弄她，但是再对她下流，她就接受了。赵广陵上床以后，也不急于占有她，还是挑逗她，等她几次要他去占有之后，才把她占有了。就很销魂了。这个时候赵广陵想到，她以前是副司令的姨太太，只可以看，只可以想，副司令死以后，还是很傲气。现在供他享受，成了他的人，心里面很得意。

完了，赵广陵发现有血。郑丽曼身子下面，原来垫了白色的丝绸，上面也有血。赵广陵首先想到，会不会是撞了红，就是碰上她来月经了？他虽然把她占有了，还是不敢直接问她，只是笑了笑。郑丽曼看见他笑，说了一句："不是那个。"她说这句话，加上下面垫了白色的丝绸，就是明确给他讲，这是破瓜见红，就是说，是给她破身出的血。但是，她没有给他解释，做了王政安的姨太太，为什么现在才破瓜见红。

赵广陵听了以后，没有表示相信，也没有表示不信。刚才占有她的时候，她的反应，确实还是像处女。他也感觉，她像是处女。但是，他以前碰到过有的女人，不是处女，像是处女。他想起王政安被杀的传闻，说他不健全，尺寸也不正常，就想这个传闻会不会是确有其事。如果是事实，他可能真的做不了这个事情。即使可以做这个事情，毕竟尺寸不正常，所以郑丽曼一直没有完全破瓜。但是，即便传闻是确有其事，他也不相信这次是他给她破的瓜，因为除了王政安以外，不排除她还有其他的男人。如果有其他的男人，是健全的，正常的，就可以给她破瓜。他也不敢问她是不是假装破瓜见红，事先往里面放了什么血。至于是不是撞红，他也确定不了。

郑丽曼留他过了夜。第二天没有让他在这里过夜。到了第三天晚上，又让他在她的寝室过夜。赵广陵又和她发生关系。事后，他用纸擦下面，看到只是若隐若现有一点血。他当然懂，如果是经期，郑丽曼这个年纪的女人一般不会这么短，除非有病，气血不足。郑丽曼虽然皮肤很白，脸色没有病态，很有光泽，看上去人是健康的，不存在气血不足。郑丽曼要骗他，也不可能把月经说成是破瓜见红。赵广陵基本上确定，第一次和她发生关系的时候，不是撞红。但是，她是破瓜见红，还是假装的，他还是确定不了。

过了一阵，郑丽曼对赵广陵说："王政安死了，他的传闻，你有没有听说？"赵广陵说："有所耳闻。"郑丽曼问他："说了些啥子嘛？"赵广陵想了想，回答："说是他下面被割下来了。说是带得有残疾。都是在乱传。"郑丽曼说："他确实不行的。"她没有具体讲，到底是他没有那个功能，还是尺寸不正常。她不讲，赵广陵不好细问。但是她这个话的意思，赵广陵心里面清楚，就是不管是哪种情况，王政安都没有给她破身，真正给她破身的是他。赵广陵笑着对她说："那我的运气还可以嘛。"他心里面还是不相信的。是不是他给她破的身，他本人实际上不在乎。

过了几天，赵广陵又来见郑丽曼。郑丽曼问赵广陵："广陵，我们哪个时候结婚？"赵广陵已经有应对她的话，说："我做这个生意我给你讲过，运气好还是可以赚大钱，但是要运气好。好东西要碰得到，还要有人出得起好价。我的运气不算差，也不算多好。"赵广陵给郑丽曼讲，他正在想办法，看能不能和人合伙做几笔大的生意，多挣点钱。这样才配得上她，娶她，人家才不会在背后讲他的闲话，说他吃她的软饭。郑丽曼问他："你是不是说，你哪天发了大财，才会和我结婚？"赵广陵要她给他一点时间，他再多挣一些钱，马上和她结婚。

郑丽曼听出来了，他原来没有想和她结婚，等于是骗她，把她玩弄了。而且还想骗她，目的是可以继续玩弄她，等玩腻了，把她甩掉。但是，郑丽曼没有马上表现出情绪很激动，从桌子上端起茶杯来喝茶。赵广陵心里面紧张了，担心她会用茶杯砸自己。郑丽曼实际上只是端起茶杯放在嘴边，让茶水把嘴唇打湿，没有喝，把杯子放回去了。然后，对赵广陵说："你既然是这个想法，我不会勉强你跟我结婚。你想挣到大钱，不容易。你以后不用到我这里来了，还是把精力都用在生意上。等你哪天发了大财，你要是愿意和我结婚，你可以再来见我。"赵广陵还为自己辩解，说她愿意嫁给他，是他求之不得的事。他刚才讲的是实情，而且愿意去文殊寺的菩萨和青羊观的神仙面前发誓。郑丽曼说："发誓就没有必要了，在菩萨、神仙面前，不是随随便便可以发誓的。你的意思我懂了，你还是去抓紧时间挣大钱。"然后不理他了。赵广陵只好起身离开，说："那我走了。生意方面的进展，我可不可以来给你通报？""你不用给我讲。"郑丽曼很冷淡这样回答，脸上表现还是很平静，反应跟赵广陵预想的完全不一样。赵广陵走以后，她自己一个人听唱片，这个时候眼泪就流下来了。

赵广陵离开郑丽曼家的时候，是很不情愿的。虽然说他已经得到她了，但是还没有玩够，想她想了好久才尝到她的甜头，突然这个甜头不给他了，是很不甘心的。要让她再满足他，除非是和她结婚，他又不愿意，只好把她放弃了。他没有想到，郑丽曼一点不纠缠他。两个人的关系，这个时候就中断了。

赵广陵把和她分手这件事，给他的朋友罗金讲了。罗金在这之前，听他讲他和郑丽曼交往，提醒过他，说她不是一般的女人，有个哥还在保安司令部当官，碰她要小心，不要弄她到手以后，想摆脱她，摆脱不了，还惹出大麻烦。他见过郑丽曼。他跟赵广陵讲，像郑丽曼这样的女人，是很稀有的尤物，不是一般人可以享受的，除非命很大，命很硬。不然，享受了，会招致祸患。王政安虽然官做得不小，看来命数还是不够硬，镇不住，所以最后落得凶死的下场，而且像畜生被杀一样。他相信王政安是和他另一个姨太太偷情那个人的哥报仇，派人杀的，而且将他开膛破肚。他认为王政安有这个下场，和他得到郑丽曼给他当姨太太肯定有关联。他就劝赵广陵，不要去碰她，不然对自己不好。

他听了赵广陵讲和她分手的情况，认为郑丽曼表面上轻易放过他，不会这么简单，提醒他要防她暗地里报复。赵广陵心里面，其实也有这个顾虑。但是过了一段时间，也没有担心的事情发生，生意也正常。

第三章　河边惨案

一

后来有一天，赵广陵在街上经过书店。一个女孩子从书店出来，一看是当时女大学生的样子。外表还是清纯。这个女孩子是当时华泰协和大学文学院一个女大学生，叫叶春华。个子比较高，身材很好。有点近视，没有戴眼镜，见到了赵广陵，眯起眼睛看他。赵广陵也看到了她，用目光去打量她。叶春华马上把眼睛避开了。她走的方向，和赵广陵走的方向不一样。赵广陵走过去以后，回过头又打量她。叶春华也回头来看他，见到赵广陵在看她，马上把头回过去了。

本来只是偶然的相遇，以后不一定再碰得到了。但是，赵广陵对她动了心思，想她还会去书店，也到书店去，去了几次，没有见到。有一天，又去了书店，还是没有见到。他一面翻书，看她会不会到书店来。等了一阵，没有见到她来，就出了书店。也没有走多远，往回头走，想再看她有没有来书店。再进去以后，看见了叶春华。叶春华也看见了他。赵广陵取了书来翻，时不时也用眼光看叶春华。叶春华也在偷看他。偶而两个人目光遇在一起。实际上，都知道对方在看自己。

赵广陵打定主意，要跟她认识。他没有急着靠近她，跟她搭话。他还担心她突然离开书店，这次机会就错过了。再到书店也应该碰得到她，那就要再花时间了。赵广陵装模作样翻着书，同时观察她，觉得时机可以了，逐渐靠近她，到了她的身边。如果是当时一个保守，很矜持的女孩子，或者一看他，知道他是喜欢拈花惹草的一个人，对他反感，或者心生警觉，就会躲开了。但是，叶春华在当时是比较放得开的，赵广陵长得又确实是仪表堂堂，见他走到身边，抬眼看他。赵广陵马上跟她打了个招呼："来选书啊。"叶春华应了一声，还是有些害羞，脸上出现了羞红。接着，赵广陵说："我们应该是见过的吧。"叶春华没有否认，等于是承认了，虽然上一次只是偶然遇到他，但是还记得到他。脸就更红了，就像桃花一样。赵广陵当然看在眼里。

然后，赵广陵找话题和她攀谈上了。这当中，叶春华给他讲了她在华泰协和大学文学院读书。赵广陵给她讲他是做古董生意的，把他的古玩店的店名、具体的位置给叶春华讲了。他听叶春华讲她是学文学的，说他也喜欢文学。实际上，因为鉴别古董，特别是字画，赵广陵对中国的古典文学，尤其是古代的诗词，有些了解。为了消遣，他平常喜欢读一些古典小说。赵广陵和叶春华这样就算认识了，两个人交往上了。

但是，赵广陵没有急于去占有她。他担心有男人已经在和叶春华交往，或者有人正在追求她，这个人有势力，或者有背景，会收拾他。叶春华给他讲，她有一个同学曾经追求她，她一直拒绝，对方没有再追求她了。赵广陵问叶春华，她这个同学家庭的情况是怎样的？叶春华讲，他的父亲是一个地方的乡绅，在锦都没有有权有势的亲戚。赵广陵觉得，不用在乎这个人。

赵广陵还有顾虑。他和她交往当中了解到，叶春华的父亲是广源县的县长，有个亲戚在省财政厅一个科当科长。家里势力虽然不算大，还是有点势力的。赵广陵担心把她占有了，她家里面知道了会收拾他，所以赵广陵和她先保持往来，想看她家里面的反应。如果她家里的人要阻止他们之间的交往，来找他，他可以说，他们只是正常的往来，没有做出格的事情，然后不再和这个女孩子往来了。

赵广陵和叶春华认识以后，专门问过她："你父亲晓得了，会不会反对你和我交往？"叶春华跟他讲："他不会管我，他忙他自己的事。"两人有一次再见面，赵广陵又问她："你和我交往，你要不要给你父亲讲？"叶春华说："不用讲。"交往一段时间，赵广陵感觉到，叶春华家里面对她的管教应该是比较松，她父亲可能确实很少管她，把她玩弄了，以后不一定会来找他的麻烦。对她家里面的顾虑也没有完全消除，还是和她发生了关系。

叶春华在和他发生关系之前，已经不是处女。她自己跟赵广陵讲，她以前有过一个男人。赵广陵不知道她讲的是不是实话，最少肯定是有一个。叶春华问赵广陵以前有几个相好，赵广陵给她讲，有三个。这个人自己在这方面是很混乱的，以前他的相好，就是他玩弄过的女人，不在少数。加上窑子里面玩过的妓女，到底有多少，他也不清楚。他不可能如实给她讲。说有一个、两个相好，明显是说假话。说三个，可以应付她了。

叶春华问他是不是经常去窑子。说不逛窑子，对方也不会相信，赵广陵给她讲，以前逛过窑子，但是不经常去，现在不愿意去了，也肯定不去了。赵广陵确实因为觉得嫖没有意思，纯粹是肉体交易，加上也嫖得太多了，不像以前经常去窑子嫖，但是也没有不去嫖了，只是去的次数跟以前比，少得多。有时候朋友叫他，或者听说哪个地方有很漂亮的妓女，他还是要去。

叶春华对他的话还是有所怀疑，她也感觉到赵广陵是个风流、好色的人，但是也没有想到，赵广陵自己曾经有过好多女人，他自己都不知道。赵广陵毕竟做的是古董生意，平常看上去还是斯文、有涵养的，一般想不到这个人其实行为很不检点，道德败坏。

赵广陵和叶春华在一起，当然只是为了风流，叶春华心里面也知道。叶春华也不是想找赵广陵做丈夫。她心目当中的结婚对象，是既可以作为生活伴侣，又要有文学才华，在事业上要有共同语言。赵广陵是不符合她这个标准的。做丈夫，这个人也靠不住。叶春华跟他在一起，还是因为他的相貌很出众，但是也不只是想和他浪漫一场。在她心目当中，赵广陵不逊色于古时候的美男子潘安。叶春华打算把两个人交往的过程，用日记记录下来，以后作为一部日记体的小说发表，把两个人真实的故事公之于众，在文坛上一定会引起轰动。她就一鸣惊人，出名了。当然，叶春华没有把她这个打算给赵广陵讲。

赵广陵和叶春华交往当中，发现叶春华很爱吃醋，表现得常常很敏感，一般女人不在乎的事情，很在乎。比如有一次，叶春华要买香皂，赵广陵和她一起进到店里面，要掏钱给她买。叶春华本来不愿意赵广陵掏钱。叶春华不像赵广陵交往的有些女人，一方面也想和他风流，还要从他那里得到一些钱财上的好处。赵广陵知道她是学生，要给她钱，她不愿意接受，觉得拿了他的钱，跟他的关系就变成了交易，是在出卖自己。赵广陵在店里面替她要了银星香皂。银星香皂请了当时的一些明星做广告，最有名的是周璇。周璇既是电影明星，又是歌星。她刚开始的时候，还是靠唱歌出的名。郑丽曼也有她的唱片，赵广陵和郑丽曼一起听过。

这个时候店里面，又来了一个女顾客。这个女顾客跟了一个女佣人。女佣人抱一个男娃娃。这个女顾客是男娃娃的妈妈。赵广陵发现她手上戴了个玉圈子，是很好的羊脂玉，像是以前的东西。付完钱以后，他就去逗这个男娃娃，很快和她搭上了话，当然话题谈的是她的这个儿子。突然他就夸她的玉圈子好看，问她："你能不能取下来，让我看一下？"这个女的说："取不下来。"赵广陵又问她："那你就这样戴着，我看一下，行不行？"这个女的不是很情愿，还是把手伸给他，让他看手上戴的玉圈子。这个女的还是有姿色的，皮肤很白，手也很像很润滑的白玉。

赵广陵看的时候，用手去接触玉圈子，显得还是很注意，避免手碰到她的手。一方面不想这个女的误会，以为他借看她的玉圈子的名义，揩她的油。另一方面知道叶春华爱吃醋，不愿意她有想法。说他装正经也行。

但是，叶春华还是突然生气了。好像觉得，他摸那个女顾客的玉圈子，相当于摸了她的手。表面上看她的玉圈子，其实在和她调情。一个人出了店子走了。赵广陵马上意识到，她吃醋了，追出去给她解释。本来赵广陵也没有当她的面，有过分的举动，这件事情就过去了。

叶春华的父亲，不知道从哪个渠道，听说了女儿和赵广陵交往的事情，了解到赵广陵很风流，出面劝阻女儿不要和他交往了。叶春华给父亲讲了实话，说她和赵广陵交往，不是为了和他结婚。她想把和赵广陵交往的经历写成一部日记体的小说，发表以后，很有可能出名，恳求他不要干涉她和赵广陵的关系。父亲未必赞同女儿的想法，更不会同意女儿和赵广陵交往，也没有要求女儿必须和赵广陵断绝关系。父亲对女儿应该是很溺爱的，拿她没有办法，只有由着她了。也没有去找赵广陵，让他不要再和女儿往来。

二

叶春华平常住在学校女生宿舍里面，有一天从学校出来，到城里面和赵广陵幽会。那个时候，华泰协和大学不在城里面，属于郊外。锦都那个时候还有城墙，城墙里面是城里面，城墙外面是郊区。城墙已经不完整了，有的地方有缺口，有的地方残破了。这个女孩子要进城里面，要过卫清河，进到城墙里面，才是进到城里面。城墙在河岸这一边。到了晚上，她要回学校女生宿舍，赵广陵叫了黄包车送她回去。

之前，她晚上回学校，赵广陵也要叫上黄包车送她回去。他很想趁送她返回的机会，带她到河边玩弄她，寻求特别的刺激。这一次，赵广陵向她提出，想和她在卫清河边上发生关系。叶春华毕竟比较浪漫，想到要是写到她那个日记体的小说里面，有些读者喜欢看。她不会写得太露骨，但是也要写得不让人觉得虚假，还是要有经历。开始也不愿意，后来还是答应了他的要求。车到了卫清河边上，赵广陵和叶春华下了车。过了河，离学校没有好远了。

天虽然暗下来了，不是漆黑一片。天上有些星星。那个时候，河岸边还是有住家的。赵广陵带着叶春华，顺着河岸去寻找不会被人发现的地方。叶春华到了岸边，见到河水，想到河里有水鬼，心里害怕了，不愿意和赵广陵在河边做那种事情。赵广陵哄她，说没有水鬼，跟他在一起，不用害怕。带着她找到了一个地方。这个地方在一个土坎下面，有几棵树，还有一些竹子，算是小竹林。顾及到她害怕水里面有水鬼，没有靠近水边。河边也有竹林，还有树。从他们选定的地方，基本上看不见河水。如果有船经过，也不会被船上的人看见。这个地方是很隐蔽的。

赵广陵和叶春华就在这个地方发生关系。叶春华这个时候不会想到有水鬼了。过程大体上也差不多。方式不一样，毕竟在野外，在河岸边。这个地方有树，就借助了树，像有的动物那种方式。叶春华没有马上接受，赵广陵要求几次以后，接受了。那个时候有的男人对女人的心理，跟现在有些男人基本上差不多，也想寻求特别的刺激。赵广陵以前和其他的女人，在外面类似这种地方发生过关系。叶春华是第一次。虽然赵广陵把她带到这个地方，只是换一种环境玩弄她，叶春华可能觉得很浪漫。浪漫，其实有时候是下流、放荡换一种说法。听上去，好像只是一种美好的情调，跟下流、放荡没有关系。实际上，不下流，不放荡，浪漫也无从说起。

叶春华虽然有点近视，突然看见出现了两个黑影。虽然看不清，还是能够看出是两个人影。马上叫起来了："哎呀，水鬼！"想到是水鬼从河里面到了岸上。赵广陵听到她叫，看到这两个人影，本来不相信有水鬼，想到的也是水鬼，头皮还是发麻。但是马上看出来，这是两个人，心里面反而更恐慌了，感觉到这两个人突然出现，来者不善。

这两个手上都拿得有刀子，威胁他们，不要喊叫，喊叫，就捅他们的刀子。叶春华吓得打抖，想喊人救命，不敢喊叫。对方是两个人，还有刀子，赵广陵不敢反抗。嘴被堵上，绑在了一棵树上。

然后，这两个人当着他的面，轮奸叶春华。赵广陵见到她被轮奸，为她心疼，但是无法救她。在被轮奸过程当中，叶春华小便失禁了，这两个人也没有中止。其中一个有三次。另一个第三次，不行了，还不愿意就算了。确实不行了，才没有再糟践叶春华。这两个人还不放过她，最后是把叶春华掐死了。其中一个人对赵广陵讲，这个女孩子又年轻，又漂亮，又有学问，落到这个下场，确实很可怜。把她害成这样的不是我们，是你把她害成这样的。赵广陵以为自己的死期马上到了，心里面很害怕。这两个人没有要他的命，也没有打他，走了。

赵广陵听这两个人的口音，像是定山过来的土匪。赵广陵本来淡忘了郑丽曼要报复他这件事，这两个人出现以后，又想起这件事，想到这两个人不是偶然出现的，是受了郑丽曼的指使。郑丽曼恨叶春华，让那两个人弄死她，不一定叫他们轮奸她。对他好像不忍心下手，放了他一马。绑在树上也不好受，但是命保下来了，还没有挨打。天亮了以后，有人看见了，把他解救了。

赵广陵去报了案，反而把他抓了，说怀疑他想甩掉叶春华，甩脱不了，买通杀手，做了个局，故意让买通的杀手把他绑在树上，让人看见来救他，演的是"苦肉计"，目的是既把那个女大学生除掉，又不让人怀疑到他，是他背后指使人干的。赵广陵不承认有这回事。办案的警察威胁他，不讲出实情，要对他用刑，但是只是威胁。

叶春华的父亲不管女儿是不是赵广陵雇人杀死的，认定女儿被害是赵广陵造成的。既然你害我的女儿命没有了，也不能让你活下来。利用关系要警察局的人得到赵广陵一个口供，承认是他买通凶手，对女儿下的毒手。要是有这个口供，赵广陵命肯定是保不住了。要是对他严刑逼供，这个口供肯定拿得到，但是一直没有对他用刑。关了一个多月，警察局的人要他拿出一笔钱，说给叶春华的父亲，作为失去女儿的补偿，然后把他放了。

赵广陵被抓了以后，怀疑到是郑丽曼在背后让警察局的人抓他的，但是也不能确定。一直没有对他用刑，赵广陵感到，应该是郑丽曼给警察局的人打了招呼。至于让他拿出那笔钱，他不清楚和郑丽曼是不是有关。

赵广陵出来以后，罗金来看他。罗金也认为，这件事情，郑丽曼是幕后的人。郑丽曼嫉恨叶春华，也担心赵广陵可能和她结婚，让杀手把她杀了。只是教训了他一下，对他还是有情意的，心里面还是想赵广陵能够和她结婚。罗金给赵广陵讲，他要是还像以前那样，郑丽曼感觉到赵广陵不可能跟她结婚，和他结婚无望，再下手，不会再放过他了，不要他的命，给他破相，把他下面废了——像太监那样——也难说。罗金也没有劝他去和郑丽曼结婚。如果只是和她风流，赵广陵还是愿意的，和她结婚，他是不愿意的。

第四章　藏宝地点

一

　　赵广陵这个古玩店，他是老板，还有个伙计，也是他的学徒。平常赵广陵住在店子里面。有些值钱的东西，包括他给自己留下来的一些东西，没有放在店子里面。赵广陵买了一处房子，让他一个亲戚一家住在里面，也作为存放他那些值钱的古玩字画的地方。他亲戚一家有房子住，也是他亲戚的家了，同时给他看守这些东西。

　　那个时候，日本人的飞机隔一段时间要来轰炸锦都，死了不少人。主要轰炸军事目标，城里面繁华的地段，主要的街道。飞机来之前，有警报，城里面很多人跑到城外躲避。也有些人不出城。人可以往城外跑，可以找地方躲避，房屋是动不了的。那个时候基本上是木结构的房子，或者木料混合泥土其他材料修建的。也有砖木结构的房子。日本人的飞机不光投炸弹，还投燃烧弹。房子很容易炸垮，很容易燃起来，把火扑灭，很不容易。一个地方房子燃起来以后，周围的房子很容易被引燃。房子集中的那些地方，燃起来一大片。城外面，有时候看得到城里面房子燃烧的火光。

　　赵广陵开店子那个地方，是很侥幸的，没有遭受日本人的轰炸。但是，他担心有一天日本人的飞机轰炸那个地方。当时有那种情况，日本人的飞机来的时候，有的地方，有的人以为以前没有遭受过轰炸，这一次也不会轰炸这个地方，不找地方躲避，结果炸弹偏偏掉在这个地方爆炸，造成了死伤。赵广陵另买那个房子靠近文殊寺。文殊寺离北门很近，出了北门，就是郊外。现在在一环路以内，当时位置比较偏，又是庙子，赵广陵觉得这个地方比较安全。所以买的房子靠近文殊寺，觉得也比较安全。有时候听到警报，日本人的飞机要来轰炸，也作为他一个躲避的地方，在那个地方吃住。另一方面，当时文殊寺周围，不像现在都是房子，赵广陵考虑到不容易引起人的注意，毕竟放的是值钱的东西。

　　房子也是木房子，赵广陵占了两间。一个房间，家具比较齐全，摆了一张床，有柜子、桌子、椅子。还有躺椅，可以在上面玩赏他喜欢的东西。这个房间放了他一些古玩字画，但是没有都放在这个房间。另外一个房间和这个房间是紧挨着的。两个房间之间有一道门，平常是关上的，打开可以进到这个房间。这个房间故意放了一些旧家具，还有一些杂物。但是里面有一个隐蔽的地方，类似一个小的地窖，在地板下面。为了不被人发现，上面堆放了杂物，还有家具。移开家具和杂物，下面有一块木板。把木板拿开，地板露出一个洞。（为了防潮，地板高出地面，之间有一段空隙。老的木房子地板一般是由整块木板一块一块铺成的。地板上面有洞，有几块木板要取出一段，然后下面要垫上东西，不然的话要垮。）再下面是一块石板，把石板搬开，就是小地窖。赵广陵一些觉得很珍贵的东西，包括他留下来不愿意卖，自己玩赏的东西，放在里面。

赵广陵一般隔一段时间，要去文殊寺这边这个房子，看他放在这边的那些古玩字画存放的情况，是不是安全。有时候去，是玩赏他放在这边的东西，取他放在这边的古玩字画，新得到的东西要放到这边。从小地窖取出里面的东西，还是比较麻烦。除非想取出里面的东西玩赏，有时候也是为了把里面的东西取出来透透气，或者想卖里面的东西，要给别人看，或者有人知道他有某一件东西，提出来想看，他也愿意给他看，东西在里面，赵广陵一般不从这里面取东西。另外一种情况，新得到的东西放到里面，才觉得安全，这个时候赵广陵才会把他这个小地窖打开。

赵广陵被关了一个多月，有一段时间没有到这边来了。放出来休养当中有一天，到了他在文殊寺这边的房子，想看放在小地窖里的东西。那件雍正画了三只蝴蝶的珐琅彩的杯子，也在里面。这个杯子外面裹得有绸缎，放在一个黑漆描金盒里面。杯子肯定是从清朝宫里面流出来的，黑漆描金盒和绸缎不是宫里的东西，但是也很精美，不是一般人家的东西。

赵广陵把这件杯子拿到手上来看，很惊奇：原来杯子上面，是三只彩色的蝴蝶，现在其中一只全部变成黑色了。颜色还是有深有浅，但是只是一种黑色，其他没有变。还是栩栩如生，像是真实的蝴蝶。还是透明的，像蝴蝶的魂魄还是看得见。看上去，还是雍正时候烧制的。感觉杯子上面这只蝴蝶，像是自己由彩色变成了黑色。杯子上面另外两只蝴蝶，和原来还是一样的，没有任何的变化。

赵广陵当时想到，不像是有人故意这样做。如果是人这样做，有两种情况：一种情况，用另外一只杯子，把原来那一只杯子换了。第二种情况，把这个杯子取出来，把上面一只蝴蝶打磨，去掉，重新画一只，再放到窑里烧，烧好以后又放回来。这两种情况，赵广陵认为不可能发生。如果有人把他藏东西这个地方打开了，会把里面的东西取走，不可能只是用一只杯子来换一只杯子，但是里面东西都在。把一只杯子拿走，只是把上面一只蝴蝶颜色改变了，又放回来，就更不可能。上面也没有改动的痕迹。改了以后，达到的效果，和原来的蝴蝶一样，栩栩如生，就像真实的蝴蝶，又是透明的，好像魂魄也看得见，还是像雍正那个时候烧制的，只是颜色改变了，由彩色变成了黑色，其他没有变化，要做到，不可能。赵广陵感觉到，这件事情很奇怪，里面有蹊跷。

这个时候，赵广陵想到了叶春华不久前遇害，两者之间是不是有关联？会不会因为叶春华遇害，突然凶死，杯子上面一只蝴蝶才变成了黑色？他对于人死后有鬼魂将信将疑，但是听说过，有的人家，家里面的人死了以后，家门前或者房子后面、旁边，树也无缘无故枯死了。杯子上面蝴蝶栩栩如生，活灵活现，像是真实的蝴蝶，也是有灵性的，那么杯子上面一只蝴蝶变成了黑色，会不会是叶春华死以后，杯子上面这只蝴蝶也死了？现在黑色的蝴蝶，其实是彩色的蝴蝶死了以后的幽魂，只是看上去还是活灵活现的，还是像一只真实的蝴蝶。到底是不是这样，他当时不能确定。后来他又看，想来想去，觉得还是只有这一种情况可能会发生。

这个时候，他也发现出现一个问题了。原来杯子上面三只蝴蝶，红黄蓝三种颜色为主，很协调，在颜色的配搭上是很讲究的。其中一只蝴蝶变成黑色了，就很不协调了，颜色配搭很不讲究，总觉得很古怪，不合理。

杯子本来只有一只蝴蝶颜色发生了变化，其他地方没有任何变化，看上去也还是雍正时候烧制的。单看画工，在雍正时候还是最上乘的。但是雍正时候的珐琅彩，除了画工很好，颜色的搭配上也是很讲究的，不可能出现这个问题。这个杯子现在出现了这个问题，就让人怀疑不是雍正的了，是不是仿品，是后加彩？赵广陵心里面知道，不是仿品，不是后加彩。要仿仿不了，后加彩跟雍正时候也差得很远。首先珐琅彩的材质，不如雍正时候纯净，画工也赶不上雍正时候。这件杯子的画工，在雍正时候还是最好的，后来再好的画工也达不到这个水平。但是，在颜色的搭配上出现了这个问题，不是仿品，不是后加彩，也很自然让人认为是仿品，是后加彩。那么赵广陵觉得，这件杯子，现在一只蝴蝶变成了黑色，远不如以前珍贵了，没有必要再留在手上，要转让出去还卖不出好的价钱。

赵广陵心里面是很不甘心的，想办法补救。如果是请当时仿古瓷的高手，把杯子上面的黑蝴蝶还原成以前的彩色蝴蝶，一模一样，没有人有这个本事。要是因为叶春华遇害，杯子上蝴蝶变成了黑色，要恢复和原来完全一样，除非叶春华能够还阳。但是要她还阳，根本不可能。杯子要恢复到原来都是三只彩色蝴蝶，和原来完全一样，做不到了。

那么赵广陵想，既然无法恢复原样，还有另外的选择：有一只蝴蝶已经全部变成黑色了，另外两只也全部变成黑色，三只全部都是黑色，颜色一样，颜色配搭就没有问题了。画工也要和以前一样好，珐琅彩材质和以前也是一样的，看上去还是雍正时候烧制的，不然，只是颜色一样，也不行。同样，请当时最好的仿古瓷的高手，要做到，也不可能。赵广陵心里想，如果因为叶春华遇害，杯子上面一只蝴蝶变成了黑色，其他没有变，是不是再去找两个女的，和叶春华一样也被杀死，杯子上另外两只蝴蝶也会变成黑色，其他不变？杯子上面三只蝴蝶都变成黑色了，杯子其他地方没有变化。画工还是雍正时候最好的。杯子看上去还是雍正时候烧制的，只是颜色由彩色全部变成了黑色。还是雍正时候最好的珐琅彩。

跟以前比，赵广陵觉得更珍稀了：在雍正珐琅彩里面，画工最好，三只蝴蝶又都是黑色，恐怕找不出第二件了，只有这一只杯子。既是最好，又是独一件，这就不得了，是最顶级的东西，没有比它更好的了。赵广陵想到，手上得到这样一件宝物，世上只有他才有，作为他玩瓷来讲，这一生可以知足了。

有了这个想法，他心里面还是吃不准，这样到底行不行？但是想不出有其他的办法，只有这个办法。用这个办法，那就必须再死两个女人。

那个时候，赵广陵认为，叶春华遇害，是郑丽曼背后指使人干的。他再去和女人交往，郑丽曼还会指使人下手。他还是想借郑丽曼的手，除掉他交往的女人。这样，杯子上面另外两只彩色蝴蝶，才可能变成黑蝴蝶。他自己下手，或者雇凶杀人，达不到这个效果。他自己首先下不了手，也不敢自己动手杀人，雇凶杀人也不敢，怕事情暴露，他自己的命搭进去了。

赵广陵心里清楚，这样做，还是要承担很大的风险，可能要付出很大的代价。最坏的情况，这一次郑丽曼不会放过他了，要他的命。或者他那个朋友罗金给他讲的，给他破相，把他废了，或者给他弄残废。赵广陵心里觉得，这几种情况不会发生。他和其他女人交往，郑丽曼对他当然有怨恨，但是不会对他下重手。他和罗金的看法一样，郑丽曼还是想他回到她的身边，和他结婚。

他想到，郑丽曼可能是他破的身。女人对于给她破身的男人，一般有一种特别的感情。你欺骗了她，背叛了她，她可能特别恨你。郑丽曼对他肯定有怨恨，但是还不至于对他到恨之如骨这个地步，对他还有感情。对他确实也是真心喜欢的，真心想和他结婚。

那天，她听出赵广陵是在编造借口，实际上不愿意和她结婚，表现得好像还不生气，主动提出跟他分开，好像对他不在乎。实际上对他很在乎，内心还是想他能够兑现之前她愿意和他发生关系，他答应和她结婚这个承诺。但是，她也没有求他。后来他不去见她了，她也不主动来找他。郑丽曼很高傲，说她自尊也好，内心想和他恢复以前的关系，但是因为她这个性情的原因，不会主动来找他。郑丽曼不像有些女的，平常表现得对男的很高傲，这个男的，你一旦把她弄到手，那么以后对你那副高傲劲儿，就不会有了。最多是耍一耍脾气，撒一撒娇气。你要把她甩了，会来央求你，纠缠你。郑丽曼呢，不一样，赵广陵虽然得到了她的身体，可能还是给她破的身，表现还是很高傲，或者说不愿意放下架子，主动来找他，和他恢复关系。人高傲，直白就是不愿意放下架子。但是，她心里面是想和他恢复关系，能够和他结婚。

既然还想和他结婚，不可能要他的命，给他破相，把他弄残废。把他废了，就更不可能。他要是像太监那样，长得再出众，她也不可能愿意和他结婚。女人和男人是一样的，结婚，除了因为感情寄托，生活需要，在生理上也需要在对方身上得到满足。那么你作为男人，你的身体这一部分，就不仅仅是属于你的，也是我的，是我需要的。你废了，你丧失了作为男人的功能，我在你身上就不能得到满足。

所以郑丽曼不可能让人把他废了。他去玩弄其他的女人，其实同时也是其他女人在享受他，她心里肯定是不舒服的，对其他女人不仅仅是嫉妒，心里面很仇恨，下手也很狠。但是对于赵广陵，其他人要是把他废了，像骗猪骗狗那样把他骗了，她心里面那是不愿意的。当然前提，是她还想能够和他成为正式的夫妻，还想在他身上得到正常的女人应该得到的满足。

如果他认为郑丽曼要把他废了，他是不敢冒那个风险的。这个人很风流，把他废了，那他就没有办法风流了。我们说一个人好色，不只是心里面想，作为男人也要健全才行，也必须是正常的。所以这个代价，赵广陵是不愿意付出的。要他的命，把他弄残废，给他破相，他也不会冒这个风险。再珍贵的东西，也不如他自己的命贵重。他自己也知道他长得好，主要就是靠长相去吸引女人，把他的相破了，对他的打击肯定是很大的。把他弄残废，这个代价也太大。

赵广陵心里也知道，他和其他的女人交往，郑丽曼心里肯定不好受，虽然不会对他下重手，还是要教训他。一种情况，和上一次基本上差不多。另一种情况，指使杀手把他交往的女人除掉，可能也要动手打他，但是不至于把他弄残废。还是要抓他，抓他，就是郑丽曼打了招呼了。进去以后，不会像上一次，要让他受一些皮肉之苦了，倒不是要他招供，承认是他买通凶手共同作案。让他招供，那是要他的命了。但是郑丽曼不会要他的命，只是让他受皮肉之苦，对他不会下手太重。关的时间可能比上一次要长，还是会放他。这后面，当然也是郑丽曼在后面起的作用。还有其他可能发生的情况，赵广陵觉得，郑丽曼都不会对他下手很重。当然，想到身体上难免还是要吃一些苦头，心里面还是害怕。虽然害怕，不愿意放弃。能够得一件举世无双的宝物，对他诱惑是很大的，身体上面吃一些苦头，到了那一步，只有承受。

　　赵广陵自己也想能够采取办法，尽量把风险降低，付出的代价最小。根据上一次的经历，考虑到，再去交往的女人，被杀手弄死以后，不能让警察找到借口抓他，尤其不能让警察说他出于某一种动机，买凶杀人。你要抓我，总还是要有借口，还要说得过去。只要能够不进去，抓了以后，在里面遭的罪就可以免除了。他也有心理准备，郑丽曼如果坚持要警察局的人抓他，那么抓他，肯定找得到抓他的借口。但是，你有借口抓我，不能够让你有借口可以置我于死地。虽然认为郑丽曼不会要他的命，还是预防被抓了以后要他的命。他还考虑，他要去交往的女人遇害以后，家里不会有人来纠缠他。不要抓不到凶手，找他算账，向他要求赔偿。如果抓了以后，是郑丽曼、警察局的人要他给钱，给钱才放人，他也只有给。

　　他还有一个带有侥幸心理的想法。他猜测，郑丽曼指使的杀手，可能像上一次一样，还是在他和他交往的女人在一起——倒不一定是正在做那个事情——的时候动手，也有可能是不在一起的时候动手。他不知道对方在哪一种情况下动手，但是想，看到时候有没有机会，女的被郑丽曼指使的杀手杀死，他找一个地方躲避一段时间，把风头避过去，然后觉得安全再出现。这样的话，避免了会被抓进去。他也要看到时候有没有这个机会，没有这个机会，没有办法，有那个机会，是最好。经过反复考虑之后，下面就是具体实行了。

第五章　保长遗孀

一

　　首先，是找符合他定的几个条件的女人。专门去找，还不好找。他想到了有个姓汪的女人，叫汪珍凤，是当时一个掌柜娘，开得有饭馆、旅馆。长得是比较丰满的，只看面相的话，很有福气，但是只是个掌柜娘。她丈夫是当时一个保长，这个人抽大烟，又经常去嫖，得了急病突然死了。两个人有个儿子，后来也死了。

　　汪珍凤很风骚，丈夫在世的时候，就和男人乱来，曾经被她丈夫当场捉奸，名声很不好。当时传言，说和汪珍凤通奸这个人，见到她丈夫拿着枪突然出现了，没有马上和她分开，对这个保长讲，要杀要剐随便你处置，要等我完事了以后再说。汪珍凤也不紧张，不害怕，骂她这个丈夫，说他只知道抽大烟，自己在外面嫖女人，她只是打个牙祭都不行。要想打死她，就把她打死算啰。但是她变成鬼，也不会放过他。还有些话是很脏的，一般女人是说不出口。这个保长反而被镇住了。当时还有传言，说是和她有那方面关系的男人亲口讲的，说她很特别，就是说比处女更像处女，甚至更特殊。就不明说了，你意会。还有其他的说法。赵广陵听说以后，专门去看过她本人，对她也动过念头。不知道是哪方面的原因，当时没有和她接近。

那么现在，赵广陵去和她交往，考虑到汪珍凤遇害以后，要抓他，不好诬陷说他是为了摆脱她买凶杀人。要抓他，当然找得到借口。要置他于死地，找借口不容易。实际上，要想找借口，哪有找不到的呢？就是编一个理由，编还编不出来？当然，要说得过去。

赵广陵了解到，汪珍凤的婆家，已经没有人和她往来了。有个哥，在当时官办的肥皂厂。父母跟他这个哥在一起生活。有个姐，帮她打理生意上的事情。她的这些家人，亲戚，没有一个人有势力。赵广陵觉得，汪珍凤死了以后，他家里面的人不大可能来纠缠他。但是不排除郑丽曼让人去唆使她家里面的人，找他的麻烦，要求他赔偿。或者，也有可能把他抓了以后，要放他，以她家里人的名义敲诈他，要他拿钱，不然不放他。这个时候向他要钱的，也有可能只是警察局的人，和郑丽曼没有关系。

赵广陵还了解到，汪珍凤和一个男的正在交往。这个人是有家室的，不是个当官的，没有大的背景。赵广陵觉得，不会为了和他争取这个女人跟他拼命，对他不构成大的威胁。

赵广陵本来想，最好同时和两个女人交往，同时和她们在一起，这样郑丽曼指使的杀手同时把她们两个人杀死，杯子上面另外两只彩色的蝴蝶可能就同时变成黑蝴蝶。这一次，杯子上面三只蝴蝶都变成黑蝴蝶了。他想得到雍正珐琅彩里面最珍稀，最顶级的宝物，他那个愿望就实现了。只需要冒一次风险，他的愿望就达成了。

但是，他考虑到，郑丽曼知道他同时和两个女人在一起，对她刺激很大，肯定不会轻易放过他了，后果就很严重了，就是会出现前面他害怕出现的那几种情况。而且，同时和两个女人在一起，同时死两个女的，影响太大。就算郑丽曼不想收拾他，真凶抓不到，警察也要抓他。到时候郑丽曼给警察局的人打招呼放人，也未必会放他。如果一定要找替罪羊，很有可能把他拿来当替罪羊，脑袋不一定保得住了。轻也要判他的刑。运气好，脑袋能够保住，不给你判刑，关你也不会是一月、两月。要放你，不拿出一大笔钱，是出不来的。

赵广陵还考虑到，因为这个事情影响大，他想找地方避过这个风头，不一定避得过去了，再出现，还是要抓他。还有其他可能会出现的后果。采取这个办法，风险很大，代价肯定不小。要找两个女的，既符合条件，又愿意同时和他在一起，也不容易找到。这个办法，那么赵广陵就觉得不可取。

还有个办法，同时去交往两个女人，不是和她们同时一起，是分别在一起，先死一个，再死一个。他也觉得不可行。

那么赵广陵选中汪珍凤这个老板娘，就去接近她。汪珍凤虽然风骚，见到赵广陵一表人才，也没有马上把裤腰带儿松了。赵广陵不是只凭长相就去和她交往，除了在她开的饭馆吃饭，照顾她的生意，还给她送礼物，送糕点、化妆品、手饰这些东西，这个掌柜娘汪珍凤也没有把裤腰带儿松了。赵广陵有时候调戏她，对她动手动脚，有的行为甚至很过分，她也接受。有时候，还主动和赵广陵调情，不只是限于在嘴上说一些调情的话，就是不解裤腰带儿。行为过分一点都可以，最想尝到的甜头，就是不让你尝到。

汪珍凤对赵广陵和叶春华发生的事情，他和叶春华在河边，叶春华被人杀死，她听说过。曾经问到他，那个男的是不是他？赵广陵不承认。汪珍凤心里面是明白的，是他，他也不会承认。但是不是他，她也不知道。

按说的话，一般的情况，汪珍凤和她正在交往那个男的，虽然不是夫妻，她和其他男人结交，对他应该还是有顾忌。实际上，她不受他的约束。她以前，丈夫是一个保长，官儿很小，也是个官儿，还是有一点权势，有枪，她也不接受他的约束。那么她后来这些男的，更不可能接受他们的约束。这些男的当中，可能还是有真心喜欢她的，有没有愿意和她结婚的，不好说了。虽然是这样一种关系，但是也不愿意别的男人染指，来插一脚。汪珍凤她交往那个男的，赵广陵有时候和他碰上了。这个人心里面，当然对赵广陵是很敌视的，在表情上、态度上也有所流露，但是没有和他直接发生冲突。他在场，汪珍凤有时候也和赵广陵调情。这个人心里面不舒服，只有忍，还是忍不住，对汪珍凤表达不满。汪珍凤本身是很泼辣的，反而生气了，骂这个男的，说你们这些男人，自己家里有女人，还在外面乱来。恨不得这些女人，只要看上的，都可以随便玩弄。对这些女的呢，还恨不得都只归自己一个人享受，一个人独占。你想占独食也可以，你把这些女人都养起来，男人都废了，把男人都杀了。没有这个本事，没有这个能耐，就不要想这种好事情。你不是我的男人，我又没有得你好多好处，我想和哪个好就和哪个好。我作为女人的身体是我的，我愿意让哪一个人享受，我就给哪一个人。这不是原话，原话是很脏的。然后跟那个男的讲，他要是想管她，再说她不愿意听的怪话，那么他就从她身边滚开，和他中断关系。这个男的很无奈，又不愿意离开她，只有忍受。

但是，汪珍凤虽然表现得对赵广陵也有意思，赵广陵去接触了她一段时间，到最后那一关，始终没有让他突破。那么赵广陵感觉到，汪珍凤是故意吊他，要他在她身上多花时间，多花钱，多送礼物给她。多给她一点好处，赵广陵倒不在意。故意吊他，他心里面就不是很舒服。有些长得好的男的，和长得很出众的女人一样，也是比较自负，比较骄傲的。故意吊他，他觉得有轻视他的意思。如果不是想要利用她，用她的性命达到他的目的，他可能生气，不去和她接触。但是，自己这样一味主动，想把她拿下，又达不到效果。赵广陵这个时候就故意表现对她的兴趣好像降下来了，突然不去和她交往了。其实是想以退为进，就像钓鱼，有时候鱼不咬钩，为了让鱼咬钩，把钩儿往回收，诱使鱼来抢夺饵料。这个时候鱼往往就会咬钩了，鱼就钓到了。这样做，他还是想不要拖的时间太久了，能够尽量早一点和汪珍凤关系发展到那一步，郑丽曼知道以后，指使凶手把她除掉，能够尽早看见杯子上面又有一只彩色蝴蝶变成黑蝴蝶。当然，这个时候他不能很肯定，这样做，能实现他原来的这个预想。所以这里面，也有他一个比较急迫的心理，想汪珍凤尽早被杀死，看是不是又有一只彩色蝴蝶变成黑蝴蝶。

但是，汪珍凤没有反过来找他。汪珍凤长得还是可以，加上有一股风骚的劲头，对有些男的还是有吸引力的。且不论这些男的是不是正经，可能主要还是这些男的主动去接近她。汪珍凤那么就不愿意变成主动来接近赵广陵。她对赵广陵还是比较喜欢，赵广陵突然不到她那里去了，她心里面多少还是有失落感。

赵广陵只好又主动去接近她，有时候还是要带上礼物。汪珍凤见他又来和她接近，心里面是比较高兴的。两个人之间，免不了要调情，有时候还是汪珍凤占主动，赵广陵有时候也对她动手动脚。但是赵广陵想的，是能够把她的裤腰带儿松了，最后突破那一关。汪珍凤也想，但是她等觉得合适的时机，才把那个甜头给他。

　　汪珍凤平时住的地方，接近于她开的饭店斜后面，从饭店旁边一个夹道进去。进夹道这一头有小门。房子下面一间，主要是会客，和人相见的地方。上面有阁楼，有床，睡觉在阁楼上面。有木梯子可以上下。房子前面带个小院子。

　　有一次，赵广陵去见她，带了一块女式手表，在汪珍凤住这个地方，想送给她。在这之前，汪珍凤几次给他讲，她的手表不准，经常偷停。赵广陵听得懂她的意思，想让他给她买一块新手表。当时手表都是从外国进口来的，档次低的也没有很便宜的。赵广陵不可能给她送档次最低的。这也是送礼的学问：送手表去讨好她，说白了，就是送手表去，换她把她的裤腰带儿松了。送手表，当时那是上档次的礼物。送档次最低的，反而不上档次了。对方知道你送的是档次最低的，你本来想讨她的好，她心里面反而不舒服，产生心结。档次高的，像那个时候也有欧米茄，很贵了。赵广陵想送她稍为上一点档次的，花的钱也不算少了。所以他听她暗示要他给她买表，没有马上买，担心像这种花钱不少的贵重的东西，她想要你就满足她，对她来讲很容易得到，以后经常向你要。但是她暗示了几次，其实也是明示，总还是要满足她，你不满足的话不行。赵广陵专门选了一块女式手表，比较上档次，送给她。起初到她那个地方，一直有其他人，没有拿出来给她。他要单独和她在一起的时候给她。他是有自己的企图的。这一天，赵广陵先进了她的饭馆吃晚饭，吃完后给她讲，他有东西送给她。汪珍凤让他拿出来，他要到她住的地方才给她。

　　汪珍凤和赵广陵到了她住的地方。赵广陵把给她买的手表拿出来。汪珍凤没有表现得很激动，但是表情明显是一种惊喜，看着手表，故意还问他："你送给我的？"赵广陵也故意问她："你喜不喜欢嘛?"汪珍凤说:"是不是花了你好多钱? 要是花了你的钱多了,我不敢要了。"赵广陵说:"只要你喜欢。"汪珍凤还不接手表。赵广陵就给她讲:"你戴上,看合不合适,好不好看。"然后赵广陵抓住她的手,让她坐到他的腿上,把她手上的手表取下来,给她戴上新手表,和她的手配得上,也好看。汪珍凤很高兴,自己欣赏戴在手上的手表。

赵广陵跟她一边讲话,同时也对她动手动脚。手伸到了她上身衣服里面。汪珍凤胸部属于丰满的。现在有些人喜欢女人胸部丰满,觉得欧美那边的女人胸部丰满。实际上,我们中国的女人,历来也有不少胸部是丰满的。女人胸部丰满,对男的来讲,是一种诱惑。但是过于丰满,反而让人接受不了,甚至倒胃口。说起来,胸部丰满,还是要合适,才有美感。过于丰满了,反而美感就没有了。当然,肯定也有人喜欢很丰满的,每个人喜欢的不一样。

赵广陵当然不只是满足于还是像以前那样,要得到最后的满足。汪珍凤得了他送的手表,这次就愿意了。她既然愿意了,本身是懂风情的,也懂得同时挑逗他。赵广陵想冷静也不可能冷静下来,表现得很急迫,想马上在这个房子下面这个房间做这个事情。

汪珍凤自己兴致也起来了,也愿意和他就在下面这个房间,但是想到外面夹道口上小门没有关好,见到赵广陵急迫的样子,就抓住他的手,阻止他,跟他讲:"你不要急嘛,你去外面把门关了。"赵广陵马上就去关门,害怕外面有人,特别是汪珍凤还在往来那个男的突然来了,把他马上要做那个事情给他打搅了。幸好没有人碰巧这个时候来。赵广陵把门关好,回来以后,和她终于把那个事情办了。

赵广陵感觉到,她那个地方和传闻不完全一样,但是确实很特别，很少有，当然也是一种特别的享受……不需要明说了。

从这次以后，赵广陵时常和汪珍凤发生关系，就是时常通奸，虽然两个人都算是单身。汪珍凤本身很特别，又很风骚，在那方面放得很开，有的行为恐怕一般的妓女都是做不出来的，可以说是个荡妇。正因为汪珍凤很风骚，加上她很特别，赵广陵又是一个很好女色的人，跟她在一起，其他的女人都不如她最能满足他。虽然他玩弄过的女人不少，但是汪珍凤这种女人，以前没有遇到过，确实是很少见的。汪珍凤自己也对赵广陵讲，她虽然比不上处女金贵，但是比处女稀罕。处女呢，还多的是。像她这种女人，再找，你还不一定找得到。赵广陵也觉得，如果汪珍凤被郑丽曼指使的杀手杀死了，像这种女人，以后不一定再遇得到了，一度想另找一个女的代替汪珍凤，替汪珍凤去死。

像汪珍凤这种女人，现在应该也有，肯定还是少。听说有的可能是做的手术，但是，首先不是天生的，不是自然生成的，是做的手术，而且未必有那个效果。汪珍凤应该是天生的，曾经还生过娃娃，确实属于很少见的。

二

赵广陵和汪珍凤正式勾搭上以后，汪珍凤和另外那个男的关系没有中断。汪珍凤给他讲，他要是在意她和那个人的关系，她可以不和他往来了。赵广陵表示，他不在意。赵广陵实际上希望她和那个男的保持关系。并不是说，他愿意和那个男的分享汪珍凤，还是出于前面的考虑：他和那个男的跟汪珍凤都有关系，那么汪珍凤被干掉以后，凶手无法抓到，警察局的人不能说只与他有关，以此为借口抓他，或者让他顶罪。汪珍凤的家人万一要找麻烦，要赔偿，也不能说汪珍凤的死就是他造成的，从而要他承担责任。所以，这里面还是有他的算计。

汪珍凤是想不到这一层的。她尤其想不到，赵广陵和她勾搭，原来是相当于来索她的命的。她可能只是以为自己对男人很有诱惑力，像赵广陵这样长得很出众的男人，也被她吸引住了。

和这个老板娘交往同时，赵广陵专门去郑丽曼住的宅子敲门，要见郑丽曼。郑丽曼不见他。他又等到了那个中年人。以前赵广陵听郑丽曼叫他老况，赵广陵也叫他老况。那个时候，老况对赵广陵是很尊重的。赵广陵要老况替他向郑丽曼求情，让她见他。他也拿出钱要给老况。老况对他态度很不好了，不接他的钱。

赵广陵还给郑丽曼打电话。那个时候家里能够用上电话，是很少的。郑丽曼家里有电话。电话打过去，是郑丽曼宅子里面的女佣人接的。他让她去叫郑丽曼，这个女佣人可能确实去叫了，但是回话郑丽曼不在。可能确实不在，也可能郑丽曼知道是他的电话，不愿意接。赵广陵想，还是要她接到电话，找了个时间又打电话。通了以后，是郑丽曼接的。郑丽曼听到是他，问他："你有事啊？"语气是很冷淡的，也很平静。赵广陵说，他要给她讲生意进展方面的情况。他的意思，两个人关系一下弄僵那一次，他给她讲的——他挣到大钱以后才配得上她，挣到大钱就和她结婚。他正在想办法挣大钱——这个话确实不是骗她的，是实话。但是郑丽曼不愿意听，马上给他回了一句："没有这个必要。"把电话就压了。赵广陵再打过去，对方就不接了。

赵广陵这样做，是为了摆出姿态，好像想和郑丽曼能够恢复关系。这样，让郑丽曼感觉到，还是有希望和他结婚。目的呢，是想郑丽曼可以把他交往的女人干掉，对他手下留情。就是一方面要利用她的嫉恨之心，把他选定的让她去送命的女人杀死，另一方面利用她对他的感情，不要对他下手太重，甚至想利用她保护自己。因为万一被抓进去，郑丽曼会给警察局的人打招呼，就算进去以后要受皮肉之苦，不对他用重刑。就算关时间长一点，会放他。因为不是出自真心，赵广陵只是做做样子。

那么，赵广陵就等郑丽曼指使的杀手来动手了，但是一直没有见到对方来动手。赵广陵想，会不会是因为汪珍凤名声很不好，郑丽曼肯定也是知道的，认为赵广陵不可能跟她结婚，那么就不想把她除掉？是不是要另去找一个郑丽曼认为会和他结婚的女的？他想，再等一等看，也未必如此。要找一个女的，既符合他定下的条件，郑丽曼又认为会与他结婚，不是容易找得到的，但是也可以考虑去找一个。

他还想到另外有一种原因，郑丽曼是不是又找一个男的了，或者突然结婚了？这里讲结婚，是有结婚证的，在法律上得到承认，是合法夫妻。那个时候，法律上规定也是一夫一妻才是合法的。男人其他的女人，姨太太，或者小老婆，可以在一起生活，不能算是合法妻子。赵广陵也想到了，会不会做了另一个人的姨太太？不管哪一种情况，郑丽曼都不会再在意他了。那么，也就不会再让杀手来行凶，杀他交往的女人，也不会对他动手，报复他。赵广陵想到他一个客户，想向他打探这方面的情况。他这个客户住家也在郑丽曼住的宅子那边，有一些距离。但是赵广陵想，可能知道一些这方面的消息。他去，找了个借口，先和他讲到其他的话题，然后才向他打探郑丽曼的消息。这是他此行真正的目的。他还是比较讲究方式，甚至不提郑丽曼的名字。他好像临时想起的，问这个人，听说以前死了那个保安副司令王政安有一个姨太太，住在这个附近，现在是不是找到一个男的嫁了，或者又做人家的姨太太了？这个人说，他不清楚，没有听说。赵广陵又给他讲，王政安死了，又没有人管她，她不可能一个人守空房嘛。意思是说，郑丽曼没有嫁人，没有做姨太太，应该还是有男人。这个人说，这方面的情况他也不清楚。赵广陵和郑丽曼曾经有往来，这个人知不知道，有没有听说过，不好说。

赵广陵从这个人那里探听不到确切的消息，让店子里面他的徒弟到郑丽曼住的宅子附近，去向人打探。这个学徒把打探到的消息给他讲，附近的人，包括离郑丽曼住的宅子近的，没有听说她嫁人了，或者做了人家的姨太太。有人最近还看见她了。她应该还住在她的这个宅子里面。如果嫁人了，应该住到男方那边去，除非是倒插门这种情况。要是做了人家的姨太太，郑丽曼自己有宅子，倒不一定去男方提供的住所，仍旧住在原来的地方，也可能以后搬离现在的住所。如果她嫁了人，或者做了人家的姨太太了，既然还住在她现在的宅子里面，附近的人应该能够见到她的丈夫，或者她给他做姨太太的男人，在她现在的宅子进出，但是没有看到。赵广陵这个学徒给他讲，据附近的人说，他们知道郑丽曼那个哥，有时候到她这个地方来。曾经倒是见一个高个子，人才出众的男的，经常在郑丽曼的这个宅子出入。至于说最近她是不是交往了一个男的，他们不知道，但是最近都没有见到有男的经常在郑丽曼的这个宅子进出。提到的那个高个子，人才出众的男的，赵广陵当然知道就是他。

赵广陵根据打听到的情况，判断郑丽曼还是一个人。这一段时间也不大可能有变化。但是他也会留意这方面的情况，还会去打听这方面的消息。如果有了变化，到时候他好采取应对的办法。

那么现在，赵广陵还是和那个老板娘汪珍凤保持那种关系，想再等一等，看郑丽曼会不会指使杀手来下手。同时，也物色更适合的女人。但是接下来发生的事情，出乎了他原来的预想。

第六章　冯幺妹往事

一

赵广陵和汪珍凤接触，交往过程当中，有时候见到有一个女的，跟汪珍凤往来比较密切，叫她冯幺妹。汪珍凤和冯幺妹这两个女的，汪珍凤很风骚，冯幺妹在这方面也比较随便。

冯幺妹的长相，和汪珍凤差不多，不是多出众，还是可以。但是她在嘴唇边上有一颗黑痣——所谓的美人痣。有些男的觉得，长了美人痣，比一般女人好像特别一点，更吸引人。冯幺妹这颗美人痣不小，不需要离她比较近，离她比较远，一眼能够看见。这个女的性格属于开朗这一类，脸上经常带着笑容，给人印象，生活还是开心的，没有多少忧愁的事情。实际上，冯幺妹是一个很不幸的女人。

冯幺妹原来是乡下女孩子，十来岁的时候在锦城一个大户人家做丫头，做下人。这个大户人家的主人——老爷，姓杜，有六十来岁。姓杜这个老爷原来有元配夫人，也有小老婆。元配死了以后，他这个小老婆扶正了，做了填房。她把她一个亲戚，就是这个冯幺妹，弄来当下人。刚到这个大户人家的公馆里面的时候，因为她嘴边有颗黑痣，公馆这个杜老爷注意到她了。那个时候，她还没有进入发育的时候。进入生理期，身体上变化就明显了。虽然是侍候人的下人，但是冯幺妹长得是很水灵的，又是最好的一个年龄，加上有颗美人痣，大户人家这个杜老爷对她产生了邪念。

但是，这个杜老爷很会掩饰自己。因为知道他扶正这个太太和冯幺妹是亲戚关系，在他扶正这个太太面前，表现得还是有所顾忌。对她表现得不在意，甚至不拿眼看她。他和他填房的太太睡在一起的时候，可能心里面想到的是冯幺妹。背着他这个填房的太太，可能不只是看她，可能还调戏她。冯幺妹知道这个杜老爷有企图，不敢声张，不敢对填房的太太讲。这个填房的太太也有所察觉，但是没有发现有问题，只是有点怀疑，或者说警惕，不放心。

有一回清明节的时候，这个杜老爷带着一家人，到乡下上坟，同时也是春游，在他亲戚家里住几天，玩几天。冯幺妹也带上去了。这个杜老爷每天都要喝酒，他这个年纪，也不会喝醉。有天晚上，睡了以后，起夜，小便。没有上茅房，在房子旁边找个地方。然后要回去睡觉。正好冯幺妹也起夜，出来要小便。她也没有去茅房，在房子旁边也是找了个地方。这个杜老爷邪念马上起来了，因为喝了酒，可能胆子就大了。也可能喝了酒，控制不住自己，轻手轻脚，像猫一样向她接近。冯幺妹提起裤子起身，还没有察觉。这个杜老爷一下把她抱住，同时把她的嘴给她捂住，怕她受惊要喊叫。给她讲："你不要怕，我是你的老爷。"又给她讲："你不要喊。他们出来了，看见我们两个半夜在一起，哪个说得清楚？我说是你勾引我，你说得清楚？你只要顺了我，老爷我还会亏待你吗？"然后，他把冯幺妹连抱带拖，把她弄到稍过去一点一个土包后面。地上有一些青草。这个杜老爷把她按在地上，把她压在下面，想把她强占了。

冯幺妹可能想喊人，但是不敢叫。也不愿意顺从这个杜老爷，还是有反抗。这个杜老爷个子比较大，比较肥胖，很难从他身下挣脱，但是一直在挣扎当中，不愿意任由她这个杜老爷摆布。这个杜老爷，可以说就是个畜生，禽兽，不管你情不情愿，就想在她身上发泄。但是，由于喝了酒——有的喝了酒，那方面要求更强烈，更容易兴奋。有的可能起的作用相反，尤其对上了年纪的人——这个杜老爷，加上还是紧张……就没有办法……

这个时候，这家的狗可能因为土包这边有异常的动静，叫起来了。也可以解释成，可能狗存心想要救冯幺妹。可能冯幺妹到这户人家，喜欢狗，和这户人家的狗比较亲近。狗是通人性的。有的人反而没有多少人性，有的狗比人有人性。人性，最主要的是善良，不要伤害别人。狗发现冯幺妹有难，就叫起来了，想把房子里的人叫醒，出来救冯幺妹。晚上夜深人静，又是在乡下，狗叫的声音显得很大。

这个杜老爷虽然还是想把冯幺妹强占了，但是他自己身体不争气，这个时候害怕房子里面有人出来发现，把冯幺妹放过了。但是威胁她，不要把这件事讲出去，任何人都不要讲，讲出去对她没有好处。不讲，他要给她一点钱。

这个狗见到冯幺妹从土包这边过来，没有叫了。这个狗的反应：闻她的身上，摇尾巴，发出好像很开心的声音。可以解释成，狗闻她身上，想判断这个杜老爷是不是得手了。冯幺妹肯定是个处女，这个杜老爷要是达到了目的，她要流血。狗闻她身上是不是出血了，闻到没有血，知道冯幺妹没有被糟蹋，所以狗很高兴。这当然是很牵强的。

这户人家主人听见狗叫得很厉害，把灯点亮，出来察看，正好见到了冯幺妹，以为她只是起夜，其他情况没有不正常。然后，回到屋里面又睡觉了。

这个杜老爷本来也要回到屋子里面，但是，他想到身上衣服裤子有地上的泥巴，这家主人又看到了冯幺妹，毕竟心虚，尤其担心他那个填房的太太起疑心，不敢回到屋子里面。这个杜老爷到了茅房前面，假装摔跤了，倒在地上。

他那个填房的太太，狗叫得凶的时候，被吵醒了，发觉这个杜老爷不在身边，等了一阵没有见到回来。这个女的起身，把这家主人从床上又叫起来，两个人出来找这个杜老爷，发现倒在茅房前面。这个杜老爷见到他们过来，假装睡着了，还假装打呼噜。这个填房太太和这家主人都很惊慌、担心，把他搀扶回到屋子里面，躺到床上。这个杜老爷给出了解释，说他睡了以后，突然身体不舒服，想吐，想拉肚子，完了以后，从茅房出来，在那个地方滑倒了。想爬起来，起不来，头是昏的，没想到睡着了。这个杜老爷给他们讲，他上了年纪，喝酒不行了，喝多了。

冯幺妹身上衣服裤子也是有泥巴的，她偷偷把脏的地方擦洗了。但是，神情很难保持正常。这个填房的太太，可能也觉察到了，可能联想到昨天晚上事情有点奇怪。但是，这个杜老爷装得是很像的，看不出哪个地方不对。为了装得确实是因为喝了酒造成的，防止还有类似的事情发生，这个杜老爷没有再喝酒了。也是暂时不喝，后来还是开始喝了。但是这个时候，表现得确实不想喝了，不敢喝了。装得可以说天衣无缝，确实很难让人不相信。

这个杜老爷想强占冯幺妹，这个行为本身禽兽不如。他想掩饰，不让人发觉，是正常的。他也很会装，很会欺骗人。这个杜老爷有他的名堂，虽然是为了遮掩他不光彩，不道德的行为。装，不说它对不对。会装，能够让人相信，一般人做不到，要有一点智商才行。智商低了，不要说你会装，能够欺骗人，恐怕只有被欺骗。从这个事来看，这个杜老爷脑子还是够用，不然，不可能在当时生活得比较优越。脑子好用，脑子很灵光，在任何的一个时代，不可能生活得很不好。当然，要评判一个人，不能只是单方面看他是不是脑子好用，是不是升官发财了，是不是有地位，生活是不是优越。还要看这个人言行，是不是符合道德——还要看他的人品。这个杜老爷人品，不用说，是很不好的。

这一次，他想强占冯幺妹，没有得逞。但是，冯幺妹这个年纪，就像花儿刚刚绽放，就在他的身边，不把她弄到手，他不会甘心。冯幺妹差一点被他强占，对他很害怕，避免跟他单独在一起。他那个填房太太，虽然没有发现他对冯幺妹有明显的企图，没有发现他和冯幺妹之间有不正常的关系，对他还是不放心的，可以说，始终有一只眼睛在盯着他。冯幺妹又是她的亲戚，虽然是下人，但在下人里面，可能是她最信过的，她可能也想保护她，不让她受到这个杜老爷的侵害。这个杜老爷没有合适的机会再下手。他也有耐性，等这个机会，这个机会就来了。

有一天，这个填房太太得到她娘家的消息，她母亲病危，想她赶回去，见她一面。这个填房太太平时经常把冯幺妹带在身边，冯幺妹正好得了风寒感冒，还不轻，很难受，这个填房太太就没有带上她回娘家。回去以后，她母亲病危这个事是真实的，但是没有很快断气。这个填房太太不敢离开回来，怕她一离开，她的老人家就断气了，想老人家去的时候，作为女儿守在她的身旁，为她送终尽孝。到后面，看见她母亲完全不行了，眼睛上面好像结了蜘蛛网，但是又拖了几天，才咽气了。

在她离开这个期间，这个杜老爷得手了，把冯幺妹强占了。冯幺妹当时病还没有好。这个杜老爷威胁她，不要讲出来，她要是讲出来，给他那个填房太太讲，他就要说是她勾引他的。这个杜老爷也给了她一些钱。这个杜老爷得到他这个填房太太母亲的死讯，还带上冯幺妹，去参加了出殡。他给她打招呼，要她表现得正常。他还教她，他那个填房的太太要是拿有些话问到她，如何应对。

以后，这个杜老爷时常侵害冯幺妹，在她身上发泄他的兽欲，致使她有了身孕。这个杜老爷自己是快活了，不知道有这个结果，正好这个时候要到外省办事情，要离开一段时间。冯幺妹很快有反应了，有时候呕吐。这个填房太太这个时候看出来了，就不只是怀疑了，感觉肯定是有问题了。这个填房太太在自己的房间，在没有外人的情况下，问她：“你肚子里面是不是有娃娃了？是哪个男人的？你要给我讲实话。”冯幺妹开始还不愿意讲。这个填房太太联想以前自己的怀疑，这件事还是有些迹象，想到就是这个杜老爷干的。但是她要得到明确的回答，那么给冯幺妹讲：“你肯定是有了。你必须要给我说实话，是不是老爷的？不是老爷的，是哪一个的?”冯幺妹很害怕，不敢讲出来。但是不讲，这个填房的太太不会放过她，就一边哭，一边一五一十把实情讲出来了。

这个填房的太太听了以后很生气，但是吩咐她，不要对任何人讲，肚子里的娃娃是这个杜老爷的。把她安置到公馆外面一个地方，让她吃了堕胎药，把肚子里的胎儿打掉了。给了她一些钱，让她回她自己的家里去了。

这个杜老爷回来，这个填房太太也不敢对他吵闹，但是哭着表达了她的不满，数落了他。这个杜老爷知道自己这个事情被他这个填房的太太发现了，任凭她数落。但是，这个时候还是要他老爷的尊严，没有向她认错。这个杜老爷应该知道，自己这件事做得不光彩。但是，认错，就是向她低头了，以后在她面前，威信就不如以前了。以前，这个填房太太应该还是畏惧他的，畏惧他，就是他把她压制住了。要是向她认错，以后可能不一定压制得住她了。所以，这个杜老爷，你责怪几句可以，不愿意向她认错。这个填房的太太求他，以后不要再做这种事情。这个杜老爷答应了。如果不答应，那么就是明目张胆地给她讲，不会听她的。但是，答应归答应，愿不愿意听从，取决于他自己。

这个杜老爷当然也知道了，他这个填房太太让冯幺妹回去了。他背着这个填房太太，把冯幺妹接回了锦都城里面，专门给她找了一处房子，让她住在里面。他时不时到这个地方来，在她身上发泄。平时要给她一些钱。

这个杜老爷的填房太太还是知道了，装着不知道，不去和这个杜老爷说破这个事情。她知道，她要把他管住，是管不住的。如果跟她闹，这个杜老爷是要面子的，要维护他的尊严，把他惹得很生气了，干脆把冯幺妹收做小老婆，拿他也没有办法。这个杜老爷毕竟是背着她，对她还是有顾忌。

二

冯幺妹对这个杜老爷，心里面肯定是厌恶的。毕竟大她很多了，让他在身上发泄，她就不愿意。这个杜老爷要求还很强烈，有些行为还很过分，让她更难接受。冯幺妹表面上应付这个杜老爷，心里面恨不得他突然得重病、急病死了，或者出事故凶死。但是这个杜老爷身体还可以，希望他突然凶死，还活得是很平安的。在这当中，冯幺妹曾经想到去做妓女，但是没有能够最终下这个决心。她也想到，这个杜老爷不可能让她给他当小老婆，当姨太太，把她玩够了，就会嫌弃她了。她为自己以后的生活，心里面很担心。

有一天，这个杜老爷又来见冯幺妹，但是没有见到。冯幺妹突然不见了。冯幺妹是和一个开小杂货铺的掌柜在接触当中，逐渐熟悉后，这个小杂货铺的掌柜喜欢上了她，让她跟他在一起生活，组成家庭。这个人年纪有四十左右，比冯幺妹还是要大不少，但是不算老。可能以前有过家室，妻子过世了，或者因为其他原因，当时算是单身。冯幺妹觉得他对自己是真心的，人靠得住，开小杂货铺挣钱不会很多，在生活上还是有保证，甚至有一点节余。她对他也有好感，能够和他结成夫妻，对她来讲，是找到了一个依靠，找到了一个归宿。冯幺妹给这个小杂货铺的掌柜生了一个儿子。这个小杂货铺的掌柜对她也很好。两个人很少争吵，日子过得不富裕，也不至于缺衣少食，冯幺妹对她现在已有的生活，心里面是很知足的。如果一直这样生活，冯幺妹可以说也是幸福的女人，人生也不错了。但是，以前她那个老爷又来找到了她，对她的生活，对她这个家庭造成的后果，可以说是灭顶之灾。

冯幺妹和小杂货铺这个掌柜组成家庭以后，对这个杜老爷，就担心他会继续纠缠她，找到她。她心里面，因为他上了年纪，更希望他患上重病，死了，要么出事故，凶死。阎王暂时还不收他，就让他得重病，或者摔一跤，瘫了。冯幺妹曾经隔一段时间，到以前做下人的公馆附近，打探这个杜老爷的情况，这个杜老爷都不像她愿望的——死了，身体总的好像还可以。她以前在公馆里面处得比较好的下人，她不敢向他们打听这个杜老爷的情况。冯幺妹平常出门比较小心，有的地方，觉得可能碰到这个杜老爷，尽量不去。她曾经和小杂货铺这个掌柜——她的丈夫在街上的时候，碰到过他，幸好这个杜老爷没有看见她，但是事后心里还害怕。最害怕的这个人，最不愿意见到的这个人，她在梦里面还梦到他了。醒来以后，心里面还很紧张。可以想象，这个杜老爷给她造成的伤害是很大的，在她心里面是一个很大的阴影。想到他要是再来纠缠她，就提心吊胆。她的这个丈夫，只是由于冯幺妹平常性格表现得开朗，没有觉察到。

大概在她生的娃娃一岁左右的时候，因为家里面盐巴快要吃完了，冯幺妹背上背着娃娃，去买了盐巴。回来在路上，见到街边上有卖豆花的担子。冯幺妹要了一碗，在旁边一棵树下面站着吃。天气还很好，是大太阳天。冯幺妹正在吃的时候，听到身边突然有一个人在叫她："冯幺妹，你是不是冯幺妹？"冯幺妹马上听出是这个杜老爷的声音。她没有想这个时候会听到他的声音，也是她最害怕听到的。她听到这个声音，一下就很恐慌了。这个声音不大，但是就像耳边突然出现一个炸雷，禁不住身子好像打了个冷颤，手上端的碗差一点掉到地上了。然后冯幺妹看见，她最害怕见到的这个杜老爷，已经站在她的身边。

这个杜老爷表情还不显得生气，笑着对冯幺妹讲："还巧嘛，在这儿碰到你了。"冯幺妹一方面对他很害怕，也很反感他，对这个杜老爷讲："你是哪个？我不认识你。"这个杜老爷听了她这话，给她讲："你不认识我？你身上哪个地方我不熟悉，你还不认识我？"冯幺妹不想理睬他，也想马上摆脱他，她也没有心情再吃豆花了，把还剩得有豆花的碗放回到豆花担子上，要把钱给卖豆花的。这个时候这个杜老爷要替她付。卖豆花的收了这个杜老爷的钱，没有收冯幺妹的。冯幺妹不愿意领他这个人情。一碗豆花本身不贵，贵，她也不愿意接受他给她付钱。她把自己的钱放到担子上，不管你收不收，这是我付的钱，然后就走了。

这个杜老爷见她不领他的情，也没有把自己的钱要回来，拿起担子上冯幺妹给的钱，追上冯幺妹，把她的钱还给她。冯幺妹不要。这个杜老爷硬塞给她，她也不要，钱掉到地上了。这个杜老爷生气了，也没有捡钱，对冯幺妹说："我看你这个样子，没有发好大的财，你还抖起来了。"他给她讲，他曾经既是她的主人，又是给她破身的，两个人一度处得很开心，给她掏一碗豆花的钱，也是应该的，她还不给他这个面子。如果他只是她曾经的老爷，说他在她面前有面子，还是说得过去。但是，他把她强占了，强迫她让他在她身上发泄，他对她就谈不上有面子，是对她伤害最深的一个人。所谓和她处得开心，实际上，是他在她身上发泄，他自己得到满足，冯幺妹是被迫的，对冯幺妹是很羞辱的事情，谈不上开心了。冯幺妹不搭他的言，加快了步子想摆脱他。

但是这个杜老爷还是跟着她，嘴里面继续说一些冯幺妹不愿意听的话。冯幺妹心里面对他很厌恶，叫他不要跟着她。这个杜老爷很无耻，跟她讲："你回家，我也到你家里面去看一看嘛。你家在哪里？远不远？既然今天有缘又碰到你了，我都没有想到，我们还是有缘分。我一直都是很挂念你的，碰到你了，我应该到你家里看一看，看你生活如何。你的男人如何，我也看一下。我也想讨你一杯水喝。"又问她，她是正房，还是做的人家的小？他这个话倒不是明知故问。当时，男人有大老婆、小老婆的现象比较普遍。有的条件不算好的男的，除了有大老婆以外，也有小老婆。

冯幺妹对她现在的家庭是很看重的，很害怕这个杜老爷跟她到了家里，自己的丈夫会知道她和这个杜老爷以前的经历。她也不愿意让这个杜老爷知道她住家的具体位置，避免他以后来搔扰她。冯幺妹就站住了，给他讲："你都把我要够了，又年轻又漂亮的多的是，你何必只纠缠我?"这个杜老爷上了年纪，还像年轻人表现出多情的样子，而且好像还对她专情，给冯幺妹讲："我活了几十岁了，哪种女人我没有见过? 我自己都感到奇怪，我还就是喜欢你。你晓不晓得，我一直是很想你的?"如果这个杜老爷年轻一些，曾经对冯幺妹确实很好，当然首先不会在她不愿接受的情况下，强行和她发生关系，冯幺妹对他也有好感，听了他这个表白，可能心里面会感动。但是，冯幺妹听到这个话，想他是还想霸占她，对她还不愿意放手。她很后悔吃这碗豆花，被他碰上了。她给这个杜老爷说："你都几十岁了，你何必呢! 我还年轻，我娃娃也有了，你放过我嘛!"

这个杜老爷那是很坏的，给她讲："你这样讲，就不好了。不存在放过不放过，但是总要有始终。你事先也不给我招呼一声，突然就不见了，你还让我担心了好久。原来你是有了男人了，你跑去跟他在一起。那个时候，你吃穿用度还都是花我的钱，在你身上我花钱不少。为你花钱我应该，但是我为你花钱，不是让你背着我和其他的男人往来。"这个杜老爷平常给冯幺妹的钱并不多，怕给多了，她不但不会觉得他给的钱多，愿意跟着他，反而钱攒多以后，不愿意再受他摆布，离开他。这个杜老爷又说："事情都已经发生了，我可以不计较。今天既然又碰上了，你必须要满足我。这是我和你最后一次，也算是你和我有始有终。你必须要答应我。"这是一个方面的意思。另一方面，他给她讲，他还在她身上花钱的时候，她还是他的女人，她现在这个男人把她占有了。现在，她是她现在这个男人的女人，他也要来把她占有了。这样，他和她现在这个男人就算是扯平了，互不相欠了。

这个杜老爷向冯幺妹保证：只要今天她满足他了，如果她还认他是老爷，愿意和她往来，他也可以和她往来。有事要他帮忙，只要他帮得了，他肯定要出力。如果冯幺妹不愿意和他往来了，他以后肯定不会去找她。这个杜老爷还给她讲，她要是不愿意满足她，他不会放手她，要找到她的男人，把以前他和她的事给她的男人讲，而且要把他占有她的具体的情节，都讲出来。就是想连哄带威逼，让她就范。

冯幺妹听了他这个话，对这个杜老爷更加害怕，也更恨他。她和她的丈夫，两个人感情是很好的，不会屈从他，做对不起丈夫的事。她也很讨厌他，不会答应他的要求。冯幺妹就对这个杜老爷说："我死我都不会答应你。"冯幺妹没有再求这个杜老爷放过她，知道求他也没有用。说完，突然就跑，想把这个杜老爷甩掉。

这个杜老爷想追上冯幺妹，把她抓住，不敢去追。这个时候冯幺妹情绪很激动，在哭。毕竟大白天在街道上，看见一个老头儿在追一个年轻的妇女，而且这个女的在哭，肯定要引起人注意，观看。已经有人注意到他们，在看他们了。而且，冯幺妹虽然性格温顺，当然正因为温顺，表现出有她软弱的一面，但是这个杜老爷担心，把她逼急了，在街上和你闹起来，这个事情传开来，对他声誉影响很不好。这个人人品很坏，还是在乎他的声誉，知道"人言可畏"，名声要是搞臭了，对他各方面的影响都是不好的。他还是害怕走在大街上，有人对他指指点点，在背后戳他的脊梁骨。这个杜老爷要想追上她，恐怕也追不上她。冯幺妹虽然背个娃娃，拿着东西，但是情急之下，就像见了老虎要逃命，跑得还快。

这个杜老爷没有追她，但是也没有任凭她跑了以后不管了。见到有黄包车，让黄包车车夫去跟上冯幺妹，跟着她，看她最后进到哪一家去了，然后给他讲。就是去发现她落脚的地方，或者是她的家在哪个地方。当然，车夫不会为他白干这个事情。这个杜老爷给车夫讲了冯幺妹体貌特征，特别提到她嘴边有颗痣。还叮嘱车夫不要让冯幺妹觉察到在跟踪她。然后，这个车夫就朝冯幺妹跑的方向去追她。

冯幺妹也防到了这个杜老爷会尾随，会对她跟踪，担心他知道了她的住家。跑开以后，故意往不是她住家的方向跑，朝别的方向跑，绕了路，能穿巷子穿过巷子，回到了家里面。

黄包车车夫去追她的时候，已经看不到冯幺妹。追上去以后也没有见到人，向人打听冯幺妹的去向，又去追寻，后来一直没有见到人，然后向这个杜老爷回话。这个杜老爷听车夫讲没有能够找到冯幺妹的落脚点，发现她的住家，心里面还是失望。这个车夫已经看出，这个杜老爷和让他去追踪的女人关系非同一般，很想知道她住家的位置。这个车夫想借此可以再从他身上挣到钱，给这个杜老爷讲，他有办法找到冯幺妹的住家。结果只用了几天时间，这个车夫通过向他的顾客，他的同行——车夫，还有其他人打探，找到了冯幺妹住家的位置。冯幺妹虽然相貌不算多出众，在一个很平常的家庭里面，但是嘴边一颗美人痣很显眼，容易引起人注意，有的人只是见了她一面，或者看了几眼，也会留下印象。这个车夫主要就是根据冯幺妹脸上有这个特征，向人打听以后，找到了她的住家。然后给这个杜老爷回话，他找到了。但是，这个车夫要这个杜老爷在答应给他的报酬之上，还要加钱，才把地址告诉他。

　　这个杜老爷想知道冯幺妹的住址，只有同意给他加钱。他也没有任由对方说加好多就加好多。然后，这个杜老爷让这个车夫把他拉到冯幺妹住家不远的地方停下来，向当地的人家打听，确认冯幺妹是住在那个地方，车夫没有给他说假话，骗他的钱，才把钱付给了车夫。那个时候这个杜老爷还后悔，当初冯幺妹不见以后，就该让车夫替他去寻找冯幺妹的下落。

三

　　冯幺妹碰到这个杜老爷，回去以后，心里面还是很慌张。她的住家和杂货店是在一起的。房子在街边上，门面用来开了小杂货铺。冯幺妹知道这个杜老爷对她还有企图，还不放手她，尽量减少出门，能不出门不出门，在家里面，有时候帮着照看生意。她不知道，这个杜老爷找到了她这个地方，对她家里的情况基本上摸清楚了。这个杜老爷就像恶狼一样，把她当作了羊，盯上她了，等着机会要对她下手。冯幺妹虽然担心这个杜老爷找到她，但是没有意识到已经有危险要降临。

　　这个小杂货铺，有的货要从乡下进，冯幺妹这个丈夫要出城，到乡下进货。冯幺妹一个人看铺子。这个杜老爷看准这是个机会，就像狼突然扑向羊，对她下手了。冯幺妹虽然没有意识到有危险，但是好像有预感——因为即将发生的事情，是她人生当中最大的一个伤痛，把她幸福、生活完全毁掉了，造成了家破人亡，她好像在感觉上还是有预知。出事的前一天晚上，冯幺妹做了个恶梦：她大白天在街上，奇怪的是街上除了她一个人，没有看见有其他人。天上又好像是大月亮，那么就是晚上，晚上见不到其他的人也正常。但是她心里面感觉到很害怕。走到一个十字街口，看见十字街口有一张床。这张床就是她家里她和他丈夫睡的床，床上面盘了一条大蛇，眼睛在看着她。冯幺妹心里很恐惧，一下惊醒过来了，知道是做的梦，松了一口气。但是，想到这个梦，感觉到蛇就盘在现在只有她和她儿子睡的床上，还是害怕，心里面发慌。到了第二天白天，总是心神不安，感觉到有事情要发生。冯幺妹想到去乡下进货的丈夫，会不会出意外，为他担心。又觉得他和她的梦没有多大关系。冯幺妹同时想到自己会不会出事，很自然想到这个杜老爷会不会来找到她。但是她当时也没有意识到，她做这个梦是冥冥当中给她的一个预警，这个杜老爷准备要对她下手了，要她预先想办法应对。所以，这天她还是把临街铺面的门打开做生意。但是关门的时间比平常提前了，不到吃晚饭的时间就关门。

店子门面的门是排门，打开，一块一块木板卸下来，关呢，一块一块安上去。冯幺妹把摆在外面的货物收回铺子里面以后，把门板一块一块安上去。安上最后一块，她转身，想把旁边一道进出的木门推上关了，看见这个杜老爷已经进到房子里面，就在她身边。他应该是冯幺妹上最后一块门板的时候，由外面，从旁边木门一下进到里面来的。因为没有预防到，他好像是鬼鬼祟祟突然出现了，冯幺妹当时惊住了，身上血液好像一下凝固了，心里面很害怕。她马上对这个杜老爷说："你出去，不出去我叫人了。"这个杜老爷把门顺手关了，对冯幺妹说："你叫嘛，你把大家都叫来，让周围的人都晓得你和我的关系。"他说这个话，脸上还笑嘻嘻的。冯幺妹想喊人，也不敢喊了。她明白这个杜老爷在这个时机出现的意图，转而只有再求他放过她，想开门，把这个杜老爷推出去。这个杜老爷不让她开门，给她讲，他只是来看一看她。然后，他说要去店子后面她住的地方看。冯幺妹想的就是要让出去，不许他进到里面。这个杜老爷那是不管，给冯幺妹讲："我就进去看一看，又不会拿你一件东西。我既然来了嘛，你让我到你家里喝口水，这个要求不过分嘛。"这个杜老爷知道她还是不会让他进到里面，说话这个时候，抓住冯幺妹要往里面进。

冯幺妹那个娃娃，这个时候从里面的房间朝铺子走。这个小孩走路还不是很稳，到了里面房间和铺子之间一个小门边上，正好看见这个杜老爷抓住冯幺妹要往里面进。这个杜老爷对这个小孩好像视而不见，对冯幺妹连拉带推，和她进到了里面的房间。他的意图，冯幺妹感觉到很明显了。从她本身来讲，她很想大声喊人，让邻居、街上的人听见来救她，但是怕人来了以后，这个杜老爷当真把和她的事情都讲出来，又不敢喊人。这个杜老爷不顾她再三央求放过她，把冯幺妹按在屋子里面她和丈夫，还有小孩也在上面睡的床上，想强占她。冯幺妹一面反抗，同时央求他放过她。小孩看到这个情景，还不懂这个杜老爷要对他的妈妈做的事情，但是可能感觉有人在欺侮妈妈，害怕，哭起来了。冯幺妹想先避过这一次，对这个杜老爷讲，今天不要在这个地方，改个日期，他说哪一天都可以。在这个地方，隔壁邻居听见了，现在娃娃也在。

这个杜老爷不相信冯幺妹讲的"改天再满足他"。她说隔壁邻居会听见，这个杜老爷问她，你平常和你的男人，你不怕听见？小孩子哭，平常也会哭，他不担心有人听见。他已经把她按在床上了，不可能这个时候放弃了。这个杜老爷除了想再霸占她这个人以外，还想的就是到她家里，在她和丈夫的床上霸占她，这样作为报复她的丈夫，他心里面才会得到平衡。冯幺妹一直都在反抗，想挣脱。这个杜老爷把她的衣服裤子都扯烂了⋯⋯到了这一步，冯幺妹可能心里面还抱一个侥幸的想法，这个杜老爷像第一次想强占她一样，他自己身体不争气。但是，完全不一样。这个杜老爷不光是心里想要再霸占她，他身体那方面也很强，就⋯⋯得逞了。

冯幺妹这个时候都还在反抗，但是接下来，知道反抗没有用了，只有哭。想到对不起自己的丈夫，心里面很难受。这个杜老爷还问她，把他和她的男人比较，哪一个凶？冯幺妹只是哭。然后这个杜老爷还有意折腾她，折磨她。他对她丈夫是很仇恨的：以前她是我的女人，你把她拐跑了。现在是你的女人，是你的婆娘，老子要把你的婆娘要够。因为是在她家里的床上，他随时想到她的丈夫的，他玩弄他的妻子，既是在她身上发泄，也是报复她的丈夫。这个杜老爷也很嫉妒他，但是不是出于他爱冯幺妹，是因为他想独占她，她嫁给了其他的男人。

发泄完，这个杜老爷还要她做很恶心的事，他要冯幺妹⋯⋯吃饭这个地方，给他下面⋯⋯当作⋯⋯一个清洁的东西。很下流，很过分。冯幺妹坚决不愿意为他做这个事情。这个杜老爷那么就抓住她的头，强迫她。他这样做，也是出于报复她丈夫的心理。因为现在她是她丈夫的女人，是他嫉恨的男人的女人，她的丈夫应该是疼爱她的，老子就要侮辱她——用很下流的方式，很过分的方式要弄她。他自己也知道他这个行为很下流，很过分，但是这样，他心里才感到满足。这个杜老爷是很坏的。

冯幺妹丈夫在乡下，对家里出事也有预感。出事前一天冯幺妹做梦这个晚上，他也梦到，他从外面回来，见到他家的小杂货铺前围了人。他马上意识到出事了，赶忙把围观的人拨开，进到铺子，一眼看见地上赤条条躺了一个女人的身子，脑袋被砍掉了，在旁边。看见头，认出是冯幺妹。他们两个人的娃娃，在一边站着哭。他的妻子，又是他很心爱的，他见她这样惨死，身首分离，心里面那种痛苦确实像是刀割一样。又看冯幺妹的脸，还有血色，想救活她，把她的头接到脖子上。冯幺妹就活了，脖子上还有刀伤，上面还有血痕。冯幺妹这个丈夫没有想到她会活过来，原来还觉得好像天一下塌下来了，见她活过来了，非常高兴。这是他最大的喜事。这个时候，冯幺妹这个丈夫就醒过来了，知道是梦。但是回想梦里面冯幺妹惨死的样子，心里面还是难受。想到冯幺妹要是真的惨死，真的被人杀死了，对他是很大的打击，心里面很紧张。他感觉到这个梦不吉利，是不好的朕兆。早上，他把做这个梦给人讲了，但是没有讲梦里面冯幺妹光着身子。自己的妻子，给人家讲她光着身子，人家虽然没有见到是光着身子的，但是难免会联想到她身上没有穿衣服，他不愿意让人家对他的妻子有这个联想。这是正常的心理。别人听了他讲了以后，也认为他这个梦是一个不吉利的梦。

　　所以本来他还要呆一两天，当天就往回走，看见自己家的铺子已经关了。他知道平常他离开后，冯幺妹一个人看铺子不会关这么早，当然也有少数情况提前关门。本来不会让他感到不正常，但是想到做的梦不吉利，这个时候心就提起来了。平常进出的门是关上的，但是他一推就开了。可能是那个老爷从外面进到里面，顺手关门，门闩只是挂上了，没有关牢。冯幺妹这个丈夫进到铺子，看见娃娃坐在里面屋子和铺子之间小门边上。小孩可能因为看见那个老爷后来对待她妈妈很粗暴，他可能很害怕，这个杜老爷糟蹋他的妈妈，他不忍心看，这个小孩就从里面的房间出来了。这个小孩还在哭，不是大声在哭。见到他父亲进来，马上大声哭起来。嘴里还不会讲话，但是嘴里在叫他，嘴里说"妈、妈"，用小手指里面的房间。冯幺妹的丈夫还听见有不寻常的声音，听见了有男人的声音。

冯幺妹这个丈夫一下冲到里面，正好看见这个杜老爷还抓着冯幺妹的头，在强迫她。冯幺妹这个丈夫平常还是性格温和的一个人，倒不一定是懦弱，对人能够忍让。为了生存，做的是小生意，为了维持生意，能忍尽量忍。"和气生财"。实际上，为了生意，对人不得不和气一点。要说忍，常常也是因为不得不忍。但是他一回家，看见这个情景，对他刺激是很大的，情绪一下失控了。嘴里面一下吼起来，骂这个杜老爷，冲上去，抓着他，要从床上把他扯下来。这个杜老爷本身身子比较有分量，被抓住以后，马上的反应是挣脱，身子虽然向床边歪，没有被拉扯下来。如果拉下来，他就要摔在下面。冯幺妹这个丈夫顺势打这个杜老爷。这个杜老爷这个时候心里面是很慌张的，还是在抵挡，一边从床上下来了。他全身这个时候是光的。

下来以后，他去抓床上自己的裤子穿。冯幺妹这个丈夫又打了他几下，踢了他几脚。这个杜老爷裤子套了一只脚，摔到了地上。冯幺妹这个丈夫抓住这个机会，飞起一脚，踢到他脸上。这一脚很厉害，他的头都震了一下，马上流鼻血了。脑袋里面一坨硬骨头，冯幺妹这个丈夫的脚踢到上面，自己也痛，身子还晃了几晃。接着，又朝他踢了几脚。这个杜老爷好像出于本能，把头护住，不让踢到头。踢到他身上其他地方，他就惨叫。她这个丈夫情绪更激动，给他讲："你来糟蹋我的婆娘，老子要你的命！"然后他就去拿斧头。

这个杜老爷爬起来，手忙脚乱，一边穿裤子，一边朝外面跑。

但是，冯幺妹这个丈夫拿了斧头，追上来了。这个杜老爷想穿另一条裤腿，因为太慌张，扯烂了也没有穿上。拖着一条裤腿，其他是光的，很狼狈，跑到了街上。这个时候他也顾不上体面，到了街上就喊："要杀人啦！来救命啦！来救命啦！"她的这个丈夫拿着斧头，跟着追出来了。

这个杜老爷本来还想朝旁边人家户，斜对面店铺跑，一念之间，想到那样跑不对，还是一边喊救命，顺着街道跑。街道原来是石板路，因为久了，有些地方是泥巴地面。上面还长了草，很少。这个杜老爷光着脚，到了街上，前面还跑得快。冯幺妹这个丈夫在后面撵他。街上没有人上前阻拦，但是有人朝冯幺妹这个丈夫喊："你不要杀人啰，杀人是要偿命的哟！你娃娃还小哦！"听这个话，是周围了解他家情况的人。还有其他人也通过喊话在劝他。但是，只是喊话哪拦得住他？还有的只是看。一个老头儿近乎光着全身，在街上跑，后面跟一个人拿着斧头在追，平常很难见到。

这个杜老爷也没有跑出多远，速度慢下来了。他感觉到后面追上来了，手上是有斧头的，很恐慌，还是拼命往前跑。冯幺妹这个丈夫追到离他背后很近了，就要用斧头砍他。但是由于地上有小孩拉的屎，踩在上面，脚一下打滑，差一点摔倒。斧头脱手了，还掉到这个杜老爷斜前方。这个杜老爷虽然平常脑子算是灵光的，但是这个时候只知道逃命，没有去抢先捡这个斧头，只顾朝前面跑。冯幺妹这个丈夫赶紧捡起斧头，又追上这个杜老爷，一斧头砍在肩臂上。这个杜老爷没有感觉到痛，觉察到被砍到了，知道难逃一死，人已经明显跑不快了，但是还在跑，还在喊救命。但是叫声，就像有的动物被宰杀的时候发出惨叫，是很绝望、很恐惧的叫声。她这个丈夫再从后面给了他几斧头，一斧头砍在他的脑袋上。这个杜老爷叫声一下就没有了，蹿了几步，侧着身子栽在了地上。

冯幺妹这个丈夫上前去，继续朝他身上乱砍，就像要把他剁碎一样。斧子砍进骨头嵌在里面，扯出来又砍。砍进身子里面，陷进去了，拽出来又砍。往后面，不只是砍，还用斧头的背砸。力气前面耗了不少，后面有时候稍稍歇一下，喘几口气，接着还是又砍又砸。这就不像只是满足于把他剁成碎块，甚至不是满足于让他成为肉酱，好像是要把他的肉体从世上完全消灭掉。那个杜老爷那个地方，他又砍又砸，都烂了，他还在砸，一方面是解恨，另一方面，把他的肉体消灭，把他对妻子做的事情随之清除干净。

有的想劝阻的，跟他还有往来，看到他把人杀死了，只有为他担心了。平常了解他对人能够忍让，没想到突然杀人，还是用的斧头。由于这个杜老爷近于全身赤裸，被他追杀，猜出了他要杀这个杜老爷，和这个杜老爷对他的妻子做了不好的事情有关系。他把这个杜老爷砍死了，还不停手，就更想不到。这个时候，有些只是围观，想看稀奇的人，也不敢看了。有的看，也在远的地方看。现场很血腥，很恐怖。有的还在劝他停手，说人已经死了，不要再砍了，不要再这样了。他像没有听见一样，不停手。有的人发现不对，这个人好像神经不正常。有的对他平常不了解，只是路过的人，认为这个人就是一个癫子。冯幺妹这个丈夫，神经这个时候确实崩溃了，不正常了，可以说，就是疯了。但是，他对这个杜老爷的仇恨仍然是很强烈的。

她这个丈夫还是被抓了，判了他死刑，行刑地点在九洞桥旁边荷花塘这个地方。犯人是用黄包车作为刑车拉到刑场的。冯幺妹带上了娃娃，在刑场见他最后一面。刑场是荷花塘一处空坝子。她这个丈夫神志是已经不清楚了，不知道是要对他执行死刑，不像有的死刑犯害怕。他家里面有亲戚也来了，他不认识了。但是看见冯幺妹和他的娃娃，就盯着看。行刑是用步枪从后面打脑袋，就是"敲沙罐"。枪响以后，头打爆了，脑浆就出来了。冯幺妹感觉到，枪打他丈夫的头，同时子弹打在了她的心上。当场冯幺妹晕死过去了。她一度也想死了算了，还是活下来了。

四

她丈夫死了以后，有的人见她是寡妇，嘴边有颗美人痣，打她的主意。这个时候她是能够守得住的，不随便。这个时候，有个米店掌柜看上她了，他是愿意娶她。这个人年纪有六十岁以上，腿有点瘸。他的老婆死了有几年了，两个女儿都嫁人了。有个女婿在米店帮他，但是不是倒插门。这个米店掌柜愿意娶她，还有他一个考虑，他没有儿子，想冯幺妹嫁过来，把她的儿子带过来，改姓，随他的姓，也是他的儿子，可以承继他的香火，实际上只是把他的姓能够下传。事先，米店掌柜给冯幺妹讲了这个事情。他也给她讲，他百年之后，家产留给她的娃娃。冯幺妹本来是很不情愿嫁给他的，想到嫁给他以后，必须要和他睡一张床，要尽做妻子的义务，感到很难接受。但是，主要考虑到娃娃以后可以得到他的家产，就答应了这个米店掌柜。

嫁之前，冯幺妹专门到了她亡夫坟前，哭着给他讲了她要改嫁的事情，给他讲了嫁给米店掌柜是为了他们两个人的娃娃，请求不要怪罪她。她以前的丈夫死以后，每年到他的生日，冯幺妹要到他的坟前去看他，去祭奠他。清明节，还有春节期间，也要去他的坟前祭奠。改嫁以后，还是照常。如果不能够按时去，改个时间也要去，当然她是背着米店这个掌柜去的。

她嫁过去后，米店这个掌柜对她的娃娃确实是很好，像是他亲生的，而且就像是他老来得子，对这个娃娃甚至是溺爱。在娃娃身上舍得花钱，在他的财力范围内，尽量让娃娃吃好，穿好。对冯幺妹，除了吃穿，他要给她零花钱，但是不会多给，算得很紧。冯幺妹想照顾自己娘家的人，在钱财上帮一点，这个米店掌柜本身是不愿意给的，又不想惹冯幺妹不高兴，只有给，但是多了那是不行。至于米店生意上的事，冯幺妹想帮他，他不让她参与。家里面日常花销，是他说了算。里里外外的财权，都是他一个人捏在手里面的。

这个米店的掌柜在那方面，虽然有要求，不像被砍死那个老爷，年纪大了，反而比有些年轻人还厉害。两个人夫妻之间这种事情其实很少。但是，这个米店掌柜个子还瘦小，基本上是一把骨头，本身年纪又大了——人年纪大了，容易引人想到他的死亡——冯幺妹很有可能联想到人死后，坟墓里面的骷髅。每次尽妻子的义务，对她都是一种折磨，甚至有时候她想带上娃娃离开，她对他做这个事情实在受不了。又想到已经走到这一步，也没有回头路了，为了娃娃有一天能够得到他的家产，只有忍受。她自己想到，她其实相当于是卖身，只不过不是和很多人，只是和一个人。但是比卖身强，卖身，有些人比这个米店的掌柜还让人恶心。真要让她卖身，她想到以后人家拿这个事情说她的儿子，你的某人是卖肉的，儿子抬不起头，她是不会去做的。幸好到后面，这个米店掌柜对她基本上不做那个事情了。但是，还是和她同睡一张床上。

冯幺妹对这个米店掌柜首先是谈不上有感情，和他年纪悬殊又太大，她难免感到寂寞空虚，就守不住了，把持不住了，和男的开始偷情。她毕竟年轻，年纪大的，她不和他交往。但是，光是年轻也不行，她要从这个人身上得到一点实惠，要给她钱。她自己留一部分，其他用于帮助娘家。

米店这个掌柜觉察到了。从内心来讲，他对她的行为是不愿意忍受的。他已经带了冯幺妹的娃娃一段时间了，对这个娃娃是有了感情了。如果把冯幺妹赶走，她要把娃娃带走。但是，他舍不得这个娃娃，还指望为他传香火。所以，只有对冯幺妹睁只眼闭只眼，只是不能够明目张胆，在他眼皮底下那就不行。

第七章　楼上风情

一

　　冯幺妹丈夫砍杀那个老爷，当年在锦都是很轰动的一个事件。赵广陵也听说了，想到那个老爷因为去霸占人家的婆娘，被她男的杀了，还剁成了碎块，害怕类似的事情自己遇到，提醒自己玩弄有丈夫的女人，要小心。只要她有男人，不是她的丈夫，去玩弄她也要小心。但是，男人为了报复别人玩弄了他的女人，提刀杀人，命都不要，还是极少数。那个老爷是运气不好，遇到了。他当时听人说到这件事情的时候，提到砍死人那个男的他的老婆，嘴边有颗痣，这颗痣不好，在男女方面会招来灾祸。

　　赵广陵在汪珍凤那个地方见到了冯幺妹，刚开始没有联想到这件事，只是觉得好像见过她，给她讲："好像在哪个地方见过你。"冯幺妹只是笑了笑。汪珍凤在旁边，说："你嘴上有颗痣，他在哪个地方可能碰到过你，有印象。"赵广陵想起了听说过的那件事情，想到她会不会是砍死那个老爷那个人的妻子。有一次他就问了汪珍凤，汪珍凤给他讲，就是她。汪珍凤这个时候问他，他是不是对冯幺妹有意思？赵广陵笑着说："我不敢去碰她哟。"他给她讲，冯幺妹嘴边有那颗痣，他去招惹她怕不吉利。其实，冯幺妹那颗痣在她的脸上，赵广陵看了，也觉得有一种味道。只是玩弄她一下，他肯定愿意。但是，这个时候，赵广陵的心思主要在汪珍凤身上，想的是利用她，引郑丽曼指使杀手除掉她，来达到让杯子上面又一只蝴蝶变成黑蝴蝶的目的。单纯只是去勾引女人来玩，他这个时候还没有多大的兴趣。对于他，能够让杯子上面另外两只彩色蝴蝶变成黑蝴蝶，杯子上面三只蝴蝶都是黑蝴蝶，他手上得到一件只他才有的旷世的奇珍，这个愿望是很强烈的。有时候甚至夜里一个人躺在床上，都想这个事情。

汪珍凤在她住的房子里面，有时候要和人打麻将。冯幺妹也打麻将。汪珍凤前面那个相好，遇到他的时候也有。

赵广陵打麻将还是比较精，如果认真打，加上运气，正常情况下可能会赢。运气不好，当然是要输的。但是都是正常的输赢。在汪珍凤这个地方打麻将，情况不一样。如果在桌上汪珍凤或者冯幺妹给他点炮了，赵广陵有时候就放过去了，尤其是做成了大牌的时候，等别人点炮，或者自摸。对汪珍凤，主要是讨她的好，汪珍凤也知道。对冯幺妹，不想赢她的钱，她也意识到了。

如果在麻将桌上和汪珍凤前面的相好遇上了，赵广陵不想赢他的钱，但是也不故意给他点炮让他赢。赵广陵知道自己去插一腿，这个人嫉恨他，对他是很不舒服的，不想再赢他的钱，再刺激他的情绪。但是他也不想故意去讨好他，去讨好，对方会认为他示弱，怕他。他觉得你怕他，他可能就会反过来欺负你了，就要来阻止他和汪珍凤交往。这也是人的一个心理：别人讨好你，常常觉得人家怕你。越是觉得对方怕你，越要欺负人家。

也有只是汪珍凤、冯幺妹、赵广陵三个人打的时候。赵广陵基本上不赢钱了，给她们输钱，主要输给汪珍凤，她们也明白。但是他不会输多了。他想到，虽然她们知道他故意输，但是一次输多了，她们不但是不领情，反而会把她们胃口吊起来，不知足了。

四个人打麻将，有赵广陵，有汪珍凤，他常常在桌子下面，用脚、腿去触碰汪珍凤她的腿、脚。挨着坐，还用手偷偷摸她。如果汪珍凤另外那个相好在场，赵广陵做这些动作，还是有顾忌的。但是，那个人虽然在场，汪珍凤不顾忌他，对赵广陵公开有一些表示亲热的举止。有时她也当着赵广陵的面，对那个人的表情、说话的方式、举止，表现出和他的关系是不一般的。那么就像是一个男的，他把两个女人都当作了小老婆，偏爱其中一个，但是另一个还是当她是小老婆。

赵广陵参加打的时候，如果桌子上有冯幺妹，有时候在桌子下面，好像是无意的，冯幺妹的脚啊、腿呀会和赵广陵的脚、腿碰到，甚至挨在一起。赵广陵、汪珍凤、冯幺妹三个人打麻将，他除了和汪珍凤有一些调情，亲热的举动，与冯幺妹也会这样。但是，赵广陵并不想和她进一步，只是像这样调一调情就行了。

有一天，汪珍凤问他："你老实给我讲，你觉得冯幺妹这个人如何？"这个话问得突然。赵广陵不知道她问这个话的意思，不直接回答，反问她："哪方面？"汪珍凤说："你还装！"赵广陵还是问她："哪方面嘛？"他这样问，是拖时间，察看她的神情，猜她问这个话的意图。同时，因为她是突然发问，拖时间，是想如何回答她。汪珍凤眼睛也在望着他，也在看他脸上的表情。听了赵广陵又这样问，知道对方就是明知故问，那么就说："哪方面！还有哪方面？长相嘛，身材嘛。"一个女人问一个男人对另一个女人长相的看法，一般不是表面上要他评判这个女人的长相如何，往往是问他喜不喜欢她，或者就是在试探他和这个女人有没有关系，关系到了哪一步。赵广陵是懂的。赵广陵说："要是单纯讲长相、身材，一般。"

汪珍凤表情明显是不相信他讲的话，反问赵广陵讲："长相还一般？"赵广陵说："是一般嘛。"汪珍凤说："你说她一般，好多男的都喜欢她。她那颗痣，都觉得诱惑人。皮肤好白，又嫩，像豆花一样。不说是男的，我是女人，我都觉得她的皮肤好。"女人相互夸赞是常见的，就是相互恭维，但是这也是表面上的。女人之间，爱相互嫉妒，相互恭维，往往是掩饰嫉妒。还有呢，明明对方长得不好，心里面也不认为她长得好，夸赞对方长得好，往往是出于讨好她，满足她的虚荣心。一般女人，都喜欢有人夸赞她长得好。当然，明明长得丑，她自己也知道，夸赞她好看，反而会伤到她的自尊心，就像个子很矮，说他个子高，要伤他的自尊心。但是多数女人，夸赞她长得好，不管是不是真话，听了以后是很受用的。男人不一样，男人看女人，只要年轻一点，有点姿容，个个都像花一样。当然，花里面有三六九等，有不同的姿色。有国色天香，也有寻常姿色，但是，这样的女子都算是花，都有可以观赏的地方。所以，男人夸赞女人，虽然也有的言不由衷，但是更多的确实是出自真实的感受。有的男人很好色，见到了有姿色的，出于想弄到手玩弄的目的，夸赞女人，那是另一回事。但是，讲实话，既然想玩弄，还是有喜欢的成分在里面，他的夸赞，不能说就是假的，只是他的动机是想玩弄对方。有的男人想把一个漂亮的女人弄到手，还故意把她的长相说成不是很出色，不想让对方觉得自己身价很高，弄到手不容易，甚至反而弄不到手，就像买古董，本来东西很好，很想买，故意说不好，说好，对方本来想开的价格不高，这个时候价格就提高了，甚至觉得这是个大宝贝，一时还不卖了。那么一个女人夸赞另一个女人长得可以，是当着一个男人的面，可能是为他做媒。但是，她和这个男人不是平常男女的关系，她的动机就让人怀疑。赵广陵还在猜她的意图：她是因为赵广陵不计较她和前面那个相好还保持关系，有意让他和冯幺妹勾搭上，她也不计较，这样大家都一样了？还是她觉得赵广陵对冯幺妹有企图，通过这样的一种试探的方式告诉他，她知道他想把冯幺妹弄到手，想叫他不要这样做？那么，赵广陵就没有接她这个话，想听她下面如何说了。但是，汪珍凤见他没有接她的话，没有再往下面讲了。

又有一天，赵广陵在汪珍凤住的地方过夜。两个人躺在阁楼汪珍凤的床上。汪珍凤问他，除了她之外，他现在是不是真的没有其他的女人？赵广陵给她讲，确实是实话，没有隐瞒。汪珍凤这个时候就说："你给我讲实话，你觉得冯幺妹如何？"赵广陵说："她那颗痣，有一点味道。"赵广陵想知道她又这样问，到底是出自哪一种意图，那么就这样不轻不重夸了冯幺妹一句，看汪珍凤反应如何。汪珍凤对他讲："那你承认，你还是喜欢她嘛。"赵广陵说："喜欢谈不上。"他听汪珍凤的口气，觉得她好像嫉妒了，马上就这样否认。汪珍凤接下来说："你还真的会装哦。你不喜欢？打麻将的时候，你和她两个腿挨在一起，在桌子下头，你以为我看不到？你们这些男的，我还不晓得，哪一个还嫌女的多啊？哪一个不是吃在嘴里，端在手里，还想到锅里的？哪一个不像猫一样，见到长得好一点的女人，不像猫儿见到了鱼想抓来吃了？我自觉我在女人里面，长得不比很多女人差。冯幺妹不比我差，你还说你不喜欢！"赵广陵笑着说："首先我给你讲，麻将桌子下头，腿碰到腿难免嘛。

我跟她不是故意的，跟你是故意的。"汪珍凤说："是不是故意，你自己心里清楚。还有呢？"赵广陵接下来就说："你说猫儿喜欢吃鱼，那也不是见了鱼就可以抓来吃的。不能随便抓来吃。"汪珍凤说："那你还是承认了你想把她弄到手。"

赵广陵伸手从她的脖子下面过去，把她搂住，给她讲："我有你一个，顶十个。我有你一个，就够了。"汪珍凤说："才十个，我还以为你说我一个要顶其他所有的女人！十个你就满足了？你以前岂止十个？你十个就满足了，你还不好好找个女人成家过日子？"她马上给他申明，她讲这个话，并不是她想嫁给他。她说："我现在，任何人我都不嫁。嫁也没有人要，我也不想嫁了。守着一个人过还受人管，不如我一个人自在，又不缺男人。嫁了人才有个家，那倒不一定。我又不缺吃穿，钱不多嘛也不缺钱，男人又不缺少，和有家也没有好大的区别，还不受有家的约束，我比有家过得安逸。有一次听一个来吃饭的讲，他是听一个也是不想成家的人讲的，说家就是枷——套颈项上那个枷——还是有道理。他说那个人讲的……"就不说原话了，有些话太脏。他听那个人讲的，女人本来是拿来耍的，娶来当老婆，虽然还是要做男女之间的事情，但是不好耍了。女人当了老婆，不正经也要装正经。毕竟是找的老婆，也不只是娶来做男女之间的事情，对她其他时间也要正经。正经就不好耍了。总之，一个人过自在，找女人就是耍。汪珍凤接着这个话讲，说句实话，不是为了和男人成家，男人也是拿来耍的。你们男人耍女人，女人还不是耍男人？你们男人以为占了便宜，要说占便宜是我们占了你们的便宜。你们想要我们女人，又花钱又赔笑脸，就是图最后……最后……眨了几下眼睛的工夫。我们是发痒，要你们来挠痒才舒服过瘾。我们是又舒服，又过瘾了，还用了你们的钱。你说你们男人占便宜，还是我们女人占便宜？

她这个话说得很有意思。不要认为那个时候的女人说不出这样的话，那个时候的女人，有的在这方面也是想得很明白的。当然，这种话只有行为放得开，行为不检点的女人，或者就是荡妇才说得出来。

然后，汪珍凤又对赵广陵讲，既然都是耍，就是图开心嘛。我是无所谓的。你不要认为我喜欢争风吃醋，我才不在乎！你的钱又不是我挣的，不是花我的钱，你想嫖你随便。你不嫖，你省下来的钱又不会给我。你觉得哪个女人好看，你愿意跟她耍，她也愿意，你随便。我又不是你的老婆，我才懒得管你！说实话，你们男人作为男人这个地方，要想管住，好累哟。要管也管不住。你们男人作为男人这个地方，长成这个样子，天生就是……见洞就钻的。所以说，你们男人天生就是下流得很！反过来讲，男人不下流的话，女人也没得用了。所以说，我无所谓的。冯幺妹你要是喜欢，你不用顾忌到我，我不会吃醋的，我给你讲的是实话。我这个人是不喜欢说假话的，除非你说假话，我当然只有说假话了。虽然她讲她是说实话，也不是心里面的话都说出来。当然，世界上不可能有把心里想的话都讲出来的人。她心里面本来有话对赵广陵讲，你以为你人才好，我多稀罕你，其实你喜欢其他女人，我无所谓。但是，她说出来的话里面，有这一层意思。

赵广陵听了以后，还是像开玩笑一样对她讲："你是想让她来挤被窝啊？"汪珍凤回应："要得呀。你明天过来，我把她叫来，我们三个人挤被窝。"赵广陵就说："我这是玩笑话，你不要当真啊。"但是汪珍凤说："你还假巴意思的。说到冯幺妹，让她跟你挤被窝，你看你的眼睛，跟猫见到了鱼一样！想就想嘛，冯幺妹不是也喜欢你！但是你跟她，不能像和我一样，她手上缺现钱，你要给她点钱才行。虽然人家冯幺妹也喜欢你，你不给钱肯定不行。冯幺妹凭她现在这个条件，只找耍的，只为了喜欢，还是容易得很。"

赵广陵没有再说不愿意，知道说了以后，汪珍凤还是不会相信。他自己心里面想的是，和冯幺妹调一调情，眉来眼去可以，不和她到那一步。他真实的打算——他和女人交往，不单纯是玩弄，是要让她去死，利用她的性命达到他的目的——又是不能对汪珍凤明说的。如果他觉得，冯幺妹除了符合他定下的条件，比起汪珍凤更能够引来郑丽曼指使杀手对她下手，让冯幺妹做他新的相好，他是愿意的。那么，他也宁愿是冯幺妹去送死，汪珍凤他还想她活下来，因为汪珍凤是很少见的女人，很难再遇到了。但是，冯幺妹首先不符合他定下的条件，而且冯幺妹有个小孩，让她去送命，小孩没有了母亲，他还于心不忍。还有，如果汪珍凤不能引来杀手，赵广陵觉得，冯幺妹也未必能够引来郑丽曼指使杀手对她下手。

二

过了没有几天，赵广陵又到了汪珍凤这个地方，要和她过夜。这一段时间，他在汪珍凤这个地方过夜有点频繁。他想的呢，是让郑丽曼知晓以后，刺激她，不管她是不是认为赵广陵会和汪珍凤结婚，让她嫉恨汪珍凤，对汪珍凤产生杀心，指使凶手来取汪珍凤的性命。他同时也在物色更适合的女人，更有可能让郑丽曼起杀心，指使杀手来动手。

汪珍凤让赵广陵先到阁楼上去。赵广陵上去以后，听到下面汪珍凤出去了。他上了床躺下了，听到下面汪珍凤回屋了。汪珍凤养了一条狗，赵广陵听见汪珍凤叫它从屋子里出去。然后，汪珍凤上了阁楼，躺在赵广陵身边。

汪珍凤先和他说了其他的闲话，还和他开了那方面的玩笑，之后笑着问他："你还想不想把冯幺妹叫来，我们三个人一起睡？"赵广陵就说："现在不要说冯幺妹嘛。"汪珍凤说："你是不是真的不想？冯幺妹就在下头，你想我就叫她上来，你不想我就叫她走了。"赵广陵开始还不以为她是当真说的，但是马上想到，她说的是不是当真的？原来他跟她讲让冯幺妹来和他们一起挤被窝，只是随口讲的，没想到汪珍凤会当真。而且，就算汪珍凤不会在意他去和冯幺妹交往，他也没有想到，汪珍凤自己会主动把冯幺妹叫来，和他们一起，三个人在一张床上。另外，他觉得冯幺妹应该是愿意和他在一起的，但是要说让她来，三个人在一张床上，他觉得她不一定愿意。所以，他对汪珍凤的话将信将疑，就对汪珍凤说："你说她在下面？她已经来了？不可能啰。"汪珍凤说："你想不想嘛？你想我就叫她上来，你不想我就叫她走。你给句话，不要让人家等久了。"赵广陵感觉到，她这个话很像是当真的，又不完全相信。又问汪珍凤："你说的是不是真的哦？"汪珍凤就说："真的，假的！我把她叫上来了？"赵广陵觉得，她讲的话可能是真的了。

赵广陵本身当然想让冯幺妹来，三个人一起，他一个男的，同时两个女的。但是，他和汪珍凤在一起，想到的是郑丽曼指使的杀手，可能会突然出现，动手。本来希望杀手把汪珍凤一个人除掉，他看有没有机会逃离现场，避一避风头。如果多了冯幺妹，情况就很难说了，很有可能冯幺妹也被杀死。同时死了两个女的，影响肯定很大，他离开了现场，也很难避过风头。这是他原来很担心的。就算再加一个女的，让她和汪珍凤一同送命，也不能是冯幺妹。但是，赵广陵也没有马上明确表示拒绝，对汪珍凤讲："这样不好吧？"汪珍凤不耐烦了，说："我跟你说了我才不会吃醋。"然后喊了一声冯幺妹，叫她上来。如果赵广陵叫冯幺妹不要上来，还能阻止她。这个时候他只是说："那以后嘛。"汪珍凤没有理他这个话。实际上，让冯幺妹上来，三个人在一张床上，对他的诱惑是很大的。

赵广陵就听见了楼梯在响，有人上来了。赵广陵听到这个声音，还有点激动。汪珍凤在阁楼上睡觉这个房间，对着楼梯口有道门。这道门推开以后，果然进来的是冯幺妹。

从她愿意和赵广陵、汪珍凤三个人在一张床上来看，冯幺妹也是很放得开的。但是，冯幺妹和汪珍凤，看上去还不一样。汪珍凤可以从表面上看出来，她是一个放荡的女了。冯幺妹表面上看不出来，像一个规矩的女人。她进来的时候，还害羞，脸上有羞红。脸上有羞红，害羞就不是假装的。放荡的女人也会装出害羞的样子，这样更有女人味儿，显得娇媚，对男人更有诱惑力。

赵广陵这个时候还可以让她下去，但是自己也不愿意让她下去了。汪珍凤就给他讲："你还问真的假的！你看她，是真的还是假的嘛？你是不是认为你在做梦？你是不是还在梦里面？你是不是刚一闭上眼睛，身边本来躺得有一个，突然看见又来了一个，长得比躺在身边的还要好看？你是不是现在醒了，看见还不是在做梦，你看见的女的还是真的？你现在还想不想叫她下去嘛？"赵广陵没有说话，带着笑欣赏冯幺妹。为了表明没有因为冯幺妹来了，一时冷落了汪珍凤，赵广陵还是搂着汪珍凤的。

　　冯幺妹在一张椅子上先坐了下来。汪珍凤就给她讲："你也假巴意思的，你还稳得起呢！你上来只想坐我的椅子？你坐我的椅子你就满足了？我的椅子比男人安逸呀？"冯幺妹笑着从椅子上起身，还是羞红着脸，想坐到床沿上来脱外面的衣服裤子。汪珍凤又给她讲："你先不要上床。你把衣裳脱光了让他看。我给他讲了你身上的皮肤好得很，就像豆花一样。"冯幺妹先不愿意，说："我先上床嘛。"她只是将外面的衣服脱了。汪珍凤不让她上床，给她说："你都脱了嘛！你身材也好，你还怕他看！你让他看了，他一辈子想忘都忘不了你，死的时候都记得你的样子。"冯幺妹就说："上了床还不是可以看。"她说着，要上床。汪珍凤阻止她，说："你不要上床！你上了床让他看不一样。"冯幺妹就显得不情愿，而且很害羞，把贴上身穿的也脱了。她害羞不是故意装出来的，脸上的羞红更红了。她是既有成熟女人的风韵，又有好像是年轻女孩子面对男人的那种娇羞，是很有味道的。灯光不算亮，但是感觉身上皮肤确实细白。虽然是生过小孩的，身材没有走形，只是胸部看出来是喂过娃娃的。赵广陵躺在床上，搂着汪珍凤，这样观赏冯幺妹，是很陶醉的。虽然只是看她把衣服脱了，但是比看任何电影，或者任何的戏，感觉都吸引人。

　　冯幺妹毕竟不如汪珍凤放得开，还有羞耻心，让她脱完，最后她也没有同意。然后就上了床，汪珍凤让她躺在床靠里面一边，赵广陵在中间，她自己是在外面。床是两人床，三个人有点挤。但是他在中间，不觉得挤。冯幺妹还有点放不开，汪珍凤就带着她，慢慢放得开了一些。有时候，汪珍凤更像是她在玩弄赵广陵。冯幺妹应该是因为她的个性，不像汪珍凤明显表现有一股浪劲，但是有些行为，一般的女人那也是做不出来的，还是浪荡。对于赵广陵，两个女人有不同的风味。具体就不说了，就像那种很下流的小说里面描写的情节。当然，越下流，赵广陵越是享受了。

本来，只是和汪珍凤在一起，赵广陵想郑丽曼指使的杀手能够来下手，但是多了冯幺妹，赵广陵还担心郑丽曼指使的杀手这个时候动手。虽然有这个担心，他后面也让冯幺妹留下来了。这一次，幸好没有事情发生。

事后，赵广陵想到要郑丽曼指使的杀手在那个时候动手，后果很严重，心里还是害怕。但是后面，赵广陵又和汪珍凤、冯幺妹三个人在一起了。有时候，还是只和汪珍凤。只和冯幺妹的时候也有，还是在汪珍凤这个地方，这是汪珍凤许可的。他也想到了只是和冯幺妹，郑丽曼指使的杀手把冯幺妹杀了，也是有可能的，虽然是他不情愿的，但是还是和她在一起。

这当中，赵广陵按照汪珍凤给他讲的，给了冯幺妹一些钱。为了感谢汪珍凤让冯幺妹来，三个人在一起，许可他和冯幺妹在她这个地方，赵广陵专门买了东西送给汪珍凤。他花了一点钱，给她买了一对耳环。赵广陵给她钱，她不要，说她不是老鸨。

到了这个时候，赵广陵在心里面，首先是不愿意让冯幺妹送命，也不想让汪珍凤送命了。冯幺妹看上去规矩，也是很懂风情的。特别是和她们同时在一起，那是很销魂的。那么，赵广陵已经倾向于另外物色一个合适的人。

要专门找到合适的，确实是很难的。他也选中了一个女人，正在接近她。赵广陵想到，关系进一步以后，他要故意放出一个风声，说这个女的想和赵广陵结婚，这样郑丽曼知道以后，不可能不对这个女人起杀心，应该会指使杀手来下手。他放这个风声，不能说他也想和她结婚。赵广陵担心郑丽曼听了以后，感觉和他没有结婚的希望了，对他也要起杀心，同时要他的命。

因为要讨好正在接近的女人，赵广陵也是要给她送东西的。有一回他在商业场买了礼物，从店铺刚出来，很碰巧，正好看见郑丽曼和她家里一个女佣人走过来。郑丽曼还是很有风采的。郑丽曼也没想到会碰到他，盯着赵广陵看了一眼，又看了一下赵广陵刚从里面出来的店铺。赵广陵那是很吃惊，不知道是不是该迎上去和她打招呼。但是，郑丽曼随后就和她家里的佣人进了旁边的店铺里面。

赵广陵知道她是有心避开他。他想了想，该如何应对这一次偶遇？不能就这样离开了。他站在郑丽曼进去那个商铺门口不远的地方，等到郑丽曼出来，表现出对她有感情，又有点害怕她的样子，叫了她一声："郑小姐。"以前和她好上以后，一般叫她"丽曼"。赵广陵称呼她郑小姐，因为在人多的公共场所。郑丽曼眼睛扫了一下，装着没有看见赵广陵，没有听见他叫她。那个女佣人白了他两眼，脸上明显对他很不高兴。郑丽曼和她这个女佣人就走过去了。

赵广陵没有再叫她，好像是不敢再叫她了。但是，在背后望着郑丽曼，一方面是多久没有见到她了，赵广陵觉得她依然是很有魅力的，想多看她几眼，另一方面，看她会不会回头。郑丽曼没有回头。她那个女佣人回头了，一望见赵广陵，又白了他一眼，头马上扭回去了。赵广陵心想，这个女佣人要告诉郑丽曼，他在背后看她。

赵广陵这样做的目的，还是想让郑丽曼感觉到赵广陵想和她恢复关系，对她还是有情感。只要她不对他生气了，再接受他，他可以和她再往来，她仍旧有希望和他结婚。这样，一方面郑丽曼知道他有其他的女人，那么要指使凶手来对他交往的女人下毒手，另一方面，对他手下留情，不至于对他也下很重的手，甚至还要他的命。

第八章　雨夜凶案

一

　　这一天，赵广陵又到了汪珍凤这个地方。冯幺妹也来了。先吃晚饭，没有在汪珍凤开的饭馆里面吃，在她住的地方，从饭馆端来吃。所有的费用，理所当然由赵广陵出。汪珍凤就不会考虑给他省钱了，桌上菜摆满了，尽量是贵的菜。还上了好酒。汪珍凤也一起吃，中途只是因为要照看一下饭馆的生意，或者处理旅馆的事情，离开一下。汪珍凤是不喝酒的，冯幺妹喝一点酒。

　　赵广陵不想见到的人——汪珍凤另外那个相好，这个时候来了。赵广陵只好请他一起喝酒。这个人对赵广陵心里一直是不舒服的，但是见到好的酒想喝，还有不少的菜也想吃。他也知道，这都是赵广陵出的钱，但是觉得酒、菜不喝白不喝，不吃白不吃。他还是假意推辞了几下，然后坐下来喝酒吃菜。

　　喝着吃着当中，这个人从包里面掏出了一个装烟的盒子，上面带得有打火机，是进口的东西。赵广陵本人不抽烟，这个人应该是知道的，但是取出一支递给赵广陵。赵广陵给他讲："你晓得我不吃烟呢嘛。"没有接他的烟。这个人打燃了烟盒上的打火机，自己点上了抽。然后，说他这个烟盒是他一个老表刚给他的，他这个老表是袍哥里面一个小头头。

赵广陵听了以后，心里面暗暗地有点紧张了。当时袍哥那是操黑社会的。赵广陵明白，他讲出有这个关系，是要让赵广陵知道，他是不好惹的。

汪珍凤在旁边，她很不屑对她另外那个相好讲："你哪儿冒出一个老表？你有个老表就好不得了啦，你就专门跑来显摆了！我还以为你不晓得从哪儿冒出的老表，当多大的官，有好大的势力，还不是替人家跑腿的！"汪珍凤说这个话，除了压那个人，一半是故意讲给赵广陵听，她不在乎那个人有个老表是袍哥里面的小头目，要赵广陵不要怕他。她这样讲，也是因为她不愿意赵广陵怕那个人，从他们的关系里面退出来。汪珍凤让那个人把烟盒给她看，看了以后，说："我还以为你老表给你的是好稀罕的东西，还不是用来装烟的，多了个打火机！"她说她的哥也吃纸烟，让那个人把这个烟盒给她，她给她的哥。那个人心里面是很不情愿，也只好同意。

吃了饭，打麻将。中途，汪珍凤那个姐把汪珍凤叫出去了。她另外那个相好说要去解手，也出去了。赵广陵猜，因为汪珍凤要了他一个带火机的烟盒，他要给她提某种要求，甚至今晚上要在她这里过夜。后来，这个人先回来，汪珍凤是后脚跟着回来。赵广陵和汪珍凤、冯幺妹说好今晚上在这个地方一起过夜，这个时候想到，汪珍凤会不会答应了这个人，留他今晚上过夜？从他和汪珍凤打交道来看，汪珍凤与男人之间，这个女人虽然很风骚，但是她不是不讲规矩的，不至于因为得到他一个带打火机的烟盒子，前面和赵广陵讲好的就不算数了。汪珍凤从她个性来看，不是能够藏得住事情的人，要是答应了留这个人过夜，脸上表情看得出来。赵广陵察看她的表情，看不出她答应了。

打麻将的时候，后面，汪珍凤另外那个相好给他点炮，有好几次他都没有和，甚至手上是大牌也没有和。其中一个原因，听说他有个在袍哥里面当小头头的老表，对他有点顾忌了，不只是原来不愿意让他情绪激化。也不是他每次点炮都不和。赵广陵还是不表现出就怕他了。但是，这个人带打火机的烟盒被汪珍凤要去了，手气还很不好。汪珍凤和冯幺妹都赢了。这个人的钱是由这两个女人赢去的，所以他也没有因此表现出不高兴了。

赵广陵是不想他一直陪着打下去的，也不能赶他走。汪珍凤对他就不客气了，打到十点来钟，汪珍凤给她另外这个相好说："你不要打了。你看你今天手气好背！再打，你还是只有输。你该回去了。你输了钱，回去又晚了，你婆娘要骂你的。"赵广陵听到要赶他走，心里高兴。这个人还是坐着不动，说再打几盘。汪珍凤只让他再打一盘。这个时候，赵广陵出来说，让他再打三盘。实际上，他是最好不要讲话的。那个人听了以后，很不高兴看了他一眼，不领他的情，只愿意再打一盘。

再打了一盘，这个人果然起身，脸色是不好看的，出去了。汪珍凤因为拿了他的东西，知道他心里不痛快，为了安慰他，跟着出去送他。出去以后，跟他有亲热的动作。她回来以后，赵广陵看出来了，但是不在乎。

麻将没有再打了。汪珍凤让赵广陵和冯幺妹先上阁楼，到床上去。汪珍凤自己在下面清点了她赢的钱，然后要把门关上。她养的狗这个时候在屋子里面。汪珍凤把狗赶到屋子外面，然后把门关了，也到了阁楼，上了床。

赵广陵一个人同时享受这两个女的。汪珍凤因为是很放浪的，实际上同时也是在玩弄赵广陵。冯幺妹同样不只是赵广陵玩弄她，她也在赵广陵身上寻求刺激，得到满足。虽然冯幺妹有的行为，汪珍凤都是做不出来的，但是显得始终没有汪珍凤放浪，对赵广陵始终是另外的味道。赵广陵和两个女人时间有点长。然后，三个人聊天。没有聊多久，赵广陵感觉眼皮重了，就说他要睡觉了，很快入睡了。汪珍凤也入睡了。

冯幺妹是有心事的，想睡，眼睛闭上了，一时睡不着。这次来不来，她原来还犹豫。因为在前几天，是她前夫的生日，她去了前夫的坟前祭奠。虽然她改嫁也有几年，还和有的男人勾搭，但是对她前夫的感情并没有因此淡了。她勾搭的男人，都是只求和她风流，都是和她耍，与她前夫真心爱她那是无法比的。他们都比她的前夫年轻，有的长得比她的前夫好，像赵广陵不但远比她的前夫长得好，比很多男人都长得好，她对他们都不可能有真情。和他们在一起，想到她死去的前夫，感到做的事情对不起他。她和他们在一起，有时候把他们想象成是自己的前夫，当作自己的前夫，想减轻对前夫的愧疚感。事后，免不了还是愧疚。冯幺妹在他前夫的坟前，流着眼泪，给他献了供品，点了香，烧了纸钱。还给他讲，他的娃娃长得很好，要他放心。她给他讲话，就像她前夫虽然在坟墓里面，但是跟活着的时候是一样的。

然后，冯幺妹转身离开，没有走几步，听见背后在叫她。一听是她前夫的声音，很清楚。冯幺妹一下回过头来，只有前夫的坟土堆。冯幺妹以为听错了，又转过身离开，走几步，听见背后她前夫又在叫她。冯幺妹仔细听，确实是前夫的声音在叫她，她再回身，还是只见到前夫的坟土堆。冯幺妹心里感到奇怪，转身又离开，刚转身，她前夫的声音又在她身后叫她。这一次，冯幺妹听到她前夫的声音更清楚了。再一次她禁不住回身去看，这一次看见他前夫站在坟前，就好像是他活着的时候一样。那么，冯幺妹就向他走过去，但是她前夫的身影不见了。冯幺妹回到他的坟前，对他讲："你把我喊转来，你是不是有话给我讲？你是不是还担心娃娃？我给你讲了，娃娃长得很好，跟你越长越像了。娃娃是你亲生的，不像你像哪个？他长大了，肯定跟你一模一样。娃娃你放心好啦，我一定把娃娃给你带大。娃娃也是我的娃娃呢嘛，是我身上掉下来的肉，你对我都不放心啦？"她又给他讲："那我改嫁，你是不是还在怨我？我都给你讲了好多次了，我也是为了娃娃，他死了以后，家产就是我们娃娃的。我也没有忘记你。我死那一天，我也不可能会把你忘记了。你放心嘛，我名义上是改嫁了，我还是你的老婆。你在我心目当中位置好重要，哪个代替得了你！你放心啊，我心里面只有你的位置，没有其他任何人的位置。"后面她给他讲："我走了，你不要再喊了。"然后，冯幺妹再次转身离开，果然没有听到前夫又在身后喊她。

但是，冯幺妹心里是很不踏实的。她和前夫的小孩改姓了，随了那个米店掌柜的姓，她没有给她的前夫讲，担心她的前夫责怪她。她改嫁以后和其他男人勾搭，到了他的坟前，是不敢讲的，怕地下他知道了难受，不满意她。

冯幺妹去她的前夫坟前，这是头一回在离开的时候听见他在身后叫她。冯幺妹认为，这是前夫显灵了。她想到，这不是无缘无故的。前夫在这个时候显灵，是因为前面两件事对她不高兴了，还是因为其他的事情？冯幺妹心里感到不安。这一次来汪珍凤这个地方见赵广陵，她想到对不起前夫，她不该这样做的，又很想来，所以还是来了。

那么，冯幺妹和赵广陵、汪珍凤躺在一张床上，赵广陵、汪珍凤都入睡了，她又想到自己的前夫。要是前夫见到她和汪珍凤陪同赵广陵睡觉，不知道是有多难受。冯幺妹相信世上是有鬼魂的，而且她自己听见了死去的前夫的声音，看见前夫出现了。既然有鬼魂，也会嫉妒，有痛苦。冯幺妹想到因为自己乱来，让前夫难受，很愧疚。但是，她又欺骗自己，对她冥冥之中前夫的灵魂讲："你走了，我还年轻呢嘛。我也想你。男的我当作你，我当作是和你在一起。你不要怄我的气……"就这样给他讲，想减轻对她前夫的愧疚感。

但是，还是想睡了。本来冯幺妹是背对赵广陵朝里面的，她转过来，抱着赵广陵，把赵广陵当作自己的前夫，也入睡了。

赵广陵睡到深夜醒了，发觉自己……被汪珍凤抓住的，但是汪珍凤还在睡。冯幺妹在另一侧，也在睡。赵广陵再一次想从这两个女人身上得到满足。他没有把她们叫醒，没有开灯，就在黑暗中，先从汪珍凤开始。汪珍凤觉察到了，迷迷糊糊的，说她还要睡，拒绝他。赵广陵转而想到冯幺妹身上来。

冯幺妹正在做梦，梦到的是她前夫被枪决以后，她躺在前夫和她的店铺后面屋子的床上。想到丈夫疯了，被枪决，就像有刀在割自己的心。同时很自责，觉得是她把前夫害了。如果不是因为自己曾经和姓杜那个老爷有一段经历，那个杜老爷找到她，正好被她前夫碰见，她前夫也不会杀人，而且受了太大的刺激，人还疯了。她这样想，很后悔那个杜老爷突然出现以后，没有喊人。但是，到了这一步，后悔也没有用了。冯幺妹感到万念俱灰，后来脑子昏沉沉的，也睡了。

睡了以后，她感到有个男人上了自己的身。她睁开眼睛，看见自己的前夫。她心想，他原来没有死。她心里非常高兴，就抱着他，感觉到是很幸福的。这个时候，冯幺妹就醒了，觉察到是赵广陵。她人还是迷迷糊糊的，就幻想赵广陵是自己的前夫，当作她的前夫没有死，现在她是和她的前夫在一起。冯幺妹虽然知道不是和自己的前夫，还是感觉到幸福。实际上的话，这是一种自欺。所以说，人明知不可能得到的幸福，有时候通过这样一种自我欺骗，来求取幸福。得不到真实的幸福，那么得到想象的幸福也可以。也是一种自我安慰。当然，要看个性。冯幺妹因为个性开朗，也会想，所以她这样是很正常的。这种人往往承受打击的能力，比一般人要强。

赵广陵不只想在冯幺妹身上就满足了，要再到汪珍凤身上，冯幺妹不愿意。正好响起了惊雷，而且就是在附近，声音很大，就像是在身边。震动也很大，房子颤了几下。冯幺妹叫了一声："哎哟，好骇人啰！"赵广陵听到突然降下来的雷声，身子是打了个抖，故作镇静，说："打雷都怕！打雷不用怕。"还借打雷说了几句下流的话。因为雷声很大，汪珍凤一下惊醒了。

这个时候，听到汪珍凤养的狗在叫，叫得很凶。听叫声，像是院子里面进来人了。因为汪珍凤另外那个相好吃晚饭的时候，说他有个老表是袍哥里面的小头目，赵广陵想到，来的人是不是和他有关？他觉得不像是，那个人想让他的老表收拾他，不敢在汪珍凤这个地方动手。赵广陵想到，这是不是郑丽曼派的杀手来下手了？赵广陵已经不想让这两个女人当中任何一个人去送命，这个时候杀手出现，杀了汪珍凤，很有可能连冯幺妹一起杀了。这是他很担心会发生的。赵广陵心就提起来了，脑子里想如何应对。然后听见了有狗的惨叫声，接着狗的声音一下没有了。赵广陵感觉到狗被来的人弄死了。

汪珍凤和冯幺妹也注意到了。冯幺妹在黑暗中对汪珍凤说："你院子里头是来人了哟，是不是有贼娃子进来了？"汪珍凤马上把灯打开。灯没有前面亮了，是昏黄的灯光，还一闪一闪的。这个时候天上又在打雷，没有刚才的雷声大。在雷声里面，听得见下面门在响。汪珍凤抓了衣服身上一裹，拿了手电筒，把对着楼梯口的门打开，拿出她的泼辣劲儿，大声问："是哪一个？你是哪一个？"她正在说这个话，门被打开了，手电筒的光照见有两个人进来了，而且要从楼梯上来。手电筒不是很亮，但是汪珍凤看见进来的人手上有家伙。汪珍凤马上意识到，不是一般的贼娃子。汪珍凤朝下面进来这两个人说："你们不要上来啊！你们不要上来啊！老子男人是保长，老子有枪哦！"她本来想把楼梯踢开，但是来人踩着楼梯上来了，汪珍凤知道这两个人手上有家伙，不敢靠近楼梯。汪珍凤赶忙把门关了。

赵广陵这个时候手忙脚乱穿了裤子，在穿衣服。汪珍凤就说："你不要穿了嘛，你赶快把箱子拖过来，把门堵到！"箱子在床头，是香樟木的。赵广陵说："要拖床去堵才行。"冯幺妹也在穿衣服，她问了一句："是不是要喊人啦？"但是来人已经是在撞门了。汪珍凤果然从床下面拿出了一把盒子炮。赵广陵还想拖床去抵门，门被来人用力撞倒了，人就往里面进来。冯幺妹惊叫起来，喊人了。

汪珍凤这个女人有她很了不起的地方，拿枪对着门里进来的人，打了几枪，打中了。进来这个人就倒下了。但是后面跟了个人。这个人也带了枪，朝里面开枪。汪珍凤一边还击，同时知道躲闪。赵广陵还是机灵，往床下钻，对方子弹没有打到他。冯幺妹受到了惊吓，本能上也知道躲避，但是对方枪射出的子弹把她打中了。刚好在屋顶上方，又响了惊雷，感到雷声落在了屋顶上，好像炸弹扔在屋顶上爆炸，屋顶要被掀开。房子来回晃了几下，感觉要把房子摇垮。雷声很吓人。那个人也感到害怕，射击就停下来了。汪珍凤确实有她不简单的一面，抓住这个时机，朝这个人连打了几枪，听见他从楼梯上下去了。汪珍凤不敢过去追着朝他开枪。

这个时候，汪珍凤回头，发现冯幺妹死了。汪珍凤心里很着急了，又伤心，哭起来了，说："冯幺妹被打死了，哎呀，天哪，咋个办嘛!"汪珍凤把冯幺妹当作最好的朋友，当作姐妹，人被枪打死了，她不知道如何面对这个结果。赵广陵在旁边，他也为冯幺妹被打死感到难过。

然后，汪珍凤手上还是拿着枪，叫赵广陵和她去察看下去那个人的情况，只见到有血，人不见了。这个人应该受了伤。两个人出了房子，看见院子里面狗并没有死，躺着，好像不能动。这个时候已经在下雨了，还有雷声。汪珍凤和赵广陵还出了那个夹道的小门，很小心看街上，人是见不到了。

汪珍凤和赵广陵返回房子，汪珍凤让赵广陵把狗抱到门旁边，雨淋不到。回到房子里面，汪珍凤还抱一个幻想，冯幺妹没有被打死。但是再看，冯幺妹确实是死了，完全是死人的脸色，脉搏摸不到了。汪珍凤死心了，又哭起来了。赵广陵完全是没想到，汪珍凤有枪，还把来的人打死一个，另一个打伤之后跑了。他也没有想到，汪珍凤没有死，冯幺妹死了。

汪珍凤情绪稍为得到缓解以后，望着赵广陵，说："你看今晚上这两个人，哪像是贼娃子！我这儿从来没有贼娃子进来过。赵广陵，你给我讲老实话，你是不是把哪个有权有势的人家，哪个袍哥的女人耍了，这两个人是不是来报复的？"赵广陵给她讲，这两个人和她另外那个相好有关，是他让他的老表来收拾他们。汪珍凤说："不可能！他要收拾也只收拾你一个，也不可能叫人到我这儿来收拾你！到这个时候了，都死了两个人在这儿摆起了，你还不想给我讲实话！河边死那个女大学生跟一个男的在一起，我就觉得那个男的是你，你还一口咬定那不是你！不是你才怪呢！你跟哪个女人在一起，哪个地方就要死人——有人就要来杀人，跟你没有关系呀？跟你没有关系才怪呢！"汪珍凤很快想了一下，说："要不是袍哥哪个大爷，哪个有权有势的人家，要让你给他当女婿，你把人家女儿耍了，耍了，你不想给人家当女婿，你再找哪个女的，人家就要把哪个女的杀了？还怪不得，只把那个女大学生杀了，没有杀你，人家还想要让你去给他当女婿！你还不给我讲实话！这两个人原来专门来杀我的！要不是老子有枪，老子的命今晚上就出脱了！"

赵广陵说："你听我讲，我跟那个女大学生确实不相干。你不信，我没有办法。这是实情。除了你和冯幺妹之外，这段时间，我确实也没有其他的女人。你也了解，我是喜欢耍的，不可能拴在任何一个女人的裤腰带上，不适合成家的，哪个人家愿意把女儿嫁给我？你自己想一下，你是不是和哪个结了仇？这两个人，难得说是你的仇家指使的。"赵广陵还想说，姓杜那个老爷被冯幺妹以前的丈夫砍死了，这个老爷家里的人一直想报复冯幺妹，这两个人可能是这个老爷家里的人指使的。或者因为冯幺妹后来和一些男人有交往，得罪了有的人，这两个人是她得罪的人指使的。还想说，冯幺妹嘴边那颗痣生得不好，招来了杀身之祸。

　　但是，汪珍凤听了他讲了以后，不想再听他讲，而且猜到了他下面要讲的话。汪珍凤说："你不要再讲了，我不想听！你是不是还要怪到冯幺妹头上，说她那颗痣长得不好？你不要再讲了！你以为你嘴巴会讲，我就会信了！你们这些男人的话，我要是都信了，我还能活到现在！赵广陵，这两个人是不是你招惹来的，你心里比任何人都清楚！冯幺妹因为你，命都出脱了！你把我也害惨了！你晓不晓得，我把他们的人打死了，我在锦都还呆得下去呀？我这些生意都顾不上了，我损失好大！我还不晓得躲到哪个时候，我才敢回来！赵广陵，你是真的把我害惨了！我本来是不想要你的钱的，你现在必须给我一笔钱，少了不行，我晓得你有钱！"赵广陵听她开出的数目，是一大笔钱。汪珍凤还替冯幺妹要一笔钱，说给她家里的人。

　　赵广陵想了一想，说："钱，我可以给，你先听我把话说完。你一口咬定这些人是我招惹来的，你没有道理。我是耍了些女人，有人恨我，难免的事。做生意，也难免得罪人。你还不是一样？你的性格，你自己也晓得，你得罪的人还少！你说他不会让人到你这儿来收拾我，不会收拾你，我是不相信。'知人知面不知心'。冯幺妹前头那个男人，毕竟是把人家砍死了，她前头那个男人虽然赔了人家一命，他家里的人会放过冯幺妹？你想一下。"汪珍凤说："你不用再给我讲这些屁话！因为你，冯幺妹命都出脱了，你还要怪到冯幺妹头上！老子差点命也出脱了，生意做得好好的，现在还要去逃难，你还找些话来说！老子们两个给你的享受，过去的皇帝未必都比得上你，老子得了你好多好处？冯幺妹得了你好多钱？你还怪到老子们头上了！赵广陵，老子现在都想把你一枪打死，留你下来，你是个祸害，以后不晓得你还要害死好多女人！你说这些，你是不是不想给钱嘛？我给你讲，你要是不给，我不会放过你。你晓得我这个人，我是做得出来的。"赵广陵感觉到，这个时候汪珍凤身上也有一股对他的杀气。赵广陵知道她后面这个话的分量。

他本来知道不给钱是不行的，给多了又不愿意，所以后面找了借口，想少给。但是汪珍凤不改口了，给她的钱，替冯幺妹要的钱，必须照她开出的数目给钱。赵广陵只好答应，但是怕她以后还会要钱，提出这次给了钱，她不能再向他要钱了。汪珍凤答应了。赵广陵要求宽限几天，他要去筹钱。汪珍凤要他三天后必须把钱交到她哥哥的手上，赵广陵只有表示照办。汪珍凤怕赵广陵只是口头上答应，不给钱，让赵广陵跟她去了她开的饭馆，写了一张借据。三天以后，赵广陵把钱交到她哥哥的手上，借据还给他。

两个人商量了如何处理尸体，开始想到埋在院子里面原来用来防日本飞机爆炸的防空洞里面。那个时候，政府提倡在家里自己挖防空洞，实际上起不了多大的作用，所以很多人还是出城去躲避。后来决定把尸体埋到城外面。汪珍凤去弄板车，赵广陵把两具尸体装在两只箱子里面，用水冲洗房子里面的血迹。因为有雷声，把枪声压住了，可能有人听见了枪声，没有当回事，也不清楚是哪个地方在打枪，又在下大雨，一直没有人进汪珍凤住这个地方来看。汪珍凤拉来板车以后，装尸体的箱子搬到了车上。为了掩饰，车上装了其他的东西。然后，趁着天还没有亮，冒着大雨，赵广陵和汪珍凤把板车拉到城外面，从农民家里面买了锄头，找了认为不易被人发现的地方，把尸体连同箱子埋了。天已经是亮了，雨还在下。两个人返回城里，汪珍凤去还板车，赵广陵和她分开了。

汪珍凤还了板车之后，回到房子收拾东西，准备带上钱、值钱的财物离开，听见有人叫她，看见是冯幺妹，她头皮就发麻了。冯幺妹明明是被打死了的，而且是她帮着赵广陵把她的尸体拉到城外面埋了的，这不是见到鬼了？但是冯幺妹和活着的时候完全一样。冯幺妹给汪珍凤讲："你不用怕，我不会害你。我是一直把你当亲姐，我哪会害你耶？我被打死，我不怪你。我以前那个丈夫在下头很想我，我也想他得很，我早就想去见他了，我只是挂念我的娃娃，我家里妈老汉放心不下，一直下不了决心，把我打死了倒是好了。我是向阎王求情，回去再看一眼娃娃。我也回去露个面，免得他要来向你要人。我还要回去看一眼我妈老汉。我以前有句话一直没有给你讲：男的里面，我以前的丈夫对我最好。女的里面，你是对我最好的。我回来，我要当面给你讲，我去了我才安心。我时间紧。我走了，你要保重啊，姐！"说完之后，冯幺妹转身出了房子。汪珍凤回过神，跟出去，院子没有见到人。出了夹道到外面，看街上，也没有见到冯幺妹的身影。

二

赵广陵离开了汪珍凤，有一个急迫的心情：死的虽然不是汪珍凤，冯幺妹也是郑丽曼指使的杀手杀死的，他很想看杯子上面是不是又有一只彩色蝴蝶，变成了黑色的蝴蝶。

那么，赵广陵到了文殊寺这边他存放字画古玩这个地方。有一只蝴蝶变成了黑色的雍正珐琅彩的杯子，之前放回了原处。赵广陵就去把装得有杯子的盒子再取出来。雨还在下，天不是很亮，屋子里面还是有些昏暗。赵广陵把盒子拿到门边亮处，打开盒子，取出杯子来看。他是很紧张的，怕杯子上面另外两只彩色蝴蝶还是彩色蝴蝶，其中一只没有变成黑色。结果拿在手上一看，另外两只彩色蝴蝶和原来一样，没有任何的变化。变成了黑色的那只蝴蝶，还是黑色的，但是杯子上只有这一只黑蝴蝶。

赵广陵一时不知所措了，对他是很大的打击。他冒了很大的风险，还要给出一大笔钱，这些付出，都没有用。原来以为杯上一只彩色蝴蝶变成了黑蝴蝶，是因为那个女大学生叶春华被郑丽曼指使杀手杀死了，再利用郑丽曼指使杀手杀死他新交往的女人，杯子上另外的彩色蝴蝶也能够变成黑蝴蝶，结果不是这样的。他想另外两只彩色蝴蝶也变成黑蝴蝶，得到一件举世无双的奇珍异宝，他就不知道如何做得到了。正在这个时候，突然从空中下来很耀眼的闪电，紧跟是炸雷。赵广陵感觉雷要劈到他身上，就是因为他起心歹毒，想利用女人的性命达到他的目的，已经害死了冯幺妹，害得汪珍凤无法在本地安身，去其他地方躲藏，上天要惩罚他。

雷声很大，地都在震动，赵广陵心里又一惊，手打抖，杯子脱手了。赵广陵赶紧去把杯子抓住，幸好抓住了，掉下去就碎了。赵广陵松了一口气。再看手上的杯子，其中一只彩色的蝴蝶有变化了：这只彩色的蝴蝶像是在火里被烧一样，开始是焦黄的颜色，往后，逐渐都变成了黑色。赵广陵看得那是目瞪口呆。到后面，颜色稳定住了，这一只彩色蝴蝶也变成了黑蝴蝶。仍然只是改变颜色，还是活灵活现的，还是透明的。再仔细看，这只黑蝴蝶在头部这个位置有个很细小的黑点。赵广陵想到了冯幺妹嘴边的黑痣。他感觉到，这只蝴蝶很像是冯幺妹的鬼魂变成的。他想到冯幺妹前夫被处死，她也被枪打死，命运是非常悲惨。她那个娃娃，生父死了，母亲也没有了，很可怜。赵广陵心里感到内疚。但是，又有一只彩色蝴蝶变成黑蝴蝶了，他原来的判断没有错，他是很高兴的。

　　这个时候，他想到，虽然把汪珍凤打死那个人、冯幺妹埋了，外面的人不知道这件事，警察也不可能由这个渠道获知此事，那么不会来抓他了。按说郑丽曼和她指使的杀手这边的人，是不会去报告警察的，但是为了让警察抓他，把这件事透露给警察，也很难说了。在这件事发生的时候，他虽然差一点挨子弹，毕竟毫发未损，但是事后郑丽曼就算不让警察抓他，很可能要指使人来教训他。赵广陵还是很担心，决定要去别处避风头。但是，赵广陵当天没有离开。他把汪珍凤要的钱，包括她说给冯幺妹家里的钱准备好，在第三天，让给他看房子的亲戚送给了汪珍凤的哥哥，要回了借据。然后，离开锦都，到了其他地方避风头。

　　汪珍凤拿到了钱，找到人，把替冯幺妹要的钱，加一部分自己的钱，带给了她在乡下的父母。汪珍凤还让人把冯幺妹的儿子偷了，把她的儿子带走了，当作自己的儿子来养。

第九章　和好

一

　　赵广陵在外面躲避，同时也打探在锦都这边的消息。他了解到，那天晚上在汪珍凤住那个地方死人的事，外界还无人知晓。有人找他，基本上不是熟人朋友，就是生意上的人，没有发觉有可疑的人在打探他。郑丽曼仍然没有其他的男人。躲避了一段时间，赵广陵回到了锦都城里面，但是还是小心，先在文殊寺这边的房子住，过了十来天，才住在他的店子里面。

　　这天晚上赵广陵睡了以后，被异常的声音猛然惊醒，发觉铺面起火了。徒弟还在睡。他赶紧把徒弟叫醒。就像发了洪水，火势很快蔓延开了。赵广陵店子里面东西不少，虽然把一些值钱的古玩字画放在文殊寺这边的房子，店子里面也有值钱的东西，能抢出的东西很少，损失很大。除了钱财上的损失，赵广陵本身又是爱古玩字画的，很心疼。他为叶春华、冯幺妹的死虽然感到难受，但是死了女人，还有女人，珍贵的古玩字画毁掉了，世上就没有了。所以，赵广陵在现场，眼泪忍不住就下来了。

火烧的不止他一家店子，相连的一片房子都被烧了。当时也有消防队，但是消防的能力有限，来得又迟，没有起多大的作用。

当时没有发现是有人专门对赵广陵的店子纵火，火灾像是讨口子烧火取暖引起的，先是把旁边的房子引燃，很快火烧到了赵广陵店子这边。赵广陵感觉到，不是意外，这是郑丽曼指使人干的。他在外面躲避了一段时间，但是郑丽曼仍旧不愿意放过他，还是要让他付出代价，而且这一次下手很重。不光让他财产受到很大的损失，而且，如果赵广陵睡得很沉，晚一点发现火情，不把他烧死在里面，也要烧伤，破相都有可能。赵广陵感觉到，郑丽曼不光是要烧他的店子，对他的人身也要造成伤害，是不是想把他烧死，都是不好说的。起码在深夜他睡以后放这一把火，没有想到要手下留情，不在乎会不会把他烧死。

赵广陵还想到，他在文殊寺这边的房子放了值钱的字画古玩，郑丽曼会不会下一步对这个地方采取行动，也放一把火，或者让人把里面东西偷了，甚至就是抢劫。如果是偷，他那个小地窖虽然隐蔽，要找，不是找不到。如果是抢劫，抓住他，逼他说出藏匿的财物，他不敢说。赵广陵还有更大的担心，这次他从火中脱身，郑丽曼还不会放过他，还要对他下手，另找机会要他的性命。

赵广陵赶紧另找了一处在城里面位置也偏，觉得安全的房子，把一些珍贵的字画古玩转移藏在这个地方。他自己不住在这个地方，也不住文殊寺那边的房子，另租了房子住。文殊寺那边的房子还有东西，是怕郑丽曼这边的人找到这个地方，或者把他劫持了，逼他讲出这个地方，不管是哪种情况，文殊寺那边房子里的东西要受损失，可以保住他藏在新找这个地方的东西。他也知道，如果逼他讲出所有东西的藏处，郑丽曼现在不会对他手下留情了，她指使的人是下得了手的，不都讲出来，用刀子在脸上划，要把他下面废了，他只好都讲出来。赵广陵内心最恐惧的，是郑丽曼最终要他的命。

他原来以为郑丽曼想和他结婚，是真心喜欢上了他，对他还有感情，他和其他女人交往，虽然她很不满，但是不至于会下很重的手。现在看来，不是这么回事。他想，她这样做，一方面正是因为她对他有感情，他去结交其他女人，她不能容忍，反而由爱生恨，要拿他泄恨，另一方面，他当初不愿和她结婚，答应和她结婚，欺骗她，把她玩弄了，她表面上不在意，但是她是要报复他的。他觉得郑丽曼这个女人，不像有的女人，她发觉只是玩弄她，要和他闹，想甩掉，她要缠着他不放。郑丽曼表现很有自尊，实际上这个人是很阴的。这种人对男人翻了脸，往往是最狠心的。

赵广陵和叶春华交往，郑丽曼教训他，赵广陵对她还没有怨恨，这一次对她有怨恨了。赵广陵原来觉得郑丽曼很有气度，人长得很美，和她在一起的时候很销魂。现在赵广陵感到，这个女人很可怕。

赵广陵原来的打算，是想避了风头回来以后，看一看情况，再去结交女人，再借郑丽曼的手除掉这个女人，这样杯子上第三只彩色蝴蝶也变成了黑蝴蝶，杯子上三只彩色蝴蝶都变成了黑蝴蝶，他的愿望就实现了。他没有想到事态发生了急变，出乎了他的预料。他想到，不可能再去结交女人，再想借郑丽曼的手来把这个女人除掉。这样做，郑丽曼除了要杀掉他结交的女人，肯定也要杀他。

赵广陵为这只杯子上面三只蝴蝶变成黑蝴蝶，除了冒风险之外，在钱财上已经付出很多，加上这一次火灾遭受的损失，即便杯子上的蝴蝶都变成了黑蝴蝶，成了雍正珐琅彩里面的孤品，一件雍正珐琅彩里面顶级的东西，在当时按市场价格来算，赵广陵可能是亏损了。如果现在有这件东西，按照现在的价格，那应该是天价。但是，那个时候，还差一只彩色蝴蝶变成黑蝴蝶，对赵广陵来讲，要他放弃，他也觉得很可惜。如果放弃，以前付出都白付出了，赵广陵是不愿意放弃的。他除了靠买卖古玩字画生活，确实又是一个古瓷的爱家，虽然付出的代价可能大过了他想要得的这件东西的价值，但是作为一个爱家来讲，能得到梦寐以求的一件雍正珐琅里面的绝品，他觉得这一些付出也是值得的。赵广陵毕竟对瓷器很懂行，他可能知道，以后这件东西比当时一些很值钱的东西价值都要大，都更加珍贵。如果以后的人知道这件东西曾经归他所有，是从他手上流传下来的，在收藏史上是一段佳话。

赵广陵好几天呆在他租的住房里，左思右想，决定去和郑丽曼恢复关系，但是要和她恢复关系，又必须和她结婚，就是说，他决定去和郑丽曼结婚。在和郑丽曼关系闹僵的时候，郑丽曼跟他讲得是很清楚的，要再和她交往，就必须愿意和她结婚。只是口头上讲愿意，她不会再相信，只有和她真结婚。

赵广陵并不是真心想和她结婚，和她结婚是被迫的一个选择，有另外的目的。他想去和郑丽曼结婚，郑丽曼不会再对他下手，他现在手上的财物能够保住，身体不会受到伤害，生命不会受到威胁。

在这其中，赵广陵有一个很坏的用心：和郑丽曼结婚之后，他要寻找机会把郑丽曼除掉。他想这个时候人不容易怀疑到他，他也要做得别人不能看出来。他有这个企图，是因为他本来不想结婚的，还想和其他的女人风流，但是郑丽曼不会容忍他这样做，她是能够狠得下心的女人，虽然和他做了夫妻，她要是翻脸，对他还是任何事情都做得出来。所以只有把她除掉，赵广陵才可以继续风流。

赵广陵还想让杯子上剩下的一只彩色蝴蝶变成黑蝴蝶。他想，前面两只彩色蝴蝶变成黑蝴蝶，是因为死了他两个相好叶春华和冯幺妹。郑丽曼是他的妻子，也是他的女人。叶春华和冯幺妹是郑丽曼指使的人杀死的，郑丽曼不可能指使人杀死自己，但是也是被其他人弄死的。两者之间表面上是有区别的：一个是郑丽曼给钱，让杀手行凶。一个是郑丽曼逼得赵广陵对她下手。但是也有共同之处：不管是郑丽曼指使人行凶，还是她逼得赵广陵对她下手，促使别人去做这件事情的人都是她郑丽曼。赵广陵之所以考虑到这一点，他是想除掉了郑丽曼，杯子上面余下的彩色蝴蝶也能够变成黑蝴蝶。他对此并没有十全的把握，又觉得不是不可能的。

赵广陵也考虑到，和郑丽曼结婚之后，如果到时候觉得他去外面交往女人，郑丽曼会要这个女人的命，对他会手下留情，他还是要利用郑丽曼把这个女人杀死，来让杯子上最后一只彩色蝴蝶变成黑蝴蝶。另外，如果到时候郑丽曼自己想离婚，他没有必要因为想摆脱她，要她的命。

要干掉她，赵广陵本身还不敢也不愿自己动手，用钱去买杀手行凶，又担心别人知道会泄露，到时候根据情况再定夺采取哪一种方式。不管是采用哪种方式，他知道风险都是很大的，所以能够让郑丽曼不死，那是最好了。不除掉她不行，也只有走这一步，但是要万分小心，不能引起人的怀疑。郑丽曼那个哥，如果觉得郑丽曼死因可疑，怀疑到和他赵广陵有关，是不会放过他的。总之，到时候他要见机行事。但是，要去和郑丽曼恢复关系，和她结婚，赵广陵是决定这样做了。

二

赵广陵想再见到郑丽曼，就不是做样子了。赵广陵带上礼物，去到郑丽曼的宅子想见她，不让他进去。赵广陵等到老况，还有郑丽曼的女佣人，给他们钱，求他们给郑丽曼带话，都不理睬他。他给郑丽曼打电话，不管是其他人接，还是郑丽曼接，都把电话挂了。他给郑丽曼写信，不止一封。赵广陵在信里面，主要讲了他对她的感情，想和她结婚。他没有讲他的店子被烧，说他生意暂时不顺，但是他结了婚，他会努力挣钱。他的信都没有回音。

赵广陵在郑丽曼的宅子外面等她，但是，郑丽曼可能知道他会在外面堵她，不出门了。赵广陵只是在大白天去等她。这个时候，赵广陵还是担心郑丽曼会让人对他下手。晚上，赵广陵在租的房子里面不敢外出，白天觉得不安全的地方不敢去。赵广陵随身带了刀子，遭到袭击，只有拼死一搏。赵广陵想到了买把枪防身。当时普通老百姓拥有枪支，要领取枪照才算是合法的。但是领取枪照是有规定的，赵广陵按照规定能不能领到枪照，首先是个问题。赵广陵还想到，去申请枪照，郑丽曼很有可能会知道了，如果打招呼，不给他枪照。要是没有枪照持枪，当时是战乱时期，是一个乱世，被发现有枪，关一段时间是轻的，弄不好说你是通敌通匪，很可能要丢命。这个时候，郑丽曼如果是知道了他有枪，别人没有发现，很可能告发他。如果买枪，盒子炮枪大，随身带，容易被发现。小一点的有勃朗宁手枪，有左轮手枪。但是赵广陵想到后果，不敢有枪。汪珍凤的盒子炮，是他丈夫死后，不知道是因为什么原因没有上交，留下来了。

赵广陵虽然通过上面几种方式，想再接近郑丽曼，但是没有回应。赵广陵本来以为，他向郑丽曼表示真心愿意和她结婚，向她展示他的诚意，郑丽曼对她的态度会软化，转变。他没有想到，郑丽曼不为所动，对他仍然是耿耿于怀。赵广陵想到，郑丽曼是铁了心了，不跟他恢复关系，不收拾他不解恨。赵广陵感觉到，在本地是无法呆下去了，不然性命不保。

要离开，他的那些宝贝，他只带上少量便于携带的东西，其他的转手。那只雍正珐琅彩的杯子，他不会卖。在他离开之前，他要雇凶手把郑丽曼杀死，看杯子上面余下这只彩色蝴蝶会不会变成黑蝴蝶。变成了黑蝴蝶，那就大功告成了。没有变成黑蝴蝶，杯子上面三只蝴蝶的颜色，还是不协调的。但是赵广陵还要带在身上，去了其他地方，他要去勾引一个像郑丽曼一样有势力的女人，看能不能够照样借她的手，把他另外交往的相好除掉，从而让第三只彩色蝴蝶变成黑蝴蝶。就是说，既然付出了很多了，他是不会放弃的。而且他想到世上是有命运的，具体对他而言，就是有的宝物他能够得到，有的很不一般的奇事他遇上了。他想到，他能得到这一只雍正珐琅彩的杯子，碰到上面彩色蝴蝶变成黑蝴蝶，这好像是命运的安排。他觉得，剩下一只彩色蝴蝶应该能够成为黑蝴蝶，他手上能够得到一件三只蝴蝶都是黑蝴蝶的雍正珐琅彩的杯子，举世无双的至宝，这也是命运安排好了的，他应该有这个命。当然，放弃就没有这个命。但是既然觉得自己有这个命，他就有信心，不会放弃。

赵广陵这个时候敢雇凶杀郑丽曼，不怕事后暴露，因为他要躲到其他地方去。赵广陵考虑，他去的地方，他还能做古玩生意。他知道北京和上海古玩店比锦都多，生意还好做一些。他内心是不想去这两个地方，当时北京、上海是被日本鬼子占领的，去的路上要冒很大的风险。赵广陵还考虑到了其他地方，暂时没有定下往哪个地方去。

赵广陵这时候开始卖他不想带走的古玩字画。他想不让郑丽曼觉察到他要离开，还是表现出想和她恢复关系。找杀手，他担心会走漏风声，打算往后一点去雇杀手。

赵广陵不想带走的东西，一个是他自己卖，主要卖给老客户，转让给同行。另外，他租了一个铺面，以他徒弟的名义开店，卖东西。

这一段时间，赵广陵是更加小心，一直不放松警惕。在外面，不敢晚了回他租的房子。晚了在路上，是杀手袭击的一个好时机。因为多久没有去勾引女人，想勾引女人，不敢去勾引。勾引女人，对于赵广陵，相当于有些贪吃的想找新的口味，但是只有克制住。他偶而去见以前的相好，次数很少。他以前的相好，基本上是他玩腻以后他甩掉的，或者是他疏远的。相好玩腻了，对于赵广陵，相当于是一道菜他吃够了。回头去找以前的相好，因为没有新鲜的菜品供他满足，只有吃以前不想再吃的菜。但是和她们在一起，不过夜，担心杀手这个时候动手。有时候，赵广陵去窑子。窑子里面人很杂，赵广陵担心杀手混在嫖客里面，尽量缩短时间，肯定是不在窑子里面过夜的。

有一天，赵广陵从外面回他租的房子。路上，赵广陵也要注意有没有被人跟踪。回到他租的房子，感到疲劳，躺在床上休息，也不是想睡，脑子里面还在想事情。突然，赵广陵听见有人敲门。然后听见在叫他，听声音是老况。老况能够找到他这个地方，他马上就警觉了。赵广陵没有出声，去拿刀子，心里是很紧张的。

老况在一边敲门，一边叫他："赵掌柜，赵掌柜！我是老况。你开门，你开门哪！"赵广陵还是不出声，不开门。

老况又在外面叫他："赵掌柜，你开门哪，我有话带给你，你开门嘛！"赵广陵听到他这个话，想到老况讲的是他带了郑丽曼的话给他。他轻手轻脚到了窗户边，偷偷看外面，看见门外老况是一个人，没有见到老况手上有能够伤害到他的东西。

老况见到始终没有开门，只好转身离开。赵广陵想到老况知道他在里面，而且讲了带郑丽曼的话给她，他故意不开门，老况回去要给郑丽曼讲。那么，他表示要和郑丽曼恢复关系，郑丽曼肯定是不会相信的。赵广陵没有感觉到有危险，又很想知道郑丽曼让老况带的话，把门打开了，把老况叫住了。

老况不是很高兴，问他敲了半天门，怎么不开门。赵广陵说他刚才睡着了，后来才听到，向老况赔不是。然后问他，来找他有什么事？老况给他讲："赵小姐说，你要是方便，没有事情，让你跟我一起去见她。你要是有事情，就算了。"赵广陵故意表现出高兴的样子，说："我没有事，我跟你去。"他心里其实还有顾忌，怕老况来叫他去见郑丽曼，里面有其他的目的，是要算计他。这个时候天刚刚暗下来。如果天已经黑了，赵广陵可能不会去。

赵广陵让老况稍等他一下，他回屋换了体面的衣服，把头发梳理了，相当于女人出门把自己打扮一番。然后，拿上原来准备送给郑丽曼的礼物，把刀子也带上了，和老况到了小城郑丽曼住的宅子。天已经黑了。

老况让他到郑丽曼听唱片的房间坐，给他端来了茶水。赵广陵想到曾经和她跳舞的情景。当时是冬天，房间里面有火盆子，烧的木炭。赵广陵听见了很轻的脚步声，这个时候郑丽曼出现了。

他看郑丽曼和他以前见到的没有变化，还是施的淡妆，好像没有因为要见他专门打扮，但是赵广陵看出来，郑丽曼在穿的衣服上是挑选了的。冬天穿得厚，但是穿在她身上的衣服显身材，不显得臃肿，显得里面丰满一些。胸部好像大一点，她本身是合适。她还是一种高傲的神态，很有气质，加上长相确实很美，就像这是冬天，给人的感觉，是春天的花朵，确实有特别的风采。赵广陵想到郑丽曼是下得了手的女人，让人把叶春华、冯幺妹杀了，给他造成的损失很大，弄得他很狼狈，还怕她把自己干掉，对她既怨恨又畏惧。再一次看见她，禁不住还是被她迷住了。

郑丽曼朝赵广陵轻轻点了点头，然后坐下来，也是在火盆子的旁边，不说话。赵广陵心里面是忐忑不安，也不知先提哪一个话头。但是郑丽曼不说话，他不能不说话。他想了又想，就问她了："我给你写的信，你有没有收到？"

郑丽曼没有接他这个话，放唱片听。放的是白虹的歌。白虹当时也是很出名的，既唱歌，又演电影。赵广陵没话找话，就说："这首歌唱得有味道，很好听。"正放这首歌他没有听过。郑丽曼也没有顺着往下说，问他："你的生意现在如何？"赵广陵回答她："现在要挣大钱，还不好挣。我自己的生意本来将就，运气该我倒霉，我铺子上遭了火灾，好多东西都烧了。我原来想手上多有点钱再跟你结婚，现在看，一时间做不到。我是很想和你结婚的，我不想再拖了。你要是还愿意和我结婚……"说到这个地方，赵广陵停下来了，看她的反应。郑丽曼没有任何表示。

赵广陵往下说："我在信里面给你讲了，我想先和你结婚，以后挣钱的机会还有。我不晓得你现在还愿不愿结婚。"他现在给她讲他店子火灾的事，是想到她其实知道。郑丽曼看了他一眼，没有表态。赵广陵感觉到，郑丽曼对他心里是很不舒服。他知道他离开她以后做的风流事，郑丽曼是清楚的。她不提，赵广陵本来也不想提，但是他想到，他必须对她有一个态度。赵广陵就对她说："我在信里面没有写，我想当面给你讲，我有做得不对的地方，我请你原谅我。我没有管住自己。我很后悔。我跟你保证，我不会再像以前那样。你原谅我，好不好？"赵广陵不是真心要求取她的原谅，不觉得自己是真做错了。

但是郑丽曼听到他这些话，可能触碰了她心中的痛处，脸上表现出了痛苦。眼睛里面好像有泪水，控制住不流出来。但是她没有生气。唱片放完了，她起身换了唱片，然后出去过了一阵才回来，脸上神态恢复了正常。后面，赵广陵和她讲到其他的话题，郑丽曼大多数时间只是听。将近九点钟的时候，郑丽曼给他讲："你该回去休息了吧。"赵广陵只好离开，但是把想和她结婚的话又对她讲了一遍，郑丽曼还是没有任何表示。他要离开郑丽曼的时候，他很想抱她，吻她，但是不敢。赵广陵给她讲，明天他想再来见她。郑丽曼让他先打电话。

赵广陵离开她以后，就想，郑丽曼突然把他叫来，可能态度有所软化。他本来不愿意到其他地方去，想最好是能够留下来，和郑丽曼结婚，按照最初的计划来做。他觉得，郑丽曼表面上对他冷漠，但是经过观察，她对他还有感情。而且，通过和她接触，他了解郑丽曼是一个内向的女人。内向，当然，不容易让人看出真实的想法。赵广陵也想到，不排除郑丽曼现在陷入了矛盾当中，既想收拾他，又下不了手。或者是，她想再给他机会，看他是不是真心想和他结婚，然后再决定是不是要对他下手。赵广陵就想，那就还有机会，他要争取让郑丽曼重新接受他。他自以为他很了解女人，不管对女人是不是用情专一，只要表现出用情专一，肯在女人身上下一些功夫，女人还是能够被打动。

到第二天，赵广陵去买了一件貂皮大衣，是照着郑丽曼的身高胖瘦买的。他以前见过郑丽曼穿貂皮大衣，应该是王政安给她买的，后来没有见到她穿，可能还在。但是赵广陵觉得，你有没有没有关系，这是我的心意。就是想讨好她。他买这件，他觉得比王政安给她买那件要好。他倒不是想和王政安比钱多，王政安那是比他钱多，但是他要借此表明，他肯为她花钱，他看重她。这里面有个前提，他知道郑丽曼本身是有钱的，而且并不想在他身上得到钱财方面的好处，他不担心到后面郑丽曼胃口越来越大。

赵广陵给郑丽曼打了电话，郑丽曼这次接了电话。赵广陵本来想马上过去，郑丽曼依然是让他天暗下来的时候去。赵广陵只好这个时候去，也带了刀子。赵广陵坐的是黄包车。在一个路口，黄包车刚拐过去，有一辆小汽车正好冲过来。黄包车一躲闪，车打偏，然后就倒了。旁边有一道沟，车夫掉到了沟里面。赵广陵一条裤腿拉了一道口子，小腿受了伤，不严重，痛还是痛。车夫受的伤比他重，倒在沟里呻唤。小汽车上的人还骂了几声，开走了。赵广陵想，这就是意外。他没有怪车夫，把钱给了他。

赵广陵没有回去换裤子，想就这样去见郑丽曼，让她看见他受了伤还来见她。回去换裤子耽误时间，去郑丽曼的宅子，天就黑了。赵广陵虽然判断郑丽曼这个时候不会指使人收拾他，但是不得不防万一。出现危险，常常是人预想不到的，预防总比不预防好。赵广陵重新叫了黄包车，到了郑丽曼的宅子。

郑丽曼见到他，发现了他裤腿上的口子，但是没有马上问他是怎么回事。赵广陵把貂皮大衣送给她。郑丽曼说："你铺子被烧了，你生意上需要用钱，你何必花钱？我冬天有衣服，我不需要。你去退了。"赵广陵说："给你买件衣服我还买得起。你试一下，看合不合适。"郑丽曼把貂皮衣服穿上了。赵广陵说："你穿上去好看。任何女人都没有你穿上好看。很富贵！"郑丽曼穿上，确实既合体，人显得也很富贵。这个房间还是郑丽曼听唱片这个地方。赵广陵见过她的寝室有穿衣镜，这间屋子没有，让她去寝室照穿衣镜，自己看穿上如何。郑丽曼脸上露出了很淡的笑容，没有去照穿衣镜，然后要把衣服脱下来。赵广陵就还是用观赏的目光望着她，给她讲："你先不要脱。你穿上太好看，你让我再看一看。"郑丽曼还是把貂皮大衣脱了。她可能想到了以前王政安给她买的貂皮大衣，可能感觉到赵广陵买这一件比王政安给她买那件要好。但是，并没有显出高兴。赵广陵看不出她到底喜不喜欢他给她买的这件貂皮大衣。

　　然后两人坐回了火盆子边。郑丽曼这时候才问他，他裤腿撕破了是哪一回事？赵广陵表现得是有教养的，先向她道歉，他穿着破裤子就来了。然后给她讲了是怎么回事。给她解释，他怕回去换裤子，不能按时到她家里来。郑丽曼要看他的腿受伤的情况，赵广陵说："骨头肯定没有伤到，要不然我想来也来不了。没有事，皮擦破了一点。"郑丽曼说："我看一下。"赵广陵让她看。小腿上有红的擦伤痕，出了很少一点血，还有瘀青，是伤得很轻的。郑丽曼看了以后，问他："你要不要去看一看大夫？我让老况和你去。"赵广陵说："多谢你关心。不用去看，没有事的。过几天就好了。"郑丽曼没有再劝他去看大夫。她家里备得有消毒的药水，取出来搽在赵广陵小腿受伤的部位。赵广陵在偷偷观察郑丽曼的表情，感觉到她心疼他。赵广陵确信她对他依然是有感情的，他有望和她恢复关系，他原先的计划有望实施。下面如何做，他心里有数了。

到了九点，郑丽曼没有叫他离开。到了九点半左右，郑丽曼让他离开。赵广陵就起身，郑丽曼也起身了。赵广陵给她讲："我明天再过来，行不行？"郑丽曼说："你打电话嘛。"两个人是面对面站着的。赵广陵大着胆子去抓她的手，郑丽曼让他抓了。赵广陵又把她抱住，要吻她。郑丽曼脸偏开了。赵广陵看到她没有表现出反感，嘴凑上去了，吻她了。然后给她讲："不要让我走了嘛，好不好？"郑丽曼显出了犹豫的表情。赵广陵又吻她，摸她，动作不大，但是就是挑逗她，让她想他留下来。

又对她讲："你让我留下，好不好？我一直都很想你。我每天都想到你的，你可以不信我讲的。我是很爱你的，丽曼。我只爱你一个，我心里面只有你。你要是愿意和我结婚，你说哪个时候结婚都可以。我还想现在就和你结婚。我想以后天天都和你在一起，永远不分开，死了都埋在一起。丽曼，你不要让我走了。"郑丽曼问他："你是真的爱我？"

赵广陵点了点头，说："我这个人本来是怕结婚的。有的人讲，家是套在颈项上的枷。我就是害怕成了家，把我约束住了。有的女人确实也厉害，娶来当老婆，那不是老婆，是找了个麻烦，是找罪受。我心里是有担心的，这是实话。但是你不是这种人，我看你的性格很好，你多温柔的。你又很有涵养。你长得又漂亮，条件又好。要是能和你做夫妻，是我的福分。我想和你结婚，是我反复考虑了的。我要先给你讲清楚，我不是因为铺子遭了火灾，我要来图你啥子，我才想和你结婚。我有些东西是放在其他地方的，我还能爬得起来。"赵广陵给郑丽曼讲了句实话，是想到郑丽曼即便不知道详情，但是知道他在其他地方还有值钱的东西。为了让她相信他想与她结婚有诚意，该讲的实话要讲。赵广陵接着讲："我主要是爱你，我也该结婚了，你对我是最合适不过的。我就怕你现在不愿意了，你不爱我。丽曼，你爱不爱我？"

郑丽曼没有回答，仰起脸，主动去吻赵广陵。赵广陵没有想到她主动来吻他，他和她接吻，手也没有闲着。他了解她，不敢有过分的动作，但是比前面动作要大一点。然后，他又问她："我留下来，行不行，丽曼？"这个时候，郑丽曼有眼泪流出来了，在赵广陵怀里点了点头，同意了。

赵广陵就留下来了。还是在她的寝室，在她那架雕花很精美的床上，又和她在一起了。郑丽曼首先因为长得是很美的，看着很舒服。皮肤细白，很光滑，就像玉一样。赵广陵又想到，郑丽曼以前是王政安的女人，只有王政安能够和她睡一张床。他对她很有兴趣，想把她弄到手，但是连去勾引她都不敢，哪敢去和她睡在一起！现在，又和她在一张床上了，可以随便享受她。赵广陵很陶醉。

郑丽曼平常人有一种高傲的样子，是冷艳的样子，这个时候还是有风情的。她多久没有接触男人，又被赵广陵打动了，在这方面也很有兴致。

在床上，两个人交谈的时候，赵广陵表现很想和她结婚，要她定一个时间，尽量早一点。郑丽曼讲，可以在元宵节办两个人的亲事。赵广陵马上表示同意。

三

赵广陵以后就住在郑丽曼这个地方了。去外地躲避的计划自然取消了。赵广陵不再担心郑丽曼会报复他，把他弄得一无所有，取他的性命。但是他也明白，不能去乱来，让她发现做了背叛她的事，还是很有可能对他下重手。他观察郑丽曼，看她的眼神，除了高傲，对他的深情，有时候感觉到里面冰冷，好像有一股寒气。

赵广陵把他要和郑丽曼结婚告诉了罗金。他不可能把和郑丽曼结婚的真实动机给罗金说。赵广陵和汪珍凤、冯幺妹在一起那天晚上，汪珍凤打死了来行凶的人，冯幺妹被打死，赵广陵没有把这个实情告诉罗金。他只给罗金讲，他和汪珍凤在一起的时候，有人来行凶，被他们发觉了，对方没有得手。汪珍凤害怕不会放过她，躲到其他地方去了。他也到其他地方暂时避一避。他回来，他的古玩店起火，罗金判断，就是郑丽曼指使人放的火。罗金认为，郑丽曼这样做，除了报复他，教训他，不排除郑丽曼感到和赵广陵结婚无望，下重手了。也有可能这是郑丽曼给赵广陵的一个警告，如果他再和女人乱来，不兑现和她结婚的承诺，下一次要他的命。

罗金听赵广陵说要和郑丽曼结婚，他对赵广陵讲："你现在终于还是落在她的手掌心了，她厉害哟！为了把你弄到手，你这个郑丽曼是费尽心思了，看来人家是真爱你。不容易，不容易！你也该成家了，光是要也没有多大意思。说句实话，你跟她，你是占了大便宜。人家要长相有长相，还有势力，钱肯定比你多得多。她以前从王政安手上肯定得到了不少好处，她家里本身也很有钱的。我都羡慕你，该你有这个福气。我也劝你一句，你的这个郑丽曼太不简单了，你以后小心一点。我晓得你管不住，管不住也要管住。"

罗金对赵广陵其实心里面有点看不起，他知道赵广陵要了很多女人，是很下流的。对古董很懂，生意做得也精，这方面的本事是有的，但是和那些大商人没有办法比。虽然说长得出众，但是长得出众不止他一个，人家就是有那个运气，偏偏郑丽曼看上他了，还下了大功夫逼迫他和她结婚。如果郑丽曼是罗金的妹妹，罗金是要站出来，反对郑丽曼嫁给他的。不是他的妹妹，不该他管了。罗金还恭喜赵广陵。

所以，再好的朋友，有些心思相互都是不会讲的。有的人讲，好朋友，是无话不说。事实上不是这样，无话不说，恰恰是不会有好朋友的。罗金要是不知趣，给赵广陵讲了不该讲的话，赵广陵不可能再把他当作好朋友。这是很正常的，不能说是对朋友虚伪。不该说的话不说，这是对朋友的尊重。有的人认为，因为朋友关系近，可以随便。结果往往因为随便，造成了伤害。其实，朋友之间，越是关系近，越是需要相互尊重。朋友之间，关系近了，对方的毛病、弱点，看得很清楚，这个时候需要管好自己的嘴了，不能随便讲。这是朋友间很重要的一种尊重。没有这样的尊重，关系越近，往往更容易翻脸。所以说，要想做长期交往的朋友，不该说的话是一定不能说的。越是关系好，越是不能随便说话。这个道理，很多人是不懂的。所以很多人交朋友，后来关系都不能维持。要做朋友，说真话倒在其次，相互尊重最重要。然后，是能够帮忙，相互帮忙。

第十章　结为夫妻

赵广陵娶郑丽曼，如果自己有比她的宅子还好的房子，要花一大笔钱。郑丽曼给他讲，她的宅子就是他们的家。赵广陵感觉像是倒插门，但是也只好这样。郑丽曼怕他以为这个宅子原来是王政安的，给他讲了宅子和王政安没有关系。

两个人办亲事不在郑丽曼这个宅子，在南边郊外一个别墅，离华泰协和大学不远。郑丽曼给赵广陵讲，这是他哥哥的房子。原来是为了躲避日本飞机轰炸，在城外有一个安全的地方，可以吃住，从别人手上买的。他哥哥一家人有时候住在这里面。郑丽曼也去这个地方躲避，有时候去住一段时间。

郑丽曼让赵广陵和她在这个地方办亲事，一个是为了不让赵广陵感觉到，在女方的宅子办亲事，他没有面子。另外一个，可能是她考虑到，她曾经是王政安的姨太太，现在结婚，不愿意张扬。当时有些人结婚，除了办亲事，还登报。郑丽曼和赵广陵结婚，没有登报。

赵广陵没有父母，办亲事这一天，去了几个亲戚，还有一些朋友，其中有罗金。郑丽曼这边，她父亲专门从灵津上来，参加女儿的婚礼。从灵津还来了几个亲戚。郑丽曼的哥带了一些人去，但是没有保安司令部的人，特意避开了保安司令部的人。郑丽曼自己请了一个朋友，是省政府一个大官的儿媳妇。郑丽曼给赵广陵讲，两个人在灵津的时候就要得好。男女双方参加婚礼的人在一起，赵广陵明显感觉到自己这边的人不如另一方的强，有自卑感。

郑丽曼的父亲对赵广陵好像不满意，但是也没有表现出不喜欢。她这个哥，赵广陵这个时候才知道，他没有因为王政安死影响前程，成了处长。在婚礼当中，郑丽曼这个哥给赵广陵讲："你跟我来，我有话给你讲。"赵广陵跟着他到了院子皂角树下面，他给赵广陵讲："我给你摊开讲，你和我妹的事情，我本来是不赞同的。你不要以为，跟了王政安几年，找不到比你好的。比你年轻，家境比你好得多，条件比你好的，由她选。她看上你哪一点，我至今都没有想明白。也许和你有这个缘分，算是天意吧。既然是天意，天意不可违，天意只有顺从。你以前那些花花草草的事，我是晓得的。都是过去了的事情，过去的事可以不提。从今天开始，你只要不再像以前，我认你这个妹夫。有人欺到你头上，你给我讲。要是我听到说，还是花花草草的，你不要怪我翻脸不认人。不要觉得别人不可能晓得，'若要人不知，除非己莫为'。任何人，要是欺侮我这个妹，我任何事情都做得出来的。"赵广陵马上说："哥，你放心，我不会做任何对不住丽曼的事，我只想和丽曼好好过日子。"郑丽曼的哥只是点了点头，没有多说了。赵广陵心里清楚，他是特意选了这个时机给他讲这一番话，就是不相信他，对他发出警告。

这天晚上还不错，有月亮。郑丽曼和赵广陵一起看了月亮，但是后来月亮进到了云层。到第二天晚饭后，郑丽曼和赵广陵出来散步。两个人朝河边走，顺着河岸走了一段，往回走。天暗下来了。赵广陵感觉到对岸边有一个女人，和他们并行在走。人具体的样子看不清楚，赵广陵觉得像叶春华。他想到叶春华的死，心里面产生了冷飕飕的感觉。但是，赵广陵又感觉到不是很像。再往回走，天更暗了，月亮升起来了，两个人是踏着月光回来的。

郑丽曼的父亲要回灵津，郑丽曼叫上赵广陵送他回去，另外，一起到她母亲坟上拜祭，把他们结婚的喜事告诉母亲。先坐车是陆路，然后坐船走水路。

要除掉郑丽曼，赵广陵虽然不愿意自己动手，但是在船上，赵广陵觉得这是个机会。他和郑丽曼闲聊，问到她会不会水。郑丽曼给他讲，虽然她是江边长大的，不会水，因为从小父母不许可她游泳。赵广陵的图谋，是找机会把她推到江里面淹死，造成失足落水的假象。但是，他听到郑丽曼讲她不会水之后，显出很担忧的样子，给她讲："你不会水，你不该坐船，万一船出事了，你掉在水里面就是一坨石头。你会水，还有机会。你坐船，太危险了！"郑丽曼笑着说："不会的。你会不会水？不要你自己掉到水里面，你自己成一坨石头了。"赵广陵给她说："我虽然在水里面比不上鱼，也不至于是一坨石头。"郑丽曼说："那我就不害怕了，我掉到了水里面，你肯定会来救我。就算我是一坨石头，你拼了命也要把我拉上岸嘛。"赵广陵嘴上说："那是当然。我宁愿我死，我也要把你救上来。"郑丽曼说："我们才结婚好久？你不要说这些。"郑丽曼反过来叮嘱他，要他当心，不要掉到水里去。

赵广陵想到把郑丽曼推到江里面淹死后，不能让她的父亲怀疑他，又当着她父亲的面，表明了他对郑丽曼的担忧。郑丽曼的父亲说:"坐船不要这样想。你要想一路顺风,一路平安。我给你讲,人不要有坏的想法,要往好处想。你有坏的想法,往往坏的事情就会来。你有好的想法,往往来的是好的事情。你想一路顺风,一路平安,我们这一路就一定顺当,很安全。我还在船上嘛。有人给我批过八字,我要活到八十多,还早。跟我在一起,是很安全的。"郑丽曼的父亲有六十来岁。

赵广陵想的是,两个人在船边,在无人注意的时候,把郑丽曼推下去。如果当时他也下去,没有很大的危险,他要装着下去救她。但是,赵广陵不敢下手。他把手放到她身上,一推,可以把她推下去,没有敢这样做。装着去救她,赵广陵也不敢到江里面去。

去了灵津往回走,先还是坐船。赵广陵依然是想把郑丽曼推到江里淹死,但是想动手的时候,还是下不了手。

天已经热了,郑丽曼穿得薄,风吹在身上,身上线条很显。郑丽曼本身又很美。男人手在女人身上会"揩油",眼光也是会"揩油"的。船上那些男人,眼光在她身上来回看。有一个也是灵津做生意的,从郑丽曼身边经过。郑丽曼让他,身子背过去。这个人过的时候,把身子朝向她,下面在郑丽曼臀部上有过分的动作。郑丽曼马上躲开了,对这个人讲:"你这个人,你太下流啦!"这个人问她:"你说哪个下流?"郑丽曼问他:"你不下流啊?"这个人说:"你说我下流,我哪里下流了?你不要乱说!你乱说,我把嘴给你撕烂,你信不信?"郑丽曼冷眼望着他,给他说:"你还想动手,你简直没有教养!"这个人听她说他没有教养,还受不了,嘴里就有脏话了,对郑丽曼讲,你说我没有教养,你看你那副风骚的样子,一看就是出来卖的。

赵广陵发觉郑丽曼和人起了争执,过来听到了这个人后面的话，和这个人议论，和他动了手。赵广陵比他个子大，本来不吃亏。但是，这个人船上有一起来的，几个人来对付赵广陵。幸亏船上有人站出来，说出了郑丽曼父亲的名字，讲了赵广陵、郑丽曼和郑丽曼父亲的关系，把对方劝开了。因为郑丽曼做了王政安的姨太太，她的父亲利用王政安，势力就起来了，在当地有影响。赵广陵还是吃了亏，身上多处受了伤，脸上也受了伤，郑丽曼很心疼。到后面，赵广陵听见这个人和人谈论郑丽曼，嘴里讲她是"王政安的小老婆"，提到了王政安死之后的传闻，讲了一些不堪入耳的话。赵广陵心里很恼火，但是自己势单力薄，不敢再动手。

赵广陵这个时候还打算对郑丽曼下手。他想，如果要追查这件事，可以说郑丽曼掉进江里面，和灵津那个生意人，或者那几个人有关系。他挨了打，别人不会怀疑到他。他也有借口，不用跳到江里面去救她。晚上，赵广陵说他要透气，到了船边。郑丽曼来到了他的身边。赵广陵看船上不会有人发现，很想把她推下去。她如果掉到江里面，江水就把她带下去了。她不会游泳，挣扎几下，会被江水卷进去，恐怕尸体都找不到。但是，赵广陵虽然还想把她推下去，这个时候心好像狠不起来，不忍心对她下手了。

郑丽曼靠在他身上，问他身上痛不痛。赵广陵听她的语气，好像他身上受了伤，同时痛在她的心上。赵广陵觉得为她吃了亏，是值得的。

回来以后，赵广陵给郑丽曼的哥讲了在船上被人欺侮的事。郑丽曼也讲了当时的情况，但是没有讲其他的话。她这个哥听了以后，没有说要替他们去报复。

大概过了两个来月，她这个哥开了车，叫赵广陵上车，在街边一家饭馆旁边停下来。过了有几十分钟，从饭馆出来了两个人，都喝了酒的，步子不稳，也没有东倒西歪的。郑丽曼这个哥指着这两个人这边，问赵广陵："你认不认识？"其中一个，赵广陵认出了是船上对郑丽曼耍流氓那个人。另外那一个，记不清楚是不是和那个人一起打他的人。赵广陵给郑丽曼的哥讲了。她这个哥从车窗伸出手做了个手势。

然后，有一男一女朝这两个人走过去。这个女的长得还不错，打扮得可以说是妖艳。这个女人和那个人碰了一下，与她一起的男的就骂那个人，很快就动手了。和那个人一起的人，帮着对付这边这个男的。女的去帮这边这个男的，对方对她也动了手，这个女的顺势倒在了地上，衣服自己撕破了，像是对方造成的。这边这个男的好像也吃亏了，打不过对方的两个人。

但是随后来了四五个人，先像是劝架一样，然后这几个人也对那两个人动手了，加上前面那一个，围着那两个人打，把这两个人打倒在地上，用皮带抽，用脚踢。这两个人只有叫妈了，只有求饶。这边的人没有停手。皮带不光抽身上，还抽脸上，脸就开花了。脚踢胸口，踢那个地方，吃的喝的都吐出来了，痛得在地上打滚。

看的人有的问，这是哪一回事？为什么把人家打成这样？可能是看不过去了。也可能还是这一方的，故意这样问。这一方的人说，那个人喝多了，摸那个女的，还打人。另一个是和他一起的，也打人。这个女人都被他们打了，你看，衣服都被撕破了。问话的人就说，这种人该打，打死才好。

这两个人没有打死。郑丽曼的哥后来按了几声汽车喇叭，这边人就住手了，然后离开了。郑丽曼这个哥还对赵广陵讲："没有必要弄死嘛。"但是没有多说，把车开走了。

　　赵广陵感觉到，郑丽曼的哥今天这样做，一方面是替郑丽曼和他报仇，也是故意做给他看，要他知道他的厉害。他一面觉得解气，心里面也感到害怕。他想到在办婚事当天，郑丽曼的哥给他讲那番话，不是只在嘴上说一说。但是，赵广陵并没有因此打消谋害郑丽曼的念头，只是心里面想，一定要防她这个哥。如果到时候觉得除掉郑丽曼，她这个哥会发现和他有关，必须雇人把她这个哥干掉。赵广陵知道，去杀保安司令部一个处长，风险那是很大的，不可能不彻查，很有可能查出是他主使的。所以，除掉郑丽曼要很小心，不能让他这个人怀疑是他干的。

　　赵广陵当时有一个疑问，他没有当面听到郑丽曼让她这个哥报复船上欺侮他们的人，郑丽曼会不会背着他打了这个招呼？赵广陵想问郑丽曼，又想到如果她打了招呼，不愿意让他知道，去问她就不好，没有去问她。

　　赵广陵在这之前，想到过郑丽曼杀他交往的女人，收拾他，放火烧他的古玩店，可能有她这个哥当中帮忙。

二

　　这个时候，赵广陵在郑丽曼住家附近找了铺面，重新开了店子，店名还是叫古乐斋。以他徒弟的名义开的店子就关了，徒弟到了新开的店子。赵广陵当然还是住在郑丽曼的宅子。赵广陵时常抽空回来陪郑丽曼，就是要造成一个印象，他很爱他这个妻子。实际上，他是做给郑丽曼的哥，还有其他人看的，同时让郑丽曼相信，他是真爱她的。

有一天，响了警报。赵广陵当时和郑丽曼在家里，不打算出城去躲，觉得这边还是安全。但是赵广陵对他的店子不放心，去了店子。郑丽曼后来听到了东面响起了爆炸声。赵广陵店子上有电话，郑丽曼打电话想叫他回来，可能线路正忙，接线员没有接通。郑丽曼让老况去把赵广陵叫回来。没有过多长时间，听到空中飞机轰鸣声越来越响，爆炸声越来越近。郑丽曼很担心赵广陵，也出了门，往赵广陵的店子这边过来。

赵广陵去了店子，听到东面的爆炸声，开始也只是警觉，没有想到飞机会到西边来。听到飞机声音越来越大，爆炸声也随之近了，发慌了，和徒弟一起拿上值钱的东西，离开店子，想躲避。刚出了店子，见老况朝这边跑，在叫他。这个时候日本人的飞机已经过来，一边在扔炸弹。爆炸声很剧烈，地不只是在震动，好像在跳动。还有空爆弹在空中爆炸，弹片从空中四处飞下来。赵广陵叫徒弟和他躲到了树下面。但是老况还朝他们这边跑，在爆炸声当中，看见他一下倒了。

赵广陵当时怕店子被炸弹击中，或者因为燃烧弹引起火灾，但是看见店子还算幸运。后来听不到了爆炸声，飞机飞走了。赵广陵和他的徒弟到了老况身边。老况可能是被空爆弹的弹片击中的。人脸色已经变了，眼睛要睁开很困难，但是认出了赵广陵。老况给赵广陵讲了一句话："太太对你最好，你要对太太好。"然后，听见他嘴在叫"太太"。赵广陵明白他的意思，给他讲："你是不是有话要给太太？你给我讲，我转告她。"但是，老况话说不出来了，人就死了。这个时候郑丽曼也过来了，看见赵广陵没有事情，就放心了。看见老况死了，为他很伤心。赵广陵自己觉得对不住老况，如果老况不来叫他，老况不会死。

赵广陵见到郑丽曼冒着丢命的危险来找他，赵广陵心里很感动。这个时候，赵广陵没有想到要她的性命，只是把她当作了自己的妻子。赵广陵甚至责怪她，跟她讲："你不应该来，我哪会出事情呢！"当然，郑丽曼把他这个话当作爱她。

赵广陵到了他的店子察看，里面有损失，主要是有的瓷器破损了。但是附近的房屋，有的被毁坏了。有的房子在起火燃烧。除了老况，还有人死伤。在树上，墙壁上，还有其他地方，有人的残肢，人的内脏。在现场，还能见到人的头。很惨烈，甚至是恐怖。

郑丽曼的宅子也算幸运，受损很小，主要是窗户震碎了玻璃，墙上有开裂。但是听佣人讲，当时在轰炸中也很紧张，感觉到炸弹好像要落到这个地方。

这一次，日本人的飞机来了有一百多架，由城市的东边向西边轰炸，是最严重的一次轰炸。

这一次轰炸对郑丽曼的刺激很大，她叫赵广陵和她到她哥的别墅去住一段时间。赵广陵的古玩店不关门，平常由他的徒弟看管店子。赵广陵住在别墅，不是每天过来，有时候要进城，到店子里面，当天返回别墅。郑丽曼没有要求他当天一定要回去，他有事情要处理，不用当天赶回。但是，赵广陵怕怀疑他借这个机会在外面要女人，当天一定要回去。为了方便来回，买了一辆自行车。

住过去以后，郑丽曼发现月经不来了，感觉怀孕了。她没有马上告诉赵广陵。靠着华泰协合大学那边有医院，算是华泰医院的前身，当时叫联新医院。郑丽曼自己去做了检查，得到结果。然后，郑丽曼问赵广陵："你想不想当爹?"赵广陵猜到她问这个话的意思，问她："你有了?"郑丽曼点了点头，给他看了检查的结果。赵广陵显得很高兴，要她注意身体，补充营养。其实对赵广陵，这是很不好的消息。他不希望有小孩。本来，赵广陵对郑丽曼，既想要她的命，又不忍心对她下手了。他自己不忍心下手，雇凶来杀她也不忍心，陷入了矛盾当中。他想，在外面找个女人，让郑丽曼除掉这个女人，就算郑丽曼作为妻子，不要他的命，她那个哥未必放过他。郑丽曼现在对他很好，那是因为她觉得他确实改变了，是真爱她，是忠诚于她的，但是再伤她的心，让她觉得赵广陵不可能变好，不可能对她忠诚，也很可能对他下得了手。他想，她主动离婚，那是最好的，但是短期内不可能。现在，郑丽曼怀上了，要是生下娃娃，她以后主动离婚，更不可能。而且到那个时候，更不忍心对她下手，不能让娃娃没有妈妈。

　　赵广陵想，最好是能让小孩流产。偷偷让她吃堕胎药，事后容易让她怀疑到他，发现是他干的。郑丽曼就会怀疑他和她结婚的诚意，他是不是真心想和她过日子。他懂，这个时候和她做那个事情，可能造成小孩流掉。但是，郑丽曼马上制止他，给他讲："你想当爹，你现在不能这样。"赵广陵只有想，有没有其他的办法，既能达到目的，又不会怀疑到和他有关？但是想不出来。

　　到这个时候，赵广陵实际上不知道怎么做了。事情到了这一步，和他先前预设的不一样。赵广陵想，只有走一步看一步，到时候根据出现的情况再决定怎么做。

第十一章　嫂子徐文芳

一

郑丽曼和赵广陵住进这个别墅，郑丽曼的嫂子带了儿子，也从城里面出来，住进了别墅。郑丽曼的嫂子叫徐文芳，在三十岁左右，长得也算是漂亮的，身体属于丰满型。徐文芳是要抽纸烟的，抽的是进口的纸烟。

徐文芳娘家是有势力的。父亲是省政府的官员，还有亲戚在省政府和市政府当官。郑丽曼请来参加婚礼的那个朋友，她从小在一起耍的那个女的，她的老人公是徐文芳的姑父。郑丽曼的哥在徐文芳面前，不敢说重话。

赵广陵知道了郑丽曼这个嫂子的背景，也就明白，在王政安死以后，她那个哥的职位为什么能够不降反升。赵广陵想到，如果王政安不死，王政安想把郑丽曼控制住，把她这个哥就要压住，反而不会让他升为处长。这个时候赵广陵想到，她这个哥会不会因为这个原因，把王政安除掉了？为了自己升官，有障碍，就要清除，这是说得通的。至于郑丽曼知不知道，是不是参与了这件事，很难说了。如果郑丽曼想摆脱王政安，自己生活，和她的哥合谋把王政安干掉，不能说没有这个可能。

徐文芳对郑丽曼好像对妹妹一样，既亲热又随便。对赵广陵不冷不热，明显有意和他保持距离。赵广陵叫她"嫂子"，她还是称呼他"掌柜"。

赵广陵住在城外，爱到河边钓鱼。当时，天还是很热的，也到河边游水。郑丽曼有时候一起去。如果郑丽曼也去，有时候要带上炊具，钓了鱼，在河边做来吃。还会带上一些吃的，喝的酒水。徐文芳也喜欢到河里面游水，有时候能够碰上他们。有时候加入野炊，一起在河边吃。如果只是碰见赵广陵，一般只是打个招呼。

有一次，赵广陵一个人到了河边，先钓鱼，后来下到河里游水。徐文芳这个时候也来了，到了下面的位置下河游水。赵广陵上岸休息，继续钓鱼。然后，见到徐文芳抽着烟，朝他走过来。"钓到好多了？"徐文芳走近以后，问他。以前像这种情况，徐文芳从来没有主动过来和他打招呼。赵广陵给她讲了，望了她一眼。徐文芳穿的是连体泳衣，身上除了腿和手臂，都是遮住的。但是，泡了水，胸部……身体上不能暴露的地方，就好像隐约看得见。赵广陵产生了躁动，不敢再看，有意回避。他也怕徐文芳觉察到在看她。

但是，他虽然只是看了一眼，徐文芳已经察觉，赵广陵的眼光注意到了她身上那几个地方。

"丽曼今天咋个不来呢？"徐文芳又问了一句。她的眼光在赵广陵身上看。赵广陵说："今天她不想来。"郑丽曼有了身孕，徐文芳也是知道的。徐文芳就说："头几个月是少动一点好，娃娃都没有长成形，最容易掉了。有的女人，稍不注意就掉。特别是以前掉过的，最容易掉了。有的闪一下腰，娃娃就没有了。你要让她多休

息，少动。"赵广陵听到她这个话，感觉她的话有其他的意思，好
像是说郑丽曼以前怀上过。如果属实，郑丽曼说是他破的身，就是
骗他了。可能还是王政安的，也有可能是其他人的。赵广陵不便于
去细问。至于怀上的小孩会掉，赵广陵巴不得郑丽曼肚子里的娃
娃，一不小心就掉了，但是嘴上说："我晓得了，嫂子。"

徐文芳还不走开，又说："我一直有句话想问你，你要给我讲
实话。"赵广陵说："你讲嘛，嫂子，我对你不会有假话。"徐文芳
就说："我问你，你对我的印象如何？"赵广陵马上明白了她问这句
话的用意。赵广陵给她说："嫂子人很好。"徐文芳说："很好！哪
儿好啊？"赵广陵说："是很好嘛。"徐文芳给他说："你望到我说！
我长得难看是不是，你都不愿意看我！"赵广陵只好望着她，但是
目光有意回避那几个地方，给她说："嫂子哪长得难看！"徐文芳
说："不难看，也不好看嘛。"赵广陵就说："哪里的话，嫂子长得
多好的！"

徐文芳的那个神态，和以前在他面前不一样了。徐文芳在赵广
陵旁边坐下来，挨着他的，然后说："你说我好看，是不是你的实
话？"赵广陵在她坐下以后，往一边让了让。这个时候就说："没有
乱说，是实话。"徐文芳说："你们男人哪有好多实话？你们男人的
实话，好多是在嘴上的呀？我这个年纪，我还不晓得！我要是真有
你讲的多好看，你现在还在装正经！我现在都不给你装了，你还假
巴意思地在装！"赵广陵脸上赔着笑，对徐文芳说："没有装，嫂
子。"徐文芳说："你还没有装，一口一个'嫂子'。我一坐下来，
你就往边上躲！"又对他讲："你坐过来，挨到我！"赵广陵说："人
家看到了不好。"徐文芳还朝四周看了看，然后说："现在哪有人？
看到了还不是看到了。坐过来！"赵广陵说："这样不好，哥晓得了

还得了！"徐文芳说："你是怕他晓得，还是不愿意？"赵广陵说："他晓得了不得了！"

徐文芳说："我不可能让他晓得，他也不可能想得到。你也看到了，我在他们面前好会装！既然说开了，我给你说实话，我结婚以后，外面一直都有男人，从来没有让他觉察到。我不像有些女人，想装又装不像，本来只是图开心，还容易陷进去，弄得多愁善感的。我跟你明说，我和你一样，我也不会把你当例外。"说了这个话，接着就问他，丽曼现在有了，她让不让他近身？赵广陵没有回答。徐文芳又说，现在还不能近身，娃娃会掉。以后这种事也要少，娃娃还是会掉的。你在丽曼身上，娃娃生下来之前，肯定得不到满足。生了以后一段时间，你也不能和她有这种事情。既然这段时间她不能满足你，我可以满足你。以后她可以满足你了，我们就只到那个时候，以前的事情就当没有发生。我是看你也会装，你也不可能对我产生感情，但是你肯定管不住你，要不然我也不想和你两个有这种事情。你要的女人肯定不少，这方面你还不懂啊？

赵广陵虽然很风流，听到她这个话很震惊，不说话。徐文芳接着说："你以为我不担心人家晓得了！担心就不想了？男人女人再长得好看，老了哪个不难看？想别人对自己有企图，人家都没有兴趣。最后还不都是要死，埋到土里头，都是一包蛆！我是想明白了，趁现在还不老，就是要让自己快活。小心一点，只要不陷进去，哪个会晓得？但是我先给你申明：我身体可以满足你，其他你不能有任何要求。你想要钱，我不会给的。你也不要求给你帮忙。我对你也不会有其他任何要求。我不缺钱，我不会要你的钱。我也不可能让你做其他事情。我们之间除了这回事，其他任何事都不要有，要不然，人家确实会怀疑。你可以放心我。"说到这里，徐文芳把手放到了赵广陵大腿上，挑逗他。

赵广陵既想阻止她，又不好阻止，想避开，又受不了这个诱惑。徐文芳这个时候给他提出来，到隐蔽的地方去做那个事情。赵广陵想到要是被郑丽曼的哥知道了，他哪会饶过他？被郑丽曼知道了，比他和其他女人乱来更伤她的心，更让她生气，收拾他，想让她手下留情，是不可能的。和她的嫂子，这是乱伦，兄妹两个人都不会放过他。赵广陵虽然很想答应，但是又不敢，给徐文芳讲："我先给你讲，要是我和丽曼没有结婚，我见到你，我就想了，我不等你先说。现在太突然了，你给我点时间，容我想一下，好不好？"

徐文芳就当没有听见他这个话，挑逗的动作没有停下来。接下来的举止，赵广陵没有想到她做得出来。作为男人，这个时候还能把持住，是很困难的，除非是修行的人，而且修行要到家。这一段时间，赵广陵因为郑丽曼不满足他，在生理上很难受。进了城，想找老相识，又不敢。觉得实在忍受不了，就去偏僻的地方找妓女。也是很紧张的，唯恐被发现了。但是找妓女，就像尿脬尿撑胀了，不屙出来不行，相当于是急急忙忙找了个夜壶。这个时候，到了这一步，赵广陵虽然很害怕，已经控制不住自己。赵广陵给徐文芳讲，去隐蔽的地方。但是徐文芳担心去隐蔽的地方，他会冷静下来，就还是在这个地方，而且是更主动。赵广陵可以说既紧张，又是很享受的。事后想到后果，心里面既恐慌，又后悔。

徐文芳先走。赵广陵回到别墅，徐文芳对待他，恢复了以前的样子，好像还是很正经的。徐文芳和赵广陵，后来在河边，还有其他地方通奸。但是，不在城里面。两个人在这方面都是老手，一方面胆子很大，同时很小心。赵广陵和徐文芳在一起，要亲嘴，事后赵广陵要清洗自己的嘴，怕嘴里留下徐文芳嘴里的烟味，郑丽曼会闻到。

　　赵广陵和徐文芳在一起的时候，赵广陵想从她嘴里了解一些事情。这个时候，两个人好像很亲密了，但是徐文芳没有随便给他讲。赵广陵觉得，有的事情，徐文芳是不愿给他讲，怕他听了讲出来，别人知道是她讲的，怀疑到她和赵广陵的关系。但是，赵广陵从她嘴里多少也知道了一些。有时候她虽然不说话，赵广陵从她的表情，能够猜到她知道的真实的情况。

　　赵广陵知道郑丽曼的哥有生意，有的商号是他控制的。有的生意是发国难财，比如当时物价涨得快，囤积货物，等价涨高了再抛出去。徐文芳不愿意多讲，赵广陵还是感觉到，郑丽曼这个哥做的生意比他之前能够想到的要大。

　　赵广陵问她，在郑丽曼这个哥的生意里面，郑丽曼有没有份？徐文芳反而问她："她没有给你讲啊？"赵广陵说："她讲了我就不问你了嘛。"徐文芳说："他们兄妹之间的事情，我很多都不清楚。我毕竟是外人。"又对赵广陵讲："你何必了解那么多呢？她有钱，你用得到她的钱就行了。"

　　赵广陵听到那一次徐文芳讲，女人以前掉过娃娃，有了娃娃还容易掉，似乎暗示郑丽曼掉过娃娃，想从她嘴里知道是不是有这回事。他知道她嘴紧，她未必会讲，只有套她的话，看会不会透露一点。有一次，两个人见面，先和她闲聊。赵广陵和她谈到当时社会上的传闻，很自然把话题扯到王政安死后的传闻上面，给她讲："王政安死，也有好多传闻。有的一听就是乱说的。你应该也听说了吧。"徐文芳没有答腔。赵广陵又说："你一点都没有听说过？不可能啰。"徐文芳说："传言，不要信那些!"赵广陵就说："'无风不起浪'呢嘛。下面都说他是被人杀死的，跟报上说的不一样。报纸上的话，很多都不可信。"徐文芳给赵广陵讲："这种事情，最好不要乱说。有的事情，听到说了就行了。我给你讲，有些话，你最好不要听，听到了，当作没有听见。"赵广陵听她教训他，笑着说："这个道理我懂，我也只是对你在讲。"徐文芳说："你们这些男人，和女人好上了，不该讲的话都要讲，这样不好。我给你讲，很多女人都管不住自己的嘴，最喜欢乱说。我给你讲，女人管得住裤腰带，管不住自己的嘴，你不要随便和她们讲。"赵广陵说："我还不是晓得你嘴严，我才和你讲!"

徐文芳没再多说。赵广陵又说，听说王政安被杀以后，他作为男人那个地方被割下来了，说是发现原来不够正常的尺寸，还缺零件。他原来不相信，但是丽曼跟他一直没有娃娃，可能是真的。徐文芳接了话，但是只是说："她没有娃娃不好啊?"

赵广陵还是想从她嘴里套话，就说："没有娃娃当然好。我就是担心丽曼以前掉过娃娃，这次又掉了。我又不好问她。我想，王政安那个不行，丽曼也怀不上。丽曼好像也没有其他人。"徐文芳说："你不要乱猜，丽曼除了王政安，没有其他人。丽曼真的算规矩的。"赵广陵说："我相信。她给我讲过，除了王政安，只有我。我相信她没有和我说假话。我只是担心丽曼以前怀过，掉了，这次还会掉。这方面我也不懂，我是听你说，以前掉过的，有了，还容易掉。我给丽曼讲了，要请医生经常检查，免得掉了。她说现在还不需要。其实，我最担心这一段时间。可能我的担心是多余的，丽曼以前没有掉过。没有掉过当然最好。王政安要是真像传的那样，丽曼不可能有。不晓得下面传的是不是真的。"

　　徐文芳已经听出他想套她的话，这个时候就说："你不要想问我，我不晓得。"又给他讲，你光担心没有用，你不要和她做那种事情，平常让她小心点就行了。请医生的事情，她会给郑丽曼讲。

　　赵广陵听徐文芳的话，郑丽曼以前除了王政安，没有其他男人，这应该是实情。她没有明讲郑丽曼以前怀过娃娃，但是也没有明确说，郑丽曼以前没有给王政安怀过娃娃。如果是后一种情况，徐文芳应该不会故意不讲。所以，赵广陵觉得，徐文芳可能有意回避，不告诉他她知道的实情。郑丽曼可能给王政安怀过娃娃，掉了，可能还不止一次。如果属实，赵广陵刚和她发生关系的时候，让他觉得是他给她破的瓜，就是骗他。目的是给赵广陵好的形象，让赵广陵觉得，她虽然做过王政安的姨太太，但是她身体最珍贵的东西，没有被王政安夺走，留给了他。和他结婚，在以后的生活中，赵广陵还能尊重她。

　　赵广陵想到郑丽曼骗她，心里面不舒服。想到郑丽曼以前怀过王政安的娃娃，那就是被王政安占有过。以前，赵广陵是不在意的，这个时候就感到难受了，毕竟现在郑丽曼成了他的妻子，而且他对她有了感情。赵广陵心里面希望，王政安确实是不行，郑丽曼确实是他破的瓜。他又希望王政安有那个能力，郑丽曼掉过娃娃，他的娃娃也会掉。

　　赵广陵想到了郑丽曼如果以前掉过娃娃，怕现在肚子里面这个娃娃会掉，会很注意的。郑丽曼虽然小心，也没有表现出很担心娃娃会掉。赵广陵觉得，可能以前没有掉过娃娃，郑丽曼也就不会太担心这次娃娃会掉。徐文芳的话，毕竟没有明说郑丽曼掉过娃娃，只是从她的话里面推测，她可能掉过娃娃。但是，郑丽曼是很阴的一个人。这种人藏得住事，善于掩饰，像她以前对赵广陵交往的女人下手，收拾他，甚至对他下手很重，后来像没有发生一样。赵广陵觉得，郑丽曼也有可能为了不让他怀疑到她曾经掉过娃娃，故意在他面前表现出不是很担心娃娃会掉。但是，郑丽曼平常还是很小心的。

赵广陵本来不希望郑丽曼让医生经常为她检查，预防流产，他给徐文芳这样讲，是为了套她的话，自己的话要说圆。赵广陵之前并没有给郑丽曼讲这样的话。徐文芳后来见到郑丽曼，就劝她要让医生经常检查，还联系了联新医院妇产科一个女医生，也是副主任，叫上赵广陵，一起去了联新医院。检查后，没有发现异常。

以后隔一段时间，这个副主任要过别墅来给郑丽曼做检查，郑丽曼也会主动找这个副主任检查，都是正常的。郑丽曼有时候要进到城里，不一定当天返回别墅，住在自己的宅子里面。赵广陵也住在郑丽曼的宅子。

郑丽曼和赵广陵住在别墅期间，徐文芳虽然和赵广陵勾搭成奸，但是徐文芳和往常一样，中间要回城里住，好像没有因为赵广陵舍不得离开别墅。当然，有时候她回城住，她选的是在月经期间。

在其他人面前，徐文芳对赵广陵始终是很有分寸的，赵广陵对她也始终表现出很尊敬。郑丽曼的哥有时候要到别墅来，没有察觉徐文芳和赵广陵有问题。郑丽曼也没有发现。可能都没有想到徐文芳会和赵广陵勾搭上。徐文芳自己的佣人，郑丽曼带过去的佣人，私下都没有议论徐文芳和赵广陵不正常。

但是，赵广陵始终是担心被郑丽曼这个哥和郑丽曼发现。他想到，与其等他们发现之后收拾他，不如先动手，雇人把他们都除掉。这样，既去除了后患，同时郑丽曼一死，杯上最后一只彩色蝴蝶也可能变成黑蝴蝶了，他也可以随便再和女人风流。但是，还是想到风险太大，而且这个时候对郑丽曼下手，于心不忍。所以，最好是尽量做到不被发现。

第十二章 难逃一劫

一

进到十一月天冷下来的时候，郑丽曼和赵广陵回到了城里居住。冬天，日本人的飞机来得少，也有飞机来。有时候来，只是骚扰，不投弹。徐文芳和赵广陵暂时不再发生关系。

那个副主任还是照常为郑丽曼做检查。郑丽曼的肚皮已经明显了。赵广陵在郑丽曼面前，在其他人面前，表现得很高兴。赵广陵还和郑丽曼一起给没有出世的孩子起名字，生下是男娃娃叫什么，女娃娃叫什么。郑丽曼感到很幸福。赵广陵其实还想娃娃不能顺利生下来。

这个时候，郑丽曼许可他近身。赵广陵想装着控制不住，使劲压她的肚皮，还有更有害的方式，造成她孩子不保。但是不许赵广陵动作大，动作要轻。她也有那方面的需求，但是在那当中，一发觉赵广陵动作大，马上制止他。赵广陵给她讲："对不住，我没有忍住。"郑丽曼给他说："你忍不住，娃娃就没有了。你想不想当爹啊？"

　　有一回，赵广陵看郑丽曼表现得也很享受，身体突然动得剧烈了，对胎儿是很有害的动作，就像……用棍子……把胎儿捅掉。——这样说好像有点……下流，但是确实类似于这种情况——可以说，赵广陵是禽兽不如，禽兽不会用这种方式，存心不让自己的后代能够顺利生下来。郑丽曼好像出于母亲保护孩子的本能，立马感觉到了危险，挣脱开了。郑丽曼就生气了，很不满地望着赵广陵说："你不想当爹了是不是？你只顾自己！"赵广陵说："我当然想当爹。我实在是没有忍住。"赵广陵因为没有得到满足，就还想，郑丽曼不答应。

　　过了一阵，郑丽曼感觉到肚子里面隐隐作痛，很紧张。给她的哥打电话，让他派车去接那个副主任来做检查。副主任没有发现有大的问题，了解了原因，要求不要再做那个事情，而且当着赵广陵的面给他讲了。这个副主任本来讲，如果后面有其他的症状，要住进医院去。但是，到第二天没有再痛了。后来，郑丽曼不许可赵广陵再和她做那个事情。

　　赵广陵再想不出有其他办法，既能造成娃娃不保，又不会引起对他的怀疑。他就想，只有发生意外，不然孩子只有生下来。

　　让赵广陵不碰女人，那是不可能的。赵广陵因为怕被发现，尽量忍，克制自己。实在忍不过，又去找妓女。平常见到漂亮的女的，只有看，想去勾引，不敢。感觉对他有意思，也不敢去接近。

　　郑丽曼肚皮是一天天在长大。春天到以后，郑丽曼担心日本飞机来轰炸，别墅离联新医院又近，和赵广陵又住到了别墅里面。徐文芳和赵广陵又开始通奸。

　　那个副主任还是要替郑丽曼检查，预产期算在五月。进入四月，气温明显回升了。这一天晚上，郑丽曼做了一个梦：她本来不会游水的，赵广陵要教她游水。郑丽曼给他讲，她怕水。赵广陵给她说："我教会你，你就不怕了噻。"郑丽曼给他讲："我都不敢下河，你咋个教得会我？"赵广陵笑着给她讲："你江边长大的，你还怕水！"郑丽曼给他讲："江边长大的，不会水的多了。你以为江边长大的个个都会水！"但是转念想，自己是江边长大的，应该会游水。她平常见到女人会游水，像鱼一样，是很羡慕的。郑丽曼给赵广陵讲："既然你愿意教我，那我就跟你学。"

没有下河之前，郑丽曼对河水感到有点害怕。几经犹豫之后，由赵广陵带着终于下到水里，慢慢就不害怕了。赵广陵教她游水，她学得很快。身体不沉下去，能够在水里游动，她感觉到像鱼在水里面，很高兴。郑丽曼这个时候后悔以前不会游水，原来水不可怕，会游水是一种享受。郑丽曼会游了，自己往水深的地方游。赵广陵反而为她担心了，给她说："丽曼，你先不要去那些地方！"郑丽曼给他说："你不用担心。"

郑丽曼进到水深的区域，身体浮在上面划水，真正尝到了游水的乐趣。郑丽曼越游越远，到了一个河湾，感觉到前面水很深，深不见底。郑丽曼不敢再往前面游，害怕了。这个时候，见到前面的水面起了波浪，发现有一条蛇朝自己游过来。郑丽曼很惊慌，往岸边游。蛇很快朝她游过来。郑丽曼想到让赵广陵救她，但是和他离得远了，后悔不该不听他的劝，自己要往深水处游。这个时候她感觉到，蛇离她很近了，就大声叫："赵广陵！赵广陵！"突然醒了。

赵广陵在郑丽曼身边睡着的，被惊醒了。郑丽曼给他讲了刚做的梦，心里还感到不安。赵广陵安慰了她，给她讲，等她生了娃娃，她要是想游水，他带她游水。

到第二天，见到天很好，赵广陵和郑丽曼到了附近一个茶铺去耍。当时，徐文芳在别墅，她也去了。他们自己带了麻将去。去了以后，喝着茶，吃着瓜子花生、糖果糕饼，一边打麻将。在闲聊中，郑丽曼给徐文芳讲了她做的梦。徐文芳就说："你梦到蛇，你这回生的肯定是儿子。你马上要生了，这是你的儿子来报信。"郑丽曼听了心里高兴。为她检查的副主任也讲，她可能怀的是儿子。

这是一个小村子的茶铺，有不少槐树，正在开花。还有其他的花。空气里面有花的香气，人感觉到舒服。郑丽曼心情一直不错。回来的时候，天刚开始暗下来，下起了雨。他们事先准备了雨伞。赵广陵撑起一把伞，和郑丽曼共用，同时用一只手护着郑丽曼。赵广陵又起了恶念，觉得可能是个机会，想郑丽曼走路打滑，装着扶她，自己故意摔在地上，乘势把她也摔在地上。最好有土坎，和她滚到田地里面。她自己摔一跤是最好的。赵广陵想的是，让她摔一跤以后下面流血，娃娃还是无法保住。这个时候生下来，娃娃也很可能死亡。但是，想到如果大出血，郑丽曼可能会死，赵广陵心里又很犹豫，是不是要那样做？

往回走，雨下大了。马上就到别墅了。郑丽曼走路都是很小心的。赵广陵觉得没有机会了。进到别墅的院子，郑丽曼放松了警惕，想快步进到房子里面，结果脚下面没有踩稳，往外一崴，相当于脚给自己绊了一下，身子一下往前摔倒了。她为了保护肚子里的孩子，反应很快，快落地的时候身子侧了一下，先用手去撑地面，要不然这一跤摔得很重，但是也不轻。

赵广陵见到郑丽曼真要摔倒，心里面本来又怕她摔一跤，可能危及她的生命，还伸手要救她。见到她摔倒了，他马上去扶她。徐文芳见她摔倒了，惊叫起来了，赶忙帮着把郑丽曼扶起来，扶到房子里面。

郑丽曼自己是被吓住了,很紧张,但是当时肚子里面不疼,下面没有见到流血,只是身上有淤青,手臂疼痛。徐文芳要赵广陵给郑丽曼的哥打电话,让他派车把那个副主任接来,给郑丽曼检查。找不到郑丽曼的哥,找其他人用车把副主任接来。别墅里面没有电话机,可以去靠近华泰协合大学或者联新医院那边找电话打。赵广陵是巴不得孩子不保的,也只好去。正要出门,郑丽曼肚子就感觉到疼痛,下面有血流出来。

徐文芳让赵广陵赶快骑车去找那个副主任,让她派救护车过来,请她和救护车一起来。如果联系不到副主任,就找妇产科值班的医生派救护车。如果不派,就给郑丽曼的哥打电话,让他给医院打电话,必须马上派救护车过来。还考虑到其他的情况,嘱咐赵广陵怎么做。

赵广陵骑上车就上路了。雨很大。赵广陵本来知道情况紧急,时间拖一分钟都会增加危险,但是在路上,赵广陵还故意骑得慢,不去抢时间。赵广陵想,这是最好的机会,可以让娃娃不保。这个时候,赵广陵对郑丽曼又起了杀心,心想拖一点时间,可能郑丽曼自己的命也保不住。虽然表面上不是他动手把她除掉的,实际上是他让她丢的命。如果这样,他原来的计划就实现了,而且郑丽曼的哥,其他人肯定都不会怀疑到他。

想到郑丽曼会死,赵广陵还是不忍心的。但是他想,这次必须狠心,以后再难得有这样的机会。往后面,赵广陵又不忍心让郑丽曼去死。想狠心,但是无法掌控自己的情绪,狠心不下来。赵广陵还是想娃娃最好保不住,但是郑丽曼的命要保住。需不需要把她除掉，以后再说。就算以后不杀她，让另一个女人死，杯子上最后的彩色蝴蝶变成黑蝴蝶，有耐心再等一等，不会没有机会。要甩脱她，时间一长，也可能和她分开。所以，赵广陵后面就骑快了。

赵广陵担心事后郑丽曼的哥会怪罪到他，想先给他打电话把事情给他讲，但是找不到他。然后，赵广陵又骑车找到了那个副主任。副主任赶忙去叫救护车，和赵广陵坐上车，到了别墅。

郑丽曼肚子很痛，一直在流血，羊水也破了。这个副主任看了一下，安慰了她几句。很快用担架把郑丽曼抬到了车上。赵广陵和徐文芳也上了车。到了医院，要推进手术室。进之前，郑丽曼眼睛一直望着赵广陵，好像舍不得他，要多望一眼。赵广陵给她讲："你没有事的，我在外头等你。"郑丽曼进去以后，赵广陵心里面是很担心的，他还是不想娃娃能够存活，但是很害怕郑丽曼出事，人很焦虑。

郑丽曼进到手术室，果然生下了一个男孩儿。当时很危险，差一点生下来就死了。但是，还是很虚弱的。护士抱出来，赵广陵见到了孩子。他的想法就不一样了，不再想娃娃不能存活，看到娃娃很虚弱，很心疼。他这个时候最担心的是郑丽曼能不能平安。郑丽曼流血很多，已经在输血，人很危险，在抢救。赵广陵在外面感觉到了情况很不好，已经很后悔故意拖延了时间。

后来那个副主任把门推开，出来对赵广陵讲："你赶快进去，她有话跟你讲。"赵广陵赶忙进到了手术室，徐文芳跟着也进来了。郑丽曼躺在手术台上，脸上见不到有一点光泽，像白纸一样。眼睛望着赵广陵。原来一双大眼睛，已经没有了神采。赵广陵一看，感觉到人不行了。

　　赵广陵就对她讲："丽曼，我来了。你有话，你给我讲。"郑丽曼尽量把眼睛睁大，好像看不清楚他，想把他看清楚。郑丽曼给赵广陵讲："我只有你一个男人，你相不相信我？"

　　赵广陵没想到郑丽曼这个时候会这样问他。以前他其实是半信半疑，可能是他给郑丽曼破的身，也可能是郑丽曼在骗他。赵广陵明白她说这个话的意思，她知道他并不完全相信。但是现在这样讲，赵广陵觉得肯定是实话。赵广陵也给她讲了实话："我相信你讲的。以前我有点怀疑，现在我相信你。"

　　郑丽曼又对他讲："和你结婚，我知足了。我很爱你，你爱不爱我？"赵广陵曾经是只想和她风流，虽然也喜欢她，现在确实是对她有感情了。赵广陵就给她讲："我当然很爱你。我永远都会爱你。"郑丽曼听了以后，脸上浮现出了笑容，眼泪从眼角流下来了。郑丽曼又说："娃娃……"但是后面的话就没有能够说出来了。人没有马上断气，再抢救，没有救活。

　　赵广陵这个时候确实很爱她，她死了，他内心确实是很痛苦的。郑丽曼虽然后来怀了孕，还是很漂亮的。但是人突然就没有了，成了一具尸身，虽然看见还是她原来的样子，人已经不在世上了。突然成了阴阳相隔，她去到了另外的世界，不可能再活过来。他望着郑丽曼，知道他想以后用心爱她，与她好好地生活，永远是不会再有机会了，他很绝望。他内心同时很自责，是他拖延了时间，把她害死了。赵广陵情绪很激动，当场昏厥了。经过救治，后来醒过来了。但是对他打击很大，到第二天，人很憔悴了，人好像突然老了好几岁。眼角，额上出现了皱纹。头发没有一夜全白，但是一看白头发不少了。

　　郑丽曼是放进棺材土葬。她躺在棺材里面，人很安详，就像是在睡觉。人不像是死人，还是很美。大家看了，很为她痛惜。

　　郑丽曼入土以后，赵广陵知道她喜欢留声机，每天不管是不是下雨，都带上留声机到她的坟前，给她放唱片。每天想到她生前对他很好，心里都很悲伤。后来，赵广陵就病了，吃了几个月的药。

第十三章　结局

一

　　赵广陵一段时间一直在想，以前觉得郑丽曼报复他，收拾他，实际上会不会不是这样的？他和她分开之后，去交往别的女人，叶春华被杀，有人那天晚上到汪珍凤住的地方行凶，冯幺妹被打死，当初以为是郑丽曼指使人干的，实际上是不是和她无关，是其他人干的？

　　赵广陵这个时候想到，郑丽曼是很爱他的，她还是王政安的姨太太的时候，应该就喜欢上了他，甚至已经暗暗地爱上他了。当初，他和她暂时分开，她肯定不满，但是不可能对他有仇恨，起心要报复他。就算她知道了他去和其他女人交往，很生气，有怨恨，但是不至于要收拾他，对他下手。叶春华被杀之后，他被抓进去，和郑丽曼没有关系。倒是他被抓了关起来以后，郑丽曼可能通过她的哥，也可能是通过其他关系打了招呼，不要对他用刑，把他放了。要说是她指使人放火烧他的古玩店，不顾会不会对他的身体造成大的伤害，甚至烧死他，就更不可能。

赵广陵想到，如果因为他当时骗她，要和她结婚，把她占有了，不兑现诺言，分手之后去和其他女人风流，郑丽曼真的恨他，对他耿耿于怀，甚至把他当作仇人，不可能后来他去和她恢复关系，向她表示愿意和她结婚，并没有花多大的功夫，她就重新接纳了他，对他的过去一点都不追究，甚至都不提。只能说郑丽曼虽然对他有怨恨，但是一直都是很爱他的，对他也很宽容。

原来以为土匪杀死叶春华，那天晚上有人到汪珍凤家行凶，都是受了郑丽曼的指使。但是，郑丽曼不是那么毒辣的女人。不管是因为怕赵广陵和别的女人结婚，还是出于嫉恨，郑丽曼都不可能杀人。郑丽曼真是这种女人，这个人的心是狠得起来的。她在他面前肯定是霸道的，对赵广陵不可能很宽容。她虽然有时候显得傲慢，但是在赵广陵面前从来不霸道，多数时候对他是温柔的。她对赵广陵再不满意，从来不说难听的话，是很有教养的。如果郑丽曼是那一种女人，当初，赵广陵找借口不和她结婚，她知道他只是和她风流，不会轻易和他分开。就算郑丽曼爱她，不会对他重话都没有一句，就让他离开了。如果她爱他，想和他结婚，当时就会强迫他和她结婚。让他离开，知道他会去和别的女人交往，她是不会接受的。后来他向她提出结婚，再见到她，郑丽曼对他和别的女人风流虽然很不满，但是对他说话还是很克制。结了婚，对之前发生的事情从来不提，也从来不在他面前表现出吃他的醋。原来认为她很阴，其实是她性情好。她没有因为担心丈夫在外面风流，限制他的行为，或者警告他。她那个哥在结婚那天给赵广陵讲那些话，警告赵广陵，只是当哥的责任，想保护郑丽曼。郑丽曼不可能是那一种女人。

既然郑丽曼不是那种女人，既不会雇凶杀人，也不会让她的哥派人去行凶。她这个哥并不情愿赵广陵和郑丽曼结婚，不会阻止赵广陵和其他女人交往，更不会让人把赵广陵交往的女人除掉。那样做，有违常理。

赵广陵反复想，觉得叶春华被强奸，然后被杀害，或许就是碰巧遇到了进城来的土匪。当时听土匪的话，觉得好像暗示叶春华被害，是赵广陵造成的，自然想到了是郑丽曼指使人干的。现在再想，土匪的意思，可能指的是他带叶春华到河边发生关系，给了他们作恶行凶的机会，叶春华被害，是他造成的。说她有知识，是因为看出了叶春华是附近华泰协和大学的女大学生，并不是事先了解了她的情况。

也有可能这两个人是专门冲着叶春华来的，是受人指使，来报复她。叶春华在和他交往之前，或者交往之后，有人在和她交往，或者在追求她，并不像她讲的只是曾经有人追求她。这个人可能有势力，或者有背景，起码有能力雇杀手。叶春华之所以不告诉他实情，是她怕赵广陵知道以后，会有顾虑，不和她往深里面交往。虽然是他去勾引她，这个女孩子见他长得好，也想得到他。但是，和她交往或者追求她那个人，知道她有了其他的男人，要报复她，雇了杀手对她行凶。所以，那两个土匪给他讲，叶春华被害是他造成的。按说，对赵广陵同样不会放过，不杀他，要伤害他的身体。但是，只想报复叶春华，不是不可能。

另外，叶春华的父亲是县长，可能因为他得罪了人，有人雇凶对他的女儿下了毒手，把他放过了。

后来那天晚上，有人进到汪珍凤家行凶，很可能就是汪珍凤另外那个相好的报复，既是报复他，也报复汪珍凤。当天晚上，他故意拿出一个带打火机的烟盒，说出他有个老表是袍哥里面的一个小头头，看来他在袍哥里面确实有人。以前没有讲，可能是他这个老表才当上小头目。他肯定嫉恨赵广陵，对汪珍凤也很不满。尤其那天晚上，拿走了带打火机的烟盒，还把他赶走了，留下赵广陵过夜，他以前只有忍受，这一次终于忍不下这口气，就去让他这个老表替他出气。行凶的本来是冲着赵广陵和汪珍凤来的，但是赵广陵和汪珍凤没有丢性命，冯幺妹因为正好和他们在一起，冯幺妹被打死了。另外，确实因为汪珍凤的个性，可能有仇家，是仇家来收拾她。赵广陵和冯幺妹只是碰巧在场，但是来人如果把汪珍凤杀死，对赵广陵和冯幺妹也不会放过。可能还知道他是汪珍凤喜欢的相好，要把两个人一起收拾了。没有想到只死了冯幺妹。

他的古玩店被烧，可能还是汪珍凤另外那个相好的老表干的。因为上一次没有收拾到他，还死了一个人，伤了一个，这一次等他一回来，就放火烧他的店子，也想对他身体造成伤害，想烧死他。还有可能是汪珍凤的仇家干的，因为死了一个人，伤了一个人，汪珍凤跑了，他是汪珍凤喜欢的相好，当时还在场，事后必须教训他，收拾他。也可能只是讨口子取暖，不小心引发了火灾。发生这一系列的事件，背后可能还有无法知晓的原因。

赵广陵想到，他原来以为叶春华被郑丽曼指使的人杀死，杯子上面一只彩色蝴蝶变成了黑蝴蝶，冯幺妹也是郑丽曼指使的人开枪打死的，另一只彩色蝴蝶又变成了黑蝴蝶。其实，这两个女人不是郑丽曼指使的人杀死的，杯子上面两只彩色蝴蝶也会变成黑蝴蝶。只要赵广陵交往，和她风流的女人被害，赵广陵当时在场，也可能不用在场，杯子上面的彩色蝴蝶都会变成黑蝴蝶。

赵广陵想到，当时要是明白这一点，知道郑丽曼是不会报复他的，他会去交往别的女人。他希望还是其他人把她杀死，让第三只彩色蝴蝶也变成黑蝴蝶。他就不会和郑丽曼恢复关系，与她结婚，想要她的命。郑丽曼这么爱他，他却把她害死了，赵广陵心里很愧疚，也很痛苦。

郑丽曼的哥在郑丽曼出事之后，了解到郑丽曼确实是自己摔了一跤。他看见赵广陵确实很伤心，不是装的，又没有发现赵广陵在外面交往了其他女人，对赵广陵也就无话可说。

二

赵广陵还是住在郑丽曼的宅子。赵广陵这个时候才知道，郑丽曼在银行有不少存款、有一些金条，还有银元，在兴元路有房产，还有其他的财产。赵广陵想到，郑丽曼在她哥的生意里面有她的份，但是她的哥不给他提这件事情。

赵广陵不愿意郑丽曼的家里人认为，郑丽曼不在了，他享受了她的财产。赵广陵想到是他把郑丽曼害死的，再享受她的财产，他心里有愧。赵广陵给郑丽曼的哥讲，郑丽曼的宅子，还有其他的财产，都留给他们的儿子。他以后不会再结婚，也不会找其他的女人，用心把儿子带大。郑丽曼的父亲听到郑丽曼的噩耗，承受不住，当时就病得不轻，差一点要他的命，一直在老家养病。赵广陵专门给他写了一封信，把他上面的意思也给郑丽曼的父亲讲了。赵广陵没有给他们讲假话，都是他真实的想法。

这个时候，赵广陵心里面只有郑丽曼，他再结婚，再去交往女人，去玩妓女，他觉得对不住她。他对其他女人也没有多大的兴趣。这个时候，赵广陵确实对郑丽曼是有感情的，是真正爱她的。

真正爱一个人和喜欢一个人不一样，差距很大。真正爱上了一个人，不但不许可他爱的对象背叛他，他自己也不可能背叛他爱的人。真正的爱是专一的，不专一，不是真正的爱。爱上一个人，还许可他和其他人交往，这不是真正爱上了对方。真正爱上一个人，不可能许可他去和其他人交往，所以说爱是自私的。真正对一个人有了爱，他也不会做背叛他的事，所以真正的爱情又必须对所爱的人忠诚。"自私"这个词，本身是不好的，但是真正的爱必须是自私的。"愚忠"也不好，但是仔细想一想，忠诚都是"愚忠"。"愚忠"就是不计较利弊得失，甚至不管对错，只是忠于对方。忠诚计较利弊得失，就不是忠诚，是算计。对错是相对的，你认为是对的，他认为是错的，今天是对的，以后可能就是错的了。忠诚不管别人认为对不对，就是要忠于对方。旁观者往往认为是执迷不悟，好像是中了邪了。这是站在旁观的角度。如果成了当事人，真正爱上了一个人，对所爱的人忠诚，也会这样。

这个时候，赵广陵是真正爱郑丽曼的，虽然郑丽曼不在了，对她还是很忠诚，不愿意做任何对不起她的事。如果再和其他女人乱来，觉得对不起她的在天之灵。其实郑丽曼不可能知道了，郑丽曼的哥也不会收拾他，没有外面的约束，但是他自己不愿意这样做。他本身是很好色的，不去玩弄女人，人生就没有情趣。但是这就是忠诚，这也说明赵广陵确实是真正爱郑丽曼的，他心里现在只有郑丽曼。

他那个朋友罗金见到赵广陵对郑丽曼很痴情，为他感动。罗金劝赵广陵，说："你要想得开，这都是命。毕竟人已经不在了，你对她有这一片情，对得起她了。"又给他讲："你没有必要这样。你趁现在还能耍，再耍几年。以后遇到合适的女人，可以再结婚。我跟你像两弟兄，你这样，我很为你担心。"他叫赵广陵一起去妓院，赵广陵都不愿意去。罗金倒不觉得他就变得高尚了，讲道德了，但是心里面是敬佩他的。

赵广陵住在郑丽曼留下来的宅子，虽然她走了一段时间了，每天都想到她，仿佛她还在宅子里面，有时候甚至好像看见了她。赵广陵时常在以前和郑丽曼听留声机的房间，一个人放唱片听，回忆起曾经和她在一起的情景，很感伤，有时候眼泪自己就流下来了。赵广陵常常想，如果郑丽曼还活着，又有儿子，那就好了。他时常悔恨自己把郑丽曼害死了，儿子也没有了母亲。

三

赵广陵店子还是开着的。他在文殊寺那边的房子，自从郑丽曼不在之后，他一次都没有去过。和郑丽曼恢复关系之后，赵广陵把从那个地方转移出来的一些东西，放回了原处。那一只雍正珐琅彩的杯子，当时也转移出来了，这个时候放回了房子下面的小地窖。不像上一次冯幺妹被枪打死之后，赵广陵急迫想看杯子，上面是不是又有一只彩色蝴蝶变成了黑蝴蝶，赵广陵一直没有去看。

如果他后来不是真正爱上了郑丽曼，郑丽曼一死，赵广陵肯定马上要去看，杯子上面最后一只彩色蝴蝶是不是变成了黑蝴蝶？以前，三只彩色蝴蝶都变成黑蝴蝶，得到一件只有他才有的旷世的奇珍，是他梦寐以求的事。如果是另一个女人死了，最后一只彩色蝴蝶变成了黑蝴蝶，实现了他的愿望，他会很高兴，自己要喝好酒庆祝。现在，就算最后一只彩色蝴蝶变成了黑蝴蝶，是他把郑丽曼害死了，因为郑丽曼死了之后变成的黑蝴蝶，想到这一点，他觉得无法接受。

以前，赵广陵觉得，古董缺一件就少一件，女人是这个去了那个来，始终有年轻漂亮的。古董当中的孤品，首先是独一无二，又不可再生，得到一件就不得了，对于爱家是很自豪的事。再美的女人，再杰出的女人，世上都不是一个两个，而且总会老，被年轻的代替。现在赵广陵感觉到，虽然世上很美的女人不少，任何时候都有很美的女人，但是郑丽曼只有一个，在他心中，其他任何女人都不能代替她。再珍贵的古董，就算是孤品，都无法和郑丽曼比。以前觉得，得到世上独一无二的珍宝，作为爱家，此生无憾。其实得不到，也只是有很大的遗憾，有挫败感。但是，失去了郑丽曼，他觉得生活都没有多大的意思了，甚至觉得天好像塌下来一样。有的人把女人比作太阳。没有太阳，世界就陷入了黑暗。火不能代替太阳。太阳是天上独一无二的，给世界带来了光明，带来了温暖。把一个女人比作太阳，未必是真正爱上了她，可能是想骗她。但是，一个男人真正爱上一个女人，对于他来讲，这个女人确实就是太阳。

所以，这个时候，即使杯子上面最后一只彩色蝴蝶也变成了黑蝴蝶，成了一件旷世的瑰宝，现在对于赵广陵来讲，他不像以前那样觉得有多珍贵。能不能得到旷世的瑰宝，可有可无。他宁愿不要这样世间独一无二的宝物，也不愿失去郑丽曼，郑丽曼在他心中，才是世上最珍贵的。

赵广陵有时候也想去看这件杯子，上面最后一只彩色蝴蝶是不是变成了黑蝴蝶？三只蝴蝶都成了黑蝴蝶，杯子到底是怎么样的？但是，赵广陵想到，即使最后一只彩色蝴蝶变成了黑蝴蝶，是因为郑丽曼死之后变成的黑蝴蝶，他心里面感到很难受，不愿意去看。也不是完全不想看了。

这一天，赵广陵又起了心想看这只杯子。他坐上黄包车，朝文殊寺这边过来。这个时候是下午。到了文殊寺这边的房子，赵广陵看了他放在有床那个房间的东西，没有马上打开小地窖取出杯子来看。赵广陵心情都还是矛盾的：既想看，又不愿意看。不愿意看，又想看。但是，还是没有打开小地窖。

赵广陵也没有离开，留下来和他亲戚这一家一起吃饭。他那个亲戚陪着赵广陵喝酒。赵广陵心情一直都不好，算是借酒浇愁，喝到后面就醉了，吐了。亲戚扶他到床上睡下。

赵广陵睡到深夜，嘴很干，起来喝了水，然后又躺在床上。这个时候醉意消退了不少，想睡睡不着，也不清醒。后来，喝多了水想小便，起来到了外面。看见有月亮，但是天上有云，没有完全露出来。月亮的光是一种冷白色，给人冰冷冷的感觉。赵广陵觉得，好像一个人在冷眼望着他，对他很不满意。

赵广陵回到房间，又睡在床上，还是无法入睡。实际上，既然到了这个地方，他很想看那只杯子。赵广陵就从床上起来，到了另一个房间，打开了小地窖。他取出了装杯子的盒子，拿到睡觉这个房间。

这个时候赵广陵禁不住激动了，心脏突然跳快了，但是也忐忑不安。他犹豫了一下，把黑漆描金盒打开了，把杯子拿到了灯光下面看。

杯子上面确实都成了三只黑蝴蝶。赵广陵认出了最后一只彩色蝴蝶变成的黑蝴蝶。虽然灯光不明亮，但是看出来，这只黑蝴蝶比另外两只显得稍为黑一点。和另外两只一样，也像是真实的黑蝴蝶，但是好像比另外两只要透明。再细看，赵广陵发现，这一只蝴蝶的眼睛上面似乎有泪痕。但是，给人的感觉，还是雍正时候的蝴蝶。整只杯子，也还是雍正时候的杯子。

赵广陵看了以后，把杯子放到了桌子上面。按说，赵广陵实现了他的愿望：三只彩色蝴蝶都变成了黑蝴蝶，颜色也协调了。世上不会有第二只这样的杯子，是雍正珐琅彩里面的孤品，一件旷世的珍宝。这件东西只有他才有。以后人们会提起，这件东西曾经被他珍藏，是从他手上流传下来的。但是，赵广陵并没有喜悦，并没有因为得到一件旷世的珍宝产生满足感，成就感。

这个时候，赵广陵觉得，杯子上面三只蝴蝶都变成了黑色，虽然颜色协调了，但是阴森森的，不如原来三只彩色蝴蝶艳丽。如果说以前是三个鲜活、娇艳的少女，现在赵广陵就想到，这是叶春华、冯幺妹、郑丽曼的幽魂。

赵广陵想起了罗金当初给他讲，这只杯子有邪气，是不祥之物，劝他不要把杯子留在手上，转让出去。以前他没有把罗金的话当回事，现在回想，罗金不是乱说。他以前玩过不少女人，有的女人也闹自杀，但是没有一个女人死。有了这只杯子之后，不管到底是什么人干的，先是叶春华被杀死，然后是冯幺妹被枪打死，最后他把郑丽曼害死了。这只杯子到他的手上，好像就是要让和他有关系的三个女人死掉，让三只彩色蝴蝶变成黑蝴蝶，但是还是雍正时候的杯子，而且成为雍正珐琅彩里面的孤品，一件旷世的瑰宝。似乎是安排好了的，要叶春华死，要冯幺妹死，郑丽曼也必须死。那个时候，他好像被牵了魂一样，本来不想结婚的，还是和郑丽曼结了婚，好像就是让他和郑丽曼结婚，让他伺机行凶。他虽然不忍心下手，后来甚至想放过郑丽曼，还是把郑丽曼害死了。这只杯子里面确实有邪气，是不祥之物。

赵广陵当初得到这只杯子，很喜欢，很珍视，没有想到给他带来了灾祸。因为这一只杯子，他损失了一大笔钱，店子被烧了，他险些被火烧伤，甚至丧命。因为这一只杯子，他把郑丽曼害死了。这个时候，赵广陵对这只杯子产生了仇恨，要把杯子砸碎，向它发泄仇恨。

他毕竟是很喜欢瓷器的，这只杯子现在又是珐琅彩里面的孤品，是世上独一无二的珍宝，他还是有些不舍得的。但是，赵广陵还是去另外一个房间找了根木棒，想把杯子拿到外面，用木棒砸碎。

就在他回到这个房间，要去拿杯子的时候，赵广陵看见，从杯子上面先飞出了一只黑蝴蝶，紧接着飞出了第二只，第三只。看不出是最初变成的黑蝴蝶先飞出来，还是其他两只中的哪一只先飞出来的。后来跟随飞出来的两只，也不知道是哪一只在前，哪一只在后。飞出来的三只黑蝴蝶，也无法分辨。赵广陵马上站住了。

但是，不止是有三只黑蝴蝶飞出来，跟着，更多的黑蝴蝶不断从杯子里面飞出来，好像杯子里原来隐藏了很多黑蝴蝶，那三只黑蝴蝶飞出来，把它们带出来了。这些黑蝴蝶很快出现了不少，飞到赵广陵身边，越来越多。到后面，赵广陵四周都是黑蝴蝶，密密麻麻的，不知道有多少只。

赵广陵感觉不对了，但是没有想到该怎么办。这个时候，周围的黑蝴蝶开始朝他靠拢，朝他身上飞。赵广陵挥动着棒子，想阻止黑蝴蝶到身上。有的被棒子打中，更多的黑蝴蝶扑到了他身上。赵广陵慌了神了，朝门外逃。屋子里一大群黑蝴蝶跟着出来了，又把他围住，虽然他还用棒子在打，但是黑蝴蝶太多了，朝他身上涌，把他全身，包括头部都包裹住了。密密麻麻的黑蝴蝶形成了很大的力量，把他控制住了。棒子到后面也没有用了。

赵广陵自己想移动身子，已经做不到了。他内心很惊恐，想喊叫，嘴很难张开。因为黑蝴蝶把他围很紧，他感觉到呼吸越来越困难，脑子也开始发晕。在迷迷糊糊，想保持住清醒，又无法保持清醒的状态中，赵广陵感觉到，这一群黑蝴蝶在移动他的身子，好像要把他拖到哪个地方去。随后感觉到，他整个身子被带着离了地面，朝空中移动。随后，赵广陵就没有意识了，死了。这群蝴蝶带他的尸体去到了哪一个地方，就不得而知了。

天亮之后，赵广陵那个亲戚来看赵广陵休息的情况，想叫他吃东西。知道他喝醉吐了，专门做了稀饭。赵广陵那个亲戚就看见，他那个房间的门口有一片死了的黑蝴蝶，在他睡的房间也有很多死了的黑蝴蝶。在相连的房间，发现了赵广陵在里面有一个小地窖，因为赵广陵还没有把小地窖再掩藏好。赵广陵没有见到。

桌上那只杯子，他那个亲戚当然看见了，但是只是一只白瓷杯。这只白瓷杯子传下来了，就是现在到了你手上这只杯子。传闻就算讲完了。

尾声

我鼓了掌，对老人说：

"很精彩，讲得很好。"

老人似乎并不疲惫，却显得兴奋。

"我有个疑问，听到林区长后面讲，郑丽曼没有报复赵广陵，没有指使人去行凶。我感觉，她好像还是有嫌疑。"

"这个就要你自己去想了。到底和郑丽曼有没有关系，我也没有完全想通。你可以再去想。"

我回到锦都，后来从那小古董商那得知，姓林的老人死了。我想到老人讲的故事，觉得那似乎是一个幽灵讲给我听的。

下卷

第一章　邂逅

一

又到了四月，这天入夜后，我到了九洞桥酒吧街，在蓝色月光酒吧要了一杯啤酒，在河边的位置独自喝起来。

我刚和一个女人分手。我们在茶馆相见，是她主动提出来的。她要再生一个小孩，不能和我在一起了。其实我也不想和她交往久了，但还是摆出有些难过的样子，迟疑了一阵才表示同意。我并非想要骗她，但我不能让她以为我也想和她分手，那是伤害她了。

然后，她像是办完了一件该办的事，对我说：

"那我走了。你自己保重啊。"

我点点头，显出伤感的样子，说：

"你也要保重，自己永远是最重要的。"

她没有再说什么，便离开了。

在这以前，她如同是我可以摆弄的玩具，但以后，她不再属于我了。如果不再见到，她就如同是死去了。自然，与真实的死去不同，她是还活在世间的，然而对于我，似乎已只是飘忽的幽灵。

我喝着酒，还有些怅然，与她在一起的情景浮现在脑子里，供我回味。

我到九洞桥酒吧街来，大多在这一家喝酒。蓝色月光面向卫清河，靠近九洞桥。酒吧前的空地上，余下的空位不多了。河岸上面，树旁的桌子边都坐了人，但还有地方可以安放桌子。

有时，我故作不经意探视其他的桌子，并没有发现能吸引我的女人。离我近一点的一桌，有两男两女。其中一个女人，二十多岁，皮肤很白，有黑亮的眼睛，一头黑发，相貌并不出色。身上新鲜的气息是有的，但这样的新鲜，往往再接触一次，便陈旧了。

在离我稍远的地方，靠着树干，有两个女人。那里光线幽昧，看不清两人的脸，但觉得其中一个很平常，另一个也并不出众。不是因为那一桌只有两个女的，我的目光会将她们忽视的。

还有的女人，只因穿得有城市女人的风味，似乎个个都有风采，其实都是平常的女人。仍旧只是平常也没有什么，但多数这样穿的，反倒俗气了。我可以和平常的女人调情，俗气的却令我厌恶。

蓝色月光酒吧前的空地上，还有别处我能看见的地方，也都没有让我觉得赏心悦目的女人。倒是从酒吧与河岸之间的滨河路上路过的，偶尔能见到一个出众的。这样的女人一出现，眼前的一切便有了光彩，然而她过去之后，也将那光彩带走了。

也有女人在看我，有的也是装着不经意，其实是有意看，有的则是只敢偷看。对这样的目光，我已习惯了，但并非就无所谓了，倒是离开了这样的目光，我会不适的。如果有吸引我的女人，我会用眼光与她调情。

我喝得很慢，喝到近半杯时，一个女人来到桌边，笑着对我说：

"先生，不好意思。你是一个人吗？"

那女人四十岁左右，稍胖，画了很浓的妆，有很重的香水味。

"暂时是一个人。"我笑着说。

"那你还有朋友要来吗？"

我没有回答，用疑问的目光望着她。

"你要是一个人，可不可以到那边，和我们一起喝酒？我们只有两个女的。"

我没有拒绝，也并不是很情愿，端了杯子，随她到了先前看见只有两个女人那一桌。

另一个女人望着桌面，在我坐下来后，方才抬起眼睛望着我，但没有向我打招呼，脸上也没有笑容。目光咄咄逼人，又带着警觉。人似乎本就是有威严的，又像是有意摆出威严的样子。就像是一个女老板。如果她是相貌平常的女人，我会找借口离开，不会久坐。但这女人是有些姿色的，甚至算得上出众。人一副端重的样子，却似乎藏着骚情。已过了三十岁，是高个子。有茂盛的头发。穿黑色蕾丝领口紧身衣，身上的香水味稍淡一些。脖子上挂了吊坠，似乎是极好的翡翠。寻常的女人，挂了极好的翡翠吊坠，我也愿意与她一起喝酒。

我手上有点燃的烟，便对叫我过来的女人说：

"可以抽烟吧？不介意吧？"

"没有关系。你抽吧。"叫我过来的女人说。"这是刘小姐。我姓曹。你贵姓？"

"我姓沈。"

"沈先生。"自称姓曹的女人说，随即拿起桌上的一瓶科罗娜啤酒。"很高兴认识你。没有打扰你吧?"

"哪里,和两位喝酒是我的荣幸。"我端杯与她手上的酒瓶碰了一下。

高个子女人也拿起了一瓶科罗娜啤酒。我又端杯与她手上的酒瓶碰了一下,喝了一小口,然后说:

"还很少见到有女的直接用瓶子喝酒。"

自称姓曹的女人望了高个子女人一眼,没有回应我的话。

桌上的盘子里,有瓜子、腰果和小袋装豆腐干。

"你请吃,不要客气啊。"自称姓曹的女人说。

"我在酒吧一般只是喝酒,不吃东西。多谢。"

高个子女人还是不说话,神情悒郁。

我觉得,这女人似乎是见过的。

"叫你过来,是想向你请教几个问题。"那高个子女人冷冷地望着我,终于说话了。

"请讲。"

"你是男人,你对男人应该是最了解的。我想问你,一个男人和一个女人在一张床上,过了一晚上,这个男人就是不碰她,你作为男人,你怎么看?"

我望着她,同时也玩赏她。"我想,你讲的这个男人是正常的,这个女的应该长得还不错。对吧?"

女人点了下头。"男的长得很帅的,应该是正常的吧。女的长得还算不错吧。"

"那我就不懂了。正常的男人不应该是这样的。"

那女人喝了口酒。"这个男的很喜欢这个女的,他自己给她讲,她是他最爱的女人，但是对她从来没有主动要求。……和她身体上都很少接触，除了跳舞以外……你作为男人，你觉得一个男人真正爱一个女人，男人会不会这样？"

"还没有听说过有这样的事。我猜测，这个男的可能有顾忌，顾忌这个女的，或者顾忌其他人。他结婚没有？"

"他有家的。这个女的和他老婆也很熟，经常去他们家。但是她觉得他们的关系没有不正常，也可能她有怀疑，装作不在意。我是女人，这种情况，没有任何女人不在意。她肯定是装。他很有钱，是做企业的。所以她是很聪明的。"

"有一点明白了。刘小姐讲的这个男的，长得很好，又很有钱，这在男人当中是很少的，对女人肯定是很有吸引力的。但是，这种人往往也很难得到女人真正的爱，起码说是爱他，不会那么单纯。一个人长得很好，又很有能力，对女人当然很有吸引力，但是财富也很有吸引力。"

"女方其实比男的有钱。他其实是她扶起来的。他没有钱的时候，这个女的就认识他。他做企业，她帮了他很多，从来没有要他的好处。他很清楚，他只会占女方的便宜，女方不需要他的钱。"

"这个女的是一个人，还是……"

"她结过婚，离了。"

"那她是不是想和他结婚？"

"刚才我跟你讲了，她和他老婆很熟，是朋友。他们还有个小孩。她不想拆散他们的家庭。"

"这个男的也知道？"

这女人点了点头，显得更悒郁了。

"只是为了得到他本人，只是为了能和他在一起，那这个女人是真正爱他的。但是，虽然他也爱她，就是不和她……很有意思了。"

"有什么意思？"

"对不起，我用词不当。我只是感觉到，不太符合常理，有点奇怪。但是……"我并没有用词不当，这样讲，是要听我讲话的知道，我懂得说话要讲分寸。"我直说，不会在意吧？"

"你尽管讲。"那高个子女人淡淡地说。

"我先问一个问题：你说这个女的，她自己认为那个男的也爱她吗？"

那女人不由得皱起了眉头。"她觉得还是爱她的吧。他肯定不爱他老婆，只是为了家庭稳定。"

"他有没有其他的情人？"

"他说没有。……没有听说他有。"

"娱乐场这种地方他也不去？"

"做生意难免有应酬，但是他不是那种乱来的人。他给她保证过，他不会做那种事情。如果他是那种人，她不会和他交往的。自从他们认识，他就不像是那种乱来的人，这是她看中他的地方。"

我想了想，然后说：

"那我直说了。……你讲这个人是不是乱来的人，只听你讲，判断不了。现在的男人，是不是乱来的人，往往他自己才清楚。……这个人一定很精明的。我直说了，我见到的精明的人，都是很会算计的，而且越精明，越会算计。反过来也对。这种人是很懂得取舍的，不是随便什么都拿的，有些好处放在他面前，他也不会拿，知道拿了会付出很大的代价；有些东西可以拿，必须拿到，付出代价他也会去拿。这种人，感情也在他的算计里面。他也有感情，但是付出感情，他要考虑回报的。他不会因为感情昏了头，被感情操纵，他倒是会操纵感情，让感情成为达到某种目的的手段。——能够有目的地利用感情，这就是情商高。"

我喝了小口酒，接着说：

"你讲的这个男的，企业家，他对这个女的也许有感情，但是他划了一条线，决不越线。这个女的对他在事业上应该是很重要的，他想和她长期保持关系。如果过了那条线，两个人可能反而会闹翻。这种男人要想找女人，还不容易吗？但是，在事业上能帮上他，不要回报，恐怕只有这一个女人。这种女人，他这一生恐怕只能碰到这一个。他心里应该很清楚她的价值，所以他会克制自己，对这个女的放弃肉体上的那种……这个女的应该是有魅力的，但是，相比她在事业上对他的价值，他应该更看重后面这一点。我直说了，这个男的可能对这个女的有一点感情，爱恐怕谈不上，他不过是在利用她的感情。很精明的一个人！"

那女人显得痛苦了，眼睛望向河的那一边。她内心大概还是烦躁的，为了不失态，将双手抱住放在胸前，将乳房的形态全挤压出来了。我已注意到她戴了昂贵的手表，似乎是百达翡丽，价在七八十万以上，或许在一百万以上。我自己戴的手表，那两个女人也用目光察看了。

高个子女人回过脸来，又望着我，说：

"你刚才讲，过了那条线，两个人的关系反而不好。他怎么会这样想呢？"

我又点上了一支烟。我心里明白，这高个子女人给我讲的那个女人，就是她本人。而我对这个女人已有兴趣了。我只能挑拨她与那男人的关系，但不能让人察觉。这女人也不会轻信我，因此说话还须有理。即便是说假话，然而有道理的假话才是最能骗人的。我便这样说道：

"我讲的还是一种猜测。这个女人应该不是一个随便的人。这种人对自己的身体往往是很看重的，是很自重的，很有道德感。又有钱，长得又有姿色。这种女人不是现在不多，历来都不多。这种女人对男人是很有诱惑力的，但是男人也会害怕。这种女人不是随便可以碰的。这个男的应该很了解她。以前，他和这个女的，毕竟身体没有到那一步。他有家室，这个女的现在不计较，也许真的不计较，也没有资格计较。如果到了那一步，情况会不一样的。那个女的就会计较了，会对他提出要求，或许会让他离婚。这个男的是有孩子的，觉得自己的太太最适合做他的老婆，不愿意离婚。或许还有其他的考虑，他更愿意现在他这个太太做他的老婆，不愿意这个女的做他的夫人。这个女的太强势了，太强势的女人往往有很强的控制欲，他恐怕连所有的空间都没有了。这样，冲突就有了。最后，两个人的关系不可能维持。这个男的知道结果就是这样，所以不会过那条线，也害怕过那条线。——害怕失去她，既害怕在感情上失去她，也害怕以后她不再帮他了。"

高个子女人眼里有焦虑的神色。

"她不会逼他离婚的。"自称姓曹的女人说。

我笑了笑，说：

"真到了那一步，她会的。"

"不会的，她说话是很算数的。"自称姓曹的女人说。

我吸了口烟。"恐怕到时候她管不了自己。或许她说话是算数的，但是这件事情，她说话是不会算数的。"

"你是不是太绝对了？"自称姓曹的女人说。

"我是按照常理来推测。现在这个女的对这个男的，还只是一种比较单纯的感情，她现在还可以做到比较明智，对这个男的要求不多。但是到了那一步，得到了对方，自己也给出了，情况不一样了，她人会变的，她会有更多的要求，对待他不会像以前那样。这个时候，她绝不会容忍别的女人和她分享这个男的，即便不逼迫他离婚，也不会接受他和他太太睡在一起。你们可能觉得，到时候不会这样，这个女人现在是明智的，那个时候也会明智。不可能的。你们应该是知道的，男人是被欲望支配的，但是女人是被情感支配的。这个女的，我相信平常是很冷静的，也是很克制的，但是有些天性的东西是很难超脱的。……我是男人——男人，什么都可以管住自己，欲望那是无法掌控的。男人的天性就是这样。有的道貌岸然，那一定是装的，或者是没有那个能力。有的表现得很克制，必定是因为不得不克制，他有别的目的，或者隐藏得很好，让人以为他是克制的。看上去很克制的男人不少，但是很克制的男人我还没有见过。女人也一样，女人是情感动物，什么都可以管住自己，但是控制不住感情。感情就像酒一样，平常再理智的，一陷在情感里面，就像喝酒喝多了，会失控的，往往会做很不明智的事。很可能不顾后果，把别人毁了，自己也毁了。我有个朋友讲，男人是禽兽，女人是疯子。男人都是流氓，这是真实的。但是女人是很可怕的。我这个朋友是男的，北京的。你讲的那个男的应该是很明白的，所以他知道后果，不去碰那个女的。这个人倒是很有自制力，不过，他没有其他的女人，恐怕也把持不住。我仅仅是一种猜测，或许世上有的男人是有自制力的。"

我自己明白，我讲那些话未必有道理。然而，我讲得很慢，似乎是字斟句酌的，不是随便讲的。我又懂得，貌似格言的话，即便本没有道理，听上去却最像是道理。而且，会显出说话者的高明。有人会觉得，这未免过于武断，强词夺理，装腔作势。然而，这样的话自有一种力量，有的人即便听了不是很懂，也会接受。有人即便不接受，却难以反驳。况且，人们嘴上的道理，无一不是武断的，这些言论也都是强词夺理。而一个人只要以为是在宣讲道理，谁不是在装腔作势？

"你把女的说得这么可怕，你没有结婚哪？"自称姓曹的女人说。

"没有。没有意思。按我那个朋友的说法，"我笑着说，"婚姻就是笼子，但因为男人是禽兽，不能关在笼子里。对于女人也是笼子，但不是用来关自己的，是女人用来关男人的。只是一种说法。我这个朋友是结了婚的。我自己也不反对别人结婚。"

高个子女人又皱起眉头，对我说：

"你觉得，是不是应该和他了断？"

"这要看这个女的需要什么了。如果只是把对方当作感情上的朋友，不用分手。不要得不到全部，得到的也不要了。但是要明白，对方可能只是在利用你的感情，让你为他做事。因为对他有感情，愿意帮他，不要回报，这是一回事。被他利用了，还不知道，这就蠢了。可以痴情，但是不要愚蠢。不过痴情，一般脑子都是不够用的。——可以对他有感情，不要痴情。其实要做到很简单。痴情是因为用情太专一了，不要专一，不要把感情都用在他一个人身上，可以和其他男人交往。人家也没有把感情用在她一个人身上，他对他太太恐怕也是有感情的。他说最爱她，也没有说只爱她。'最爱她'，就算是真的，也就是给她的感情多一点。多多少，只有他自己知道了。这个女的未必知道他有多少女人。他最爱的，或许根本不是她。"

"他对她肯定是有感情的，在他心里面，肯定是他最看中的女人。不完全是出于利用，他也需要她在事业上帮他。毕竟还是不一样。人家不是傻的，能够感觉得到。女人在这方面是很敏感的，这一点你要承认吧？"

"刘小姐，敏感，有它的好处，别人没有觉察到的，她可以发现。但也可能本来没有，她以为有。我只是根据你们讲的来推测，可能不对。但因为我完全是旁观者，我是很理性的，也可能很准确。这不重要。这个女的如果认为这个男的对她真有感情，像你讲的'他最看中她'，女的对他还有感情，我觉得没有必要中断关系。这个女的现在应该都是很爱他的。长得帅，又很有能力，在这个女的眼里，恐怕是世界上最优秀的男人。其他人可能不一定这么看。每一个人的审美是不一样的，有人就觉得长得不过如此。要说能力有多强，肯定是有钱的，但是在有钱人里面，他能不能排到前面？真有钱的，能把有钱的比下去。真有能力的，那是一样的。我说句难听的，此人若是很有才干，还需要一个女的帮他吗？当然，她很爱他，认为他就是最优秀的，也不必在乎别人怎么看。这完全是个人的感觉。有了感情就是这样的，就是迷在里面了。如果这个女的和他像以前一样，只是情感上的，也挺好。很美好！现在有这种情感，是非常少见的。现在有多少人完全烂在肉欲里面，或者就只是相互利用，还有这样的感情，太美妙了。但是这个女的心里也要有准备，或许有一天会发现，她什么也没有得到，双手空空。当然，这就像一个很美的梦，她要说得到这个梦就满足了，也是可以的。"

那高个子女人望着桌面，发了会儿呆，然后说：

"已经和他断了。不可能始终和他是那样的。大家都是很实在的，哪可能只是满足于你讲的那种虚的东西！他想得到的都有了，人家最后什么都没有，只有那种虚的东西，她会那么傻？女人，就算是情感动物，不可能只是讲感情，感情也需要用实际的东西证明。她为他付出那么多，他只说最爱她，还老防着她，人家不可能就相信他讲的。既然最爱她，就不应该还有位置给其他女人。既然真的对她有感情，就不应该顾虑以后她会约束他。一个男的真爱一个女的，心甘情愿被她约束。这些她不可能不知道。她肯定不像有些女人那样可以随便碰的，她不可能随便接受一个人。她当然对他有要求。把她碰了，不离婚可以，还和其他女人在一起，肯定不行。他知道，所以他一直不敢碰她。他肯定想。这些她都知道。她一直都在给他机会，但是不可能主动。要等他自己想通，但是不可能一直等下去。她就约他在一个房间，这次想和他做一个了断。他还有顾忌，还和以前一样，肯定和他断了。开始他坐在椅子上，她躺在床上，没有脱衣服。他肯定想跟她睡在一起。一直到深夜两点过钟都是这样。她就叫他到床上，抱着她睡。他很想和她做的。后来一直都是抱着她的，没有碰她。她就给他讲，既然他一直都有顾虑，只有断了。后来他给她打电话，找她，她不想再跟他交往。她的性格，不是今天说了，明天又会变。"

这女人眼里有闪亮的光点，似乎有泪水。语调却是平静的，说得也始终不快。

"这种关系断了，其实很可惜。还是很美好的。"

"是很美好，但是不断不行。既然不能在一起，那又何必勉强呢？他也不用老防着她了，她也不想耗在他一个人身上。现在的人，要说算计，哪一个不会算计？"

我点了点头。"不过，没有必要怪罪他。这个男的对这个女的还是很尊重的，没有利用她的感情，把她人也玩了。"

"那是他不敢。不是任何一个女人都可以随便玩的。那是他知道后果，要不然他还不碰她？"

她似乎轻松了一些，但人还是悒郁的。

我杯子里剩下一小口酒，我喝了，说：

"我再去要一杯。"

"我们有酒啊，你可以喝我们的酒！"自称姓曹的女人热情地说，同时去拿桌上没有启开的科罗娜啤酒。

"不用，我习惯喝我这种。"

我起身朝蓝色月光酒吧走去，先进了酒吧的厕所，然后要了一杯另一种啤酒。端着啤酒回来，只见到自称姓曹的女人。

她对我说：

"我们有事，要先走了。她已经走了。她让我转告你，很感谢你过来给她讲了这些。打扰你喝酒了。沈先生，可不可以留一下你的电话？"

那女人让我用手机拨通她的手机，存了号码，匆匆走了。

我一个人喝着酒，回想那高个子女人和我谈论的事，我仍觉得见过那高个子女人，她似乎像某一个人。

我离开酒吧街时，已有些醉意，回到在锦都的家里，还在想这件事。次日醒来，躺在床上，我想起来了，那高个子女人像是我多年前一个女同学。

二

几天以后下午两点左右，自称姓曹的女人给我打来电话，请我在回味庄吃晚饭，并说刘小姐也在。我特意给她讲，我自己带酒去。

约的时间是五点半，我进到回味庄二楼的包间，自称姓曹的女人已经在里面了。

包间里亮着淡黄的灯光。那女人脸上的妆显得尤为浓艳，仿佛用重彩画了一张面具。身上的香水味还是很重，似乎是可以看得见的，如一团浓雾将她罩住了。香水味本是吸引人的，她身上的香水味却拒绝人靠近。

过了五点半，高个子女人还没有到。又过了十来分钟，打来电话，叫先点菜，她正在过来。自称姓曹的女人点了几个菜，又叫我点自己喜欢吃的。我只点了一份老豆腐炖黄沙鱼。

过了六点，高个子女人才到。

她身上的香水不仅使她的身体变得美妙了，而且那香味似乎是她蔓延开来的肉体，闻着，似乎就触摸到了她。她抹了珊瑚色口红，脸上的妆，比那天晚上初见时要浓一些。任何女人，妆越重，离本来的面貌就越远。然而我再见到她，却觉得她更像是以前那位女同学。

这两个女人喝的是葡萄酒。我打开自己带的熙酒，往杯子里倒。

"我很好奇，你这是什么酒？你喝酒还要自己带酒！"自称姓曹的女人说。

"熙酒，贵州酒，酱香型的酒。有人不喜欢这种香型的酒，我是习惯了。"

"贵州最有名的是茅台。你说你喜欢喝酱香型的酒，可以给你带茅台。"高个子女人说。

我道了一声"感谢"，端起玻璃小酒盅，向两个女人敬酒。自称姓曹的女人喝了一小口葡萄酒，高个子女人只是端了杯子，并没有喝。

我夹了片香汁牛肉吃了，然后说：

"茅台是很好的酒，很有名。我自己的口味，我习惯喝熙酒。熙酒口感要硬一点，里面有一种山野气。感觉好像它是不驯服的，不刻意讨好人。我觉得贵州的酒应该是这样的，这样的酒才应该是贵州的。有的酒似乎给人也有那种感觉，可是过于生硬，粗糙，粗鲁，不讲究。熙酒里面这种山野气不是这样，就像一个人很有个性，有威严，又有教养，不放肆，不蛮横。茅台这种酒，给我的感觉，好像在刻意讨好人，太温顺了。好的酒应该是有野性的，可是这种酒好像在刻意压制这种野性。这完全是我个人的体会。"

"你把这个酒说得这么好，我也尝一下，什么味道？"自称姓曹的女人说，又问高个子女人尝不尝。

高个子女人摇了一下头。

自称姓曹的女人叫服务员拿来了玻璃小杯，在我按她的要求倒了小半杯酒后，端起杯子，也闻了闻酒味，喝了一小口，然后说：

"不觉得比茅台好喝。"

"很多人认为茅台是最好的。我不喝茅台，再贵再好的茅台我也不喝。我喜欢熙酒。"

"你刚才说，酒里有一种……什么气？"

"山野气。大山的'山'，野蛮的'野'。"

自称姓曹的女人又喝了一小口。"喝不出来，就是觉得……不太好喝。"

一般人的感觉，一定是平庸的。别致的东西，这些人是感知不到的。也正因为不能感知到别致的东西，所以是平庸的。然而，我没有将这话讲出来。

"这完全是我个人的偏好。我自己觉得它是最好的。"

"葡萄酒、洋酒你都不喜欢？"自称姓曹的女人问道。

"很难接受。不管哪一种葡萄酒，总觉得软绵绵的，没有意思。洋酒，我喝了一些，都不觉得好。葡萄酒，我喝到的洋酒，感觉里面都有一种矫情的趣味，好像一个人太注重修饰，太造作了。尤其越贵的酒，越是这样。喝了以后很难受，好像喝的不是酒，是别的东西。有的就像是饮料，有的像是香精，有的像是药，有的像是什么化学的调和剂。我个人还是喜欢酱香型的白酒。这种酒非常特别，好像一个人完全是与众不同的。葡萄酒和一些洋酒，也好像是很有个性的。但是，感觉好像都过于在乎自己的个性，结果是它的个性把什么都压制住了，甚至酒本身的品质也没有了。任何酒，必须首先是酒。酱香型的白酒，口味好像很奇怪，但是感觉仍旧是很纯的酒。它是很有个性的，然而这种个性并不是高于一切的，甚至不在乎有个性，只想是最纯粹的酒，却反而是最有个性的。葡萄酒，我喝到的洋酒，不是这样，个性是主要的，好像其他的都是为了个性：或者是修饰个性，或者仅仅是一种陪衬。结果除了个性，似乎什么都没有了。而且，越是贵的酒，所谓越是好的酒，给我的感觉，个性好像越来越张狂，也越来越装模作样，但是更不像酒了，更像是在冒充酒。这种酒，都很像有的人，表面上很有个性，其实处处在讨好人。好像很高傲，其实想引人注意，让人欣赏他。葡萄酒，我喝到的洋酒，不管是什么牌子，便宜的或是贵的，都可以用一个字讲清楚：装。装有个性，其实是故作姿态。装着是讲究的，其实是拿腔作调。所以我喝了，感觉是被耍弄了。所有的葡萄酒，我都不喜欢。我喝过的洋酒，都不觉得好。葡萄酒和洋酒，我也没有兴趣再喝了。有的人劝我，葡萄酒可以不喝了，洋酒还有很多，可能有合我的口味的，可以再品尝。我不想再试，碰不到适合自己口味的，还把自己的口味败坏了。我不相信还有适合我的口味的。一个人一旦形成一种口味，觉得某一种东西特别好，很难再接受其他的东西。有的人喝酒，在口味上很挑剔，在口味上是很偏执的，只有很特别的酒才适合他的口味。像这种人，可能只偏爱一种口味的酒。我就是这样。我觉得酱香型的酒是最好的。"

"酱香型的酒，很多人都不习惯的。我以前也不习惯，觉得味道好奇怪，喝茅台都接受不了，后来才会喝。茅台确实好。贵州酒，她也只喝茅台。"

"你刚才说'奇怪'。酱香型的酒确实很奇怪，但是不奇怪，反而就不好了。它的味道很奇怪，其实是很特别。味道很特别的酒一定是不会多的。比酱香型更特别的酒，我没有发现。味道很特别的酒，往往都是有名的，不可能不知道。有的酒好像也很特别，比如里面有药材的味道，有果子或者是什么植物的味道，有的有某一种食品的味道。有的酒有泡沫，有的有漂亮的颜色。这不是特别，是在模仿特别，是刻意制造特别，而且很生硬，不自然。这种特别，与酒本身的品质是并无关系的，反倒是损坏了酒的品质。我喝了以后，都觉得不是酒，是酒和其他什么东西的混合物。因为无法特别，只好去模仿其他的味道，用模仿的味道冒充特别的味道。这不是特别，是拙劣。酒特别，必须是它本身的品质有特别的地方，就像有的人，一看气质就不一样，不靠修饰，还是和一般人不一样的。我喝到的酒，我知道的酒，只有酱香型的白酒是这样的。虽然叫酱香，并不是在模仿酱的味道，是酒本身的味道。它不模仿其他的任何味道。世上只有这种酒有这种味道。"

"按你的说法，酱香型的酒是最好的酒，其他酒都不好。"

"可能是最特别的酒。我自己最喜欢这种香型的酒。并非所有这种香型的酒我都喜欢，最喜欢的是熙酒。我讲了，熙酒里面有山野气。有的人去了贵州，觉得贵州的山不好看，没有气势，不灵秀。其实贵州的山有特别的味道，感觉它是很孤冷的，好像刻意和人保持距离。有人觉得没有气势，不灵秀，我感觉是不夸大，也不修饰自己，不想得到人的赞美，也不愿意去讨好人。它是非常有尊严的。我喝熙酒，感觉有贵州这种山的气息。我很喜欢。"

"你应该去做推销，你太能讲了。你别光顾着说话，你吃菜呀。"

"做推销，我的话就不可信了。我会胡说。目的不一样了，推销是为了钱，为了把别人的钱哄到自己的包包里面。我现在讲的完全是我真实的感受。我不是卖酒的。"

"沈先生，我没有认为你是卖酒的呀。"

"我知道。因为我喜欢熙酒，我把我对熙酒的感受说出来，希望有更多的人喜欢熙酒，他们的感觉跟我是一样的，也觉得熙酒非常好。只有我一个人有这种感觉，人家会觉得我这个人很奇怪，我也会很孤独的。有的人不害怕孤独，我是很害怕孤独的。一个人安静可以，但是安静和孤独是不一样的。如果你们也喜欢熙酒，和我的感受是一样的，那多好。不过……"

在我讲话时，那高个子女人一直用审视的目光望着我。这时打断我的话，问道：

"你是贵州的吧?"

"算是贵州的吧。"

"贵州哪里的？"

"凤泉，你知不知道？"

"你是凤泉的？"

"你是不是在凤泉呆过？"

"以前呆过。"

"你是不是在龙泉二小读过书，后来去了凤中？"

她脸上露出了惊诧的表情。

我又对她说：

"你是不是一直姓刘？你如果一直姓刘，我就搞错了。我有个同学姓邹，叫邹金玲。你……跟她……"

自称姓曹的女人也露出惊奇的表情。

"我是王兴，你有没有印象？我家在工商局里面。有一棵很大的银杏树。"

高个子女人盯着我又看了看，浅笑道：

"我以前是有个同学叫王兴。你是王兴？"

"你是邹金玲，很巧！"我又对自称姓曹的女人说："居然碰到我以前的同学了，好多年前的同学！"

"你们还真的是碰巧了！"自称姓曹的女人说。

我端杯走向邹金玲，与她碰了杯，然后说：

"我们是不是要拥抱一下？可不可以拥抱？不拥抱没有关系。"

邹金玲站起来，我轻轻抱了她一下。

邹金玲的脸红了。

"她小学和我上了两年，初一我记得是下半学期，她就走了。我们一直都是在一个班的。"我对自称姓曹的女人说。

"你那个时候有没有暗恋她呀？要不然，你现在都还记得到她。"

我只是笑了笑。后来我听见邹金玲叫她"曹姐",知道她原来真的姓曹。而这姓曹的女人也不再叫邹金玲是"刘小姐",叫她邹董。

过了八点,饭局就结束了。邹金玲让我坐她的车,送我到下同安路口下了车。

我回到在华都的公寓里,用清代紫砂盖碗沏了茶,坐在客厅抵靠南面玻璃窗的清代瘿鶒木小方桌边喝。

在东南方,望得见下同安路口。那里有一片不安的灯光,如同一个人始终是躁动的,忐忑的。前面左侧临街的高楼,与右边低矮许多,也临街的楼房之间,裂开一道罅隙,可以窥见街道。街对面的楼房还是低矮的。后面是一个机关,白天可以见到高挺的树木。夜晚,那里是一片暗影,如同幽秘的潭水。里面的灯光,似乎是水潭中什么动物的眼睛。

我忽觉一只耳朵发热,想到是邹金玲和姓曹的女人在议论自己。我喝着茶,一边回想邹金玲以前的样子。我还记得,邹金玲的父亲是个包工头,好几个单位的房子都是他修建的。但有一次出了大事故,死了几个人。她父亲关了一段时间,放出来后离开了凤泉,邹金玲也离开了。

第二章　老时光

一

在回味庄吃饭时，我和邹金玲虽然认了同学，并没有要邹金玲的电话号码，邹金玲也没有要我的电话号码。我只好给姓曹的女人打电话，请她们两位吃饭。姓曹的女人在电话里说，邹董现在特别忙，好多事情，她会把我的话转给她，但是肯定抽不出时间。改个时间吧。改日，我又打了电话给姓曹的女人，回复还是抽不出时间来。我不想再电话了，但我知道对方会打电话过来的。

这天下午，我在古玩市场水沟边的茶馆与人喝茶时，手机响了，是邹金玲打来的，请我吃晚饭。我说应该我来请，请她和姓曹的女人到附近一家火锅店吃火锅。邹金玲却说：

"我请你吧，你不用跟我争了。我知道有一家火锅店很好的。五点半还在你下车那个地方，我来接你。你不用带酒了，我给你带熙酒。曹红，你要叫她来吗？"

"我呀……我是想……跟你吃饭。你不用带熙酒。吃火锅，我喝饮料。你要喝啤酒，我带啤酒过来，我也喝啤酒。但是我没有科罗娜啤酒，别的啤酒你喝不喝？我这里有好的啤酒。"

"你不用带啤酒，我也喝饮料。"

我回到寓所，换了衣服。因为发现手指甲有点长了，修了手指甲。发型对于男人女人都是第一重要的修饰，便又在镜子里整理了头发，使发型虽刻意却又自然。我对镜子里自己的形象满意了，才出了门。

五点过钟，邹金玲的车来了，在下同安路口对面停下来。因此我过了街，坐到后座邹金玲的身边。

邹金玲将头发盘了起来，裸露出一截白嫩的脖子。我不由得又想起"领如蝤蛴"的诗句。而她稍显圆润的脸庞，也近似一轮满月。我本想在她耳边夸赞一句，忍住没有讲出来，然而用欣赏的目光望了望她。还不到调情的时机，但我要让她知道，我欣赏她的美丽。

那火锅店叫火凤凰火锅城，外面的装潢金碧辉煌，似乎就是要招摇的，却在南边一个偏僻的地方，又似乎不愿引人注意。

一位迎宾小姐见到邹金玲，露出既像是装出来的，又像是很有诚意的笑。"邹董，您来了。"又笑着将我看了一眼，然而已将我从头到脚打量了一番。她将邹金玲和我送到了二楼的包间里。

我没有想到，邹金玲要了野生的江团。按说他们不会哄骗邹金玲，但我并没有因此就以为，送上来的江团不会是养殖的。吃进嘴里，很小心地品味后，口感果然不像是养殖的，这才确定吃的是野生的。这些人都是不可信的，只有自己的体验还勉强靠得住。

吃到后面，我隔着桌子对邹金玲说：

"我知道你很忙，和我吃火锅，已经占了你的时间了。能不能再占你一点时间？吃完，我们去酒吧喝啤酒，但是一定是我请你。"

“去哪里喝？”

“九洞桥那边你想去吗？”

“有没有其他地方？”

“‘老时光’你知不知道？是老厂改建的，比九洞桥那边安静，有一点小情调——也只有小情调。”

吃完，我和邹金玲还是坐了她的车往“老时光”来。车上了黄天大道，朝西边开，拐进一段小道，在一扇铁门前停下了。门边的砖墙上，“老时光”几个字闪着黄色的光。这老厂旁边有菜地，像是到郊外了，其实还在城里的。里面大多是砖房，有陈旧、破落的气息。然而，酒吧的灯光，酒吧特有的气氛，却给人时尚、鲜活之感。

喝酒的人并不多，没有见到生意很好的酒吧。我带邹金玲选了近里面的一家，由楼梯上去，在自建的阁楼靠窗的位置坐下来。这阁楼似乎有老木头的味道，低矮又狭小。虽还有缓慢的音乐，却显得僻静，像是适合偷情的地方。窗外灯光昏暗，映出几棵树木，里面有桂花树，不过只看出来是树木。除了我们，并没有别的人。

邹金玲似乎对这样的地方并不习惯，却又有些兴奋。

“你一直都没有结婚？你一直是一个人过？”她问我。

“没有。”

“你是不是不想结婚哪？”

我不记得以前还有哪些女人这样问我。“我自己也不知道。也许，还不到时候吧。”类似这样的回答，我说过多遍了。

“不知道！你就是想在外面飘嘛，不想让人管你。”

我不想解释，问道：

"你是……离了，有没有小孩？"

邹金玲眼里有一点尴尬的神色，脸上却看不出她是尴尬的，只是脸色有些不好看了。

"没有小孩。幸好没有。"

"你和他是……性格不合？"

邹金玲似乎不愿意回答，但还是说了：

"也不是性格不合。他是公安局的，老是怀疑我为了做生意，和上面当官的有那方面的关系。根本没有那种事情。挣钱嘛，就是为了活得有尊严嘛。我不可能反过来，不要尊严，只为了挣钱。我这个人是很要强的。我凭我自己的本事挣钱，靠着陪当官的睡觉挣钱，那算什么？做生意，各方面肯定要有朋友。我是女的，不可能只是和女的打交道。官场上有实权的，基本上都是男的。有的也很讨厌……你也懂，和这种人不是交朋友，就是利用。挣再多钱，我也不会让这种人占我的便宜。他老是怀疑，一直不信任我。他的脾气还是可以，从来不跟我吵，一直跟我打冷战，但是也受不了。夫妻之间没有信任了，这个家就没有基础了，对我来讲就是折磨。你是老同学，我跟你讲实话：他对我一直都是很好的，我也相信他一直都爱我，我内心也不愿意离婚。但是在一起，感觉到任何时候都在怀疑你，我简直都要疯了。那种日子确实很难受。还在一起生活，我真的要疯。只有离婚，对我是解脱，对他也是解脱。"

我点了点头。"你是解脱了，对他，你是把他救了。你不和他离婚，最后疯的可能是他。他跟你比，还是太弱了。男人不应该找比自己太强的女人结婚，所以他和你结婚就错了。你找他结婚，你也错了。"

"是错了呀，所以就离了嘛。"

"还不错，能够分开，不像有的人离婚，就是一场恶战。他应该也没有宰你一大笔钱。"

"离婚也很不容易的。"

"还是因为钱？"我意识到前面的判断错了，因此这样问她。

"他自己知道，我的企业他没有贡献，跟他没有关系。就是他家里的人，狮子大开口。怎么可能呢？只有走司法的渠道，让法院硬判。拖了好长时间。他爸是省政协的，以前是司法厅的，法院有关系，一直拖着不判。我也找了人，后来才判下来。我还是给了他两千万，主要还是看在大家夫妻一场，他对我还可以。"

"他得到两千万，还让你这么一个大美女陪了他几年，他跟你结婚还不能算犯错。两千万对你应该不算什么，可是，女人一生最好的时光那是无价的，过去就不会再来了。作为老同学，我劝你以后千万要小心，这种事不要来第二次，人是受不了的。"

"这种错不可能再犯。"

这个话题讲到这里，本可以打住了。然而，我还有话想讲。我对自己感兴趣的女人，会利用机会发表各种言论。我听望义姓林的老人讲传闻，说了"嘴皮子是收拾人心"，这话很精彩。舌头不只是品味的器官，还是控驭人心的工具。与女人交往，自己的相貌能够诱惑女人，然而靠着能说会道，利用言论对她们施加影响，可以让自己占据主动。我深知，语言一大功效，就是要让人听从自己，让自己做的一切都是对的。而所谓对，就是所做的合乎某个道理。而所谓的道理，不过在于是否能讲出一个道理。我曾下了功夫演练自己的口才，是很会讲的。我以为，会讲就是会做，有时甚至胜过会做。我又说：

"我自己的经历：人犯了错，往往会接着再犯。知道上次吃了亏，不能这样做了，但是好像失控了一样，还是那么做了。大多数人是这样的。只有很少的人犯了一次错，吃了一次亏，不会再犯同样的错。这样的人是很厉害的。不说很成功的人，活得比较好的人是这样的。……你这样的人，吃了大亏，不会再吃同样的亏。但是有些东西，不是容易改变的。"

"你什么意思？你是说我还会犯同样的错。"

"我们是老同学，我可以直率地给你讲。我想你不会生气……"

她眼里露出警觉的光，但显然想我说下去，对我说：

"你随便讲。"

"一般太强的女人，大多喜欢对自己顺从的人。有些是真的顺从，这种人一般是比较温顺的，所谓脾气比较好，但这样的人往往能力就不够了。有些人讲，能力越大，越是没有脾气。真有能力的，不会没有脾气。食肉的强大的动物都不是温顺的。这种人，对你有感情，但是能力不够，你很难尊重他。他也一定会有危机感，最终他很难信任你。你不太可能再找这种人。还有一种人，只是表面上顺从，你以为顺从。这种人是有能力的。……有能力，又对你顺从，能遇到，那是最好了，那是运气了。"

"我并不是一定要找能力很强的，但是确实还是要有能力才行。有脾气，可以相互谦让。但是不能花心，必须对我专一，对我不专一，我绝对不能容忍。"

"你能力很强了，你再找有能力的，能力也不会差。有能力又专一的人有，我周围的人，我没有见到。人能力越大，往往想得到的就更多。能力大的，很少有安分的。能力小的，才有可能安分。有的表现得好像对人专一，恐怕只是在装，不可信的。人越是有能力，往往也越是善于伪装。"

邹金玲皱起了眉头，显得焦虑，也显得老了。"照你这样讲，男人都没有好的了？男人有点本事，都不是东西！你也算是有点本事的，我想知道，你在女人面前是不是也很会装？"

"你讲的好的男人，是对女人专一，还要有能力。我刚才讲了，这样的人应该有，只是我没有见到。我见到的确实是这样：要么装着是专一的，要么不得不专一。……女的对男的，有很专一的，有的可能确实是因为对男的有感情。所以我见到的男的，基本上都堕落了。还有的女的没有堕落。"

"你呢？"

"我，什么？"

"你还真会装！"

"在你面前，我没有装。装，我不会给你讲这些话。在有些女人面前，我是会装的。都在装，我也只有装。但是，对你没有必要装。而且……"

"后面怎么不说了？"

"生意做得好的，对人是很懂的。我也是生意人。生意做得好，都是会装的，恐怕只有他把人骗住，别人是很难骗得了他的。而且，装，他也要看对象的。没有必要装，不用装。别人能够看破你在装，也没有必要装。大家都会装，对方装又都能识破，那就不如坦诚。我并不认为坦诚就高尚。——既然装没有效果，不如不装。……你现在应该感觉到了，我和你之间，我不想只是老同学的关系……"听到这里，邹金玲眼里闪出了光。"我知道你是很精明的，装，你能看得出来，你会防备我的，会讨厌我的，反而没有效果。所以，我想还是真实一点好。我不可能把所有的真实都展示出来，对任何人我都不可能这样，也没有任何人会这样。但是，我对你讲的，我展示给你的，我没有装，我没有想因为要讨你的喜欢，装出另外一个样子。我知道你是很认真的一个人，希望男人只爱你，对你专一。当然前提是，你要看得上他。我没有迎合你，装出一副道貌岸然的样子，在你面前说一些冠冕堂皇的话，这一类话我是很会说的。我没有说我想找一个好的女人，会对她专一，会好好地爱她。很认真的女人是喜欢听这种话的。很有意思，往往正经的女人最容易被这种假话欺骗。但是，我不会在你面前说这种话。我不想骗你。"

"你以为我就会相信你！"

"那不一定的，我是很会装的。"

"那你现在装给我看。"

"现在当然是装不了啦。如果一开始我想骗你，你是不会看出破绽的。"

邹金玲用鼻子轻蔑地哼了一声，眼睛直直地望着我，眼里有微妙的神情。

现在是可以调情的时机了。我见她的手放在桌上，对她说：

"你的手真是漂亮……你人也有特别的魅力。……我能不能摸一下你的手？"

邹金玲没有把手收回去，我便将自己的一只手移过去，抓住了她的手。

然而很快，邹金玲将手抽出去了。"我离婚以后，还没有男人像你这样摸我的手。我记得你以前在女孩子面前还很腼腆的，你现在修炼成一个情场高手。你是不是觉得，女人都很容易被你弄到手？"她讥诮地笑了笑。"你对我根本不了解，我和你见到的那些女人是不一样的。"

"我已经感觉到了，你很特别。我完全是被你迷住了。"

邹金玲脸色变得严峻了，冷眼望着我说：

"你是不是以为我也被你迷住了，因为你长得帅？我要只是想找长得帅的，我还不随便找？你肯定觉得自己很有魅力，嘴又会说，很讨女人的喜欢。你是不是以为我也像那些女人，很容易被你哄上床？我承认你长得帅，你也确实会说，但是我现在对你还没有感觉。"

我喝了口啤酒，对她说：

"你对我现在没有感觉，没有关系的，只要你不讨厌我就行。我这个人，有时候是很不讨女人喜欢的。有的女人很讨厌我。"

"我发现你很敏感。我没有说你让人讨厌。但是你这个人，你知道吗，你让人喜欢不起来？"

我又点上了一支烟，然后对她说：

"我明白你的意思。我这个人身上，有让女人不愿意接受的东西。我身上哪些方面让女人觉得还不错，我不一定清楚，女人才知道。哪些方面让女人反感，讨厌，我自己是清楚的。但是，我很难改变。不是不愿意改变，是改变不了。这可能是本性决定的。我这个人是喜欢自在的，不愿意被约束，这是我的本性。有人认为这样不道德，是耍流氓。有的人主张，要忠诚，要专一。我不反对，可是我不会认为这多么高尚。这还是为自己的利益考虑。所谓忠诚，专一，就是要独占，你只能为我所有，其实很自私的。——没有高尚，人都在为自己的利益说话。认为一件事情好，是因为符合自己的利益，对自己是有利的。觉得一个人不错，不让人讨厌，还是因为他能够满足自己的愿望，对自己是有益的。……有的女人不喜欢我，很正常的，因为我不会顺从她，满足她的要求。我要让她喜欢，我就得委屈自己，我就必须牺牲我的利益，去满足她在利益上的需求。我这个人，我会尊重别人，可我是不愿委屈自己的。我会顾及别人的利益，但损害我的利益，那不行。所以，有的女人不喜欢我，我也不会去和她交往。如果不愿意接受我的方式……觉得我是不道德的一个人，是玩弄她，可以不跟我交往，我不会有什么不高兴。每一个人都在为自己的利益着想，这是很正常的。每一个人都应该捍卫自己的利益，这没有什么对错。……所以，我会尊重有的女人和男人交往的方式。我不会骗她们，不会去承诺我不愿意做，也做不到的事。这种女人，我也招惹不起。而且说实话，靠骗，靠说漂亮话把女人哄到手，我觉得有损我的尊严。我不至于要靠这样的办法，才能把女人弄到手。女人对我有好感，愿意和我交往，我不会要求她对我专一。要求她专一，她做不到，就只有骗。同样的，她不要这样要求我。我做不到，也只能骗。何必要相互欺骗？何必相互提防对方？所以，大家不如没有这方面的要求。这个时候我们就是情人。也许，这个时候她对其他男人没有兴趣，对我就是专一的。她还有其他人，对别的人有兴趣，没有关系的。她跟我在一起，就是属于我的，我就满足了。那么，对于我也是一样的。自己愿意专一，这是很好的，这很真实，自己也不难受。要求人家专一，别人难受，而且未必会专一，自己也活在猜疑、提防里面，大家都难受。想要完全独占一个人，让一个人在任何时候都属于自己，不管是出于哪一种动机，是借用爱或者婚姻的名义，都是极为丑陋的。所以，大家在一起，这个时候都是属于对方的，相互都喜欢对方，都感到快乐，这就很好了。如果不愿意做情人了，可以再做朋友，也可以各奔东西。因为没有承诺要永远在一起，没有要求对方对自己专一，不做情人了，会有遗憾，有感伤，可能会不高兴，但是不应该有怨恨，不会有仇恨。不管女人是出于什么原因，是对我厌倦了，对我不满意了，还是想和别的男人在一起，不愿意和我维持原来的关系，我都不会对她有怨言，更不会恨她。这是我的方式，可以说是我愿意遵守的规则。"

下面有很重要的话，我便有意停顿片刻，然后说：

"我觉得是这样的：人可以不讲道德，但是要讲规矩。……"

我讲了一番关于道德的言论，又说：

"我并不是说人可以为所欲为。人和人打交道，是要有章法的。人可以不讲道德，规矩却是必须要有的。规矩就是大家达成的协议，双方就要遵守，对双方都是限制，这样避免相互做伤害对方的事情，很多麻烦都避免了。人和人打交道，最怕出现意想不到的麻烦。有意想不到的好事，是求之不得的，但是意想不到的麻烦，可能会把人这一生都毁掉了。男人和女人交往，这种事情很多的：大家在一起，本来为了给对方快乐，后面却是相互伤害。两个人先是情人，后面却成了仇人。开始恨不得把自己的命给对方，后面恨不得要对方的命。始于爱，而终于恨。恐怕这是世上最愚蠢的。我是很害怕出现这样的事情。……男女之间的关系，男人和女人交往，是最感性的。感性，就是不能确定，很难预知，变化太大而且不可控。这就需要理性。越感性的事，越是需要用理性的方式来处理。理性，就是可以确定，可以预知，变化能够控制。所以，需要规矩，大家必须遵守。要在一起，先要说好条件，达成协议。这样，如果不愿意在一起了，谁也不应该觉得谁欠了谁，谁把谁骗了，谁把谁玩弄了。这样，不会反目成仇。不再是情人，还可以做朋友。分开了，还会为对方祝福。这样是最好的。这比有人在背后诅咒你好得多。我不想有女人在背后诅咒我。所以，我不会用哄骗的办法把女人弄到手。我会先把真实的想法给她讲，对方接受，我们就交往。不接受，我肯定是不会和她交往的。她想跟我在一起，我也不会答应。"

我不讲了，等邹金玲回应。她说：

"你是真会说。你讲这些，我不知道你是什么意思。"

"你应该知道。我的意思已经说得很清楚了。我想，我和你不只是同学，我们可以成为情人。我不承诺以后要和你结婚，对你专一。我也不会限制你，要求你对我专一。我会是你最好的情人。我是很懂风情的。在那方面，我是很好的。我是有资本的，恐怕在男人里面我算很强的。这不是下流。不能说一讲到身体就是下流。……你要找比我年轻，比我长得好的，应该没有问题。既是你的老同学，又懂风情，长得还不算差，应该只有我一个。而且，我虽然没有你的钱多，我也不缺钱。我跟你，只是因为我被你迷住了，我只想跟你在一起。你本人之外的，你的财富，我没有兴趣。你跟我也不可能是为了钱。你的生意我也帮不了你，我在官场没有关系。除了古董，别的生意我都不懂，也没有兴趣。我和你，就是男女……情人最单纯的关系。依照有些人的道德，这只是风流。'只是风流'，其实是最干净的，因为没有任何的功利。这也是最美妙的。"

邹金玲听我讲，眼里有时有不悦之色，内心大概是烦乱的，却保持住镇定。她沉吟之后，对我说：

"我不是你这种人。我跟你是不一样的。这个话题你不要再讲了，到此为止。"

我没有再说这个话题。我把要讲的都讲了。我知道她对我的一些话是抗拒的，但我自信我的话里有强大的力量，对她未必不起作用。她现在抗拒没有关系，只要她后面会接受。我知道自己的相貌、气度，颇能诱惑女人，即便有的女人讨厌我的言行，也会被我诱惑。我倘不是有这样的魅力，邹金玲与我喝酒，会当作浪费时间。而当我讲出上面的话，她会怫然离开的。

我喝着酒，同时品味她。看上去，邹金玲是倨傲的。不过，因为很富有又很有才干，这不是在装模作样，正如母虎因为是虎，自有威势。她懂得在人面前不能失态，因此会控制自己的情绪，隐藏自己的内心。然而，与极善于伪装自己的人不同，神色会泄露她的情绪与想法。外表安泰时，内心似乎仍是躁动的，不安的。有时眼睛定住望人，让人不能对视。这目光显出她本身的强硬，也是她故意在显出她的强硬，有些造作，目的则是让人畏惧她。她在公司里，在她可以影响的范围内，必定有一些人怕她，或是装出怕她。当然，没有人会真正害怕一个人，人害怕的是自己的利益被损害，想得到的利益不让得到。看上去，邹金玲有正经女人不可亵渎的气质，身体却有成熟女人诱人的气息。而且，财富给她的身体添了一层光彩。因此，她一面在警惕男人，一面又在招惹男人，如同一只手把男人往外推，一只手把男人往身边拉。

我对她有几分畏敬，同时觉得她身体的气息如同伸出的手来抚摸我了。我似乎看见了她的身体，觉得拥她入怀，一定如同抱了一大堆绸缎。

我要的都是这酒吧里的好啤酒，并非只是一种，但没有便宜的。她远比我富有，我不可能在她面前显阔气，但我不能显得小气了。这酒吧也有科罗娜啤酒，但她没有要，似乎是有意回避。那个男人她没有再提到，我也不便主动和她谈。

她毕竟是经常在酒桌上的人，酒量是有的。据她说，她喝过差不一斤白酒，现在也可以喝半斤以上，不过很少喝白酒。她喜欢喝的是葡萄酒，还有威士忌和白兰地。啤酒平常很少喝的。

我比她喝得快一些，但她也一直在喝。她不太喜欢口味重的啤酒，但其他我觉得好的啤酒，酒精度高一些的，大多还是合她的口味。她和我一样，不是一喝酒就上脸的。但到后面，虽然灯光不亮，仍见到她脸腮泛出了酡红，目光有些迷蒙了，不过人还是清醒的，说话也清楚。我喝到后面，也有些上脸，却更有兴致了。

这阁楼一直没有再来人，像是专为我们提供的。我在心里等着一个时机，可以再接触她的身体。若是这样喝下去，这个机会或许是有的。但即便没有想要的事情发生，只是和一个富有又貌美的女人在这里喝酒，也是一种享受了。

然而，邹金玲突然拿起手机来，给司机打了电话，令他来接。我觉得和她在这里喝酒，似乎只过了很短的时间，看了手表，还不到十一点钟。

我一阵沮丧，但也只好在门边的小吧台付了钱，等邹金玲从卫生间出来，便一起出了酒吧。

我们从酒吧前的水泥空坝出来，上了水泥道，光线暗了。较远的拐角处有一根电杆，悬一盏路灯，但投过来的光弱了。还飘浮着音乐声，还有酒吧的气味，却太像是已衰败的老厂。这时我瞥见她身子晃动起来，脚步有些不稳了。在阁楼上的时机是浪费了，但机会总还是有的。我先问她：

"你没有问题吧？"

她没有回答我。

"要不要我扶你？"我又问她，朝她靠近了。

她摆了摆手，但我伸手揽住了她的腰。她挣扎了，但并没有挣脱。

我并没有搂紧她，像只是扶着她。但再往前，我察看了周围，将她搂紧了，随后将脸贴了上去。她将脸避开了，用嫌恶的口吻说：

"你不要这样子！"

我又迅速察看了周围，将她抱住，推她进旁边树下的黑影里。她大概没有想到我这样胆大，一时没有反应过来。虽在反抗，却并不强烈。但似乎猛然惊醒过来，发作了，用脚踢我，打了我一耳光，压住喉咙斥责了几句。然后，快步朝进来的铁门那边走去。

我心里恼恨，忍着痛，发了一会儿呆，去追赶邹金玲。但出了铁门，见邹金玲已进到了车里。车由小道上了黄天大道，很快不见了。我想发短信道歉，为自己辩解，又想到最好避开她的气头，因此没有发短信。

这时，我虽觉得败兴，激发出来的欲望，却仍让我烦躁。我既不会克制，也不必克制。

二

我以为，克制全是压抑。克制无所谓明智，全是出自无奈，不是因为无奈，是没有必要克制的。说克制是明智的，明智也只是无奈的一个产物而已。

生命由欲望生成，没有欲望，便没有生命。生命如有天性，应是释放欲望，便是自由。克制则是背逆天性的。克制即便是明智的，然而须要小心，克制会遏抑生命的活力，损伤身体的机能。有求道的背逆天性，而求超越人类。然而既生为人，是无法超越人类的，只能做人。所谓超越人类而入化境，都是幻梦。求道即是在营造一个白日梦。道就是那个白日梦。所谓得道，是将白日梦完全当真了，从而化在了白日梦里，也成了一个白日梦。若是对白日梦还存有一丝的怀疑，便不会化入白日梦里，成为一个白日梦的。因此对于求道的，没有完全的信，便不可能得道。或许，真有得道的。然而，我即便知道这个道理，仍无法理解。只有得道的才真懂得道的。而我自己，由于明白只能做人，因此只想做一个能支配自己的人。能支配自己，就是生命中的欲望能够得到满足，否则便是不能支配自己。而欲望能够得到满足，能够支配自己，就是自在。生而为人，做自在的人，是最高的目标。至于创建伟大的功业，成为不朽者，是我做不到的，也是我不愿意的。有的人因为害怕死亡，追求不朽。然而，世上没有不朽的人。不朽的，是被后人记住的名字。所谓不朽，不过是某人的传闻流转于后世。这与本人已没有任何关系了，因为他已感知不到了。不能被人感知的，都是没有意义的。想到会死，我也害怕。但正因为终有一死，不能活得有遗憾。欲望不能得到满足，活得是有遗憾的。不能得到满足的欲望，都是生命中的空洞。每个空洞，都是生命虚耗了，因为生命只有一次，永远不能弥补了。

我想到曾经不得不压住自己的欲望，那些时光是浪费了。我觉得压住欲望，近于自杀，或是自残。由欲望生成的生命，欲望无法满足，是生命最大的不幸。人生最大的苦痛，也在于此。而人生的快乐，则是欲望得到满足。欲望每得到一次满足，都是生命将其意义实现了一次。有人在某些欲望得到满足后，反感到空虚，只因为另有欲望没有得到满足。所有的空虚，都是因为欲望未得到满足。没有欲望，是不会有空虚的，正如没有光，不可能有黑暗。除非将欲望清除了，否则还会有空虚，如同消除了光，才会消除黑暗。然而，有血肉的人，没有谁是可以从欲望中超离的。生命本就是欲望，生命是无法清除欲望的。生命清除欲望，无异于太阳不能发光。欲望可以压制，然而不能绝灭，正如日光可以遮挡，然而无法清除。大概人死后欲望才会绝息，不再要求欲望得到满足，不会因为得到满足而快活，也不会因为不得满足而痛苦和空虚。或许天堂和地狱并不在别处，人的快活就是天堂，痛苦则是地狱。只有人活着时，才有天堂和地狱。而人死后，不会有天堂和地狱。天堂和地狱只存在于生命中，并不在死亡里面。人活着，既在天堂又在地狱里，因为有快活，也有痛苦。而人死亡，不再有快活和痛苦，是人从天堂和地狱里被逐出了。因此，死亡是空，什么也没有了。不过，这仅是揣度，而非定论，因为活着的人不可能知道死亡到底是怎样的，除非死人会复活，告诉死亡的情形。

　　然而人生前的一切，因为可以感知到，是真实不虚的。人的欲望是真实不虚的。人不得不活在欲望里，正如人不得不依靠食物为生。我无法理解人会活在欲望之外，正如不明白人不进食而能活着。我不会去追求欲望之外的东西，对于我，欲望之外什么也没有。有的人有高远的理想，然而，理想仍旧只是欲望。到了太空的人仍旧是人，正如鸟飞得再高仍旧是鸟。正因为人只能活在欲望里，而欲望只是自己的，所以归根到底，人是只为自己而活。人不是应该为自己而活，是不得不为自己而活。人只能活在欲望里，终生做欲望的奴隶。有人一生在寻找自我却找不到，他们是不明白，自我就是欲望。每人都是欲望的奴隶，都是自我的奴隶，没有人是主人。人可以不顺从欲望，欺哄欲望，背叛欲望，然而不可能主宰欲望。而且，想要主宰欲望，自身就是最强的欲望。……人表面看有不同的命数，其实人的命数只有两种：或是欲望得到满足，或是欲望无法得到满足。在前一个命数中，人因活在天堂而是幸运的。在后一个命数中，人因活在地狱而是不幸的。正常的人，总想欲望得到满足而活在天堂，却不愿欲望不得满足而活在地狱。有才智的人，则能让欲望得到满足而在天堂里快活，避免欲望不得满足而在地狱里痛楚。……对于正常的人，快活是至上的，我唯一向往的是充满快活的天堂。这不是一种哲学，仅是人的本能。然而，这样的说法并不是将"快活"贬低了。人创造的哲学，并非是高于人的本能的。譬如将人当作一棵树，树根就是本能，而哲学就是花朵。从花朵里长出果实，然后果实掉落，化入泥中，又回到树根那里。人的生命由本能出发，然后带着所有，回归到本能。又将人比作风筝，本能就是那一根线，风筝脱了线，不知道会飘向哪里去的。而风筝可以借风到达高远处，是那根线放纵的。风筝也并不能比线到达更高远的所在，因为风筝到达的高远处，那根线也到达了。人的种种自由，人的恣肆浪荡，无不是本能放纵的。而人或潜入海的深处，或飞上云头，本能也会潜入海的深处，或飞上云头。人能做出非凡的事，然而人不可能是非凡的，因为如同人不可超离欲望而依然是人，人也不可摆脱本能而成为仙灵。

这些大概都称不上是真理，却是常理。但真理常如同幽魂，信就有，不信就无。常理则如同刀枪，不管人信与不信，是可以夺人性命的。一个人即便不知道什么真理，然而遵循常理，就是明智的，生活不会困窘，人生不会失败。有人信真理，不守常理，成了伟人，因此也是癫子，不会得到生活，人生也不会美好。许多人敬仰他们，然而他们是不值得羡慕的。舍弃了生活，而追求别的，是不值得的。对于人，没有什么比生活更珍贵的了。成功的人，是得到生活的人。至于那些被膜拜的人，虽可以称为伟大，然而是失败的人。舍弃了快活，去追求别的，则既蠢又疯。快活既然就是天堂，明智的人就不会舍弃快活，去追求别的。人得到了权力，得到了财富，得到了名声，但不快活，仍然是不幸的，因为他没有活在天堂里。得到了快活，这个人才是活在天堂里的。有人追求幸福，却不明白什么是幸福，其实快活就是幸福。人得到了快活，就得到了幸福。快活完全是只属于自己的，因此幸福也只是属于自己的。人不可能别人快活自己就快活了，别人幸福自己就幸福了，就像人不可能由别人替自己品味美食，由别人替自己赏玩美色。因此人要得到快活，要得到幸福，就要为自己而活。没有人能给你推开天堂的门。天堂的门，是只有自己推开，自己才进得去的。……因此，世间真有伟业的话，人应建立的伟业只是让欲望得到满足，让自己快活，活在天堂里。

"欲令智昏"，这说法是不对的。说"欲令智开"，才是对的。没有欲望，不会有智慧，比如人不想吃到美味的食物，不会有厨艺。而且欲望越大，智慧越大，比如因为人要像鸟一样飞向天空，才造出了飞行器。人之所以强于别的生物，是因为欲望强于别的生物。人的心灵到底是何物？想来想去，终于是悟到了：人的心灵就是欲望。因此，没有欲望的人，是没有心的。欲望多大，心就多大。所谓"心想事成"，便是产生了欲望，就能得到满足。智慧到底是什么，也终于明白了：智慧是如何让欲望得到满足。人缺乏心智，不仅欲望寡少，往往还不知道如何满足自己的欲望。所谓有才智的人，是有办法让欲望得到满足，让自己快活，活在天堂里。……而男人能称之为男人，是女人成全的，如同有靶子才会有枪，枪没有了靶子，就不再是枪了。男人作为人，固然以工作为事业，但作为男人，唯一正经的事，只是迷醉于使自己成为男人的对象。男人的伟业，只可建在那些对象上。这是没有办法选择的。人类离开了地球，或许可以寄居在别的星球。可是，没有了这个对象，男人的性质也就不存在了。即便仍有男人的能力，却只可归为畜生类了。唯有女人令男人成为男人。说"玩弄女人"，是不确切的，不是玩弄，是迷醉。女人并不是玩具，玩具是属于孩子的，而孩子既不是女人，也不是男人。

女人是酒。美丽的女人是用生命酿的美酒。想来不可思议，女人与男人都是血肉的躯体，却令男人神魂失据。女人虽说也是人，却似乎有神奇的力量，好像是来自仙地的妙物。酒也一样，像是水，却是有魔力的，似乎不是人能制造的。酒证明人有仙灵的能力。男人可以成为权贵、富人、作家、科学家、表演家、良工巧匠，然而唯独迷醉于女人时，可以是卓异的男人。男人只是为女人而生的，而活的，就像女人的意义只存在于男人迷醉的时候。对于男人，女人是通向天堂的独路。女人既证明天堂是存在的，而且证明天堂就在人世间。美就是神性。女人的美证明神性是真实不虚的，神性就在女人的身上。……见一朵花美，不想到它凋零，花就是永远的美。在女人的美妙里迷醉，而不念及别的，就是男人的极乐。世上之物，有比女人更神圣的，然而没有比女人更美妙的。人生是奋争和享受，然而世上无女人，男人既不必奋争，也毫无享受可言。生命如同列车，由时间驾驭，冲向火焰。每节车厢都该装满了享受，那么即便焚毁，也会有绚烂的光。……人生来是追求享受的，不是来受苦的。人的神经受不了苦，除非被麻痹了。人的灵魂也有神经，同样受不得苦，除非也是被麻痹了。另有人甘愿受苦，但那是以苦为乐，不是以苦为苦。人虽终会死去，生命里有种种享受，生命才是无比美好的。……生活即便有种种苦难，也要过成一场欢宴。……

这是我的一套理论。我知道，古人早就有这样的说法，很多人也有这样的想法，但我并不以为自己是照搬别人的东西。"照搬"一说，不过是学术界的人在争所谓的"原创权"。其实，这样的理论并无所谓的"原创权"，因为今人和古人，人与人，都不过是人，对于人生难免有相同的感悟，于是就有了同样的想法。可以说，人人都是有"原创权"的。

三

那欲望是因邹金玲而兴起的，但未必只在她身上才能得到满足，如同见到一道美味的菜想吃了，吃不到，可以吃另一道菜。我犹豫之后，给郑高娣打了电话。

我本来有些担心，由于什么原因，她不接电话，或者不能和我相会。电话声响完，果然对方都没有接。我想还给不给她打电话，郑高娣却将电话打过来了，而且听我讲要与她相见，马上答应了。

这女人是市文物商店的职员，我因为跟她做生意，和她认识了。她离了婚，有个女儿。我从她手上拿东西，也经她的手卖东西。后来和她的关系淡下来了，也仍旧和她做生意。她对我总是顺从的。疏远她，她没有怨言，而一旦要她陪伴，又乐意来。她说话是柔声细语的，神情总有柔媚之态。而她身上，似乎每一处都是柔软的。我会由此联想到一只没有脾气的猫。

只就买卖而言，忍气讨对方的欢心，能多赚到钱，固然是明智的。但我认为，她这样却不全是为和我做生意，也是要从我身上得到满足。如果说只是装的，不可能装得没有破绽。她若是如此善于伪装，那就太高明了，不至于是文物商店的职员。极善于伪装，智力都是超群的，多见于政界和商界很成功的人。如果她只是装，我却没有看出来，我就是愚笨的。而愚笨的人，在遍是谲诳的古玩行里面，不会做得好的。因此，既然不是装的，就是真实的。她天性应该就是如此，确实像是一个水做的女人。

我因此对她还留有兴趣。即便有时感到腻了，过些日子，又会主动约她相会。她像是可口的甜品，多吃生腻，久不吃了又很想再吃。

我没有叫她去自己的寓所，和她在宾馆见面。

她虽然结过婚，生了孩子，而且并不安分，在有的人眼里算是荡妇，她却保存着清纯的气质，好像没有那一些经历。我会联想到一件衣服，人穿过多次了，却没有破损，不显得陈旧。人再穿，知道不是新的，但觉得似乎是才被人穿上身的。这有些像是装的，但我以为，这也并非是她有意装出来的，还是一种性情里的东西。

她的形体因为骨架小，显得单薄，丰腴却藏在衣服里。她和我虽多次相会，却像是头一回和我在一起，显出有些紧张、羞涩和拘谨。我仍不以为她是有意装的。即便是装的，我也愿意她这时是这样的神情。女人或者显出淫邪的模样，或者显出娇羞的模样，前者是激发，后者是媚惑，都令人兴奋。

我腿有淤青，不想让她发现，因此把灯调暗了，留意不显露淤青的部位。

“你喝了好多酒啊？”她见到我时没有讲，这时对我说。

“酒味是不是大，很难闻哪？”

“有一点。”

“闻着不舒服，是不是？”

“没有。”

“你不舒服也没有办法。”

“没有关系的。”

“对不起，现在我也……”

“我不觉得难闻。你不要讲话了嘛。”

她显出并不讨厌我身上的酒气，我没有看出是应付我，可以当作她真实的感受。而她真实的感受，是只有她才知道的。或许她厌恶，为了不败我的兴，没有表露出来，但这也让我对她很满意。这是讨乖，也是知趣。她即便不算很美，对我也不新鲜了，我仍旧是喜欢她的。

我突然想到了邹金玲，却不愿认眼前的女人是她的替身。我不愿享受女人的幻影，要享受真实的女人。唯有施于真实的女人，欲望的满足才是真实的。因此，我专注于享受眼前的女人，不再想邹金玲。

后来，我吸着烟，又想到邹金玲。她如果来到这房间里，我会对她产生欲望的。身体本已归于平静了，有这样的欲念，我因此为自己的身体而自得。我想到邹金玲如果真像她表现出的那样，是所谓正经的女人，她现在就是一个人，如盛绽的花却无人品赏。而再美艳的花，在被品赏的时候，才是美艳的花。世间可称“非凡”的奇观有二：一是古董，二是美色。世上有两件最痛心的事，一是古董毁坏，二是美色凋败。我最感憾恨的两件事，一是珍奇的古董不归我所有，二是美色如冷寂中的花，我不能享受。这时，我既为邹金玲，也为自己，生出了怅惘的情绪。

入深夜了。夜本因为厌烦白昼的嚣扰，要将安宁带来，然而我觉得这城市反倒更躁乱了。我看不见外面的景象，也不能从夜空看整座城市，然而知道有无数灯盏，如星星撒落在各处。而这地上的每颗星斗，都如同不安分的精灵。有汽车的声音，还有别的什么声音，如诡秘的力量在游荡。不知是哪一些人，因欲望而不愿安息……

睡意变得浓稠了，成了麻醉药，我觉得要失去所有的清醒，却强撑着沉重的眼皮，似乎合上眼皮，是合上了棺材盖，我一睡过去，便像死人被掩埋了。人是奇怪的：有时有了睡意，就像饥者见到美食，急切地要吃到嘴里，想好好睡一觉，即便睡死了，也能像饥者吃到美食，感受到睡眠的香甜。而有时很困乏了，却不愿意睡，觉得睡过去便失去了知觉，如同死去，因此害怕睡着。我有几次还担心，睡过去了就不会醒来了。我曾经想，人睡着而脑子还有感知，那就好了。然而这不可能。我又希望睡着后有梦，这样大脑还在活动，人就保留了活着的意识。此外，梦虽是虚幻，却如同真实的人生，而且常常比真实的人生奇异。有的恶梦过于凶狠，人醒来，便觉得似乎超离了苦难。但有时从梦中回到现实，会觉得现实太寡味了，又想再进到梦里。

如同一个人怕死，抗拒死的到来，死却在瞬间到来了，我不想入睡，然而一粘合眼皮，便有一只魔爪将我拖进睡乡里去了。有一段时间我睡得很沉，但似乎灵魂不安于死亡般的安宁，从睡乡中醒来了，进到一个梦境里：

我躺在古董店里一把红木躺椅上。虽是夜晚，月光却照得天地如在白昼。我起初以为不是在夜晚，见到天上确实是有月亮，才知道不是在白昼。月亮像是夜空中的一口泉，月光如泉水一般流出来，天上地上到处都是月光。我正在把玩一只雍正珐琅彩小杯。杯子只在外壁画了三只彩蝶。我觉得那杯子像是少女的一只椒乳，又像就是一个娇娆的少女，因为画有纹饰，所以并非全暴露在外。

三只彩蝶各以红蓝黄为主色，由于是用珐琅彩画的，珐琅彩如同宝石，三只彩蝶也如同宝石。三只蝴蝶虽是画的，却仿佛是三只蝴蝶飞到了杯子里。这三只蝴蝶像是有灵性的，为不使绚美朽灭，因此飞入杯中，将绚美定住了。但看是静止的，又像是在飞舞，所以，也是将三只蝴蝶的飞舞定住了。三只彩蝶因为如同莹澈的宝石，便又仿佛只是彩蝶的魂魄化入杯中。如果这杯子永不损坏，这三只彩蝶的绚美就可永久留存了，瑰艳的魂魄也永不会消散了。

再看，三只彩蝶像是三个佳人，似乎都只穿了薄雾似的蝉翼纱衣。都似乎是尚不晓风情的处子，可又透着青楼女子的韵致。但无论是处子或是青楼女子，都贵气十足。

我忽觉得红木躺椅上这个人不是自己，是赵广陵，然而此人的相貌、身子都是我自己的，因此认定是我自己在古董店躺在红木椅上把玩雍正珐琅彩小杯。

"这是人造的吗？恐怕神灵才造得出来。真是极致之品！"我赞叹道。

手上有这样的奇珍异宝，我觉得自己也非同异常了。这感觉从未有过。

我从小几上端起盖碗喝了几口茶，将盖碗放回去，再来观赏珐琅彩小杯。此时小杯上的黄蝶，仿佛佳人从睡梦中乍然醒来，身子动了，翅膀动了。在我诧异之际，黄蝶从杯壁飞了出来。我伸手去抓，黄蝶的翅膀却擦过我的手指，先是古董店里飞了一遭，随后由店门飞出去了。

我先是惊呆了，接着是惊慌，追了出去。我怕黄蝶已没了踪迹，但见到黄蝶正往街的远处飞。我追上去了，仍旧怕黄蝶飞不见了。黄蝶有时会脱离视线，但又会出现，似乎不愿从我的眼里消失，或者也怕我见不到它了。我就一直追寻着黄蝶，又似乎是被牵了魂，在街巷中穿行。

天上地上依然到处是月光。我这时才明白"月光如水"这话的妙处。水一般的月光如浩浩渺渺的海，城市都浸在水一般的月光里。街陌中不见有别的人，只有水流般的月光，像是淌着月光的河与溪，但这是海里的河与溪。那黄蝶在飞舞，如同在水中漂游。我觉得自己似乎是在水中或跑或走，却没有水的阻碍。城里什么声音也没有，连犬吠声也听不见。更奇的是见不到一处有影子，我也没有见到自己的身影，仿佛世上原本是没有影子的。但我想，月光这样好，没有影子也属正常的。然而，我还是觉得城市有诡异的氛围。

那黄蝶引我出了小巷，到了街上。前方有个街口，像两条街划了个叉。黄蝶如一朵坠落在水中的花，从街口上面漂游过去了。我正想过街口，猛然见到一条巨蛇，由斜在前面的街道穿过街口。那蛇异常的大，如同是街道在蠕动。

我先是头皮一阵发麻，随即全身一阵寒冷。我曾不信有如此大的巨蛇，亲眼见了，才相信有。

那巨蛇身子暗褐，散出野兽的体味。双目暗红，像是火炭。

我觉得巨蛇觉察到了我，想到会被它吃掉，在它的胃肠里消化，变成粪便。我一时十分慌乱，想逃开。然而，我想到平常自己的告戒，"危难忽至，先要有一秒钟的安定，才可以行动"，镇定下来了。我想，跑反而要引起它的注意，也跑不掉的，最好是一动不动。

这时那巨蛇昂起头来了，从房屋的上方朝下俯视。然后，巨蛇的头从空中探下来，在我上方不远处凝视我。

我用意念强使自己定住不动。我的意念对自己说，你要把自己当作石头人。石头人是没有畏惧心的，因此只会因外力而动，不会由于畏惧什么而动。我只想自己就是石头人，仅有这一个念头，而所有的感觉都没有了，似乎真成了一个石头人。

那巨蛇见我一动不动，或许不把我当作人，或别的活物，转眼朝别处看了看，将头收下去了。然后往前面去了，将野兽的体味带走了。

我侥幸躲过一劫，为自己如此镇定很是得意。

刚才我将黄蝶忘记了，现在想起来了。我跑过街口，在那片地方的街巷追寻，都不见黄蝶的踪迹。我万分焦虑，却发觉自己进了一扇大门，来到一个大庭院里，见到正在放黑白电影。银幕是悬挂在庭院当中的。影像很清楚。起初没有见到观看的人，随即见到观看的人在靠近大门的戏台上，前面有一个女人。

我由木梯上了戏台。戏台上人不少，一些人坐在前部的位置，另外的则站着。我由站立着的人中间朝前挤，后来有几个人紧挨着成为人墙，拦住了我。我本来觉得自己有力气挤破人墙，但发现有人身上背着枪，是军人，就没有再往前挤了。不过，我个子高出前面的人，看银幕没有遮拦，发觉在戏台上看电影别有趣味，视角也好。这时我还看分明了，那女人是郑丽曼。她坐在最前面靠中间的椅子里，面前有一张放了瓜子、糖点、水果和茶碗的案子。她旁边坐的是王政安，吸着卷烟。我只能见到此人的侧面，有浓重的眉毛，眼睛下凹，吊了眼袋，鼻梁挺直而鼻端尖突，嘴唇薄。此人头发花白，脸上皱纹却很少，只是口角边的八字纹如刀划的一般。面白却晦黯，显出身体有疾。眼神阴冷，像是暗处一把尖刃的光。郑丽曼也只能从旁侧观看。她黑发丰茂，脸真是白净，恰似一篷乌云里面露出小半个冷月。眉毛是描了的，却又仿佛就是她天生的。眼睛如大宝石，眼神却悒郁。鼻子高挺却柔美。口不大不小，唇不厚不薄，涂了口红，如同花瓣。着镶边的旗袍，将身子裹得不紧不松，而身材的美都显出来了。

她伸出手取茶喝了，放回茶碗后扭回头扫视了一眼，与我瞬间对视了。

王政安吸完了烟，困乏了，头歪靠在椅背上睡了。

郑丽曼突然起身，朝戏台后面走。我前面站着的人让开道，我也朝一旁让开。她走过来，没有看我，却轻轻捏了我的手，走过去下了戏台。

我见王政安还在睡，其他人只顾看电影，便偷偷后退，也下了戏台。然后见她站在院墙与房屋之间一截通道上，佯装在看树上的花。我朝她走过去，她便朝里面走。我跟过去，随她绕过屋后，过了墙上一道小门，到了一个小院子里。这小院子有一道大门，或许是与大庭院连通的。院里有黄桷、苏铁，还有海棠。有一座二层砖木房。她上了楼梯，那臀在旗袍里耸动，丰硕而且风骚。我上了楼梯跟在后面，一时眼里只有她的臀，觉得似乎在我身上滚动。

郑丽曼进到二楼一个房间，我跟着进去了。房间开一扇不大的窗，嵌琥珀色印花玻璃，月光透入，变成了淡琥珀色。她在床沿上坐下了。这时我才看清她胸前绣了一只黄蝶，却不像是真蝴蝶。她脸上泛起桃红，娇羞又有风情。

"你胆子好大，你不怕呀？"郑丽曼开口说。

"忘记怕了。"我笑道，然后俯下身，伸手抱她，与她亲热。

她的身子颤抖了。

我想到王政安在不远处，担心他会醒来。我心里明白，和她偷情被人知晓了，后果可怖。然而，也令我万分兴奋，觉得刺激。

这时我瞥见窗户上出现了一只巨眼，闪着暗红的光。起初以为是巨蛇的眼睛，令我惊骇。但再看，却是月亮，仿佛一只巨眼在窥视。

我正松了口气，却觉察到有异常的动静。

王政安带着人突然冲进了屋子。有人手上拿着盒子炮，还有人拿着刀和绳子。

王政安先将我打量了，对郑丽曼说：

"你偷食，你在我眼皮底下，你也不找个远一点的地方。"

又冷冷地对我说：

"我的女人是你耍的呀？"

我刚见到王政安带人进来是恐慌的，此时反而不惧怕了。我曾经告戒自己："人平安的时候，才可以胆怯。而生死关头，是没有资格胆怯的，只可舍命求生。"王政安定然会要我的命，而且不会让我死得痛快。但即便结局是死，束手就擒，等人来杀，是畜牲的死法。而作为人，既然是死，就要敢拼命了，否则是可耻的。

我朝前一扑，要抢夺一个人的枪。对方的枪马上就响了。我觉得子弹是烧得通红的，射进了我的身体。我以为自己要死了，但随即明白是在梦里。而在梦里死去，不能醒来，人会真的死去。我便拼力想要醒来，撒然醒来了。

第二天和郑高娣分手后，我给邹金玲打电话，邹金玲把电话压了。发了短信，仍没有回应。

我回到了寓所，从保险柜里取了黑漆描金小方盒，回到客厅，拿出雍正白釉杯来看，仿佛见到有三只珐琅彩蝶。

第三章　重逢

一

与我分手的女人，有的会再出现，与我重续前缘，仿佛飘游的幽魂显形了，或是复活了。我会因此欣喜，但我却希望没有再见到尤丽。

近些年来，锦都大多时候是被云雾笼住的，那几天却接连有阳光。女人身上的衣裳明显薄了，少了，女人身体的美表露出来了。这时风吹到身上，我觉得，那风经过了许多女人的身子，似乎带了女人的味道。

这一天，我在金仙桥古玩市场惟真堂门口喝茶聊天。惟真堂在古玩市场东头，一侧是街道。我感受着难得的阳光，同时觑看街上女人如走马灯一般过往。

我想上厕所，嫌近处的厕所味道太重，去了西头设在二楼的厕所。但这个厕所味道还是大，而且小便槽边上赫然有果冻似的东西。我的目光避开了，压住了乍然涌上来的恶心。从厕所出来，下了楼梯，我觉得身上还带着厕所的气息。

　　我点上烟，从两排店铺间慢步朝回走。我感受着市场的气氛，眼睛想见到漂亮的女人，欲将厕所完全忘记。这时，我听到有女人的声音在背后叫我，就回过身来，见到十米以外一个女人望着我。她罩了宽檐草帽，脸在阴影下有些模糊。

　　我朝她走了几步，认出了那是尤丽。

　　而尤丽见我过来，走到商铺的玻璃窗边，避开了阳光。

　　我到了她面前，笑着说：

　　"没有想到是你。"

　　"没有想到是谁呀？我是哪一个？"

　　我弯身在她耳边低声讲了几句。

　　尤丽笑了，轻轻"啊"了一声，说：

　　"我以为你早都记不得了，你早都把我忘干净了。"

　　"你应该记得我给你讲过，我不求取永久拥有一个女人，也不求取一个女人永远在意我。但是在一起，那种美妙，那种享受，我得到了，不会忘记的。生命本就是体验。美妙的体验，是一段最好的生命，是生命中的宝贝，要一直珍藏在灵魂的密室里面。忘记了，那就丢失了。这样的宝贝都丢失了，灵魂里面还能剩下什么？"

　　有人会以为我这样的言辞，是故作高雅，拿腔作调，但我知道尤丽喜欢。她若是变得令我失望，甚至厌恶，那么我会故意让她不喜欢我。然而我再见到她，她没有大的变化，我仍旧喜欢她，因此也想讨她的喜欢。

　　"但是，你没有马上把我认出来，是不是啊？我的名字叫什么？"

　　"你记不记得我有两句话说你的名字？我怎么讲的，忘记没有？"

"是我先问你呀。你把我名字忘了。"

"很美，格外的美，对不对？现在你把我讲的那两句说出来。"

"不想说，但是没有忘。我们也总不能站在这里说吧。"

"我们去喝茶——去喝咖啡？你是喜欢喝咖啡的。我还是不太习惯喝咖啡，不过你喝咖啡，我还是和你一样喝咖啡。"

尤丽离开了玻璃窗，往西头的出口走。我跟着她朝那边走，给惟真堂老板打了电话，说不去喝茶了。

尤丽等我打完电话，问道。

"你觉得我是不是老了？"

我已见到她眼角绽几缕细纹了，眼泡也显了。眼睛还是大而亮，却显得深了，隐隐地有焦虑之色。她穿露肩黑条纹紧身衣和紧身裤。人是比以前丰腴了，腰稍大了些，然而胯也大了些，因此那一凸一收的曲折还是很美的。

她走路，还是花摇柳摆的。以前她与我在街上走，引得人吹口哨，调戏她，我几乎与人打起来。然而摇摆的身姿，也不像以前那么柔婉了，但也另有一种风韵。以前，看她天生就是这样的身姿，而现在，虽知道这仍旧是她的天性使然，却似乎有些造作了。但这并非就不好，有的女人造作的身姿、表情与语调，是更能惑乱人的。

我略为想了想，然后说：

"你说老，人都会老的，根由在哪里？人生下来，上天就会给你一个钱包，里面装的是用时间造的金钱。有一句话：'时间就是金钱。'这个话是说时间是值钱的，时间其实就是金钱，是上天给人的。人有了时间这个金钱，每时每刻都必须花，如果不花，那就得死，实际上是上天给人的买命钱。花了这个钱，你才有性命。得到了性命，你还买到快乐，享受，好运气，这就赚了，这个钱就花得值了。还买到的是痛苦，磨难，厄运，就是赔了，花得就不值了。但不管还买到什么，另有一样是一定会买到的，就是老。这是没得选择的，不要老，那性命也不会给你。最后，时间这个钱花完了，什么也不会买到了，不会再有好运，不会再有厄运，也不会再老了，人也就完了。"

"但是，你没有回答我刚才问你的话呀？你还是没有开车吧。我的车停在过街那边。"

"我没开车。我还没有讲完。"这时我们离了出口，她带我朝青玄路那边走。"根据我刚才的说法，人一生下来，只要一花上天给的时间这个金钱，人必须买老，人就开始老了。青春其实也是老了，只不过这一种老，正好是人的身体长成熟了，往往也是人最鲜活的时候，有的人则是最鲜美的时候。所以老了，也不一定是不好的。人不想老，也不会有青春。然而，青春再美好，都留不住的。你还得花时间这个金钱，还必须买老，一直要老下去。刚才我讲了，老不一定是不好的。老了，变难看了，衰废了，那是不好的。但有的男人老了，对于人情世故却明白了，练达了，钱多了，权力大了，更吸引女人了。有的女人可能不再单纯了，但是也不再幼稚了，和男人不只是放得开，也能收得住了。这个时候的女人，不只是懂风情，也擅风情了。可能不如以前水灵——老把水灵夺走了，但是老会给女人更珍贵的，就是风韵。这个时候，女人才是真有味道，真有魅力了。青春是有限的，风韵却是无限的。青春其实也算是一种风韵，但是太短暂了。风韵是另一种青春，但这种青春是不容易老的。有的女人直到……去的那一天，都是很有风韵的。这种女人，是年轻了一辈子，一生都年轻。你要做这样的女人。很有可能你就是这种女人。"

"你说话还是像做文章，更会做文章了。按你的说法，我虽然老了，但是有风韵了。那我现在是进入到一个女人更好的时候了。哎呀，但是我一想到我的青春已经永远地离我而去了，我心里总是有一种想哭的感觉。青春，我觉得还是最珍贵的，特别是对于女人。我觉得一个女人就算活到一百岁，但是失去了青春，这一生就过了一大半了。女人对老是很敏感的，不像男人。你这样说，是男人不怕老，男人经得老。女人不一样的。虽然都是人，我感觉到，就像有人讲的，毕竟是两个物种。再说，你这个人太会讲了，特别会哄女孩子，我也不知道你是不是讲的实话。你见到我现在这个样子，恐怕还是觉得我以前好看吧。"

"如果那个时候的你，和现在的你在一起，我还真不知道哪一个更好一些。"我望着她说。

"我好安慰，听了你这样讲。"尤丽回望了我一眼。"就是我不知道你是不是讲的心里话。"

我正想回应尤丽的话，但她走向了电杆旁的一辆车。尤丽上了车，我坐了副驾位置。等车上了路，我提醒她，我给她讲过，男人赞美一个女人有魅力，或许只是哄她开心，另有所图，但他的身体是很难说假话的。

尤丽扭过头，目光往我身上探了一下，嘴角起了暧昧的笑。

我又向她指出来，男人的身体总还有真实的一面，女人却未必。

尤丽听了我后面的话，却似乎没有听见，脸上好像突然罩了一层阴影，神情凝重了。

我本可以将那话题展开的，但没有往下讲了。尤丽不会觉得我的话下流，反感我。她曾经那样放浪，再来见我，不会是专门来表现正经的。我已看出来了，她像果子一样熟透了，却并没有变得正经。应该是我后面的话刺到她了，让她想到她在并不喜欢的男人面前，为讨他的好，如同卖身的，装出很受用的样子。

"你是想去哪里？"我问道。这时车朝南面又开一段了。

"去蓝岛咖啡呀。"

"变了，没有蓝岛咖啡了。小石桥那边那家本来很好，也没有了。吴有明开的咖啡馆也没有开了。你和吴有明有联系吗？"

"没有。后来一直没有见到。他的咖啡馆也关了，那他现在做什么？"

车慢下来了，让到了一边。

"他开了一家酒吧，也可以喝咖啡。在望月公园那边，望月楼的旁边。生意还可以，应该搞到钱了，据说有一段时间也不好。他对你应该一直都没有忘记，不过他结婚了。他太太和你走路很像的。我也很少见他。要不要去他那里喝咖啡？"

"不去了，人家都结婚了。你说他夫人走路像我，她是不是我的替代品？"尤丽笑起来。"我害怕我一在他面前出现，真人又现身了，他不要他的替代品了，把她夫人休了。不要去。我们不喝咖啡了，去喝茶。你找个地方。"

二

我就带尤丽到了白牡丹宾馆里面的静雅茶园，要了庭院边一个包间。

　　庭院里的阳光，似乎带了一点凉意，映照在刷红漆的圆柱、木窗及回廊的栏杆上。在包间里，便见到窗户的毛玻璃上，有一片温暖的虚影。

　　尤丽点了一支绿摩尔烟抽，是我熟悉的抽烟的样子。

　　她是跟我学会抽烟的，后来和我抽得几乎一样多。但她后悔没有向我学会看古董，学做古董生意。她认定我现在有很值钱的东西，发了大财。但她虽然还没弄到大钱，也有钱了，来见我，只想跟我怀旧，看我是不是还像以前一样帅气。她觉得我还是以前那个样子，都好像没有变化，还是男人经得老。但她又觉得我的眼睛像潭水一样，变得看不透了，一看就是有心机的人，完全成熟了，肯定是很厉害了，说明我的能力肯定比以前强多了，事业肯定很成功了。然而有一点始终没有变：眼睛里面还是色迷迷的。这倒最是我的本性，怕是一辈子都不会变。

　　我知道她讲的并没有错，但我告诉她，很有心机的人，是很善于隐藏的。一看就很有心机，正说明他没有心机，其实是装出有心机。我自己还是想很有心机，因为没有心机，就是缺心眼，没有脑子，当然也就没有能力。我申言我真不怕老，怕老也还是会老，就没有必要怕了，就像怕死还是会死，怕死也没有用的。而美色，既能让男人保持本性，又是不老药，可以让男人一生都是不老的。

　　尤丽回应说，我真是没有道理也很有道理。反正是再没有道理的事情，说出来都是最有道理的。她这几年见到好多世面，比我会讲的还真的没有见到。她跟了我三年加五个月——她记得很清楚——钱没有在我身上弄到，也没有学会古董方面的本事，但是我说话的方式还是学到了一些。后来她一直都在练口才。嘴巴子上的功夫厉害，真的比手上的功夫厉害更加有效。人真的是奇怪的动物，你会干我不一定服你，你会说我才服你。你明明没有道理，只要你能说出道理，你就有道理。你有没有道理，其实就看你是不是比别人会说。要是不会讲，只有听人家随便乱讲。人长一张嘴巴，除了吃，就是要说的。不会说只有吃亏，那是活该，所以要会说。我说一看就有心机，正好说明没有心机。要是在以前，她还不会说，她只好就接受了。但是，我这个说法虽然表面上是个道理，其实是错误的，因为与事实不符。她见到的人，一看就有心机，他就是有心机。这种人也确实善于隐藏，但不是看不出他没有心机，是他的心思猜不透。我现在一看就很有心机，我就是变得很有心机了。我本性没有变，无所谓了。她见我不是专门来吃醋的，她为我吃醋早吃够了，再吃都要反胃。

她喝了茶水，抽了口烟，弹了烟灰，又告诉我，她早想明白了，男人就是那种不可能专一的品种，男人专一都是假象。只要知道男人不专一，就把男人看透了。当然，男人有不简单的方面，那是其他方面。她跟男人要么就是有所图，要么就是求大家开心，真心不真心都无所谓的。男人心真不真又看不见，只要让她开心就行了，但是也不要管她是不是真心的，她能够让男人开心就行了。男人喜欢漂亮的、有味道的女人，离开了女人，就活不了。女人也一样，也不能光有钱有地位，也要有男人才能满足。女人照样也喜欢长得好的男人。漂亮的女人现在也不少，很漂亮的还是少。男人长得帅的也多，但是很帅的还是少。我是帅中帅，看着真的很舒服。想来跟我三年零五个月，没有得到我的实惠，那几年虽然还有别人，但主要还是她的。她那几年，可以说是她相貌最好看的时候，也是她这一辈子最美的时候。她最好的时候都给我了。我现在虽然看不出走下坡路，但是任何人都有巅峰期，那几年还是我最好的时候。

　　她记得我那个时候开二手捷达车，有的人开的是名车，穿的也是一身名牌，戴的是名表。但是我反而把他们压住了，因为我长得比他们都太出众了，身上的光彩，把他们开的名车、身上穿的名牌衣服裤子、戴的名牌手表，都遮挡完了。跟我出去，我是帅一路，一路都招惹那些女人的目光往我身上看，她才发现原来好多女人其实都喜欢帅哥。但是她不嫉妒，我看其他女人她才嫉妒，她是骄傲。有些女的显摆自己好有钱，显摆自己有好车，显摆自己一身大名牌。她没有这些显摆的，只有显摆男朋友帅上天了。离开我后，她经常梦到我。有几次梦到和我在大街上，女人都在看我。天上飞的鸟都停住了，在空中朝我看——是真的，不是她编的——好像所有的人，还有天上的鸟都好羡慕她。她自己很满足。醒来她都哭了……

　　这时她脸上显出怅然自失的神色，随后她笑了笑，对我说：

　　"说真的，我经常向别人讲，我以前有个多帅气的男朋友。我真的觉得像你这样帅气的少得很。我就觉得你是最帅的。你不要得意啊，好像世界上你最帅。我也是为了安慰我自己。我以前最好的时候，要是像有些女人那样找男人，只是图钱，我肯定能够弄到不少钱。但是我跟你，两手空空。我就只有想，虽然没有从你身上弄到钱，但是你很帅呀，我觉得也是你最帅的时候，也算是一种补偿。要么图财，要么图色，我还总算是占了一样。而且，你虽然不是只有我一个，但是你起码当时还是很喜欢我的，算是当年我的水蛇腰还很有魅力。让一个大花心的大帅哥喜欢了我几年，一直都不觉得我让你腻味了，我还是要知足噻。我也只有这样来安慰自己。……你说话呀，你怎么不说了？"

我仍默然不语。

"你说话呀，你很会讲的。你不讲，我也不讲了。"

不知何时，庭院里的阳光没有了。窗户毛玻璃上温暖的虚影不见了，包间里的光线暗下来，但外面还是一片朦胧的亮光。

我吸了几口烟，然后说：

"我以前给你讲过，你是我最迷恋的一个女人。我不是很喜欢你，我是最喜欢你的。没有一个女人像你这样让我迷恋。我当时对你可以说是神魂颠倒，我不会给你说假话。"

"你鬼的个神魂颠倒！你要是神魂颠倒，你还会去找其他女人？你要真对我那样，你也没说其他女人你不找了，你愿意跟我结婚？一个男人真为女人神魂颠倒，那他对这个女的什么都舍得，甚至命都可以不要。但是有的人，不说赚了好多钱，手上的东西到底值好多钱，不给她讲实话，还见到有的漂亮的女人看他几眼，他就像被勾了魂，至于他说对她神魂颠倒那个女的，她就好像不存在了。还有的，我就不想讲了。说实在话，你当时除了帅很吸引我，你其他没有吸引我的地方，你其他的只有让我难受。但是你太帅了，其他的我可以不计较。说真的，我来见你，我还怕你变得不帅了。我担心你发了财，锦都好吃的东西又多，你变成了胖子，大肚子，脸上还有横肉，那你整个人就报废了。我专门来找你，见到你变成那副样子，我真的肯定好失望。我宁愿都没有见到你，保留你当年给我的美好形象。"

"你去古玩市场，是专门来碰我？"

她又抽上一支烟了。"对呀。我去了好几次了，今天才碰到你。梨花巷你以前住的院子我去过了，说你搬了，不知道你搬到哪里，我只有去古玩市场碰你。"

"我的手机号你忘记了，我的座机号码没有变的。"

"以前平常主要是打你的手机，座机号我就没有记。你的手机号码平常就在手机里的，我给你打电话都是点你的名字给你拨过去，后来我的手机掉了，你的手机号码就丢了。"

我想，也许是她不愿让那个男的，或别的什么男人知道她留着我的手机号码，因此删了。也可能是被逼迫删的。但到底因为什么丢了我的手机号，只有她才知道。

"我不像以前常去那边，有时候去。你应该找老肖要我的电话，他店子还在。"

"我不想找他。我要找其他人也要得到你的电话，但是我知道你肯定要在古玩市场出现，我想肯定能碰得上你。我就想突然出现，让你意想不到，看你的反应，看你是惊奇，还是不认识我，或者你不想理我了，认出是我也装出不认识。我正好从摊位那边转过来，看见你过去。我叫了你几声，你才回过头来。你走过来你才认出是我。你肯定没有听出是我的声音。我跟了你几年，你居然把我的声音都忘记了。我没有吃你的醋啊，我说了我现在根本不想吃你的醋。只是想到你没有马上听出我的声音，我心里面还是有点失落感，不过也无所谓了。"

"我没有想到是你。你自己一定要离开我，然后没有任何的消息，突然出现。还好，你的样子没有多大的变化，不然，听出是你的声音，我也不敢认你。有四年多吧，我们分开？"

"你还记得四年多，还没有忘记。从我离开你那天算，到今天我见到你，四年八个月二十五天，我记得清清楚楚，连好多天我都记得。你不可能记得这样清楚。我记得这样清楚，说实话，不完全是因为我忘不了以前和你一起经历那些事，主要是我从离开你那天起，我就变成另外一个人了，以前那个我就只是记忆中的我了。"
她叹了口气。"有时候想起来，还是很难受。我离开你，你肯定不
会当回事的，是吧？"

我端起茶杯，喝了青山绿水，对尤丽说：

"你说我花心，下流，都是可以的，但我不是一个木头人。你
离开我，我就大醉了，很空虚。有一段时间，我感觉你好像还在我
身边，我看见你好像就在面前。你没有任何消息，我想到你，为你
很担心的。你可以不信。"

尤丽的眼睛潮湿了，她眨动眼皮，控住泪水，望着我说：

"你怎么知道我不信？就算是你哄我的，我也愿意相信，起码
可以安慰我自己，你对我还是有点感情。……我很想拥抱你，我很
想吻你。"

我就起身，与她拥抱，与她接吻。

她眼角的几丝细纹看得分明了。按她的年龄讲，这细纹是来得
早了。但虽然给她的脸添了老气，却并未使她变得难看。而且她毕
竟还是年轻的，几丝细纹，不过像是花朵上的小点枯斑而已。这与
老妇人脸上粉嫩的肌肤是不同的，那不过是枯花上残存的花色
罢了。

"还是以前的味道。"尤丽舔了一下濡湿的唇，对我说。

而她身上的气息，是我熟悉又陌生的。因为熟悉，便唤起了以
往的记忆。因为陌生，便觉得新鲜了。这两者都令我兴奋，想马上
享用她了。

尤丽对我说：

"这里不行的，外面看得见。"

"到那里，那个地方看不到。"

我携抱她到了门后的角落。

"你还是像以前那样，你胆子好大！"

"你以前不是喜欢这样？这个地方外面看不见的。他们不会进来的。你叫把声音忍住，像以前那样咬我的衣服。好几年没有见到你了……"

"不行的。我已经不是以前的那个我了。我也很想的，但是不能在这里。"

"那我去开个房间，好不好？"

尤丽点头同意了。

从庭院边的楼梯上到二楼，往夹道里走，拐进另一个夹道，在尽头处，是我要的房间。

"这个地方你可以叫了，不过声音还是要小一点。说也没有用，那就让他们听见。"我说。"你记得我给你讲过，有了你的叫声和你的水蛇腰，'妙不可言'四个字，才不是没有道理的？你不会和以前不一样吧？"

"你想知道啊？你马上就知道了嘛。"

我要将她放倒在床上。

"你好着急呀！你别着急嘛。我不想马上，我想先好好看一看你。你把身上穿的都去了，你站在我面前，好不好？"

"你还想先验货。"我笑道。"这个世界变得小心了，你也变得小心了。好货是不怕验的，我就让你验货。"

"这和小心没有关系的。我以前没有好好看你，后来我都不能全部把你想起来，当然你的长相，还有的地方我肯定都记得很清楚。我就是想先仔细把你全身看清楚了。我发觉，和一个人分开了，但是他的每一个地方都想得起来，他本人就像是还在身边。如果有些地方想不起来，这个人就觉得有些地方模模糊糊的，不完整。要是都想不起来，这个人就当是从来没有存在过。我以前没有想到从你身上得到好处，我现在也只是想得到你这个人。我要仔细把你全身看清楚了，记在脑子里。这样和你分开，我能把你全身都想得起来，你就还是在我身边的，还是属于我的噠。你那些女人，未必像我这样想到要把你全部记住。"

"这个世界失去太多的趣味了，你是更有趣味了。不过，只要有你，这个世界就还是有趣味的。——还要有我。"

"你应该说，这个世界变得寡情寡义的了，我却变得更重情了。但是，世界变得更加现实，我也只好变得现实。不能把一个曾经让我最痴迷的男人永远留在身边，只有把他每个地方记清楚，永久留存在脑子里面。你脱啊，我一直在等你脱！我等了好几年，一直都在期盼好好看一看你的裸体。"

我站到尤丽面前，突然有些难为情了。"你这样看着我……让一个女的这样看我脱光，我还是第一次。"

"我还总算有了你的第一次。那这是你的处女脱了，应该是你的处男脱。"

"以前也有第一次的，对不对？"

"……对的。那这是第二个第一次。但愿还有第三个、第四个，不敢指望了。"

我将身子挺直了。

尤丽的眼神已变了。

"你身材一点都没有变，不是大肚子，还是有腹肌，你好会保养！你的身形是倒金字，肩宽。男人还是要肩宽才好看。有些男人肩窄窄的，像女人的肩，一看就好弱的样子，不像是男人。男人就是要看上去有力量。你转过去，我想再看你的后面。"

我便转过身去。

尤丽偷吸一口气，又说：

"你后面好像还是有一点变化，我也说不出到底哪里有变化，以前你后面我就没有仔细看过。不过，还是好看。你屁股上有块疤呀？……哦不是，是块暗斑。……你的屁股好性感。男人还是要有屁股。很多男人完全没有屁股，我觉得不性感。你再转过来，我还想再看你的正面。"

我便回过身来。

"哦，你真的是好好看！我特别喜欢你的脸型：国字脸，长方脸，很大气。你腮帮子到下巴，好硬气。我觉得各种脸型，都有很好看的女人。但是长得好看的男人，最好是长方脸，因为这种脸最有男子气。男人下巴必须硬气，不然不算长得很好。你的鼻子好挺直，是标准的帅哥的鼻子。有的女人喜欢男人的鼻子大，觉得鼻子大性感。我觉得脸上挂个大鼻子，太突兀，显得比例失调，而且未必性感。男人鼻子挺直才精神，而且正面侧面都好看。鼻子太大，有的角度就很难看，一难看就让人不舒服，就不要说性感了。你的眉毛，特别让我迷醉。黑，又长，很神气，看了痒酥酥的，让人激动。说真的，我离开你，我一闭上眼睛想到你的眉毛，我就情不自禁……我觉得，男人就是你这种浓眉，才是最性感。有时候，遇到五官长得还是多端正的，眉毛又浓，我就想勾引他上床。我觉得，男人长得要性感，眉毛一定要浓。就算其他地方长得很好，眉毛稀少，反正眉毛不浓，男人都称不上是很帅。真正的大帅哥，最好是你这种又黑又长。你这才是'帅哥眉'。我发觉，长得很好，又有你这种眉毛，还很不容易碰到，所以你是真正的帅中帅。你个子我记得有一米八吧？"

"一米八稍多一点。"

"真正的大帅哥就是你这样高，不能低于一米八零。还有呢，我特别欣赏的，是你长得好看但是没有那种女人气。我不喜欢有女人气的男人。有的男人其实长得还算好，但是媚里媚气的，比有些女人还要媚气，我看了身上要起鸡皮疙瘩。我自己就是女人，我喜欢的帅哥何必要像女人呢？异性相吸，同性是相斥的，哎呀，男人像女人，我怎么喜欢得起来？要是喜欢有女人气的男人，那我是不是有问题呀？我觉得会不会是我自己身上有男人气？身上有男人气的女人，才喜欢有女人气的男人，应该是这个道理。我自己身上一点男人气都没有，女人味十足，所以我只喜欢没有一点女人气的男人，北方叫'纯爷们儿'。反过来，我只喜欢没有一点女人气的男人，证明我身上没有一点男人气，是个十足的女人。女人才要媚，但是男人必须要阳刚。男人天生就应该是阳刚的嘛，要不然还配做男人？……最后——最后的往往也是要点——是你这里，我觉得就像很凶猛又很神秘的黑豹，虽然不全是黑豹的那种颜色吧。真的像黑暗森林里面的野兽，让人很害怕，又想捕获它。真的，好凶恶的样子，但是也好威风。我觉得你特别风骚，让人又爱又恨。"

她的眼睛像是醉了，胸则因为偷偷吸气而明显起伏。她朝我伸出手，说：

"我想要你了。"

我发觉她腹上有了浅淡的妊娠纹，不过腰肢还是如同熟软的年糕一般。

然后，我们都点了烟来抽。她夸赞了我，我也夸赞了她。但我们用了我称为隔膜的东西，我其实觉得有很大的遗憾。男女之间，用上这种东西，就不是交欢了，只是在模仿交欢。虽然只是极薄的一层，但是仿佛隔了一堵铜墙，隔了一个深渊。过了几年，我们用上这种东西，是最大、最可悲的变故。

然而她坚持要这样，说不知道我后来交往了哪些女人，再说她看我对她也不放心。她要求我去医院做检查，她要看我检查的结果。她也跟我一起去做检查，检查结果也给我看。我们都没有问题，就像以前那样。要是我们两个都有问题，或者只是一个有问题，都必须先治病，然后我们才可像以前那样在一起。她说，必须这样，不然她不会同意的。要是得那种病，太可怕了！要是艾滋病，我们就完蛋了！她虽然也很想不用我称为隔膜的东西，但必须要防备的。

我感觉到，虽与她的身体又近了，与她却更远了。以前对她还是了解的，现在却不知道，也不会清楚她身上又添了多少事。有的事她不会告诉我的，我也无意打探，而她即便讲出来，又有几分可信呢？

我答应与尤丽去医院做检查，却担心发现有性病，还不得不让她知道，失了自己的颜面。尤丽若是知道我有性病，会蔑视我的。而我宁可被女人怨恨，却不愿被女人蔑视。

因此，我先去医院检查了，然后才和尤丽一同去了医院。等出了结果，两人都没有那样的病。

然后，尤丽到了我家里，愿意过夜。

"这又是一个'第一次'。我还是第一次和一个女人先去做检查，然后才这样。"我说。"你也是第一次？"

"算是我又得到你的一个'第一次'吧。"尤丽说。

我夜里梦见尤丽上了河上的桥，要往河里跳，似乎是要逼迫我与她和好。而我并未与她分手，但还是应允与她和好。尤丽终于从桥上下来，抱住我。我一面为她得救而欣慰，又觉得她既会以死逼我，以后必定会求取更多，心里暗自决定以后要摆脱她。尤丽却突然手持尖刀般的玻璃，趁我不备，划烂了我的脸，露出了颧骨。

我醒来，见尤丽只是背过去躺在身边。我心想，尤丽不会破我的相。她迷恋我的容貌，当作得到的一个美梦，我破了相，她的美梦就幻灭了。但我又感到不安，那梦似乎是一个警告，要我不可再与尤丽亲近。不过，要说梦是某种朕兆，事后的释解，却未必是对的。梦也可能仅仅是生死间非生非死，亦生亦死的另一种人生，并不预告什么。

第四章　钓水书屋

一

过了几天，尤丽给我讲想去吴有明的酒吧，我就与她一起去了钓水酒屋。我事先给吴有明打了电话，照尤丽的意思，只讲要带一个朋友来。

我和尤丽在钓水酒屋里面一角的窗边坐下，天就下起了雨。我和尤丽都先要了咖啡喝。

过了四十来分钟，吴有明从外面走了进来。吴有明面目清秀，却平常。身材中等，稍胖，头顶毛发已疏了。戴了黑框眼镜，像是会计，像是老师，还像是文人，像是不大的官员。似乎是有教养的人，又像是虚滑的人。

"吴有明来了。"我对尤丽说，朝吴有明举手示意，请他过来。

吴有明点点头，先与吧台里一个小伙子交谈了，然后才走过来，对我说：

"你来了。这是你的朋友？"

尤丽将避向窗户的脸回过来。

吴有明仿佛受了惊吓，脸朝后让了一下，眼睛定在她脸上望着，笑着说：

"这是尤丽了嘛？"

又伸出手说：

"你好！你好！"

尤丽面露自得的神色，眯眼望着他，带笑说：

"只是握手，这个礼仪好见外呀，好像以前都不熟悉似的！我看你夫人也没有在这里，你是不是不敢和我拥抱？还是嫌我没有以前迷人了，变得又老又丑了，不想和我拥抱啊？"

"拥抱嘛！"吴有明说。

尤丽便起身与他拥抱。吴有明兴奋了，又有些惶恐。他有意不贴近她的胸部，尤丽却将身子与他贴紧了，然后才放开了他。吴有明的眼睛放出光来，暗自咽下了口水，嘴唇发干了。

尤丽坐回位置，吴有明也在我旁边坐下来，拿出烟，取一支给尤丽。尤丽没有接，她现在只抽绿摩尔烟。他便将烟递给了我，自己也点了一支吸。

尤丽含笑望着他，对他说：

"你比以前还瘦了。听说你结婚了。据说有的人结婚后要发胖，是老婆喂得好。但是变瘦了，也不能证明老婆就喂得不好。如果他的老婆让他吃得好，但是那方面对他又要求多，尤其又漂亮，他也胖不起来。我在外地对那些外地人讲，要在锦都找到一家不好吃的馆子都难。只要来过一趟锦都，再想起锦都这个名字，都觉得这个名字是一种美味，要流口水。所以在锦都要想节食减肥，简直太困难！我觉得你肯定不是减肥瘦下来的，你以前胃口就很好，你也不爱锻炼。你夫人肯定很漂亮吧？"

"在我眼里，当然是最美的女人。"

尤丽神色黯然，说：

"本来丈夫夸自己的妻子是世上最美的女人，很正常。但是我虽然以前没有接受你，我还是好嫉妒。以前你说我是世界上最有风情的女人，现在你夫人成了世界上最美的女人。我可不是在怨恨你呀——我本来就没有资格怨恨你——我要祝贺你终于找到了你真正最爱的女人。我离开的时候我还担心你受伤，原来我的担心是多余的。我要是不离开，我肯定耽误你找你现在的太太——你眼里面真正最美的女人，是不是啊？……我听说你现在对你太太特别好，很专情。我还真是没有想到的，我原来以为你比他还要靠不住。我真为你的太太高兴。看来男人找到了自己真爱的女人结婚，还是可以变成好男人的。不过，根据我女人的经验，还有我了解到的，女人让男人对她专情，还要有点手段才行。你夫人在这方面应该有一套吧。你把我介绍给她，我想向她讨教，当然我不会把你以前追我的事给她讲。"

吴有明勉强笑了笑，仍旧细声细气地说：

"你给她讲也没有关系。我过去的事我都给她讲了的，她也知道你。既然要结婚，我就不想对她有任何的欺骗。我以前的生活是很不检点的，那种生活我也不想再过了。我很想找一个我很爱的女人，然后和她结婚，了结以前那种生活。我要申明，和高尚没有关系。首先那种生活我很厌倦了，表面上一直在寻刺激，其实是已经没有激情了。其次，大家都是那样的一种方式在生活，我不愿意跟他们一样。我一直都想证明我是不一样的人。我不是要证明比别人杰出。我这样的人，别人不会认为我杰出，我也不会在意。我只是想和别人不一样。这是我真实的想法。"

他后面的话尤其慢，仿佛每句话都是想过后才说出来的。这是他说话一贯的方式。

"你以前倒是好像和别人不一样，我觉得你现在倒是和别人一样了。你变正常了。但是几年没有见，你老多了。"

吴有明又勉强笑了笑。"你们只是喝咖啡。你是很喜欢喝酒的，你也能喝的。今天我免单。"

"不用了，钱我来付。"我说。

"人家愿意免单，要领他的情嘛。"尤丽说。

我要了叫魔鬼地狱的啤酒，而尤丽要了科罗娜啤酒，让我想到了邹金玲。

"你们如果没有别的安排，晚上一起吃饭。"吴有明说。

我望着尤丽。

"可以呀，你是不是把你夫人也叫上？"尤丽说。

"我给她打电话，要看她在店子能不能抽得开身。"吴有明说。"二位，有两个方案：一个方案，那边有一家火锅店，完全是牛油，有一点辣。你要是现在不能吃辣椒，有一家野菌汤锅。还有个方案，就在我这里吃。我上面自己有个地方。我让人把菜送过来。就在我们过去那边有家馆子，味道做得好，我经常让他们给我做了送过来。只是条件不好，很小，但是是我们自己的空间。二位要是不嫌弃……"

"那就在他这里吃。"尤丽对我说。

吴有明显出高兴的神情。"那就这样说定了。"又看了手表。"我还有点事，失陪一下，你们先在这里喝。我半小时以后回来。"

二

过了近一个小时，吴有明才急匆匆回到酒吧里来，先向我们表示歉意，然后引我们由一道狭而陡的楼梯上去，进到一个如同密室的房间。我觉得房间像是悬在卫清河上的。有单人折叠床，小书架，圆桌和椅子。墙上挂一幅字，隶书"钓水书屋"。另有两张工笔花鸟。落款都是"小莲"。

吴有明妻子叫吴小莲，是美院毕业的，开了一家做中式服装的店子。尤丽夸赞他妻子画得好。这酒吧叫钓水酒屋，她又猜出了"钓水书屋"四个字，便问他"钓水"是什么意思。

这问题一直有人问他。"钓水"原来是钓鱼的意思，他只是借用这两个字。有人解读，水就是财，他是坐等财运，坐地发财。他开这酒吧，当然想发财。不过他取这两个字，主要考虑这个位置是在河边，希望在这里喝酒，喝茶，喝咖啡，可以想到同时也是在垂钓，但不是钓鱼，也不是像姜子牙要钓周文王，只是钓水。就是能够得到片刻完全的放松，甚至是一种片刻的超然。

尤丽觉得这名字还是有点别致。"钓水"就是钓鱼，她还是喜欢用"钓水"。钓鱼对鱼是很残忍的。她最不喜欢有些人把钓鱼当作闲情逸致，这些人也不想一想，要是钩儿钩他的嘴巴难不难受？只是"钓水"，倒是一种闲情逸致。他的酒吧要是叫"钓鱼酒屋"，她肯定不愿意进来，她在这里喝酒，喝咖啡，都不自在。这里要是叫"钓鱼书屋"，她肯定不愿意在这里吃饭。

吴有明已要了那一家馆子的霍香鲫鱼——据他说做得很好。霍香味道不重，有霍香的香气。鱼外酥里嫩——但他担心尤丽现在不吃鱼了。

尤丽还是要吃鱼的，尤其是做得好的鱼。

我望着窗外听他们讲。雨停了，灰云仍罩住天空。河水得了雨，增了势头，变得躁急了。对岸的公园，旁边虽有高楼，却如同一处人烟稀少的乡村。

我平常并不爱吃霍香鲫鱼，嫌霍香药味重。霍香鲫鱼送来，霍香的味道果然不重。应该是做得很好的，然而我并不觉得十分味美。

尤丽却觉得很好吃，眼里放出光彩。她以为钓鱼是残忍的，却吃鱼，并非虚伪，只是她对活鱼有慈悲心肠，嘴却爱鱼肉。

吴有明见尤丽爱吃这道菜，十分开心，甚至是得意了。我记得，吴有明在尤丽面前不曾有这样的心情。但他对她虽这样殷勤，眼睛却不再像以前那样看她，举止还是得体的，没有忘记已娶了别的女人。吴小莲虽不在场，却仿佛是在场的。

我明白自己不过是一个陪客，甚至是多余的人。如果不是和尤丽一起来，吴有明不会带我到这密室一样的房间，还请我享用晚餐。

我还是喝魔鬼地狱。吴有明开了红酒，与尤丽一起喝。一杯之后，他的脸就红了。

"有件事，一直没有好问你。你和那位广东的——记得像是姓张，广东中山的——后来怎么样？"吴有明对她说。

尤丽霎时静默之后，回答说：

"离了。"

"那……你现在呢？"

"我现在嘛……"尤丽望住他。"你不是有太太了嘛，莫非你还想娶我？不会吧。你现在有了世界上最美的女人，你还稀罕我呀？你不要紧张，我知道你不是这层意思。你只是关心我。我现在挺好的。我现在主要在广州，有时候在珠海。我在这边也有房子。我这边也有车——今天我和他专门到你这里喝酒，我没有开车。我现在虽然没有大富大贵，也有点资产了吧，不是穷人了。以前真的是好穷！反正现在我也是衣食不愁了。你好像不高兴了。你应该听我讲我现在还不错，要为我高兴哪！你不会因为心里不平衡吧？我记得当初我不愿意跟你，我答应了姓张的，你对我讲，你要后悔，如何如何。我虽然和他离了，我还真不后悔，他也没有亏我。我不跟他，我也不会有财源。说实话，我根本就没有好喜欢他，他长得嘛只是将就。但是他还是有用噻——能够给我带来财运的就是有用的——我总不能只是玩浪漫。有钱才能玩浪漫。浪漫才是真正的奢侈品。没有钱还玩浪漫，而且我还不好好挣钱，我自己都觉得当初我好不懂事！你那个时候开咖啡馆，也不好好做。我真没有想到你现在开酒馆，还能弄到钱。人真的说不清楚。你也没有想到吧？你肯定以为我过得不好，我这几年很狼狈——我都不敢来见你们。说实在话，我还为你们担心。我以为你根本不是做生意的料子。你当时还写诗嘛，要当大诗人。我都害怕你要疯，听说你自杀了。看来人都有醒事的时候。你还娶了美女画家——真的为你高兴。"她举起杯子来。"你也应该为我高兴嘛，我都为你高兴。你要是巴不得我活得很狼狈，你心里才平衡，你也太不够意思了吧？"

"你误解了。看见你现在很好，我是很安慰的。喝酒。"吴有明与她碰了杯。"为了表示我的诚意，我全部喝了，你随意。"

"你既然全部喝了，我也全部喝了。"

尤丽再与他碰了杯，把酒喝了。等吴有明给她的杯子倒了酒，又说：

"你那个时候给我写了有好多首诗，有的诗写得好疯，好有激情，可惜我都没有保存！你现在还写不写诗？"

"有时候写。"

"你现在生意也做起来了，钱也有了，我觉得你倒是可以多写诗。写诗是很高雅的事情。人不能光有钱，也要高雅。但是我觉得没有钱，也没有资格高雅。你们肯定觉得我这个人很俗气，其实我一直都很想高雅。但是没有钱，我想高雅也高雅不起来。你给我写的诗，有没有底稿？还在不在？"

吴有明目光闪烁了几下。"有的没有底稿。"

"那有底稿的你抄一份给我，我现在肯定好好地保留。你夫人应该不会在意吧？那都是你以前给我写的，又不是你现在给我写的。"

"我要去找。找到了，我抄了给你。"

"你一定要找到！一定要抄了给我！既然是写给我的诗，我也有资格得到。现在想起来，有的诗确实是你当时写了就给我的。可惜了，不知道放到哪里去了。"她叹一口气。"真是，失去了，才知道珍贵！我当时太不懂了！"

我如同看戏一般听二人对话。她的话未必是真实的，但吴有明的表情却分明是激动了，如同一个虚荣的人，终于得到了几句恭维话。

我对吴有明说：

"你的诗，我记得有一首《天堂地狱》，好像是这个名字。内容我有印象，原诗记不得。不长，是两段。你能不能背？"

吴有明瞪大了眼睛。"你还记得我有这首诗！你记性很好！"

"跟我的记性并没有关系。"我说。"很多我是不愿意记住的，也记不住。有的我不想有意记住，却很难忘记。人的头脑也许自己会挑选记住一些东西，就像人的嘴会偏食一样。你给尤丽的诗，有的我能想起一点。有一首名字忘记了，有一段大概是说：我要用你的腰姿——好像是这个词——拧成绳索，捆住心中的野兽，你不愿意。原诗不是这样，意思差不多。对吧？"

"好像是有这首诗。你看你要用我的腰姿拧成绳子，捆住你心中的野兽！"尤丽说。"当时我觉得写得很疯，现在其实我懂得你的意思了。你能不能背这首诗？我好想听！"

吴有明脸上浮着微笑。"我去找一下，如果保留下来，我抄了给你。"

"你就是记不得了嘛。那你给我的诗，你把记得的背一首。不会一首都记不得了吧，人家王兴都记得一句你给我写的诗。"

吴有明仍是脸上浮着微笑，表示他会去找，还在的，抄了给她。

尤丽便对他说：

"我看你也不是记不得，你自己写的，你总有记得的。我不相信你一首都记不得。你是不愿意背。不背算了。理解，毕竟你现在有太太了。我还很想听你背一首你的诗。给我写的诗你不背，那你背一首其他的诗。你追你太太，你肯定也要给她写诗，你把给你太太写的背一首也可以。"

吴有明脸上还是浮着微笑，一阵沉吟，很郑重地说：

"我把《天堂地狱》这首小诗，给二位背一下。"

又一阵沉吟，然后一边将手在面前轻轻挥动，一边吟诵：

在女人的深处是什么
不是子宫
是天堂
和地狱

在男人的尽头是什么
不是欲望
是天堂
和地狱

"就完了？没有了?"尤丽问道。

"只有这两段。"吴有明说。

"你这首诗我好像也有点印象。"尤丽说。"反正还是觉得很……我现在还是觉得不是很懂，也不是完全不懂。可能诗就应该这样，让人似懂非懂。要是一看就懂，就是大白话，是打油诗。那种诗我都能写。好的诗，就是要让人感觉得到，又说不清楚。诗嘛，我觉得就是要很微妙。很微妙，当然就是说不清楚的。说得清楚，就不可能是微妙的，但是微妙还是可以感觉得到的。我是乱说啊，但是我也未必一点都没有道理。反正我觉得对任何事情，都有各种看法。读诗各有各的读法。读诗，我觉得能够感觉到里面有微妙，虽然说不清楚，也是一种读懂。"

我记得，当年吴有明念《天堂地狱》一诗，尤丽并不在场。按说，在另外的时候，吴有明会给尤丽念这首诗，然而我却听出尤丽说了假话。

吴有明歪了头打量她，仿佛孩子见了新奇之物，然后说：

"你去了这几年回来，我都要不认识你了！你真的不是乱说啊，你说得很有道理！我很赞成！读诗不是读，是感受，讲得太好了！有人觉得诗太玄了，读不懂。诗就是要玄才对。玄就是无法用语言来讲清楚，其实是拒绝用语言去解读，让人用心去感受。"

吴有明称诗是"语言后面的幽灵"。诗虽然是用文字写的，但文字本身不是诗，诗在文字的后面。读诗要用心，越过文字，进到文字后面去感受。写诗真的很难写的，本身是无法用文字表达的，但是要用文字把无法表达的写出来，最难不过了。以前他很自负，觉得还是写得好，其实很无知，离真正的诗很有距离。这首诗《天堂地狱》，他当时是很满意的，其实还是没有把那种无法表达的写出来，更多的写的是可以表达的。

吴有明几乎是只望着她在讲，仿佛将我排除在外了。我本可以只在一旁观二人的表情，听二人的对话，当作赏戏。但我还是不愿被冷落的，也不愿因为被冷落而表现出小气，在本该应和的时候有意不讲话，而且他的言论也引发了我发表的欲望，我可以讲得更好的，就应和了。

我赞同他的说法：所谓诗意，是无以言喻的。——用确切的文字，写出幽眇的无言。这样的诗是文字的神迹。人只能用心去感受，仿佛是天音，是神灵的语言。诗可以抒情，可以是奇思玄想，什么都可以写，然而写出来的，要不可言说。所以回味无穷，就像一种食物，嚼多久都还是有味道。又像是破不了的迷魂阵，走不通的迷宫。有的诗，古人今人都读不够，后人也读不够。人们以为是真理的话，未必是长久的，诗意却是永久不灭的。诗意应该比语言和文字更早就有了，因为诗意——天音，神灵的语言——早就有了。也许什么时候语言和文字没有了，但还会有诗意。恐怕还真是幽灵。不过，这也只是一种猜想。诗意也许还是一种幻觉，以为是天音，神灵的语言，其实只是由文字造出来的迷幻。语言后面并无幽灵，那只是一个幻影，并无清楚的形态，不可捉摸，就无法言说了。但不管诗意是天音，神灵的语言，还是幻梦，无法言说，才是有了诗意。有了无法言说的诗意，才是好的诗。写出这样的诗，才是好的诗人。读到好诗，人就进入了恍惚的状态，确实像进了幻境，没有了好诗，这样的幻境就不可得了。好诗毕竟还是语言，是最好的语言。读到了好诗，觉得语言就是妙不可言的美味。没有了好诗，不但没有了最好的语言，而且再不会知道什么是最好的语言了。因为不知道最好的语言，不好的语言自然也是不会知道的。而好的诗人既是天才，没有了好的诗人，人类就太庸常了。而且，没有好的诗人，连庸常也不知道了。稀有的珠宝，让人知道了什么是珍贵之物，也知道了什么是贱物。好诗，好的诗人倒像是稀有的珠宝了。所以好诗，好的诗人，其实是有大用场的。

尤丽大概是想说，却不知如何说得好，就没有讲，看吴有明怎么接话。

天色已暗下来。吴有明近乎光秃的头顶，在灯光下发出光来。灯光似乎将他的头发拔去了不少。

吴有明沉思片刻，然后说道：

"我很认真听了你的每一句话。我觉得你刚才谈诗，是说到了关键的地方，见解很高明。我一直都认为，你是很聪明的人，也有自己的想法，对文学有鉴赏力。你不是一个平常的人，虽然你安于做一个平常的人。我们多久没有在一起吃饭了，我就再说几句忠告的话，也完全都是善意的真心话。你也知道，忠告不全是出于真心，更不要说是出自善意。有的忠告是挖的坑儿，让人要往里面跳，是美丽的陷阱。你是很精明的，你自己会判断，我是不是想要给你挖坑儿。我先要给你解开一个心结。尤丽回来了，正好当着她的面把话说开。你可能以为因为尤丽，我对你一直表面客气，心里面对你敌对。以前我给你坦白过，那个时候我是很想对你下手的，我杀你的心都有。我那个时候确实是……对她很真心的，你只是风流。从男人的角度看，就是玩弄。她对你很迷恋，这也是她的选择。我对你有怨恨，说是嫉恨也好，我承认。但是，随着她离开，去外地，我后来遇到了我现在这位，我真正找到了我情感上的归宿，过去的事情就没有必要纠缠了。你到我的钓水酒屋，后来可能觉得我对你冷淡，我还耿耿于怀。这里面有些误会，我照顾不周，我要向你道歉。"

尤丽在一旁显出看戏的表情。

吴有明给我敬酒，我喝了酒，要他往下讲。

吴有明表明，给我道歉没有其他意思，不是因为我后来不来他这里喝酒了。我来照顾他的生意，他很欢迎，我不来也没有关系。他对我有的方面一直都是佩服的。以前发现我在文学方面有修养，鉴赏方面有自己独到的见解。他一直都劝我，不要浪费别人想得到都得不到的才华。做古董，做任何生意当然都是需要才华，但他一直坚信，文学才华是任何才华里面最重要的，现在还是最稀缺的。虽然现在有文学批评家，但是他首先不能够接受任何的文学批评家，很愿意有文学鉴赏家——批评和鉴赏还是有所不同——就是他目前已知的这些批评家，也没有让他服气的。这些人基本上是把大师的理论，权威的理论拿来作为自己的尺子，量作品的长短，甚至就是当作大棒，见到任何人的作品，任何的作者，都要挥着大棒一阵猛打，显出自己很厉害。还有专门出来抬轿子，出来砸场子，只是事关利益，不用多讲。而鉴赏文学，可以像品酒一样。品酒在理论上也有讲法，但是首先要基于口感，不能够不顾及感受空谈理论，理论必须要回到感受上面。大多数的批评家写文章，基本上是在卖弄学问，玩概念，展示的是很多的学术语言——他称之为套话，黑话——和鉴赏基本上没有关联了。鉴赏的文章当然是要有理论的色彩，甚至有很重的学术的味道，但应该是自己的表达，由对文学作品的审美感受转化来的。这样一种理论，就不是抄袭别人，只是会出现观点相同的情况，但是表达的方式已经是自己的了，明眼人一看就知道是自己的一种真实表达。当然最好还是要独到才有价值。他个人认为，说出别人感受到但是没有讲出，或者不知道如何准确表达出来的感受，说出一种特别的感受，比讲出很深刻的观点，发明新的理论，好像更难得，更有启示的意义。他发现我有一种表达的能力很出众，很适合出来做一个文学鉴赏家。我讲的观点有一些并不新奇，但是给人的感受，是我真实的表达。给他的感觉，一部分是我把别人的观点，有意用自己的方式讲出来。另外，是把自己的感受转化为自己的语言。我有的格言警句是很有力量的。我要是愿意出来品鉴文学作品，比这些人都有资格做文学鉴赏家。我要是愿意，也可以写其他的文章，写诗。他刚才讲到我有资格出来做文学，其中有一个重要缘故：做文学鉴赏最好不要是职业，不要为了功利。做文学只是为做文学，才纯粹。纯粹，才会高级。文学还是应该高级，如果文学都不高级，人就没有高级的了。做文学要纯粹，其实是一种救赎和反抗。人做任何事情都是出于功利的目的，其实是把人降低了，人其实就被功利统治，成为了功利的奴隶。那么，通过一种纯粹的方式，只是为了做文学而做文学，反抗功利的专制，相当于一场起义，一场革命，实现了对自身的救赎。在功利主义、物质主义横行的人类社会，纯粹意义上的文学活动是最有必要的革命，但是不需要流血，是非常风雅的革命。但是这样一种纯粹是要有条件的：不能缺少了吃穿，最好是有钱。他本人写诗只是为了写诗，他还是有能力挣到钱的。——他顺便给尤丽和我说一下，他的钓水酒屋生意一直都是稳定的，近来一段时间有越来越好的势头。——我做古董，早就发财了，现在我的包包已经鼓了，恐怕撑破了。听说我有一件东西上了北京的拍卖场，卖了上千万。他不是向我求证，是传言还是事实，我不用讲。但我是弄到了钱的，以后不用为了钱发愁，有条件做纯粹的事情。他正式邀请我，希望我加入做文学，但只是为了文学而做文学。老实讲，我的才华浪费了，他为我是很痛心的。——虽然只是务虚，不影响我做古董生意。我不必现在给他一个答复，考虑一下。

　　我感谢他这样看中我，表明我对文学一直都是喜欢的。只是凭着感受，说几句，并不难。但鉴赏，像做专业的品酒师，就不容易了。而做文学，是创造，就像女人生孩子，总免不了受罪，有的人当作享受，对我就是苦事。我这个人他们是知道的，喜欢做自己开心的事。受苦是没有办法，自己不愿意找罪受。文学很高级，所有被称为高级的却都不会高于快乐。快乐才是对人生之苦痛的反抗，悲苦中人的救赎。我曾经相信，人应该追求某种崇高的东西，为此而受罪，失去生活的情趣，是值得的，甚至命也不必在乎，要成就不朽的伟业。但我明白了，这是颠倒了。活得快乐，才是目标。也许吧，快乐是不崇高的，但与快乐比，什么都轻了。人生是一棵叫痛苦的树，上面要结出的是叫快乐的果子。没有结出这样的果子，这棵树就没有果实了。所谓崇高的东西，与一瞬间的开心比，都是不足道的。一开心，整个的生命都是甜美的。得到一点迷醉，整个世界都很美妙了。我的感觉是这样。

好的文学是非常的文学，好的鉴赏是非常的鉴赏。——我记得《史记·司马相如列传》上面有一个说法：非常的人，才能做非常的事。"盖世必有非常之人，然后有非常之事。有非常之事，然后有非常之功。非常者，固常之所异也。"这是原文。《史记》全书我没有细读，有的话我还是记得住的。中国最好的小说，是《史记》这样的史书，写的是人，不只是历史。很多的小说，反而没有人，只是编造了一些事情。我们是人，人却是我们最大的谜。我们人到底是何物，也许我们永远也不会知道。但这个问题最有意思，最应该关注，最值得做文学。我明白，写人是写自己，是很难的。写出一个人，像是造出一个人，是最难的。即便只写一个感觉，一段思绪，仿佛是真实的，也难写得很。写事件，编故事，再复杂，再离奇，相比写人，还是容易。写人写得好的，才可以称为大师。我突然想，做文学的目的，并不只是为了文学。最好的文学，是文学不见了，而只有人。用文字创造了人，文字最后隐去了，这是无上的文学。这是我突然有的一个想法，不知道为什么会这样想。别人是不是有这样的想法，我不知道。——做好的文学一定是非常的事，只有非常的人才可以做好的文学。非常的人做文学，是以文学为大，连他自己都舍得。我是平常的人，只想做平常的人，也只能做平常的人，因此也只有安于做平常的人。我是以我为大，一切都为了我，万物都可以舍去，我不能舍去。我可以做文学，但不会做出好的文学。才智也远远不够。我还是有自知之明的。苏东坡讲："古之立大事者，不惟有超世之才，亦必有坚忍不拔之志。"我改动一下："立大事者，不惟有坚忍不拔之志，亦必有超世之才。"我没有超世之才，最好不要想做非常的事。做非常的文学，那是狂梦。我是很实在的人，只想得到一点实在的享受。虽然很了不起，我做不到的事，我不会去做的。但是，在我活着的这个时代，有超世之才，能做出很了不起的文学，我能读到，我是很幸运的。

"你关于文学的主张，应该不是随兴讲的，你平常有思考。我要再想一想，找时间和你再交流。"吴有明说。"我的建议，你再考虑。趁这个机会，我还有一个劝告。本来不该我讲的。我刚才一直在想要不要讲，还是没有忍住，我就讲了。"

话却压住了。

"你说不说呀？你不说我有话说。"尤丽说。"还是你先说吧，我看你话不说出来难受。"

吴有明孩子似的笑了，说：

"我可能是多话了，两位听了不要怪罪我。只是我内心的一个期望……"

他又沉吟了一阵，才讲出他的劝告。

他觉得我和尤丽本来就是很合适的，暂时的分开既是命运，也是考验。我们现在又在一起，说明我们缘分还在。他不是劝我们马上考虑是不是要结婚，但可以考虑是不是朝这方面发展。他知道马上专注于一个人，对我是勉为其难了。尤丽是很大度的，可以给我一段时间，让我收心。他觉得尤丽在女人里面是很优秀的，还是那么有风采，人也很聪明。对我——他的感觉——一直都很有感情的，没有任何人可以取代我在她心中的位置。如果我们能够修成正果，他作为二位的老朋友，是比任何人都开心的。

"婚姻是爱情的坟墓"，这是冤枉婚姻了。爱情的坟墓只能是变心，不忠实。他的体验，婚姻是爱情的王位。有了婚姻，爱情名正言顺拥有了至高无上的尊严，也拥有了权势。夫妻双方理所当然对坐上王位的爱情应该忠诚，对坐上王位的爱情有敬畏之心。实际上，婚姻让爱情升华了。爱情找到归宿，就是爱情通过婚姻登上了王位，成为了家庭的主宰。他把家庭当作一个王国，是由爱情来统治的。他当然也不可能把家庭当作一个世外桃源，一个理想主义的神话，一个乌托邦的小世界。他承认而且也接受在家庭里面有利益，夫妻有观念的分歧，在处理事务上有争论，有矛盾在所难免，也会斗心眼，要一点心计，但是占据家庭至高点的主宰是爱。这样的家庭，既是利益共同体，也是生命共同体，当然最主要的是感情共同体。他不是在这里唱高调。我们都对他很了解，他是荒唐过的。自从遇到他现在这位，结了婚，他是有体会的。话他就不用再多说。他把爱称为生命的最高形式，爱如果一直在流浪，那么生命也一直是在流浪当中。爱寻找到了归宿，生命才是真正拥有了一个家。家的概念不是一个人的窝，而是爱的归宿地，生命的归宿地。他的感觉，有了这样一个家呢，一个人的生活才是有了最好的品质。他不相信我愿意以我现在这种方式，一直生活下去。我是讲究生活品质的人。如果只有风流，爱不能寻找到归宿，人这一生还是有一个最大的遗憾。

他觉得，世界上美女很多，如果只是图一时的风流，任何男人都恨自己分身无术，无法和她们一一地周旋。但是适合自己的，实际上是很少的。能够相爱又相互适合的，实际上是少之又少，往往呢只有那么一个，遇上了是幸运，错过了就无可代替了。他就打个比方：人的生命就像夜空。如果只是图风流，女人就像是星星一样。由于不可能把所有的美女占尽，就算能力很强，有很多的美女，不可能满天星光。但是和一个美女相知相爱，生命的夜空就相当于有一轮月亮。如果能和相知相爱的美女共度一生，生命的夜空就一直被月光所照耀。生命的夜空，如果能够得到一轮月亮一直照耀，生命虽然置身于夜晚，但不是在黑暗当中。他以为，宁愿得到一轮明月，不要满天的星光，因为一轮明月的光芒，胜过了满天的星光。他觉得这并不是梦想，因为明月确实是存在，就看你愿不愿意要，拒绝还是不拒绝。对女方也是一样的。美女生命的夜空，也需要有一轮明月来照耀。明月，当然就是与自己相知相爱的人。遇到了，真的千万不要错过，更不要拒绝。他很冒昧，请我们二位考虑，我们有没有可能是朝那方面来发展？——他还是没有管住，但都是他真实的想法。如果他的话得罪了尤丽和我，请我们包涵。

他讲这番话时，脸上酡红又重了。他的手有时悬在空中，似乎要抓取，因为空中有他看见的东西。或者，只是做出抓的姿态，并不想抓取，因为空中并没有可以抓取的。

"你终于讲完了？"尤丽说。

"对不起，讲得太多了。"吴有明说。他似乎还有话，却没有讲了。

我听他讲到后面，忽觉得他不像是真实存在的人了。一个成年人，像孩子讲着天真的美言，总像是不真实的。而给人不真实感的话，或者是梦话，或者是鬼话，或者是假话。

吴有明再见到尤丽，即便他是单身，也未必愿意和她结婚。他对她的情感不像以前了，他还算冷静的，明智的，并非仅仅是因为他结了婚，而是因为她本人已不如以前了。能让男人疯癫的女人，才是不一般的，是有身价的，方可令人另眼相看。且不说尤丽如同怒放的花，已开始凋变了，她这几年与哪些男人沾染，是只有她才清楚的。她还有别样的丰韵，却没有什么身价了。她有资格做一个情人，也是一个好的情人，却不配做妻子。吴有明对此不会不知道，却劝我娶尤丽，难说是别有用心的。嫉恨一个男人讨女人喜欢，陷构他，就让他娶一个不配做妻子的女人，好比嫉恨一个人有大财运，就劝他知足常乐。即便这真是他的善意，却是害我的。

尤丽脸上已有恼意，对他说：

"说实在话吧，吴有明，我不能说你讲的好虚假。我也不能说，你把婚姻说得那么美好，还'爱情的王位'都说出来了，你是在你以前苦苦追求又得不到的人面前，炫耀你现在的婚姻好幸福，你和你的现任太太感情有好深。我就当你讲的是实情，要不然你也不会讲出'爱情的王位'这样的话。我真的不嫉妒，我只是好羡慕。你们不要以为我说不嫉妒，其实就是嫉妒。我根本没有必要嫉妒。但是你劝我和他考虑以后是不是结婚，我就不知道你的用意了。你不要这样紧张看着我，我又没有说你用心不良。劝人结婚，总是好心，只不过还是要看对象。你看你说完了，我想听他先表态，他都不说话。他心里想的我知道，我不想说。但是我可以明确地讲，婚姻不是考不考虑的问题，不是愿不愿意的问题，和适不适合实际上也没有关系，和爱不爱也没有好大的关系。婚姻就是命中注定的，还真的就像是事先都已经挖好的坑儿，男的女的管你什么条件，只要你们碰巧掉到里面，就只好结婚了。有的是运气好，找到对的了，像你就运气好。但是很多，真的简直就是乱配对！像他，他现在很挑，再好的女人他觉得最多只能做情人，配得上他的可能都还没有生下来。但是也很难说，可能哪一天就结婚了。找的那一位，可能确实貌美如天仙，条件也好，可能就是个处女——我发现你们越是风流的男人，找太太还偏偏要求是处女——还有一种可能：长相肯定还是不错，但是未必有多出众，她的其他方面就不好说了。

我说句实话，要说会装，有的女人真的很厉害，本身是做小姐的，你还以为她是大家闺秀。你不要误会啊，我不是讲你以后要找到那种女人。哎呀，但是婚姻真的是'乱点鸳鸯谱'，就看每个人的运气好不好。终于能够找到对的，真的就是中了头彩！所以我理解你很珍惜你现在的婚姻。所以……我觉得你劝我们，你是不是也有你的企图……你是怕我来骚扰你，会影响到你的家庭，要把我往其他人身上推？"

"你误会了，尤丽，我真是没有这个意思！"吴有明双手合十，带着苦笑。"我要是有这个想法，我都不敢给二位讲。你们两位看人都是好厉害的人，我不是存心得罪你们吗？如果我讲得不妥，有失分寸，请两位老朋友务必包涵！话呢已经说出来了，我也收不回去。……但是，确实是我的一个真实的期望，我绝对没有其他的意思。"

"你看你好紧张！你不要紧张。我相信你是出于好心的，我了解你本身就不是那种很有心计的人。但是我也想问你，你刚才说到你以前和我，你都有意回避说你爱过我，只说是真心的——喜欢也有真心的，也有假的——你是不是根本就没有爱过我？"

吴有明没有回答。

尤丽自嘲似的笑了笑，说道：

"你要是回答我，肯定是假话，我也不会相信的。你说你终于找到了你的真爱，和你的太太结婚，其实你已经就讲了……既然你找到了真爱，说明你以前根本不是爱。你要是回答，我都知道你要说那是很真心的爱。根据我的体验，还有我的观察，要是真心的爱，根本就不会轻易改变。要是容易改变，那都只是一时心血来潮。据说人真正的爱只有一次，所以其实一个人只能真正爱一个人。要是说又爱上了其他人，其实是把对那个人真正的爱，转移到了别的人身上。就是说，其他的人相当于他真正爱那个人的替身。或者他对其他人根本就不是爱，只是当作爱，把它说成是爱。还是有道理吧。但是真正的爱自己未必就知道，反正我现在是越来越不知道，真正的爱长的是哪一副样子。反正真爱假爱也搞不清楚……管它真爱假爱，过得开心就可以了。真爱假爱不知道，开心不开心自己还是感觉得到的。但是我还是但愿你和你的太太是找到了真爱。不过现在诱惑好多呀，真爱假爱，要经过了诱惑考验之后才知道。算了，不想讲这个话题了，我和你们两个——一个不想结婚，但是妻妾成群。其实也不是妻妾成群，你根本就没有妻子。另一个感情终于找到了归宿。不过结了婚，不等于感情有了归宿。两个人暂时外面没有人，不等于以后大家都没有外遇。反正……不讲了，和你们讲这些，简直莫名其妙！"

吴有明似乎想要说什么，却没有讲。

气氛有些尴尬了。

这时楼梯上有了踩踏声。

三

是吴有明的妻子吴小莲来了。

她推门进来，尤丽先是瞟觑她的脸，再打量她的身姿。

她已吃过了。尤丽邀她喝酒，她不好拒绝，但她喝酒不行，只能少喝一点。吴有明把烟灭了，给她倒了小半杯红酒。

然后，吴有明端杯与尤丽和我碰了杯，又与吴小莲碰了杯。尤丽和我也与吴小莲碰了杯。但喝了酒，都没有马上讲话。

尤丽这时将眼睛又转向吴小莲，碰上了吴小莲看她的目光。吴小莲将目光闪开了，尤丽还是看着她，说：

"你身上穿这件衣服好有味道！是你自己做的吧？"

"我做的。"吴小莲说。

"你这件衣服和你好相配。现在喜欢这种衣服的好像越来越多了，我看穿的人越来越多。但是说句实在话，有的穿上去，衣服很古雅，但是人呢确实太俗气，本来想有以前的人那种古雅的气质，结果反而更显俗气，把衣服还糟蹋了。也有的穿了确实很有气质的，比现在那些衣服上身都更有味道。穿这种衣服还是挑人。"

吴小莲脸上起了静美的笑。

尤丽又说：

"我觉得，这种中式服装本身是一种古典的样式，但是现在的人又是现在的人，缺乏那种古典的气质，穿上去有的不相配。甚至只是脸、身材长得好，穿了都不一定好看。穿这种衣服，首先还是要有那种气质，长相倒在其次，要不然不光不好看，还怪怪的。"

吴小莲点头嗯了一声。

我虽见过吴小莲，还是头一回在近处审视她。以前觉得她是平常姿质，现在发现还是有风味的。粗略看，五官没有一处是长得很好的，也并没有特点，细看，是精致的。她的鼻梁至准头起了极优雅的弧线，然而也是我现在才发现的。原以为她是单眼皮，小眼睛，其实是双眼皮，眼睛也并不小。或许有些近视，目光却并非是滞呆的，只是稍显朦胧。口不大，嘴唇却不薄，厚处是丰厚的，只涂了唇膏，让我想到了不大却饱满的荔枝肉。

她身姿虽像尤丽，却不似尤丽像是有意招惹人，似乎本想端庄一些，然而天生如此，是她不能控制的。

如果吴小莲只是相貌庸常的女人，我是没有多大兴趣和她讲话的，然而现在却想与她交谈了。享受美丽的女人有各种方式，与她说话算是一种。但我不想让人以为，我是借了这个机会和她讲话。要自然才好，仿佛只是正常的交谈。

我先称赞尤丽感觉很对，刚才其实讲到了穿着到底是怎么回事。挑选衣服，只有喜欢是不对的，还要合适才好。所谓合适，不只是合身。身体是看得见的，人对自己的身体也大体是清楚的，所以衣服合身，容易做到。但人还有无形的东西：灵魂，精神，气质，性情，可以借用古人用的词，称为性灵。衣服要与人的性灵相合，就不容易了。所以，有的衣服单看很好，也合身，穿在身上却让人觉得别扭。尤丽是对的：吴小莲穿这种样式的衣服，现在的人穿上适合的并不多。……衣服本该是人性灵的肌肤（这妙句是我现在突然想到的）。穿对了衣服，是与人的性灵相合，也将人的性灵展示出来了。衣服可以修饰身体，就像脸上化妆一样，但人的性灵是不能修饰的。化妆很高明，不好看的脸可以变成好看的脸。一个不典雅的人，穿上典雅的衣服，却不会是典雅的。……与以前的人比，现在的人样子并没有大变，但是，身上无形的已经大变了。人的性灵已经大变了。古人的韵致，早已经失去了。"典雅"虽然还有这两个字，但已经是成了鬼魂。有的人穿了古典的衣服，看上去不觉得不合适，或许因为身上还有古典的余韵，或许因为典雅虽然成了鬼魂，但找了一些人附身了。这样的人穿了古典的衣服，比其他的人穿现在的衣服都要好看。现在很多人也想穿这样的衣服，因为不合适，不像是古典的人，只是假装的古典的人，不是典雅的人，只是假装的典雅的人。汉代的刘向讲："衣服容貌者，所以悦目也。"这一类人穿了古典的衣服，却并不悦目。但是，即便假装是古典的人，假装是典雅的人，总比做粗陋、浅俗的人要好。假的西施，也比真实的谟母要好。不古典的人，不典雅的人，穿上古典的衣服、典雅的衣服，先是装古典的人、典雅的人，也许后来就有了古人的风味，人也典雅了。所以，现在很多人喜欢古典的衣服，是很好的事。也许因为穿了古典的衣服、典雅的衣服，古典的人，典雅的人会渐渐地多起来。死了的典雅，也许会活过来。……所谓现代，独缺的就是典雅，又想典雅，只有装典雅。我也在装，不为别的，不想太粗陋罢了。

吴小莲眼里含笑听着，有时眼睛也看我一下，但随后就移开了。我本想听她回应的话，她却什么也没有说。

尤丽也没有接话，像是在想着什么。她的脸上已泛出艳红，人就更妖丽了。

我讲话的时候，吴有明拿了烟，但只是放在鼻子下闻。这时从鼻子下拿开了烟，讲了他的想法。他听了我讲的话，应该是确有想法的。但我觉得，吴小莲不回应我，他似乎也担心我以为吴小莲有意冷落我，是知道他对我不满，或者因为她听闻我风流，对我反感，他得补救，不能冷场了。

吴有明先提了一句"你讲现代，唯独缺的是典雅"，然后引出了他的话。古典的意义，他觉得是秩序，现代是失序。古典，有公认的标准。现代是混乱，没有标准了。——他称之为只有游戏规则，没有标准。古典主义者，他认为是活在秩序和标准里面，是标准的信奉者。古典其实就是标准，古典主义是标准主义。现代，其实就是游戏。进入到现代，其实是进到游戏的里面。现代主义是游戏主义。现代主义者，现代的人，是游戏主义者，是游戏的人。人们普遍丧失了标准的意识，只能抱着游戏的心态生活。古典当然不都是好的，古典和好还不能画一个等号，古典只是有标准，没有失序：由于标准还在，好和坏，高级和低级，美和丑，高尚和卑鄙，还是可以区别开来的。进入了现在，好和坏，美和丑，高级和低级，高尚和卑鄙，甚至真实和虚构，由于没有了标准，无法区分了，陷入到混乱当中。混乱之中，一切都成了游戏。游戏虽然有规则，和标准还是有所不同。标准是信仰，规则是达到目的的手段。——"上帝死了"，他理解是标准死了，取而代之的是游戏。超人没有诞生，产生的是游戏的人。超人是上帝死之后代替上帝的人，具有最充分的神性的人。游戏的人，把神性抛弃了，抛弃了对标准的信仰。人实际上就成了挣脱了控制线的风筝，成了挣脱了缰绳，但是不知道奔向何方的马。人在路上，但是不知要往哪里去。好比是射出的箭，但是没有靶子。现代的人普遍把实现人性当作了目标，但是就出现了一个始料未及的问题：人实际上是把人自身当作了目标，但是就像箭一样，箭必须有靶子，箭才存在。箭不能把自己当作靶子，人不能把人自身当作目标。人把人自身当作目标，是现在人普遍的状态。有人解读是现代人的荒谬。他的理解，是迷失。迷失不单指没有目标，还意味着本身不是目标，但是当作了目标。"荒谬"掩盖了迷失的本质。现代的人本质上是处于迷失状态的人。当然，古典主义是一种专制，现代主义又是一种沉沦。他的结论呢：古典主义者需要被解放，现代主义者需要被救赎。现代的人迫切需要建立对标准的信仰，确立真正的目标。

他讲的和我讲的是不矛盾的。现代缺典雅，实际上没有了标准，对典雅已经不知道了。现在就要让大家知道典雅的标准。在这一点上，他和小莲看法是一致的：他们一定要有自己的标准，按照这种标准制作有品位的衣服。他们可以顾及顾客合理的要求，但是不会改变标准，降低品位，迎合顾客。如果顾客品位不符合他们的标准，要求按照自己的品位提供衣服，宁愿不做这个生意。在小莲开的店里面，没有"顾客就是上帝"这一说，只有标准是上帝。就是想通过这种方式，让大家知道品位高低是有标准的。以后只要人有了这种意识，品位高低就可以分辨了。一般人是追求高品位的，人自然会向高品位靠近，前提是能够分辨品位的高低。不能够分辨品位高低，追求高品位就无从谈起，往往把低品位当作有品位。刚开始还是担心太理想主义，生意做不走。从经营一段时间的情况来看，确实牺牲了一部分利益，其实是淘汰了一部分客户，同时有的客户留下来了，另外的顾客是慕名而来。现在小莲坊——小莲开这个店——名声慢慢传开了，顾客的档次在提高，生意还是不愁。

我听出来，他所谓与我的观点有相同处，其实是并不一样的。

尤丽抽着绿摩尔烟，她吐出烟，说道：

"吴有明，你跟以前真的是很不一样了。你看你说虚的，最后还是回到生意上了。你以前真的还是有点飘。而且，说实在话，还有点好像不正常。你现在，我觉得既有你的理想，又懂得务实。现在首先还是要挣到钱才行。没有理想，人好像太庸俗了。但是没有钱，确实生活不好过。"

她再对吴小莲说：

"他那个时候，给我写了好多首诗。他的诗确实写得好。你刚才来之前，我们正在谈他以前给我写的诗。他给我的诗，可惜被我弄扔了，我其实很喜欢的，只有请他再抄给我。虽然我们之间没有实质性的关系，也是给我很珍贵的纪念。现在他是没有名，但是很难说以后他就很有名了，就是大诗人给我的诗，那就很珍贵了。以前哪，我要是见到他给我写诗，还见到像现在这样实在，我可能要答应他。……我给你讲我现在真实的心情：我很羡慕，但是不是嫉妒。现在好的男人太难得找了！诗写得好，人又实在，能赚到钱，这种男人确实是少。我认识的人里面还只有他一个。男人有了这些优点，长相呢倒是不重要。吴有明现在比以前还长好了一些，有些女人肯定要对他打主意了。我觉得不只是想跟他要，可能也是认真的，觉得他做丈夫最合适，所以要看紧。"

她脸上带了笑，又说：

"所以做女人，真的不容易！找到好的男人特别难，找到了又怕别的女人来偷、来抢，又怕失去。我是不会来抢啊，抢也抢不过你。你呢，也是很有才的，生意也做得好。气质呢，又舒服。所以也不是一般人抢得过你的，要比你强才抢得过你。所以我是有自知之明的……不过，他要是还愿意为我写诗，我也不拒绝。我现在还很是想能够再得到他的诗。"

吴有明将烟放在鼻孔边嗅着，颇像是一个瘾君子，只是在享用烟卷的味道。其实，已经很不安了。

"我看了他给你写的诗。"吴小莲终于笑着回应了。

"他现在给我写诗，你不会介意吧？"

"我不介意。"吴小莲仍旧笑着说。

"听你这样讲，我就放心了。"尤丽也笑着说，然后将手伸向吴有明。

吴小莲的目光马上随过去了。

尤丽用涂了指甲油的手指，在吴有明肩上轻点了几下，晃眼看，如同花瓣掉到吴有明身上。"你听见了，你夫人没有问题，我现在就正式向你求诗。不是求爱，是求诗。你肯定没有感觉给我写情诗了，但是你可以把我当作你的红颜知己，给红颜知己也可以写噻。我虽然不是很懂诗，但是你觉得我对诗还是有自己的理解，我对诗也还是有感觉。就像你讲的，我不像那些专业的批评家，诗好坏，我也有自己的鉴赏力呀，就像我不是品酒师，我也可以喝出好坏。你夫人对你的诗肯定是懂的，她是你的夫人，是一个角度。她最懂你，也有可能你们关系太近了，她对你诗里面有些东西反而就感觉不到。我呢，是另外的一个角度，可以是一个补充，对你的诗有些东西能够感觉得到，对你写出更多的好诗还是很有用的。"

吴有明如同在沉思。

尤丽又朝他伸出了手，花瓣却没有落到吴有明身上。"你觉得呢？"

吴有明看了看尤丽，说道：

"我要纠正你刚才的一个看法：一个女人的丈夫，就算有一些优势，如果因为被诱惑，和另外的一个女人好上，抛弃他的家庭，是不适合做丈夫的。适合做丈夫，首先是要把持得住。"

尤丽轻悄啊了一声，似乎没想到得到这样的回答。她同时皱起了眉头，有点不悦意了，脸上却带着一丝笑，说道：

"你这个话倒是说得很对呀。找丈夫，确实首先要看他自己是不是把持得住。要是把他抢过来，他自己的太太都不要，很难说他以后又和其他的女人好上。不过话是这样子说的……唉，不说了。"

"你不要有顾忌，我很想听你后面的话。"吴有明说。

"还是不想说了，免得以为我真的要来抢你当老公。"尤丽说。"我现在……没有这个意思，我只是想做你的一个异性的知交，就是红颜知己嘛。我觉得你现在值得交，我也确实想再得到你的诗。刚才我问你你接不接受，你还不回答。你夫人在这儿，你是不敢说。她又不是小肚鸡肠——我跟她初次见面，我就已经感觉到了——她是多大气的。你是要她同意嘛。你不会有想法吧？"尤丽的目光投在吴小莲身上。

吴小莲并没有显得不高兴，回答说：

"没有关系的。"

"那就没有问题了，你夫人也同意了。我以后就做你的红颜知己，你要给红颜知己写诗啊。这一次你给我写的每一首诗，我肯定都收好，你放心！"尤丽故作开心地说。

我又觉得自己虽然在场，却并未当作是在场的。

我起身朝外走。

这时，尤丽似乎才知道我也在屋里，问了一句：

"你去哪里？"

我说是去卫生间，便由楼梯下来了。

四

钓水酒屋里还余有空位，人却并不少，窗边的位置是坐满了。

我出了一道散发湿气的门，来到一个湿气更重、逼仄的小院里。院墙外是卫清河。我进了小院西侧的厕所，回到酒屋，不想马上回到楼上的房间，出了门，来到街边。

天上是昏暗的，路灯却很亮。

由于下了雨，空气被清洗了，现在应该又污脏了，但隐隐地余有一丝清爽的滋味。

卫清河如同化成水的巨蟒，朝下面游去，爬过下面的闸坝，发出响声来，似如哭泣，又似欢喜。

我拐进临河的窄道。街上有车往来，这窄道上却显得安静。但这里不光潮气尤重，吹到身上的风仿佛也是一团水气，又因为近水有植物隔离带和矮树，招了许多飞虫，我只走了一小段，便退回到街边上来。

我还是朝东南面沿街走。街道在前方分了岔，一段偏离了河，进入一片楼房里去了，因为有更多的光照着，街道就更亮了。另一段还顺着河走，那里有一些树木，街道暗了下来。在岔路口旁边，便是闸坝。离那岔路口近了，闸坝上的水声就更响了，而空气中的怪味也重了。我觉得有些不适，返身朝回走。

我打算到望月楼那边再走一走，过了钓水酒屋，便继续朝前走。不远处公园北门前的丁字路口，交通信号灯变成了绿灯，对面没有车，只有这边停着的车启动了，但接着有几辆车从我背后开来，有一辆拐进了那仿古街里，还有两辆朝前冲去。我觉察到手机在响，便去掏手机，响声却戛然断了。我想到是尤丽打来的，却是邹金玲的电话。

我觉得意外，又觉得是在意料中的。这时我忽然看见，从丁字路口的灯光里，有东西疾飞过去，从我头顶掠过去了。似乎是蝙蝠，又像是鸟，然而这时候是很少见到飞鸟的。还像是蝴蝶，却没见过蝴蝶飞得那么迅疾的。

我拨了电话，铃声快响完时，对方才接了。我说了一声"喂"，然后听到邹金玲的声音：

"你现在方便吗？"

那声音似乎也带了审视的目光。

"我现在在外面……"

"我问你现在方不方便？"

"你是让我到你那里来吗？"

"你过来喝酒吧。"

"稍晚一点，行吗？"

"晚什么时候？晚了你不用来了。"

"我在望月公园这边，我半小时左右从我这里出发。"

"你来不了就不用来了。"

"我十分钟左右从我这里出发。你在哪里喝酒？"

邹金玲似乎迟疑了，片刻之后才说：

"我在尚华酒店——在西郊这边，富安广场边上。你到了大堂，你找一下大堂经理，她会带你上来的。"

"行，不会超过十五分钟，我就出发。"

我觉得如同打了兴奋剂。

我回到了钓水酒屋上面的屋子里。

尤丽和吴有明在谈着别的话题。吴有明脸上泛着油腻的红光。他虽是闻烟，已耗费了两支，手上的是第三支了。吴小莲坐在一旁，脸上还是一副恬淡的表情。气氛仍是融洽的，然而这融洽也让人生疑。

我的杯子还有小半杯啤酒。我喜欢这种啤酒，喝了几口，然后说：

"有一件事，很抱歉，我刚才接了个电话，叫我过去，也是一起喝酒。我不能陪各位了，我要先走。尤丽，你可以……"

尤丽虽感到突然，却说：

"我也走吧，反正我也吃好了，再喝下去我肯定要醉了。他夫人我也见到了，说实话，气质特别好，性格也多好的。还有我没有预料到的收获：吴有明还留得有以前给我写的诗，我原来还以为都被我丢掉了。你一定要抄了给我。还有，吴有明接受我做他的红颜知己，还要给我写诗，他夫人也不反对。今天晚上真的很开心！"

她向吴有明表示感谢，向吴小莲表示感谢。

我喝了剩下的啤酒。

吴有明和吴小莲送尤丽和我到了钓水酒屋的门口。

尤丽现在在双凤村那边有房子，和母亲一起住。她要回去，我便陪她到街对面搭出租车。

尤丽挽住我的手臂，靠着我，身子散着热气。这时，尤丽将刚才藏在心里的话讲了出来：

"你不觉得他们两个都好装啊？两个人都好假！吴有明现在变得尤其假了！哼，他还以为我不晓得他是哪一种人！以前他看我的眼睛，色得很，好像要把人吃了一样！现在装得好正经，好像除了他那个老婆吴小莲，其他女的他都不放在眼里——好像其他的女人都不是女人了，你再漂亮，再有风韵，他都不把你当女人看，也太假了嘛！……我把手放在他身上，他还不自在。要是在以前，他碰到我，我都难受。……吴小莲嘛气质还是可以，长得一般，装得很有教养的。但是，你知道吗，女人还不了解女人？她就是在装！不过呢，你装我更会装！"

过了街，我才回应道：

"你恐怕也明白，吴有明显得正经，是要让你后悔：你看错他了，他不是你认为的那种人。他做人的丈夫是很好的，既忠诚，又能挣钱。你当年拒绝他，跟了那个姓什么的，离婚了，你这一步走得很错。吴有明现在还是在乎你的……"

一辆出租车突然从一旁冒出来，刹住了。但尤丽朝司机摆了摆手，示意不坐车，然后对我说：

"再跟我讲几分钟嘛。你把话说完。"

"只能再讲两三分钟。吴有明现在还在乎你，他也怨恨你。是不是另外一种改头换面的爱，我是不懂的。"

"你觉得他是不是真的变得像他现在的这个样子？"

"我看你现在对他有意思了。他真是像现在的这个样子，你没有机会的。"

"其实，我就是看他现在是不是真的不把我放在眼里，他只有吴小莲。我还就打算去勾引他一下，倒不是对他有多大的意思。那个吴小莲，好像很骄傲的样子，很轻视我，觉得吴有明心里只有她，现在根本看不起我。我倒要看她到时候会不会跪下来求我，让我把吴有明还给她。我真的不是想和她争吴有明，让他给我当老公。就是这两口子这股劲儿，哎呀，好像世上只有他们两口子最相亲相爱，我心里不舒服。"

我看了看手表，不想接她的话，希望来一辆出租车，让她上车。

"我还有个想法，你听了应该高兴。你想不想听？"

我便望着她，等她说出来。

"那个吴小莲也是装得多正经的，她眼里只有吴有明，其他任何男人都不放在眼里。我注意观察了，你长得好帅，她都不愿意多看你一眼。这明显就是装。女人见到多帅气的男人，就像男人见到美女多看几眼，本来是正常的，何必装嘛！在丈夫面前也没必要这样装。要是男的多心，男的就是小心眼儿，而且男的怕老婆，见了美女还不是要偷看几眼？我对这种爱装的女的，真的特别看不惯。

人生好短暂嘛，还是应该活得真实，太假了都对不起生命。……"

"你的想法，请直接说出来。"

"我觉得装其实是在掩饰，你懂的。我看你刚才想引起她的注意。她虽然只是气质好，但是气质好的女人，对男人来讲也是很有诱惑力的，我也知道。你可以去引诱她，看你对女人是不是真的有魅力，吴小莲是不是真的像她表现的这么正经。我给你的这个建议怎么样？你看我现在修炼得真的才是一点都不嫉妒。一滴醋我都不想吃，女人吃醋最伤身，也最不值。"

我笑着说：

"很好的建议。我要想一想，想好了，我会给你讲的。"

"你还要再想一想！啊，这种事，你当然不会在我面前装了。你是不是还是嫌她的魅力不够？我觉得吴小莲比你以前弄的医院那个护士，无论气质还是长相都好得多。还有……你的嘴是不是变习了？我觉得好像没有嘛。你虽然要看长相，还是首先要看有没有味道。吴小莲毕竟是学艺术的，穿上古典的衣服，还是很有风韵的。你看她的眼神……我明白了，你是不是顾不过来？你已经看上其他的了？你马上要去见的，肯定是你刚认识的……"

我听她讲，没见出租车来，已着急了。这时才看见一辆出租车亮着火团般的空车灯，驰了过来。我伸出手，出租车便停下来了。

我搂住她，对她说：

"我会给你讲的。你刚才的想法很有意思，也有一点疯狂。你现在情绪有一点激动，回去先冷静下来。我不是劝你放弃，是先要冷静。"

司机已不耐烦，探过头来，用了还算克制的语气问道：

"你两个哪一个走？走不走嘛？"

我对那司机说：

"稍等一下，还有几句话。"

"快一点嘛。"司机说。

我又对尤丽说：

"我们不能情绪激动的时候，决定做疯狂的事。如果冷静下来，还想做，才可以去做。做疯狂的事是很过瘾的，但我们不可以是疯狂的人。冷静的人，才有资格做疯狂的事。不会被火烧伤的手，才可以玩火。玩火要很小心的。你上车吧。"

尤丽吻了我，然后说：

"你记一下后面的车牌号。"

我点了点头，对她说：

"到了给我发短信。"

尤丽坐上了车的后排位置，出租车便开动了。

我到街对面等来了出租车，要司机走近路，尽快带我到尚华酒店，愿意在打表的费用上，再加十块钱。司机要加十五块，我也同意了。

第五章　尚华大酒店

一

我进到尚华大酒店高敞的大堂里，大堂经理便迎上来，问我：

"请问是邹董的朋友王先生吗?"

我点了点头。

她便引我乘电梯上到高层，从酒吧大堂一侧拐入廊道，进到尽头的包间里，然后离开了。

我先是站在落地宝蓝玻璃窗边观望外面的夜景，然后在靠窗的低靠背沙发上坐下来。这时我收到了尤丽的短信。

不久，邹金玲推开门进来了。她下面穿了黑色白条纹阔腿裤，上身穿黑色鸡心短衫，披一件黑色的外衣。胸前挂的还是那只翡翠吊坠。她脸上没有表情，似乎颇有贵家妇人的气派。自然，贵族早已是书上的传闻了，但即便是模仿贵族，如果有几分像，也有别样的一种风采。

邹金玲在对面的低靠背沙发上坐下来，然后说：

"你喝酒了吧? 喝红酒吧，这里有很好的红酒，很贵的。"

"我来之前和人吃饭，喝的是啤酒。我还是喝啤酒。你喝过酒没有？是不是喝的葡萄酒？"

"没有。我想喝红酒，你品尝一下。"

"你让我喝是浪费了。你喝葡萄酒，我可以陪你喝一点。"

邹金玲用有些不满的眼神看了看我，给酒吧打了电话，酒吧的服务员便送来了一瓶红酒，三小瓶啤酒，两个高脚玻漓杯，一个啤酒杯，一个醒酒壶，还有干鱼片、薯片及水果等食物。服务员将小半瓶红酒倒入醒酒壶，然后出了包间。

我取了小瓶啤酒看了，放回桌上，然后对邹金玲说：

"我要感谢你请我来喝酒。我没有想到的。……我还以为不是你的电话，听到你的声音才相信是你。……我给你发过短信。我为上一次的事，我向你正式道歉：对不住你，我不该那样的。请你原谅。不会再有这样的事了。"

邹金玲又用逼人的目光望住我，冷冷地说：

"上一次我是很生气的，现在我也生气。我不想说你下流，但是你太不尊重人了。你要是再像上一次那样，我不会再给你一次机会。"

"后来我一直很惶恐，很不安的。我不知道当时为什么会那样，好像控制不住自己。当时我可能喝得有一点多，但是喝啤酒，我是很能喝的。……我现在也不明白，当时怎么那么冲动。……我不是在辩护。我是做错了。"

"你是在为自己辩护，在找说辞。你以为我也是喜欢装的那一种女人，你硬上就可以得逞。你很自信，你以为我被你迷住了，你硬来我就接受了。我听了你讲的那些话，你以为我很容易被你说服。你认为可以不讲道德，照规矩做就行了。我的看法跟你不一样：做人首先要讲道德。不讲道德，这种人不可信，也不可交。遵守道德，是对人的基本要求。遵守道德的人，也会守规矩。不讲道德，照你讲的那些规矩做，就是坏人。我本来不想理你的。我想到你是我在凤泉的老同学，过了这么多年，因缘巧合又碰到了，这一次我可以不计较。今晚上我叫你来喝酒，你不要乱想，不要自我感觉良好，认为我还是被你征服了。我只是把你当作同学对待，没有其他的想法。"

我又感觉到了她身上一股阴冷、自负的气质，让人忌畏，但她也因此有特别的风韵。

"我上次给你讲的那些话，我都还记得。我听你刚才这样讲，我对你的那种想法，现在也没有变。你只愿把我当作你的同学，我还是想我和你不只是同学……你可以现在不接受，你要许可我有这样的想法。你是女的，我是正常的男的，你很……迷人的，我不可能只把你当作同学，只满足把你当作同学。但是，我还是知趣的。上次我是过分了，以后我不会再这样。请你放心，我不是说话不算数的人。没有人不会说假话，我也讲假话。但是，不能兑现的话，我不能讲。不能兑现的话，既骗了人，会伤害人的，也会让自己很狼狈。我不会想得到你，说我做不到的话。我做不到，害了你，你不会放过我的，你有能力报复我，我就把自己也害了。……我现在不算是没有钱的。你是很有钱，长得还好。恐怕很多男人，为了和你在一起，愿意放弃很多。只是因为你的钱，很多男人都愿意跟你结婚。我说句真实的想法，只为了钱，我不会改变。只因为你这个人，我愿意改变，但是我想改变也做不到。现在我也不想改变。……我现在只想和你做最好的情人。你想明白了，你可以任何时候给我答复。你要是愿意，你可以任何时候和我在一起，也可以任何时候离开我。我会等你，但你不要等我们都老了。"

"男人脸嘴长得好一点的，我见到的不少。你这样自我感觉很良好，我还很少见。你还以为我会为你改变。……你不要痴心妄想。我现在明确答复你：我觉得你是一个很不道德的人，你就是寻找各种理由玩弄女性，又不想负任何责任。你还想来引诱我，你太自不量力。我生意做到这一步，我在江湖上闯荡，哪种人我没有见到，好多男人想诱惑我，我要是经不起诱惑，还轮得到你！……你不要再多想了，我和你只限于做同学。你要是对我的答复不满意，你现在可以离开。你不想做同学，我也不缺少你这一个同学。"

我心里虽不乐意，却并不生气。我明白，她讲的强硬的话，也许只是故作姿态，却也可能是真实的想法。若是后者，我是很难得到她的。但只要还和她往来，就还有机会。

我取了一支烟点上，站到窗边去看夜景。

玻璃窗上有她的影子。她双手交在胸前，闭了眼睛。

我回转身来，她眼睛就睁开了。

我问她：

"你困了？"

邹金玲好像没有听到我的话。

我又说：

"你的话我刚才想了，我和你先做同学。没有你这个同学，其他的同学都没有意思。"

邹金玲黑而亮的眼睛动了一下，脸上表情却无一丝的变化，对我说：

"你把酒倒一下。"

我给她倒了半杯红酒，给自己倒了小半杯。我想与她碰杯，邹金玲却只是看了我一眼，自己先喝了。

我本不想喝的，但仍将心中的暗火压住，喝了一小口。然后，听到她说：

"比你以前喝的红酒好喝嘛。"

"你的酒一定很好。我只把我杯里的喝完，然后我喝啤酒。我喝酒口味喝偏了，改不过来。"

"我和贵州人喝酒也不少，他们喝酱香型的白酒，其他的酒——红酒——他们也喝。你确实有点奇怪。你是不是在装？这种红酒很贵的，你都不愿意喝。"

"很喜欢喝酒的人，见了很贵的酒……"

邹金玲的手机响了，她拿着手机出了房间。等她回来，我又说：

"你说我是在装，你以为很贵的红酒我喝不起，我就装作不喜欢喝这种酒，在你面前绷面子。我当然远不如你的钱多。凡是钱比我多的，我都很佩服，人家有那个运气，有办法弄到钱。在他们面前，我没有必要绷面子，人家的钱就是比我多。人家有很贵的酒请我喝，我装作不喜欢，不是对不住自己？"

"你就是喜欢装的一个人。"

"正常又有点头脑的人，不愿意做对自己无益的事。所谓对自己有益，就是自己有好处，有便宜占，不吃亏。我们都是做生意的。你做的是大生意。'无奸不商'，不装是不会耍奸的。'无奸不商'，其实太绝对了。做生意是为了挣钱，并不是为了装。装是因为不得不装，不然做不好生意。有时候，装反而做不好生意，还装，就很不明智了。和人打交道是一样的。只是喜欢装，不管是不是对自己有益，脑子是有问题的。这样的人不会生活得好。我还算活得可以的。我在锦都没有任何的关系，靠我自己。做事情，混江湖，当然要有人帮忙。但我最靠得住的关系，只有我的头脑。有人以为，一个人的智慧，决定一个人的命运。有些人的命运，是由别人的头脑决定的。我的命运，我要自己的头脑来决定。我有机会进到官场的。走这条路，我会挤到前面去。开公司，不会比一些很有钱的挣得少。我做古董生意，首先是很喜欢古董，做这种生意还算比较自在，做好了赚钱也不少。……钱比我多的，我都佩服，但是在这些人面前，我不觉得自己弱小，因此也没有必要装。官场上厉害的人，我也佩服。凡是强大的人，我都佩服。强大的人不佩服，佩服弱小的，恐怕是因为自己也弱小。不佩服强大的人，自己也不会强大。但是，在任何强大的人面前，我不会觉得自己是弱小的。……我要是开公司，有些人恐怕发不了大财了。我进到官场，有些人是没有机会的。"

邹金玲一双眼睛只是盯着我看，似乎虽然不认为我在吹嘘，却不信我讲的是事实，自己要看出我是怎样的人。

"除了啤酒，再贵的洋酒都不喝。喜欢喝熙酒，不喜欢茅台。好像有点奇怪。这是我的口味。我自己是很正常的：我不吸毒，打牌、打麻将小赌可以，不大赌。喜欢喝酒，大醉的时候很少。有些恶习，会毁了人的生活，毁了人的身体。我没有沾染这些恶习，还算是正常的吧。"

邹金玲端起酒杯往嘴边送，但没到嘴边，将杯子朝我举过来，等我端起了杯子，才喝了酒。然后说：

"你不想喝，你喝啤酒。"

我喝完剩余的一点红酒，才开了小瓶啤酒喝。

我和她偶尔向对方敬酒，但大多是只顾自己喝。

桌上的食物，我也吃了一点。

我们谈起了两人做同学时的往事，说到老师同学，及凤泉的风物。这话头是由我起的，但我小心不提及她的父亲。

邹金玲的酒杯，一直由我斟酒。倒完醒酒壶的酒，邹金玲不让再往里添了。

邹金玲的酒杯里还剩一点酒时，说道：

"我喜欢喝燕窝粥。有牛奶燕窝粥，我专门让他们给我做的。你也可以喝一碗，很好吃的。我要加玫瑰花，你要不要加？"

"跟你一样。"

我尝了玫瑰牛奶燕窝粥，对她说：

"这是美味。"

然后我便看见，今晚上，邹金玲眼里终于有了愉悦的光。

我又吃了几口，问道：

"这家酒店也是你开的？"

然而话出口，我就后悔了。我不该问她这样的问题，让她以为我想探听她有多大的财富。

邹金玲没有抬头看我，淡淡地说：

"我有股份在里面。"

我们吃完，邹金玲就叫我离开。我走到门边，转身对她说：

"我先说我没有醉。……我要感谢你，我第一次吃到牛奶燕窝粥，是加了玫瑰花的。我只是你的同学……拥抱你一下，表示感谢，可以吧？"

邹金玲已往后退开了。

我抱住她，她随后就将我推开了。

二

次日，我和尤丽在茶馆里喝茶，我讲了与邹金玲巧遇的事，及交往的情况，自然没有说被她打了耳光。

尤丽认为，邹金玲是把我钓上了，她是故意冷我，要先把我的傲气压下去。这种女的都是想摆布人的，不能到时候我还要想摆布她了。也可能她暂时还不想跟我发展关系，她不可能没有其他的人，可能还有好几个。

我们定下来的规矩，她希望我不要破坏。她和我可以放心不用那种东西，和其他人必须用，除非我让邹金玲也去做检查，是没有病的。觉得靠得住的，都不好说，现在哪有放心的？我不要以为我那个同学是个例外。要是没有用，一定要给她如实讲，我必须再去做检查。她肯定也要求她自己做到。我们之间都是说明了的，不存在相互背叛。但是我们应该爱惜对方，不要从其他人身上染了病，传染给对方，这就把对方伤害了。我们这种关系，想不中断都只有中断了。她不只是珍惜我，她还崇拜我，她是不愿意失去我的。我们都守规矩，关系才会保持下去。总有一天我们还是要分开，她还是希望我们尽量长久一些。

我给她讲，她去招惹吴有明，恐怕他抗拒不了，但也证明他并不是什么好男人，她嫁给他，他对她也会不忠的。他这个好男人的形象，就像气球被扎破了，也许她不会因为以前拒绝他再后悔了。但她不去招惹他，不管他是不是装的，他在她心目当中是很好的男人。他以前很爱她，给她写诗，她会很安慰的。现在明白他不是那样一种人，她会很失望的。……她要是想好了，最好不要像昨天晚上那样。她太明显了，吴小莲不会看不出来。她要想偷人家的东西，不能声张，让人家警觉，人家会防的。要是去抢，那可以，但抢，是危险的。吴有明心里想和她在一起，她太明显了，他会顾忌的，也会害怕，不敢见她了。他在装，是很虚伪的，她也装，不要明目张胆，他就接受了。吴小莲既然表现是大度的人，不好拦她和吴有明往来。这种表现大度的人，自以为是一种教养，往往不愿意让人家认为她小气，那么就可以利用她这一点。后来吴小莲也不会忍受，但是她和吴有明已经……不过，前面要显得正常，要让吴小莲无话可说。

尤丽是打定主意了。她要我配合她，有些时候她见吴有明要我跟她一起去，人家就想不到。和他们两口子在一起——她可以请他们吃饭——我在旁边要替她说掩护的话，不要叫吴小莲怀疑到她。她要在吴小莲面前故意表现她心里只有我，吴小莲就想到她只是吴有明的红颜知己。我要是对吴小莲有意思，她也配合我，不让吴有明怀疑到我。我们可以去她的店子做中式服装。那种古典的样式，她也很喜欢。她照顾了吴小莲的生意，和吴小莲做朋友，吴小莲就想不到她对吴有明是有企图的。吴小莲就是怀疑，也不会完全想得到。我也可以做中式服装，我穿肯定也好看的，就像是以前那个时候的美男子。我还可以利用这个机会，和吴小莲拉近关系。她和吴小莲成了朋友，可以把吴小莲约出来，让我单独和吴小莲在一起。只要我们单独在一起，这方面我高明得很，就不用她说了。不过，她觉得我要把吴小莲弄到手，要费点功夫——她只是有这个感觉，也可能我很快就把吴小莲弄到手了。

我愿意配合她，我也给她讲，吴小莲风味是有的，我现在还没有多大的兴趣。我要是对她有兴趣，会告诉她的。

改天，尤丽便请吴有明、吴小莲夫妇吃饭，我也在。吴有明把以前为尤丽写的四十来首诗交给了她，声明手头已没有其他的诗了。

还对尤丽说：

"你要给我做红颜知己，我呢不敢当，也会引起不必要的误会。大家做朋友就很好了。"

与吴有明、吴小莲分开后，尤丽对我说：

"吴有明现在还真的装得很正经，我还就不相信。他表那个态，是要我和他保持距离嘛。他还要当着吴小莲的面讲，就是要吴小莲放心他嘛。"

"吴有明是在装，也是在抗拒你。他现在不在意你，不需要抗拒你。他也知道你在诱惑他，他在防你，同时在防自己，不要被你诱惑了。吴小莲不动声色，对你还是友好的，但是已经对你警觉了。……吴小莲如果真是完全相信吴有明，吴有明不用当着她的面给你讲那些话。让她放心，不就是因为她对他不放心？人家已经很警觉了，你要去偷，不容易了。"

"你说偷，你打这个比方听了好不舒服。不过以前硬给我我都不要，现在是人家的了，我确实是去偷。我当然首先要打消她的警觉。我已经想到了——我已经给你讲了——我要先和她做朋友，先和她拉近关系。和吴有明我要有意和他保持距离，肯定是做给她看的嘛，她就不会防我了。既然是做给她看的，我肯定不会让她看出我是有意做给她看的。要说装的功夫，我也不比任何人差。装就要装得像。要装得像，就不要当作在装，自己就要当作真实的。在你面前我是不用装的，要装我不会给你讲这些。吴有明的心理我知道，他以前没有得到我，他心里很不甘心的。现在得到我，可以弥补他的遗憾。他现在是顾忌吴小莲，怕她怀疑他。我打消了她的怀疑，她不怀疑我，也不怀疑吴有明，我诱惑他，他本来就想，不会再装了。他装还是装给吴小莲看的。就是偷嘛，反正我偷到了。吴小莲发现了，要回去，我还给她就是了。她不想要回去，我也不想留他给我当老公。真的，这是我真实的想法。"

两天后，尤丽和我去了小莲坊，尤丽定做了一件旗袍，钱由我支付。

三

我与邹金玲在尚华大酒店分开后，给她打了两次电话，约她相见。邹金玲都借故推辞了，第二次通话时，对我说：

"你不要再给我打电话了，我联系你。"

我就只好等她的电话，似乎成了等着被召见的人。

一天晚饭后，邹金玲叫我去喝茶，但不足一个小时，邹金玲接了电话，说要去见人，与我分开了。另一天，邹金玲叫我吃饭，但曹红也在。两个女人喝的是梅酒，我喝的啤酒。曹红劝我品尝梅酒，我执意不喝。三人吃完，还喝茶聊了一阵。邹金玲再约我吃饭，我坚持要请她吃，但快到约好的时间，她却来不了。过了几天，邹金玲愿与我一起吃饭，吃的是她指定的餐馆。我带了酒壶装了熙酒去喝。邹金玲喝的是鲜榨果汁，并说这不是调出来的，劝我也喝。我便要了一杯，喝不出是调出来的，却也不能确定是纯的鲜榨果汁。

第二天上午，我接到曹红的电话，说邹金玲让她带一箱熙酒给我。这是我没有料想到的。我并不想要她的酒，对曹红讲：

"请曹姐给邹董讲一下，我的熙酒够我喝很久的，心意我领了，请替我感谢她。"

"你老同学给你的，你应该收下。喜欢喝酒的人，酒再多都不嫌多的。"

我只好在华都公寓楼下面，等到曹红的车，从车上取了一箱熙酒。

到了周六晚上过了十点，邹金玲打了电话给我，叫我去尚华大酒店喝酒。我正在回家的路上，并没有马上去尚华大酒店，先回华都的寓所，换了衣服，拿了香水。然后到了尚华大酒店，直接去了上一次与她喝酒的包间。

邹金玲已在包间里面，还有曹红。

桌上有启开的红酒瓶，倒了红酒的醒酒壶，一些食物。还有三个高脚玻璃杯，两个里面有红酒，一个里面残留了极少的红酒。烟灰缸里堆着灰黑色烟灰，斜躺一个粗大的雪茄烟头。

邹金玲脸色阴沉，似乎不太高兴，又似乎在思虑什么事。

曹红看她的眼神是小心的。

我仍是要了啤酒喝。

曹红喝完杯中的酒就离开了。

我这才拿出了香水给邹金玲，并说：

"不知道你是不是喜欢。"

邹金玲接过香水看了看，用淡冷的语气说：

"你没有必要花这个钱。"

"我们是老同学，我应该送你一点东西的。我专门看了几家，好像还不错。"

"我给你一箱酒，你就给我买了香水。你是不想欠我的人情，是不是？"

我吸了口烟，弹了烟灰，又吸了两口烟，对她说：

"你恐怕感觉到了，我还是要强的人。我不愿意只是得到别人的好处。你给我熙酒，我收下了。我得还你一个礼，不然我过意不去的。"

"我给你一箱熙酒值好多钱，你自己心里有数。你还礼，你给我的香水值不了一箱熙酒的钱。还礼应该对等。你还是欠我，你还是占了我的便宜。你很会说活，但是不要占了人家的便宜，还要卖乖。我是很实在的一个人，我不喜欢来虚的那一套。我给你一箱熙酒，我是看你喜欢这种酒。一箱熙酒，对我根本不算是多值钱，我没有想要让你还礼。你不还礼我无所谓，你觉得我这个老同学不抠门，比较大方，就行了。……我高级的香水多得很，你给我我只有给别人。"

我默然不语。

邹金玲端起高足杯要喝酒，但没有喝，放回了桌上，接着说：

"有一点你不知道：跟我结交，我都不会亏欠他，只有人家欠我，我不欠人家。人家只有占我的便宜，我从来不占人家的便宜。要强，我比任何人都要强。要强，就是要看重自己的尊严。我自己的尊严，我比任何人都看重。任何人都不要想压我一头，只有我压人家一头。要我向别人低头，示弱，这种事情我不会做。只有别人向我低头，向我示弱。不要强，我生意不可能做到这么大。我一个女人做这么大的生意，遇到好多人对我不怀好意，我不要强，每一个人都可以来摆布我。有些人很坏的，见你有钱，是个女人，用各种手段来压你，想让你顺从。你可以去了解，让我顺从，有没有人做到？想摆布我，都是我摆布人家。我一路过来很不容易的。很多事情，我都是一个人挺过来的。这些事既锻炼了我，也是考验，让我变得很要强。我不要强也不行。企业的董事长，是企业的灵魂人物，我自己不强，企业强不起来。我不认为女人只能温柔，不能要强。温柔也不是顺从，让人家摆布。女人不是天生就应该温柔，温柔是有条件的：要对她好，尊重她。有些男的很不知趣，很自以为是：能力没有女的强，不懂得尊重女人，还要女的对她温柔。这种人给我提鞋都不配。有的人不可理喻，觉得我是男人，女人再强，我也不承认你强，我丢不起男人的脸。说实在话，没有实力，撑不起面子。靠装绷面子，我根本不把这种人放在眼里。我背后没有我的企业，我说不起这种硬话。"

她稍停顿了一下，又说：

"现在称我们这种人是女强人，我就是女强人。我努力到了这一步，我不可能是一般的女人。为了得到男人的好感讨乖卖巧，我不可能做这种事。只有男人主动讨我的好，我不会主动讨男人喜欢。真对我好，我也知道，但不是你对我好，我就会对你好。我的长相，我不是自恋的那种人，我自己还是知道。离婚以后，我要找男人，任我挑选。现在社会上流行一种说法，认为我们这种女人生意能够做大，有当官的男人做靠山。我要是愿意，我放一句话出去，当官的排队等我挑。官再大，只是关系，我都不会考虑。有些事我是不会做的，企业要发展，要不断开拓业务，但是不能以出卖我自己作为代价。事关我个人的尊严，我不做任何的让步。鱼和熊掌我都想要，每一样我都不想放弃，我也做到了。鱼和熊掌并不是不能同时得到的。我的企业发展得很好，我活得也很有尊严。当官的了解了我的为人，对我是很尊重的。……官场上面有的人还是不错的，人家也是人嘛。但是我定了原则，不和官场上的人发展关系。我就是不想人家背后议论，我靠了当官的。文化人我也不想更深地接触，和他们很难有共同语言。我接触的文化人，基本上都是既想得实惠，还要装清高。就算读书多一点，读书多也不等于有能力，有才干。图书馆的书就多，但是图书馆它不是工厂，不是商场，不能生产，不产生效益。我不是反对读书，我现在也经常读书。但是我认为，读书要转化成实际的能力，才是有价值的。'学以致用'，读书不能只是为了读书而读书。没有实际的能力，读书再多，还是没有能力。这些人还看不起我们做生意的。……我和一个很有名的作家吃饭。在桌子上，表现得很张狂，好像其他人都应该崇拜他，在他眼里，都低他一等。还公开讲：钱再多，只能证明钱多。精神的高度，才是人的高度。他才是高级的，我们生意人只是有钱，没有精神。其实是一种嫉恨，是很无知的一种认识。本来你是有名的文化人，我可以尊重你。你看不起我，我更看不起你。你再有名，只是虚名。我挣的钱，你几辈子都挣不到。做企业，不是只挣钱那么简单，涉及方方面面，要懂得人，要懂政治，懂社会，还要懂历史，对未来还要能够预知。要应对各种各样的情况，需要很高的智慧。做企业的目的，并不只是为了挣钱。做企业，能够推动社会发展，引领时代前进。我承认，人要有精神的高度，但是精神的高度，不只是表现在做文化上面。做企业，没有精神的高度，做不好企业的。显而易见的道理，很多文化人都不知道。我觉得他们对文化没有吃透，是一知半解。现在的文化人，都是半瓶子醋。按说有名的作家，比一般人懂得多，心胸要宽广。我觉得和一般人没有区别，只是会编故事。他还想跟我交往，我根本不理。"

　　她端起酒杯来，还是没有喝酒。"……我愿意考虑的，我只限于做企业的：有共同的语言，相互能够理解。相貌是一个条件，我对他还要有感觉。要尊重我，对我是真心的。企业比我的企业小没有关系，我可以帮他，主观上不是利用我。……我谈到的那个人，我对他原来是抱有期望的。他结了婚，本来不适合我的。"

突然有人敲了门，曹红在外面说：

"邹董，是我。"

门推开了，曹红挤进半个身子。"邹董，你出来一下。"

邹金玲出了包间，回来脸上又阴沉了。

"你刚才没有说完。"我说。

邹金玲端起酒杯，说：

"我讲完了。"

我等她喝了酒，放了杯子，又说：

"你和那个人，现在……"

"我已经和他了断了，和他只是普通的关系。"

"你还是很纠结的吧？"

邹金玲想了想，才回答说：

"我在感情上为他付出了很多。因为他，很多次机会都被我错过了。……现在我心里面，也没有任何一个男人可以取代他的位置。……但是，不放弃不行，只有放弃。我也不愿意再给他机会，我给了他很多次机会了。"

"你给我讲的都是真的？"

"你不相信我讲的？"

"我是说，你给我讲你和那个人——也是做企业的，长得很好——你们之间的事，是真实的？"

"是真的呀。"

"你很痴情。"

"我只是专一。痴情，就是傻。我还是想要结果的。……只是专一，不要结果，我不会那么傻。我付出了很多，对方也应该为我付出，不能只是单方面付出。等也有期限，不可能无限期地等下去。"

"不痴情，是很对的。痴，不过是愚笨。痴情，不过是因为感情而宁愿做一个傻人。世界上，傻的人只有一种，就是做亏损自己的事。不做对自己不利的事，不是傻子。因为爱，只付出，不计回报，自以为崇高，这种人其实是犯贱。……爱好像是很美好，但常常像是鬼怪布设的骗局，很有头脑的人掉进去，也没有头脑了，会做很蠢的事。还有一些人把爱当作最大的幸福，但常常为了爱做了牺牲品。因为爱别人却不自爱，看重别人却不自重，爱成了自残，是背逆人性的。人性本是自私的，不是无缘无故的。人不自私，不会自爱、自重。人不自私，不会自保的。人不自私，只会做犯贱的事。自私不是一个坏的词。自私，不过是自爱、自重、自保、不犯贱。……只有懂得自保的人，才有资格爱。只有任何时候都自私的人，才有资格爱。……你幸好和这个人了断了，不然你会虚耗更多的时间。等以后有一天再想和他分手，恐怕已经老了。不过，你现在……"

"话讲完呐。"

"你刚才讲，你现在还爱他。我说了，'爱常常像是鬼怪布设的骗局'，我不相信你现在是明白的。"

"你什么意思?"

"我换一个说法：爱的人，都是喝醉了酒的。只要还在爱，这个人就不是清醒的。……你恐怕对他还没有死心。"

"我说了我已经和他了断了，就是和他了断了。我做这个决定，是我认真考虑了的。"

我没有再说什么了。

稍后，邹金玲见我倒完了小瓶的啤酒，对我说：

"你喝完不要再喝了，我想休息了。"

我将一杯酒喝完，站起身来。

邹金玲仍旧坐着，叫我先走。

我往门边走了几步，回过身来，对她说：

"对不起，我有几句话：你是很大方的，我很感谢，但是我也有压力。请你不要再给我贵重的东西。我只有还礼，给你的你也不会喜欢。你叫我吃饭喝酒，只要没有特别的情况，我都一定会来。"

"你还有话吗？"

"……我讲了：本来……我想……我可以拥抱你，我怕你不高兴。"

"你走吧。"

我怅然离开了。

第六章　宴饮

一

下周五，我接到邹金玲的电话，说她有几个朋友，也喜欢收藏。她给他们提到有个同学，是这方面的行家，他们想跟我请教。明天下午五点钟，给我们安排了一个饭局，我们可以交流。她让司机三点五十来接我。熙酒我不要带，那边有。

那地方在玄化寺路一道巷子里面一个小院当中。小院里有槐树，墙边种了金竹。院里一栋小楼，抹了一层白涂料，门上悬了一块匾，有聚福园三个字。

门前有两个穿了浅蓝印花旗袍的女子，其中一个带我踩着红地毯上了二楼，向右拐，进到一个屋子里。透过窗户，可以望见仙水河。除了邹金玲，还有两男两女。一个头大而胖壮的男人，近六十岁，已经移民外国了，然而还控制着国内的集团公司，邹金玲称他姚董。其中一个女人是他的妻子，二十出头，一看就是长得漂亮的。但我发现，她的鼻子虽高挺却生硬了一些，带了男人气息。另一个男人是某个局的刘处长，五十岁左右，皮肤稍黑，偏胖，架一副玳瑁框眼镜。眼睛鼓凸了，仿佛要顶住镜片，透出警觉与狐疑的光。我觉得，他像是卷逃的人，担心追捕的人随时会突然现身。又像是因为曾经被骗，对什么都不相信了。另一个女人不到三十岁，身子苗条，个子也不高。站在邹金玲面前，仿佛她整个人缩小了。然而，因为胸前仿佛挂了柚子，她整个人似乎又放大了。她只化了淡妆，没有抹指甲油，穿得也体面。然而，我觉得她像是一个风尘女子。

邹金玲给我介绍姚董的妻子时，刘处长在一旁插话道：

"你一定要往准确里讲，这是姚董第四任妻子，也是他最心爱的一任，可以基本上预知，是姚董最后的一任。"

他虽然在打趣，却仍像是一个警觉和狐疑的人。

姚姓老男人看了刘处长一眼，他妻子虽有窘色，却也没有生气。

刘处长在抽雪茄。姚姓老男人从桌上的雪茄烟盒里取出一支，对我说：

"抽支雪茄。"

我没有推谢。姚姓老男人便拿了雪茄剪，和雪茄一起给了我。见我剪了雪茄，又拿了火柴递给我。我立刻对此人有了好感。

我正抽出一根白头火柴，邹金玲却说：

"王兴，你先不要抽。雪茄的味道太大了，你等刘处长抽完了再抽。"

刘处长皱起了眉头，说：

"你这是逼着我不抽嘛，我就只好先不抽，把你规定的只能一个人抽雪茄的机会，让给你这个贵州同学。你点上。"

服务员端着托盘送来了茶。我横拿雪茄，先转着烧了雪茄，然后叼在嘴上，点燃了吸。我知道邹金玲在看我，那两个女人也在看我。

"你会抽雪茄烟。我给你一盒，你走的时候带上。"姚姓老男人对我说。

"姚董，很感谢。抽这一支就够了，雪茄烟很贵的。"

"小王你不要推辞了。你是古董的行家，我是喜欢，有些问题一直有困惑，要向你请教。我收藏了一些玉器，还有瓷器，字画也有一些。我请了专家，也有你们的同行来看，各有各的说法。我觉得不一定对。你是邹董的同学，说你很在行，我想请你改天帮我看一下。"

"今天是星期六。我下个星期四要去北京，呆一个星期左右。那边有拍卖会。星期四之前都可以，要么就是从北京回来以后。"

"你北京回来以后吧。"

我端起茶来喝。姚姓老男人的妻子走过来，抬起手臂，问我：

"你看一下我这个手镯如何？"

"翡翠我知道得很少。可以看一下。"

我转动那女人的贵妃镯凑近看，小心不碰到她的手，还是碰到了。我觉得触摸到有男人气的女人，就好像同时触摸到了男人。因此，我很小心了，没有再碰到她的手。然后对那女人说：

"只是凭眼睛看，这是真的翡翠，是 A 货。很好的，不便宜了。"

"这是不是玻璃种？我觉得不像是玻璃种。"那女人说，又抬起了手臂。

"种水已经很好了。"

"玻璃种还是要再透明一点。绿色也少。你觉得值好多钱？"

"我对翡翠是外行，我只能猜：不会低于一百万。"

那女人看了丈夫一眼。"要是玻璃种，全部都是绿的，那就值钱了。"

"有这一片绿，已经难得了。一百万的翡翠镯子，不是一般人戴得起的。"我这样讲，知道是她丈夫买给她的，不愿贬低那镯子，要替他说话。要我讲出实话，我会说品质很好的翡翠镯子，价在千万以上，一百万的就不算什么了。少于五百万的，戴在手上，是显不出富贵气的。然而说了实话，不但让她沮丧，姓姚的也必定不高兴。邹金玲则会认为我不识趣，说话不得体。

"你对翡翠还是有了解。"姓姚的老男人说。

"袁丽芳，手上戴一百万的镯子，不要说在中国，在全世界也不多。老姚给你买一千万的手镯也买得起。一千万——一百多万美金——的手镯是特殊场合戴的，不能随便戴的。你戴一百多万的，我都替你担心，一不小心碰坏了。"刘处长说。

"不会碰坏的。"袁丽芳似乎将刘处长的话当作了谶语，这样讲就可以破解了。接着又说："这只手镯一百多万。他每年的雪茄烟，花好多钱？这一盒三千，一支一百多。你们觉得是很高级的享受，我们看到的还是一股烟。"她虽然在表达不满，却像是自言自语。

姚姓老男人像没有听见似的。

刘处长从皮包里拿出了几张照片，递给我，并说：

"你看一下呢。"

我讨厌此人要我帮忙却不带请字，似乎是吩咐下属，然而还是接了照片。上面一幅郑板桥的竹石，不像是真迹。另一件是铜辅首簋式炉，底刻"大明宣德年制"。我简单看了，心里已有结论，但没有马上讲。遇到懂行的，只瞥一眼就说，对方也不会在意看得是否认真，而只看说得对不对。刘处长必定不是行家，这样的人是看重态度的，至于说得对不对，并不明白。因此，我反复看了照片，然后说：

"字画是很不好看的。我对字画懂得很少。风格是郑板桥，是不是郑板桥的真迹，我看不出来。郑板桥因为太有名了，赝作——伪造的——不知道有多少。据说，郑板桥在世的时候，求字画的人很多，他自己应酬不过来，只好让弟子代笔。代笔的字画，用印是真的。代笔的画，题款一般也是真的，也许画的某个地方是郑板桥添的几笔。所以代笔不全假，也不是全真。郑板桥去世后……"

"你说另外的一件。"

"刘处长大概也知道，宣德炉现在可以认定是真品的极少，大多是仿品。仿品精致的也贵。这件我看是清初仿的，皮色还可以。明末清初有个人叫冒襄的说：'宣炉最妙在色。假色外炫，真色内融，从黯淡中发奇光，正如好女子肌肤柔腻可掐。'仿品和真品，没有好的皮色，是不能看的。"

我因为前面的话被他打断，谈照片上的古铜炉本不想多讲的，但还是忍不住背了冒襄的话。自然，旁边没有邹金玲，我未必会这样做。这些古人的话，是我平常有意记下来的，当人的面背出来，可以显示自己还是有学问的。学问如同财富，当然也是可以向人炫耀的。

刘处长一直用警觉和狐疑的目光望着我。我明白，此人即便觉得对自己并没有什么不利的，他也会警觉的；即便觉得没有什么可疑的，他也会怀疑的。

刘处长接了我还给他的照片，既没有赞同，也没有反对。

"我看一下。"姓姚的老男人说，并朝他伸出了手，接了照片。

但他看了，什么也没有讲，还给了刘处长。

刘处长接了照片，放回了皮包。然后看了手表，说：

"肖运波现在还不来呀？"

这时聚福园的老板像猫一样走进来，极恭敬地问邹金玲：

"邹董，是现在上菜，还是再等一等？"

邹金玲吩咐他，现在就上菜。

于是，大家进到里间，在圆桌边坐下来。

邹金玲坐了主人的位置。我坐在她的一侧，她另一侧是刘处长。我的另一侧，是姓姚的老男人。袁丽芳坐在他旁边。另一个女人坐在刘处长旁边。

在这房间，也可以透过窗户看见仙水河。

我吃了几道菜，觉得菜品都是极考究的。然而，菜品太考究了，就如同女人化了太浓的妆，味道虽美，却是假的美味。

刘处长望了望用大龙虾做的鲍龙会，说：

"这个龙虾呀，我是吃得太多了。我现在是很怕吃龙虾了，我对龙虾都有了敌意。龙虾虽然不是很贵，吃多了，其他东西感觉都不入味。龙虾名字霸气，味道也好，吃多了也是败味的。我一直在思考这个问题，现在才想通了：以前是没有吃过龙虾，只是听说龙虾是海里出产的珍品，有机会吃龙虾了，就要吃个够，吃上瘾了。只要一上瘾，把其他的味道就压住了。其实好吃的各有各的味道，不一定要吃贵的。"

他夹了一块龙虾肉，塞进嘴里，嚼着还闭了眼睛，像是迷醉了。

我乍然觉得这人有几分滑稽，不那么可厌了。

姚姓老男人似乎受了感染，也夹了龙虾肉，对刘处长说：

"老刘，我教你个办法。我是有体会的：吃一个东西上了瘾，你专门吃它，你吃腻了，就不想吃了。我曾经喜欢吃鱼子酱，全世界有名的鱼子酱——俄罗斯、法国、日本、意大利、瑞士的，还有伊朗的鱼子酱。伊朗有种鱼子酱，很贵，很好——我都吃过，隔几天不吃就想吃，吃其他东西觉得不鲜美，像吸了鸦片一样。但是鱼子酱吃多了不好，医生要求我少吃。少吃很难控制，我干脆放开了吃，吃腻了，闻到那个味道不舒服。我现在是不吃的。"

刘处长端起酒杯来喝白兰地，似乎在思考姚姓老男人的话，是出自善意，还是别有用心。

我想附和几句，然而刚张口，见进来一个男人，就没有讲下去了。

此人穿粉红细纹衬衣，系深蓝网格纹领带。个子比我稍高，开始发体了，身上还不显肉多，脸却有肉堆起了，仿佛有一些浮肿。眉毛浅，眼睛却大。神色是疲乏和焦虑的。

他一进来，一眼就望见我，与我的目光对上了。在两个女人之间坐下来后，他借着和其他人点头打招呼，又打量了我一眼。

此人就是肖运波。我心想，我坐这位置原本是属于他的。他应该就是邹金玲提到的那个人。邹金玲叫我吃这顿大餐，并非只是让我来与人谈论古董的。

二

肖运波要了白兰地，举杯来敬酒，但没有看我，像是不愿为我敬酒。

然而，我还是端杯喝了酒。

邹金玲正想介绍我和他认识，但肖运波喝了酒就去夹菜吃，邹金玲就没有替我和他介绍。

然后，大家都没有话讲了。

姚姓老男人开了口，问了我一个问题。我回答了。

这时肖运波说：

"这位……以前没有见过。"

邹金玲这才替我和他介绍了。

我微笑着朝对方点了点头。

"你们是贵州同学，很难得。"肖运波说。"你不像是贵州人。"

我觉得辩解是说不清楚的，也是无聊的，就没有回应。

"你是做哪个行业的？"肖运波问道。

"做古董生意。"

"你是金仙桥那边开古玩店。听说古董很赚钱。但是古董真真假假说不清楚，专家的意见都不一致。我是不敢收藏古董。现在各种东西都有假货，古董假的是最多的。假的比真的多，真的少。哪会有那么多的真古董？要不然真东西也不会那么值钱。我这种外行也看不懂，听专家说是古董，但是现在假专家也多，不敢相信。现在有些专家为了钱，不顾良心。关键是假专家和真专家还不好区分，以为是真专家，还是来骗钱的。"

"任何人说话做事，都可以只是为了钱，当然骗人是不可以的。区分真假专家，其实没有必要，还是要看是不是懂行。所谓的真专家，未必是很懂的。不要只看他是不是说的真话，说的真话，可能是错的，把真古董说成是现在的仿品，把新做的说成是古董。真话从来不等同于事实。所以看古董是不是对的，任何人的话都不可以信，只能信自己的眼睛。自己要是看不了，不收藏，是明智的。"

"古董真真假假，恐怕任何人都说不清楚。"

"古董自然是有真假的，不然没有真的古董，假古董也不会有。真假还是有标准的，但是自己一定要明白，不能只听别人讲。是不是古董，一定要自己会看才行。自己看不出是古董，即便面前是真的古董，古董也是不存在的。如果他相信这是一件古董，也只是相信它是古董，并没有看出是一件古董。到博物馆去，如果自己看不出里面的东西是古董，也只是相信这些东西是古董，不是现在的仿品。亲眼见到出土的东西，是一样的。看古董，只能凭自己的眼睛看。打个比方，我们这一大桌菜，味道怎么样，只有自己品尝才知道，听任何人说都是没有用的。味道好坏，只有自己的嘴知道。别人的嘴，不能代自己的嘴品尝的。……"

肖运波嘴角挑起一丝讥笑。"照你这样讲，吃东西还是各有各的口味，没有统一的标准。古董是不是真的，还是讲不清楚。反正我是不买的。"

他转向姚姓老男人，谈起别的话题。随后刘处长加入了谈话。他们谈了商场上的人和事，谈到官场上的人和事。

邹金玲有时插上几句话。

我本来也可以加入的，而且见解比他们高明和精到。但我看见肖运波身上燃着嫉恨的暗火，此人是不会喜欢我炫耀口才，展示什么见解的。我的见解即便高明和精到，肖运波却未必信服。世上口才再好的人讲出的话，嫉恨他的人只会反对。而世上任何一个道理，也总能说出另一番道理来驳斥。

我并不怕与他斗嘴，但斗嘴起了冲突，其他人吃这顿饭难免败兴，我也败兴。因此，我一边吃喝，听他们讲，并不多言。

一大桌菜还剩不少，最后也不可能吃完。安排做这些菜的人事先是知道的，只为制造盛宴的气氛。美味佳肴再多，能够吃完，都不是盛筵。吃不完，正好证明了这才是盛筵。

有的菜，我只是尝一口，愿意多吃一些的并不多。有一道麻辣安康鱼炖冻豆腐，盘子里还有一些，其他人很少再吃了，却很合我的口味，我还在夹来吃。

屋外已经变了。夜如同染色剂，将天空染成暗色了，将灯光染成了亮色。仙水河看不见了，但有游动的灯光，就知道河还在。

肖运波与其他人交谈，极少再看我。目光到我前面，也一掠而过了，仿佛不把我放在眼里。

我听他讲，则坦然望着他，观察这个人。他知道自己长得不错，穿粉红衬衣，应该是有些自恋的。但举手投足间，却不自信，反倒有些压抑。刘处长似乎是不会笑的，而且始终像是警觉的，但我觉得，他喝的酒越多，人也越放松了。肖运波脸上虽有笑容，内心却似乎一直是紧张的，像是担心有不好的事发生，不知如何避免，或者不好的事已发生了，不知如何应对。

仅看外表，此人的确比一些人长得好，却说不上帅气。他虽然穿得讲究，却显得鄙俗。而且，我觉得此人身上有让我生理不适的东西。此前邹金玲告诉我她与肖运波的关系，如果是真实的，她为何会痴爱这样一个人，我完全不理解了。但这并不是奇怪的事，因为男人也会这样。痴爱本就像是一种疑难病，人染上这种病，常常是说不清病因的。

肖运波和其他人交谈时，有几次敬酒，但没有给我敬酒。有一次举杯在我眼前晃过，我只当没有看见，因此没有端杯。

这时，肖运波给刘处长敬了酒，朝我举起了杯子。我只好也朝他举起了酒杯。然而肖运波没有喝酒，欠起身来探头朝我这边看，对我说：

"你喝的好像跟我们不一样。"

我喝了酒。"我不习惯喝白兰地，我喝的是白酒。"

"贵州人是喜欢喝白酒。贵州的茅台酒好，你喝的不是茅台。"

"我给老同学讲了，我平常喜欢喝熙酒。"

"你是贵州人，你不喝茅台?"

"我喝的熙酒，也是贵州的。是很好的酒。"

"你贵州人，茅台你都不喝，我不相信咯。"肖运波嘴角上又挑起了一丝讥笑。

"我说的是实话。肖总，我敬你。"

肖运波却没有应和，嘴上说：

"贵州人应该喝茅台。邹姐，这顿饭记到我的账上，我叫茅台，我陪你的同学喝。"

"你不要叫，茅台他不喝的。"邹金玲说。

"刘处长、姚董，你们（他身边两个女人）喝不喝茅台?"肖运波说。

这四人没有一个说要喝。

肖运波转过身去，没有见到服务员，便起身出了外间的门，叫服务员送一瓶茅台酒来。

服务员送来了酒，肖运波命她打开。

"不要开。肖总，我知道你很有诚意的，我感谢你。请把酒拿走。"我说。

那服务员脸上笑着，没有开酒，也不想离开。

"我叫你打开你就打开!"肖运波瞪眼望着她说。

"打开我也不会喝的。"我说。

但服务员打开了酒。

"你不要拿小杯子，你拿大杯子倒。倒两杯，给他一杯。"肖运波说。

那服务员取直身玻璃杯倒了茅台酒，一杯放在我面前，一杯放在肖运波面前。

肖运波拿起杯子，勉强笑着对我说：

"茅台已经开了，这是你们贵州最好的酒，是国酒，不喝不行咯。"

我站了起来，拱手说：

"肖总，很感谢。这样吧：我换大杯子，还是喝熙酒。"

我请服务员给一只直身玻璃杯，但肖运波阻止了服务员，说：

"茅台是专门为你打开的，你不能喝熙酒，必须喝茅台。"

我扭头去看邹金玲，说：

"请你给他讲一下，我不喝茅台。我可以用熙酒陪他喝。"

邹金玲端然坐着，回答说：

"人家都给你倒好了，你意思一下。"

"倒好我也不喝。你知道我不喝茅台。"我说。

"你的老同学都发话了，叫你喝，她的面子你要给。"肖运波说。

我自己从备餐柜里取出了直身玻璃杯。

"你倒熙酒不算。你老同学都让你喝茅台。你必须要喝茅台才行。"肖运波又说。

我往直身玻璃杯里倒了熙酒，然后端着酒杯对肖运波说：

"肖总，实在对不起，我还是只能喝熙酒。熙酒也是贵州酒，也是五十三度。我敬你。真是非常感谢你给我开茅台，我心领了。"

肖运波带着轻蔑的笑说：

"我知道熙酒是贵州酒，不用你说，但是贵州最好的酒是茅台。既然喝贵州酒，就要喝贵州最好的酒。你来给我敬酒，你用熙酒，不像话了。你不端这杯茅台，我也不给你喝。你把这杯茅台端起来，你喝多少我喝多少，我们一干而尽随你的意。"

我已明白自己被逼入一个死巷了，脸上却戴起一副微笑的面具说：

"肖总，酒有最贵的，有最喜欢的，最好的酒是不好说的。熙酒很合我的口味，我很喜欢。茅台也是喜欢的人才说它好。很多人习惯喝其他香型的酒，不喜欢喝酱香型的酒，茅台也不喜欢。白兰地、威士忌，那些国家的人很喜欢，我们接受的人也很多，我喝了很难受。葡萄酒我也不喜欢。……有的人嘲笑我土。我不认为能够喝这些酒就高贵，或者就高雅。酒贵，买不起，只是因为包里面钱少。买得起，不喜欢喝，只是跟个人的口味有关。每个人的口味是不一样的，不可能有统一的标准。每一个人的口味都只是自己的标准。……邹董见我喝熙酒，不愿意喝茅台，不愿意喝有些洋酒，我给她讲了我的理由。我喝熙酒，我就想起贵州的山。熙酒里面，有贵州的山的魂魄。贵州的山也许不美，但有自己的风情。贵州的山是有风情的，而且是自己的风情。……任何的美都是讨好人的，都是想征服人的。熙酒的味道不讨好人，不想征服人，也不故意和人过不去。有些人说'高贵'，其实不懂高贵的。不讨好人，不想征服人，也不故意和人过不去，这是高贵。按照我个人的标准，如果酒是有品质的，熙酒算是最高贵的酒。茅台的味道太好了，算是味道极美的酒，但是它太想讨好人，太想征服人。我补充一点：贵州的山有自己的风情，懂它的却很少，贵州的山是很孤独的。熙酒是最高贵的酒，也很少有人懂，熙酒是很孤独的。我平常有机会，我愿意给人讲熙酒为什么好，希望有越来越多的人懂熙酒是最高贵的酒，像我一样喜欢熙酒，熙酒也不会那么孤独了。肖总，你要是没有喝过熙酒，你可以尝一下，也许你以后慢慢会喜欢上熙酒。"

我有的话没有讲，比如：有些人以为有名的酒，贵的酒就是好酒，未必真的懂酒。有些人只因为是名酒，是贵的酒，本来不习惯这些酒的味道，也装着喜欢喝。装到后面，以为自己也真的是喜欢喝。这些人不尊重自己的口味，不懂得一个人有尊严，首先是有自己的口味，一个人是独立的，首先是有自己的口味。这些人屈从于酒的名声与酒的价格，失去了自己的口味，自己的尊严和独立就随之失去了。但除了肖运波，其他人听了也会生气的。我并不想招惹肖运波，更不愿冒犯其他人。我本意还不是想说服肖运波，只是讲出自己的理由，封了他的嘴，让他不再逼迫我喝茅台酒。

肖运波垂着头，似乎有些沮丧，不会逼我喝茅台了。然而，他抬起了头，用闪烁的目光望着我，说：

"你不像是做古董的哟，你像是给熙酒做推销的。你讲这些都是歪歪道理，你找的借口。我的面子无所谓，你老同学的面子你不能不给呀。你觉得没有最好的酒，我觉得茅台就是贵州最好的酒。贵州其他的酒我都不喝，我只喝茅台。茅台平时我也喝得不多，你老家是贵州的，主要你是邹姐的老同学，我才叫开茅台。我把这杯酒喝了，表示我的诚意，你意思一下。"

肖运波朝我举了一下杯子，将杯里的酒都喝了，亮了杯底，说："你意思一下。"

我心里是清楚的，我哪怕呷一口，我说的那些话，没有封住对方的嘴，却成了打自己的耳光。肖运波还会逼我喝，我再找理由抗拒，说不出口了。这如同一个女人想守住自己的贞洁，终于答应了一次，然而对方还不放手，只好再由他摆布了。

于是，我将直身玻璃杯里的熙酒都喝了，然后说：

"你喝一杯，我也喝一杯。"

肖运波阴沉着脸，说：

"你老同学的面子你都不给……我喝了一杯，只是叫你意思一下，没有让你喝一杯。你架子大哟。你只是做古董，我以为你好大的来头，你父亲当好大的官，在我们面前摆好大的架子。我看你也不像。茅台你都不喝，我还以为你要喝好高级的酒，你又要喝熙酒。你就是在装怪。我好心好意专门给你开茅台，你让我下不了台。"

我的脸色已不好看了。

肖运波起身拿了茅台酒瓶，到我身边，从桌上拿起给我倒的半杯茅台酒，往里面加满了，放到我面前，然后说：

"我不管你有没有来头，你总要让我下得了台。你要么把这杯酒喝了，你不喝，你把这杯酒从你自己的头上倒下去，我就相信你不喝茅台。"

不知多少人巴不得有人请喝茅台酒，但我这时候喝了，这公认的美酒就成了喷在我脸上的唾液。

我不紧不慢站了起来，逼视着对方的眼睛，说：

"你敢往我头上倒酒，我会让你爬着从这里出去。"

肖运波便去拿桌上满杯茅台酒。

邹金玲终于出面阻止了：

"你不要这样。他是我请来的，你非要逼人家，你是要给我难堪是不是?"

肖运波把手收回去了，呆站了片刻，回到原来的位置坐下了。呆坐了片刻，命服务员将酒瓶里剩下的白兰地都倒在自己杯里，几口喝了。然后，又命服务员将新开的一瓶白兰地给自己的杯子斟满。

邹金玲等他喝完了这杯酒，说：

"肖运波，你不要再喝了。你回去吧。"

"刘处长、姚董，我先走了。"肖运波站起来，身子轻微地晃动，却稳住步子出了房间。

但很快又回来了，对邹金玲说："邹姐，我跟你说几句话。"

"我不想听，你走吧。"

"邹姐，我说完就走。"

邹金玲随他出去了，过了四十来分钟回到房间，装出镇定的样子，但脸色已变得难看了，眼里带着惘然若失的目光。

第七章　雪茄

一

我离开聚福园时，姓姚的老男人并没有给我一盒雪茄。如果此人后来完全忘记了，或者事情已过去了，不想兑现，他请我去看收藏的东西，我未必会讲多少实话，讲几句假话也有可能的。如果到时候姓姚的老男人还是要送我一盒雪茄，或者有其他值钱东西作酬答，我不会敷衍他的。

一切真知灼见，本都如同商品，是应该用好处来换取的。

到下周三晚上，邹金玲打来电话，说要送姚姓老男人给我的雪茄过来，叫我取一下。我特意到下同安路拐入华都的路口，等到邹金玲的奔驰车，邀她到自己家里坐。邹金玲嘴上说只是去看一下，随我到了我的屋子里。

我要给她沏普洱茶，她不喝，别的茶也不喝。我想请她用古瓷杯喝啤酒，对她说"你可以试一下，有另外一种味道"，她也没有接受，只是打量我的客厅。

客厅北墙处横放了清代雕花金丝楠木供案，屉部中间一块活板虽是另配，也是清代的。供案中间有一只粟色冲天耳乳足铜炉，底刻"玉堂清玩"。还摆了唐茶叶末釉葫芦瓶，早期钧瓷天青釉葫芦瓶，宋磁州窑黑釉剔牡丹梅瓶，明万历青花凤纹梅瓶。

东墙处则立了一个高大的黑漆樟木柜。西墙处立两张楠木桌，北边的桌上靠墙放了一扇楠木花窗。抵靠南面玻璃窗那一张瀡鶒木小方桌旁边，配了两把瀡鶒木椅子。小方桌上有一个瀡鶒木小茶盘。除了这小茶盘是现代的，那几样东西都是清代的。

客厅里还有一把红木躺椅和两个木矮凳，也都是清代的，但一套牛皮沙发和配的茶几是现代的。

电视机放在西墙处东边的楠木桌上，但并不常开。镭射唱机和两个小音箱都在另一张楠木桌上。

邹金玲弯腰望着供案上的物件。"你这些都是真的？"

"不是新的，是真古董。"

"你这一件看上去好新。"邹金玲望着那件钧瓷天青釉葫芦瓶说。

"有的古董看上去很新，跟新的不一样，不过要会看。"

我请她看别的房间，提到我卧室里的清代瀡鶒木架子床，但她不愿再看。

我送她离开，朝门口走，对她说：

"老同学，你给我送雪茄来，很感谢。拥抱一下，行不行？"

邹金玲先是用似乎不乐意的眼神望了望我，随后却垂了眼帘。我就将她抱住了，开始还只是轻轻搂住她，接着就渐渐贴紧她了。她立刻有了反应，我马上就避开了，但还是抱着她，直到听见她说"你把门给我打开"，这才放开了她。

然后，我开了门，送她由电梯下了楼，走向停在院里的奔驰车。自从出了门，我和她一直没有讲话。快走到奔驰车时，邹金玲对我说：

"你从北京回来，给我说一声。"

我回到寓所，打开装了雪茄的袋子。我先前还想到，姚姓老男人让邹金玲带来的雪茄，并不是在聚福园抽的那一种，换了没有那么贵的。但也许姚姓老男人当时说要送我的雪茄，就是比那一种便宜的。然而，我从袋子里拿出雪茄，认出正是在聚福园抽的那一种。还送了雪茄剪和无磷雪茄火柴。

我取出了一支雪茄，闻味道，在手上把玩，同时回味刚才搂抱邹金玲的情形。拥抱本是一种礼节，但我只是借了礼节的名义，另有所图，她是知道的。她没有拒绝，是接受我接近她的身体了。

我本来还舍不得抽，但又想享受它，就点上了雪茄来抽。

第二天，我取出十支雪茄，带上剩下的雪茄，到北京去了。

二

我去北京，只要戴伟清在，没有特别的事，我和他总会见面。

戴伟清是北京古玩城一心堂老板，中等个子，肥胖，皮肤泛着油光，我总觉得他像是一个古时候的筒瓶。戴伟清拖着腔调笑道：

"我是筒瓶，我接受吧。你说杯，是女色。筒瓶就是……真男人吧。……筒瓶哪，不是大蠢瓶，最适合画通景。还得是雍正之前吧，雍正之后，筒瓶确实是大蠢瓶了。还是崇祯的最好吧，画片也是最好，它真不蠢哪，它是有美感的。很大气，也优雅呀。还是要优雅，不优雅，就只是蠢哪。……减肥，我是减不下去了。——就筒瓶吧，不要是大蠢瓶就可以了。"

我有的东西放在戴伟清店子里寄卖。我先和戴伟清定好底价，戴伟清则在底价上加钱卖。有的按底价也卖不出去，戴伟清会和我商议降低底价，我大多会听从他的意见，重新定底价。我并非相信这个人不会骗我，但我自己也是行家，能够判断实情到底是怎样的。对方的话与我的判断大体相符，就可当作实话。当然，即便听不出他讲了假话，却也不能认定他没有骗我。但我觉得，只要赚了自己该赚的那一部分钱，至于他赚多少，就不必在意了。而戴伟清平常与我商定底价，还是合理的，并不像有的人会尽量压低。

我有时通过戴伟清从别人手上拿货，戴伟清并不向我要酬金。戴伟清表示也不收卖方的酬金，但收没有收，我就不知道了。我认为价格能接受，就会买下，戴伟清收不收对方的酬金，就与我不相干了。有的东西日后赚的钱多，我会拿出获利的百分之十至百分之二十给戴伟清。我因为主要买卖古瓷，平常见到有些东西自己不买，会向戴伟清通报。戴伟清或者自己来看货，或者委托我替他买下。我同样不收他的酬金，卖家的酬金也不收。但通过戴伟清从别人手上拿货时，如果发现他收了卖家的酬金，我就会收了。而有的东西，戴伟清赚的钱多，也会拿出获利的百分之十至百分之二十给我。我没有发现戴伟清将东西卖了好价，不给我好处，或者给的好处，其实不到获利的百分之十至百分之二十。如果发现他这样做，我也会这样对待戴伟清的。

因此，我虽不认为戴伟清是可信的人，却是可以合作的人。合作并不需要信任，却需要规矩。

我见到戴伟清，给了他一支雪茄。

戴伟清镜片后面一双大而圆的眼睛放出兴奋的光，说：

"这是好烟哪！贵吧？"

他听我讲了，又说：

"那一定是好。好烟要配好女呀！"

晚上我们一起玩乐，戴伟清从皮包里拿出了雪茄，用我递给他的雪茄剪剪了雪茄帽，却令身边一个女人划燃火柴给他点烟。

他仿佛已经醉了，说：

"她这手啊很美呀，就是那《诗经》里讲的'柔荑'小手啊。我挑选她，就是看上了她的手，要让她专门给我点雪茄。这是很不一样的。这一支一百多块，还得让'柔荑'小手来点哪。……好烟，配上好女，这好啊！"

我也要抽雪茄，本要自己划火柴点的，戴伟清却要那女人替我点烟。

那女人的手确实美，在梦幻般的灯光里，似乎是不真实的。

"王兄，是不一样吧？"戴伟清问道。

我笑着点了点头。

改天，我又给了戴伟清一支雪茄。

戴伟清拿着雪茄先用鼻子闻了闻，然后说：

"这雪茄真是好啊！贵还是有道理的。——虽然现在价格确实乱，正常情况下，贵的还是好。……王兄，你这雪茄应该是别人给的吧。他们真是钱多呀，我们还是不能比，我们还要挣钱哪。钱真是不嫌多呀。钱越多，才有更多的享受，享受才能升级。还是要多挣钱哪……"

我回到华都，给邹金玲发了短信，说我回来了。邹金玲回了短信：我现在在外地，我回来联系你。

第八章　背诗

　　我约了尤丽吃火锅，让她给吴小莲打电话，请姓吴的夫妻两人一起来吃。吴小莲回话说她来不了，但没有说吴有明能不能来。我便给吴有明打电话，请他们夫妻两人一起来吃火锅。

　　吴有明用了极客气的语气说：

　　"这次我就不来了，理由我就不说了，说出来的理由都不能成其为理由。我只能表示歉意，我们确实应该在一起吃一次火锅。小莲我也替她表示歉意。反正以后还有机会，我们改天请你们两个吃火锅。"

　　"有明，真有理由，说出来就一定是一个理由。看来，你不是一定来不了的。我刚从北京回来，很想吃火锅。你能来，大家一起吃是最好的。你夫人能来，当然更好。你争取来。"

　　吴有明总算答应，到时候看情况，能来他一定来。

　　在永平中街洪妈老火锅店的大堂，尤丽和我正吃着，吴有明来了，但吴小莲没有来。我借口要上卫生间和到店子外面抽烟，两次离开。吃到后面，我提议吃完再去钓水酒屋喝酒，但要上钓水书屋里喝。吴有明一阵犹疑之后，还是同意了。

于是三人吃完火锅，到了钓水酒屋，吴有明让尤丽和我上了钓水书屋。我仍旧觉得那房间似乎是悬在水面上的。

吴有明不再提出给尤丽和我免单了。

我还是要了地狱魔鬼。尤丽先喝了咖啡，然后喝科罗娜啤酒。我又想到邹金玲和肖运波，仿佛看见二人在九洞桥酒吧街的河边喝科罗娜啤酒。因为见过了肖运波，所以想象得出肖运波那时的样子，只是比现在年轻。然而，我仍旧觉得那时的肖运波是鄙俗的，让我觉得生理上不适。又仿佛见到两人在一个房间的一张床上，然而不能确定是酒店的房间，还是别处的房间。在聚福园，我观察二人，觉得两人的关系确非一般，但也似乎确实没有到那一步。

吴有明先是以茶代酒陪我们喝，后来还是开了科罗娜啤酒，却喝得慢。他也并不一直陪我们，有时要下楼去。

吴有明也在楼上的时候，我说要上厕所，下了楼，却有意多呆了一阵才回来，见到两人稍带尴尬之色。过了不久，尤丽看上去似乎正常了，而吴有明却有些紧张。

吴有明又下楼去了。

我问道：

"还没有……"

尤丽脸上带着恼意，只吐出烟来，没有回话。

两人仍是嘴上的交往。

我给她指出来，吴有明可能比以前正常，未必比以前正经。他以前不正常，但不正常往往要真实一些。人正常了，就不会那么真实了，既爱装，又会装。我给她讲过，他一直很在乎她的，就是要让她看见他是很正常的，很正经的，让她后悔。她并没有变得难看，她的风采还在。这样的女人，男人还是想得到。但是他让她后悔，他有另一种满足。他装正经已经到这一步了，他是不会把这张假的脸撕下来的，只有她替他撕下来。他毕竟不是真的正经，她替他撕下来，是给了他一个台阶。我会再下去，让他们单独在一起。

尤丽叫我不要再下去了，还需要点时间。她不是要面子。她知道他在装，自己撕不下这张脸，她就是要撕下他这张脸。不要以为她觉得他现在对她有好大的吸引力，她急不可待要和他上床。说实话，他没有以前讨厌，比以前顺眼，她马上跟他上床，她还没有那种冲动。……她可能就是虚荣：他以前追她，简直都像要疯了。现在见了她，好像都没有感觉了。刚才她又问他，以前是不是真的爱她？她没有想到，他说"那是我人生当中很难忘的经历"，这是他的原话。任何一个人都有难忘的经历。爱上一个人，没有追到手，也是一种难忘的经历，但只是其中的一种。笼统讲"难忘的经历"，不一定就是爱上了一个人。她肯定是我很难忘的经历，我变成了一个老头儿，我回味我过去的风流，我不会把她忘记了，这一点她还是知道。但是，她只是我的一段很难忘的经历。我就是觉得她有很迷人的地方，她比其他女人大度得多。她那方面很少有女人比得了嘛。我说她是我最好的情人，但是我不爱她，不过我承认，这也是我的一种坦诚，一种坦白，起码我在这一点上还不虚伪，还是比较真实的。她也是一样。她曾经既迷恋我，又很爱我。现在嘛……她还是对我很迷恋，但是只有迷恋，不是爱。她不敢爱我。我这种人哪敢爱！……她现在对任何男人都不爱，不敢爱。现在的男人——她见到的——也没有一个值得她爱。她说过她也不在乎别人是不是真心爱她，能够让她开心，让她舒服就可以了。……她不是说吴有明以前爱她，她以前根本不值一顾，她现在反而珍惜了。她也不是失落。但是，现在都不承认曾经爱过她，她心里面很不舒服。

我说她去偷，其实不是。她并不想一定要把他勾引到手，她就是想看他现在对她是不是真的没有感觉了。凭长相，还有她个人的风姿，她不输给任何一个女的。世界上根本就没有第一美女，那是吹的，是商业上的宣传。那些女的只能说是有名。女人有很多很漂亮的，但是到了很漂亮的这一类，其实分不出哪一个是最美的，只能说各有千秋。她的五官很精致，找不到有毛病。她的鼻子很挺，而且很优美。她的这双眼睛，说的是吊梢眼，她自己都觉得很好看，很勾人。吴有明以前还专门为她这双眼睛写过一首诗。她的个子呢不算高，但是不矮，一米六六。她觉得女人这个身高正合适，玛丽莲·梦露个子跟她差不多。她的水蛇腰，确实最有女人的风情。这是天生的，不是后天的。后天的太故作了。她是天生的，是很自然的。我一直都是最迷醉的，现在也是。……所以呢，她出生的家庭条件不好，家里面穷，但是她本人的条件一点都不差。她爸爸妈妈没有给她钱，但是生她的她的长相身材很好，也算是没有亏待她。她爸爸妈妈没有财运，能力差，但是生她这个漂亮的女儿，也算是很有能力吧。她觉得她爸爸妈妈生她给她的长相身材，也是财富。她爸爸妈妈没有钱，没有地位，见人就低一头。她以前也没有钱，但是她的长相身材比其他人强，她有她的资本，从她内心来讲，她是从来不愿意低人一头的。很多女人父母有钱，有地位，长相身材不如她。她就算羡慕她们父母有钱，有地位，她们本人她是瞧不起的。她初中到高中，那些父母有钱、有地位的女同学看不起她，她还不是不把这些人放在眼里！那个时候，那些男生眼睛都在她身上，她是他们的话题，是梦中的情人，手指头上的相好。所以那些女同学都很嫉妒，还想毁她的容。不比父母，她就比她们有优势。做女人首先就是要好看，女人好看胜过一切。美丽是女人最大的财富。她就算是老了，在太婆里面也是好看的太婆。像她以前那些嫉妒她的女同学，老了也没有她好看。

就算她以前缺钱，她也不缺少男的来追她。她是从来不主动去追男的，都是男的追她。我也是主动追她的嘛。女的呢男人追的多了，对女的也是诱惑，毕竟异性相吸，女人也要被男人吸引。所以她成熟得早啊。……她现在并不是反过来追他，她又不爱他，又没有好喜欢他，好崇拜他——他又不是突然出名了，好有地位了，好有钱了。他酒吧利润虽然高，她看他生意只能说过得去——这个地方位置也不理想。她现在也不缺钱，缺的是大钱，在他身上不可能弄到大钱。她就是对他以前死乞百赖追她，把她当女神崇拜，给她狂写诗，娶了吴小莲，对她态度变化这么大，她心里面不舒服，她要看他是不是真的不在乎她了，他是不是真的觉得吴小莲比她有魅力。她不是以和他上床为目的，但是她要诱惑他，她要让他再对她动心，对她动情，再给她写情诗。吴小莲接触这几次，表面上做得还是有教养，对她还是客气吧，她感觉到她内心其实看不起她。表面上好像不吃醋，其实在防她。……她没有想拆散她的家庭，但是把吴小莲当作世上最美的女人，好像以前她不值得他追求，她肯定不服气，不舒服。

她的话是并不讲理的，然而，话越不讲理，表达的情绪却越是真实。

吴有明回到楼上来，尤丽问他能不能背那首专门为她的眼睛写的情诗。吴有明报出了诗的名字，但诗的内容记不清楚了。

尤丽发了娇嗔，说：

"你最不应该把这首诗忘记。你当时好迷恋我这双眼睛，所以你专门为我这双眼睛写了这首诗。诗的名字你也没有说准确，不是《你的眼睛》，是《尤丽，你的眼睛》。不过呢名字没有完全说错，还给了我一点安慰。你这首诗我真的特别喜欢，幸好你没有丢。我觉得写得好的诗，又是专门为我写的诗，读了以后，真的是很让人感动。那些比喻真的好奇特，好有想象力，很有味道——也确实说不清楚，只是觉得很有味道，但是又很感人。我读了以后，发现自己都掉眼泪了。我读的时候没有发现掉眼泪，读完我才发现。这首诗我可以完整地背下来。你给我的这些诗，我现在可以完整地背四首。我以后争取背更多的诗，能够完整地背，反正你写的都不是很长。你们信不信？……我先背这首《尤丽，你的眼睛》。"

她仿照广播电视里朗诵的腔调，脸上也有表情，借着手势，背出了这一首诗：

尤丽，你的眼睛

尤丽
你的一只眼睛是河湾
我要做西天的彤云
进你的深水里消融
你的一只眼睛是大火
我要做落叶
从你的烈焰中升腾

尤丽

你的一只眼睛是华殿

我和你要做皇帝和皇后

每天都只是狂欢

你的一只眼睛是坟茔

我和你做了僵尸

要在里面长眠

不，尤丽呀

你的眼睛

一只是毒花

一只是野蜂

尤丽还背诵了一首诗。

吴有明抽着烟，有时大口往里吸。手收成了拳头。眼睛在镜片后面放出光来，仿佛是夜里的野火。

第九章 霓裳女子

一

过了差不多十天，我在省博物馆里看展览，接到了邹金玲的电话。她人已在锦都，与我约好时间，派车到省博物馆前接我去姚姓老男人家。

姚姓老男人家在秀水河南岸紫溪山庄一处别墅里。

注入清河的秀水河两岸，近年来修建了几个别墅区。这片地方先前多一些乡村的气息，如今却既不像城市，又不像乡村了。虽然仍是城市的一部分，却又不像是属于这个城市的。虽有富贵人家的氛围，却并没有什么富贵气。

我先见到袁丽芳。袁丽芳脸上带着矜持的笑，眼里却闪着兴奋的光。她请我就座，说姚姓老男人在书房里面，还有点事要处理，请我等一下。又摆出一副女主人的架式，吩咐保姆给我泡茶。

我随便找了话头，说住这里还是很安静的，两人便聊了起来。后来聊到我住的地方。我又注意看了她的鼻子，仍觉得有男人的气息。

姚姓老男人从楼上下来，他请我抽雪茄，自己也点上抽，然后请我看他的收藏。而他的收藏，包括客厅墙上几幅现代人的书法、中国画和一幅油画。

虽称书法，不过是一些人跪在古代书家的面前，照着在描，描得却并不好，还带着一股贱气。又因为只为了求一个虚名，得一点实利，因此还有一股浓重的市侩气。至于所谓的神采，是一点也没有的。说是继承传统，却败坏了传统的名声，将传统糟蹋了。有一张横幅是"平安即福"四个篆字。人人都以平安为福，但穷人的平安和富人的平安是不一样的。穷人求平安，是求不会更穷，现在的境况不会变坏。这个人求平安，已有个前提，就是他已经很富有了，而且每天还日进斗金。因此，他的"平安"，是不把他的财富夺走，每天睡着觉还有大钱赚。

有一张兼工带写的画独占了一面墙，画了一群水边穿着霓裳的女子。她们怡然的神情，像是装出来的，仿佛是不入流的戏子。按说这些女子该有古雅的风貌，然而一眼看去，只是现代一群时髦的女人，身上还免不了有股市民气或乡土气。身上的霓裳，也像是现代拙劣的仿品。

另有一张陈子庄的真迹，只画了一棵树和一只鸟。鸟和树都显出做作的别致，却并不令人觉得是在装模作样，反让人嫌弃现实世界的庸常。那画特有一股成熟的稚气，因此有了超逸的神采，仿佛一面不满意小孩子不成熟，一面又不满意成年人没有孩子气。

油画是二十世纪六十年代的，画上的人与景状都仿佛才刚见到，却又像是已远去了，或者似乎已远去了，又仿佛才刚见到。这画与别的字画挂在这客厅，如同是一个另类，一面让人觉得奇怪，又让人觉得是正常的事。之所以还觉得正常，或许因为这房子的主人本只是一个附庸风雅的人，喜欢挂画却不讲究，就在情理之中了。

姚姓老男人站在那独占一墙的大画前，一副颇为自得的样子。据他讲，这画是专请省里某个大名家画的。我既不知道那个大名家，听说了这画是大名家的手笔，仍不觉得好，但还是摆出了观赏的样子。

袁丽芳笑着问道：

"你有没有看出来画上有个人像哪一个人？"

我立刻明晓了她的意思，这才仔细去看画，指着画正中一个女人说：

"画的这个人应该是你，很像。"

我恍然看见袁丽芳穿了霓裳，脑子里闪出一个念头。

我便又装出赞赏的样子，将那画看了一番，但仍旧没有赞美的话。那张陈子庄，我本想赞美几句，然而他们听见夸赞陈子庄，却不夸赞画了袁丽芳的大画，会不高兴的，我只好将赞美陈子庄的话当作了心里的自言自语。

姚姓老男人其他的字画，也都是现代人的手笔。油画再没有了。我希望还有陈子庄的画，或者同样好的中国画，却没有见到。玉器大多是新制作的，却有上等的和田玉。只见到一件陶器，放在二楼书房的柜子里，是汉代的说唱俑。身上的彩饰被流水般的时间完全洗去了，其他都留了下来。我赞美了一番，说不比博物馆最好的汉俑差，算得上是一级文物。瓷器则免不了有现代的仿品，然而大多是古瓷，有几件是从国外带来的。

姚姓老男人拿出一个核桃木盒子，抽掉封板，取出一张蓝毛巾包裹的东西，将蓝毛巾打开来，里面是一个小碗。

那老男人说：

"就是这件东西，我一直都吃不准。清朝的东西，是没有问题的。张总（他已提到此人，是省文物总店的总经理）说可能是康熙，但是他也吃不准。文物总店旁边那个拍卖行的郑总，认为是乾隆后仿。我倾向是康熙的，当然希望是康熙的。如果是康熙，就是很稀有的。你好好帮我看一看，是康熙的还是乾隆仿的？"

那碗的圈足和底最厚，向口沿收，越来越薄了。碗里面刻的暗花：内壁上刻了五爪双龙逐珠纹。碗内底划了双圈，当中是一个莲蓬，四周八个波涛纹。外壁是淡而略灰的青花，用线隔成了三部分：近口沿部分最为狭窄，填了锦地，留四个开光，里面画梅兰竹菊；近足部分宽度大约是前一部分的两倍，画了八吉祥；中间部分的宽度又大约是近足部分的两倍，对应着篆了两个寿字，对应着画了两把一束莲。碗底上，用铁线描写了"大清康熙年制"六个篆字。暗刻的刀法和描绘纹饰、书写年款的笔法，虽严谨却稍带一点即兴的随意，因此透出了一派生气。薄而紧的白釉有细密的桔皮纹，将青花紧压在坚致的胎骨上。泥鳅背的圈足有的地方并不规整，胎质极为细腻，泛出油润的淡黄色，确如糯米粉一般，不过那是加了菜油揉捏的糯米粉。圈足内外胎釉相交处，黄色深一点，而且油光更重，似乎是加菜油揉捏的糯米粉里渗出的油，形成了两丝细小的油线。侧光看，碗外壁隐隐地有旋纹。碗正好可以一握抓在手里，像是一只不丰硕却饱满的乳房。而碗的釉面与圈足露胎处，摸着都十分润滑，如同那是乳房。

我想多把玩一阵，舍不得放下，却放下了，对姚姓老男人说：

"姚董说得对，这东西是清代的。要说是康熙的，很像，但是后来的仿品也很像康熙的。《饮流斋说瓷》上讲，那个时候仿康熙青花，'有极精者……蓝色竟能仿得七八'。有人总觉得后仿的康熙，和康熙的东西只是像，但总有不一样的地方。大的道理是对的，但到底有哪些不一样，未必已经很清楚了。这只碗最让人不放心的地方，是篆书六字款。康熙一朝大多是楷书款，篆书款很少。有一种金釉蓝料器上有篆书款，比这件写得规整。这件有些草率，'大'字上出头的地方似乎是个歪斜的点。"

我就又拿起了碗，但只是看了碗底，然后说：

"大字上面是一个歪斜的点。"

他让姚姓老男人自己看，就又将碗放下了。

姚姓老男人拿了老花镜戴上，看了碗底，又取放大镜看，然后叫袁丽芳看。袁丽芳便将眼睛凑近碗底看了，说：

"那个字上面那一点，像是歪的。"

姚姓老男人一脸的茫然，这表情便使他显出了老年人的痴呆相。他也许还是没有看清楚，但袁丽芳的说法他只有相信了，或者他并不相信，但他没有看清楚，因此也不能反驳。

我借着这短暂的时间，在心里很快打了草稿，对老男人说：

"这东西如果是康熙的，应该是官窑。'大'字上面是歪斜的点，恐怕不是正常的。雍正、乾隆、嘉庆、道光的官窑，篆书款有的笔画也写得不准，'大'字上出头处也有歪斜的，可能是写的时候，手没有控制好。雍正、乾隆、嘉庆、道光官窑上写篆书款的量很大，青花瓷上写篆书款的也很多，笔画写不准的极少。在很大的量里面，极少写不准，是正常的。康熙写篆书款的本来很少，在青花瓷上写篆书款的，目前还不知道。我是做古董生意的，我对康熙的东西很喜欢，我脑子里有很多康熙官窑青花的信息，包括我经手的，在拍卖会、在博物馆看见的，在书刊上还有网上看见的。我印象里面，康熙官窑的青花没有一件是篆书款。曾经在网上或书刊上见到馆藏的青花瓷，很精美，有'大清康熙年制'篆书款，看纹饰是嘉道的东西。康熙官窑写篆书款的，制作的量很少，在很少的量里面，按说笔画写不准的情况是不会出现的。如果有，也应该是非常之少的。金釉蓝料器写篆书款的，现在见到的有多件，款都写得很规整。其他品种是篆书款的，有的是刻款，笔画都没有见到有不准的情况。这件东西'大'上面明显是歪斜了，如果认作康熙的官窑，是我知道的第一件写篆书款的康熙官窑青花，恐怕很难让人接受。是不是后来的寄托款，不好说。仿款写得草率，是常见的。胎釉和纹饰，和康熙后期的很像，但是后来有仿得很像的。——后来的仿品能仿到哪一步，真不是好讲得清楚的。所以，真不敢说这是康熙的。"

我讲出这些理由，其实自己也疑心这碗或许并不是康熙一朝的。然而看胎釉与纹饰，分明就是康熙本朝的。碗上书青花篆书款，确实是极少见的。记得曾在网上或书刊上见到馆藏青花瓷，底有"大清康熙年制"篆款，但像是乾隆以后的仿品。世上或许什么地方有康熙青花瓷书"大清康熙年制"篆款，只是不知道。康熙官窑青花器，如果仅是这只碗书"大清康熙年制"篆款，那就太珍奇了。那"大"字上出头的地方像是歪斜的一点，或许就是因为笔画没有写准。雍正、乾隆、道光几朝，瓷器上书篆款，就有笔画写不准的情况，"大"字上出头的地方也有写歪斜的。这碗难说是康熙的，却极有可能是康熙的。

因此我想将这碗弄到手，但明着去买，老男人就明白我将这碗认作了康熙的东西，他并不缺钱，是不会卖的。要得手，只有等以后找机会，用什么巧取的办法了。

不过，我虽没有将自己真实的看法告诉姚姓老男人，但也没有讲一句假话。说假话，是因为不得不说才会说，还要对自己有利无害才可以说。既然讲真话，并不能泄露真实的想法，还能让对方糊涂，何必说假话呢？如果讲出的话，对方能找到证据，识破是假话，反而是弄巧成拙了。

我看完姚姓老男人的藏品，老男人又给了我一支雪茄抽。

他没有再送礼物给我，但要请我吃西餐，带我到了一家高档的西餐厅。

二

邹金玲这时候才到西餐厅来。似乎瘦了一些，原来的圆脸稍显长了，比以前多了几分娟丽。面色是未曾见过的苍白，有些憔悴。眼神里似乎有什么心事，还在思虑什么。

邹金玲和姚姓老男人都喝的红葡萄酒。我带了酒壶装了熙酒，但要了啤酒喝。

邹金玲喝了红葡萄酒，酒在脸上染出了一点血色。眼睛里面，还是常有咄咄逼人的目光。但有时看我，目光和她以前不一样了，已有了一点温情。

三人吃完，姚姓老男人没有叫司机来接他，坐了邹金玲的车回家。我这才知道，邹金玲的家在秀水河北岸的一处别墅里，两家并不远。我住的公寓离两家也不算太远，步行不到一个小时，开车十分钟左右。

姚姓老男人提出要坐前面，邹金玲和我就坐了后排座。

　　邹金玲开始还说话，不久就闭上了眼睛，似乎要独自想事，又像是困倦了。她双手抱在胸前，但变了姿式，手放到了腿上。

　　我的手像蛇一般从座位上爬过去，没有碰到她的腿，只轻悄悄抓住了她的手。

　　邹金玲的手如同打盹的猫，但没有受到惊吓，只是很轻地动了一下，似乎怕反应大了，我的手会缩回去。她的眼睛也没有睁开，仿佛装着并不知道我抓住了她的手。但后来，她的手朝里面翻转，抓住我的手，轻轻地捏了捏，然后将我的手移开了。

第十章　诱惑

一

　　一个周末，邹金玲邀我去她家里吃饭。别墅里面的装修和家具，一看是花了很多钱的，似乎能闻到钱的味道。又特有女性的格调，让人觉得这屋子一面是排斥男人的，一面又在吸引男人。她家里也挂了现代人的书法、中国画，还有近时期的油画。我还是摆出观赏的样子，也没有赞美的话。

　　邹金玲的家平常是一对中年夫妇在管理。夫妇俩是她同乡的亲戚，邹金玲叫女的大姐，叫男的老张。那女人见到我，客气而且恭敬，如夜行动物般的眼睛却有警觉与戒备的光。老张对我虽然客气，却带几分冷淡。但虽有几分冷淡，还是客气的。

　　那女的腰已粗了，动作却利索。脸红润而且泛着光。身上有香水味。我曾想到送的香水，邹金玲给了曹红，现在则想可能给了这个女人。老张身材粗壮而稍显胖。头已经秃了，因为油光重，一颗头像是一个油亮的肉球。看他的形象，是一个极有心机的人，但他的神态举止却带几分钝拙。这夫妻两人从别墅出来，或许会被当作这别墅的主人，然而仍让人疑心他们真是大富之人。若是邹金玲和二人一起出来，人们只会把邹金玲认作这别墅的主人。

按说邹金玲付给这夫妻俩的工钱不少，比城里许多人的收入高。二人毕竟是邹金玲的亲戚，邹金玲待他们自然与一般的家务人员不同。与某些挣钱的人比，他们工作与生活的环境都要好出许多，从雇主或上司那里得到的尊重与照顾也要多出许多，但两人还是谦卑而且小心的。二人心里应该明白，邹金玲是他们的亲戚，却也是他们的雇主。他们吃住在这别墅里，然而并不是主人。而那个主人，是有权将他们赶出这房子的。他们心里应该希望这别墅是他们的，要说他们从未动过这念头，是不可信的。如果连这样的念头也没有，他们的心智是不健全的。

邹金玲望他们，那咄咄逼人的目光收敛了许多，似乎真把他们当作家里的人了。然而，神态里仍旧带着威势，即便是用亲切的语气对二人讲话，还是在下达指令。

用餐的时候，四个人是在一桌吃的。邹金玲喝一种昂贵的红酒，让老张陪我喝熙酒。我又对老张讲了一番熙酒的妙处。老张只是点头，但仅表示在听，连一句应付的话也没有。

桌上有一道盐焗虾，我夹了吃了。邹金玲在对面望着我，问道：

"这个虾，你觉得味道怎么样？"

我回答说：

"很好。"

邹金玲告诉我，这叫西班牙红虾，是世界上最好的虾。她喜欢就着盐焗西班牙红虾喝红酒。

这虾纯正得似乎只有虾的味道，或许确实是世上最美味的虾。

邹金玲又叫拿来一种法国的鱼子酱，让我品尝，告诉我，这是世界上一种顶级的鱼子酱，真称得上是"软黄金"。

我将那鱼子酱送入口中，轻轻地压爆裂了。我觉得那仿佛是一个个娇丽的处女，一瞬间变身为了妇人。

我对她说：

"我以前是不习惯吃鱼子酱的，只觉得腥。你的鱼子酱，味道只能说很美妙。真正很好的美食，原来不习惯，吃了也会觉得很好。你这是顶级的鱼子酱，你不给我讲，我也吃得出来。这种东西一定是很贵的。顶级的，应该是很贵的。古董这一行也是这样：好又稀少的东西——顶级的东西——是非常贵的。不好的，低级的，不应该贵，贵是不正常的。我总是觉得，只要好的，顶级的很贵，而劣等的，不好的不贵，这个世界就不至于完全是混乱的，还有标准，还有规则，还有可以相信的，还有可以依靠的。钱……也许是标准中的标准，规则中的规则，诚实中的诚实，力量中的力量。——这样说不知道对不对，也许是这样。——如果钱不再可以当作标准和规则，恐怕就没有标准和规则了。钱到现在也还并不是完全不诚实的。如果钱也一点不讲真话了，世上恐怕就没有真话了。钱也还是可以依靠的。如果钱不再可以依靠，恐怕没有什么是可以依靠的。'钱可以通神。''有钱使得鬼推磨。'恐怕鬼神都不会稀罕钱，否则不会有神；做了鬼，也不需要钱了。钱……黄金是人世间的太阳，没有它，人生就只是黑夜了。有钱真是很好的事情。人生原来是在黑暗和寒冷里面，有了钱，是有了光亮，有了温暖。人有了足够多的钱，那是自己有了一个太阳。……你现在很有钱，过得很好，我是为你很高兴的。"

我端起杯来向她敬酒。

邹金玲喝了红酒，对我说：

"钱是一种价值标准和规则，我是赞成的。钱也很重要，不至于'它是太阳'。除了钱，还有其他的也很重要。我现在已经不只是为了挣钱，它是我的事业。挣再多的钱都不是目的……"

电话像贸然闯进来的人，打断了她的话。

邹金玲接了电话，朝对方训斥了几句，下达了指令。放下手机，还在思量什么。我不便再说话了。那夫妻二人也小心不发出声音来。

过了两三分钟，邹金玲终于说话了，问我：

"你的古董生意很赚钱吗？我不懂你们的门道，你自己没有门店，你只是在下面倒，这种生意也能够做得大？"

那个"倒"字，像是她这话里生出的刺，扎进了我的耳朵里。但我也并没有在意，回答说：

"有人靠做古董发大财的，比很多老板有钱，当然跟你们这样的不能比。有的赚了很多钱了，还有很多东西——很值钱的——有的不愿意卖。这是很大的财富。如果卖出来，换成钱，恐怕也是很大的数字，几代人花不完的。我在里面算做得好的，不过跟他们不能比。做古董，要眼力，要有脑子，还必须要有运气。做古董，我算是有运气的。以后有没有很大的运气，我就不知道了。但是，运气一定不会差。"

"我认识很多人，认识很多老板，有些喜欢古董、收藏古董，都有自己的生意。没有见到靠做古董把生意做大的。我觉得做古董生意不能形成大的规模，不可能发展得很大，古董毕竟是有限的资源，懂古董、喜欢收藏古董的毕竟是少数。我理解，做古董生意，既能挣钱，又有文化的情怀在里面。但是说到底，这种生意就是低买高抛，就是炒，不能够创造财富，发展的空间也有限。我发现你还是有一定的商业头脑，你可以尝试做其他的生意。现在还是有机会。如果你有这方面的打算，我可以帮你。"

"我给你讲过，去做所谓正经的生意，我也会做得很好，但我这个人，既想挣钱，还想活得自在一些。能挣很多钱，有很多的制约，我不愿意去做。我做古董没有开店，可以避开很多麻烦。不开店我也挣得到钱。……这种方式，是我最愿意接受的，对我也是最自由的，我不会再用我不愿意接受的、让我难受的方式去做买卖。"

那夫妻二人先听我讲了前面的话，或许觉得是不着调的，后来听见我说赚到了钱，看我的眼神便有了几分敬意。

吃完之后，邹金玲和我在客厅里喝着茶，邹金玲提议出去散步。

我们出了门，顺着河朝北走，过桥到了对面，还是顺着河朝上走。

近期一直有雨，这几天还下了大雨。今天上午也下了雨，地面还带着湿气。白天气温高，但现在旁边的河水流得急，带起的气流透着丝丝凉意。

这一段滨河路路灯很少，左边有树木和竹子，有的地方有灯光从缝隙处透出来，而对岸是一片城市的灯光，映照夜空，便浮现出一片雾一般橙色的光晕。我们走的滨河路多少也有光映照，并不很昏暗，这种若暗若明的氛围，是很适宜产生暧昧之情的。

过了几栋房子，我先是有意碰到她的手，后来将她的手抓住了。她没有挣脱的意思。又走了一段，我将手放在了她的腰上，有时搂住她。

再往前走，更安静了。过了一片竹林，有几棵树，在夜空中连成一片暗影，树下也是一片暗影。

我搂着她进到暗影里，抱住她，与她短暂的对视，便将脸贴了上去。她稍后才回应。我将她抱得更紧，她的身子轻微摇晃起来，似乎有些站不稳了，但尽量站住不动。

然后我在她耳边提出一个要求，她断然拒绝了。

我还想再说，却听见响起了车的声音。那是一辆电力抢修车，从下游的方向过来。

我们分开了，又往前走，装着只是散步。

那车过去后，我再抱住她，说：

"很想今晚上你到我那里去，你这里有你的两个亲戚。去酒店也行。"

邹金玲眼睛直直地盯着我，用一种阴狠的语气对我说：

"王兴，你要想好，我不是一般的女人。……你要是觉得我也是那种你想玩就玩，想甩就甩的女人，你最好现在就不要有这种打算。"

我思忖了一下，对她说：

"我在'老时光'给你讲的那些话，我现在也没有变。我给你讲过，人可以不讲道德，但是规矩是必须要讲的。最好是先说好。我不会为了和你上床，说骗你的话。我会是你最好的情人，这个话我可以讲。别的话我不能讲，讲出来我做不到，那就是骗人的。……有一天我会离开你，我现在没有这样想。我希望我们有一天做不了情人，还是朋友，我们还是在交往的同学。……我是很迷恋你的，以后你也许不像我想象的那么好——有的女人，交往一段时间，会变得很难让人忍受，我只有离开，否则我就是遭罪了。你有一天也可能会讨厌我，对我不能忍受，你也会想着离开的。有的事很难预知，出现大的变故也有可能，比如我出了车祸，或者因为别的原因，我破相了，伤残了……废掉了，你会离开我的。你现在说我到了那一步，你也不会离开我，这是情话，我会感动，但我是不会相信的。背逆人性的话，我都不会相信。人性，它让人在该善的时候，人就是善的；在人该恶的时候，人就必定是恶的。你即便不离我，对我只是同情，你心里是嫌弃我的，你会背叛我的。这也是人性使然。人只会迷恋让他值得迷恋的，而一定会嫌弃让他嫌弃的。……而且，到了那一步，我会自己了结。背叛我，我可以接受。人家去寻找快乐，我不会怨恨。但是同情我，对我是羞辱。我可以同情别人，我是不愿意让人同情我的。我这个人，我并不想做多了不起的事，做多了不起的人，我只想做个自在的人，活得随性一些，活得舒服，活得有一点尊严。我这个人很贪恋生命，但这个生命要让我觉得活得好。我不怕死的，我只怕活得很狼狈。……我给你讲过，我们是情人，你要是有了想结婚的人，你可以还和我做情人，也可以不再和我往来。那么，你以后有没有想结婚的人，不好说的。"

邹金玲已将我推开了，听我讲完，没有接话，往前再走了一段，就往回走了。我也随她往回走。

二

以后几天还是有雨。这天白天没有雨，晚上下起了雨。我本想出门的，没有出去，在家里看书，听着音乐。到九点过钟的时候，邹金玲打来了电话，叫我去尚华大酒店喝酒。我眼睛凑近窗户朝外看了，对她说：

"不知道你那边是不是下雨了。我这边刚才在下雨，现在好像很小了。你等一下。"

我到了阳台，再察看了，对她说：

"现在没有雨。你要是没有觉得不妥当，你可以到我这里来喝酒。你想喝红酒，你只有自己带过来。喝啤酒，你过来就可以了。"

电话里的声音冷冷地问道：

"你是不想过来吗？"

"我可以过来，你要是不愿意到我这里来。"

邹金玲还是来了，是坐了出租车来的。她带来了日本果酒，还有几袋下酒的食品。另带了一盒雪茄来送给我，比姓姚的老男人给我的还要贵些。

我觉得有些承受不了，心里又喜悦，对她说：

"只有说感谢。我回送东西给你，又会说我不想欠人情。看来有个很有钱，又大方的同学，是很好的。"

我抱住邹金玲，要吻她，她先抗拒了，但还是接受了。

然后我打开黑漆樟木柜，拿了一只配托的雍正粉彩杯，给邹金玲喝果酒。

那杯子外壁画了木纹底，一面有一条金线缠了一枝牡丹、一柄灵芝，对应的一面也是一条金线缠了一枝牡丹、一柄灵芝。杯托里同样画了木纹，当中是一匣古籍书，书下也有一条金线缠了一枝牡丹、一柄灵芝。那一套杯托上的每枝牡丹都艳丽却孤冷。每一柄灵芝都确像是一朵祥云，也是孤冷的。每一根金线都在舞动，似乎都是喜悦的，却也是孤冷的。一匣书里似乎有千言万语，还居于中心，也是孤冷的。

我自己则拿了一只康熙深腹杯喝啤酒。杯子原来是有盖的,但没有盖了。那杯用青花画了浓重的卷草和花朵,几乎将杯子占满了,然而在留白后面,似乎还是广大的空间。那杯子的胎厚而坚致,握在手里,似乎有一股力量从杯子里朝外扩张,像是一个被情欲充胀了的男人。

我们是坐在南面玻璃窗边的鸂鶒木小方桌边喝酒。

我前面放了歌曲听,但邹金玲听了几首,要求换别的。

我就换了萨克斯音乐。那音乐如雾一般在空中浮动,里面似乎掺了什么药物,一面令人恍惚,一面又令人兴奋了。

这时我抽着雪茄,对邹金玲说:

"老同学,我还有别的杯子,怕你生气,不好让你用。是崇祯时候的杯子。崇祯皇帝你应该是知道的,明朝在他的手上丢掉了,那个时候的青花瓷却非常好。大概因为崇祯皇帝要对付李自成,对付关外的满人,宫廷对瓷业的控制弱了,工匠们只顾及市场,还是自由了一些,瓷器——主要是青花瓷——做得很好。因为不是为皇帝做的,就是民窑,但是并不比为皇帝做的官窑瓷差,画片还另有一种风采。崇祯青花好的画片,都万分的雅致。中国古瓷最雅致的画片,我以为就是崇祯时候的。明朝灭亡了以后,瓷器上还有雅致的画片,但是万分雅致的画片见不到了。……如果你不生气,我可以拿给你看。"

邹金玲用质疑的目光望着我,说:

"你拿来吧。"

我再打开黑漆樟木柜,取出一个青花杯子,放在她面前。

邹金玲望着那杯子,问道:

"这是崇祯时候的?"

我点了一下头。

邹金玲似乎犹豫了一下，才拿起杯子来看。

我又从黑漆樟木柜里取出一个青花杯子，放到她面前。

这两只崇祯青花杯是邹金玲来之前，我从保险柜里取出来放到这木柜里的。

邹金玲拿起另一只杯子看，问道：

"这也是崇祯的？"

"是一个时候的。你看和前一只，像是一个人画的。器型、胎釉是一样的。可能是同一批做的。"

"以前的瓷器上面也会画这些东西？"

"以前没有这样的东西，古代的人就不是人了。明朝有个隆庆皇帝，他的御瓷——官窑瓷——上面也画得有这样的东西，我没有。"

"这种东西很雅致吗？"

"这样的内容当然不雅，但人就是这样的。只看画片，是非常雅致的。在瓷器上面，画这样的内容，这是我见到的画得最好的。真是了不起！有一个说法：'如有神助。'画片里面，线条是最难画得好的。就是一根线条，但要有神采，不容易的。什么是神采？我想了很久才悟到，那是一个幻象：好像那里面有不属于人世的东西，不是人只靠自己能画得出来的，要借助神力才画得出来。不管是画什么，有神采，都必须要有神助。那个时候，也许因为人们信神，还是有神的，或者不管你信不信，神还愿意在人世间，所以人能得神助，帮着人画出这样的线条。后来一段时间，有神采的画片还能见到，再往后就没有了。看有没有神采，不需要学习，人很聪慧，就能够看得见。你是绝顶聪明的，你应该看得见。"

　　邹金玲没有说她看见了，应该是她真没有看见，不想说假话。但也没有讲看不见，或许是她不愿承认自己并不是很聪慧的人。

　　我又说：

　　"画这样的内容，又画得这样好的东西，是很少见的。"

　　"你这东西很贵吗？"

　　"这是非常好的杯子，因为是民窑不是官窑，不是很贵。这两只有人给了八万，我没有卖。这是我自己很喜欢的，再加钱，也不会卖。我大体有两类东西，一类是靠它赚钱的，一类是自己享受的。用这样的杯子，我会觉得和古代的人离得是最近的，我就是古代的人，我是还活着的古人。这杯子十分不雅，又万分的雅致。人都是十分不雅的，万分雅致恐怕是做不到的。我用这样的杯子，我就会想：我是十分不雅的人，要做万分雅致的人做不到，但有几分雅致的人我是做得到的。你可以换这一只杯子喝，我用这一只杯子。"

　　邹金玲喝完雍正粉彩杯里的果酒，我用崇祯青花杯给她倒了果酒，自己换了另一只崇祯青花杯仍是喝啤酒。

　　邹金玲喝了几口果酒后，睁目望了望我，说道：

　　"你让我用你这个杯子，你是有预谋的，你就是想诱惑我吧？"

　　"我现在既然迷恋你，我自然想得到你。"

　　邹金玲脸上还是摆出一副冷傲的样子，眼神却变了，似乎有了一些醉意。

　　当晚，邹金玲留下来了。

　　过了子夜又下起雨。我几次醒来听见了雨声，雨声都很急，似乎那雨是下不完的。然而天快亮时，雨声却已停息了。

　　这时我终于让邹金玲同意，不再用我称为"隔膜"的东西，我这才觉得完全得到了她。

八点来钟，邹金玲起床离开了。

我送她上了出租车，回屋又在清代鸂鶒木架子床上躺下了，回味这一夜的情形。

我觉得，她像是一朵硕大的黑牡丹。我这样想，脑子里出现了一只硕大的黑蝶。

三

我见到尤丽，给她如实讲了。我认定邹金玲没有问题，尤丽还是要我再去医院做检查，并要求我与邹金玲也达成一个协议。

后来我和邹金玲见了面，我有意将话引到"隔膜"上面，展开说了一番。话往回收，我又谈到了规则。然后我讲了我和尤丽的事，拿出了我的检查报告给她看。她紧皱眉头，接过报告看了一眼，还给了我。听见我提出也要和她达成一个协议，她眼里有恼恨的光，却并没有反对，也没有表示接受。但我要与她亲热，她拒绝了。

此后，邹金玲近一个月没有和我联系。我给她发了几次短信，她都没有回。但突然给我打电话，约我吃晚饭。我们在豪瑞酒店的餐厅吃完，她带我去了她的房间，但只让我呆了近两个小时。过了四天，邹金玲又叫我去豪瑞酒店的房间见她。我再次提出要与她达成那个协议，她脸上不太高兴，但也仅此而已。

我再见到尤丽，给她讲，邹金玲并没有明说她接受了，但应该是默认了。

尤丽不以为然，对我说：

"她不一定就是默认。也可能她不愿意跟你有这个约定——你把和其他女人不用套子的事给她讲，她不愿意把她和其他男人不用套子的情况如实给你讲——她不在嘴上说出来。她不想让你知道，是防你知道了她这些事情，敲诈她，她那么有钱。我了解你不会做这种事情。你只是花，跟她还是玩，不是图她的钱。我不是说你不爱钱——你自己也说你喜欢钱。你确实也喜欢钱，我也喜欢钱。大家都喜欢钱。但是你利用知道她和其他男人的事情去敲诈她，你有这个想法，你也不敢去做。太有钱的人都不简单，太有钱的人不只是有钱。反过来讲，简单，不可能很有钱。一个很有钱的大富婆，你敢去敲诈！你呢把人家玩了，又得了她一点好处，要是去敲诈她，后果你自己知道。开始呢我觉得她对你还有点认真的意思，现在……还是玩。就算当初她离了婚，想正经找一个，你是她考虑的人选，但是现在她了解你太花了，根本不适合做丈夫，她也只是把你当作是耍的。好听的说法，还是把你当情人。——就是玩物。只把你当情人，就是玩物。但是既然是玩，真的就要讲规矩。得了病，把大家都传染了，尤其是艾滋病，是要命的。真的，除了双方去医院做了化验，没有问题，只凭信得过都是靠不住的。双方必须要定个协议。既然是定协议，不是写在纸上，嘴上还是应该说清楚。"

我对她说：

"她和我们不一样，这种人嘴上不会明说的。"

尤丽仍要我得到邹金玲嘴上一句明确的话。过了一段时间，我只好给她回话，邹金玲嘴上说已经接受了。

不久，尤丽回广东去了。

第十一章　孩子

一

我因为广州有拍卖会，去了广州。戴伟清也到了广州。那时邹金玲又送了雪茄给我，一次给了两盒。有一盒是装十二支的，我带上去了广州，晚上和戴伟清玩乐的时候才打开。

戴伟清第二天晚上就回北京了。

我已和尤丽通了电话，听她讲她在珠海，我在广州又住了一宿，次日到了珠海，与尤丽见了面。她住在珠海的某个小区，但她并没有带我去她的寓所。我明白她必定是有所顾忌，因此自己没有提出要去她的寓所。尤丽在锦都，也从未邀请我去她家里。我也想到她在顾忌什么，从不提出要到她家里去。

尤丽开的是挂广州牌照的高级轿车，比她在锦都开的车贵得多。两部车的玻璃窗都贴了膜，和其他玻璃窗贴了膜的车一样，即便车里没有隐秘，都像是藏了隐秘似的。在锦都，我坐她的车，觉得她是放松的。我们一起在什么地方出现，没有觉察到她在提防什么。而在珠海，坐在她车里，她似乎有一点紧张，好像担心有人会看见我坐在车里。我和她一起游玩，进餐馆，她似乎不愿碰到什么人。

　　我选了靠海的酒店住宿，房间朝向大海。我早知那一片大海也是污脏的，见到了，仍出乎我的意料。我知道干净的大海还有，却觉得大海好像都污脏了。不过，污脏的大海也有特别的丰神。我总觉得，大海是化成了水的天空。然而大海污脏了，看天空却还有干净的蓝色。

　　由于建筑是分散的，珠海如同是由若干个乡镇拼成的。又像因为人少，地有余裕，因此一座城市便分散开来，各占了一处。但空隔处还是多过有建筑的地方，长满了绿草和树木，其间点缀着花卉，十分畅茂。这城市像是目前没有能力变得繁华，也无意变得繁华，仅有几处还是繁华的。而绿化的区域，似乎成了这城市的主体，反倒是有了奢丽的气象。一个城市繁华的地方，理应是人气十足的，这是城市该有的况味，如同一个艳冶的女人，是不能没有风情的。但城市绿化的区域，虽不能为城市带来繁华，却不能没有，如同一个女人身上戴了珠宝，不能给她增添风情，但她的奢丽却是在珠宝上的。

　　这时气温还高，白天阳光毒烈，仿佛那是沸腾的油。人在阳光里，有如进到了油锅，汗水如泉一般朝外涌，似乎要被炸干一般。因此白天街上人很少，令人恍然觉得这是夜晚，只是天上悬了一颗太阳，像是梦境。而人的神态，也仿佛是在梦游。进入晚上，人才见多起来，仿佛人们这时才睡醒，开始活动了。街道上，这才勃然有了生气。到了深夜，商场还在营业，服务员和顾客都很精神，没有倦色，甚至有人眼里闪着兴奋的光。饭馆和街边摊等处，也是如此。这时，又令人恍然觉得是在白天，但是天上没有太阳，就还像是一个梦境。然而，白天的梦境和夜晚的梦境都过于真实了，因此让人觉得仍旧是在现实里面。

进入晚上，我便要和尤丽到海边去。但尤丽不愿和我去城里的海边，驾车往郊外开，车停在海边的公路上。海岸上长了椰子树。椰子树虽然在热带地区常见，我却觉得并不像是现实中的植物，仿佛来自幻境。在它生长的地方，也就有了虚幻的氛围。又觉得椰子树像是充满了情欲，并且始终是不会衰败的。在它出现的地方，也像是有激情在涌动。

尤丽宁肯在有空调的车里，但还是和我下了车，到了椰子树边。在车里被抑压住的汗水，得了机会，便泻了出来。人就像是浸泡在充满汗水的池子里，因此是并不舒服的。但我十分亢奋，觉得有一种冒险般的刺激和快感。

尤丽说这算是我给她的又一个第一次。

回到城里，尤丽并没有和我在酒店过夜。

第二天，我坐尤丽的车去了郊外的古玩市场。晚上，我又和尤丽去了海边。尤丽当晚还是没有和我在酒店过夜。

第三天，我离开了珠海。

二

我接到尤丽的电话，说她回到了锦都，是十一月初了。

我见到尤丽，立刻觉察到她有些不安。又发现她眼角的皱纹深了，不过人还是妖丽的。我见过有的女人，隔了很短的时间就大变了，好像只带了以前的模样来，她的美，她的风韵却没有一起来。

我以为美是女人的魂魄，而风韵则是女人的美的芳香，只有模样，就只是一个还活着的人。

尤丽手上拿着绿摩尔烟，却只是像吴有明那样放在鼻子下闻。给我解释说：

"我想暂时戒一段时间，抽烟确实不好。女人抽烟对皮肤不好，要戒还戒不掉，闻也是一种办法。我现在暂时也不和你一起喝酒，我不是想戒，我以后再和你喝酒。"

我要与她亲热，她却不愿意，对我说：

"我也很想啊，只是……我现在不方便。以后我跟你讲。"

以后我和她不像以前那样常见面了。每次在一起，我还是觉察到她是不安的。她也只是闻卷烟的味道。我要抽雪茄，她以前还欣赏我抽雪茄的样子，现在却说实在受不了雪茄的味道，我只好不在她面前抽雪茄了。酒还是忍着不喝，只有一次我们吃饭，我喝啤酒，她也喝了一杯。我本人仿佛也是尤丽渴望喝的酒，然而也和以前不一样。

我知道里面必定是有缘故的，她不说，我也就没有问。我这样做，是我有什么事不给她讲，她也不要追问。

这一天深夜，我家里的座机响起来。静夜里的屋子成了扩音器，将电话声放大，化作一阵尖叫，将我从坚冰般的睡眠里惊醒了。

我在暗中抓到话筒，问道：

"谁？"

然后听到了尤丽的声音：

"是我。你是一个人？"

"我都睡了。现在几点钟？"

"两点过。你是不是一个人？"

"现在给我打电话。我一个人。"

"我睡不着了。我有话想要给你讲。……你应该想得到吧？"

我没有说话。

"我这次回来跟以前有变化，你肯定看出来了。……原因，你不可能想不到。"

"我想到了，但是觉得未必是那样的。你跟我，你是里面有东西的，不会有。你上次回去，你是取掉了？你是担心会有才安上，你把它取掉了，是不是？还是你就是想去掉？你跟我是不会想有的，你是……你在那边的情况我不知道……你是想有，是吧？你……你可以明讲，你是在那边有什么人吗？"

"……要是小孩是你的，你意不意外？"

"是我们在珠海的时候？你那个时候把它取下来了？你是……我现在不太明白：你取下来是想要小孩，你不会想和我有的。你是和别的人。这是意外。如果不是意外，我就想不明白了。"

"我要是想呢？你觉得不可能？"

"尤丽，是不是意外？"

"算是意外吧，也不完全是意外。我怎么跟你说呢？反正这个小孩是你的，不是别人的。这方面我不会给你说假话的。"

"你知道我这个人害怕生小孩。你和我生小孩，对你是很麻烦的。这种事情，迟早是隐瞒不过去的，对你影响很大，你要付出很大代价的。你应该是知道的。你取了，你应该给我讲。去做手术，对你的身体是有伤害的。我给你讲过，对女人的一个不公平，是做这种手术，男人不需要。"

尤丽在电话里咳嗽了几声，没有接话。

"尤丽。"

"……我，我本来是很犹豫的，我是要让你知道还是不知道？我还是要让你知道。这个小孩我要生下来，我不去做手术。"

"你等一下，我点一支烟。"

我打开灯，点了一支烟，然后说：

"你在听吗？"

"我在听，你讲。"

"这个小孩如果和我没有关系，我不会说什么，没有资格说什么。你自己就能生，别人也不能说什么。你说是我的，你要顾及到我才行。"

"我自己养，不需要你抚养，不给你增加任何负担的。也不需要你认他。只是有血缘关系，你们其他没有任何关系的。我只是觉得隐瞒你不好，给你说一声。我要是不给你讲，你也不知道。"

"你是不是还有事，现在不便给我讲？"

那一头没有声音，我就等着她讲。

电话里一阵空寂之后，她的声音说道：

"到时候我再给你讲。今天就这样吧。"

第二天晚饭后，尤丽就到了我的寓所，对我说：

"其实，有的事情我不说，你应该也想到了吧。"

早来的夜色，如同是灰粉撒在空中。

在这样的气候里，我很想喝熙酒。但我们要谈重要的话题，不适合喝酒。

我没有接话，等她往下讲。

"你一直都没有问，但是你不可能没有想到。我和张涛离了婚，你觉得我会是一个人吗？"

"你是又结了婚，还是……其他的关系？"

尤丽手上拿着没有点燃的绿摩尔烟，放到嘴上，像是吸了几口似的，然后说：

"你觉得我是被人家包养的，做小老婆是不是？……我是又结了婚，算二婚吧，是正儿巴经结的婚，不是只办了席，领了结婚证的。你一直都没有问，你心里面也应该猜得到一点吧。你没有问，我也不想说。我不是要故意隐瞒你，你也不想知道。现在我觉得，有必要给你讲。"

"你又结了婚，你和其他人有了小孩，他知道了，你怎么办？"

"就算他知道了，他也不会闹。"

"你跟他结了婚，你和别人生了小孩，他不会在意，正常的家庭，正常的男人，不是这样的。我不明白你找的是怎么样的一个人？你们之间的关系……我也不明白。"

"你说不正常，你说对了。他生不了，他又很想有小孩，我和别人生，实现他的愿望，他只有接受，所以他不会跟我闹，也不会来找你的麻烦。"

"你突然来找我，你就是要我让你怀上。"

"话都说到这一步，我把整个事情全部给你讲。"

她现在这个比她年纪大得多，今年有六十三岁。他也是很有钱的，开的工厂，具体哪一家她不给我讲，反正资产是好多亿以上。她那个时候还认识一个香港人，但是他有老婆，他只愿意包养她，不愿意为了她离婚。这个人原来也是有老婆，有女儿。不是因为她他把他老婆抛弃的，和她结婚之前，他和他老婆离婚好几年了。他也不是喜新厌旧和他老婆才离婚的。他老婆很喜欢赌，大赌，经常到澳门那边去赌，输了很多钱，还欠很多债。他不离婚，他的财产都保不住，要被他老婆输光，还要欠债。她女儿结了婚又离婚，也是喜欢赌，也是到澳门那边去赌。还吸毒。他跟他女儿断绝关系了。她和他结婚，她还是犹豫，毕竟是个老头儿。但是，很有钱，对她是真心的。他愿意和她结婚，肯定是真心的。她的长相是她的优势，但是她也很清楚，生活要现实。他答应每年给她一笔钱，不是很多，基本上花销是够了。愿意和她结婚，有名分，和包养不一样。现在老夫少妻的也多。

他和女儿断绝了关系，很想再有一个小孩，以后继承他的财产，他的事业。他那方面只有靠吃药，都很困难。他这种情况，他没有生育能力。开始想到用人家的精子人工受孕，一直都不成功，只有用自然的办法。她想到了我，我很聪明，长相身材都是很出众的。我们曾经前后在一起有三年多，我是她最难忘记的。她也跟我说实话，她来找我，她要是见到我身材变样了，没有以前帅气，她不一定考虑我。她和我的关系她给他讲了，我的情况她也给他讲了。找别的人就是给钱，但是不放心。以后说小孩是他的，来敲诈，这种事也可能发生。我呢，不是这种人。主要是她想和我生个儿子，和我一样帅。她不能够一个人得到我，和我生一个跟我一样帅的儿子，她是另外一种方式一个人拥有我。这是她最真实的心情。是不是男孩儿现在不知道，她感觉是个儿子。这种感觉是很准的。我们在珠海见了以后，她梦到很大的一条海蛇。她想到是怀上了，是个儿子。她还怀疑，结果真的怀上了。她当时没有给我讲，她知道我不想有小孩。她不是想故意瞒我。有了，她就给我讲。

我站起来，在屋子里走动。

"你还是利用我了，尤丽。你这样……"

"我给你生个儿子——生个小孩——可能就是个儿子，我给你讲了，不要你抚养，不要你认他，你不需要承担任何责任。王兴，对你其实也是好事。你现在不愿有小孩，你也不愿意结婚，等你想有小孩，想结婚了，你肯定都老了，你可能想生还生不出来了。人老了不一样，你不要认为你一直都能保持你现在这个样子。你其实已经不是你最好的时候，不管是从你的相貌，还是你身体的状况来说。你的巅峰期已经过了，你的巅峰期和我的巅峰期一样，都已经过了。人过了巅峰期就要走下坡路，这是自然规律，不可逆转。只不过呢下坡可以慢一点，但是也只能往下坡走啊。对不对嘛？你自己心里面是很清楚的，你是很明白的一个人。你现在还算是在一个好的阶段，和我一样，虽然我们都在走下坡路。我们两个这个时候生小孩，还是一个好的时机，生下来的小孩肯定还是很优秀的：男孩儿，肯定很帅气，不用怀疑；女孩儿，肯定也是大美女。我感觉就是儿子，可能比你还帅气，头脑也不会比你差。我的头脑也不算差的。人追求潇洒，还是要有后代，尤其是优秀的人，要把优秀的基因传下去，不然人种就退化了。我们巅峰期的时候没有生，现在这个时候不能错过。王兴，你说你是最喜欢我的，你跟我在一起的时间也是最久的，我对你真的是最迷恋，我崇拜你——你太帅气了，很有魅力，尤其是很有男人的味道。我们应该有一个小孩，不然我们白交往一场，任何东西都没有留下。"

我想叹一口气，但忍住了，对她说：

"我们在一起很愉快，我们享受男女间这种乐趣——人生当中最美妙、最珍贵的享受，我们得到了，这就够了。我不相信时间过去，会把一切都带走。是遭的罪，是享受，只要得到了，就成了体验，进到人的生命里面。人会把有的事情忘记，但是进到生命里面的东西不会丢失掉的。忘记和丢失是不一样的。忘记是想不起生命里的东西在哪里了，但是东西还在生命里面。我们在一起，什么事也没有发生，才是白交往一场。"

"王兴，我和你总的来讲，我还是很愉快的。我最疯狂的时候，就是跟你在一起。我不可能把你忘记。但是，你说时间不会把一切带走，我觉得不是这样的。时间，任何人都抗拒不了。不管你觉得是多珍贵的事情，不管你觉得他是多珍贵的人，时间把这些都会带走。我们之间的事情都会成为过去，被时间带走了，永远都不会再现。想到这些，我自然就很伤感：我觉得我们最终还是两手空空，一无所有，就像只是做了一场梦。有了小孩就不一样，是两个人的结晶。时间虽然把一切都会带走，但是小孩随着时间会成长，始终在身边。看见小孩，就不会觉得只是一场空，任何东西都没有留下。"

"我不是想给你说难听的话，我要给你讲真实的想法：你生这个小孩，你主要的动机，是你要满足你现在这个男人的愿望。你刚才还讲，我的样子跟以前不一样，你不会和我生这个小孩。"

尤丽眼睛慌张地闪烁了几下，眉头挤在一起，把卷烟叼在嘴上吸了吸。"对呀，这不矛盾哪！"她像是喉咙发干，没有喝茶，只是咽了唾液。"满足他的愿望是一个方面，我特别想和你生一个儿子，跟你一样帅，也是我真实的想法。对呀，我这次来见到你，你要是没有以前帅，我真的就会很失望。这很正常啊！我本身最看中你的就是你的长相，你变得不好看了，我不会跟你生孩子，但是你还是很帅气呀！"

我走到窗边朝外面看，没有回头。"我有一个疑问。他每年只给你一笔钱，没有答应给你其他的好处。给你多少，不用给我讲。

给你不会少，也不会多。只给了你这些，还有所谓的名分，你就愿意给他生一个小孩。他还会让你给他生。他得到的好处，应该远比他给你的多。按说，找了一个年纪很大的，图的就是得到实际的好处。因为没有感情，也不可能有感情，你年轻，又很美，嫁给他，是不公平的，要有实际的好处来弥补，不然就只是牺牲。——还是交易，交易没有什么不好的，但不能吃亏。我不知道你是怎么想的。你现在对他是有感情了，愿意给他生？生小孩是很遭罪的。有的生了一两个小孩，人就完全变了。你付出的代价是很大的。"

"他跟我是说好了，他要给我钱，生男孩子比生女孩子的钱要多。"

我在沙发上坐下来。"不管是出于哪一个目的，你生下自己的小孩，他对你是最重要的。男人有了孩子，未必把他看得重要。但是女人有自己的孩子，会把他看作比自己的命还重。有的女人，把所有的财宝给她换她的孩子，她恐怕也不愿意。你有没有想过：他愿意让你和别的男人给他生小孩，虽然是无奈，但要是把你看得很重，不会让你做这样的事。要得到一个小孩，对他是最重要的。他现在是没有办法，需要你给他生小孩，但是心里面恐怕把你看得……看得很贱。他得到了小孩，也许再给你一笔钱，让你再给他生一个，过几年，小孩长大一点，他就让你走人，小孩不能带走。这种事，会不会发生？也许你给他生小孩，得了一笔财……"

"你说这种事情当然有可能发生。正常结婚的也有生了小孩就离婚的。我考虑过的，我都想到了的。我不可能给他生了小孩，到时候他想让我走人我就得走，小孩也不给我。要离开他，也是我主动离开，我还要把小孩带走，他不敢不给我。你不相信，你到时候可以看是不是像我讲的。原因我不想告诉你，我肯定不会给你讲的，反正我不可能让他随便摆布我。"

"女人有很了不起的地方，就是异常的敏感，但是未必比男人考虑得周全。如果是有他的什么把柄，他要让你离开，他会顾忌。如果知道有把柄在你手里，还是决定不再和你维持婚姻关系，小孩他要留下，会不会做对你很不好的事？有了别人的把柄可以制约对方，也会逼得人家走极端的。不知道你想过没有？"

"我还真的想过。你是说他会暗杀我，他不会做这种事。他是真的很喜欢小孩，他看小孩都是那种很慈爱的眼神。他想有个小孩继承他的产业，是他真心的想法。他完全是可以抱养的，但是他觉得抱养的不好，小孩长大了会去找他的妈妈，找了妈妈，就要认亲生父亲，这个小孩他就白养了，留给他的财产那就是给别人家留的。他跟我结婚，让我给他生，虽然不是他生的，他从小养大，小孩的妈妈是我——是他的太太，以后小孩长大也不知道亲生的父亲，只会认他是他的父亲。这是一个考虑。我觉得呢他本人是真心喜欢我的，可能真心是爱我的——不管嘛——他想能够长期跟我生活，他想我生个小孩，虽然不是他的，他愿意当他自己的小孩来养，以后把财产给他，我不会离开他，一直到他死的那一天。所以他不会主动要我离开的，除非他实在不能容忍我。但是我不会到那一步：首先我不喜欢大赌，小赌只是玩。吸毒我想到都害怕，更不可能吸毒。要我在外面没有人，我也不可能做到。但是我不会太过分，明目张胆，该遮掩还是要遮掩。他睁只眼闭只眼就过去了。他不追查，就相当于没有这种事情。他自己心里也清楚的。我也防到了你讲的那种情况，万一对我背后下毒手，我也有办法对付，他不敢。除非我自己要分开，他不可能让我离开。要离开我也不会把小孩带走，让他以后继承他的财产。小孩是我亲生的，离婚了我也有权去看他，教育他。"

"你现在变厉害了。"

"你知道了就好。我现在和以前真的是不一样了，我也觉得我现在是有头脑。我也是被逼的，用脑子很费神的。本来呢我这种女的，天生丽质，应该靠脸嘴吃饭。长得美丽，应该得到男人的宠爱，男人甘愿为我挣钱给我花。结果长得再美，只能是玩物。我是完全明白了：女人只是长得美，就只能是男人的玩物。给你一点，也像是皇上恩赐给妃子的，没有尊严，只是被摆布，被玩弄了，还要对人家感恩——是他养活你的。女人要找钱花，要有尊严，不能只靠长相，还要有头脑。有了头脑，男人就不可能轻易摆布你，还要摆布男人。王兴，你承认吧，男女之间能够平等对待，又能够相互尊重，这种人很少很少。除此之外，不是男人摆布女人，就是女人摆布男人。当然谁都不愿意被别人摆布，都想摆布别人，人嘛。反正，我是完全明白了，女人除了有长相，还有头脑，就不会被摆布。别人摆布不了自己，那就摆布别人，就占主动了，命运就不一样了——命运的天平就会往自己这边倒。女人既美，又有头脑，那就是天下无敌。我没有资本也没有后台，但是美就是我的资本，头脑就是我的后台。只不过有点晚了，但是还有机会。再给我一点时间——我急也没有办法，还要有耐性才行——再给我一些时间，我以后成为一个大富婆也有可能。邹金玲我可能比她的钱还多。"

她的媚眼里仿佛燃起火团，发出亮光来。

屋里特布了柔和的灯光，将她眼部的皱纹抹得看不见了，一片艳影在脸上浮动。她不年轻了，还怀了孕，仍旧是十分美丽的。

我想为她的话鼓掌，然而只是冷冷地说道：

"听你讲这些话，我是很佩服的。你的'摆布说'，我很赞成。

我们之间，我没有摆布你，你恐怕也不想要摆布我，但是我很悲哀，我没有想到你来找我，你是有目的的。你并没有安环，你没有给我讲实话。你已经有了，我要让你拿掉也做不到了。我不会怨恨你，我理解你，但是你这样，是很伤害我的。"

"我事先没有给你讲，我向你道歉。但是我事先给你讲，你肯定不同意。我知道你怕有了小孩，你觉得自己就老了。其实你最怕老，想永远都年轻又帅气，永远都有女人为你着迷。但是，不管你有没有小孩，你都会老的，最终你还要进火葬场，这是人生的规律，任何人都不能避免。你可能一时接受不了，但是有一天你会感谢我。你觉得我是在伤害你，我觉得这件事你其实是受益的。王兴，我说一句你不要生气的话：你呢很帅气，很聪明，也很有才能，但是你有个大问题，你胸无大志，你只是风流。你本来是可以做大事的。你要是想当大老板，你做得到。你虽然做古董赚了很多钱，跟那些大老板比，你还是差得远。你有你的一大套理论，你不会听我的。你不改变，你这辈子不缺钱花，但是你也成不了大富翁。你现在是个花花公子，你老了身体还许可，你还是个老的花花公子，你这一辈子就是这样子。我给你生个儿子，是个女儿也行，很可能就是儿子，以后他继承了大笔财富，他就是大富翁。而且，他的事业会越做越大。你成不了大富翁，他代替你成了大富翁。你到时候想认他，我可以去给他做工作。但是我们要说好，你要想认他，必须是老头儿死了以后，他得了财产。要不然，你就把他害了，我肯定要阻止你们相认。你应该懂的，这一点我倒是放心。我现在答应你，老头儿死了，他得了财产，你想认他，我帮你给他做工作。"

我捺住怒火，问道：

"你是一定要生下来了？"

她望着我说：

"我生下来，你是不是要和我断绝关系，不和我往来了？你要是和我断绝关系，我也要生下来。你不会到时候去闹嘛，你到那边公开去讲是你的小孩。你不要这样做，你这样人家会对你采取措施，不会丢手你的，对大家都不好。不过我想你不会这样做。"

我将烟在用作烟灰缸的南朝洪州窑青釉刻莲花瓷盘里掐灭，又取了一支烟，一边对她说：

"我现在心情很复杂……我很难受……没有必要断绝关系。"

我要将烟点上。

"请你不要再抽了嘛！不管你情不情愿，你现在都知道了是你的小孩。以后你在我面前少抽一点，不是叫你不抽。你实在想抽，你也可以闻。闻烟确实是个办法，可以把烟瘾顶过去。而且闻久了，觉得烟还挺好闻的。你现在可以试一下。"

我把烟放了回去，对她说：

"我现在对你，真的是很佩服。我自己很不高兴，但你这样是没有错的。"

我想她留下来，尤丽没有答应，好像猜到我有别的意图，对我说：

"还是等我生了小孩以后吧，我恢复了，你要是见了我还有激情，我们再在一起。"

我送走尤丽，回思她讲的话。她怀孕了，是真的。她是不是和一个六十多岁开工厂的大老板结了婚，我无法确信。但她应该又找了一个男人，是有钱的，或者有势力也有钱，上了年纪。这个人或许真离了婚，也可能还有家室。让自己的女人借种生子，本不是什么奇闻，但这个人允许她向旧情人借种生子，她讲的理由，虽合情理，我也只有接受她这个说法，却是不能完全理解的。她来找我，最大的一个目的似乎确实是为这件事。她认定孩子是我的，我并不全信，但还是觉得很可能是我的。她别的事情未必会说实话，但这方面一般是不会给我说假话的，即便不把真情都给我讲，她有了别人的孩子，应该不会有意骗我的。是别人的，有意说成是我的，多半不会。至于她和吴有明到了哪一步，她是给我讲了的。

我想到她肚子里的小孩是我的，不但觉得自己一下老了很多，让我惶恐，又想到自己的小孩认别的什么男人作父亲，也无法接受。小孩最好是不要生下来，她不愿意去做手术，我觉得无奈，却并不甘心。

后来，我还想与她亲热，即便承诺会十分小心，她还是抗拒了。还问我是不是存心让小孩流掉，警告我不要有这样的想法。那次在我家里谈话之后过了不出半个月，她也不开车了。我让她坐我的车，她知道我平常很少开车，警觉了。她坐出租车或别人的车，都是平安的。

三

进到十二月，尤丽离开锦都，到广东去了。春节前，她回来了，约我在永平中街洪妈老火锅店吃火锅。我先去，按她的要求要了包间，以避开大堂的烟雾。

她来了，对我说：

"你看我的肚子，是不是看出来我就是孕妇了？我脸上看得出来是不是孕妇?"

"脸上看不出来。"

她告诉我,她在广州的医院做了鉴定,怀的百分之百是个儿子。

我心里一阵慌乱。

吃完,我和她散步到了在华都的寓所。她突然想与我亲热,却还是担心胎儿不保,害怕了。

九点过钟,我送尤丽去坐出租车。

出租车来了,尤丽要我看一下车牌号,并说到家后给我发短信报平安。尤丽上车前,又用司机也听得见的声音吩咐我看一下车牌号,然后坐进了后排的位置。出租车便在街灯散着寒气的光里驰去了。

过了十点,我没有接到尤丽的短信,就给她发了短信:应该到了吧。尤丽还是没有发短信过来。我想给她打电话,但觉得不妥,只是又发了短信:还是没有你的短信。近十二点,我又发了短信,是三个问号。

我既不安,又希望有某种事情会发生。

在床上,我脑子里出现尤丽坐出租车离去的情景,觉得那出租车像是从虚幻的世界里来的,载着她朝虚幻的世界里去了。

第十二章　失踪

一

第二天醒来，我看手机，仍旧没有见到尤丽的短信，也没有见到她来电话。我想了想，用公用电话给她拨了电话，她的手机是关闭的。后来又用公用电话拨了几次电话给她，手机都是关闭的。我还找了报纸，开了电视机，上网，看有关灾祸事故的消息。

到第三天，我还是用公用电话给尤丽拨了电话，她的手机仍旧是关闭的。又开电视机，看报纸，上网，看有关灾祸事故的消息。

这一天寒气重了，浓厚的云层也重了，就压低了。似乎知道下面的人们会想，这样的天气会下雪的，要让人们以为并不是在虚想，于是将雪花撒了下来。但雪花实在很少，只在空中可以见到，而地上几乎没有踪迹，也就没有雪景可以看了。

下午，我在家里听到重重的拍门声，那门像是乍然发神经似的嚎起来。还有女人的声音在叫我的名字。我透过防盗门的门镜，见到一个老太太，像是尤丽的母亲，还有一个中年女人。

我朝外厉声叫道：

"有这样敲门的吗？是谁？"

我那样厉声说话，一面是因为对那样敲门不满，也想要来的人知道我是有脾气的。

"你是王兴嘛！我是尤丽的姐！你开门！"是那中年女人的声音。

我把门打开，两个女人对我一脸的怒气视而不见，径直闯了进来。

那老太太染了发，还烫了发，仿佛头上长了一团乌黑的乱云。眼鼻和尤丽相像，个子矮而瘦。那中年妇女肥胖而结实，和尤丽并无相似的地方。我没有听尤丽讲过她有姐姐，好像有堂姐或表姐。中年妇女可能是她的堂姐或表姐，也可能是别的人。

老太太和那中年女人叫着尤丽的名字，进到其他的房间包括厕所去找人。在主卧室里还看了清代灜鹣木架子床下面，在客房看了清代灜鹣木罗汉床下面。返回客厅，本可以透过玻璃门就把阳台看得清楚，却拉开门察看阳台。

两人没有见到尤丽，便来盘问我。我讲了那天我和尤丽在一起吃火锅的事，尤丽离开的时间，送尤丽坐出租车的情况，还给她们看了手机上给尤丽发的短信。

我问尤丽住在双凤村哪个小区，那两个女人却不愿意讲。但我从她们嘴里得知，那小区并不在街边，通过两条巷子进到小区。她们在小区和附近的地方找了人，向人打探了有没有见到尤丽。

我想问尤丽嫁的男人是否知道她在哪里，其中一个目的是刺探尤丽是否真嫁给了一个开工厂的老人，但这样问，就明白告诉她们，我知道尤丽有丈夫，却还和她关系密切。我要装作一直不知道尤丽离婚后再婚。事实上，尤丽也只是前不久才给我讲她又结婚了，而我本人也不知是真是假。但她们一直都没有提到这件事，也没有提到尤丽怀孕的事。如果她们提到尤丽怀孕的事，我已想好应对的话：我承认看出尤丽怀孕了，但不会承认那孩子是我的。

我的一个教养，是遇到急难，要保持镇静。然而这时在她们的面前保持镇静，会认为是反常的，就显出忧急的样子。

我给她们建议，现在应该去报警了，并愿意和她们一起去。她们没有表示反对，却也没有接受。我提出双方留下手机和座机号码，有尤丽的消息相互通报，但她们没有答应。

她们离开后，我脑子里有了更多的猜想，心神难以安定下来。

二

次日，灰暗的云层压得更低了，天气也更冷了，更像是要下雪，却没有下雪。

我带上装了熙酒的酒壶，到附近一家餐馆吃了晚饭，然后绕着道慢步朝家走。

天色早就完全暗下来了，寒意更重了，仿佛空气生出了尖利的刺。街上的人比平常少了。

我一边走，有时喝一口熙酒。走了一阵，身子渐渐暖和了，这时觉得天气其实并不寒冷。

我由下同安路拐进华都，经过院子，朝自己的家所在的公寓楼走。前面没有见到人。

虽有阳河路和下同安路上汽车的声音，这里却显得安静。我走到西头的一单元，正要进去，突然听到一个声音说：

"诶，你先等一下！"

我回转身，见到四个人，认出是警察。我想到了警察会来找我，却没有想到这个时候出现，像是猛地由地里冒出来的。

有一个像是民工，皮肤黝黑，偏胖，头发花白，很浓的眉毛，发青的眼袋，双下巴。神情是疲惫的，眼里却有坚硬的光。这个人是领头的。有一个人戴着眼镜，肉头鼻子，整张脸却是清秀一类，人也偏柔弱，然而身上有一股刀斧般狠切的冷气，最不像是警察，但一看就像是警察。另一个五官长得好，肤白，一副放松的样子。还有一个偏瘦，颧骨如石头般突起，两腮却收陷下去了，是并不起眼，却让人不得不留意的人。除了这个人，其余三人都吸着烟。

这几个人是市公安局刑警支队的。头发花白的警察问我：

"知道我们来找你有什么事啊？"

"是为尤丽的事情。她是大前天——星期二——从我这个地方回家，后来一直就没有联系上。昨天她母亲和她姐到我这里来，没有见到她回家。她是不是出什么事了？"

头发花白的警察用审视与质疑的目光在我脸上看了几秒钟，然后说：

"你是住在这里的，可不可以让我们去看一下？"

那人像是在征求我的同意，其实我是不能拒绝的。

我带他们到了家里。

他们打量着客厅的摆设。那个偏瘦的警察说：

"你家里还古色古香的。你是搞收藏的，你还是做古董生意的？"

"喜欢这些东西。放在家里也实用。"我回答说。

"你是不是在倒古董？"那个偏瘦的警察又说。

"收藏很花钱，不卖东西不行，我的目的还是收藏——主要是喜欢。"我说。

我给他们散烟，但他们没有一个人接烟。

"收藏古董，国家好像还是鼓励。倒卖古董，是违法的，你晓不晓得？"偏瘦的警察说。

"国家现在应该是许可的，以前确实是不行的。现在有古玩店，周末有古玩集市，平常有人在那边摆摊买卖古董。还有拍卖会，很珍贵的文物也是可以买卖的。"我说。

"你有没有正式的工作？"头发花白的警察问道。

"在北京古玩城我有个朋友开了古玩店，我在里面有股份，店子算是我们两个人的。"我说。

"你自己还是没有工作嘛。"那个偏瘦的警察说。

"你这些东西都是真的？你这个大案像是庙子里的。如果是从庙子里偷出来的，你买就是销赃。"头发花白的警察说。

"这个案子是在潼源一户人家买的，他讲一直是他家里的。知道是偷的，不会买的。"

我又指着供案上摆的物件说："这几件东西：罐子是老的，坏掉了。这只瓶子是老的，可能是明代晚期的，是民窑一般的东西。官窑就值钱了。这个瓶子，我买的时候以为是老的，其实是现在新仿的，后来才知道。如果这个东西是对的，是雍正时候的官窑，就发大财了。"

我说这些话时，看见那长得好的警察在观察沙发。

头发花白的警察站到黑漆樟木柜前面，对我说：

"这里面可不可以打开看？"

"里面是茶具、茶叶、我抽的烟，还有其他一些东西。"我说。

"叫你打开你就打开！"偏瘦的警察说。

我心里不舒服，却说道：

"对不起，我不是不愿意打开。"

我将柜子打开了。

头发花白的警察朝里面看了看，并没有说什么。

那个偏瘦的警察和戴眼镜的警察也走近柜子看了里面，而那个长得好的警察则只是歪着头瞥了一眼。

"你还有房间嘛，带我们去看一下。"头发花白的警察说。

这时那长得好的警察走到供案前，盯着屉部看了一眼，有些兴奋地问道：

"这个案子下面可以打开的！是可以打开的嘛？"

我正带另外三个警察朝里面走，听见他这样说，就回转身来回答道：

"可以打开。"

我用手指勾住屉部中间活板的上端，将活板拉了下来。

那长得好的警察取手电筒朝里照着看了，里面是空的。

我将活板推回去，然后带警察去其他的房间。

在主卧室里，警察命令我打开民国楠木衣柜，察看了里面，用手电筒照了架子床下面。

进到书房，命令我打开一大一小两个保险柜。里面大多是瓷器。我给他们讲，这里面的东西都是老的，有的自己很喜欢，是自己收藏的，不想卖。有的必须卖，必须要赚钱。偏瘦的警察问我这些东西值多少钱，我说大概值三十来万。警察还命令我拉开一个民国楠木茶柜的抽屉。里面装的是残破的古陶瓷和古陶瓷片，还有现在的仿古瓷和仿古瓷的瓷片。我给他们讲，这是来对照学习的标本。我拿出一只青花穿花凤纹小盘，告诉警察，这是我看错了买的，以为是明代的，其实是新仿的，不值钱。在一张清代金丝楠木画案上，摆了几件文房和一只小罐，但小罐也做了洗子。警察或许以为这些东西有的是古董，有的未必是古董，但都不值钱，因此没有向我问这方面的问题。

我平常也写毛笔字，我天赋高出太多的人，又下过功夫，字已开始有自己的风貌，颇有一种风骚旷逸的神采。徐渭《笔玄要旨》讲："书法既熟，须要变通，自成一家，始免奴隶。"我的字已有些脱奴隶字了。我有几张字装裱了挂在墙上，警察虽然留意到了，并没有说什么。

一对民国红木书架满架的书，那头发花白的警察抽了几本翻了翻，也没有说什么。

出了书房，来到客房，警察用手电筒照了罗汉床下面，不过只是随便照了照。

警察还察看了厨房和厕所，也只是随便看了看。

然后，头发花白的警察和戴眼镜的警察到一边低声交谈了几句，头发花白的警察对我说：

"有问题还要问你，你跟我们到刑警队去。你把洗漱的东西带上。"

此人还命令我交出手机，说是暂时替我保管。

三

天刚亮，警察把手机还给我，放我离开了，这是我没有想到的。但警察给我讲，这段时间不要离开，还会找我。

我坐了出租车往华都来，人觉得困乏，脑子却更清醒了。我觉得庆幸，心里又忐忑不定。

警察来找我，对我还算客气的。他们进到了屋子查看，但并没有像电影和电视剧里警察办案那样，在寻找明显的血迹，或者像是用一种特别的灯，通过喷某种化学剂，寻找清洗过的血迹。警察没有那样做，也许是因为还没有认定或者判定尤丽遇害了，怀疑是我在我屋子里下的手，但必定怀疑我对尤丽做了什么。我在这件事情当中做了什么，我自己知道。然而，这些人只能从我的言行和神情中去悬揣。我反复想，我的言行和神情有哪里不妥。我不想让他们看出我太精明，否则会认为我不好对付，会要花招，即便我没有骗他们，也不会信我。但看出是装傻，同样的，即便我没有骗他们，也不会相信。说话是尤其要小心的，不该讲的固然不能讲，而该讲的也不能让人起疑，否则对自己是更为不利的。

我给警察讲了出大门时，是哪个门卫值班。尤丽坐出租车离去的情形，尽量讲得详细，除了告诉车牌号，还讲了司机的样子。想来尤丽的家人已报了案。我把劝尤丽的母亲和那个中年女人报警，并愿和她们一起去的事，也给警察讲了。

警察查看了我手机上的通讯录，问我和上面那些女人是什么关系，并要我把那些女人的情况说一下。我说上面有的女人，是通过做收藏，做古董生意认识的，是藏友，是生意上的关系。其中只有一个曾经是情人。上面有几个女人以前是我的女朋友。我以前还有两个女朋友，名字被我删除了。我把那些女人的情况给警察讲了。提到邹金玲，只说是我在贵州凤泉念小学四、五年级和初一的同学，但她在锦都是做什么的，如实讲了。警察说我谈的女朋友不少，不是在谈女朋友，是玩弄人家。我辩解说，我谈的女朋友算少的。我是认真的，要找到适合自己的，真的是不容易。警察问我和哪些有夫之妇有不正常的关系，要我把手机通讯录上有的名字指出来，手机通讯录上没有的也说出来。我不想马上回答，让警察以为我是无所谓的，迟疑之后才给警察说，结了婚的女人我交往的很少，名字能不能不讲？讲出来，担心对人家的家庭不好，她们和尤丽这件事也没有关系。但警察要我必须说出来。（那个头发花白的警察对我说："你以为是因为好奇对你的个人生活感兴趣？对你的个人生活根本就没有兴趣。从你的个人生活来看，你是个道德很败坏的人！你就是一个玩弄女性的流氓！你是典型的'金玉其外，败絮其中'的人！我看你有很多书，但是你没有读书里面好的东西，你读的是书里面坏的东西。你这样的人，不仅仅是败坏了社会风气，对人性也造成了破坏。人性不是兽性。人之所以有人性，就是要讲道德。讲道德，就是要约束自己。不知道约束自己，那跟猫猫狗狗没有区别！女人哪是拿来玩弄的！女人都要做母亲，要做妻子。母亲就要敬重，妻子要疼爱。你跟女人交往，你抱着的目的就是玩弄！你这样的人我见过很多，我奉劝你：女人的便宜不是随便占的。这个世界上任何的便宜，都不是随随便便让你占的。你占到的便宜越多，你还得就越多！……"）我只好讲出了名字，其中一个在通讯录上，两人现在也只是朋友。另外的，已经没有往来了。警察不相信我全都讲了，再次警告我，讲假话是要负法律责任的。我显得十分忧虑，半晌之后，讲出了通讯录上另外一个人，但和她仍旧只是朋友。那时，我主动提到自己知道的尤丽婚姻的情况，说去年十一月份，她怀了孕，才给我讲又结了婚。但是不是真又结了婚，我也不知道。我为证明自己讲的不是假话，提到吴有明，说他可能也一直没有听尤丽讲她又结了婚。警察对我讲到尤丽的说辞并没有表示不相信，却不信我把和我有关系的有夫之妇都说出了，还追问我和军人、警察的妻子有没有不正当的关系。我咬定全部都讲了。

尤丽失踪后，我想到警察会找上门来，已将家里一些古董转移了。我本想删除手机通讯录上的一些人，但担心警察通过技术手段会发现，我很难辩解，因此一个也没有删。

警察问我尤丽肚子里的小孩是不是我的，我把尤丽夜里两点过钟给我打的电话，次日到我家谈话的内容，包括借种生子，还有劝我的话，给我的承诺，给警察讲了。我说了孩子只是很可能是我的。我也给警察讲，想到可能是我的小孩，我还是很纠结的，但是只有接受现实，我没有为了让尤丽不生下小孩，做任何伤害她的事。这时候我告诉警察，那次尤丽和我谈话，还给我暗示她手上有那老头儿的什么把柄，能够控制对方。警察脸上表情并没有变化，问我知不知道是什么把柄。我说尤丽不愿意给我讲，警察脸上倏忽间出现了失望的表情，像是阴影一样掠过去了。

后来警察问我，知不知道尤丽还和哪些男人关系密切？我又提到了吴有明，讲了吴有明曾经追求过她，尤丽当时觉得他吊儿郎当，干不成事，拒绝了他，去年五月从广东回来，见吴有明现在开酒吧生意还比较好，觉得可以交往。据我所知，两个人也只是朋友，但关系到底到了哪一步，我也不知道。

在刑警支队，我又几次问警察，尤丽是失踪了，还是出了别的事？第一次问，警察反问我，你自己不知道啊？后来警察对我说，现在是我们问你，不是你问我们。

……

我在车上想，对警察讲的话还是有漏洞的，然而没有任何的漏洞，警方会当作事前精心编造好来应对他们的。虽有漏洞，并没有使得警察更加怀疑我，否则是不会放我走的。但即便放了我，对我的疑心也并没有消除。

我想到送尤丽上出租车，一去就没有任何消息了，仍觉得是不可能的事。她绝不会做自杀的事。如果是躲藏起来，不是绝不可能，却也想不出她为什么要躲藏起来。但她一定是凶多吉少了。

那出租车司机即便知道我记了车牌号，仍有可能对尤丽图谋不轨。警察应该也想到了，或许已经排除了对他的嫌疑。不管尤丽再找的是什么样的男人，如果手上确有把柄可以控制对方，这把柄对他应该是极大的威胁。如果此人确有让尤丽替他借种生子的事，或许也是另有企图，比如是想麻痹尤丽，不防备他，对她下手，警察也不会怀疑到他，即便怀疑到他，他也有很好的理由为自己开脱。有时候，所谓有没有证据，还就看嘴上有没有一套说辞，那说辞立得住脚，就成了证据。尤丽和吴有明的关系到了哪一步，我还是愿意相信她的话。按说吴有明以前被她拒绝，现在结了婚，再见到她，不会做伤害她的事。然而，这个人以前还算是一个一致的人，他的表面和内心都不正常，现在或许是分裂的，他表面上是正常的，内心却不正常。他或许表面上对她已经释怀了，其实一直都是怨恨她的；表面上抗拒她，其实仍旧是迷恋她的。此人现在太像是一个圣人，然而很让人起疑，或许那里面隐着一个恶魔。他或许一直想对她做什么，若是见她怀了孕，尤丽没有告诉他孩子是我的，但他想到是我的，让他更恨她，便终于在那天晚上行动了。他不必自己动手，但可以花些钱找人去做。若只论动机，吴小莲也是可疑的。她必定很看中吴有明，或许表面上不在意尤丽，其实将她当作了一个威胁。尤丽正大着肚子，她相信不是吴有明的，是我的，然而趁这个时候算计尤丽，正好可以免除对她的怀疑。至于邹金玲，尤丽有时还问到她，她却对尤丽不闻不问，仿佛尤丽是不存在的。然而那或许不是蔑视，是太在意了；不是有意忽略，是完全不能容忍。见她有了孩子，想到是我的，更不能容忍。若是想独占我，也正好可以从她身上下手……她眼里时有硬而狠的光，那样的事，她或许是做得出来的。

我还想到其他的可能，甚至想到尤丽的前夫张涛报复她。

如果是尤丽又找的那个男人指使干的，尤丽已经不在人世了。如果吴有明对她行凶，尤丽或许已经遇害，但或许还是活着的。如果是吴小莲或者邹金玲算计她，尤丽恐怕也都凶多吉少了。如果是张涛报复她，会如何处置她，是很难说的。

如果和这些人都没有关系，也许就是有人劫色，或者劫持将她拐卖。如果有人劫色，尤丽可能还是活着的，也可能被杀害了。如果是劫持将她拐卖，尤丽很可能还是活着的。

也许还有意想不到的人和情形。

我心里为尤丽难过，仿佛看见了她的尸体，看见她在遭受凌辱……我希望她能够活着出现。如果她肚子里的小孩真是我的，她活着出现的时候，小孩掉了是最好的。没有掉，或者已经生下来了，我也会为她高兴。

我到了家，隐然看见警察还在屋子里，不像从前回到家，觉得这是我的一个自在的领地。

四

我从黑漆樟木柜里取出一只元代龙泉窑的杯子，倒了保温瓶里的水，连喝了几杯。我想取雪茄抽，却没有兴致，还是点了香烟来吸。然后，我在书房打开电脑上网，看到现实中的警察，在怀疑或判定是凶杀的现场，也像电影和电视剧的警察那样寻找血迹。

我得到这结果，想睡了。我到了卫生间，站到洗面池前，刷了牙，取了毛巾洗脸。冰冷的水激得我又清醒了。

这时，我望着镜子，忽然见到自己身后有一只蝴蝶，仿佛是空中抖动的红色的花瓣。我像被惊扰了，又像被什么东西触碰了，回过头来，看到空中有蝴蝶的虚影，但倏闪不见了。因为没有看得真切，只觉得那蝴蝶是红色的，似乎带有黑斑纹。

我猛然想起了望义那老人讲的故事，那天夜里与郑高娣在宾馆时做的梦。我见到这只蝴蝶，或许只是意念，或许那蝴蝶只是一个幻象。但这时候有这个意念，见到这幻象，似乎不是无缘无故的。我脑子里有了一个奇想。不过我明白不会有那样的事，但或许又觉得……我说不清楚到底因为什么，我要去看一看那一只雍正白釉杯。

我出了门，从楼梯上了一层楼，开门进到了房间。这是最上面的房子，带一个楼顶花园。这也是我买的。里面有家具和厨具。楼顶花园建了封闭的雨棚。在雨棚里面，有不锈钢做的柜子组成的台子，带一个拐角。上面摆了花盆，里面放了养花工具和肥料，以及一些杂物。露天处有铁架，上面也摆了花盆。花盆里有的放了假山，种了小树木。而种的花草长得并不好，有的已经萎败了。这屋子像是没有人常住，只是有时有人来住，或者来打扫一下卫生，照料一下盆景和花草。屋子里见不到一件古董，让人以为屋子的主人或住在这里的什么人对古董并没有兴趣，其实楼顶花园雨棚里的台子，是我隐藏古董珍玩的地方。人们是很难想到的，即便打开台子，也不会那么容易发现。这台子是我自己设计的，让一个不锈钢小加工房将各部分做好，送到下面的房子，然后自己搬到上一层屋子的楼顶花园安装。除了两件极珍贵的东西放在贵州父母的家里，以防手上其他珍贵的古董珍玩都失去了，或者连同别的财产都没有了，自己不至于变得一无所有，还能再成为有钱的人，我下面的屋子平常只放很少几件珍贵的东西，别的珍贵的东西都在这台子里面。离开下面的屋子外出时间稍长一些，也会把那里面珍贵的和较为珍贵的古董移到这台子里来。有一次，我梦见似盗非盗的人拿走了台子里的古董珍玩，那两件极珍贵的古董似乎没有在里面，我还是仿佛一下陷入了绝地，醒来还一阵心慌。与我做的其他恶梦比，这样的恶梦是最可怕的。不过，我认为东西放在这里，还是安全的。

尤丽失踪后，我把下面屋子里一些古董，包括金丝楠木供案上的唐代茶叶末釉葫芦瓶、早期钧瓷天青釉葫芦瓶、宋磁州窑黑釉剔牡丹梅瓶、明万历青花凤纹梅瓶和清代栗色冲天耳乳足铜炉，平常收在保险柜里那两只崇祯青花杯，还有雍正白釉杯，搬到了上面。

我到了楼顶花园，进了雨棚。我将一个不锈钢柜子上的花盆移开，用力拉出不锈钢柜子，用螺丝刀从一旁旋开螺丝，将盖板取下来。柜子里面分成了前后两层，我从后面一层取出一个塑料盒子。里面有几包用黑塑料袋包裹的东西，打开其中的一包，是用叠了双层黑塑料袋包裹的晚清黑漆描金小方盒。

这时候天已大亮了，光是冷白色的。雨棚有三面安了宽大的玻璃窗，并不昏暗。

我将黑漆描金小方盒取出来打开，再取出包裹杯子的绸缎，打开绸缎，取了杯子拿到手上来看。

起初并没有见到什么，但轻轻地转动，便觉得有一只蝴蝶从杯子上飞入眼里，定睛看，蝴蝶还是在杯子上的。蝴蝶的身子和头是黑色的，带着红色的斑纹。翅膀是由深到浅的红色，有黑色的斑纹。我仔细看，还用手摸了，是凸起的，以为是彩料画的，而且是珐琅彩。移近窗边再看，又用手摸，确定刚才的判断是没有错的。那红蝶有玻璃的质感，但因为十分油润，又像是用染了色的酥油做了粘在上面的。我看过了杯子的底部，还是那只写了"雍正御制"青花款的杯子。那红蝶仿佛是原来就烧制上去的。

然而我反而不相信了，疑心还是幻觉。我拿着杯子，一面往雨棚外走，眼睛同时盯着杯上的红蝶，到了露天的地方再看，红蝶还在。

我还是有些不信，又觉得是不可思议的事。

如果这是真实不虚的，现在发生的事就和姓林的老人讲的故事有联系。在老人的故事里，那杯子原来是雍正珐琅彩三蝶杯，上面有红蓝黄三只彩蝶，因为死了叶春华、冯幺妹、郑丽曼三个女人，三只彩蝶变成了黑蝶。现在杯子上出现这只红蝶，莫非就是因为尤丽失踪的缘故？或许是因为她已不在人世了。

老人没有讲出叶春华被奸杀，歹徒到汪珍凤家行凶致使冯幺妹被枪杀，到底是否与郑丽曼有关。我以为，判定两件事与郑丽曼没有关系，那故事里虽然也有讲得通的说辞，但即便如此，仍不能排除是郑丽曼指使人干的。郑丽曼这样做，一面因为嫉恨与赵广陵交

往的女人，也要让赵广陵害怕，不敢再和别的女人交往。而郑丽曼
自己的死，似乎是一个意外，但那个意外让人疑心是她自己故意造
成的。或许她并不想死，只是想制造一个事故，似乎能要她的命，
她要借这个机会给赵广陵讲，她虽然是王政安的姨太太，还是处
女，除了赵广陵，没有别的男人。她在这样的情形下给他讲，他才
不会认为还在骗他。她还想看一看赵广陵那个时候的表现，知道他
是不是对她真有感情，是不是真的爱她。但事态却不由她掌控，她
真的只能在临死前给赵广陵讲那些话了，也终于让他相信；也在
真要死的时候，终于知道了赵广陵是真爱她的。因此她的死，终于
让自己在赵广陵心中成了一个完美的女人，甚至不再认为她会背后
指使人行凶；赵广陵不但终于真正爱上了她，还成了只是忠诚于她
的男人。她死了，最终完全将他征服了，独占了。郑丽曼是极度偏
执的女人，但也因为极度偏执，成了非凡的女人。这想法虽然离
奇，大体还是讲得通的。然而，其中也有疑问：郑丽曼会是那样的
女人吗？

那么现在再想，就像郑丽曼指使人对叶春华行凶，会不会真是
邹金玲在背后让人对尤丽做了什么？

既然杯子上出现了这只红色的蝴蝶，或许会再出现蓝蝶和黄
蝶，那只雍正的白釉杯便成了珐琅彩三蝶杯，或许就是老人故事里
变出三只黑蝶之前的那只珐琅彩三蝶杯。那么，我手上就有一件旷
世的奇珍了，真是价值连城的。然而要得到这样一件无上的瑰宝，
还会有两个女人出什么事故，我会不会也要付出很大的代价，甚至
遭受某种巨大的苦痛？即便杯子上终于出现了三只珐琅彩蝶，会不
会也变成无数的彩蝶，夺了我的性命？如果真能得到，付出一些代
价，是必要的。但如果破我的相，让我伤残，让我遭受牢狱之灾，

代价就太大了。如果还要我的命，就是把世间所有的瑰宝奇珍都给我，我也不会接受的。

按说杯上出现了这一只珐琅彩的红蝶，这只雍正白釉杯就成了雍正珐琅彩瓷，即便只有一只珐琅彩蝶，也可以是极珍稀的宝物。但雍正珐琅瓷是极讲究的，将杯子倒过来看，杯身上这只珐琅彩蝶对应杯底的款，应该在合适的位置上，否则就不协调了。然而这只红蝶并不在合适的位置上。如果杯上只有这一只蝴蝶，很难让人相信这是雍正的珐琅瓷。

我望着手上出现了一只珐琅彩红蝶的杯子，不知道这件事是吉是凶。我要先安静下来，让自己好好想一想。

我想下楼去了，把杯子也带上，但这杯子已经是很不寻常之物，不能出现任何的闪失。警察这个时候应该不会再来搜查，即便来了见到这只杯子，可以给他们讲是雍正的白瓷，后加的彩。他们拿去问专家，专家也不会认为这是雍正的珐琅瓷。但是，警察即便也认为不是多值钱的东西，万一不小心损坏了，也并非是绝不会发生的事。还有其他意料不到的情况，也难说不会发生。杯子还是放在这上面稳妥。

于是我将杯子放回台子里面，然后回到下面的屋子上了床。过了好一阵我才睡着。后来有两次手机的响声把我吵醒，但接着又睡了。

过了晚上七点钟，我起了床。我想起见到那杯上出现了一只珐琅彩的红蝶，又觉得是不可信的。我急切地想知道杯上是否真出现了那一只珐琅彩的红蝶，再次到了楼上的屋子，进到楼顶花园的雨棚，从放花盆的台子里取出了黑漆描金小方盒。

这时候如同已入黄夜里了，但这屋顶借了周围灯光的势，并不漆黑，却是幽黯的。

我回到楼顶的房间，在灯光下打开了黑漆描金小方盒。我的心脏跳得快了，似乎要抢在眼睛前面，知道那杯子上是否仍有珐琅彩的红蝶。我打开了包裹杯子的绸缎，将杯子取在手上来看，并没有纹饰，只在杯底有雍正御制款。那珐琅彩的红蝶好像还在眼前，然而杯子上并没有珐琅彩的红蝶。

我觉得，上午见到杯子上出现那一只红蝶，好像只是做的一个梦。但我只是睡了一觉，并没有做梦。要么是这样一种情况：那老人的故事讲，叶春华死了，一只彩蝶变成了黑蝶，而且一直是黑蝶。现在因为尤丽只是失踪了，生死不明，也许还是活着的，这只红蝶出现后就消失了。或许在老人的故事里，一只彩蝶变成黑蝶，不只因为是叶春华死了，还因为叶春华是郑丽曼派人杀害的，而现在红蝶出现又消失了，也许是因为尤丽失踪——不只是失踪，人已不在世上了，这件事和邹金玲无关。彩蝶变成黑蝶，似乎是有各种因缘促成的，即便奸杀叶春华那两个人不是郑丽曼指使的。现在杯子上出现红蝶，没有一直留在上面，应是因缘不足以促成此事。不对，这些想法都太离奇了，这样的事情本就是不会发生的。但毕竟我看见了，现在还记得清清楚楚，说是幻觉，又太不像是幻觉了。然而现在杯子上没有蝴蝶，那么当时见到杯子上出现红蝶，就还只是当时的幻觉。

我回到下面的屋子里，有些沮丧，同时觉得轻松了很多，不必忧虑因为还要出现蝴蝶，再有女人出事，我要付出多大的代价，冒多大的风险。又想到杯子上并没有那一只蝴蝶，未必是邹金玲指使人对尤丽下手，不必担心邹金玲会像郑丽曼一样是极偏执的人。不过，尤丽突然失踪，邹金玲还是有嫌疑的，但也只是有嫌疑而已。

我想联系邹金玲，与她见面，探她的口气，窥察她的神情，看她会不会是幕后的人。

邹金玲还是不许我直接给她打电话，我就给她的手机发了短信：还很忙吗？到了十点过钟，邹金玲才回了短信：事还繁多，抽不出时间。

我听她讲，她和浙江的老板还有本市的一家公司，在西南边三环路外黄家做一个综合项目，有商铺、公寓和酒店等，现在是第一期。她讲那本市的公司占的小头，但没有讲她是否占的大头。我也没有问。凡是她商业上的事，她不主动讲，我不主动打听。她愿意讲，我宁肯只是听。她问我有什么看法，我才会讲出一番言论，显示我的高明，然而我不愿让她以为我对她的商业有兴趣。我只愿与她本人亲近，而对她本人之外的一切却要保持距离。我与女人交往，大多采取这样的策略。我以为，只是和某个女人本人接近，要离开都并不难。但如果涉足她的事务太深，要离开就不易了。再则，一个女人本身才是美妙的乐园，与她的关系越单纯，对她的事务知道得越少，越能享受到其中的美妙。

我觉得无聊，想出门去。在以前，我就出去了。但现在我也是被怀疑的对象，虽说警察不会一直盯着我，却不能说绝不会再突然出现。外出或许不会有任何事情，然而不得不防有居心叵测的人，就等着这个时机找我的茬子。

我去了书房，打开了台式电脑找电影看。但心思并不在电影上，找了几部，都不能从头到尾看完，或者只看了前面一段，或者快进粗略看过。

我便回到客厅，看着书，听了一阵音乐，虽然尚有顾虑，还是决定出去。但我也提醒自己，要十分小心。

我取了一支雪茄，离开了家。后来我倦乏了，应该回来的，但去了一家酒吧。我到酒吧，是想到有人查问我今晚的行踪，我说出来的地方是可以核实的。要是追问我此前在哪里，我也想好了如何应对。那些话却是无法核实的，因此找不到证据说我讲了假话。

我在酒吧里点上了雪茄来抽，但无法消解越来越浓重的睡意，只好靠着沙发睡了。然而不久就醒了，随后离开了酒吧，坐了出租车往华都来。

我进到家里，在洗面池前洗脸，望着镜子，不由得产生一个念头，想见到里面有一只蝴蝶。然而，镜子里面并没有蝴蝶。

第十三章　女王

一

第二天下午一点左右，我才起床。我腹中饥饿，到餐馆吃了东西。然后买了卤鸭和儿菜，回到屋里。

下午大多的时间，我躺在双人牛皮沙发上，放着音乐和歌曲，交叉看《阅微草堂笔记》和《古瓷鉴定指南》两本书。

我以为，中国古代的文人大多是无聊的，有趣的则很少，而且往往学问越多，便越是无聊，越是无趣。纪晓岚或许是乾隆、嘉庆时候最无聊的一个人，却是最有趣的一个人。《阅微草堂笔记》一书，可用"无聊之趣"四个字来评判。《阅微草堂笔记》我曾看过，这是第二次读。第一次是断断续续读的，这一次也是断断续续在读，如同有的人想起来就吃一点零食。

北京燕山出版社印制的《古瓷鉴定指南》，是我读得最多的一本书，书里《匋雅》和《饮流斋说瓷》，则是读得最熟的。《古瓷鉴定指南》我已翻烂了几本，这是又读的一本，另有五本存放。我虽然买了专门出版的《饮流斋说瓷》一书，但还是习惯在《古瓷鉴定指南》中读《饮流斋说瓷》。

随着我对古瓷了解越深，我对《古瓷鉴定指南》读的次数越多，我便越是能看出书中的谬错在哪里，也越是能看出书中的高妙在什么地方。而当我看出书中更多的谬错，尤其是看出书中更多的高妙，我对古瓷的了解也随之更深刻了。

时而我脑子会想到尤丽失踪这件事。

天色早早就暗下来了，我只好早早开了灯。

我一直读到晚上八点来钟，才在靠窗的鸂鶒木小方桌边吃晚餐。

我用的餐具都是古董。煮的儿菜，装在一个明代龙泉窑的大碗里。卤鸭则装在一个明代龙泉窑的盘子里面。这大碗和盘子是我在白龙潭镇一个小古董店买的。当时一共有六块盘子，和那大碗像是同时烧造的。都是青灰色，只是深浅稍有不同。每块盘子与那大碗都像没有使用过一样，只有一块盘子破损了。我将六块盘子和那大碗一起买了下来，除了破损的盘子，都用来做餐具。我后来又添置了元明时期龙泉窑的碗盘（包括碟子），也放在厨房做餐具。我还买了元代龙泉窑的杯子，在用龙泉古瓷做餐具时常配着用来喝酒，不过杯子平时是收在黑漆樟木柜里的。我另配了一套康熙的青花餐具，但大多时候用的是龙泉古瓷。

今天晚餐，我用的龙泉窑的小碗是明代的，喝酒用的是一只元代龙泉窑的青釉杯。还用了一只明代龙泉窑的碟子装骨头。

大碗里放了一只清代的银勺子。

用的是一双清代带链子的银筷子。

我吃完了儿菜，卤鸭子剩了几块，倒在另一只明代龙泉窑的碟子里，放进了冰箱。然后，我开始洗碗、盘碟、勺子和筷子。这时，我听见客厅里手机在响，赶紧回到客厅，是吴有明的电话。

吴有明在电话里用极谨慎的语气先问我，现在给我打电话，不知道方不方便？然后问我，尤丽是不是出事情了，我知不知道她现在的情况？

我思忖之后，简单讲了尤丽失踪的事，还讲了尤丽的母亲和那中年女人来找我，我建议她们报警。我也讲了警察找我问话的事，问他警察是不是也找他问了话。

吴有明没有直接回答，说最好还是见面谈。

他现在在钓水酒屋，我与他约好，我二十多分钟后，由家里出发去见他。

二

我一进钓水酒屋的门，就见到吴有明迎向我的冒烟的脸。吴有明锁着眉头，脸上是冷峻的表情。他走向前来，问我喝不喝酒，要是喝酒，今天免单。

我请给我泡一杯茶，吴有明便给女服务生吩咐了一声，女服务生用玻璃杯沏了茶，放在托盘里端来给我。我取了茶杯，道了谢。然后吴有明提了暖水瓶，带我上了楼上的房间。

吴有明先问我，警察来找我，有没有透露尤丽只是失踪了，还是出了其他的事情？我给他讲了。吴有明告诉我，警察找他问话，他向他们打听尤丽到底出了什么事，他们也不愿意说。但愿她只是暂时失去了联系，但是他很担心，她从我那里离开，坐的士回家，在这之间发生意外。劫财劫色，如果危及到生命，后果就不敢想象。警察根据车牌号，很容易找到当时的司机，可能结合其他的证据，已经把他排除了，或者没有把他列为主要的怀疑对象。警察来找他，从他们问的问题来看，对他好像有所怀疑。警察知道他以前追求过她，可能是找我问话，我给警察讲了。如果不是我讲的，不知道警察是从哪里知道的。

据他讲，给我跟你打电话前，警察从他这里离开，不到两个小时。警察是刑警队的，两个人，有一个戴着眼镜，看上去很像很斯文的语文老师，但是穿着制服的。两个警察进来，当时气氛就变得有点紧张了。警察出现的地方，气氛都不会轻松，尤其是他这种地方，好像有没有事情，都让人感觉到紧张。他本人倒不是害怕，他没犯事情。他们在他这里有两个多小时，五点过钟来的。他把两个警察带到了这上面。他完全没有想到，他们来，是因为尤丽失踪了也好，或者是暂时失去了联系。

吴有明又说：

"我是如实给他们讲了我和尤丽以前的关系。……我跟她这一段关系——说是关系，当时也只是追求者和被追求者的关系——我没有必要隐瞒，我对小莲都没有隐瞒。她去年回来以后，我和她交往的情况，我把真实的情况也如实讲了。……去年尤丽回来，她对我印象有改变。我承认，我对她还是很有好感，但是这种好感没有特别的意思，是我作为老朋友——我也把她当作老朋友——对她的欣赏：她还是保持住了她以前比较真实的一面，而且，虽然好像很现实，但是还保留了以前的一份纯真。现在的人都是很现实的——我也很现实——还有人有一分纯真，能够被诗打动，已经是很稀少了。"

谈到诗，他的话就引伸开去了，说他现在更加坚信，诗是人最后的一个救赎地。如果没有了诗，人就完全沦陷了。他以为现实如同土地，人需要立足于现实，但人被现实完全征服，人就变成了类似于蚯蚓，或者穴居的动物。人需要不现实来作为天空，这样，才是有了生活的广大的空间，人的生命才有了广度和深度。不现实，就是纯粹的精神。纯粹的精神，就是天空。信仰本来是一种最纯粹的精神，也就是最高远的天空。但是，自从上帝已经死亡，古典或者标准也已经死亡，信仰这一片最高远的天空已经坍塌了。现在很多人还宣称是有信仰的，其实是认了一个假的上帝，是把假的标准认作了真的标准。这些人的信仰是假的信仰，他们所获得的生命的广度和深度，也是虚假的。至于文学和艺术，和信仰比，还不是最纯粹的精神。但是除了信仰，文学和艺术是人的精神能够达到的一个最纯粹的境界，是人的精神能够到达的最高远的天空。这里面呢应该排除有功利色彩的文学和艺术。有功利色彩的文学和艺术，是争名夺利的工具，也还是现实的。可悲的是，在假的信仰取代了真的信仰以后，文学和艺术也越来越功利化了。他目光所及，现在只有一部分诗还是非功利的，保留住了精神最高的纯度，是精神到达的最高远的天空。他对他现在已经写的诗有一个自我评价：写得不是最好的，但是一直是非功利的。他觉得尤丽喜欢他的诗，不是出于教养，是出于她的天性，反而是很真实的。尤丽这次回来，他没有想到她记得他给她写过诗，喜欢他给她写的诗。他记得她当时讲：人不能只是有钱，还要高雅。这是她的一个觉醒。觉醒，其实就是天性的回归。她现在喜欢他的诗——是她作为一个老朋友喜欢他的诗，虽然她曾经是他追求的对象——说明她除了现实的一面，还保留了不现实的一面，这其实是很宝贵的。她在精神的层面上，还是有自己的纯度，她是有天空的。他不可能对她再有任何的想法，但是他把她当作他很珍惜的朋友。警察问到他，他也是如实说的。我应该也清楚。

我心想，他贬低"有功利色彩的文学和艺术"，以为"是争名夺利的工具"，但他给尤丽写的那些诗，也是争夺女色的工具。他以为他是高尚的，只是他编造了自己高尚的理由。

吴有明不讲了，只是望着我。

我便说道：

"警察是到你这个地方来找你问话，我是被他们带到刑警队的，盘问了一个晚上。他们问尤丽在锦都和哪些男的有交往，我说到了你。我只能讲。我讲了你曾经追求她，她没有接受。现在你结婚了，你和她只是朋友。他们来找你，只是排查。警察应该认为我的嫌疑比你大。"

吴有明脸上并无不悦之色，也没有表示理解。他默思着，仿佛在琢磨我的话是真是假。稍后，他说：

"警察问了我一个问题：尤丽肚子里的小孩是不是我的？……在警察问我这个话之前，我还不知道尤丽有了小孩。尤丽是不是怀孕了？"

"去年十一月，我才听尤丽讲她怀孕了。怀了有两个月左右，可能是两个月左右。"

"去年十一月份，我还见到她两次。后面一次我们一起吃了火锅。她以前是抽烟的，这两次没有抽烟，酒也没有喝。我当时没有想到她是怀了娃娃。"

"后来她的肚子是比较明显的。"我这样说，审视着他的表情。

吴有明眨了几下眼睛。"那一次我们一起吃火锅，后来没有再见到她，打过几次电话，没有听到她说怀孕的事情。那她确实是有了小孩。"

"警察有没有问其他的事情?"

吴有明又想了想,然后说:

"警察问我知不知道尤丽在广东有男人?我还真不知道。她回来只是说她离了婚的,没有说她在那边又结婚了。一直都没有听到她讲。我把这个情况给警察讲了。我说,我不知道她后来是不是结了婚。我问警察,他们不愿意讲。她有没有给你讲她又结了婚?"

"警察是问你知不知道尤丽在广东有男人,还是她在广东是有家的,是有丈夫的?"

"先是问我知不知道尤丽在广东有男人。我听了还有点吃惊。我想,尤丽是不是离了婚,在广东又结了婚?……我把我了解到的情况给他们讲了以后,警察问我,尤丽除了讲她离婚以外,有没有讲她在广东那边又跟了其他的男人?平时有没有提到?我说没有听到尤丽讲过。从来没有提到。确实也是这样。警察问我,有没有听人说过?确实也没有听人说过。我把这个话也给警察讲了。"

"警察一直没有提到她在那边又结了婚?"

"没有。我就在想,尤丽离婚以后,是又结了婚,还是在广东另找了一个男的,没有结婚?你知不知道呢?尤丽有没有给你讲?"

"她给我讲她肚子里有小孩以后,给我讲了另找了一个,年纪比她大得多,很有钱。她说是结了婚。但是不是结了婚……"

吴有明望着前面,在思考着什么。他的神情有些焦虑,又有些茫然。过了一阵,吴有明说:

"我冒昧地问一下……尤丽怀孕了,她有没有讲是跟她重新找这个人,还是……"

"不知道。"

吴有明又一阵默思，然后说：

"我听尤丽讲，她的房子在双凤村那边。具体的位置不知道。警察对我还不相信。我确实不知道：她没有给我说过，我也没有被邀请到她家里去。她的房子在双凤村具体哪个位置？"

"你可能也不会相信我。我跟你一样，具体的地方不知道，在双凤村我知道。好像是在一个小区里面。她母亲和她那个亲戚来找我……我听她们讲，小区还是比较安全的。小区离街道有一段距离，有两条巷子到小区，这两条巷子……"

"你讲的我相信。有两条巷子……"吴有明吸着烟，显得心事重重。"我在想……"

他便开始分析了。如果是劫色——但愿没有发生，只是猜测——尤丽回去，要是提前下车，经过巷子进小区，事情可能就发生在这个时候。双凤村现在修了很多房子，有些地方还是冷清，晚上巷子里面不安全。如果早有人对尤丽图谋不轨，就等这个机会，可能就是附近的。要是看出尤丽是孕妇，不放弃，甚至因为是孕妇，反而更想……那就是变态，后果就不能想象。另外，他想，尤丽有了身孕，已经看得出来，会不会是人贩子把她劫持了贩卖？可能也是事先把她当作了目标，看她人也长得好。这种事情倒是很少发生，大多数是拐骗妇女、拐骗儿童去卖，劫持妇女、抢小孩也有，是分开的。是不是也有这种可能：有人没有生育能力，或者因为其他不可知道的原因，想买个老婆，长得要有姿色，是孕妇，过来以后能够给他生小孩。人贩子和买方说好了，尤丽就成了目标。如果没有看出她怀了孕，把她劫持卖给人家，不大可能。把她劫持了，发现她有身孕，也会把她放了。也有可能是人贩子按照买家的要求，寻找一个有姿色的孕妇，劫持以后卖给这家，晚上遇到了尤丽，符合要求，把她劫持了，属于偶然的事件。不一定是在往她住的小区里去的巷子里面，其他地方也有可能，如果尤丽是在其他地方下的车，人贩子也有机会劫持她。从他内心来讲，相比可能出现最坏的结果，宁愿她被人贩子劫持。她能保住命，而且是保住两条命，以后还有机会逃脱。这只是猜测，最好是……不知道的原因，她只是自己暂时躲避一段时间，不想让任何人知道，过了这段时间再出现。尤丽其实是蛮有个性的一个人，有可能做出这种事情。但愿她只是暂时想躲避一段时间。

我想告诉吴有明，我也有一个猜测，但他会想到我是在怀疑他。如果真是吴有明对尤丽做了什么，对他就是一个威胁，对我会不会做什么呢？如果和吴有明没有关系，吴有明也会怀疑我，但也不会将疑心明显表露出来，只会窃睹我的表情，拿话试探我。吴有明后面的话，或许就是在试探我。

我便就着他这话，说她自己躲避起来，我也想过。按个性她会这样做，但还要有原因。想不出她因为什么要躲起来。她不会为了我躲起来，为我躲起来，完全不知道是为了什么。想逼迫我和她结婚——她讲了已经找了一个很有钱的结婚，跟他离婚，和我结婚，她不会这样的。如果她肚子里的小孩是我的，她为了小孩要和我结婚，算是一个理由。但是，用任何方式逼迫我结婚，都没有用的，她知道的。逼迫我结婚，她也不会自己躲起来。她为了他——她后来对他还是很在乎的。如果她觉得她很在乎他，他不是很在乎她，或者装着不在乎，对她是很大的伤害，她要用这样的方式刺激他，让他难受，让他内疚，这太不正常了。如果她怀孕了，想引吴小莲猜疑他，让他们离婚，但是用这样的一种方式，是完全说不通的。吴小莲也不会轻易相信的。我也相信他和尤丽只是朋友。

吴有明便先给我表明了一个态度，他对我是没有怀疑的。他也想到了尤丽和我之间发生了不愉快，她暂时找地方安静，但是不可能。我对他的信任，他很感谢。他和尤丽之间的关系，他不想再辩白，我应该是很了解的。他坦诚地讲，美女对他还是诱惑，尤丽还是很有魅力的。但是，他遇到小莲，他给她许愿，她愿意嫁给他，他绝对不会做背叛她的事。如果他背叛她，他就没有资格活在这个世界上。这是很毒的一个咒。他确实很爱小莲，也想通过这种方式获得自我的拯救。他觉得他以前太随便了，太随便就没有品质。他想改变，要有品质，就必须刻意，刻意就要自律。他想通过自律提升品质。他很欣慰，他还是说到做到了的，而且他初步有了收获。以前的那种过于的随便，他正在丧失作为男人的功能。随便是一种消耗和挥霍，过于的随便，是一种泛滥，结果导致了厌倦，是全方位的厌倦。因为厌倦，就没有了激情。没有激情，就没有了动力。没有了动力，就衰弱了。通过自律，他是很专一的。专一是专注，不再泛滥。专注就产生了激情，而且一直有激情。激情就是动力。一直有激情，一直都有动力。他有一种获得新生的感觉。他现在的状态，感觉回到二十多岁。专一是能够保持青春的，或者通过专一能够找回青春。这是第一个收获。第二个收获：曾经他给人一个印象，他是一个满不在乎的人，不在意别人如何看待他，我行我素，玩世不恭，很飘，不可救药。其实他有另一面，很想得到别人的欣赏，得到别人的尊重。他做生意做不好，主要还不是他没有头脑，或者写诗的做生意不可能成功。……

吴有明接了一个电话，只说了几句，将对方应付了，接着往下讲：以前他生意做不好，和他刚才谈到的两个因素并不相干，也不是他没有财运。主要原因，是他缺乏自律，不是一个方面，是多个方面缺乏自律。他这个人是一个方面缺乏自律，多个方面都缺乏自律。有的人生活方面缺乏自律，做生意的时候能够自律，加上有商业头脑，还有财运，能够挣到钱。他是生活缺乏自律，做生意的时候也缺乏自律。有的人是一方面可以放得开，一方面收得住。他是一方面放开了，其他都会放开，收不住。他说句老实话，如果当时他的生意不说做得有多好，能够维持，他不会想到要改变。他做生意就垮，把家里面的钱往火坑里丢，后来也没有钱再给他，他的生存成问题，逼迫他改变——应该收心了，要约束自己，必须对自己有要求，能够按照要求去做。经过改变之后，他的生意随之也改变了，生意上路了。那么对他的看法也发生了转变，觉得他并不是只知道飘，不务正业的人。他是可以专一的，能够做生意。……以前，女人对他避而远之，不信任。现在起码觉得他不讨厌，愿意和他交往。……最主要的收获，是他和小莲建立起了相互信任。她对他是很放心的，他很放松。被怀疑，和女的没有其他任何事情，觉得像老有人盯梢，心里面就有负担，无缘无故会紧张。他觉得，如果没有做对不起对方的事，被怀疑，是一种心理折磨。他很享受他现在的状态。他不觉得他有所失。对美女还是会观赏，只限于观赏，不观赏也不正常。他把观赏称之为"眼睛的一种自由"，这是由天性出发的，天性应该享受到的一种自由。下半身必须要管住，对于他就是不可逾越的戒律。他是不能破戒的。他现在也做不到只是这方面破了戒，这方面放开，其他收得住。破一次戒，戒就破了，再想收，恐怕也收不住了。其他方面要想把自己管住，也管不住，回到过去了。小莲是不会容忍的，家就散了。生意很有可能又无法维持。不守戒不行。类似于是修了一面墙，墙外面充满诱惑，也是雷区。有些人反对要有墙，墙对于他是必需的。从这个意义上来讲，他是生活在墙里面的。他愿意生活在墙里面，墙给他提供了保护，在墙里面是安全的。他有一个很深的认识：像他呢是容易堕落的，尤其应该守戒。守戒限制了他的行为，限制的只是把他带向堕落的行为，其他方面他还是遵从他自己的意愿。他用了"守戒"，并不是他摆出一副姿态，独善其身。我对他以前是比较了解的，他没有资格讲他还能够"独善其身"。他只有一个目的：自我拯救。他只有通过这样一种方式，把他自己管住。他对自己认识是很清楚的：有的人是分裂的人格，反而可以灵活。他是偏执的人格，是喜欢走极端的。要么一放开，都放开了，要么是收住。收不住的后果他是知道的，必须要守住，要守戒。以前完全是乱来，没有任何的章法。想到回到过去那种状态，还是很恐惧。……他呢一直想找机会，把他的心迹向我坦陈，本来现在不适合谈这个话题，现在他应该让我知道。

吴有明直视我，等着回应。

我觉得镜片后面是鬼祟的光。

我对他说：

"我感谢你给我讲这一番话。你应该是你讲的这一种人。尤丽很在意你，觉得你……对她……那份感情是真实的，给她写了不少的诗。只有你给她写诗。以前她可能没有当回事，现在她是很珍惜的。你说得对，她有很雅的一面。……你讲她喜欢你的诗，你很感动，我是理解的。诗也许是最孤独的，很难得到回应。孤独就像死亡，只不过还有知觉。诗只有得到回应的时候，才是活着的诗。诗能得到回应，是很幸运的。对写诗的人，也是很幸运的。你现在看中她的，应该主要是这一点。我以为这也是一种得到，比另一种得到，更能让……让人满足。……我不知道说得对不对？"

吴有明一直在吸烟，一支吸完，接着再点一支。有时他吸得很深，胸就明显起伏。这时他听了我讲的话，抬头望了望屋顶，说：

"我觉得你刚才讲的话，是真正理解我的。我也要感谢你。话既然说到了这一步，不妨把它说开。说到对尤丽的感情，尤丽也曾经数次问我，我自己也一直在内心追问自己，以前对尤丽的感情到底到哪一步？是不是爱？我曾经是困惑的。我原来当作爱，我当时也以为是爱，其实和爱还不一样。对尤丽，当时是一种迷恋。……我承认，尤丽我曾经甚至愿意为她去死，但是也只是一种……最深的迷恋。……她也给我很大的刺激，促使我发生改变。尤丽最终是跟姓张那个人去了广东——那个人是我很看不起的——对我是致命的打击，当时我的感觉是用刀子一块一块削我的心。我被一种很残酷的方式处决了，但是被处决的是我自己已经嫌弃，已经想要抛弃的我。这个被处决的我，在各方面都是不可能成功的，不管是获得女人的好感（事关男人的尊严），还是做生意（事关生存），以及……正常的人都是想要成功的。我只是一个失败者——庆幸没有疯——更加渴望成功，然后是新生。尤丽我也没有忘记，也不会忘记。后来我有这个转变，我承认，一部分原因是让她有一天知道，我不是她原来认为的那样，她把我看错了。能够让我改变，到现在，以后我也不会改变，主要的动力是我遇到了小莲。不是因为是我自己的老婆，我就自己来抬高，借此也抬高自己。'情人眼里出西施'是人之常情，但是我和小莲能够走在一起，有一种因缘，也是我的幸运——我遇到小莲，我觉得是我理想当中的人。我的体会：有的人一直在换女人，是在寻找理想当中的女人，可能一辈子都找不到，对身边的女人始终都不会满意。有人认为，理想当中的女人只能存在于理想当中，现实里面是不存在的。其实是没有幸运碰到，或者碰到了，没有意识到。我自己是万分幸运的，而且我是可以完全肯定，这种幸运是真实的，并不是假象。我这样一个不安分的人，能够安分，仅仅靠我自己的意愿，是做不到的。没有遇到小莲，我不可能像现在这样安分。这就是一个证据，我自己是很清楚的。别人可能不这样看，觉得也是暂时，但是不重要。真的不重要，我自己很清楚，我遇到了我理想中的人。不管是相貌气质，还是品味，个性，和我想要得到的理想的女人是相符合的。我的品味从来都是不低的。我见到尤丽，我说小莲是最美的，不是我和小莲结婚了，我要用现在的老婆来压曾经追求而不得的女人。我确实认为我现在这位，和任何女人比较，不但不逊色，还胜过她们。她既然是我理想当中的女人，她当然是最美的。在我心目中，她无异于女王。我得到了，我很知足的。其他人艳遇不断，我也不嫉妒。其他的女人我呢欣赏，我坦诚地讲，我觉得都无法和小莲相比。我除了对她有感情，我对她还是崇拜。本来这是我两口子关起门来讲的情话，我讲出来是想让你真实地了解我这位在我心目当中的地位。背叛她的事我是不会做的，因为我背叛了她，我把她当作就是我理想的女人，是我心目当中的女王，我自己就否定了，我的价值系统就崩溃了。我背叛了她，我也背叛了我自己。我讲这个话你是理解的，我给出的理由还算充分。"

我听他赞美吴小莲，不由得看了看墙上吴小莲的画。这时，我听了吴有明后面的话，点了一下头。

吴有明接着又作了一番告白，说吴小莲是完全信任他，她没有随时跟在他的身边，基于对他的了解。这种了解甚至是一种感应，心心相印。他这位完全信任他，他就更不可能背叛她。警察问到他和尤丽的关系，他照实讲了以后，给他们讲，他们可以找小莲核

实。警察让他把小莲叫过来，问了小莲。小莲给警察讲，他不会做
出轨的事，尤丽她也认识，知道他曾经追求过她，现在——和我讲
的一样——他和尤丽只是朋友。他要是和尤丽真有那种事情，其实
他瞒不了她，女人还是敏感，他也不善于伪装自己。他觉得警察觉
得她的话还是可信的。请我务必相信他，他和她之间没有越过不
该，也不能越过的界线。尽管她对于他……是……最大的诱惑，他
也没有从他为自己设定的墙里面走出去。他这一面墙还是没有
破。……他很希望尤丽能够平安地出现，能够证明他没有说假话。
关于他和尤丽现在的关系真实的情况，他应该讲的他都讲了。

　　我望了望别处，再望着对方的眼睛，显出极大的诚意，给他表
示，他是怎样的人，我还是知道的。我刚才讲了，我相信他和尤丽
没有其他的事情。这样的话，我不想再重复。我们之间最好都不要
相互猜疑——我们相互猜疑，没有任何的道理。

　　吴有明似乎信了我的话，又似乎还不怎么信。

　　稍后，我将话题引回到尤丽失踪这件事情上，问他还有没有别
的可能。

　　他又做了推测：尤丽有投资，在广东有门面，还炒股，会不会
是债务纠纷，是躲债？但不像是。会不会是投资出问题了，欠了
债，把她扣了？如果她确实在广东找了一个很有钱的又结了婚，把
她扣下来是作为人质，让她这个很有钱的男人替她还钱。也不像
是。会不会是把她绑了票，敲诈她又找的这个人？他是很有钱的。
这种可能性也不大，会不会有这种可能？

　　我以为尤丽还是很在乎钱的，投资出了大问题，欠了债，她不
讲，情绪上会表现出来，但没有看出来。我想过，和欠债应该没有

关系。如果是绑她的票，绑票的会联系她找那个男的，现在报了案，警察就知道她是被绑了票，只会当作绑票案来处理。除非她那个男的，不愿意让警察知道她被绑了票，让她家里的人也不要告诉警察。但是不对……有这种可能，但是恐怕不是这样。

他又要我分析还有没有其他的情况。

我心想，试探他的话可以讲了。但我故作深思了片刻，然后才说：

"我和尤丽，有些事情是相互不过问的。不知道是不是有一个人——我们不认识，或者我们想不到的——对尤丽有特别的感情，把尤丽劫持了。动机很难讲，也许是这个人一直暗中迷恋她，想得到她，也许这个人一直在追求她，尤丽不接受，也可能他们曾经关系很近，他想和以前一样，尤丽不愿意，他就把她绑架了，弄到了一个地方。但愿后面能放她回来。"

吴有明怅然望着地板，显得失落，又像在思考，稍后抬头望着我说：

"刘东才倒是曾经迷恋尤丽，你知道的，但是他在监狱里面。他还是判得重，是十年以上吧，除非他是跑出来，要么是减刑了，减刑就减得多了。刘东才对尤丽不至于到这一步，跑出来对尤丽还有这种企图。但是毕竟在监狱里呆过，也是很难说的。……也只是一种猜测。"

我又说：

"还有一种可能，有人不知出于什么原因，要报复尤丽，或者是报复她现在这个男的——不管她和这个男的是不是结了婚。我没有听尤丽讲她有很大的仇人，但恨她的人是有的。那个男的不会没有仇人。"

吴有明仍木然坐着，没有马上接话。他望了望窗户，又低头想了想，然后说：

"只是作为一种猜测：尤丽重新找了这个男的，她的前夫对她有怨恨，知道了她有了娃娃，心里面很不平衡，加重了对她的怨恨，甚至有嫉恨在里面，他就过来，也可以花钱雇人。……希望毕竟夫妻一场，能够手下留情，哪怕娃娃不保——最好能够保住。都只是我的猜测。"

他抽了几口烟，又说：

"我问一下，依你的判断，尤丽给你讲她又结了婚，是不是真实的？"

"很难说……也许是真实的。"

"我呢没有听到她讲她又结了婚，也没有听到她讲，在广东那边有稳定的情人。她有没有给你谈到，她和这个人平常关系融不融洽？"

"几乎不谈，好像……"

吴有明又抽了两口烟，说：

"我在想，会不会是这种情况：如果是结了婚的，他这个男的想要离婚，尤丽坚持不离，如果只是在一起，这个男的想摆脱她，无法摆脱，现在她有了娃娃，娃娃生下来，离婚就要顾及娃娃，更难摆脱。……如果尤丽坚持要生下来……会不会和这件事……希望只是娃娃……中止妊娠……"

再默思片刻，他又说：

"不管是哪一种情况，我内心都希望尤丽有生还的机会。"

他仰头朝着屋顶，闭了眼睛，像是在祈求，又像是在抑遏胸中的悲情。

过了差不多半分钟，他睁开眼睛，对我说：

"我能够想到的，我暂时只能说这些。有些肯定是想不到的。"

如果他心里真有各种猜疑，他其实并没有都讲出来。

我已不想和吴有明再谈论这个话题。我心中有很关心的问题，一直没有机会说。

我将话题引到警察来找吴有明询问上面，得到了机会，问道：

"警察有没有问你我和尤丽的关系？"

吴有明眨了眨眼睛，说：

"我把我知道的是如实给警察讲的，我是没有添油加醋的。我现在把我给警察讲的，如实给你讲。我说，尤丽曾经跟了你几年，你们曾经是恋人。尤丽嫁到广东，你们就中断了。尤丽去年五月重新出现，你们又联系上了，看上去是恢复了关系。我还给他们讲了，我曾经就在这个地方劝你们考虑，有没有可能结婚？我把当时劝你们我的话，大概讲了一下。我也讲了，你也不是对婚姻有抵触，可能心理上还没有准备好，或者和女的缘分还没有到。我个人觉得，你和尤丽是很合适的，不然我也不会劝你们。我给警察讲的就是这些。我单独对尤丽还劝过，我就没有给警察讲。"

"警察有没有问我其他方面的事？"

"其他方面……我还是如实讲，警察问了除尤丽之外，你和异性交往的情况。"

"有没有问，我具体和哪些女的交往？"

吴有明的眼睛在镜片后面定住不动，好像那眼睛死了，但随后眨了一下，表明还是活着的，回答说：

"我是这样给他们讲的：我说，你是单身，长相很受女人喜欢，女人愿意和你结交。这也是人性，女人也喜欢结交让她们眼睛愉悦的男性。我知道，以前有一群女孩子围着你转。尤丽是你曾经最喜欢的，和你关系也是最稳定的。我曾经对尤丽有一段痴迷，但是仅仅属于我自己的感情，我想把尤丽争抢到手。首先，尤丽对我是没有感觉，跟你争当然是自不量力。……尤丽嫁到了广东，就失联了，我和你也很少见面，这一段时间我们疏远了。这一段时间你的情况，我知道得很少，基本上是空白。尤丽再出现以后，我们才重新交往。至于除了尤丽之外，他还有没有和其他异性交往，按说是有，关系到哪一步不了解，不能乱讲，我只知道现在的女朋友是尤丽。我自觉这样回答，还是有分寸的，也没有想对警察故意隐瞒，对破案不利。但是警察因为职业很敏感，不能造成误伤，我觉得和案情没有关联，不该讲的不能讲。"

我点了点头表示赞赏，又问道：

"尤丽有没有给你讲我这方面的事？"

吴有明望了望桌面，沉默了半晌，回答说：

"尤丽讲话还是比较注意的，这一点，你应该比我更了解。我跟她单独交流的话，我给你讲，本来无妨，我只是觉得朋友间尽管只是清谈，是闲聊，应该是朋友间的私密，不宜扩散，是对朋友的尊重。这个问题，我就不回答，你也会理解。"

吴有明接着说：

"有一个问题你可能也关心。我给警察讲了尤丽肚子里的娃娃，跟我是没有关系的。警察问我，知不知道是哪一个的？我说，我是听他们讲了才知道尤丽有了身孕，我不可能知道娃娃的生父是哪一个。又问我尤丽有没有给我提到娃娃是哪一个的，我说我一直不知道尤丽有娃娃，尤丽不可能给我讲娃娃是哪一个的。后来警察问我，我认为娃娃是哪一个的？我说，这个不能乱讲。警察问我——

是戴眼镜那个问，主要是他在问——娃娃不是王兴的呀？我说，我确实不知道。首先我是听你们讲了，才知道尤丽怀了小孩，我没有听到尤丽讲，也没有听到王兴讲。我也给他们讲，按关系来讲，尤丽肚子里的娃娃可能是他的，也只能说是可能。我也只能给他们这样讲。我说的也是实情，对你也没有不利。"

我端起茶杯来呷茶，放回杯子，说：

"有明，你说小吴——你夫人也过来了，不知道警察有没有向她问到我和尤丽的事，我其他方面的事。"

吴有明一阵沉吟之后才说：

"小莲过来以后，也是单独问的。有的问题也和你相关，问的问题，和向我问的问题基本是差不多的。小莲也是从警察问话里面，才得知尤丽怀孕。她也不可能为了替我洗白，说娃娃就是你的。她也说她不知情，不清楚。小莲对你的了解，那是不如我。关于你其他方面的事情，她的回答，没有超出我回答的范围。我觉得我给警察讲的那些话，不会引起对你产生不必要的联想，小莲的回话就更不会了。我可以给你保证。警察对她的问话，我也是很关心。平常和人打交道，被怀疑难免，只是怀疑，不用当回事。被警察怀疑，只是怀疑，心理上也有负担。警察既然来找我，对我也是怀疑的。我自己清楚在这件事情当中，我只是认识了尤丽，被牵涉，事件本身和我是无关的。但是警察怀疑到了我，我很想知道怀疑我到了哪一种程度。如果怀疑我的程度很轻，不重，我心理上承受的负担相应也轻，我就好受一些，起码睡觉就睡得安稳。警察走了以后，我让小莲把警察和她的对话，警察所有的问话，都给我讲了。应该是没有遗漏的。如果你不放心，我可以再问她，看她还有没有可以想得起来的。"

"不用再问了，我相信是你讲的那些。"

"如果有她想起来，确实忘记了的，之前没有给我讲，我一定告诉你。我呢……也想向你打听，警察在知道了我和尤丽的关系之后，有没有向你打探我其他方面的情况？我没有别的意思。……我觉得你告诉警察我和尤丽的关系，没有乱讲。……我只是基于我刚才讲的想减轻心理负担，我本来也没有任何违法的事情，但是不想让警察对我产生联想。"

我又见到他眼里闪出鬼祟的光。

我对他说：

"问到了你的酒吧，我说了你的酒吧是规矩的那一种。问到你和小吴的关系，我说，你们关系很好的。你和尤丽——我说了——你们现在只是朋友。他们没有再问其他的。"

……

三

我从钓水酒屋出来，朝家里走，一边回想与吴有明的谈话，揣摩他的心思。

我总觉得吴有明是矫情的，是不成熟的，却又是有心机的。他讲的像是由衷之言，其实那是他经过一番深思熟虑之后，有意要讲给人听的。

只是听他讲的话，他仿佛不但变成了一个回头的浪子，而且近于完美了。但世间的男人，近于完美的也是没有的，身上或多或少总是免不了带有劣迹，因此我听了他的话，又产生了极不真实之感。

他关于自律的那一段话，似乎出自真实的感受。话是站得住脚的，还有些感人，令人信服，但令人信服的话，却未必不是谎言，倒常常是高明的谎言。

说到尤丽，他的话是很有分寸的，似乎他真是只把尤丽当作了朋友，对她并没有怨恨，也没有别的企图。但话讲得有分寸，多半是将不合分寸的一面遮蔽住了。他掩藏对她的怨恨，对她的企图，这是正常的。然而他表现出担心尤丽的样子，似乎是有意给我看的，又像是他不但真替尤丽十分担心，还有意掩饰，怕别人以为他对尤丽还有特别的感情。如果这份担心是真实的，他是不会伤害尤丽的。

我迷惑了，不能确定他是否对尤丽做了什么。我不信他是变成了如同圣人般的人，但要说他是极善伪装的人，又不像。这个人我以前还有一点了解，现在却有些拿捏不准了。

至于吴小莲，她在警察面前为吴有明辩白，或许是她真相信吴有明断不会背叛她。如果她真怀疑吴有明和尤丽有奸情，尤丽肚子里的小孩是吴有明的，不大可能装出若无其事，为吴有明辩白。但也可能是她对尤丽做了什么，她为吴有明辩白，是让警察以为她既然相信吴有明和尤丽只是朋友，她不会嫉恨尤丽，警察便不会怀疑到她。这也是说得通的。假设真是如此，吴有明或许知道尤丽这一场猝故与吴小莲有关。不过，很有可能不是后面的两种情况。

我还想起吴有明夸赞吴小莲的话。他本是要抬高吴小莲，来表明并不在意别的女人，不会像以前那样迷恋尤丽，但他的赞美却像完全是真心的。赞美往往比贬损更能丑化一个人，然而只有赞美才能抬高人的身价。他称吴小莲是"女王"，我还是第一次听到现实生活中，一个丈夫这样称赞自己的妻子。他的赞美，仿佛给吴小莲增添了别样的风采。尤丽曾撺唆我去接近吴小莲，我虽然对她已经留意了，但并没有动心。现在我脑子里浮现出她的形象，她忽然成一个诱惑了。

随即我意识到，这个时候动这个念头是不适宜的，对尤丽感到惭疚了。然而，我并不觉得有亏欠她的地方，即便是以前的那段交往，也不觉得她为我做了牺牲。我从她身上得到的，她也从我身上得到了。我只把尤丽当作最好的情人，在我心中没有更高的位置，但已是女人在我心中最高的位置了。我或许是她最迷恋的人，在她心中踞住最高位置的男人，却不会是我。那个人是谁，只有她自己才知道。那个人即便不是吴有明，吴有明在她心中的位置或许也不会在我之上，却有一个特别的位置。如果吴有明真不知她怀了孕，确像他讲的去年十一月以后没有再见到她（尤丽去年十一月以后也没有提到再与他见面），尤丽是不愿让他看出怀孕了，更不愿他看见自己怀孕的样子。她是要保住在他眼里的形象。我并没有因此就对她不满，但我要清楚自己在尤丽心中占了怎样的位置。

我是从那仿古的街道朝阳河路走。街口的牌楼，像是穿着古装戏服、画了面谱的人，又腿半蹲在那里。我穿过那牌楼出来，右拐顺街而行。过了某个机关的大门，要穿过街道，但人行横道信号灯亮着红灯，我就在斑马线边站住了。

这时，我看见空中似乎出现了无数的蚊蚋，原来是终于下雪了。我仰望夜空。夜空如同污浊的大潭，雪花便是污潭里孵化的蚊蚋，纷纷扬扬飘飞下来。

我回到家里，从客厅的窗户朝外看，雪花已是密簇的一片。那雪花还像是蚊蚋，却像是已经死了，一群群往下坠落。

夜里一点左右，上床前，我从卧室的窗户朝外看，雪还在下。

第十四章　年饭

一

第二天十点醒来，外面却见不到雪的痕迹。但空气清爽了许多，云层之间见到了极蓝的天色，仿佛天空露出了鲜嫩的肌肤。

我洗漱之后，打开手机，见到有吴有明和邹金玲的未接电话，邹金玲留了一条短信：给我回短信。

我点上香烟，站在阳台给吴有明打电话。吴有明接了电话说：

"我是想给你回一个话。是不是还是见面谈？"

"就是你讲的那些，是不是？"

"嗯……对的对的，就是我讲那些。"

"没有……要补充的？"

"没有，确实是没有了。"

"多谢你给我讲，有明。"

"不用谢。没有其他的事。你以后要是有你那边的消息，请你给我说一下。"

"我会给你讲的。"

吴有明没有压电话，我就加了一句"再见，有明"，挂了电话。

我想，刚才和吴有明的通话，其实是更让人起疑的，还是应该见面谈。

我把烟抽完了，回到屋里，给邹金玲发了条短信：等你的电话。然后，我想洗个苹果吃，炸盘贵州老家的河鱼干来下啤酒喝，但只洗了苹果吃，就出门到外面去吃小吃。

我走到下同安路，见到路口旁有一个北方男人在卖烧饼。我给了他一块钱，让他从油桶改制的烤炉里，夹出一个白糖烧饼。

我吃着烧饼，一时不能决定吃附近哪一家小吃。吃了大半个烧饼，才朝下同安路北面走，在不远处一家肥肠粉店要了一个小碗，加一个节子。我觉得，在这一片城区，这家小馆子的肥肠粉是最好的。在整个城市，也不输给任何一家。我曾带尤丽来这里吃过几次，她也觉得这家的肥肠粉味道很地道。

我和尤丽都爱吃肥肠，粉蒸、红烧、爆炒、卤制的肥肠都是我们喜欢的，吃火锅也会点肥肠。我们都认为，猪身上最好吃的是肥肠。有一次，尤丽对我说："肥肠是最变态的，可能因为是最变态的，味道最独特。"这话我一直都还记得。

我吃完，回到家里。下午两点过钟，邹金玲才给我打来电话，说五点钟有人来接我去吃饭，晚上可以和她住在酒店里。她的语气，好像还是在给我下一个指令。

来接我的是曹红，并不是她的司机。我坐进后座，还是闻到一股香水味猛地冲进鼻子里。车上了大道朝西面去，我觉得香水味似乎将鼻孔堵住了，我不能吸到空气。

我将车窗启开了一道缝，将鼻孔凑过去。

　　曹红时而由内后视镜窥觑后面，不时与我交谈。话题都是无关紧要的，但话也并非是随便讲的。无关紧要的话当作紧要的话来讲，这才是会说话。

　　这女人知道我成了老板的情人，在我面前变得小心了。因为见面的次数增多，她和我更熟悉了，但也更加慎言慎行了。我觉得，她有时对我摆出比较亲近的样子，但似乎还是在提防什么。她看我，有时是亵玩的目光，有时眼里则透出鄙薄的神情。且不管她本人德性如何，她必定对我的德性不以为然。她应该劝告过邹金玲，不要和我做情人。

　　我不知道邹金玲有哪些信任的人，但曹红算是一个。所谓信任的人，就是同伙或同谋。一个人必须得有同伙或同谋，也就不得不信任他人。她应该知道邹金玲许多的事。邹金玲是否与尤丽失踪有关，她或许知道，也未必知道。我没有用言语去试探她，只是观察她的神色，但也并未看出有可疑的。我想，邹金玲如果真想对尤丽做什么，会吩咐她信得过的男人去做这件事，不会让女人参与。女人是不适宜一起行凶的。

　　我坐曹红的车出了二环，到了云天酒店。她带我进了餐厅一个小包间里，要了一壶茶，陪我聊天。邹金玲来以后，她就离开了。

　　我带了装满熙酒的酒壶，但邹金玲对我讲，我要是喝啤酒，她就陪我喝一点啤酒，我就要了啤酒喝。她说出的那个"陪"字，让我心里舒坦，仿佛是她伸出手来在我的胸口轻轻地揉摩。邹金玲果然只喝了不多一点啤酒，但一直是喝啤酒，没有喝别的。我想改喝熙酒，但见她一直喝啤酒，我也一直喝啤酒。

　　我没有探她的口风，只是窥察她的情色。她真像不知道尤丽出事了，也不知道我被警察带走查问。

晚餐用了不到一个小时，然后邹金玲把房卡给了我，让我先去休息，看电视。她还有事要处理，处理完以后就去房间。

我坐电梯升到酒店的高层，进到房间。从玻璃窗朝外看，高楼并不多，高楼的灯光顺着楼爬到了高处，既高慢，又有一种非人间的妖异的姿采。但大多是低矮的房子，这些房子的灯光都只能留在下面，自有尘间的气息，却是卑微的。

邹金玲与人合伙开发的项目，离这里不算远，不过看不见。这时候还在施工。空中有低沉的嗡嗡声，如同暗流从窗外涌进来。嗡嗡声虽然不全是由那工地里生成的，但其中必然混入了那工地的噪音。

我取出了酒壶来喝熙酒，一边看电视。不断换台之后，总算留在一个频道看一部电影，但注意力也并不能集中到电影上面。

我等到十点过钟，心里有些烦郁。这时听到手机的提示音，看见上面是邹金玲发来的短信：我还有半个小时左右。

过了十一点，邹金玲来到了房间。

我没有表现出一点的不高兴，不想破坏了她的兴致。破坏了她的兴致，那也就破坏了自己的兴致。

二

五天后是除夕。邹金玲听我讲不回贵州过年，便让我到家里吃年饭。她叫大姐的亲戚回老家靖阳去了，但老张留了下来。除了老张做了菜，邹金玲自己也进厨房做了几个菜。邹金玲开了一瓶很贵的法国红葡萄酒。我自己带了一瓶存放多年的熙酒来。我要了半杯红葡萄酒，仍旧只是为了凑个趣。而邹金玲在听我讲了那老熙酒的美妙后，要了半盅。她品尝之后，好坏都没有讲，但半盅都喝完了。

老张喝了两杯红葡萄酒，虽然陪我喝完了熙酒，但喝的熙酒在三两左右。如果由着心意，这两种酒，老张都会多喝一些。

这时我留意老张看邹金玲的眼神，与以前并没有异样的变化，但我想到，这别墅里只有邹金玲和这个人，如果他起了邪意，又敢做，什么事情都会发生的。老张看上去是压抑的人，也许心里面藏着什么，但他未必有那样的胆量。只有歹意，没有胆子，世上是没有狂徒的。因为有了惧怕，许多人才成了安分的人。

吃完之后，邹金玲叫我到了书房，送给我一条皮带，是世界顶级的品牌。还给我两盒雪茄。我对她说：

"你一直给我雪茄，都是很贵的。这条皮带也是很贵的。你给我的东西我都收了。你给我的我都会收。按说，收了别人的东西应该还礼。我不能老是只接受你的东西。"

"我给你这些东西，你以为我是对你有所求啊。我给你这些东西，你只要记得我对你的好就行了。你请我吃饭、喝酒，你给的钱，我接受了。你要给我买香水、口红这些东西，我都有，而且我用的不光是最好的，还适合我。这方面你还是不懂行。化妆品必须要适合本人，我还要求是最好的，两方面都必须要符合。你不要考虑再给我买这些东西，其他我也不要。你今天和我一起过年，我是很高兴的。你记住我给你讲的话：我给你东西是我的心意，你不要认为你给我送点东西，你就不欠我了。这种话我以后不想再重复。"

当晚，我希望邹金玲留我下来。邹金玲吩咐老张将一个房间收拾一下，套一床被子，给我过夜。那房间和邹金玲的卧房在二楼上。老张睡的地方在一楼。十二点过后，我先进到那房间，然后进了邹金玲的卧室。

第二天，邹金玲起床下了楼，让老张来叫我吃东西，这时我已回到那房间里了。

当天，邹金玲回靖阳去了，去拜祭父亲的坟。

如果不是警察叫我不要离开锦都，我原本是要回贵州过春节的。

三

过了初十，我带上几条中华烟，几次去公安局刑警支队找那头发花白的警察（我已知道他姓荆，听别人叫他荆队，但可能只是副队长），没有见到，见到了那戴眼镜的警察。

我要把烟给他，他没有收，也不说话，用审视和戒惕的目光望着我。

我问那戴眼镜的警察，我想回贵州老家过元宵节，行不行？戴眼镜的警察对我讲，这段时间都不要离开。我又问他，尤丽现在有没有找到？她只是失踪了，还是遇害了？我这样问，一面因为确实想知道尤丽的下落，一面因为这话是必须要问的，不然警察会以为不正常。戴眼镜的警察没有回答。

我心里盘算了一下，还是决定把带来的烟送给他。我想，此人即便很嫌恶我，用几条烟去减少他一点嫌恶，还是值得的。或许少了那一点嫌恶，会省去不小的麻烦。但我没有讲出任何的理由，只是求他一定收下。

戴眼镜的警察留下了烟，却好像并不高兴。

过了差不多二十来天，我接到警察的电话，告诉我可以离开本地，但手机要保持畅通。我说了"很感谢，非常感谢"，还想探问尤丽的下落，对方却把电话压了。

清明节前几天，我回到了凤泉。

离开时，我带了当地的麻糖丝，是送给邹金玲的。邹金玲曾给我讲，记得凤泉的麻糖丝好吃。

还带了一张母亲和外婆几十年前的合影照。

我筹计了一个接近吴小莲的办法，这照片是大有用场的。

第十五章　求画

一

一天下午，我拨通了吴有明的手机，响了好几下吴有明才接。我从他的声音里听出他刚才在睡觉，得知他在钓水酒屋，就离开家，到了钓水酒屋。

酒吧里没有几个顾客。男服务生笑着向我打了招呼：

"你来了，王哥！"

男服务生个子瘦小，身上虽然没有女人气，也不太像是一个男人。和其他酒吧的男服务生差不多，他穿着也很整洁。喷了定发胶，头上一蓬油亮的黑发朝后卷，像从天灵盖里涌出了一个大波浪。他见到我，总是用景仰的目光望我，因此我对他颇有好感。

我朝他点了点头，问道：

"你老板呢？"

服务生用手指向那隐翳的小房间，说：

"他在上面。"

我由楼梯上去，敲了那小房间的门。

吴有明打开了门，瞪眼望着我说：

"你来了，你请进。"

"不用了，就在下面，我还想喝酒。"

酒屋里面一角那个位置已经被人占了，如果空着，我就会坐那个位置。我要了一种比地狱魔鬼苦一些的啤酒，坐在另一个也是靠窗的地方。我背对着那个位置，却还是仿佛看见尤丽坐在那里，自己坐在尤丽旁边，与坐在对面的吴有明在交流。

吴有明去了一趟厕所，端了一杯茶，在我对面坐下来，对我说：

"刚才实在不好意思。受凉了，鼻炎犯了，吃了鼻炎康，犯困，眼皮睁不开，顶不住。"

"你现在还行吗？"

"可以。"吴有明说，用期待的眼神望着我，似乎认为我有尤丽的消息要讲。

我既没有尤丽的消息，现在也不想和他谈尤丽，或别的话题。直接讲正题最妥当，先讲别的，再讲这件事，反而显得鬼祟。

"我问一下，你夫人店子上生意很忙吗？"

吴有明眼睛眨了几下，回答说：

"现在已经暖和了，做衣服的人比冬天多一些。定单现在是排起的。你要是有朋友要做，先做肯定是没有问题。"

"不是。"

我取出了从贵州老家带来的照片。"我回了趟老家，带了张照片。"我说着，将照片递给吴有明。"这上面是我的外婆，我母亲。是一九五六年拍的。在我们县当时唯一的照相馆——是国营的——凤凰照相馆拍的。"

"你外婆和你妈妈都长得很好，看来基因确实是很重要！你外婆还在不在？"

"还在，八十多。拍照片的时候刚好四十岁，我母亲十七岁。"

吴有明眼镜推到额头上，眼睛凑近照片，又看了看，说：

"你妈妈看上去很安静，这种安静在现在同样年龄的女孩子身上很少见，很单纯。现在到这个年龄段的女孩子，也能够见到安静，但是这种安静，我觉得，已经是带着成熟。我不是说不好，但是是不一样的。……你母亲这样一种安静，应该说已经成为绝唱。"

我脸上起了浅笑，对他说：

"我母亲年轻的时候——结婚前——只有这张照片。她四十多岁之前和我外婆单独的合影，也只有这一张。我这次回去，我想到你夫人是学画画的，工笔画得很好。我想请小吴把这张照片画成工笔画，画两张。一张挂在我母亲家里面，我父亲、我母亲都希望大一点。看大画，他们眼睛不吃力。我外婆视力很不好了，看小画完全看不清楚。我自己也想要一张小的，挂在我自己屋子里面。大的那一张，五尺整纸。小的那一张是小品，一平方尺多一点那一种。不能够是白帮忙，钱是必须要给的。这两张画，一共两万。这是我现在报的价，如果觉得少，我们可以再谈。我们虽然是朋友——我和你是老朋友，我和你夫人也比较熟悉了——但是，我们还是按照规矩来。只是白帮忙，画出来的画也未必好，恐怕多半是应付。如果觉得我给得少，你们可以提出来。我觉得多了，我也会讲的。"

我报出两万时，吴有明有些兴奋了，眼里闪出了亮光。

但吴有明没有马上回应我的话，拿起放在桌上的照片，又看了一阵，然后说：

"这张照片要画成工笔，也可以画。小莲现在店子上生意确实很忙，不一定抽得出时间来。小莲画工笔，本来是有天赋的，又经过了专门的训练，她画工笔的水平，我觉得，跟有些水平很高的名家确实有距离，但是和有些名家比，是不差的，甚至还要好。我不是因为和她有这种关系，才这样讲。她画的工笔，和有些名家的工笔，是可以放在一起比的。开了店子以后，画得就少了，手就生疏了。现在画工笔，尤其人物是很难画的，不一定恢复到以前的水平，更好就不用说了。你是很有鉴赏力的，能够让你满意，肯定是做不到的。你呢把这张照片画成工笔，既是为你的母亲，也是为了外婆，也是为你自己——通过这样一种方式，将照片转化成艺术，向你母亲曾经有过的最美好的年华致敬，向仍旧年轻的外婆和你的母亲，曾经单独享有在一起的时光致敬。你的心意我很理解。那么，如果画的工笔有失水准，无法实现你的意图。画出来的工笔，应该是有水准的，我很担心小莲现在无法做到。"

"有明，让自己家里的人高兴，终归还是为了让自己高兴。你说致敬，向自己的老人致敬，也是向自己致敬，我们是从他们那里来的。……小吴已经画得很好了，不会画得差。我请你夫人来画，不想占用她做生意的时间。她现在很忙，可以不太忙的时候，抽空慢慢画。如果我给的钱少，可以明讲，刚才我说了。"

吴有明端然坐着，过了片刻，对我说：

"我首先要说明：你让小莲来画，你对她画工笔的才能应该是信任的，我要感谢你。我刚才讲的呢，和钱没有关系。"

他默思了半刻，又说：

"你让小莲画工笔，我不能替她做主，我给她打电话，让她过来，你当面给她谈。"

一个半小时后，吴小莲来了。她穿了一件浅橄榄色暗花镶黑色花边倒大袖上衣，下身穿宽松的灰色亚麻布筒裤。这个女人的美，如同是一只白孔雀，似乎有意要拒绝炫目的华艳，只以淡雅示人，却自有一种踔然的丰姿。

我把照片给她。吴有明给她打电话，没有具体讲酬金的数目，我就讲了酬金是多少。吴小莲听我报出酬金是两万，露出了有些惊诧的表情。

吴有明对她说：

"我讲了，你要顾店子上的生意，现在画得少，手生疏了，画出来可能有失水准。他是很有鉴赏力的。你要是答应，要能够保证不要失水准。"

"小吴是画得很好的，手生疏，是可以恢复的。"我说，然后便和吴有明等着吴小莲说话。

吴小莲双手搁在桌上，还捧着照片在看。她抬起眼来，似看非看地望着我，说：

"我真的是没有信心把它画好。我可以给你推荐一个人，画得还是很好的，已经有一点名气。他是男的。按照你给的钱，是不低的，现在不知道他涨没有，好久没有和他联系了，我可以打电话问他。"

"……最好是由女的来画。男的画女的，我总觉得，哪怕是照着真人来画，画的也是想象的、猜想的人——只有女人的样子，其他还是男人赋予女人的东西。女的画女的，恐怕才能画得真实。有人讲，未必看得出来。我自己看女人的画像，我可以看见男人的东西，我基本上可以确定，这是男人画的。我看女人的画像，就像面前是真实的女人，我基本上可以确定，是女的画的。所以，不想让男的来画。不能只把我母亲、我外婆的样子画下来，其他的是画画这个人的想象和猜想。画得再像，想到是男的画的，我也不太能接受。"

我说这话，是想到对方会那样回话，事先想好了的。我不让男人来画，这理由有些牵强，却是最好的理由。

吴有明取了支烟来闻，似乎我的话引发了他的思考。

吴小莲对我的话不置可否，但对我说：

"我可以另外给你推荐，是我美院的女同学，在师大当老师。她的工笔画得也还是很不错的，画人物是她的强项。她画人物在全国工笔画展获过奖的。我可以先问她，按照你的要求，看她要好多钱，要是不需要两万，你不用给两万。"

她这样讲，也是我想到了的。我不能马上拒却，可以在见到那个女人的画之后，挑画的毛病，或者找别的理由再推掉。如果那个女人值得交往，也可以让她来画。吴小莲再想别的办法和她接近。但是，也不能马上接受她的推荐。就对她说：

"我没有见过你这个同学的画。最好是你来画。我没有见到你画的人物，但肯定画得很好。"

"你要看她的画，我可以跟她约，你看你哪个时候方便？"

"你跟她约好时间，告诉我就行了。"

"我晚上跟她联系，看她哪个时候有空。"

"那麻烦你了。"

吴小莲没有看我，挑起嘴角笑了笑。然后侧脸去望吴有明，说："那我就过去了。"

这时吴有明愣然望着她，问道：

"你刚才推荐的，是不是杨晴？"

"是杨晴。"

"我说我的看法：我觉得，她画的人物，只是一种讨好，内在的东西还是缺乏。她画的画是一种现代的风格——这也是现在画工笔的一种潮流——但是，我觉得，流于俗气，甚至轻佻。画工笔，具有现代的风格，是可以的，但是不能俗气。你画的工笔，尤其是画人物，是近于现代的风格，不俗气，我觉得是有些画工笔的不能比的。俗气是一种低品质。我是不会看上眼的。如果要推荐，可以推荐苟佳琳，她画的呢……还比较脱俗，当然还要看王兴是不是喜欢。"

"佳琳去英国了。"

"是不是和那个马特结婚了？"

"好像没有。"

"那她就要回来。"

"不晓得哪个时候回来。"

我就说：

"不用再找其他人了。我很赞同，画画可以有不同的风格，但不能俗气。俗气是很低的品质。我看到有的画很拙劣，不愿意多看，不会难受。看到俗气的画，会感觉到不舒服。俗气还是很坏的品质。很低的品质，让人看不起。很坏的品质，让人厌恶。你夫人——小吴，我看了她上面的画，没有俗气，她画人物应该也没有俗气，我才想到请她来画。"

我这样说，然而我以为，她挂在钓水书屋里的画还是有几分俗气的，她画人物也会带几分俗气。之所以如此，是因为她身上也带得有俗气。不俗气的人是没有的，只是俗气的程度不同而已。我自己也不例外，不过我不清楚自己身上有多少的俗气。然而我明白，我身上的俗气，如同一种与生俱来的病毒，是无法清除的，只能带着这病毒生活，直到死去。

吴小莲看了看吴有明，没有说话。

吴有明手指夹着烟，放在鼻子下闻了闻，说：

"我觉得，评价小莲的画，不俗气，这个评价是很高的。现在的绘画，尤其是工笔，不俗气，很难见到。俗气，好像是一种通病，原因是要讨好方方面面，绘画的动机不单纯。想得到人家的夸奖，本来是正常的。做任何的艺术，其实也需要被赞美，并不是只能孤芳自赏。但是，还是有很大的不同。应该通过用艺术的品质，去征服，去吸引，获得赞美，而不是用讨好的方式。艺术是有尊严的，讨好，艺术就没有尊严，艺术必然就表现为俗气。俗气，本质就是艺术的堕落。……小莲呢，她画画，主要是一种痴迷和表达。在她的画里面，还保留了艺术的尊严。不管是画花鸟，还是画人物，都是没有俗气的。我自己对小莲的画是很喜欢的。小莲的工笔画，也是我写诗灵感的一个来源。我为小莲的画写的诗，有的我是很满意的。"

他大概还想背诗，但只是把烟又放在鼻子下闻了闻，又说：

"小莲顾到店子上的事情，画画得少了，对她其实是一种浪费。我一直都很希望，一定要开店子，画也不要丢，保留住画家的身份。……你现在让她给外婆、令堂画像，觉得她画得好，她能够画好，我要再次表示感谢。我觉得也是给她一个机会，让她产生创作的愿望。有了这个愿望，尽量挤出时间来画画，影响一点生意也没有关系。画出来以后，钱倒是其次，你满意，不俗气，是有水准的，就是最好的报酬。——我不是在替她拿主意，还是要看小莲她的意思。"

我对他刚讲的一个观点并不认同。能不能做出好的艺术，和动机是不是单纯并没有多大的关系，如同女人生出怎样的小孩，并不取决于女人的想法。画出的画俗气，还是因为画画的是俗气的。只是讨好人，画出的画也未必满纸都是俗气。如果画画的身上没有多少俗气，想要讨好的人身上也没有多少俗气，画出的画是不会有多少俗气的。很多画，便是为了讨好有钱有势的人画的，仍旧是很好的画。如同为了吸引雌孔雀，雄孔雀开屏，将身上所有珠宝都展示出来，讨好人会让人表现出最好的一面。为讨好人画画，可以激发画家的才智。

只是为了钱，画出的好画也不少，不是为了钱，世上会少很多的好画。钱能让人走火入魔，正因为如此，最平常的人也会因为钱变得不寻常。恐怕不少画家身上天才的烈焰，是钱引燃的。不少的画令人心醉神迷，正是由钱辟出的魔境。这些都是事实。

但这些话我没有讲出来，我等着吴小莲说话。

吴小莲肃坐着，神情有些不安。她望了我一眼，说：

"画照片也可以画油画，画油画可以更像一些。要是画油画，我认识有画油画画得很好的，不是男的，是女的，要是需要，我可以介绍。"

我有意静默了片刻才讲，表明我下面的话是很郑重的：

"我说一下，只是我个人的感觉。我看中国人画的油画，总像是中式西餐，总觉得不地道。有人讲，油画要中国化才好。把西餐做成中餐的风味，不知道好在哪里。在中国，用中国的材料，做出地道的西餐，这样才好。将油画中国化，是不对的。应该是把中国、中国人画成地道的油画。要做到地道是最难的。地道很难讲得清楚，可以感觉得到。中国人画油画，将油画中国化，是很容易的事。要把中国、中国人画成地道的油画，那就很难了。但是做不到地道，那就不会好。有人应该懂这个道理，但是还没有见到有中国人画出地道的油画。让人画油画我也想过，还是画工笔好。工笔也要地道，中国人画出地道的工笔，是没有问题的。只地道还不行，还不能俗气——刚才有明讲了。如果你只是担心，画出来我不满意，没有必要。你画出什么样的，我都会接受。你不会画得不好的。——在我认识的人里面，我知道只有你的工笔画得好，只有请你帮这个忙。你生意上很忙，什么时候能抽出时间来画都可以。"

我对油画了解并不多，我这样贬低中国人画的油画，并不是我真实的观点，只是编造的一个借口。生活已让我懂得，说好话坏话，常常和好坏是没有关系的，也不必在乎好坏，只要服从于需要就可以了。

吴小莲仍旧没有答应。

"小莲，王兴把话说到这一步了，你……"吴有明已经有些着急了。"我觉得呢，王兴是很诚恳的，不用再强调。你看得起小莲画工笔的才能，她现在没有答应，我能够感觉到，她确实心存顾虑，担心画出来有失水准，有负你的信任。这样子：你给她时间考虑一下，然后给你答复。这样行不行？"

说她有顾虑，我觉得他的话并没有错，但她或许不只是担心画出来的画不好。我担心吴小莲有女人的敏感，觉察到了我真实的意图，因此不答应我请她画画的要求。

二

第三天下午一点左右，我才接到吴有明的电话，说将吴小莲的话转告我：要画好她真没有把握，只能是试一下。她先画出样稿让我看，如果只是需要调整，就根据我的意见调整。如果觉得完全让我失望，可以明讲，她还可以给我推荐其他的人来画。大家是朋友，钱的事情就不用说了。如果最后画出来的画我满意，不失水准，相当于是逼着她画出了两张好画，这就是最好的报酬。

我心里暗自有些激动，如同一个贼终于打开一户富贵人家的门锁，可以进到里面去了。

我坚持要给钱，吴有明便不再讲不收钱的事，与我讲好过几天约一个时间，我把照片当面交给吴小莲，到时候吴小莲还想了解我母亲和外婆的一些情况，以及照片上的一些细节，比如衣服、鞋子的材质和颜色。

过了七八天，吴有明给我打电话约好，第二天晚上八点在钓水酒屋与吴小莲见面。

我提前去了，见到吴小莲已在那里。

吴有明让我和吴小莲到楼上那小房间去谈，自己也到了那小房间。我将照片交给她，拿出一万块钱，算作预付款，要他们写一张收据。

这时那夫妻两人都不再说不要报酬，但吴小莲表示，画给一万就行了，画好了再给。

我仍坚持要给两万，预付款现在也必须先给，因为从现在开始，就要占用吴小莲的精力和时间了。我这样做，就是要摆出一副极正式的样子，让人不会留意我有别的心思，因为越是需要隐藏的事，越是需要堂而皇之的方式来做掩护。

那夫妻两人提出我见了样稿，觉得还可以，才给预付款，但后来还是收了一万块钱，写了收据。收据上，还按我的要求，写明取画的时候再付一万，并注明了两张工笔画的尺寸、材质（大的是纸本，小的是绢本）和装裱方式（两张都做成卷轴）。

吴有明并没有一直在上面，他下去后，便只是我和吴小莲两个人了。这是我第一次和她单独在一个房间里。

我立刻感觉到了一种情色的意趣，欲念化成看不见的蛇，爬过去了。但我控制住和她说话的语气，尤其注意看她的眼神，与吴有明在旁边时并没有不同。

这时她已几乎不用眼睛看我了，但我知道，我要是将那心思有一点泄露，她会马上看出来的。不管她是装作正派，还是正派的女人，在她面前都先要隐藏好，以后才会有机会。

我和吴小莲是分坐在桌子相对的两边在说话。我仿佛看见尤丽坐在旁边，脸上会心地笑着。

第十六章　跳舞

一

后来我和吴小莲只是通了两次电话，谈的多是与委托她画工笔画相关的话题。

按说与她通电话，也是接近她的机会。在电话里，也会有微妙发生。但她在电话里始终是一副正派的样子，我也只好摆出一副正经样子。现在还远不是时候，是不能着急的。

看样稿，是过了两个月后的事。是在一个下午，还是在钓水酒屋上面的钓水书屋。窗口有一片阳光，屋子里也亮了灯。吴小莲带来了两张样稿，一张施彩深一些。据吴有明讲，她一共画了五张，选出了这两张。

吴小莲是平常的神态。

吴有明则是紧张的，点着烟，这时候说：

"本来应该先听你的看法，我先说也不妨，不会影响到你的看法。你是很懂行的。你对我呢是了解的，不至于因为我跟她的关系，觉得我是在乱讲。你是定制，要给钱的，已经预付了一半。面对艺术，基本的操守我还是守得住的。——还是先听你的看法。"

"我再看一看，想一想。你说。"

吴有明又先声明，对艺术发表看法，归根到底是主观的，只是不要说假话，必须是真实的想法。他讲的是他真实的想法。再稍作了停顿，才讲了一番他的看法：

画工笔，首先要讲手头有功夫。小莲画了几张之后，功夫就回来了，毕竟是科班受过训练的。看画功是没有问题。他之前一个担心，开了这个店子做服装，要和不同的人打交道，虽然在品味和品质上有底线，毕竟是服务于人，对顾客也要尊重——对顾客尊重是应该的——尊重呢就难免要妥协，在潜移默化之间，可能影响对艺术的感觉。往直白里讲，就是可能沾染了俗气。——人大致分成两类，一类有艺术的感觉，一类欠缺艺术的感觉。这两类人存在于同一个世界，他们其实活在各自的世界。这两个世界，一个是不寻常的世界，一个是寻常的世界。这样的两类人，在同一个社会当中又要打交道。如果牵涉审美的层面，和艺术的品味是相关的，凭他的观察，往往产生两种结果：一种是欠缺艺术感觉的人，受到有艺术感觉的这一类人的影响，逐渐或者突然有了艺术的感觉，由他自己原来的世界，进入了有艺术感觉这一类人的世界，由平常的人成为了不平常的人，他称之为被提升，或者上升。另一种结果是相反，他称之为被降低，或者叫沉沦。他的观点——可能有人觉得是极端的——在这一个世界上只有两种情况，可以称得上真正的喜剧和悲剧：一种是得到爱和失去爱，一种是拥有艺术的感觉和失去艺术的感觉。有艺术天赋的人，很有绘画天赋的人，如果丧失了艺术的感觉，是很让人痛心的。他很不希望发生在小莲身上。

她开始画以后，他一直还是紧张。她画出来以后，他这种担心才消失。从选出的这两张画来看，她没有受到影响，依然保留了以前的品质，是不俗的。画工笔，在技术的层面做到好，还是做得到。格调不俗，是少数。那一次他和我谈到了这个话题，他说"俗气是很低的品质"，我说"俗气是很坏的品质"，俗气让人在心理和生理上都产生不适。他现在再补充：不俗呢是艺术的尊严。艺术作品要不俗，又取决于做艺术的不俗。工笔画不俗，画工笔的首先要不俗。我们生活在世俗当中，世俗的力量是很强大的，要保持不俗，是很不容易的，但是又必须要保持。保持不俗，才能保持精神上的独立和高贵。不俗是通向精神上的独立和高贵的独路，俗气就不行。——不是轻视世俗的意思。世俗的力量是很强大的，强大到不可抗拒，抗拒的结果只能是被摧毁。他的态度：对世俗要尊重，又保持不俗。这个话呢好说，要做到其实很难。他看到小莲把画画出来以后，是一种欣喜，快慰的心情。如果是另一种情况，他是有负罪感的。——他刚才有的话，他还没有对小莲讲过。

具体到画的内容：看相貌，画得还是很像的。当然只是画得像，就只是工匠的水平，必须把神态表现出来。他首次见到照片，他当时就被我妈妈少女时候那一份安静吸引和感动。照片放大后，他多次再看，那一种安静确实是看不到杂质的，是一种处在本真状态的安静，呈现的呢似乎是安静本身，或者，只有安静，没有来自外部的东西投影到上面。一种很纯粹的安静，纯粹到拒绝了安静之外任何的东西进入。那么，可以当作安静的标本。听我谈我妈妈，总的来讲，性格是比较好的。在少女的时候，是安静的，肯定也很单纯。后来的经历，丰富了她的人生。我哥哥的事故，是很惨痛的，对我妈妈是很大的打击，在她心里留下的是永远流血的伤口。我妈妈能够挺住，过了这一关，是很坚强的。后来性格有些变化，可以理解。让小莲来画这个工笔，是以照片作为依据和参照。我和小莲通了电话，同意只是把我妈妈年轻时候少女的形象画出来，这一点达成了共识。照片只是一个瞬间，但是那一个瞬间，也是我妈妈少女时期的缩影。画成工笔，首先必须要忠实于这一张照片，理解也要以这一张照片作为基础。如果把我妈妈后来的变化加到里面，就没有忠实于这一张照片，画成了工笔，就不是我妈妈少女时期的形象。要把我妈妈少女时期的形象能够真实地表现出来，重点是把那一份安静能够画出来。从性格上来讲，小莲也属于比较安静的人，只是把安静画出来不是难事，要把我妈妈这一份可以当作标本的安静完整地呈现，做到是很难。小莲为了把这一份安静画出来，感觉到是很吃力的。毕竟是两种时空的人，只有进入到那一份安静，才能把那一份安静画出来。小莲画的时候，尽量让自己处于安静的状态，去接近那一份安静。这样经过了几次调整，所以拖了两个来月，现在才把样稿拿出来。他个人的感受：那一份安静虽然难以完整地呈现，还是比较接近的。这一张是最后的一张，那一份安静呈现还是比较充分的。我妈妈那种很安静的神情，那种安静之美，还是画出来了的。他还是被我妈妈画上这一种安静感动的。他对小莲一直能够守护内心的安静很欣慰，基本上也放心了。她能够把我妈妈那一份安静比较充分地表现，证明还是很有绘画的才能，他呢也很佩服。

再讲到外婆：在照片上，外婆的神情是一种安然。我外婆很不容易，那一种安然包含的是一种坚韧和豁达。在画上我外婆那一种安然还是表现出来的。

前面都是溢美之词。不可能只讲好听的，他也有感到不足和吃不准的地方。首先我妈妈那一份安静，离那一份完整的安静还有欠缺。小莲已经很尽力了，他觉得还有潜力，还可以调整，尽量离那一份安静更近一些。这也是一种静心的修炼。另外呢可能是听我讲了我哥哥的事情，对我妈妈的打击，小莲受到了影响，在画的时候，不由自主，在我妈妈的表情上面，就增加了一种伤感。他觉得，我妈妈那一份安静就不单纯了，好像在这份安静里面有了一种杂质。他发现以后，他跟小莲有交流。但是还是不由自主，下笔的时候，把这种伤感画到了表情里面。应该再调整，画的时候，只想到画的是我妈妈少女的时候，很单纯的时候，把我妈妈那一份很单纯，很纯粹的安静画出来，不要加入任何其他的情绪。完整的安静难以再现，那一份纯粹的安静能够再现，那么这一张工笔画就是很成功的。他相信小莲后面再调整，是能够做得到的。外婆呢，他就直率地讲，外婆当时是中年，人还是显漂亮。相比较，画还是稍做了美化，年纪也偏年轻。用工笔来画女人，出现美化的情况本来正常，但是，真实度是不是就有所欠缺？另外一点，外婆因为当年是经历了事情的，除了一种安然，还有一种沧桑感。小莲把这种沧桑感已经有所表现，但是说实话，还不够。如果把这个沧桑感都画出来，外婆可能看上去就显老。他提供一个观点，工笔作为一种绘画的语言，可以有艺术化的处理。画肖像，要以真实作为前提。

最后：我要求给家里面那一张，颜色要加深一点。加深以后，时空感觉就被拉近了。时空被拉近以后，时代感好像就弱了。五六年离现在虽然只有几十年，毕竟和现在有很大的不同。可能是他个人的感觉。也可能我妈妈拍照的时候穿的衣服是紫花布，黑白照片紫色看不出来，画成工笔有颜色，紫色加重之后，就给人时空被拉近的感觉。浅的这一张还没有这种感觉。紫色变浅也不行，整幅画施彩都加重了。

这一些看法呢，多数他还没有给她讲过。不一定对，但都是他真实的看法，只是作为参考。我的意见才是最重要的，我不要顾忌——他一直主张，对艺术家首先要尊重，具体如何画，由他们说了算。决定权在他们的手上。画笔在手，他们是帝王，画笔是他们的权杖。别人的看法，尤其是批评，可以当作谏言，既有见地，又出自真心，是很难得的。——我是懂画的人。需要调整就调整。需要推翻，重新画这个样稿，小莲也会接受。画我是给了钱的，但是主要目的是画出好画，小莲借此得到成长。下面请我直言不讳，发表我的高见，难听也没有关系。

吴有明紧皱着眉头，镜框上的眉毛，像两条不安的虫一般想要挤在一起。他的嘴唇起了干皮，但他没有喝水。

我心里承认，他讲得很好。如果他给吴小莲的画做推销，一定很有效果。至于哪些话他没有对吴小莲讲过，只有他们知道。但有些话，主要是讲给吴小莲听的。我已觉察到，他有意在用自己的思想影响她。现在则几乎可以确定，他既是她的丈夫，还将自己当作了她的导师。或许在二人没有结婚之前，吴有明便在她面前充当了导师。如果不是用了这样的手法，吴小莲未必情愿嫁给他。我虽然懂得用言论影响女人，然而并不愿给任何女人做导师。做了导师，可以影响对方，但她却会依赖他，成为麻烦和累赘。

吴有明关于母亲的话和赞美外婆的话，使得我心里是感动的。说母亲身上有一份"可以当作标本的安静"，太像是浮词，但我很愿意接受。

我依次拿起两张画稿，与墙上的两张工笔花鸟对照着看了看，然后才说：

"我一直不认为小吴会画出俗气的画。刚看见这两张的时候，首先就觉得和我见到的一些工笔画是不一样的。花鸟这两张，是很清雅的。我当时就想到了宋朝时候的工笔花鸟。不是说你在模仿古人。宋朝时候的工笔花鸟是很清雅的，你这两张花鸟的'清雅'，和宋朝的还不太一样。哪里不一样，很难说清楚。——还是有自己的味道。"

我扭头看墙上画时，牵动身子，连着动了桌下的腿，挨到吴小莲的腿上。我没有马上移开，仿佛不知道自己的腿做了这一个动作。

吴小莲或许是没有马上察觉到，或许是察觉到了，但不知因为什么没有马上避开，稍后才将自己的腿往后收了。看她的表情，似乎只是在听我讲，并没有注意到别的事情。

我嘴并没有停：

"我看见宋以后——大多是在博物馆见到的——各朝画花鸟的工笔画，都有清雅的，只是有不同的味道。清雅的工笔画都是不俗的。这两张，应该是更好，已经有了个性的东西。有个性不一定就好，但是有了个性，才能说得上是好。没有个性，就是千人一面。徐渭讲：'书法既熟，须要变通，自成一家，始免奴隶。'画是一样的。画得再好，技术上很厉害，和别人是一样的，还是奴隶。——宁肯做一个不厉害的主人，也不要做一个厉害的奴隶。……这两张，还是看得出来，和这两张画是一个人画的。……我再说一个我的感觉，这两张画画得很虔诚。我不是画画的，我有另外一种体验。我是做古董的，我得靠这个挣钱。有的东西，买的时候就要考虑能不能赚到钱。有的东西就只是喜欢，没有想到赚钱。有的买下来，如果要卖，可能要亏本，但是不买下来，会很难受，那完全是因为喜欢。买到以后，是很喜悦的。那个时候就觉得，整个的世界就是这一件东西，我沉醉……我迷在这一件东西里面，其他都没有了。宗教的那种虔诚是怎样的，我不知道。我的体验，或许近于一种虔诚。我想，小吴画的时候，只是想把画画好，没有别的。——心里面只有画，只有对画的……对画的敬畏（这个词不一定准确）。——这样画，还是不一样的。"

"对不起，我插一句，用'敬畏'是准确的。"吴有明说。"小莲画的时候，确实是这一种心态，只是想把这个画画好，也担心画不好。请你往下讲。"

"我外婆和我母亲都画得好。我外婆还是画得像。我母亲那种安静，是画出来了。你说'可以当作安静的标本'，很感谢。伤感，刚开始没有看出来，听你讲了，好像是有。我讲过，小吴画出来是怎样的，我都会接受。小吴完全可以照自己的想法画。我看了以后，跟我以前看照片是不一样的，有些好像我以前没有感觉到。没有不好的意思。家里人一般相互是最了解的，最陌生的往往也是家里人。可能因为很亲近，反而对他们身上一些东西不敏感，忽略了。所以，我也想通过你们，看见我没有感觉到的一些东西。具体怎么画，我不提任何的意见。我讲了，会限制她，我想看见以前没有感觉到的，可能就看不见了。我母亲和我外婆这张照片，只是一个瞬间。我知道她们以前的一些事，后来有些事也知道。我看照片，就不是这一个瞬间，我会想到她们之前的一些事，还有后来的事情。在这一个瞬间里面，有她们几乎一生的形象。所有人的照片是一样的：如果了解这个人，这个人的照片就不只是一个瞬间。要是觉得有必要，有时间，我可以再讲一些我外婆、我母亲的事情。我只提一点，这一张颜色可以再深一点，我外婆眼睛很不好。"

吴小莲仍是一副恬然的神态，但眼里隐隐地现出了愉色。

吴有明已经不紧张了，额头更油亮了一些，眼里满是奋然的亮光，晃眼看像是泪水。

他望了望吴小莲，然后说：

"听了你刚才的这个表态，我的这个心哪才归位。你觉得不但不俗，还更好，画得很虔诚。看来我也没有乱讲。小莲把样稿拿过来让你看，心里也是没有底的。只是我讲，她还不一定相信。我相信，我讲的也不是应付的话。现在，你应该也放心了。你觉得画这个照片，不限于只是这一个瞬间，小莲听了你妈妈和外婆的事情，画的时候，可以加入她的理解。我刚才后面有一些话，我就收回。小莲，你觉得呢？"

吴小莲淡笑着说：

"王兴的意思我听明白了。用工笔画人物，要表现太多的东西还是难。阿姨和外婆的事情，可以了解。我还是以照片为基础，根据对照片的理解来画。"

吴小莲穿着右衽盘扣短袖衫衣和麻纱裙子，脸色有些苍白。

我没有留意她的时候，她的名字会让我想到莲花。但莲花已让人腻味了，又沾了太重的尘气。对她留意后，觉得在她的名字里长着的花，是在网上偶然见到的莲花升麻。莲花升麻似乎都是朝下开放，好像不愿人留意自己的姿色，然而细看，就发现有一种别样的幽丽。我没有见过真花，不知花的味道是怎样的，但觉得她的淡笑，是那花的香气。

二

我提出再讲一些我外婆、我母亲的事情，是想有机会可以和吴小莲单独在一起。吴有明却专门安排了一个饭局。吴小莲坐在我的对面。

我本来并不想再讲母亲和外婆的事，现在也只好当作戏来演，为了演得真实，就装出想多讲一些的样子。

或许因为吴小莲从不插嘴，就像还是在认真地听。吴有明不但插话，还会发表一番言论。

过了不到十天，我再被叫去看样稿，仍是在吴有明命名为钓水书屋的小房间里。

颜色深的一张，施彩过重了。上面的外婆多了几分沧桑，还像已不在人世，这是她的遗像。母亲穿着那个时代的衣服，却像是这个时代的少女。似乎没有伤感。因为加重的彩色都是骚动的，母亲就不那么安静了，只是看上去还很安静。淡的那一张，外婆也添了几分沧桑，但还像是在世间。母亲并没有变得更安静，但脸上有了一丝伤感。

我仍旧没有提意见，只有称赞的话。我已有言在先，不能食言，也不想食言。我要让她相信我说话是算数的，再说别的话，她才会相信。我只讲好话给她听，如同让她吃到一家好吃的餐馆，还会想着来吃。

吴小莲比上次看样稿时要泰然许多，听了我的话虽然没有显得多高兴，脸上却有怡色。

吴有明大概还是觉得样稿上有的地方并不好，但在我讲了以后，没有像上次那样指出来，脸上显得有些迷惑——或许听了我的话，不知道到底是好还是不好了。他和世上许多人一样，以为艺术是有标准的，评判艺术也有自己的标准。但艺术的标准如同真理，也只是舌头上的戏剧而已。

我的腿感觉到了她的腿就在旁边，悄悄伸了过去，想她的腿来碰我。但她似乎已经注意到了，很小心的没有碰到我的腿。我很想吴有明离开一下，房间里只剩下我和吴小莲，我要有意制造出暧昧的气氛，再去试探她，引诱她，但吴有明一直没有离开。

我并不愿意马上将样稿定下来，但也只好定下来。

三

那以后，我想再见到吴小莲，却一时没有合适的借口。可以再给她打电话，但如果再假借是说委托她画工笔画这件事，该说的都说差不多了，母亲和外婆的事也没有必要再多讲，吴有明要是晓得了，即便以前没有想法，这时候不会没有想法的。我想到带人去她的服装店，但不能单独和她在一起，也很难有试探她的机会。提出去她家里看她正在画的工笔画，只能给吴有明讲，吴有明会和我一起去，或许会一直在旁边，去了也没有多大的意思。

我另有一个借口，是请吴小莲去看老旧的中式服装。尤丽见到吴小莲后，对中式服装有了一点兴趣，我曾带她去看一个人手上的几件民国旗袍和袄子。有一件真丝印花面料圆角摆绲边短袖旗袍，看不出是穿过的，尤丽当时很喜欢，但她以为那毕竟曾经是死人的东西，最终没有买。后来尤丽、我和吴有明、吴小莲在一起吃饭，尤丽提到去看民国服装的事，给吴小莲建议，可以买来放在店子上做陈设，也可以当样式。吴小莲只是说，那个时候能够完整保存下来的衣服，确实是少。吴有明则说，曾经有考虑，暂时还不买，以后碰到好的可以买。

　　我对吴小莲动了心思后，曾想到可以叫她去看老旧的中式服装，借机接近她。直接叫她是不行的，只有先给吴有明讲。吴有明即便不借故推辞，也很可能和吴小莲一起去。如果以后他们需要和卖家联系，我也不便再参与了。如果再介绍他们去看别人的东西，或许吴有明只让吴小莲和我去，但这样的事多有几次，吴有明一定会起疑心。现在，我又想到用这个借口去接近吴小莲，还是觉得不可行。

　　我像小偷虽进了人家里，伸手就能拿到财宝，却不能出一点动静，怕被发现。但既然已进来了，只要不被发现，总有机会的。

　　这一天我接到吴有明的电话，让我去家里看已画好的那张绢本工笔画。我听他讲他可以开车来接我去，已没有兴趣去看，但故意装出有些兴奋，答应去看。

　　我随吴有明到了石马公园旁边一个小院。

　　小院铁门遍布锈斑，像是一具正在分解的骸骨。院里都是老房子，有破旧的气象，见草木却生长郁茂，不过像是生长在村子里的。几株木槿在这样的环境里，便有了几分乡野气。楼道上的墙面是修补过的，但有的地方又在驳落了。

　　夫妻二人的家在顶楼。房子是装修过的，只看里面，像是新的房子。

　　吴小莲当时已在家里等着了。

　　夫妻二人陪我进到了画室看画。画室是一个不大的房间，采光很好，可以通过窗户望见公园。画好的画还没有托裱，要等到另一张画好后一起托裱。

　　我在夫妻二人的家里呆了一个小时左右，我和吴小莲在一起的时候，吴有明只因为上厕所才离开了。但我和她单独在一起，气氛就不同了。她变得有点拘谨了，有点不自然了。我也有意显得不自然，看她的目光多了一点意味。她已只用余光看我，或许看不见我目光里的意味，但也许还是看见了。不久听见厕所的门响，我马上恢复了正常。吴小莲稍后也恢复了正常。

后来，我和吴有明一起离开了。在车上，吴有明邀请我过两天参加一个酒吧的开业活动。吴有明在这酒吧里有小部分股份。开业活动上有免费酒水，我要喝好的啤酒，可以把账记在吴有明的名下。

四

酒吧在大成路旁的恒天大厦里面。来了不少的人。有的人看上去很开心，有的人则像是有心事。有的人看上去很兴奋，有的人则是一副懒怠的样子。既然是庆典，还是有喜气的，但似乎也混入了紧张和无聊的气氛。我以为，酒吧在开业庆典的时候，是不像酒吧的。在这个时候来到酒吧，也最不能享受酒吧的风味。但我见到了吴小莲，心思就变了。

活动上，有乐队和歌手。渐渐地，有了一些人在场地里跳舞。我看见吴小莲和吴有明也在跳舞。他们先跳了一曲，过了一阵，又开始跳。吴小莲的身子摇摆着，我仿佛看见了尤丽。我觉得，她的身姿带起了欲念的暗流，一浪一浪朝我涌来。

吴有明带着吴小莲转了过来，腾出一只手朝我示意，嘴里说："你也请人跳。"

我便请了一个觉得不会有口气的女人跳舞。我觉得，再美的女人有了口气，都如同美食已经腐败了。然后，我走到吴有明跟前，说：

"我想请小吴跳，行不行？"

吴有明笑着说：

"当然可以。她难得出来放松，你可以和她多跳几曲都行，只是她跳得不是很好，配合是没有问题的。"

"我看小吴还跳得可以。请你给她讲一下，我直接去请，担心她觉得我太唐突了。"

我自己也听出话太虚假了，但也是很合适的。

吴有明便对吴小莲说：

"王兴想请你跳舞，要我给你讲，其实大家都很熟悉了。他请你，那你就跟他跳。"

吴小莲似乎有点羞怯，还是随我进到场地里面。

我起初只是用左手轻轻托着她的手，另一手轻轻扶在她的腰上，仿佛因为是跳舞，才不得不接触到她的身体，但我立刻就开始品味她了。

我早已明白，男女跳舞，不过是将本属私密的情色，变成了一种公开的情色。虽然这是一种社交，但仍旧是情色的，将其称为"变成了社交的情色"，是没有错的。如果只是跳舞，也还是带着情色意味的社交，但披着社交的外衣，跳舞往往就成了众目之下一种隐蔽的调情方式。

我的左手渐渐地将她的手握住了，另一只手往她的腰上贴得紧了一些。但我知道吴有明在看着我们，我的身子和她就一直留着一个较大的空档，以至于我和她的舞步配合不太协调。面向吴有明的

时候，我还显得拘束，放不开。我心里清楚，一个情场老手有这样
的表现，太异常了。然而，如果我露出情场老手的本色，吴有明就
不会还像这样泰然了。且不说我已对吴小莲有了兴趣，在吴有明面
前特别需要掩匿，即便只是一个情场高手，有她丈夫在旁边，也要
将自己的本色遮掩住，才不会招来麻烦。如果说我装得过头了，明
显是给吴有明看的，这正是我的目的：我要让吴有明看见，我知道
吴小莲是朋友的妻子，我是有顾忌的，是很有分寸的。但不能让吴
有明看到的，是不会让他看的。我借着转身背对着吴有明，左手悄
悄捏了捏吴小莲，右手在她背上悄悄滑动，并用手指揉了揉。我的
目光也变成了手，在她的身上撩弄。吴小莲仿佛被寒气激了一下，
身子抖了抖。她的眼睛惊慌地动了动。此外，并没有别的反应。我
随后将身子转过去朝着吴有明。直到跳完一曲，我再没有不能让吴
有明看见的动作。

然后，我和吴小莲出了跳舞的场地。

吴小莲看上去比与我上场时还要轻松些，好像并没有把我刚才
的动作当作有别的意思。但吴有明虽然没有见到他不高兴，镜片后
面却是狐疑的目光。我只当作没有觉察到有什么不同，找话题和吴
有明聊了起来。吴有明表面上还是愿意和我交谈，却只是应付了。
我原来还想再和吴小莲跳舞，但只请另一个女人跳了一曲，然后给
吴有明打了招呼，就离开了。

在以后的几天里，我还总是想着吴有明当时的反应。

一天晚上，我特意到了钓水酒屋，想看吴有明现在会怎样对
待我。

吴有明比以前还客气了一些，然而那客气却掩不住他的冷淡。
我问他吴小莲画那张五尺整纸的进展，吴有明皱起了眉头，眼神变

得奇怪了。我心想，我与吴小莲跳舞时做的动作，吴小莲很可能并没有让吴有明知道。如果她给他讲了，吴有明的反应肯定要强烈得多。要说吴有明突然看出我对吴小莲有企图，那也未必。但起了这样的变化，如果说以前吴有明并没有完全相信我，对我还有点猜疑，现在吴有明必定是有所觉察了。——不完全是觉察，很可能是突然起了很重的疑心。

我犹豫了，是不是到此为止？至于那张大画，等她画完，到时候把两张画取回来，然后，和吴小莲尽量不要再接触了。但若是费了一番心思，还花了两万块钱，只得到一个很重的疑心，只是借着跳舞做了个小动作，不仅是很不值得，简直是太荒唐了。现在退出，早了一些。在很重的疑心下偷取，是更刺激的。如果他没有一点疑心，如同是随便拿，反倒没有多少趣味了。不过，现在要掩饰得更好些才行。

五

我见到邹金玲，给她讲了请吴小莲根据照片为外婆和母亲画像的事，对吴小莲的工笔画赞美了一番。邹金玲便提出想去吴小莲家里看画，要是真有我讲的那样好，可以出钱叫吴小莲根据她父亲的照片画一张肖像。这正是我想得到的话。我便给吴有明打电话讲了这件事，提到了邹金玲的身份，说了她曾经在贵州是自己同班的同学，但暗示和她的关系并不只是同学。

我还说：

"她已经做到那一步，认识的人很多都很有钱。她可以给人家推荐。挂在家里，有人来看见了，如果也想画，她可以介绍。现在有钱的大多只是附庸风雅，这其实是很好的事情。人家很有钱，对艺术又很懂——既是有钱人，画又画得很好——那他们就把两条路都占了。真懂画的人，画画得好的，要会利用这些附庸风雅的。附庸风雅的人，风雅的人可以把他们当作钱袋子。他们附庸风雅，本身就是风雅人的钱袋子，如果不去拿，别人就会去拿。那些去拿的，很多都画得不好。应该由画得好的去拿。也可以当作梯子来用。最好是真懂艺术的人，画得好的人来用。有些人用，把梯子是糟践了。他们爬着梯子占了上面，不是好事情。我觉得这是一个机会。"

吴有明接电话的时候，开始也还只是既客气又冷淡，听我讲了以后，语气变了，仿佛改由陌路回归了熟识。"你有这样的一个同学，确实很厉害！"然后是停顿，他在抑制激动的情绪。"你呢，把这个关系介绍过来，我呢是很感谢的。我觉得主要不是要去利用，让小莲有机会能够多画，能够得到更多的人对她的赏识——能够激发小莲画出更多的好画，对我来讲，是最主要的目的。听你讲了你这个朋友——你这个同学，她应该对艺术也有兴趣，不能说是附庸风雅。你把小莲给她推荐，当然首先是你懂画，赏识小莲画工笔的才能。你这个同学应该也相信你不会随便给她推荐。当然这个机会很难得。我觉得你这个同学平常很忙，这样子嘛，由你来安排，只要她能够百忙当中抽出时间，任何时候都可以，你给我们打电话说一声就行了。我们按照你的通知，随时都可以请你这个同学到家里看画。你直接给小莲打电话也可以。"

我给邹金玲发了手机短信，说她有空随时可以去朋友家看画，白天去最好，自然光下看画颜色不变色。我提醒她不要晚上去，是要让那夫妻二人觉得，她还是懂一些看画的门道。我也在明白地告诉她，我知道她看画并不在行。但这样做，是要在那夫妻二人面前维护她的体面。

我是下午四点左右陪邹金玲去的。我还是先打电话通知了吴有明，还给吴有明讲，见了邹金玲，最好夸她几句，说听我讲她对绘画还是有鉴赏力的。但不要夸过头了，让她听出来就是假话。

吴有明在小院的门口迎候，脸上的神情紧张又兴奋。见到了邹金玲，惊讶得瞪大了眼睛，像是张大的嘴，要把她吞掉。他的眼睛转向我，我看见里面是嫉妒的目光，就像以前他追求尤丽时看我一样。但那嫉妒的目光只是一闪就过了，然后便是很友善的笑意。

吴有明引路朝楼房里走，极抱歉地说：

"这是老房子，里面没有电梯。我是住在这个五楼上面。不好意思，现在这个天很热，邹董你只有受罪了。家里面小莲把西瓜已经切好了，放在了冰箱冷藏，上去到家里面，先吃西瓜。"

邹金玲进到楼道往上走，身上的香气混着汗味散发出来。上了三楼后，我用手扶住她的腰，有意让吴有明看见。

进到吴有明家里，先吃了冷藏的西瓜，然后才看画。

屋子特意收拾过了。玻璃瓶里的鲜花，像是才刚买来插上的。我上了趟厕所。大概是想到邹金玲会上厕所，厕所很干净，一看就是刚打扫过的。里面还有一股除臭剂的味道。但邹金玲一直没有上厕所。吴有明按事先说好的，对邹金玲讲了几句恭维话，说听我讲邹董对画是有鉴赏力的。但他又讲了我几句好话，说我很懂古董，对文学艺术的鉴赏水平也很高。他盯着我看了一眼，大概是想当着邹金玲的面夸我的长相，但没有说出来。后来谈到工笔画，谈到艺术，他又像是成了另一个人，但他并非一定要把想说的说完，还是担心说多了有人会烦。然而他讲的话也并非是很妥帖的：他夸赞邹金玲的话，都是没有问题的，却又来抬举我，夸赞我的话胜过了夸赞她的话。这样一比，讨好她的话就不够漂亮了，恭维里面便似乎有了贬意。邹金玲很少说话，看画的时候，很专注，只问了几个问题。

看完了画，夫妻二人要请邹金玲和我去餐馆吃饭，邹金玲没有接受。

离开的时候，夫妻二人都来送别。吴有明拉开副驾驶室的车门，等邹金玲坐进去，然后小心推上，一副恭谨的样子。他对我不但友好，还多了几分尊敬。

我坐进车里，来看吴小莲。吴小莲的目光与我的目光碰了一下，然后就闪开了。

车开动后，吴有明还跟着送到了小院的门口。他朝我招手告别，脸上浮着笑，镜片后面则是忧焦和祈望的光。我觉得，他眼里的神情正是他的心思。他虽然知道这关系是我拉来的，却怕我会做拆台的事。我既然和邹金玲的关系不一般，他恳切地希望我能替他们讲话，促成这件事情。

我和邹金玲一起吃的晚饭。邹金玲谈到对夫妻二人的印象，总的还不错。吴有明好像还正常，不像有些写诗的，脑子好像有问题。还不装。不过他自己在做酒吧，做生意还是要实在。吴小莲也不像有些女画家很矫揉造作。她的工笔画画得是比较好的，但是有这种水平的还是比较多。

我现在是最想促成这件事的，便对邹金玲说：

"她的工笔不是最好的。我给你讲，工笔画容易画得很俗气。她的工笔画最大的优点：俗气比较少，不是没有俗气。现在画工笔没有俗气的，还没有见到。现在大家都很实在，但是太实在了，这些人身上还留了一些不实在的东西，画出来的画还不太俗气，已经很难得了。而且人家毕竟是上过美院的，功夫是很好的。"

邹金玲脸上露出不悦之色。"他们两个不是都在做生意吗？还是想挣钱。实在就俗气，你这个观点是错的。我看他们还是比较实在的。他们要是像有些做艺术的，喜欢装，我都不愿意多呆。我是很实在的人，我也喜欢跟实在的人打交道。既想让我帮他，又在我面前装，这种人我不愿意打交道。……做艺术的嘛，有一点清高很正常，但是不要装。……我觉得做艺术，画画儿，也还是要实在。实在就是不装，画出来的画才真实。装就是虚假，画出来的画就不真实。画画儿，做艺术，写诗，归根到底，还是在表达真情实感。画画儿，画得像，通过学习，我觉得都做得到。但是很多人，我觉得他们的画都没有表达真情实感。画画的技术我不懂，是不是在表达真情实感，我还是看得出来的。"

我没有和她争辩，心想最好是用话打动她，让她愿意把父亲的遗照给吴小莲画成工笔画，就说：

"他们在你面前，确实没有装。他们对你都是很尊敬的，你看吴有明对你，很谦恭。他们心里是清楚的：吴小莲虽然画得还不错，但是没有名气，你愿意去看，是因为我说她画得好。——我说她画得好，是我真实的看法。如果只是朋友，熟人，我不认为她画得好，我不会出钱让她来画。只是说好，未必是真的。愿意给钱，往往就是真的了。——你大热天，爬了五层楼去看画，他们已经很荣幸了。如果你愿意让她来画，他们知道，你其实在帮他们，因为我跟他们有这种关系。你自己做得已经很成功，帮一下还没有出名的画家，以后可能就有名了，他们会记得，你曾经在她没有出名的时候帮过她。吴有明谈到文化艺术的事情，好像跟平常人不一样，其实他是很正常的。人情世故，人好坏，他是懂的。他夫人——吴小莲，你看，也应该是懂人情世故的。"

邹金玲冷眼盯着我看了看，没有再说这个话题。

吃了晚饭，我跟她去酒店呆了一个多小时。分开前，邹金玲才对我讲，等吴小莲把那张大画画好后，她把父亲的遗照交给我带给吴小莲，让吴小莲照着那张小画的尺寸，也画一张绢本的。她给一万块钱，预付五千。到时候让我把预付的钱和父亲的遗照，一起带给吴小莲。

到第二天，我才把这消息告诉吴有明。吴有明连连道谢，电话里的声音满是感动的情绪。

过了几天，吴有明打电话给我，说从他参股的酒吧里分到了几瓶啤酒，是市面上有钱也难喝到的，请我去品尝。

我喝了一瓶，不让吴有明开第二瓶，如果一定要开，也一定要给钱。我其实想再喝一瓶，吴有明就给我开了第二瓶酒，但只按进货的价收了钱。我要是再喝，还按进货的价收钱，但我没有再喝了。

现在吴有明以为我在帮他们，因此才会请我喝这样好的啤酒。那种酒在酒吧卖，是很贵的，我已免费喝了一瓶，再多喝，虽然要付钱，还是明着占人家的便宜。

我知道，欠了人情，会让自己被动，而一被动，就会被人摆布了。别人欠自己的人情，没有回报，也不好。做没有回报的事，是不自重，是损害自己生命的价值。如果要让别人欠人情，可以当作一根妖绳将人牵制住，能够为我所用。我自己清楚，我并不是真心想帮他们，他们并不欠我的人情，但我要让他们以为欠了我的人情。我不愿吴有明以为，喝了他几瓶好啤酒，便抵了一部分人情债。只要他们以为还欠着我的人情，我便可以利用这一点，实现我的企图。

吴有明除了对我再次表示感谢，还告诉我，吴小莲不习惯当面说人的好话，但是给他讲，我对绘画——对工笔画是真正懂得鉴赏的。我听他说这话时，又见到了他眼里出现了鬼祟的目光。且不管他告诉的话是不是真实的，他现在对我一定还有疑心。

一天下午两点左右，吴有明从家里再打电话给我，叫我去审定那张画好的大画。如果我现在去，他和吴小莲在家里等我。

我看了手表，说还有点事，四点左右去看。我是想拖两个小时，吴有明可能会离开家，只有吴小莲在家里。吴有明却告诉我，他也有点事情要处理，处理完就回家里来等我。

我不能提前太多去他家里，怕吴有明会想到我是有意趁他不在的时候去，而且那时候吴小莲未必在家里，因此还是按自己说的时间去的。

去之前，先给吴有明打了电话，得知他回到家里了，才到了他家里，但并没有见到吴小莲。

吴有明告诉我，吴小莲正从店子赶过来。

我还是先看了画，也没有挑毛病，表示满意。

过了将近二十分钟，吴小莲才回来，喘着气，却还是一副泰然的神态。她听我讲了意见，然后和我商定装裱的事。

吴有明一直都在旁边。我觉得，他像是一个监视的人。

大概因为见面的次数多了，吴小莲正眼看我比以往多一些。但我觉得，与她对视的时候，她的目光突然变得朦胧了，仿佛起了一层雾，里面藏着什么。

第十七章　挂画

一

过了一周，吴有明打电话告诉我，两张画已装裱好了，他们想挂在家里自己看两天，然后拿到钓水酒屋来，请我去取。到第三天下午，在钓水酒屋楼上那小房间里，那夫妻二人把装裱好的画交给了我。

我要付另外一万块钱，他们却不收。

吴有明对我说：

"这个呢是小莲她的意思，还不是我的意思。我首先要说，不是故意装清高，在朋友面前——在你面前，不需要装清高。她是觉得她现在没有名气，你给一万块钱已经不少了，你还给她介绍朋友过来，这一万块钱肯定不能收。这一万块钱不是小数字，从内心来讲，见到钱都想挣，但是不能收，收了心里就不安。小莲有这个想法，我觉得应该尊重。"

这是我没有想到的。能省了一万块钱，我心里高兴，但想到他们从我身上挣了钱，却表现出不愿占我便宜的样子，反倒像是我占了便宜，心里又不太痛快。但他们执意不收，我只好把一万块钱收回去了。

然后我拿出了一个牛皮信封交给他们，那里面装了邹金玲父亲的遗照和五千块钱。这张遗照和钱，是我告诉邹金玲大画已在装裱之后，从她手上取来的。邹金玲父亲的遗照和五千块钱，晚几天去拿，过几天给他们，本来是没有关系的。但这个时候给，不但证明我说话算话，还说明我是特别认真的。我现在很需要这夫妻二人的好感，让吴有明信任我，让吴小莲欣赏我。

最后我对夫妻二人讲，一万块钱他们不收，只有请他们晚上吃饭。那夫妻二人接受了。

那时候刚过下午三点。我取了画，坐人力三轮车回到了华都。

将近七点，我们三人在福光广场庆丰楼上吃海鲜。吴有明带了啤酒去，但即便愿意给开瓶费，还是与店方交涉了半天，店方才同意我们喝自己的酒。吴小莲只是喝饮料。

吴有明既开心又兴奋，不时向我敬酒，又劝我做文学艺术鉴赏的事情。

吴小莲这时也夸赞我很懂绘画，对工笔画的理解，很多专业的人士都比不上。于是，证明吴有明请我喝啤酒时讲的话是真的，但也说明她还是可以当面说人好话的。

餐桌不大。我的腿碰到了她的腿，但这是无意的，我马上将腿移开了。不久，我觉得是一个合适的时机，又将腿移了过去，挨到她的腿边。她的腿动了一下，仿佛要避开，又像是碰我作为回应，随后便是僵住了。但片刻之后，还是移开了。

吃了一个多小时后，我去了趟洗手间。我回来后不久，吴有明也要去洗手间，吴小莲也起身跟着去了。

他们回来后，我又觉得是一个时机，再将腿移过去，挨了她的腿一下，停在旁边。我的腿，吴小莲的腿是可以感受到的。我等着她的腿移过来，挨到我的腿上。但她的腿并没有移过来，我就将腿移到了别的地方。然后我几乎将自己的腿忘记了，却忽地觉得腿上起了一阵酥心的温热。是她的腿挨到我的腿了。我没有动，如果她的腿在我腿边再多挨一会儿，我就要去回应她。但我的腿刚一动，那酥心的温热，马上从腿上遁去了。我想看她的表情，她的眼睛望着桌上的盘子，脸上仍旧是平静的，但那平静里似乎还有不可捉摸的微妙。

我与那夫妻二人说好，吃完后去我家里看那张绢本画挂在墙上的效果。我想，即便有吴有明在旁边，但只要与吴小莲多有时间接触，便会有暧昧产生。我和吴小莲之间，好像已经有了一点暧昧。

离开海鲜馆的时候，吴有明的脚步已不稳了，他自己说确实喝飘了，但是还没有醉。我只是脑子有一些迷糊，脚步依然是稳当的。

吴小莲开了车子，我们三人一起朝华都这边过来。快到人民公园的时候，吴有明接了一个电话，然后告诉我，他参股的酒吧有事情，叫他马上过去商量。他只有改天去我家，看那张绢本画挂在墙上的效果。

我便说：

"那我现在下车，走过去就可以了。小吴送你过去。"

我叫吴小莲把车靠街边停下来。

吴小莲把车停了下来。

我皱起眉头，摆出不高兴的样子，打开门，慢慢推开，下了车。吴有明也下了车，显得焦虑，又不安，对我说：

"刚才确实事出突然，实在对不起。这样嘛，我自己搭出租车。小莲她不需要送我，她先去看。我改天再找时间，在你方便的时候，小莲到时候可以一起来看。今天实在是抱歉！"

他朝我拱了拱手。

然后他把头从副驾驶室的门窗探进去，对吴小莲说：

"已经离他家很近了，你先去看，你看了先回去。我在那边可能要多呆一段时间。"

我又上了车。

车进到华都里面，我引吴小莲进到公寓楼的一单元，进了电梯。吴小莲像少女一样既局促，又有些羞涩。

二

进到家里，我请吴小莲在一张单人沙发里坐下来。在她对面，楠木花窗旁边的墙上，挂着她画的那张绢本小品。

我看见她双膝顶住，腿紧并着，好像摆出了一副严防的姿态，却也像是一种极强烈的诱惑。

我要给她泡普洱茶喝，她说晚上不喝茶，我告诉她我有很好的普洱茶，用一把清代的紫砂壶来泡，请她品尝一下。

吴小莲似乎有些为难，却没有说出谢绝的话。

我便进到厨房用电热水壶烧水，回到客厅，见到吴小莲站在那张绢本小品前面。我没有马上和她谈这张画，以免她很快就离开了。

我打开黑漆樟木柜，从一个木盒里拿出一把掇球壶，取普洱茶投在壶里面，然后把茶壶放在小方桌上的小茶盘上，再从黑漆樟木柜里拿了两个瓷盏放在小茶盘上。

吴小莲斜眼朝那小方桌看了看，又看了看画，坐回单人沙发里。然后，朝北墙边的供案上扫视了一眼。

我又从黑漆樟木柜里拿了一盒古巴雪茄、一个大卫杜夫雪茄剪和一盒无磷雪茄火柴，在她对面的单人沙发坐下来。但我不打算抽，只想在她面前做个样子，让她看我把弄雪茄的派头。雪茄不只是烟，还有神奇的力量，使得男人尤其像是男人。尤丽就喜欢我抽雪茄的样子。邹金玲没有明说喜欢看我抽雪茄，但看我抽雪茄的眼神是不一样的，有几次，还问我怎么不抽雪茄。

我将古巴雪茄、大卫杜夫雪茄剪和无磷雪茄火柴放在茶几上，从雪茄盒里拿了一支雪茄，横在鼻子下闻了闻。又拿了大卫杜夫雪茄剪，刀口咬住了雪茄帽，但没有剪。这雪茄剪是我今年春拍去北京时买的。我将雪茄塞进嘴里叼着，稍后放回了盒子里。这样，我既展示了把弄雪茄的派头，又向她表明，我本来想抽雪茄的，但想到她不会习惯雪茄的烟味，只好不抽了。

我扭头朝墙上的绢本画看了一眼，仍没有和她谈这张画。然后，我点上了一支香烟，扭过身去，看着墙上的绢本画，说：

"你这张画我真是很喜欢，画得很好。大的那张也好。"

我回过头来，望着吴小莲，又说：

"大的那张，过些时候我带回家里，我家里的人，我外婆、我母亲会很喜欢的。我外婆一定很高兴，看见自己被画成了画儿。拍成照片和画成画，还是很不一样的。拍成照片，看上去很真实，只是和本人很像的影子。画成了画，好像被神化了。以前没有摄影，可以画成肖像，后来有了摄影，画肖像就很少了。其实是不能代替的。"

吴小莲轻轻点了头。

我想将那话题谈开，听到电热水壶响了，就进到厨房去端电热水壶。返回来，见到吴小莲在手机上输字。她可能要给吴有明发短信。

我洗了茶后，将茶泡好，剩余的热水倒进暖水瓶里。然后，去厨房又接了壶水烧。我回到客厅，将烟掐灭在南朝洪州窑瓷盘里，请吴小莲坐到小方桌边的木椅子上。

吴小莲似乎并不情愿，还是坐到了小方桌边的木椅子上。她的腿没有像在沙发上那样并得紧，但脚却稍往后收。

我拿起掇球壶，往瓷盏里注茶，对她说：

"这也是老的，是元代的。我没有公杯。现在的公杯是新的，我习惯用老的东西。"

然后，我从小茶盘上端起一个元代龙泉窑小圈足敛口瓷盏，放在吴小莲面前，对她说：

"你尝一下，看看怎么样。"

吴小莲盯着面前的瓷盏看了看，说：

"我对普洱茶不懂，平常喝得少。"

我笑着说：

"我也不太懂。我是有朋友给我推荐，说喝普洱茶很好，让我品尝了几种，我才开始喝普洱茶。我主要是喝熟的普洱，我喜欢熟普洱。好的熟普洱……你现在先趁热喝。"

吴小莲双手端起瓷盏来喝茶。

这时候空调将房间的温度降下来了。

我与她喝着茶，一边谈着茶，她只是勉强应和我的话。

过了一阵，我才望着墙上的绢本画，问她：

"你刚才已经看了，你觉得挂在这里，合不合适？"

吴小莲的目光也到了那绢本画上，说：

"可以，我觉得可以。"

"我考虑过挂在那里（我指着北面的墙）。那是供案，挂在那里不行。挂在这里，朝向东方。太阳是从这边起来的。我希望可以借助这样的势头，我外婆可以再多活一些时候，我母亲可以长寿。她们长寿，我也可以长寿，这是我的一个愿望。如果愿望是很强烈的，或许就会变成一种命运。"后面这句话，我以为是很对的。我想和她单独在一起，难有机会，这一次吴有明突然有事情，给了这个机会，便是一个印证。"挂在这里，就是……你觉得和这边的花窗协不协调？如果不协调，我可以把花窗放到其他地方。画还是挂在这边。把花窗移开，很容易的。你直说，我会考虑的。"

"我觉得不需要移开。"

"请你再看一下。"

我站起身来，带着她先是在离画和花窗稍远的地方看，再带她近前去看。然后问她：

"还是觉得不需要移开？"

"不用吧。我觉得跟花窗挂在一起，反而有一种味道。"

"我原来有一点担心……我先去加一下水。"

热水壶的鸣叫声响了起来，我便将烧开的水加在暖水瓶里，将电热水壶放回厨房，返回客厅，对她说：

"我原来担心，画挂在这个位置，和花窗不协调。这个花窗大概是清代早期的，很像是皇家的工艺，不比宫廷的差。很完整，很少见的。这个花窗是很好的，画挂在旁边，并没有被花窗压住。——有人认为这是两类不同的东西，时代也不一样，不能放在一起来比。好坏是不分种类的，也不分时代。不同的种类，不同时代的东西，好坏是相通的。——这张画很好，如果不够好，花窗就会把它压住。"

我这样讲，并不知道对还是不对，然而这是并不重要的，我只是想讲出能自圆其说又别致的美言，让她听了受用。我以为，政客们是要实利，又要美言；商人们宁可要实利，不要美言；这些画画的，做艺术的，实利也要，但更想得到赞美。我要让她听到从未听过的好话，满足她的虚荣，能够俘获她。

吴小莲看了看花窗，又看自己的画，眼里闪着兴奋的光。

然后她觑了一眼手表，低声说：

"我该走了。"

我也看了看手表，然后说：

"再占你几分钟时间，我拍几张照片：一张是你和这张画。我还想和你这个画家，与这张画一起拍合影。我自己想保留。你有邮箱……电子邮箱，我可以传给你。没有，我去洗出来给你。你有没有电子邮箱？"

"我有。"

"我先拍，拍完以后，请你把地址发到我的手机上面。这样可以吗？"

吴小莲点了点头。

我拿来了相机和三脚架，将三脚架支好，再将相机稳定在上面，然后请吴小莲站到那张画旁边。

这时她放在双人沙发上的挎包里响起了手机铃声。

吴小莲不紧不慢走到双人沙发旁边，从挎包里摸出手机，贴在耳朵上，说：

"嗯……没有。他要给我和画拍照。还没有拍，马上拍，拍了我就回去。……嗯……嗯……"

接了电话，她把手机放回了挎包里。

"是有明吧，他很担心你。我给他打个电话。"我望着她说。

我用手机拨通了吴有明的手机。

响了两声，吴有明就接了电话，先将道歉的话重复了一遍，接着说：

"我刚才给小莲打电话，听她讲你要给她和画拍照片，她还没有享受过这种待遇。"

"有明，我不只是给小吴和这张画拍照片，我还想跟小吴和这张画一起拍。以后小吴会有名的，我可以把照片给人家看。我直接地讲：名声对有名的人，是荣耀。有名的人，对于一般的人，一是可以满足崇敬的欲望，二是可以满足炫耀的欲望。崇敬和炫耀都是欲望。有欲望得不到满足，会很难受的。我认识的人里面，我很希望有一天你很有名，是有名的大诗人，你夫人——小吴是很有名的画家，你们可以满足我炫耀的欲望。这是我真实的想法。你知道我不太喜欢讲冠冕堂皇的话，我也能讲，没有必要。"

"你讲这个话，我当作对我一种激励，对小莲也是激励。欸……那你们就拍照片，感谢的话我就不讲了。"

"你是过不来了？"

"确实只有抱歉，改天你有时间，我一定过来看。"

"好吧。小吴拍完照片以后——我泡了普洱茶，是用清代紫砂壶泡的。杯子是元代龙泉窑的杯子。都不是很值钱的东西，但是能够用这种紫砂壶、这种杯子来喝普洱茶的，还是不多的。茶也算是好的，有年份的。小吴来以后，只喝了两杯，其他时间在替我看画挂的地方合不合适——拍完以后，我请她再喝两杯普洱茶，我就送她下去。我知道，她明天还要去照顾店子上的生意，我不会多留她的。"

"……那好嘛。我就不多说了，你们就拍照片。最后我要再一次表示很抱歉。"

"好吧，有明。"

我知道，吴有明对她一个人在我这里是不放心的。我给他打这个电话，未必会让他放心，起码能让他觉得还没有不正常的事。我要留吴小莲多呆，我听出来吴有明并不情愿，但我给了一个最适当的理由，对方是无话可说的。

我给吴小莲和那张画拍了照片，接着自己站在那画的另一边，跟吴小莲和那张画一起，自拍了照片。然后，我对吴小莲说：

"我可不可以和你站在一起，和这张画拍照？"

吴小莲勉强笑了笑。

我启动了相机的自拍按钮，挨着她站在了一起，突然将手从她背后绕过来，放在她肩上。她的肩轻轻耸了一下，但没有别的反应。然后整个人便像是被镇住了，木然地站着。现在很多女人对男人的这个动作，是毫不在意的。她有这反应，说明她对男人还很敏感。这样的女人大多是尤物。

"这张照片需不需要发给你？"拍完之后，我问她。

吴小莲没有回答。

"我就只把前面拍的发给你。我明天发给你。再喝点茶。"

"不喝了。我把地址发给你。"

"刚才我给有明说好了，你再喝点茶，我送你下去。你喝茶的时候发给我。"我做了一个手势，请她坐回小方桌旁边。

吴小莲仿佛没有见到我的这个手势，走到双人沙发边去拿挎包，从包里取出了手机，在上面操作。我的手机随即响了一下短信的提示音。

"我把地址给你发了。"

我拿起手机来看了看。"有了。"

我以为她马上就要离开，但她把手机放回了挎包里，转过身来。我见到她这扭转的身姿，又好像看到了尤丽。

我再次请吴小莲坐到小方桌边来喝茶。

吴小莲坐回了小方桌旁边。

我就和她又一起喝茶，话题还是谈茶。

我给她说：

"好的普洱茶有各种香味，有的普洱茶有奶的香气，一般都能闻得出来。这款茶，我闻有奶的香气，但是其他人觉得没有。我一直没有想明白其中的原因。我曾经以为我才能感觉得到，但是不应该是。我想，会不会是幻觉？但是我一直都能闻到，是很真实的。不过，没有意识到那是幻觉，幻觉跟真实是分不清楚的。——或许就是幻觉，不过没有关系，就当作真实的。真实，也只有当作真实，才是真实的。"

吴小莲只是听着，没有接话。她已放下了瓷盏，里面余有小半盏茶。

我没有再谈这个话题，想改个话题谈。我将头转向窗外，看见我和她的影子印在窗户上。因为室内和室外光线的缘故，从我坐的位置看，我自己的影子是模糊的，吴小莲的影子则清楚得多。与她本人比，她的影子多了几分妩媚，更有点像是尤丽了。

吴小莲也将头转向了窗外，从她坐的位置看，窗户上她的影子是模糊的，我的影子则清楚得多。

尤丽也曾坐在她这位置，看我在窗户上的影子，对我说：

"我有一个发现，你本人肯定长得帅气，但是看你在窗户里面，我觉得你本人不如你在窗户里面的影子迷人。你在窗户里好好看！真的，我觉得你在窗户里面，真的才是……太迷人了，让我陶醉！你不要不高兴，你在窗户里面的影子也是你。"

我回过头，来看吴小莲。

吴小莲仿佛受了惊吓，慌忙将目光从窗户上收回来。她脸上即刻出现了两抹淡红，好像刚涂了胭脂，她本人也添了几分妩媚。

这是制造暧昧的一个很好的时机。

我的目光停在了她的脸上，等着她的反应。

吴小莲一动不动地坐着，望着桌面。稍后，她站了起来，仍旧不看我，对我说：

"谢谢你的茶，我走了。"

这是我没有料到的，但我觉得一个正派或装正派的女人，在这样的情形下提出要走，是很正常的。

我站起身来，跟着她离开了小方桌，等她从双人沙发上拿起了挎包挎在肩上，对她说：

"我送你。"

我陪她朝门口走去，突然心里慌张起来。我想，以后像这样两人单独在一起的机会，是很难再有的。她这一次单独到我家里，便是一个极好的机会，就这样放她走了，这机会是白白浪费了。

到了门口，我伸手要去开门，但没有摸到锁，就将手收了回来，望着她说：

"我是很想再留你的。再呆一会儿。"

"不了，该回去了。"她马上对我说。

"你没有必要急着走，已经给有明说好了，你不用担心。很难有机会跟你这样在一起。你明白我的意思？"

吴小莲大概一时不知如何回答，只是呆呆地站着。

我没有犹豫，伸出手去将她搂住了。

吴小莲似乎被惊住了，没有任何的反应。

话完全就是多余的了，要的只是行动。我身子往前一贴，将她抱紧了。她反应过来，要挣脱开。我这时才感觉到她的身子是极柔软的，仿佛骨头也只是肉。大概她的性格就属于温柔的一类，因此她的挣扎也像是温柔的，太没有力量了。我俯下身去，嘴从她的脖子吻起，但很快滑过耳边，往她的嘴滑过去，压到她的唇上。但她的唇紧闭着，牙也咬紧了。

我的手一直是控制住她的，她一直在挣扎，也一直在我的控制之中。她穿着倒大袖短身旗袍，腿上是长丝袜，因此她身上的穿着并不是大的障碍。

这时她嘴里挤出了反抗的声音。

我却将身子半蹲下去。

她的双腿好像要收拢成一条腿似的，然而那防守也并非是坚固的。

她只有哭着哀求了：

"你不要这样嘛……我求你，你是有明的朋友！我求你了……"

我在她耳边轻声说了几句话，但她仍旧摇着头，决不愿意接受。

其实要攻占她，是全由我了，然而就这样得到她，少了太多的情趣，太没有意思了。而且，对她刺激太大，她即便不愿告诉吴有明，但很难遮藏，后果就严重了。因此，虽有一股强力把我朝前推，我却退却了。

她整理了一下衣服，自己就要开门离开。

但我拦住了她，说：

"你不要马上走。有些话我要给你讲。我把我的想法告诉你。不会留你很长时间。我给你保证，不会对你做这样的事。我现在能够这样，我还是可以控制自己的。你不愿意，我不会做的。我说话算数。"

吴小莲脸上红一块白一块的，沉默了片刻，说：

"你不要说久了。"

"你不能在我这里呆时间长，我知道。我不会说很久的。"

我让她坐回到单人沙发上，自己坐在双人沙发靠近她的一边。

吴小莲大腿收得很紧，像是自己用绳子绑在一起。挎包的带子还吊在肩上，包放在小腹下。

我点上一支烟后，给她讲了想和她建立哪一种关系，并说两人要配合得好，吴有明是不会看出来的。

我又向她表明，对她的才华真的很欣赏，我会尽我的能力，给她做一些事情，尽量多给人推荐她。我和她之间往来，这也是很好的理由。我们还会有其他的办法，不会让有明发现的。我和她的关系，我也不会告诉任何一个人。她任何时候想中止关系，我都不会纠缠她，如果有明有所察觉，可以马上中止关系。我刚才给她讲的，她愿不愿意，她现在告诉我是最好的。也可以考虑一下，什么时候决定了，她再告诉我也可以。如果她不愿意，刚才的事情她最好不要让有明知道，就算他觉得她没有什么，但是她的形象恐怕跟以前不一样了。这种事情，也是说不清楚的。不管他信不信，我跟他是没有办法做朋友了，我跟她是不能再打交道的。她不愿意，我还是想我们能够再打交道。我们没有缘分做情人，我们还是可以做朋友的。她的工笔画画得很好，我是很佩服的。我能给她一些帮助，是我的荣幸。

吴小莲眼帘低垂着，没有任何的反应。

我又对她讲，她可能觉得我和有明是朋友，不能和她有这种关系。这种事情，其实就看心里是怎么想的。我和他之间，该做朋友的时候是朋友，但是其他时候我只是我自己，我不会在任何时候都要顾忌这种关系。我跟他打道，我和他是朋友。我和她交往，只是我和她之间的关系。我和她做情人，不影响我和他做朋友。同样的，她没有必要觉得，我和他是朋友，不能和我有这种关系。她跟我，和她跟一个有明不知道、不认识的人，没有什么不同。人和人之间的关系，归根到底，是个人和个人的关系。她和有明是夫妻，她和别人是其他的关系，没有必要搅在一起。有的人是很明白的，夫妻之间处得很好，该尽的责任他会尽到，自己有情人，该享受的他要享受。不会因为结了婚，他就不去找情人了，也不会因为有情人，影响夫妻之间的关系。我没有结过婚，但我想，夫妻只是夫妻，做了夫妻，就不再有做情人的享受。情人之间的享受，是男女之间最美妙的一种享受。做了夫妻，不再做情人，失去了这种享受，是很大的遗憾。那种遗憾是一个巨大的欠缺，做男人、做女人失去了最大的乐趣。以为结婚就圆满了，这是不对的。很有些人得到了婚姻，也得到了一个巨大的欠缺。所以，结了婚，还要有情人，什么都要得到，不能有遗憾，不失去做男人、做女人最大的乐趣。人活着，大概有两件事情是要做的：一件是尽责任，这是为别人。一件是享受，这是为自己。尽了责任，自己有享受，不管有什么样的享受，都没有必要觉得良心不安。因为要尽责任，放弃应该得到的享受，是亏待自己，良心上倒是应该感到不安的。朱熹——宋朝的，她应该知道——他讲："良心者，本然之善心。"亏待别人不是善，亏待自己也不是善。对别人要有善心，对自己也要有善心。我相信她和有明结婚以后，她没有情人。她应该听说了我一些事情。我不适合和人结婚，做情人，我是很好的。我主张人可以不讲道德，规矩是必须要讲的。和我做情人，我不会要求得到情人之外的东西。她对她丈夫很好，那是他们之间的事情。她还有别的人，那也是她和别人的关系。她跟我在一起，让我开心就行了，我也一定会让她开心。她和我在一起的时候，我会把她当作世上唯一的女人。如果我们在一起的时候，她能把我当作唯一的男人，我会很满足的。这就够了。既想完全得到，又想永久得到，是不可能的事。两个人在一起的时候，能把对方当作唯一，已经是很美好了。我始终认为，男女之间，只做情人，是最干净、最美妙的关系。大家在一起，只是对方喜欢的男人，对方喜欢的女人，只是作为男人、作为女人让对方得到满足，如果说有极乐，只有这个时候才有极乐。如果说男人和女人应该只做自己，只有这个时候可以做自己。她应该懂我的意思。我做情人，只是从个人的条件上来讲，很多人是不如我的。那方面，我是可以的……我是很好的。作为男人，我是很有资本的。……我可以给她看。……我现在不会对她再做什么，我只是让她看。

她把脸扭过去了。

我重新坐好，然后说：

"我该说的已经说了。你考虑一下，你是现在回答我，还是再想一想?"

吴小莲将头慢慢回过来，用眼角的余光朝我探视，回答说:

"这种事情，你要让我想一想。"

我又点了支烟，吸了几口，看了手表，对她说:

"更多的话我不说了。我知道，你要走出这一步不容易。我可以等。"

我再吸了几口烟，又对她说:

"我不会再留你，你该回去了。我想得到你一个保证：不管你愿不愿意，你不会给有明讲。你不能让有明看出来有异常，后果我刚才已经说了。"

吴小莲放在包上的手动了动。眼睛转动了，似乎要看我，却没有看。她没有马上回复，稍后才说:

"我不会让他知道。"

"如果有明问你在我这里的情况，你给他讲，拍完照片以后，我留你又喝了几杯普洱茶。我给有明打电话，我说了留你再喝几杯普洱茶，你就回去。好吗?"

吴小莲点了点头。

我将烟吸得只剩下一点，掐灭了，对她说:

"我送你下去。"

我带她走到门口，把门打开来，伸出手请她出门去。吴小莲便走了出去。

我和她进到电梯，吴小莲一直低垂着眼帘，一脸漠然的表情。

中途的时候，电梯进来了一个六十来岁的胖男人。我和他经常见到，但相互都没有打招呼。他双手放在大肚子上，靠近吴小莲站着，偷偷地看她。

电梯停住，门开后，那人便擦过她的身边出了电梯，快步朝楼外走。我让她先出去，跟在后面出了电梯，和她来到院子里。

我这时候才看见天上有寥落的星星，像是散在荒原里的一些小花。

我和吴小莲一面朝她停车的地方走，一面说：

"小吴，你可以给有明打个电话，说你已经从我家里出来了，到院子里了。你问他，要不要来接他？"

吴小莲好像没有听见，继续朝前走。

"小吴，你最好打这个电话。"我又对她说。

吴小莲走到了她的车边，拿出手机，拨了电话，说：

"我从他家里出来了，在楼下面。你那边的事处理好没有？要不要我过来接你？……嗯。……就这样嘛。"

我听她的声音，和以前没有不同。

我等她把手机放回挎包里，对她说：

"我再跟你说几句。我刚才是着急了。我不喜欢你，我也不会这样。以前，我还从来没有这样……对不起，很抱歉。以后不会再有这样的事。……我讲的那些话，请你想一想。我很希望我们之间有缘分，你能答应我。……你上车吧。"

吴小莲坐进车里，把车退了出来，打回方向盘，将车停住了。然后，她从车窗里对我说：

"我有几句话给你讲。"

我走到主驾室的车窗边。

吴小莲双手握住方向盘，没有看我，对我说：

"今天这件事情……你太坏了，没想到你这么坏。我跟你之间，绝对不可能的。我不会考虑。你那个同学让我给她爸爸画像，我答应了的事情，我照办，我会画好。以后，你不要再给我揽这种事情。给再多的钱，我都不会画。……有明，我不会给他讲。"

车随后便开动了。

我觉得似乎有冰水从头顶灌了下来。

第十八章　又失踪

一

我回到屋里，点了一支雪茄来抽。

我想到她斥詈的话，既恼恨，又颇觉失落。

我回想她在这屋子的言行举止，没有激烈的反抗，没有表示不愿和我做情人，她心里是恫惧的，害怕招致极严重的后果。她进到车里，觉得安全了，才明确地拒绝了我。

我相信她不会把今晚发生的事告诉吴有明。她现在已不把我当作吴有明的朋友，甚至认为我不配做吴有明的朋友，因此从她内心来讲，她是想告诉吴有明的。但她心里应该清楚，我给她讲吴有明知道后，有什么样的后果，并不只是吓唬她，因此她本人也想对吴有明隐瞒。她并没有因为这突发的事件，不愿再给邹金玲的父亲画肖像，大概也是不想让吴有明觉察到有不正常的事情。

我抽着烟，在屋里走动，心里想是否要放弃她。如同最坚固的堡垒也可以攻取，最坚定的拒绝也是可以破除的，但在她身上要耗费太多的时间和精神，就不值得了。另外，她虽然的确善于隐藏自己的情绪，今晚的事她不告诉吴有明，但她对待我的态度，不会像以前那样了，很难说吴有明一点都察觉不到。然而，我没有马上决定放弃，我要再看一看。

抽完一支雪茄，我喝了一杯熙酒。然后，我离开了家，十二点左右回到了屋子里。上了床，我又想了一阵和吴小莲的事情，后来不再想了，很快就沉入睡乡的深潭里了。但突然响起的声音，像手将我从睡乡的深潭里抓了出来。

我听见了敲门声，还有像是吴有明的声音在叫我。我立刻警觉了，起身从卧室出来，听出那叫声就是吴有明的。我仔细听，那叫声是急迫的，没有愤怒。我从门镜朝外看，只见到半张脸。我犹豫了一下，然后开了门，用疑惑的目光望着门外的人，问道：

"你现在来找我，有明，是有事吗？"

吴有明一脸的油汗，气色却晦黯，对我说：

"我能不能进来说？"

我请他进到屋里，让他在吴小莲坐过的单人沙发里坐下，把空调打开了，在他对面的单人沙发里坐下来，拿了一支香烟给他，自己也点了一支，然后便望着他，等他说。

吴有明猛吸了几口烟，说：

"我现在很着急，我为小莲很担心……她没有回到家里面，我没有在家里见到她。一直联系不上她，她的手机一直都是处于关机状态。我不知道是不是发生了什么事情。"

我觉得，吴有明的话完全是不可思议的，仿佛他讲的是不真实的事。"你是说……小吴没有回去？"

"她从你这里离开，你是不是送她下去的？"吴有明直直地望着我问道。

我点点头。"下去以后，在院子里面，上车前，我听见她给你打了电话，问你要不要来接你。她上车以后，我是看见她出去的。"

"当时我给她讲，让她直接回家。我从那边回到我自己的酒吧，我心里面……我不知道……是很不踏实的。我就回到了家里，没有见到她。车也没有见到。我给她打电话，手机处于关机的状态。……我给她家里的人，给我妈、我姐打了电话，没有说她回去，我妈那里也没有过去，我姐也没有说见到她。我当时就慌了。……如果她不在家里……她去店子上，我都想到了。她去朋友，去同学家……她都应该会给我讲。……我想到给你打电话，你手机是关机的。……我们想到，万一她是不是到了店子上。我去了店子，她没有在店子。我们想到——我和家里人，我姐夫、我姐一直在沟通——我们想到小莲回去的路上，是不是出了事情，遇到了车祸？是不是被人碰瓷，遇到人打劫？我们就想到了从你这边过去，到我家那边几条路线，进行排查。考虑到她万一去了店子，那边的线路也不放过。我姐夫开了车子，他还叫了一个朋友，我也叫了一个朋友。我和我姐夫——我们把石马南路，还有徐家巷、大光路、石马东路、月华路都看了，然后我们走大道过来。我姐夫把我送到你们这个门口，他去看其他的线路。你看见她出去的，她应该是从阳河路这边走，没有走上面嘛？"

"出了门，前面还有一段路。她是不是走上面，我不知道。按常理，她应该走这边。不过现在，她可能走的每一条线路都要查看，这是对的。我有车，但是我们都是喝了酒的，这个时候你不能出任何的问题。可以包一个出租车，我跟你一起去。从上面转过去。只要觉得她可能走的线路，都查看一下。怎么样？"

吴有明一副心神不宁的样子，虽在听我讲，却似乎对我的话并

不在意。他盯着对面墙上吴小莲的工笔画看了看，好像他现在才看
到那张画，再扫视了别处，目光落在南面玻璃窗边的小方桌看了
看，垂头沉默半晌，然后说：

"我现在的心情，我希望你理解。小莲从来没有出现过这种情
况。她从你这个地方离开，她应该就回到家里面了。她不会在其他
地方。在其他地方，她要给我讲。路上现在还是比较安全。碰瓷，
这一路过去还很少听说——我还没有听说，我也没有碰到。这个路
段发生抢劫，应该不会。出车祸也没有消息。——她手机也关机
了。没有电，她可以找电话把情况给我讲——想办法把情况告诉
我。来了交警，情况要是严重，一般要联系家属。送到医院，也要
联系家属。人没有了，这种情况不是不会发生，但是到现在任何消
息都没有。我现在的心情……我现在不可避免有各种猜测，请你理
解。有些情况我想得到确认。她是从你这个地方离开的。她给我打
电话的时候，是十点四十六分。你确实看见她打完电话就上了车，
就从你们院子里出去了？"

我脸色阴沉，将眉头皱紧了。

我要让吴有明知道，被怀疑，我是不高兴的。这时候表现出理
解对方的心情，不在意他怀疑自己，会被当作心虚，以为确有可疑
的事。

我回答说：

"我送小吴下去，在电梯上还碰到了十楼，还是十一楼的一个
人——一个六十多岁的老头儿。他是要出去。他走得快，他是走在
我们前面，就出去了。当时院子没有其他人。但是我看见门卫站在
门口，好像在抽烟。小吴的车出去，他应该看见了。我现在可以给
门卫打电话，问他有没有看见小吴的车出去，出去以后是不是走的

上面？你进来的时候，见到的是不是五十多岁，戴眼镜的那个？"

"是那个人。"

我回卧室拿来手机，当着吴有明的面启动手机，给门卫打通电话，开了免提，说：

"是张师傅，我是小王。"

"刚才有个男的——戴眼镜——来找你，说有急事。你见到没有？"

"他在我这里。我有事给你打听一下。今天晚上十点四十分左右，我送一个朋友下去，是一个女的，穿的是一件旗袍。旗袍你应该知道。"

"旗袍当然知道。"

"她开的是白色的车。我送她上车，我看见你在门口吸烟。"

"嗯。"

"我问一下，她出去的时候——她开车出去的时候，你记不记得？"

"我看到她出去的。"

"那你看见她出去以后，你有没有注意到，她是朝下同安路口去的，还是朝上面去的？"

"她出去以后，我就没有注意了。"

"好嘛，打扰了。"

他挂了电话，对吴有明说：

"你听见了。"

吴有明已取了自己的一支烟抽。他看了看我，没有说话。

我自己又取了一支香烟，点燃后说：

"本来是你们——你和小吴——一起过来的，你突然有事情……小吴来以后，我泡了普洱茶给她喝。我跟她讨论了画儿挂在这个位置合不合适，挂在这个地方，和旁边这扇窗户协不协调，我当时吃不准。她觉得还是协调的，可以挂在这里。然后我提出来给她和这张画拍合影，我和她一起和这张画拍合影。要拍的时候，你来了电话。拍完以后，她又喝了几杯普洱茶。我给你打电话，我讲了拍完照片以后，请她再喝两杯普洱茶。前面茶已经泡好了，茶还是可以的，我的茶具还不错。她只喝了两杯。拍完照，我请她再喝茶，这是待客基本的礼貌，她还是第一次到我这里来。喝了茶以后，我就送她下去了。她在我这里，前后不到一个小时。情况大概就是这样。拍的照片，我给你看一下。"

我到书房取出相机，将手放在吴小莲肩上那张照片删除了，关了机。返回来，让吴有明看着我开了机，然后让吴有明在显示屏上看照片。

我还将照片放大，让吴有明看清吴小莲的表情。

"只拍了这几张。"我说。"当时我向小吴要了电子邮箱的地址，发这几张照片。她是用短信发到我手机上的。"

我要吴有明看手机上吴小莲发的那条短信。

吴有明的目光只是在手机上掠了一眼，然后便只是沉默，一副思虑重重的样子。

我陪着他沉默了一阵，刚想说话，却听见吴有明说：

"我现在心情很乱。事情发生得太突然了，确实……我心里面是有疑惑的。……她在你这里前后将近一个小时，我想知道，你们涉及了哪些话题？"

我又将眉头皱起来，对他说：

"你夫人的话本来就不多，到我这里来，可能因为是一个人，话就很少。我平时还是能讲的，但有时候我也要看人。小吴的话实在是太少，我的话多一些，谈的也不多。我听她讲平常普洱茶喝得少，我和她谈普洱茶谈得比较多。我对普洱茶也不懂，我谈的主要是一些道听途说的东西，我对普洱茶很粗浅的感受。我跟她讨论了她画这张画挂在这里合不合适，刚才我讲了。主要是这两个话题，其他的很少谈。……我谈到了对她的绘画才能是很佩服的，作为朋友，要是能够帮上忙，是我的荣幸。……我对工笔画有一些想法，我是想讲的。但是小吴话实在太少，我也担心，人家才是真正懂行的，我讲多了，有些话就是乱说了。小吴是有教养的人，觉得不对，脸上不会表露出来，但是人家心里是知道的。我自己平时是敢讲的，但是遇到我认为是真正懂行的，真正明白的人，我是不敢乱讲的。我自己做古董，我对古董还是比较明白，遇到不懂装懂，还喜欢讲的人，我当他的面不指出来，我心里只有轻蔑。你应该感觉得到，在小吴面前，我谈绘画，谈工笔画，我还是小心的。"

吴有明定眼望着我，又默想了片刻，说：

"我们认识好几年了，是认识了好几年的朋友，有的事情我不愿意朝那方面想，现在我不得不想。小莲从你这里离开，应该回到家里面的，现在没有任何的消息。这个太反常了。不知道到底发生什么事情。她在你这里，你……我想得到你一句实话——你务必跟我讲实话——小莲没有回到家里面，是不是有她的原因？你知不知道？"

我用恼恨的目光望着对方。"我不知道你讲这话什么意思。"

吴有明避开了我的目光，没有回答。

我稳住情绪，又说：

"有明，小吴在我这里的情况，只有一件事我忘了讲：她来以后，有十分钟左右——可能不到十分钟，我看见她好像用手机发了短信。发给谁的，发了几条，不知道。是不是发给你的。"

吴有明点了一下头。

"从她到这里，到离开，大体的情况我都给你讲了。离开以后，就不知道了。你不来讲，我以为她已经回到家里了。"

吴有明脸色更晦黯了，用空蒙的眼睛望着对面的墙，但或许什么也没有看。稍后，他收回目光，看了看我，拿出手机来打电话。"……代哥，你现在在哪个地方？……嗯……嗯……嗯……嗯……没有……你不用过来。我去包辆出租车，我走同安路的上面过来。……嗯……好，代哥。"

打完电话，他对我说：

"我下去包一辆出租车。"

说着，他站起身来。

我也站了起来，说：

"有明，我给你建议：不能只是自己这样找，还是要报警。有没有车祸，他们可以查。有些事情，早一点报警，可能还可以阻止。"

我想提醒吴有明，通过关系报警是最好的。但想到吴有明可能让我找邹金玲，请她给公安系统认识的人打招呼，我不便推托，因此这话就没有说出来。

吴有明极阴悒地望着我，显出深虑的神情，然后说：

"我下去了。"

我并不想跟他一起去找人，因此没有再说愿和他一起去的话。再说，也许他就答应了。

我送吴有明下去，朝院门走的时候，我告诉吴有明我不会关手机，还给他讲了座机号码，说有消息随时联络。

我陪吴有明在下同安路口等到一辆出租车，才往回走。我想知道吴有明是否向姓张的门卫问过什么，但又不愿此人有更多的猜想，因此见了他，便没有打探。

我回到房里，很想睡却睡不着。现在，我也不能睡。

我在想吴小莲会不会是和某个男人在一起，但觉得似乎不会有这样的事。或许是她心绪大乱了，躲在某个地方让自己安静下来。但也可能真出什么事了。

我想，如果吴小莲没有出事，吴有明找到了她，她说出我的行为，吴有明必定要来讨说法，我该如何对付呢？我又想到要是吴小莲出了什么事，警察来找我问话，我该怎样因应呢？想到警察会来找我，我心里就发虚了。

我有点后悔刚才删那张照片，如果警察发现我删了照片，我很难解释清楚。但数码相机删了照片，能不能查出来，我并不能确定。有什么办法让人发现不了删除过照片，我也不知道。我想开电脑上网查，但警察发现我在查找的内容，就更难解释清楚了。若是去网吧查，警察要是知道了，我无论如何都是解释不清楚的。相机使用说明书还在，我记得好像并没有这方面的说明，不过或许看的时候没有留意。但我没有马上去找说明书看。

我取了小手电筒，先在门口反复查看墙上是否有什么痕迹，地上是不是遗有毛发类的东西。墙上并没有见到明显是人为的痕迹，地上倒是有一根不长的头发，像是自己的，也可能是吴小莲的。我把头发拿到洗面池里烧了，放水冲净了。

然后，我拿出相机使用说明书来看，见到上面说："照片一旦被删除，将不能恢复。"这时我才确定，相机上删除了照片，在相机上是无法恢复的。但我的疑惑，仍不能消除。我用冷水洗脸，让脑子清醒，思考要是让人发现删了那张照片，怎样解释才妥当。我想，最好还是如实讲删了什么样的照片。我删这照片，是担心吴有明看了会有想法。

然后，我眯糊了一阵，将几件古董搬到上面的房子里。其中两件是从上面拿回来的唐代茶叶末釉葫芦瓶和清代栗色冲天耳乳足铜炉，还有几件是上次将古董转移到上面后购入的。我很疲乏了，想暂时将古董放在房间，还是打开了楼顶花园上的不锈钢柜子，把古董放在了里面。

我回到下面的屋子里，躺在床上，想着事，又很想睡，不久就昏然睡过去了。后来我听到手机响，脑子还不清醒，然而马上想到是吴有明打来的。我拿起手机，上面显示却是陌生人的号码。

我定了定神，接了电话：

“喂。”

“我是吴有明。我手机没有电了，用的是别人的手机。”

那完全是陌生人的语气，但听那声音是吴有明的。

我险些称呼吴有明的妻子是小莲，还是换成了小吴：

“小吴是不是有消息了？小吴找到没有？”

电话里先是吴有明咳嗽了几声，接着便是打喷嚏，然后才听到他说：

“我们想到她可能要走的线路，都查看了。有的还查看了几遍。还向人打听。——查找的范围，还不限于从你住那个地方到我的住家，包括店子这一片。——人没有见到，也没有见到车子。也没有人见到她。她几个同学、朋友都去问过了，昨晚上都没有见过她，也没有和她联系。我们现在暂时停止寻找。”

我已点上了一支烟。我说：

"自己这样再找，也是没有用的。现在必须报警了。现在报警，也许还有机会。"

电话里出现了短暂的安静，接着是咳嗽，然后听见吴有明说：

"我给你打这个电话，是想给你讲，我决定现在报警。报警之前，有一件事我还是想问清楚，你要如实地给我讲。我现在不愿意想象后果有好严重，我宁愿相信不至于到很严重那一步。任何的事情都有可能。有些话，我就不得不挑明了说。我们都是男人……（又是咳嗽）……我选择了我现在的这种生活方式，男人的荒唐，男人的心思，我也是很清楚的。你对小莲，我不是没有感觉的。她到你家里，和你单独呆了一个小时，然后人就不见了。两者之间虽然没有必然的联系，但是一点关系都没有——我不能说服我自己。我想知道，小莲因为我不知道的原因——这个原因你是知道的——小莲现在是不是不愿意见我，暂时要躲避几天？如果你知道，你现在一定要给我讲。不管哪方面的原因，我对你都可以不追究，我只要知道小莲是安全的。我可以发誓。我重复一遍：我可以不作任何的追究——我可以以我的生命发誓。请你回答我的问题。你务必要给我讲实话。"

这时候压住怒气讲，才是明智的。但不带着怒气讲，却是不真实的。我便怒声说：

"你来，我都给你讲了。你现在要我讲的话，我没有。小吴不见了，你居然怀疑和我有关，太莫名其妙了！我也是很着急的。尤丽从我这里离开，人就失踪了。这件事，说和我有关系，只是她从我这里离开的，其他是没有关系的。事情现在还不清楚。我现在最不愿意又有人从我这里离开，人又找不到了——不知道出了什么事情。我要是知道她躲藏起来了，还跟我有关，你来找我，我就给你建议要报警，刚才我又给你讲，你要报警，我好像还很愿意让警察介入，我会这样吗？你以为我是在装模作样？你的心情我理解，我的心情不需要你理解，但是请你要有基本的判断——你不要用诗人的思维来想事情。"

对方没有接话。

我忽觉得喉咙发痒，干咳了几声，又说：

"你疑心太重了，我是知道的。跟吴小莲打交道，我已经很注意了，不愿你有想法。我历来主张人要讲规矩——做所谓的好事、坏事，都要有章法。我们是认识多年的朋友。说句实话，你只是一般世俗的人，我未必把你当回事。你写诗，你是有信念的人。我也想有信念，但是没有。我对有信念的人是尊重的。对你夫人，正常范围之外的事，我不会做的。我没有信念，但我是有规矩的。说我……怎么样，我不会在意，但是我不愿意让人说我不认人。我按我自己的方式生活，我不太在意别人怎么看我，但有的名声我是要的。你夫人工笔画得很好，我很喜欢。有名的，钱我也付不起。不然，我不会找她来画。我把其他人介绍给她，是顺便帮忙。你有猜疑，我感觉到了。和你夫人单独在一起，我尽量避免。昨天晚上她到我这里，是你临时有事情要处理。你应该记得，当时我让吴小莲送你过去，你们可以改天来看，你让她自己来看。我是有顾忌的，就怕你有想法，但是你这样讲了，离我家也很近，我不让她来，好像是我多心了，对吴小莲也不够尊重。后来到我家里，我留她喝茶，也是出于礼貌。她总共呆的时间并不长。你怀疑我和吴小莲有什么事，我不明白你为什么会这样想。我讲这些话，你想想。别的我暂时不说了，你赶紧报警。"

电话里回应的是一阵静寂。

"有明。……吴有明。"

"你刚才讲的话我都在听。我给你讲，我听你这样讲，我不可能就相信你。我还是要存疑。我把话给你说在明处：我报警，我要向警方讲明我的疑问，请求由警察来调查。不是我在背后使坏，给你泼脏水，我要知道真相。就这样嘛。"

一股火从我心底里蹿上来了，我对他说：

"你等一下，吴有明。你这样做是不对的，你这是有意害我了。你没有任何证据，你这样随便猜疑我，让警察来调查我和吴小莲的关系，吴小莲现在找不到了，本来跟我没有关系，你不是让警察来怀疑跟我是有关系的？你不是存心害我吗？我对吴小莲，我刚才讲过了：我是有规矩的人，不是没有任何规矩的。这是我的一个立足点。我靠着还有规矩，活得还比较自在，还没有太多的麻烦。我要是不认人，恐怕没有多少人愿意和我往来。我说过了，有的名声我是要的。你把吴小莲说得很了不起，胜过世上任何的女人——是不是这样想的，你自己心里知道。现在我还没有见到一个女人，让我连规矩也不要了。你应该懂：我连规矩也不要了，我就成了另外一个人。这样的人，不会活得好，多半很狼狈。我不会为任何的一个女人变成另外的人，更不想活得狼狈。这是真相——你不相信，这是事实。你想通过警察得到你的所谓真相，你应该知道，逼供之下，没有的事也只有说有。你到底想干什么？你是想得到真相，还是想陷害我呀？吴有明，你要猜疑是你的事，对警察你最好不要乱讲。你要是不负责任，乱讲，有些话我也可以讲的。这些话你现在可以知道，我可以告诉你：吴小莲不见了，我相信和你没有关系。"

我想再点一支烟，但顾不上了，又说：

"但是要说怀疑，也有可以怀疑的。你到我这里来，我建议你报警，你要自己找，到你给我打电话之前，你也没有报警。不知道你是在真找，还是在拖延。恐怕不能排除是在拖延。如果是拖延，就让人有疑问了。我有一个联想：尤丽你曾经追求过。对她是哪一种的感情，你自己心里最明白。吴小莲和尤丽有相似的地方。尤丽回来以后，你们之间发生了什么，我不是很清楚。尤丽从我这里离开不见了，吴小莲也是从我这里离开不见了。是不是偶然，恐怕不好说。你是诗人，很敏感，也很偏执。其实你嫉妒心也是很重的——是不是到了病态的程度，是要打问号的。尤丽的案子现在都没有弄清楚，有的人觉得没有问题，其实是有重大嫌疑的。吴小莲到我这里来，是第一次来，离开后又不见了，是不是和某个人已经是病态的嫉妒心有关？这未必是事实。有些事你未必敢做。我了解你，我不相信你会做这样的事。但如果你乱讲，这些话我也可以讲的。不能说没有道理。警察不能不查吧。如果觉得某人很有嫌疑，要想拿到口供，恐怕是拿得到的，只怕真正做的那个人倒是放过了。我说的这些话，请你一定要三思。"

我想到了对方可能在录音，有的话并不妥慎，但这些话是必须说出来的。吴有明不太可能把这一段话的录音交给警察，要交也会删除说他有嫌疑的话。但不管是否删除说他有嫌疑的话，警察听了要问问题，我也能回答。

吴有明提高了嗓门，恼忿忿地说：

"你要这样讲，那就由警察来调查！就这样嘛，我要报警了。"

他把电话挂了。

我不习惯骂脏话，还是骂了几句。

我看了时间，送走吴有明后，自己并没有睡多久。

厚窗帘上的花纹已看得明白了，外面应该是一片灼然的亮光。

四周很静，又是在白天，本是太平的时刻，却似乎有不安的氛围。

我到现在才完全相信，吴有明说吴小莲不见了，是真实的。

我希望她会出现，能证明她不见了和我是没有关系的。又希望她不再出现，这样就不会将我做的事告诉人了。但不管出不出现，我都惹上麻烦事了。

我心中惴惴，预感到这件事可大可小。我明白，如果事情大了，我还没有事，那就是运气了。

我知道，警察随时会来的。我还想睡，却睡不着了。但我赖了一阵才起床，然后到了下同安路，找了一家可以看见警察进入华都的馆子吃东西。

二

我回到家里不到半个小时，才来了警察。警察是派出所的，只是询问，没有搜查。和吴小莲交往的情况，我对警察讲的，和我给吴有明讲的差不多。我还如实讲了送走吴小莲后，曾外出去了一个娱乐场所，但做了些什么，并没有都讲出来。我并不怕警察去那地方核实，他们不可能查出我在那里所有的行为。从警察的问话里，我听出吴有明已给警察讲了对我的怀疑，也就讲了对吴有明的怀疑。

警察出了门，我希望不会再有警察来找我，但我断定警察还会来的。后来，我除了去馆子吃饭，就呆在家里，等着警察再来。到晚上睡了以后，我在敲门声中惊醒，听出敲门的是警察，开了门，便觉得进来的是一股阴狠的力。

领头的是市刑警支队那个戴眼镜的。警察不但询问我，搜查还比上一次仔细，沙发和床上都察看了（察看床上的时候，问我有没有洗床单）。警察令我拿出相机，看了里面的照片。还令我打开电脑里的邮箱，看了上面的信件（我已想到警察会看电子邮件，但没有删除任何一件，害怕警察发现是刚删除的，无法辩解）。手机已被警察拿到手里，自然也被查看了。天刚亮时，警察才离开，把我也带走了。

到了刑警队，又讯问到中午，但没有放我回家，关押起来了。后来再讯问了几次。和吴小莲交往的情况，送走吴小莲后的活动，我对刑警队的人讲的，和给派出所的人讲的，始终是差不多的。我反复讲了对吴有明的怀疑。那绝不能讲出来的，我已当作了根本是不存在的事，可以讲的才是真实的。虽然我栗栗自危，还讲了没有给派出所的人讲的情况，但绝不能讲的，我即便舍了性命，也不会讲出来。至于和那些女人的关系，我不得不说一些实情。邹金玲是我的一个情人，我还是说出来了。还有的实情，我遭受再多的煎迫，也绝不会讲出来的——那些事情，我也当作并不存在。我开始明白，有时候所谓的勇气，不是无所畏惧，只是不得不抗争罢了，如同掉进陷阱里面的野兽，总得挣扎一番。

我在里面反复想，到底发生了什么事？吴小莲到底是出什么事了？这件事和尤丽失踪，有没有关联？吴小莲一定出事情了，只是意外，只是谋财（也可能是图色），还是因为别的缘故招致的？吴有明的确是可疑的。他活得极纠结，极敏感，嫉妒心又极重，这种人会做他自己也不愿做的事。但他想写出更多的好诗（他自己讲，他还没有写出最了不起的诗），成为最伟大的诗人，得不朽的名声，平常还摆出一副像是圣人的样子。这样的人，还是怕坐牢的（除非他以为坐牢可以写出更好的诗），还想多活几年，而且不会不重视自己的声誉。真是他干的，他不顾我的警告，给警察讲了不让他讲的话，不怕我给警察讲他最可疑，引起警察对他特别注意，太不可理喻了。按说这样的人会做出乎意料的事，却不大会做不可理喻的事，但也只是一种假设罢了。我想到了一些女人，但她们即便嫉妒尤丽，不会嫉妒吴小莲——绝对不会嫉妒，却也未必，然而出于嫉妒就做这样的事，是不可思议的。或许是因为恨，要给我制造麻烦……我还想到邹金玲，她像那故事里的郑丽曼对赵广陵那样，要让我恐慌，不敢再去交往别的女人。这不是不可能的事，但也只是一种可能。我还想到别的人……这里面似乎有更多的蹊跷……又想或许只是碰巧了。然而，尤丽和吴小莲都是晚上从我家里离开后不见的，这一点也让我心惊。我怀疑别人，但仅凭着这一点，我就是很可疑的。按说警察也想到了，但并没有将这两件事联系起来向我提问题，倒是我为了说明这两件事与我都不相干，主动谈到了尤丽失踪的事。我主动谈到尤丽失踪的事，另一个原因是我担心，警察不问，我不主动提及，会加重警察的怀疑。我已经懂得了，被怀疑不但会招来伤害，被怀疑就是伤害。说懂得了，不是知道了一个道理，是体会了一个道理。在里面，不少的道理，我都真正懂得了。

我做了几个恶梦，有一次梦见是在古代的时候，是唐朝又像明朝，我是一个山大王，有很多女人。官府派兵来围剿，我躲进一个极深的山洞里，似乎躲了好几年，以为都没有事了，有一天刚出洞口，几个人突然扑了上来，把我绑了。行刑的时候却是到了清朝，在凤泉的十字街口。刽子手用的是一把大将军刀。斫杀的时候，我万分恐畏，却没有一点痛苦。当头终于被砍下来后，那刽子手猛地朝头踢了一脚。头并没有朝刑场的远处滚去，而是撞向了囚室的墙，虽没有撞破墙，却从墙里穿了出去。

我从恶梦中醒来，却不觉得是解脱了。

度日如年，这话我真正体验到了。

我心里清楚，我最终什么都会讲的。

但有一天上午，我被释放了，还是让我不要离开本地。我判断，案子还没有破，人还是没有找到。

第十九章 藏品

一

我回到家里，先是到楼上的屋子看了一下，没有见到有人进去的踪迹。我这才洗了澡，将客厅和卧室打扫了。我很想抽雪茄，因为牙疼，就只是拿出雪茄来闻，叼在嘴上，划燃了火柴，然而没有抽。我还很想喝熙酒，但只是闻了酒，没有喝。我想到了平常喜欢吃的食物，却并不想吃。

然后，我躺在了床上。

我很想知道吴有明是否也被带进去审问了，或者也被关押了。回来的时候，我曾想经过钓水酒屋看是否开业，但关了门，并不能说明吴有明就是被关押了。而开业了，甚至见到吴有明本人，也不能说明吴有明不曾被带进去审问，或者才放出来。开业了，没有见到吴有明，也可能是交给别人在管理，并不能说明吴有明被关押了，还在里面。因此，去看不但没有任何用，还会引人猜度我有什么动机。现在，要是给吴有明打电话，他如果关机了，人可能就是在里面的。如果接了电话，我可以表达自己的愤怒，让吴有明知道我被放回来，说明我是没有问题的。我还可以从对方嘴里问出一些想了解的情况，得到一些答案。但我并不想跟吴有明通电话，也担心吴有明现在对我只有敌意和疑心，打这电话会刺激此人，去找警察，对放我回来表示不满，要求再把我关起来审讯。

手机发还了，在充电，我用座机拨通了贵州家里的电话。父亲用冷淡的语气质问，怎么好久不给家里打电话了？我不想告诉家里实情，既不愿他们担心，也不愿在他们面前失了还算风光的形象。对任何人讲善意的假话，都不能称作诈伪，但我也不愿讲假话来哄家里人，因为没有必要。我问了家里的情况，算是给了父亲一个回应。我也很想知晓近来家里的情况。从父亲讲的话看，没有任何人打电话过去，问他们是否知道我拿了照片，要给母亲和外婆画像的事。我还曾担心放在父母那里的东西不安全——我明白这担心是多余的，但又觉得没有必要的担心，往往最该担心——这时也放心了。

我又拨通了戴伟清的手机，说了一声"老戴，我是王兴"，便听见戴伟清说：

"是王兄吧？你是王兄？真是王兄吧？"

"你怎么样？"

"我……还行吧。看来真是你了。我给你打电话：打手机，一直关机。打这个座机，你是不接。我呀……是担心哪。你再不出现，我要过来一探究竟哪。我想，你不会掏地雷，出事吧？掏地雷，这种事情，还是不要碰吧。"

"老戴，你知道的，有些事情我还是很小心的。冒风险，有可能完全赔光，没有必要做——我给你讲过。"

"那是啊，咱们哪跟这个……那是不一样。没有必要。那就是……我想啊，是不是正在和这个妹妹……那什么……大乐，正赶上检查，或者有人举报，多半也是内部人所为，但是也是交钱就可以吧。宁肯交钱哪，都是有行情的，就当舍财免灾吧。也不多吧，就怕狮子大开口。应该不是吧？"

"不是这些事情。"

"那总得有原因吧？"

"我感谢你关心我。我应该给你讲的。现在还不太方便，以后我告诉你。有一点麻烦的事情，不是大事情。我给你打电话，我知道你为我担心，请你放心。"

我给戴伟清的形象，是纵侠却明智的人。对吴小莲，却是做了一件傻事。戴伟清未必相信我的辩护，若是认为我连朋友的妻子也碰，会怎么想呢？戴伟清即便不在意我做这样的事，但我平常信誓旦旦说不碰朋友的妻子，是我的一个规则，他会认为我在他面前也装，太虚假了。且不说是否认为我对吴小莲有企图，但为她陷在狼狈里，也太不慎了。那么，我在戴伟清眼中的形象就损坏了。我与戴伟清处得很好，虽说并不需要他的信任，却需要他的好感。若是没有了他的好感，很难再像以前和他那样相处了。因此，我不愿让戴伟清知道这件事，但说假话敷衍他，又怕以后他听说了，对我生出更多的反感。现在先这样搪塞过去，以后告不告诉看情况。日后戴伟清即便知道了，但我没有用假话骗他，会对我保留最多的好感。一直不知道，是最好的。

我想到了邹金玲，但没有给她打电话。

我很想睡，睡了以后就不觉牙疼了，但牙一直疼，难以睡得安稳，也就还是觉得牙疼，不过有时很轻微了。后来睡不着了，只是躺着，牙疼已减轻了。

我又想到楼上庋藏的东西，仍不放心，就再到楼上去看。

二

上楼梯的时候，前次还腿软，这次腿有力了一些。

我还是有点紧张，也警觉，留意是否有人乍然出现。

到了门前，我回头看了看，引耳听了听，然后开了门，闪身进去了。

我又察看了每个房间，然后到了楼顶花园，再次看了看不锈钢柜子。我现在确定，没有别的人进到这屋子里来。我也知道了，有人要是想到我可能还有房子，不难查出来，这地方并不是完全安全的。我想，还得再找一个地方才行。

按现在的精力来讲，我不愿打开不锈钢柜子。但我似乎很久没有见到这些东西了，很想看一看。那些东西，有怕腐蚀的，也像是经过了许久，似乎多少有了变化，既吸引我去看，又让我担心。因此，我只有看了才得满足，才释怀。

这是像要下雨的天气，但还有阳光，如同人是哀伤的，心里在积着泪水，脸上还有笑容。从一个窗户射入的一道光，带着透亮的黄色，似乎是长金羽的鸟飞进来了。

我打开一个柜子，并不打算看里面的每件东西。我看了一件鎏金的器物，一件铜器，没有见到腐蚀。瓷器看了四件，其中有一只郎红梅瓶，一只嘉庆窑内青花外粉彩胭脂红地轧道开光花卉碗。古红釉里，只有郎红最像是用血烧成的。我看这件郎红梅瓶，如同是一个洞房中的处女。嘉庆窑这件碗，像是一个外饰极绮美，内心极清立的贵妇。这是清宫极奢丽的东西，但太奢丽了，初看都令人酣醉，多看几次，就腻味了。有一些古瓷，虽说是贵妇的身价，却是交际花的命，这是其中一个原因。道光窑同样式的价已涨起来了，还会涨。嘉庆窑这种碗目前见得少，恐怕本身量就少得多，制作也比道光好，价格理应比道光的高。这碗我想等个机会卖个好价。

我这时已不知牙疼，人也兴奋了，想开别的柜子看。一个柜子里面有一块贴金铜镜，一看就是生坑，不好拿到拍卖场上去卖。我有这样的东西，没有给戴伟清讲。越是亲近的人，便越是不能给他把柄，否则反倒成了越是要防备的人，这是必须要遵守的规矩。我给了可靠的人（也只能是以为可靠的人）看，对方知道这东西不便上拍卖场，把这当作压价的借口。我因为这东西不便通过拍卖行出手，开价并不高，不愿再让利太多，给别人占太多的便宜。我并不缺钱，等着别人屈服，一面想再寻找其他人（也要是可靠的）看货。现在看来，这样的东西还是尽早脱手的好。我已看了一件鎏金的器物和一件铜器，确信这东西也不会有腐蚀，不想打开这个柜子，开了另一个柜子。

这柜子里有几件我很想看的。我想了想，先拿了康熙豇红印盒看。印盒略有一点扁形，盒盖与盒身的釉都极为润腻，泛出一层油脂似的光，如同少女最娇嫩的肌肤。盒盖与盒身的颜色深浅不同，但子母口正好相合，像是原配的。盖上有一大片艳红洇开来，如同少女潮涌般的羞赧。浅色的带粉，但或许因为罩了一层油光，并非像是粉红。更浅的地方隐现出淡黄色，有一点暖意，又反倒像有一点冷意。盒身只有几斑艳红，成了少女一阵一阵的羞赧。我以为，女人有两种如同神迹的奇观，羞赧是其中的一种，都是上天制造的催情药。盒身大多是浅浅的红色，更浅的部分也多一些。如果浅淡的红色是涂的胭脂，更浅的部分就是本来的肤色了。盒盖与盒身都有绿苔点，盒身上的多一些，却都不浓重，如同是坏心情化成的暗影落在脸上。这印盒太像是一个怀春少女变幻的心思，忽而动情，忽而意乱，忽而欣喜，忽而忧惶……《饮流斋说瓷》上讲："豇红之所以可贵者，在莹润无比，居若鲜若黯之间，妙在难以形容也。"许之衡是真懂古瓷的，但还不太懂得豇红的美妙。……我又想到印章如同男人……这印盒并非是完好的，盖子的口有两处磕了，器底也炸了。我想要卖它，但恨它不完好，卖不出好的价钱。留在手上，也恨它不完好，看着损伤的地方难受。

下面是我最想看的宝贝，一件康熙斗彩道逢麹车杯。还没有打开，心情已有些急切了。杯子是放在锦盒里的，锦盒用绵毡裹了，再放入一个厚实的不锈钢盒子里，不锈钢盒子再放入一个塑料盒里，塑料盒外面包了几层黑塑料袋。我想的是，这楼坍了，这杯子也不会破坏。我打开每一道包裹，如同打开一个绝色女人身上每一层衣裳。锦盒打开来，这雨棚便现出了一片光彩。

我用鼻子吸了口气，将杯子拿到手上。这杯卧足，有杯子最美的形态。我相信"凡世间美好之物，无一不是佳人的化身"，是我做了古董生意，把玩古董的时候感悟到的。我看手上这样的一个卧足杯，有女人几乎全部的美妙，让我恍然沉迷。把玩这样的一个杯子，我仿佛感受到了一个一个女人，而这些女人的每一处美妙，又合成了一个近于完美的女人。《修行本起经》提到"玉女宝"，是完美的女人。这样的杯子，就像是一个"玉女宝"。

杯上画了三个男人：一个男子推一架载酒的车。一个童子半跪捧着一个放有酒盏的托盘。一个戴幞头纱帽，穿圆领袍衫，腰系一条玉带，有髭须的中年男人，正伸手去取酒盏。杯上题有杜甫《饮中八仙歌》里的诗句：汝阳三斗始朝天，道逢麹车口流涎，恨不移封向酒泉。李琎便是历史上有名的花奴。唐人南卓撰《羯鼓录》载：唐玄宗夸他："花奴，姿质明莹，肌发光细，非人间人，必神仙谪堕也。"杜甫《赠太子太师汝阳郡王琎》有句：汝阳让帝子，眉宇真天人。虬须似太宗，色映塞外春。然而这杯上的中年男人，是一个平常资质的人，神仙或天人的身影没有见到，只是一个世间的酒徒。不过，不是潦倒的酒徒，是一身富贵气的酒徒。或许这是照康熙的样子画的。康熙身量不高，看画像，他老年时枯瘦，中年时却较为肥胖，这杯上的中年男人便是个子不高的富态的人。画像上康熙的髭须，和杯上中年男人的髭须也是一样的。康熙鼻子较为高挺，杯上这人的鼻子也较为高挺。《四库全书·圣祖仁皇帝庭训格言》记有康熙的话："朕自幼不喜饮酒，然能饮而不饮，平日膳后或遇年节筵宴之日，止小杯一杯。"且不管康熙是否嗜酒，他必定羡慕那些善饮的醉客，不然便不会有饮中八仙杯。即便是克制，克制会遏抑欲望，却也常会生出狂想来，补偿欲望遭遏抑的损失。于是，康熙化身成了汝南王李琎。看杯上这个富贵的醉客，洋洋自得，又有几分自持，一副忸怩作态的样子；有几分自迷，又有几分警觉，只是一个似醉非醉的人。汝南王李琎是真醉客，必定要率性得多。这杯上画的，其实是《康熙饮酒行乐图》。

如果把这一番考证写成文章公布，人们能够接受，这杯子就既是名品，又是异品，价值就更不寻常了。我曾经给戴伟清讲，他说："还是证据不足吧，还是当作一说吧，不过还是很有意思。"我并不指望能被大家接受。我作这一番考证，是赏玩这杯子的另一种乐趣。得到这一种乐趣，就足够了，别人是否接受并不重要，甚至这结论是否对也无关紧要。只有这乐趣是真实不虚的，因为感受到了。而结论是否对错，只有这杯子自己知道。

不管这杯上是《李珣道逢麹车图》还是《康熙饮酒行乐图》，画了这样的纹饰，似乎这杯子就不像是女人了。还说这杯子是近于完美的女人，有人一定大不以为然。他们不懂得，酒化成生命，就是女人；女人化成水，就是酒。爱美酒，如同爱美色。不管这是李珣，还是康熙，杯上这个人不只是鼻子里有满车的酒香，他还是在遍野的春色里。

我心里很为得意：我有这样的品味，自己已有了一点贵族的品质。贵族一个卓特的品质，便是对事物的美妙与恶劣的敏感。

得到这一件康熙斗彩道逢麹车杯，是完全出乎意料的，似乎也是命中该我有的，但如同我得到其他几件也很值钱的古董，一半靠命运，一半靠的还是自己。完全靠着命运的成功，我还没有经历过。

有一次我去星期天早市，在一个肥胖的小伙子手上买了一件嘉道民窑仿官釉树桩大笔筒（当作花插也未尝不可）。这个人说家里还有东西，领我到了一个不大的老宅院里。我一进去，就闻到有老木头、植物的香气和朽木、植物的腐味。他们一家原来住在一个更敞阔的老宅院里，搬到这里，不是自愿的。小伙子引我见了他父亲，有七十来岁，是个画家。个子偏高，瘦得只见到大多是骨头。脸上大多是恬如的表情，或是超然的淡笑。当时是盛夏，老画家全身还罩着衣服，但并没有病态。我很少见到这样看着舒服的老人，对老画家油然生了几分敬意。老画家用观赏的目光打量我，说："还很少见到长得像你这样帅气的，尤其是搞收藏的。"我并不觉得这是特别的夸赞，倒是听出他话里有老江湖的口气，马上警觉了。

老画家藏品很多，是他花费几十年的工资以及卖字画的钱，有几百万买的。我见了满屋的老家具，倒都是老的，但没有想要的。瓷器的品相很好，但我看了一些，除了几件清代的民窑，其余的都是新做的仿品，仿的多是名贵的古瓷。玉器除了一只晚清鼻烟壶，别的也全是新做的仿品，仿的多是名贵的古玉。另有几件青铜器，都是新做的仿品。字画也有，几张古代大名头的东西像是赝品，不过都像是以前仿的。还有几张是清代、民国和现代不知名者（里面可能有小名头）的作品。老画家给我讲，已有几个博物馆的人来看了。上个月，上博的两个专家专门来看了东西。几个博物馆的专家都说：你的有些东西，连博物馆都没有。如果确是连博物馆都没有的真品，博物馆的人就要谈收购的事了，但老画家并没有说博物馆已收购，或是想要收购他的藏品，看来博物馆的人只是敷衍他罢了。老画家眼里却闪着欣然的光，似乎是把博物馆的人讲的当作了实话。或许老画家自己也是明白的，把博物馆的人讲的话告诉我，是觉得我未必能听出博物馆的人讲这话真实的意思，以为他真有宝物。

我看着这些新做的仿品，像是想吃美食却只有难吃的，又像是要见到美女却见到不愿见到的。事后想，当时心里抱有侥幸，但并没有什么预感。

快到下午一点，我叫上那小伙子在餐馆一起吃饭。这时那小伙子告诉我，有一个人长期卖东西给他父亲，开始是骑自行车送东西，后来开上了车，房子也买了。他没有怨愤，眼里的光似乎含着自嘲的意味。他还告诉我，省文物商店一个人，还有几个人，也去看过东西。他提到的省文物商店一个人，还有一个自己开古玩店的，我都认识。我已很不想再去看了，但和老画家说好，吃完饭再看。我可以找借口不去的，但决定还是再去看一看，实在不想看了，再离开。

我回去再看，几次想要离开，却还是没有走。吃晚饭前，我离开了，既颓丧又疲敝。

离开前，老画家让我第二天看余下的藏品，我只是说没有别的事就去看，或者找其他时间去看。

第二天我是很不想去的，但没有什么事情，觉得还是应该看完，近下午一点时，我又去了老画家的宅院。

东西还是在一张老红木八仙桌上看。许多东西，还是只让我难受，看过就看过了。下面看的虽然也是新做的仿品，我却记得清楚，是仿永乐青花绶鸟荔枝盘，有两只，都是二十多公分。画工和器型倒是像，青花有斑点却与苏料大不相同。釉就像抹上的一层现在的玻璃，消了火光。砂底是干涩的。盘子在手，虽厚却轻。总的来讲，仿得并不差，但我仍只需看一眼，或者只是拿在手上而不用看，就知道是新货。老画家说这对盘是孤品，只有他才有。他宣称的"孤品"，我已看了多件。

我又接了一件看，是一只瓷杯，一看就不是新做的仿品，如同一朵真花有它的神质，和塑料花是不同的。我认出是康熙的御窑，但又疑心是后来的仿品，不过肯定不是新做的。我两眼放光，但马上意识到老画家和小伙子在旁边，便把光收了回去。

我再要了刚看过的两只盘子看，显出迷惑又有兴趣的样子。眼里放出光来，有意让老画家和小伙子觉察到。随后将光收了回去，似乎有意要掩藏什么，也让他们觉察到。

然后，我再要了那瓷杯看，看的时间比之前看两只盘子的时间短得多，但已可以确定是康熙御窑的真品。我一阵窃喜，又十分紧张。

我又看了几件东西，然后到了厕所小解。我让自己冷静下来，思虑怎么做。

回来后，接着看，又发现一只完好的晚清得合如记青花诗文杯。

东西看完一遍，我要求将昨天看过的几件东西再看一看。

然后，我选出六件东西与对方谈价。有三件新做的仿品，两件是仿永乐青花绶鸟荔枝盘，一件是仿同治黄地描金红蝠盅。两只青花盘子，我说是清中期的仿品。黄地描金红蝠盅，说是民国仿品。我要这三件，是当作一团迷雾笼住老画家和小伙子，使他们不能看出自己真实的意图。另外三件是古瓷，一件是康熙斗彩道逢麴车杯，一件是晚清得合如记青花诗文杯，一件是硕大的晚清仿郎红观音尊（这尊峙立在屋子中间一个黑漆大圆桌的当中，如同穿一身暗红绸长袍，站在舞台上的歌女）。那一件斗彩杯，我说是光绪的官仿。青花诗文杯和观音尊，我如实说了是晚清的。这两件对方也说是晚清的，其余四件则坚持自己的说法。我并不愿和他们有过多的争论，再说他们嘴上坚持的，未必是心里要坚守的，于是就叫对方开价。

后来很费了一番口舌，有三件东西谈成了：斗彩杯一万五，黄地描金红蝠盅四千，青花诗文杯三千八。

我心里有巨大的喜悦，却一脸峻肃的表情，还显得有些忐忑，似乎价格虽然谈好了，却吃不准花这些钱买这三件东西值不值，或者有的东西是不是没有买对。

这天我是开了车去的。我让小伙子带上三件东西，和我一起去取钱。我身上有钱，还有两张银行卡，但用卡去柜员机取了钱，也还不够。因此我回家又拿了银行卡，然后跑了两家银行的柜员机取了钱，交给那小伙子。

小伙子却没有接钱，对我说：

"我怎么觉得我是不是卖亏了？你捡到大漏了？"

我木桩似的立着，一时没有反应，但也显得毫不慌乱。

稍后我对小伙子说：

"价格来回反复谈，都谈好了，我现在要给钱了，你现在突然这样讲，不能这样的。你要混江湖，不能这样。你说我捡漏了，漏在哪里，我都不知道。你父亲那些东西——你们家那些东西，你自己清楚，很多都是说不清楚的。有的我看不懂，有的我还是看得出来的。这三件东西，青花这一件是晚清的，没有问题。斗彩这一件，还有另外一件，都不是很开门。说实话，这两件东西我是连蒙带猜。斗彩这一件，像是光绪的，也像是民国的，我偏向是光绪。是不是民国的，我还吃得不是很准。黄地描金这一件，像是新的又不像新的，我也吃不准，我就当作老东西在买：民国的精仿。现在价格已经说好了，吃不准，我也不会后悔，就按照说好的价格交易。如果你想加钱，这是不行的，已经说好了。如果你觉得我捡漏了，是哪一件？你不想卖，可以。但是有一点：我这个人本来说好的事情，是不喜欢后悔的。买错了我也不会后悔，我不会去找人家退货。你要是觉得哪一件我捡漏了，你不想卖，其他的我也不想要了。你后悔我也可以后悔。昨天我买那只笔筒我不想要了，我可以退还给你。"

那小伙子斜着嘴笑了笑，说：

"没有后悔，哪里后悔了！就按照说好的嘛。"

我对小伙子既厌恶，又觉得他还是有几分可爱的。我很想请他喝酒，但他就真知道被捡大便宜了。他要是醒悟过来，明白那一只杯子是他父亲做了一辈子收藏仅有的珍品，是他家里最大的财宝，一定要讨回去，或者要求补一大笔钱，不是好对付的。小伙子看上去是憨厚的人，似乎也没有多少脾气，但未必不会撒泼耍横，甚至和人拼命。他父亲再像以前那样超然，也未必做得到了。他们不知道就罢了，知道了就多了一种精神上的伤害。巧取了人家的财宝，为了自己，也是为了对方，还是尽量不让对方觉察到才好。

那一段时间，我颇为自得。听别人讲捡大漏这样的事，总觉得像是奇闻，自己居然碰到了，但又像是一个美梦。

我想到老画家，既悲怜，又觉得荒唐。老画家是把康熙斗彩杯当作宝物买的，但并不知道是真正的宝物，而且是他唯一的宝物。他不只花费了几十年时间和许多钱，还用了一生最好的运气，才得到这件宝物。他将这杯子卖漏了，是一次最大的破财。不过他不知这是宝物，也就不知是一次最大的破财，就还可以超然下去。做超然的人，就要对恶运是无知的，或者对恶运失去了感知，否则是不会超然的。

老画家或许还能活些年，但他一生失败的格局已经定了，其中的原因是他没有多少头脑。他要是有头脑，画得平常，也能弄出一点名声。如果有头脑，大宅子即便保不住，也不会吃太大的亏，甚至能换得更多的好处。他本人是画画的，鉴定书画却并不在行。痴迷古董，对古董却始终不明白。他做了几十年的收藏，是自迷了几十年，被骗了几十年。现在他大概知道自己上了不少当，但也没有变得精明。总的来讲，这个人一辈子既不懂得识人，也不懂得辨物，活得完全是糊涂的。

老画家的儿子也是糊涂的，以后也许会变得明白一些。如果以后也是糊涂的，一生的命运，和父亲不会有多大的不同。

一个人有头脑，在任何时候都不会活得狼狈，这话是有道理的。人有头脑，已经是有了好的运气。有头脑，也就是有智慧。明白的人是有智慧的，而糊涂的人是缺少智慧的。做哪一种人，就得到哪一种人生。做明白的人得到一种人生，做糊涂的人得到另一种人生。虽然都是人，明白的人和糊涂的人却像是不同的种类，如同虎狼和牛羊。

我接触古董前面一段时间，并不像后来看一两眼，就能鉴别出是不是新做的仿品，也被人欺骗。做了几年生意，如同驾舟逆水而行，有时在一些人面前装出成功的样子，内心里却有一片狼藉，不知如何整饬。我自以为看古董已有相当的把握了，却反而吃了大亏，上了很大的当，让我觉得难以翻身了。这时，我觉得对鉴别古董和新做的仿品是更不懂了。

我十分苦恼，发现自己对古董并没有天赋，古董这一行太难做了。我想到了要换别的事情做，但别的事情都并不很喜欢，这样退出也很不情愿，只好硬撑着继续做。但心里也有准备，再做一段时间还是不行，只有做别的了。

这个时期，我对鉴别古董和新做的仿品下了更大的功夫，有时以为悟到了，有时还是觉得困在一团迷雾里面。现在的仿品，真的可以仿得和古董完全一样吗？这是我最大的疑惑。我心里是并不相信的，以为现在的仿品和古董一定有所不同，但到底如何区分，却说不清楚。

一天夜里，我并没有被惊扰，却像是受了惊扰突然醒来。我心里焦虑，想到了"子在川上曰：'逝者如斯夫，不舍昼夜'"。以前也多次想到这个句子，心里不免发慌，又无可奈何。还想到"夫天地者，万物之逆旅也。光阴者，百代之过客也"。脑子里又出现了

"时不我与"，接着是"人不能两次踏入同一条河"。随即从晦昧里闪出一片光来，将头脑照得透亮了。

我豁然明白了：古董是古时的物件，是过去了的时光的产物，现在的仿品即便可以仿得一模一样，却绝不会仿制出过去的时间。什么是现在仿品的死穴？不能仿制过去的时间，便是现在仿品的死穴。虽说现在的仿品可以做旧，但也只是做出旧的样子，不是真正的旧，犹然是新的。总之，现在的仿品和现在制造的其他物品一样，都是新东西，即便和古董一般无二，似乎没有差别，其实如同一个是古时的幽灵，一个是现在的人，阴阳自隔。

一些专家教给大家的方法，大多是如何通过辨识材质和工艺的差异，来鉴别古董和现在的仿品。有的也提到做旧，却不讲老化。极少的专家提到了老化，却不讲有没有老化是鉴别的关键。或许他们中间不少人自己就不明白，也就讲不出这个道理。或许有的人明白，藏着不讲。古董和现在的仿品多少有相似的地方，所谓的高仿和古董是很相似的，有的确实可以做到几乎一般无二，只是通过辨识材质和工艺的差异来鉴别，是很容易出错的。有些专家声称，真品见得多，鉴定水平自然就高。然而用这种鉴定方法，见再多的真品，也常会出错：既会把现在的仿品认作古董，也会把古董认作现在的仿品。这样的例子太多了。如果现在的仿品真有和古董一模一样的，用这种鉴定方法，便无法辨别古董和现在的仿品。只有既辨识材质和工艺的差异，还看是否有老化，才是正确的鉴定方法。这一套方法每一面都顾及到了，但不懂有没有老化是其中的关键，便会注重其他的方面，疏忽了老化，还是会出错的。我就因为犯了这样的错，吃了大亏。

现在我明白了，一个物件，不管材质和工艺是怎样的，不管多像是一件古董，只要没有老化，就只是一件新东西。比如一件瓷器，看器型、胎釉、彩料、画工、纹饰、款识、烧制方式等都很像是古瓷，但只要没有老化，就是现在的仿古瓷。而所有的古董，都有老化，只是程度不同而已。越近的，老化程度越小，老化越不明显。越古的，老化程度越深，老化也越是明显。因此，有没有老化，仅凭这一点，便可以将现在的仿品和古董鉴别出来。

以前因为对现在一些仿品难以辨别，对有的古董也难以确认。如今，如同现在的仿品很容易辨别，确认古董也是容易的。一些没有款识或铭文的器物，即便器型和纹饰的时代特征不明显，或者没有见过，测估大致的年代也不是很难的事了。不过，许多器物，要断定确切的年代（古董里也有仿品，称为老仿。此点包括将老仿区分开来），确定制作地（瓷器的制作地是窑口），却是不容易的，那就还需要见识了。至于发现古董的改作、修补（老的改作、修补和新的改作、修补。古瓷则有老的后加彩、后改款和新的后加彩、后改款等等），不但要极细心，也需要见识。

我因为明白了老化是鉴别的关键，便有意训练自己看老化的能力，一个办法是将古董和现在的仿品（主要是古瓷和现在的仿古瓷），还有现在一般的物品，反复对比来看老化的情况。再一个办法是将古瓷片和现在的仿古瓷片（包括做旧的）先做了记号，混在一起，看能不能准确地将二者分开。

从那以后，我用眼看，鉴别古瓷和现在的仿古瓷，已不会出错了。古瓷不能准确断代的，大致的年代也能看出来。我还用手摸，不管是整器，还是瓷片，就能摸出是古瓷还是现在的仿古瓷，并能摸出古瓷大致的年代。大多数盘、碗、杯、洗之类的圆器，一部分瓶、尊、罐之类的琢器，完整的和破损不大的，用耳谛听敲击发出的声音，也能听出是古瓷还是现在的仿古瓷，其中有的古瓷还能听出大致的年代。

我用眼看，将所有的古董和现在的仿品区分开来，也是不会出错的。古瓷之外的古董，不能准确断代的，大多能看出大致的年代。瓷器之外的器物，有的也能摸出是古董还是现在的仿品，并能摸出古董大致的年代。一些器物，完整的和破损不大的，谛听敲击发出的声音，也能听出是古董还是现在的仿品，其中有的古董也能听出大致的年代。

有人以为时间并不存在，然而时间是存在的。所谓老化，便是器物上时间的痕迹。器物由现在进入古时，一切都在变。器物里面的一些变化，人难以觉察到，表面的可以觉察到。用眼看，不仅光泽、色泽有变化，质感也有变化。去触摸，手感是不一样的。用耳谛听，声音是不同的。不过，有些器物受制于材质，靠触摸，用耳谛听声音，或仅去触摸，仅用耳谛听声音，很难觉察到这样的变化。有些器物受限于形制，还有些器物因为是残缺件，即便可以触摸觉察到这样的变化，用耳谛听声音，却难以觉察到。

老化是时间的现形。对于生命，老化就是衰败了，对于古董，却成了世间最奇异的美。即便是炫目的古董，粗糙的古董，都有柔腻的光。再坚硬的古董，都有熟软的质感。古董摸上去，挂手或刺手的地方，也有绵而滑的感觉。听敲击古董的声音，总是悦耳的，再响亮，也不会像针一般刺耳。这些都是时间特有的美妙，只在古董上面才有。

而古董当中，古瓷最能呈示时间的美妙。在古瓷的釉上，能见到最为柔腻，也最为润泽的光，那该是时间的丰采。"时光如水"，在古瓷的釉上确实能看见时间像水一样流动，仿佛由古时流往现代。古瓷熟软最像是可口的食物。古瓷摸上去最像是女人的肌体，有的古瓷像是仙界女人的肌体，而不是凡界女人的肌体。古瓷的声音，就像是时间演奏的乐音。有的古瓷发出的声音，是时间的歌唱，仿佛是最幽玄的音乐。古瓷上这种种的美妙，尤其令人沉迷。

固然，能感受到古董上这些美妙，需要极敏锐的视觉，极敏锐的触觉，极敏锐的听觉。知觉越是灵敏，越能感受到种种的美妙。如果有纪昌"视小如大，视微如著"那样超类绝伦的知觉，古董上时间的美妙，应该几乎都能感受到了。然而人的知觉毕竟是受到限制的，不可能感受到古董上几乎所有时间的美妙，这是人最大的恨事。所有的花都是让人观赏的，不被人观赏到的花是没有开放的。一切的美妙，其存在的价值是让人可以感受到。古董上所有时间的美妙，不能被人观赏，想来是时间最大的悲哀。

只是看古董的造型，看上面的纹饰和文字，并不是在欣赏古董，只是在看一件器物而已。古时的器物刚制造出来，也没有老化，当时的人看的也只是器物，不是在欣赏古董。他们欣赏的古董，对于他们必定也是古时的器物。人只可以制造器物，是绝不能造出古董的，因为人造不了时间。人制造的器物，即便精巧绝伦，也绝不会有古董的美妙。古董的美妙，是时间里生出来的奇卉，是时光的异香。人制造的器物好比是塑料花，而时间却有一种神力，把塑料花变成了真花。能看见这花朵，触摸到这花朵，闻到这花朵的香气，听到这花朵的乐音，是上天给人最大的福气。这样的人，是看见时间，触摸到时间，闻到时间，听到时间的人。

平常的人看不见时间，触摸不到时间，闻不到时间，听不到时间。对于时间，他们的视觉、触觉、听觉、嗅觉都废弃了，如同成了木头人。他们活在时间里面，对时间却是没有知觉的。虽有"时间"这个概念，时间对他们却如同是并不存在的。嘴上说着"新旧"，但只看见事物一些形态的差异，对于时间的新却并不清楚，对于时间的旧也不清楚。他们说着"古代"和"现代"，对于他们，古代只是种种的传言，现代只是种种的阅历，而时间里的古代却不知道，时间里的现代也不知道。人是活在时间里的，对时间没有知觉，即便是健全的人，也是最大的残疾；即便是博学的人，也是最愚钝的。自以为优越的人，对时间没有知觉，也是可怜可哀的。

懂得有没有老化是区分物件新旧的关键，仅看有没有老化便可鉴别古董和现在的仿品，这样的人还有，但不会多。明白老化是时间的痕迹，这样的人就更少了。于古董的老化里，感受到时间的美妙，这样的人是绝少的。

我没有权势，没有声名，是普通人，但又是不寻常的人。在一些人眼里，我是不足挂齿的，我也渺视这些人。他们有自傲的本钱，但我也有。他们的本钱是明摆着的，而我却不愿将自己领悟到的器物老化的道理让别人知道。我只是问了几个人：现代仿品的死穴是什么？有人说仿不出古董的神韵。只有一个人说要完全做出古董的那种老气，是不可能的。这个人应该很懂了，但还不是完全明白的。我也问了戴伟清，戴伟清也回答不了。我如果给他点拨一下，他就会明白的。然而我悟得这鉴古的阃奥，如同获取了一个秘道，不会轻易给人讲。戴伟清觉察到我问话里自有深意，后来几次套我的话，想让我讲出来。我如果告诉他，如同是送他一个宝物，给了他一个极大的恩惠。戴伟清要是诚心请教，可以给我讲，虽然不必让他认我是老师，但要知道是欠了我一个极大的人情。戴伟清却要来偷，既想得到点拨，又不愿承认是被点拨了，不可能让他得逞。其实，那样问他便是很强的提示，他自己好好想一想也会明白。但他一直没有开窍，或许以后他会明白的。不过，再精明的人，如果看问题，想问题，不摆脱大家的影响，脑子里便总会有死角是见不到慧光的。

这感悟仿佛就是我的一个秘玩，我不愿与人同享，独自享受才能获得最大的乐趣。想到世间或许只有我最懂得享受时光的美妙，我便颇为自负。有时，因为没有人和我一样明白看时间的痕迹是鉴古的阃奥，我也觉得孤独，但又以为许多人还是糊涂的，是庆幸的事。大家的糊涂是明白人的妨碍，却也是明白人的机会。

博物馆的专家、文物商店的人还有其他的人去了老画家家里，康熙斗彩道逢麴车杯没有被买走，也许是因为见了他的一些藏品是现在的仿品，不愿再多看，没有见到这只杯子。也许是见到了杯子，但因为看到其他藏品是新东西，不敢认或不相信这杯子是康熙窑的，要么当作也是新仿的了。如果是后面的情况，见到这杯子的人便是不懂得只需看老化的程度，已可认定绝不是新仿，而且应该是清早期的。再看胎釉、彩料、画工和款识，不难认出是康熙的御瓷。

一些所谓古董专家说起鉴古，头头是道，有的还出了大书，但他们有一个致命的弱处，是不会看老化，更不懂老化的重要。这些人有学问，却没有眼力。说起来很荒谬：让他们断代、判定制作地、估算存世量等，是派得上用场的，但他们鉴别古董和现在的仿品，却常常打眼和看漏。这些人不会承认自己看错了，倒能列出一大堆理由证明自己是对的，确有能力鉴别古董和现在的仿品。只是用理论来驳斥他们，无法证明他们没有这个能力。但只要将现在的仿品和古董的碎片（最好是纹饰少的，没有铭文和款识的）混在一起，看他们能否区分开来，即可测出是否有这个能力。用这个办法，便很容易验明古瓷专家（包括那些自封的古瓷专家）有没有能力鉴别古瓷和现在的仿古瓷。这办法如同一个照妖镜，许多古董专家（包括自封的古董专家）经这镜子一照，就现形了。不过，幸好一些所谓的专家不懂得只看老化——只看时间的痕迹，就能看出是不是古董，就能看出古董大致的年代，否则他们（或他）见到了那只杯子，我就不会有捡大漏的机会了。

我得到这杯子，想等一个时机卖个大价，又极不愿意卖。我也曾想将这只杯子存放在贵州父母家里，但太喜欢，放在这上面方便取来看。现在看来，放在这里是太不稳妥了。但也不能放在父母家里，出了意外，很值钱的就都损失了，真是灭顶之灾了。

我将杯子放了进去。

<h2 style="text-align:center">三</h2>

大概是兴奋削弱了，牙又疼了。我并不很想再看，但还想看，就又取了一件，是那只雍正白釉杯。

这时窗户里进来的只是白光，似乎那叫阳光的鸟拔净了金羽，只有惨白的皮肤了。好像有风透进来，带来一丝丝的凉意。

我解开黑塑料袋，取出黑漆描金小方盒，正要打开，遽然觉得像是有脚步声朝雨棚袭来。我身子一紧，手抖动了，盒子掉了下去。我又是一惊，心里像嗖地挨了一鞭。

我没有捡盒子，也没有回头看，好像强使自己镇静，又像是呆住了。随即我侧耳去听，没有听见有脚步声。我这才捡起盒子。

盒子里的杯子或许摔坏了，但我没有马上打开察看。要是摔坏已无法补救了，我先要确认有没有异常。

我把盒子放在前面开过的柜子上，出了雨棚察看，还走到楼顶边，朝下面观望。回到雨棚，我将第二个打开的柜子里取出没有放回的东西，包括黑漆描金小方盒放回柜子，合上盖子，但没有上螺丝。

然后，我出了楼顶花园，到了屋子的门口，由门镜朝外看了看。随后开了门，听着动静蹑手蹑脚往下面的屋子走，见到门口没有人，到了门口，再看了看楼下的动静，进到了屋子里。我想的是如果有人来，见到我是在家里的。

我知道自己是过分谨慎了，但有时只有过分谨慎，才是足够谨慎。我对吴小莲还是很谨慎的，但因为不是过分谨慎，其实是不够谨慎，才招来了很大的麻烦。

我躺在沙发上想着心事，并不想睡，却睡过去了。猛然醒来，以为睡了几个小时，但只有一个多小时。我想到牙疼，牙又疼起来。但我以为，不想到牙疼，牙还是要疼的。

我又躺了十来分钟，听着动静到了上面的屋子，上了楼顶花园。

天空明显要下雨的样子，到处是云，却不像云，像是浮着脏棉絮，扬着脏灰。

我进到雨棚，把那不锈钢柜子的盖子移开，取了黑漆描金小方盒。

这时才紧张了，担心杯子摔坏了。

我打开包裹的绸缎，将杯子里外都看了，没有伤残，于是长松了一口气。

可是还不完全放心，便出了雨棚再检看那杯子。

我举起杯子来看是否有暗纹，眼里闪出一片蓝色的虚影，见到女人酥胸一般的釉面上，有一只淡蓝带灰斑纹的彩蝶。渐渐地，蝴蝶的颜色变深了，成了带黑斑的蓝蝶，像是这蝴蝶从杯里显出真身来，又像是经见不到的手层层加彩，描绘出来的。我心里说："又出现了。"我回过神来，不能只是看，便去摸那蓝蝶。蓝蝶是凸起在釉上的，既硬又像是柔软的，润腻极了，如同是女人情欲充足的乳头。只是摸，也知道这太像是雍正的珐琅彩。我心里问，会不会又是幻觉？但我脑子很清醒，看得很真切，手上还有抚摸珐琅彩的感觉，完全是真实不虚的。

我想到曾见到这杯上出现了一只红蝶，会不会又出现了？便去看杯壁别的地方，眼前似乎闪过一只带黑斑纹的红蝶，但杯上并没有红蝶。

我再看那蓝蝶，颜色淡了一点，而且还在变淡。用手去摸，还是凸出于釉面的，但蓝蝶的颜色淡下去，那地方后来就平滑了。蓝蝶一直淡下去，成了依稀的影子，终于不见了，如同这蓝蝶在杯子里隐没了，又如同是那不得见的手将自己画出的蓝蝶抹去了。

我觉得很美妙，又觉得失意。

我听到了飞机的轰鸣声，飞机是看不见的，就像是天空在震响。这是时常有的事，却像是不寻常的。我觉得自己是在现实的世界里，又像不在现实的世界里。

我望着白瓷杯，既茫然又有所感。

我想到尤丽失踪，见到杯上出现了红蝶，吴小莲失踪，见到了蓝蝶，即便是幻觉，这里面似乎……我要好好想一想。

我回到下面的屋子不久，雨还是下了。

如果不下雨，我就坐公交车去医院，下了雨，就想开车去，但电瓶没有电了，车启动不了。我上了双层公交车，只坐两站下了车。

我进到医院，先看了神经内科，后来到了牙科。

医生是个近四十岁的女人，戴了眼镜。我出来后，见到戴眼镜的，会想到那个戴眼镜的警察。我意识到又要去想那个戴眼镜的警察，便控制自己不去想他，仿佛避开一个禁忌。女医生说话很轻柔，动作却麻利。牙钻一去，我只觉得那龋齿先是一热，随即生出极寒的冰凉，化成尖刀插进身子，刺入骨头里。

我没有料到会是这样，叫了起来，身子一阵震颤，出了一身冷汗。吐了血水，镇定住了，睁开眼睛，见到那女医生半侧脸含笑望着我，朝向我的眼镜片里有一只蓝色的蝴蝶。另一个镜片里好像也有，但看不清楚。很快，蝴蝶就消匿了。

我带了镇静安眠药回来，想睡的时候并没有吃，一是对这种药有些畏惧，再则是怕睡死了，邹金玲还有别的人来了电话，听不到响声。

过了十点，我半睡半醒的时候，邹金玲来了电话，说：

"你回来了，你也不打电话给我说一声！"

我曾想到放我回来，可能是她出面了，听她这样问，知道自己的猜测是没有错的，心里还是吃惊。我没有装着不懂她问话背后那层意思，那与我给她聪明的印象不符，是有意装傻了。

我回复说：

"是你打了招呼，是吧？我只有很感谢了，非常感谢。"

"你身体有没有问题？需不需要做检查？需要的话，我可以给你安排去好的医院。"

"我现在还可以。多谢你。"

　　我不会告诉她实情的。即便我身体很健康，也不会接受由她安排医生来做检查。男人可以向女人展示身体，却不可以让她知道身体全部的状况。

　　邹金玲说了声"那你先休养"，没有再说了。

　　后来我时睡时醒，到凌晨两点左右，才吃了镇静安眠药。

第二十章　辩解

一

第二天下午，邹金玲再次打电话，要请我吃饭。我说：

"改一个时间好不好？应该我请你吃饭。改天我约你，行不行？"

"你身体是不是有问题？晚上在不在？我过来看一下。"

"好久没有见到你了……我现在是很狼狈的，很怕见人。狼狈了，就很在意自己的面子。我身体没有大的问题，要休养一下。"

"那你好好休养，等你休养好了，你联系我。"

我联系她的时候，在短信里说了请她吃饭，但她打来电话讲，金湖会所有个老板给她打了电话，说送来了野生大膏蟹，让她去品尝。让我跟她一起去，不要带熙酒，那里有很好的啤酒。她没有说派车来接我，或者坐她的车来带我过去，叫我自己搭出租车。

我接了她的电话后，几次去照镜子。我已掉出眼袋了，我要放松情绪，让眼袋往里收。我不愿让邹金玲看出我显老态了。对任何的女人，我都不愿让她看出我显老态了。

　　出门前，我还照了镜子。到了会所，邹金玲还没有到，我又去了洗手间照镜子。眼袋还能隐约见到，要消掉恐怕很难了。人倒是平静的，只是神情有些凝重。

　　我见到邹金玲，便看到她脸色有些阴沉，用极冰冷的目光打量我。她穿了黑皮裙，胯部比平常显得宽了一些，也就更丰美了。进到包间里，我想抱她，也应该抱她，但她身上仍有一股凛然的冷气，似乎告诉我不想和我亲近。

　　这天还是有雨，但不像是雨，仿佛飘下湿漉漉的帷布，把一切都包裹了。夜色也就提早出现了，各处的灯盏也提早串联了。

　　我和邹金玲是在会所北边的房间里，北墙外空有一小块庭院，透过玻璃窗看得见在下雨。

　　螃蟹怎么看都是一种虫子，身上总有一股森然的鬼气，又像是装模作样的丑角，太不像是可以吃的，却是一种美食。我吃过膏蟹，但辨不出是不是野生的。我现在吃，觉得尤其味美。我在心里一阵感叹。

　　除了大膏蟹，还有几个菜，味道都没有做得差的，也没有很好的。

　　邹金玲吃了宫保虾球，并不看我，皱着眉头问道：

　　"你和姓吴那个画画的到底是什么关系？"

　　她是突然发问的，但我不觉得突然，我作了一番解释。我把那天取画，去福光广场庆丰楼吃海鲜，吴有明临时有事，吴小莲一个人到我家里的情况，给她讲了。

　　我告诉邹金玲，吴有明我认识比较久，交往时断时续。他是比较注重家庭的，注重家庭不一定只有家庭，他外面的情况我不是很了解。但有一点，注重家庭往往很在意对方，有些人甚至控制欲很强。她见过吴小莲，她是很收敛的，甚至有一点拘谨。学画画的，做艺术的，自己开了店子，人放不开，是少见的。也许个性就是这样，也许是顾及吴有明。她肯定也注重家庭，对吴有明也是很在意的。她对吴有明应该是很忠诚的。我觉得，她的那种收敛好像是有意给吴有明看的，让他随时感觉到她对他是很在意的，对他任何时候都是忠诚的，不让别人对她有任何的误解，不给别人任何的机会。恐怕也是一种御夫之术。我和她单独在一个房间，一次是在吴有明的酒吧上面一个房间，像阁楼一样，看吴小莲根据我提供的照片画的样稿，中途吴有明离开有两次，总共大约二十来分钟，其他时间我们一直是三个人。吴小莲本来话就不多，跟我单独在一起，话就更少。我感觉到，她在有意保持距离。吴小莲到我那里，我是第二次单独和她在一起，时间不到一个小时。她到我这里来以后，一直是很拘谨的。我跟她其实已经比较熟了，她还这样，就是要告诉我，她跟我之间要保持距离，我是知道的。我觉得她工笔画画得好，请她画画，她是我的朋友的老婆——我是把吴有明当朋友的——我没有其他的想法，她摆出那种姿态，让人不是很舒服的。

我讲了拍照的细节，说她单独和画那一张，表情是比较僵的。我和她站在画两边一起拍那一张，她是很矜持的，不像是跟一个比较熟的人在一起拍照，就是要有意让人看出，她和旁边这个人有意在保持距离。原来我想以后她有名，拿出照片来向人炫耀，这种照片拿出去给人看，就是自取其辱了。

我让邹金玲改天看相机上的照片，看我说的是不是这样。邹金玲却有些不耐烦地说：

"你不要给我看。我不看。"

邹金玲又伸出筷子去夹菜，但没有夹到，收回来放到筷架上。

然后喝了口葡萄酒，阴阴地望着我，说：

"吴小莲那个男的，怎么说你对她有企图？"

我必须让她看见我听了这话是恼怒的，但皱起眉头，会挤出眼袋来，我就只是眼里放出愤恨的光，脸上摆出不平的表情，回答说：

"人有很大的一个悲哀：人真实的东西是很难被了解的，人恶毒的东西会被当作善意，对人的善意常常又被当作恶意。你只是虚情假意，表面上应付，他反而把你当朋友。你给他一点实在的好处，想要帮他，他认为你是别有用心。你应该也有这方面的感受。我以前碰到过这样的事情，不止一两次，我是有教训的。我和有些人打交道，已经很小心了。但是人有教训，有些事情还是会做。我是又做了一件愚蠢的事。对吴有明，我本来有些了解的，我已经……后来，把我弄进去，我已经知道，我又做了一件很愚蠢的事。"

我好像因为情绪激动，不能把话说得通顺了。这是我有意的，要把情绪展示出来，这样更能说服人。

我又端起酒杯来喝啤酒，好像要控制住自己的情绪。

这时邹金玲说：

"你把他介绍给我，你当时不是这样说他。你说他知道你在帮他们，人好坏，他懂的。你不这样跟我讲，我不会同意让她来画。"

我也准备了应对的话。我对她讲，我自己是做古董的，我对文化是很喜欢的，真正有才华的人，我是很尊重的。我让她画，给她介绍朋友，也是想激励她，做生意挣钱，画画得好也是可以挣钱的，不要把画画荒废了。我没有其他的意思，说我有企图，人真是……有些人犯贱，对他好一些，就觉得是不正常的，就不可信，好像受不了对他好一些，很可悲。……我对她有企图，不怕和一个朋友翻脸，为她费很大一番功夫，应该是很出众的。吴小莲配吴有明是有余，长得很好是说不上。我不是贬损她，本来我不想谈论她的长相，我现在只能这样讲。为了她，我想出一个办法，让她画我母亲、我外婆的照片，我出钱，还把她拉去出钱让她画，我下这样大的功夫，就为了得到她，我不可能做这种事情。她这样的女人，我想要得到，还不至于用这样的办法。要下这样大的功夫才能得到，我也不会去做。……这件事对我是很大的教训。对人不可能没有善意，善意跟道德没有关系，善意也是一种欲望，满足这种欲望是很愉悦的。但是，必须要看人。对人越是有善意，越要小心，不然就是自找麻烦了。我以为他们都是有文化的人，吴有明还是写诗的，他们会认为我是喜欢文化，欣赏吴小莲的才华，觉得她的才华浪费了可惜，我是真心想让她来画，不想找别人，我也是真心想帮他们，他们会感谢我，会记住我的好；会看重我，觉得我做古董生意，对文化真是有一种情怀。对人善意，这是最好的回报。我还是幼稚了，看错人了。我又陷在幻想里面，有文化的人，写诗的，也是很狭隘的。吴有明心里应该是自卑的，对吴小莲应该一直是不放心的，他觉得我是有意去接近吴小莲，这也正常。他在防我，我有所察觉的。我自以为不是幼稚的人，还是幼稚了。幼稚就会被收拾。我是自找的。

我点上香烟，显出极沮丧和懊恨的样子。

邹金玲再没有质疑的话，却也没有表示接受我的说法。

我又对她说：

"我不应该把你介绍给他们。吴小莲能不能找到，找到了，是不是活着的，很难说。我把五千块钱先还给你，钱我带来了。过些时候，等吴有明情绪稳定一些，我去找他，看照片还在不在。在，我拿来还给你。我担心照片在吴小莲身上背的包里面——她从我家里离开的时候背着这个包。要是照片找不到，损失就没有办法弥补了，很对不起你。"

我用乞求的目光望着邹金玲，表明求她原谅的心愿是很真诚的。

邹金玲因为喝了酒，脸上泛出光来，但这时神色却更阴沉了，问道：

"除了吴小莲，是不是还有个女的从你家里出去失踪了，到现在也没有找到？那个女的，是叫尤丽？"

她终于提这个问题了。

我与她片刻对视，只见到阴冷又生硬的目光。我又想到那戴眼镜的警察，然而那警察的目光似乎是本然的，她这目光则总有故作的意味。

她这问题应付的话我虽然有，却总觉得并不太妥当。现在也想不出更妥当的，但也不容我再想了，就只好说，我跟尤丽的关系，我是跟她直说了的。我跟她说了我和尤丽有一个协议……我跟她之间也达成了一个默契。后来我没有再提到尤丽，她知道就可以了。我和她交往之外的事，除了姓肖那个人我问过她，其他的我也没有问。应该讲的，我们大家都会讲的。

我把尤丽失踪的情况给她讲了，又给她讲，这件事情我后来没有给她讲，我觉得，和我们之间的默契没有直接的关系，这是我自己的事情。警察应该排除了我有重大的嫌疑，但是案子没有破，我是有嫌疑的，我没有大的麻烦，还是说不清道不明的。我不告诉她，我觉得她知道了，我还是有些尴尬的。另外，我给她讲了，好像我是在请她帮忙找人给警察打招呼。她知道了，她不过问，不找人打招呼也不好。我已经得到她不少好处了，有些事情我还不愿意向她开口。她太有钱了，我不自卑，但是我不愿让人以为我把她当作了依靠。我一般也不愿意请人帮忙，尽量自己应对。我说实话，我对自己有一个说法：人可以利用，但不要去求人。我讲这话的意思她应该懂。人和人打道，就是利用和被利用。利用他人，才能获得。被利用，对他人才是有价值的。利用和被利用，都不丢面子，有利用的价值，善于利用人，反而是有面子的。求人是不一样的，很像是乞讨，靠的是别人施舍。乞讨也是一种能力，但是我宁肯施舍，不愿意去乞讨。乞讨就算可以得到什么，是很丢人的。如果不觉得丢人，就没有羞耻感了。我在某些方面活得比较随性，我不太会在意别人怎么看我，但我不想活得没有羞耻感。这次，吴小莲从我那里出去也不见了。吴有明在报警之前给我打电话，挑明了给我讲，他怀疑我，吴小莲不见和我不可能没有一点关系，他要警察调查我。我想到了这一次可能不像上次那样，叫我去问话，还是让我回来了。加上上次尤丽也是从我这里出去不见的，我很难说得清楚了。那里面我是知道的，最坏的情况我也想到了。我想到了跟她打电话，请她让人给我招呼，我还是没有打。现在想来，我应该给她打电话。我有些想法，把我自己捆住了。但是要改变，一时很难。这一次，我能够回来，我欠了她很大的人情。

邹金玲刚听我讲这番话时，眉头就收紧了。到后面眉头放松了，然而脸一直是绷着的。

她又问道：

"那个尤丽到底是什么人？你说她是在广州那边，她在那边还有其他男人嘛?"

"我给你讲过,有些事情我不主动打听,给我讲我也不想知道,直接相关的我要知道,我也不会隐瞒。我给你讲的时候,我只知道她离婚了,发了一点财,自己在那边有门面,钱也不是很多,吃穿是不愁。她住在双凤村我知道,具体在哪里她没有给我讲,我不知道。她失踪之前不久,她给我讲,她结婚了,是拿了结婚证的。有六十多岁,开工厂的,资产好几个亿以上。开的哪一家工厂,她给我讲,她不愿意讲。我当时不太高兴的,这种事情她应该告诉我。我没有给你讲,我觉得这只是我应该知道的。对你不好,我有意隐瞒,是不应该的。——她给我讲,她重新嫁那个老头儿没有性病。他主要靠吃药,都很困难……他们之间也很少。他在外面没有其他女人,也不玩,没有那个能力。这件事情她应该不会骗我。"

邹金玲又将眉头收紧了,想着什么,片刻之后说:

"开工厂的……你就相信了?"

"这是她说的。她重新找这个人是个老头儿,很有钱,不行,没有性病,应该是真实的。他是不是开工厂的,也许是,也许不是。你找那个人,他有没有讲尤丽现在这个男的是干什么的?"

邹金玲的眼睛望着我,说:

"你有没有想到,这个人势力很大?"

我沉思片刻,然后说:

"是不是势力很大,是她的事情。我关心的是这个人会不会找我的麻烦。势力很大,我完全不能招惹,我会调整两个人的关系。我说过,男女在一起是为了享受,大家都要避免给对方带来伤害。要是会给对方带来伤害,就不要交往。交往了,意识到会给对方带来伤害,就不应该再交往。这是一个规矩。我交往,我要看人的。……如果这个人会对我做什么事情，也不会轻易原谅她，恐怕也不会放过她，她不会也不敢再来和我交往。觉察到了这个人可能觉察到了，会告诉我的，我们不会再交往了。她是懂得的。……如果尤丽现在找这个人势力很大，他知道了，要收拾，要报复……我想不明白……如果尤丽不见了，是这个人对她做了什么，也会报复我。势力很大，把我弄进去，在里面收拾我，也有可能的，不会问了话就把我放了。如果是当时没有打招呼，后来可以打招呼。……也可能是暂时放过，再找机会。……吴小莲又不见了——只是推测——或许是他制造的一个机会，或者认为是个机会，把我就弄进去了。但是有这样的能力，费了这样大的功夫，你去打招呼，恐怕也不会放我的。不等你去打招呼，恐怕要让我承认的事，我都不得不承认了，要让我出来，很难了。也可能还在等机会，有这个可能的。……如果不想放过我，如果势力是很大的，利用这种势力来收拾我，只要能找到理由，比在社会上收拾我，往往让人无话可讲。要是尤丽不见和这个人有关，对我也不放过，对我也要怎样，用其他的办法，还是容易让人想到的。势力很大的人，往往仇人的势力也很大，要是盯上了他，这就是一个很大的把柄。如果只是教训我一下，早就动手了。……也许没有发觉我和尤丽的关系，但是如果势力大，会让人盯着尤丽的。尤丽不见了，带我去问话，我讲了我和尤丽的关系，他也会打探出来。……不知道他到底有多大的势力。你知不知道？你找的人有没有给你讲？要是不方便，你不用讲。"

邹金玲望着我，眼神尤其阴冷，没有回答。

那雨似乎是不会下大的，却不知是在哪个时候下大了。雨声还是听不见，只是觉得湿气重了。

我又说：

"尤丽不见，叫我去问话的时候，我没有说我和你的关系。这次我讲了我和你的关系。我讲了我把你介绍给他们，请吴小莲用你父亲的照片画画的事。他们追问我和你的关系，后来我只有讲了。我没有讲很多，我只讲了我们在耍朋友。这件事情……真是对不起。"

邹金玲没有回应我的话。

我喝了啤酒，对她说：

"尤丽从我那里出去不见了，又有一个人从我那里出去不见了……我想起来，心里是发虚的。……也许就是巧合吧。……就是巧合，也让人……我不是一个怕事的人，但是这种事情好像有一种邪性一样，任何一个人碰到，都是吃不住的。……巧合也是一种天意，天意也不是无缘无故的。我有时候心里面是很发怵的。我想……是不是要让我收敛一点？是一种警告：不能像以前那样。……我承认，我想过自在的生活，有些随性了。和有些人比，我不算是太放肆的。有些人完全是无所顾忌的，这些人未必会有什么事情。报应可能根本是没有的，世上最该遭报应的是人，真有报应，就没有人了。只有用运气来解释。运气或许就是自己的轨迹。万物，人都各有自己的运气——都各有自己的轨迹。我想过我自己想过的生活，也许那种生活不属于我。照着那样的方式，恐怕自己会很麻烦。我是有自己的想法的，但是不对——对自己不利，我不会死守的。我不是为自己的想法活，我不为任何的想法活，我只为活得好而活。我要想一想……这次……我是很狼狈的，罪我是受了……我还心有余悸。我不是胆小的人，但是应该害怕的，我还是知道害怕。……我还是很紧张的，有时候觉得好像还在一个险境里面。尤丽现在也不知道是怎么回事，吴小莲也不知道是怎么回事，事情没有弄清楚，我还是说不清楚的。……我问一下，有没有给你透露一些情况？尤丽的案子现在进展到哪一步？有没有进展？吴小莲，他们掌握的情况是怎样的？"

邹金玲半眯眼睛斜望着我，回答说：

"吴小莲听说没有确切的线索……怀疑你不是很正常？他们也只是怀疑，认为你嫌疑很大，我去打招呼也不会放你。"

"尤丽怎么样，有没有给你讲？"

"……有些情况人家也不便对外讲。……我觉得你对尤丽并不了解。"

我琢磨着她讲的这两句话。

邹金玲又说：

"你是应该反省一下你的生活方式。你这种生活方式，迟早都要出问题。你嘴上说的是'自在'，你就是不认真，你不愿意认真地对待感情。你认为没有报应，你这个观点我不赞成，当然有报应，有因就有果。这不是迷信，我不可能是迷信的人。一个人的所作所为，他对待生活、对待事业的态度，他的付出，和他得到的回报是相关的。一个人无所顾忌，不出事情，是不可能的。运气不是上天的安排，运气就包含了人的所作所为。运气说到底是人的选择，因为选择产生的结果。有的结果不能控制，但是都是人选择的结果。有些事情好像和自己不相干，实际上还是自己的行为造成的。你这种生活方式，吴小莲那个男的对你是了解的，他老婆第一次到你家里，你们单独在一起，也有将近一个小时，他当然要求调查你们单独在一起，是不是发生了不该发生的事，导致她没有回去。公安局的人，你的生活方式他们也了解，肯定要搞清楚你和吴小莲的关系，吴小莲没有回家，人找不到，和你有没有关系。你不是这种生活方式，姓吴的觉得你值得信任，不会要求调查你。公安局来找你问话，了解情况，不会拘留你。吴小莲最终会有一个结果。我给你讲，人家答应放你出来，对你的嫌疑还没有解除。……你也不要想得太多，你确实没有问题，人家不会再来抓你。"

我呆看了片刻桌上狼藉的盘碗，又朝窗外看了看，然后说：

"你打了招呼，应该不会随便再把我弄进去，除非他们有证据。本来和我没有关系，不可能有证据，我自己心里是知道的。我只是担心这样的事再出现，不一定是从我家里出去的，也可能是在其他地方。在这之前，尤丽、吴小莲是怎么回事，有了真相，那还好。知道确实是巧合，再出现这样的事，被我碰上了，也是巧合。她们有一个人弄清楚和我是不相干的，又碰上这样的事，我还可以有话说，不至于……不然的话，我恐怕说什么都没有用了。觉得太像和你相干了，会认定和你相干的。认定和你相干，让你承认是很容易的。事实常常不在事实里面，在话里面。承认了，就是事实了。……只怕是不是和你相干都不重要了，事情到这一步，要用一个人来了结，我是最合适的。……要是有势力很大的想收拾我，这是很好的时机。……就算侥幸能过这一劫，要是再碰上一次，还有侥幸，我不敢想了。……现在只算是失踪，后面可能还是失踪，也可能发现人已经遇害了，谁干的——真正的凶手——还是没有找到。要是这个时候发现尤丽、吴小莲也遇害了，凶手是谁……还是个谜，遇害的人出事之前都是和我在一起的，如果要用一个人来了结，大难不死，人也废了。……现在我是不能祈求有侥幸这样的好事，得以防万一。……首先，我的生活方式是要调整了。做自在的人，不过是守住一块领地，自己做领主，这是我以前理想的生活。

这样的生活我是不可能得到了。报应到底有没有，我要想一想。不调整，知道结果不会好，我不会这样。我不是一个管不住自己的人，我以前是想得到那样的生活，那样生活我也过得很好，现在知道还是那样一种方式会很危险，我必须改变，我会调整的。另外，跟女人打交道，我要很小心了。晚上不管什么女人，我是不敢让她单独到家里来了。在外面，有事情要谈，也要避免单独在一起。在生意上，我很少和女人直接打交道，要是谈生意，大白天，在比较偏僻的地方，单独在一起也要避免。在其他地方，到外地也是这样。我不是过分小心，我担心还不够小心。……你……晚上你到我那里来，你要离开，你要让司机等或者来接你，要不然我送你。在外面，最好也这样。"

邹金玲听我讲上面的话，眉头稍稍收住，眼里的光却是难以揣摩的。她说：

"你那里以后我就不去了。我不是害怕，我有什么害怕的。"

"我那里你想来就来，我只是觉得小心一些好。'事不过三'，但常常是接二连三。我现在是有一点迷信了。以前我觉得迷信是愚昧的，恐怕不迷信也是愚昧的，迷信或许有最大的明智，只是我们不知道。我不愿意你出事情。应该不会有事情，你这样的人，是上天偏爱的，这件事虽然有些邪性，再发生，也只会伤害别人，不会伤害到你。这一点我是相信的。但是想到了，事先作预防没有坏处。"

邹金玲眼里有疑惑的光，说：

"你太紧张了。你想到要改变……你说的是调整，不是改变。"

"我想做自在的人，不可能了。我刚才讲了，我有点迷信了。迷信有时候反倒让人变得明智。我既然做不了那样的人，我就必须调整，也是改变。……接连发生这两件事，我被弄到了里面，对我是非同寻常的，对我影响是很大的，我身上有些东西已经在改变了。……请你相信我，尤丽、吴小莲不见和我没有任何的关系。背后如果跟我有关，我是在做引火烧身的事。我是把她们藏起来，是把她们做掉，我得找人，只能用钱，把柄就给人家留下了。我曾经想做自在的人，我不可能把这样的把柄留给人家，这是会置我于死地的。两个人都是从那里出去不见的，我也要考虑，很容易怀疑到我。我真要做这样的事，我要考虑不能让人怀疑到我，这样才安全。被怀疑，如果跟我有关，不会被查出来，我没有这样的自信。我这个人是要估算利弊的，太冒风险，可能让我付出很大代价的事情，我不会做。正常的人是这样的，不正常的人才不计后果。……你，我是很希望你不会有任何的事情。这样，我现在也比较放心，不会再随便把我弄进去。要是再有那样的事情发生，你知道我不会做这样的事，我还指望你还会来救我，你到时候恐怕是我唯一的、最后的希望。"

邹金玲望着我，目光似乎和缓了一些，人显得有些倦乏了。

我今晚讲的话，有些是试探她，有些是真实的想法。

说的时候，我也在暗自观察她，不止是神色，还有姿态和举止。

我已想好如何应答她问尤丽怀孕的事，但她一直没有问。

我取出五千块钱给她，她收下了。

我向她表示想和她在一起，邹金玲则对我说她累了，晚上还有事情要处理。

我回到居所，喝了几杯熙酒，添了醉意。等上了床，很快就迷糊过去了。但不久就醒过来，然后便有各种揣度与迷惑，还有忧虑，使得脑子难以平静下来。

　　我用上了镇静安眠药后，不想每晚都借助这种药物入睡。但过了凌晨三点，大脑里仍是一片纷乱，头开始疼起来。我只好吃了药，但过了好一阵，脑子里的纷乱才殄熄了，才睡了。

第二十一章　信

一

　　大白天醒来，我想起像是梦见了贵州的老鹰和耗子。耗子先是出现在农村的粮仓里，后来出现在城市的广场。耗子似乎有一只或者几只，身上是黑白花纹的，很像兔子，又像极小的猪。还梦见一个女人，走在荒僻的山道上。那女人一身羊脂玉一般的肌肤，又不像是真实的，是虚影。她抱着一个像是裹了小棉被，又像是裹了一张大芭蕉叶，还像是裹了很大一张猫皮的婴孩——像是男婴又像是女婴，像已死了，又像是睡着了，又像在啼哭。那女人似乎正急急地赶往某处去，又似乎在逃避后面的追赶。我好像是由山那边过来碰到了她，又似乎是突然出现在她面前。我似乎认出了她是尤丽，又觉得似乎是某个熟识却一时不能确认的女人，又觉得只是一个陌生女人。与她交身错过走了几步或者十多步，我回过头想叫她，看是不是尤丽，只见到那女人幽灵似的在山坳虚晃一下，便无影迹了。梦这时断了，如同电脑上看电影出现了一段黑屏，然后我进到一个松树林里。附近有几个地穴，我总觉得那里面有可怕的东西，自己走着会掉进去。我还听说过这地方有强盗，似乎平常藏身在地穴里面。我心里惶惧，想尽快从这地方通过。天色灰蒙蒙的一片，仿佛笼罩了一股浩广的阴邪的力量。林子像是没有尽头，走不完的。我更焦虑了，也更警觉，全身如同长满了耳朵，听着是否有异常的动静。我这样往前走，其实并不知道方向，也不知要往哪里去，只想走出这林子。突然，从前面闪出一个胖矮的老人，似乎是见过的，又似乎没有见过。老人全身是油亮的肉，发毛灰白。脖子上挂了两条白腻的腿，脚都涂了艳红的指甲油，却像是拔了指甲，凝结了鲜血。那人手提一把刀，两眼放出青光，像狼一样直视着我，朝我逼过来。我万分恐慌，想捡一根地上的枯树枝做器械，和那人拼命。然而，或许是因为太恐慌了，人僵住了，又像是被魔力控压，困住了。我绝望了。但那人逼近我，却仿佛没有看见我，带起一股腥臭的气流，从我身边过去了。然后我似乎醒了，但很快又睡了。

我觉得似乎一直有梦，没有睡好，但看了时间，自己睡得够多了。

我心里惴惴的，不知道这些梦是否预示了某种吉凶。那两段梦或许是不相连的，但太像是一个梦了。在松树林里，那人对我视而不见，在梦里是并不奇怪的。但或许那人看见了我，并不想伤害我。又或许那是显形的恶鬼，却是烟雾般的东西，不能伤害到我，飘过去了。如果这是单独的梦，意思太难确定了。如果和前一段梦是相连的，那老人脖子上挂着的腿，不像是杀害了前面那个女人得到的，不管是不是恶鬼，大概是在追赶那个女人。那女人或许就是在逃跑。那女人靡曼的肌体，或许就是尤丽，像是托梦给我，要么这梦就是在暗喻什么：是她还活着，或者是她已不在人世了，或者她（很可能是尸骸）要被找到了。但也可能那是别的女人，那梦暗喻的是不是另一个女人的结果？吴小莲没有孩子，会不会那个时候已有了身孕？那梦暗喻的是不是吴小莲不在人世了，或者是她（可能是尸骸，也可能是还活着的）要被找到了？另一种可能，便是既暗喻了尤丽的结果，也暗喻了吴小莲的结果。我心里很害怕有某一种结果出现。我以前梦见红色，梦见血，有时有好事发生，不会有不好的事情。这次梦见如同凝血的红指甲，心里却仍旧惶然，但也还是祈望有幸运降临，而最大的幸运是某种结果不会出现。

我身子轻飘飘的，还想睡，但我知道这样睡，身子就睡坏了。然而我没有起床，躺着给戴伟清打了电话，请他代买一个布鲁头，最好是有纹饰，比较精美的。我明说买来是带着防身的。戴伟清沉吟之后，对我说："是招惹小人了吧？那是要防啊。小人哪，那是不能随便招惹的，招惹了，那是要有办法对付。这布鲁头……这布鲁头是打狼的，是厉害，防身是没有问题的。"还告诫我："王兄，我们防身是为了防，是制止，不要死人才好啊。这布鲁头可以当流星锤，比刀好使，朝脑袋飞过去，这个脑袋很难说就会爆浆啊。当然，危机时刻，要取咱们的命，那也顾不上了吧。但是万不得已，出手还是要慎啊，最好达到制止的效果就可以了。"我没有隐瞒买来是防身的，是不愿引起他更多的猜测。说替别人买的，戴伟清也不会相信，这个谎太低级了。

我买布鲁头，我要带在身上去见吴有明。不是为了邹金玲的父亲照片的事，我并不想主动去找吴有明。吴有明曾因为尤丽对我动过杀心，现在有没有杀心，是不能不提防的。这个人天性是爱冲动的，后来只是压制住了。他或许是真正的诗人，因为生活不得不做一个正常人，但真正的诗人不会是正常的人。这样的人受了刺激，情绪最易失御，也就最像野兽，突然做出什么举动，是自己也控制不了的。去见他，最好带上防身的东西。不主动去见他，也得防他。还有其他什么人，想得到的，还有想不到的，也都不得不防。带刀子不好。布鲁头带在身边，可以说是把玩的古董，到时候当武器使，可以说完全是出于自卫。

把布鲁头当武器，我自然会很小心的，即便做不到像是一个职业的打手那样行事，一定要控制住自己的情绪，不要乱了方寸。因此，我并不需要别人的劝告。但戴伟清劝告的话，让我的心是温暖的。

我收到布鲁头，在上面系了自己挑选的绳子，练习了几天，觉得用起来顺手了，才去见吴有明。吴有明即便被带去讯问过，现在应该是在外面的。我偷偷去看过了，钓水酒屋是开着的。吴有明可能还是交给旁人在管，自己未必在里面照顾生意，但我还是决定去酒屋找吴有明。我想晚上去，这时候酒屋里人多一些，吴有明或许因为顾及自己的客人，不会冲动。要是一时冲动对我动手，我只得应对，起了冲突，有人出面阻止是最好的。要是逼得我使用布鲁头，有人可以替我作证，我是自卫。

我去的时候，如同去到一个战场，还是有些紧张的。穿过那徒有其名的街道，到了河边，离钓水酒屋近了。过了河边的街道，我朝钓水酒屋相反的方向走了几十米，拐到河岸走了一段，然后转身返回，朝钓水酒屋走。我觉得自己已很镇静了，但整个的人处在戒备的状态里。

我进到钓水酒屋里，这里还是原来的样子，还是原来的气氛，但也似乎和原来不一样了。那瘦小的男服务生还是原来的发型（我每次见他几乎都是这个发型，好像他的发型并不是理发师做的，是从他头上长出来的），脸上还是彬彬有礼地笑着，但似乎有些生硬。我问他：

"你老板呢？"

他站得挺直，抬头用探视的目光望着我，说：

"我的老板娘不见了，你听说了嘛？"

我点点头。"他不在？"

男服务生脸上只有严肃了，我还没有见过他有这样的表情，仿佛他换了一张脸似的。他回答说：

"我老板娘不是没有找到呢嘛？她的车找到了，是龙川靠近陕西一个乡上河里面发现的，吴哥就过去了，去了——到今天——有四天了。"

我戒备的神经松下来了，但心提起来了，我问道：

"那你老板娘吴小莲呢？她有没有消息？"

男服务生一连摇了几下头。"听吴哥说她没有在车里头，只是车找到了，她还没有消息呢。"

"他自己在那边找是吧？"

"就是，现在还在那边。"

"他每天都跟你通电话吗？他有没有找到线索？"

男服务生点点头。"昨天他是给我打了电话的。他还要往陕西那边找。"

我摆出忧心的样子。"现在只是车找到，人没有见到，还有希望。你老板娘——吴小莲很能干，自己开店子，画画得很好，很有才华，但愿能够找到，但愿最终她人没有事情。"

"是，我们老板娘确实很优秀的。对人那是没得说的，我觉得像以前的大家闺秀，很有教养的。我也是希望……"有人在叫上某种啤酒，他令另一个男服务生（这个人我以前没有见过）送过去。"我们老板娘吴姐不见了，有一个多月，快两个月了，我觉得……人没有找到，是不能放弃。只要人没有出事情，就有希望，是这样的。吴姐不见了对吴哥打击好大，一下就瘦了好多。只要人没有找到，他是不会死心的。吴哥肯定要找下去，不会放弃。吴哥对她的感情真的不一般……吴哥不相信吴姐找不到，他相信只要不放弃，肯定找得到。我觉得，毕竟过去有一个多月，快两个月了，心里还是要有准备……吴哥对吴姐那种感情真的好难得，他说他觉得吴姐人肯定在，他说他相信吴姐人肯定在，吴姐人肯定就还在，他绝对不相信有其他的……我觉得呢，真的，我都很感动，真的，要是真的像吴哥说的那样就好了。"

他说着，有时晃着身子，却又不像是自己在动，像是木偶被人在摇晃。

那服务生也许知道吴有明是不是被带去讯问过，但想到是吴有明的雇工，我就没有向他打探。

我出了钓水酒屋，来到街上，给吴有明打电话，却拨不通。后来又打，还是拨不通。

第二天，再拨了几次，终于连通了，对方却不接。我经过一番斟酌，写了一封短信发给他：吴有明：昨晚我去酒屋，听说车找到了，希望吴小莲也能找到，人也平安。又，如邹总父亲的照片还在，回来后请告诉我，我来取。短信如同投到虚空里去了。

我见到邹金玲，给她讲了去钓水酒屋找吴有明，听说车在龙川发现了，吴有明去了那边自己寻人，我给他打电话不接，发短信不回。我想听到邹金玲说不用再去找他了，照片没有就算了。邹金玲脸上不悦，没有这样的表示。我只好说过些时候，吴有明回来后再去找他。

二

我打算过了十几天再去钓水酒屋，过了十几天我并没有去，又过了几天，决定去了。

到晚上八点半后，我带着布鲁头从屋子出来，下了楼，到了院子的大门。这时值班的门卫姓邓。那人面色始终是蜡白的，比我大一两岁，却叫我王哥。他叫住了我，懒懒地拿出一个纸袋子，说是一个戴眼镜，三十多岁的人让他转交的。

我想到了那里面会是危险的东西，但随即就猜到里面是钱，可能还有照片。我接了纸袋子，看了一眼里面，问道：

"那个人胖还是瘦？"

"胖是不胖，是瘦。"那门卫一本正经地说，好像很慎重给人下一个断语。

我给了那门卫一支烟，走到靠近院墙一个柱灯的旁边，从纸袋里拿出一个牛皮信封，信封里是一叠钱，没有照片，却有一封手写的信。

我借着柱灯冷白的光，读起那封信来：

> 我既不愿意，也不想跟你有任何当面的交谈。我以这样一种书信的方式告诉你，我们之间任何当面的沟通已经没有必要，你任何的辩解我都不愿意再听，那只是一再被重复的不实之词，只能是一再被重复的谎言，一再被重复的自我标榜。邹

总的 5000 元钱如数奉还，至于她父亲的照片，吴小莲装在随身的挎包里，暂时无法交还。我现在遭受了人生完全意想不到的也是最惨痛的打击，如果之后上帝给我人生一个最大的惊喜和幸福，吴小莲作为一个奇迹，一个莫大的幸运能够平安出现在我面前，如果照片没有遗失，到时候我再把照片交还。我确信这个世界上有奇迹和莫大的幸运，而且吴小莲有这个资格成为一个奇迹和一个莫大的幸运。如果吴小莲不能成为一个奇迹和一个莫大的幸运，这个世界就只有被诅咒。而这个世界在被诅咒之外，是渴求被赞美的，尤其是由衷的出于感恩的赞美，因此我不会放弃我的希望。

在这里我要对你发出一个警告：你不要只是口头上说希望吴小莲平安无事，你心里是有鬼的，你心里害怕她平安归来，你就用一种最阴暗的心理祈求一种最邪恶的结果。如果你有这种想法，你用这种最阴暗的心理祈求的时候，从我的灵魂里就会发出对你的咒骂，而且是世上最毒辣的。既然我相信吴小莲一定是一个奇迹和一个莫大的幸运，你再阴暗的心理发出的祈求也是无效的。

我不会妄断吴小莲离开你家以后没有回去和你有某种直接的关系，但在她去到你家以后必定发生了某种事情。她不会做任何背叛我的事，我对她是完全信任的，只能是你的言行做出了出格的事情。你不要认为你善于掩饰，你确实也善于掩饰，但你的德性我了解，我也是曾经很好色的，你的企图我是看得很清楚的。你出钱让吴小莲画工笔画，就是你接近她的借口。我非常地后悔，我非常地自责，最初吴小莲是不同意接手的，是我一再劝她才答应画的。我现在也不需要做任何的隐瞒，当时吴小莲马上感觉到了你不仅仅是来找她画工笔画，你有另外的意图。我当时也看出来了，但我想到未尝不可以利用这个机会，让吴小莲在做生意之外重拾画笔画出好的作品。服装店开得走，又能保留住一个真正的画家的身份，确实是我对她的一个心愿。做生意毕竟是世俗的工作，再成功的商人都是俗世的成功者，都是速朽的。做艺术是灵魂的工作，成为真正的画家无异于成为神灵，是可以不朽的。这确实是我的信念，不只是为了挣你的钱，但确确实实也是想利用你，这个我承认。因此我受到了最大的惩罚，我永远都不会原谅我自己。我想利用你来帮她，反而害了我最深爱的人，我做了我这一生最大的蠢事和最大的坏事，我是有罪的。我很后悔，虽然我知道你对吴小莲别有用心，取画当天晚上我临时有事，我让吴小莲一个人随着你到了你的家里，是给了你单独和吴小莲在一起的机会，你必定一直都在盼望有这样的一个机会。你这样的人不能放过这样的机会，我不能妄断你对吴小莲具体做了什么，你的言行一定是不规矩的。我不是凭空猜测的，吴小莲到你家后给我发了短信说坐一会儿就走，结果将近一个小时，你有留人的借口，你就是在纠缠。你自以为善于掩饰，你这个时候找各种借口留人你是太明显了。我在前面讲了，我不会妄断吴小莲离开你家没有回到家里和你有直接的关系，但你不纠缠她她早一点离开，她可以平安回家。你以风流为乐事，风流是男人的本性无可厚非，但你不分对象，完全不认人。我们可能从来都不是朋友，毕竟也认识好几年，你把手伸向了我的妻子，你是亵渎了风流，是一种禽兽行为。你对我造成的伤害超过了任何人，我对你的憎恶和仇恨也超过了任何人，我不会对你做任何的事情，我不是一个暴力的崇拜者，采用暴力的方式去报复人不是我的立场，我在心里用我的方式，也是最极端的方式已经把你杀死了，这就足够了。没有叫你的名字，是你在我心里已经是一个鬼魂，我不在后面留下名字，我只是一个最憎恨和仇视你的人。你记住，我对你的憎恨和仇视会一直追寻你，直到你下到地狱里去！

我觉得异常的冷，嘴唇打颤，手和腿哆嗦了。柱灯的光不像是灯光，像是一团寒气将我罩住了。这时我想起刚才忘记抽烟了，便点上了一支烟，吸进的烟却也像是寒气，使得牙齿冰凉。

我强作镇静，回到了家里，在空调的暖气里，一阵热一阵冷，过了好一阵，全身暖和了，而心里还是一阵阵发紧。我喝了两杯熙酒，没有再喝了。几次想取雪茄（我放回后，邹金玲没有再送雪茄，雪茄还剩几支），都没有取来抽，也没有取来闻。

吴有明用信封装五千块钱交还给我，这件事我想来想去，还是给邹金玲讲了，还讲了照片的下落。我没有说里面有信，也没有明确说里面有字条，只是说"里面留得有话"，现在照片找不到了，当时是装在吴小莲随身的挎包里的。

邹金玲阴沉着脸，用不满的目光直视着我，说：

"你们关系到了这一步，他是不愿见你了吧？"

我一时不知该怎么说了，没有马上回应。

邹金玲又说：

"吴小莲从你家出去不见，是刑事犯罪，我相信你不敢这样做。你们之间任何事情都没有发生——我觉得人家不是傻瓜。"

我想到她会这样说，听到她讲，仍旧觉得仿佛是突然抽了我一鞭。对付的话已准备好了的，要说出来却有些没有底气了，但现在也必须说出来：

"辩解的话我已经说了，我不再辩解了。我现在只能是请你相信我，我对你没有隐瞒。现在真是很狼狈。这件事情就是该我倒霉，对我也是警告。……我现在真是相信了，人各有命，人有自己的轨迹，不能进到其他的轨道。想要活得自在一些，我没有那个命。我已经接受了。……我已经在改变了。"

邹金玲仍旧用狐疑的目光望着我，但没有再说不信任我的话。

我为丢失照片向她道歉，请她原谅。

邹金玲沉默了一阵，说：

"找不回来……就这样了嘛……算了嘛。"

到了年底，邹金玲打电话告诉我，不再限制我只能呆在锦都了。改天见了面，她给了我两盒雪茄。

这时我又在心里谋虑和邹金玲的关系该到哪一步，我仍是犹豫的，下不了决心。

但我终于要毁了吴有明的信。那信留着终究是祸害，是随时会蹿出来的妖邪，专在人的面前将我的面目变得丑恶。邹金玲看了，恐怕不再相信平常见到的是我的样子。我也想到，或许吴有明留有底稿，但上面有些话对吴有明自己也是很不利的，大概不会给别人看。要是有人无意间看到了，猜出是写给我的，才会污伤我的形象。没留底稿，吴有明也会中伤我，但这件事他未必愿意张扬出去。和我有往来的，还没有见谁对我态度异常，只有人曾问我吴有明妻子失踪的事，应该是出于好奇的打探。他可以给邹金玲写信，找她说我的坏话，破坏我和邹金玲的关系，但未必做得出来。吴有明会做所谓坦荡的君子，我不会相信，但他恐怕也不想被当作背后

使坏的小人。……再说吴有明在信上声称，不用任何具体的手段报
复，只用意念将我灭了，用"憎恨和仇视"逐我进地狱里去，还对
我做别的事，就是自己打脸了。人有言行一致的时候，并没有言行
一致的人。但这个人是偏执的，虽有一点特别，仍是俗世中人，却
要证明自己是矫然独异的，或许会照信上说的做。照推论讲是这样
的，但推论也只是猜度。这人世间的事，太多却是在猜度之外的。
到底有哪些不好的事会发生，是很难预知的。

　　然而这信，必须要毁掉，至于不可预知的，只有交给命运了。

　　那封信，我想再看又怕看。我取信到了洗面池前点燃了，火焰
腾起来，幽蓝的火光里似乎有蓝色的蝴蝶。我心里乍然起了寒意。

第二十二章　野心

一

　　到了第二年春天，我还在考虑，和邹金玲的关系是不是该确定下来？

　　几个月来，我确实收敛了不少，但我也没有给她讲，我和以前完全不一样。我即便做到了，也不像是真实的，她不会信。真实要看上去也是真实的，人才会相信。我分了几次告诉她一个转变的情况：还联系的女人在减少，没有再结交新的，有机会，也不想结交。娱乐场上的事，开始没有讲，后来含糊地说觉得厌倦了。但明确告诉她，既然要换一种生活方式，相关的都要改变。

　　一个转化的人，不能只是自己说，总体的面目都会和以往不同的。我不但在言行上，更有神情，尤其是眼神，表现出已有变化，整个人多了几分正经。但正经总是带些古板气，会减削诱惑人的魅力。因此，在她面前，我有意显得正经，还得保有诱惑人的魅力。诱惑人的魅力没有了，再正经，人家也未必还愿意和我在一起。一个女人要一个男人变得正经，不过是想他只属于她。正经如同一根缰绳，是要让一匹野马变成驯马。我不会让她手上有那一根缰绳，但要让她觉得有。我要让她以为做了骑手，我自己还是要做野马的。这不是欺骗，是一种幻术，既满足对方，又不改变自己。

为给她一个确切的证据，我表现出更想和她在一起，像是把节制的那一部分给了她。有时自己也觉得勉强，如同是跑不动了，还得再往前奔跑。为了让自己表现出对她真有激情，和她在一起，我就当她是自己最迷恋的女人，身上的妙处可以让我一次次回味，还有妙处要不断去发现。

我做出转化的样子，心里的想法，没有给任何人讲，对戴伟清也没有说。绝不能让邹金玲知道的事，也绝不能让别人知道。

不管怎样，我还是克制了，那滋味如同用绳子将身子捆绑了。有时，我很想什么都不必顾及，像以前那样随意。但我常觉得有危险的东西在跟从我，心里害怕，忧虑最坏的事会突然发生。

二

我想到发生的事故，总不免惶悚，有时在夜里惊出一身冷汗。但我告戒自己，不要慌张，以免乱了方寸，我现在是尤其需要镇静的。我心里是清楚的，我的人生被带入了吉凶难定的境地，但毕竟吉凶未定，如同下棋，虽然处于劣势，并不是死局，还有希望。人生本就像是下棋，要争取赢，其次是平局，输也不要太惨了。我是输得起的人，但该做的都必须要做了，否则心是不甘的。……世间里浪涛汹汹，我不是强大的人，持有主宰的力量，但任何时候，我也不是自弃的人。……我可以被算计，却不能任由摆布，即便万分无奈了，也要去求取想要的东西。

这两个事件接连发生，太像是巧合，又最不像是巧合。只是意外，就只是巧合。但或许其中一次不是意外，或者两次都不只是意外，还有对我的谋算。若是谋算，我想来想去，可能还是两种情况：要么是制造事故，来陷害我，要么是恐吓我，逼我收敛。前者是极谨慎、阴毒的人，恐怕还是城府很深的。此人不会是狼藉的人，或许事业上是有些成就的，大概是这样。

前者如果是女人，恐怕是对我由极爱而生出极恨。我早知道男女之间的事，是最容易让人失去理智的，就尤其需要理智。图自在，就更要守规矩，不然就要失去自在。有的规矩守不住，也不必死守，有的却要死守。这个要死守的规矩，就是我只迷恋，但不爱；女人可以迷恋我，但爱我，我不会接受。迷恋好比醺醉了，既醉也清醒，一面享受醉的美妙，人还是自主的。爱如同烂醉了，即便心里还有几分明白，也无法自主了，是可以像木偶一般被人随意摆弄的。而女人迷恋你，只要你的一部分，爱你，却是要得到你的全部，包括身体和心，还有财物。有的女人说得到心就知足了，但得了心，是将一切都得到了。不爱女人，是不把全部给女人。不接受女人的爱，是不让女人把全部拿走。我和女人打交道，不承诺和她结婚，对她专一。对她的爱，会抗拒，让她冷静下来。不能在道义上让女人觉得是被要弄的一方，否则是给了她要求补偿的理由，她会向你索取想要的一切。我让女人明白，是相互享受，以我的长相，对再美的女人也没有亏欠。我宁肯是花钱的一方，不轻易占对方的好处。我自己也难免有嫉妒心，但会控制住，我也希望对方不要有太强的嫉妒心。交往时，我发觉嫉妒心强的，可能是会纠缠的，就设法疏远了。这样做，就是要防止以后有女人纠缠我，报复我。我遇到过声称很爱我的，虽有纠缠，还是摆脱了。若是有女人当时将我当作一世的仇敌，我是极敏感的，也极善于观察，不会没有察觉。真爱我，如果那样恨我，也难藏得住，而不是真爱，也不会有那样的恨。能将这仇恨藏住，用这样的方式来报复我，是太有心机了，我想不出谁会这样做。若是不顾一切，只是因为爱我——不是爱，是一种最极端的感情，想将我毁了，在心理上完全占有我，我更想不出谁会是这样的人。这样的女人是太不寻常了，真遇到了，我不会恨她，倒觉得是一种荣幸。然而，鸟群里有孔雀，凤凰是见不到的。我见过不寻常的，但争名逐利，都务实的人群里面，再有特别的，终归是庸凡的人。

　　——我自己也是特别，仍旧庸凡的人，但或许我才是不寻常的。大家要的是事业成功，要的是生活，我要的是自在。他们是活给别人看的，想要别人喝彩，我是活给自己看的，要的是自己喝彩。许多的人是为理想而活，我是为欲望活。在理想里的是不自主的，如同遭驱使的马，被风托举的风筝。在欲望里的才是自己，如同风飘动的时候才是风，火焰燃烧的时候才是火焰。……我只愿做一个颓废者，然而不缺钱，有智识，有趣味，有资格做颓废者，却是高级的颓废者。高级的颓废者是废舍了种种做大事的野心，却活得很好的人。是把意义都抛弃了，只做最纯粹的人。是把崇高虚化了，只做最真实的人。是不随流，也不逆流，只愿随己的人。是自甘下沉，却飞扬的人。是不愿惊世的人，要做的是惊己的人。……闪电也是高级的颓废者，不求广大与持久，只要一刹那。那一刹那是闪电的享乐和自在。

　　如果是男人，尤丽又找的那个六十多岁的大老板，或者别的一个什么人，确实是很难说的……吴有明要是真爱吴小莲，对他的疑心可以排除了：他要顾及吴小莲，会招大祸的事恐怕是不敢做的，对吴小莲更不可能下手，除非是精神分裂，失控的人。现在看，他还不像是这样的人。

有一个人，我忘了全名，后来想起是肖运波。我还是认为，这个人很可能是不行的。有孩子，或许不是他的，或许有了小孩以后不行的。邹金玲大概最后有一次逼迫，他还是不和她在一起，也许她以为他宁肯忠于妻子，决不会接受她，也许她知道了他是不行的，或者他终于给她讲了，她只好对他绝望了。邹金玲不对他绝望，恐怕不会考虑接受其他人。

这个人如果爱邹金玲，自己不行，对其他男人便会尤其嫉恨。任何和邹金玲有关系的男人，他可能都特别仇恨。他有家，有小孩（就算不是亲生的），有顾忌。他也不像是城府很深的人。用这样的手段，比他厉害的要想控制局势也是很难的。以前有的事他可以瞒住邹金玲，是由于邹金玲痴情有一个盲点。没有这样的盲点，很少有人会比她更精明。肖运波嫉恨她现在交往的男人，有点什么动作，她不会想不到是他干的。这个人是靠邹金玲发的财，她恐怕也能让他败下去，他现在就还是怕她的。对她现在交往的男人下手，设局害他，邹金玲不会高兴的。这件事不动用一些关系，那是另外的做法，不暴露却是几乎不可能的。只得动用一些关系，很难瞒住她，她也可以阻止。

我和邹金玲在一起，偶尔眼前会浮现这个人的样子，但平常并不提到他。第二次事故后，我怀疑他，也没有在她面前提到他，怕邹金玲会联想到怀疑她了。只是有一次，泛泛谈到男女的话题，我忍不住提到肖运波。邹金玲立刻皱起眉头，显得有些厌恶，说："你以后不要再提这个人。"她有这反应，可以当作就是在掩饰什么，但更像是情不自禁，告诉我那个人确实不行。

我还想到她的前夫。但如果离婚后，她前夫还是一个大麻烦，一个威胁，她恐怕很难和肖运波长期交往，不要说还想做所谓的事实夫妻，或者有一天成为所谓的法定夫妻。这个人对肖运波视而不见，却不放过我，是太不合情理了。

因为别的事恨我的，想算计我的，应该是生意上有交道的人。古董这一行多狙诈，但多数人被算计了，也只好自认财运不佳。这样恨我，想算计我，恐怕是认定因为我的缘故自己受了很大的损失。要说让我占了最大的便宜，就是让我捡最大一个漏的，还是卖给我康熙斗彩杯那家。那肥胖的小伙子是最有理由恨我的，但他这样的人，不会短时间脑子就开化了，能想出这样的办法来害我。他父亲，更不会想出这样的办法。他们也没有能力控制局面。这父子两人如果真明白过来，会先来找我讨回杯子，或者强要补偿，我不答应，会恐逼我，也不会先采用这样的办法。别的人如果觉得吃了大亏，恐怕也是这样的。

……

后者则只可能是邹金玲。但郑丽曼不择手段逼赵广陵和她结婚，是说得过去的。她恐怕是真爱他的，把和他结婚当作了一生最大的愿望。如果是真用了那些手段，她既敢冒险，借用的势力应该还能控住局面。在故事里是这样的，否则也不会有后面的结局。邹金玲必定是迷恋我的，爱还不是。她想再有一个家，但要是有一个最大的愿望，还是在事业上。即便想独占我，用这样的办法，势力未必大到让她不在乎任何的风险。她是极理智的女人，不大会为了个人不顾一切。要不然，她在商业上已很成功了，在男人身上也要成功，把一个容貌出众又随性的男人独占了（或许还想和我结婚），是她可以得到极大满足的。……我一直在窥探她，并没有见到可当作破绽的迹象。近来，有时她的目光更阴狠了，但或许因为别的事才显得更阴狠。她偶尔有表情隐微的时候，似乎有意晦藏了什么，但也许因为和我更亲近了，她这样的人更要掩蔽自己，晦藏的也未必是那件事情。按说有破绽，总会显露出来，但或许我虽然敏感，人家是更会隐藏的。她也必须要隐藏好，就像那故事里面，真是郑丽曼主使的，和赵广陵做了夫妻，也不会让他知情。

若是巧合，就是一种天意，是该我倒霉了。

三

至于那雍正白瓷杯出现了红蝶和蓝蝶，我想到了或许是听了老人讲的传闻，那晚和郑高娣在一起又做了那个梦，因此见到这样的幻象，还是在情理中的。杯上的珐琅彩蝶，只是由我的意念生出来的。不管尤丽和吴小莲是失踪，还是更凶恶的情况，镜子里的蝴蝶，女医生眼镜里的蝴蝶，火焰里的蝴蝶，都是我见到的虚影，也都是我心里的蝴蝶。

这几个月我见女人，真像做贼一样，甚至是怕见光的鬼祟，或者是忧天坠的杞人。和女人在一起，或者离开后，有时眼前闪出蝴蝶的虚影。与邹金玲见面也是如此。见到这些蝴蝶的虚影，大概是因为忧虑还会有事故发生。

两次事故发生后，杯子上都见到出现了珐琅彩蝶，即便是幻象，我见到了，是不必置疑的。再有事故，杯子上是不是还会见到珐琅彩蝶？是不是黄蝶？

传闻里罗金说那杯子是有邪气的，这也并非只是一个白瓷杯，是有邪气的？莫非这杯子在等第三件事故，可以确认也是凶事，然后现出珐琅彩蝶？假设果然是这样的，不管是怎样的事故，不管是人为的还是天意，毁了杯子，是不是不会再发生了？若是如此，发生前面两次事故，也是因为这杯子的缘故，莫非毁了这杯子，如同神话，已发生的事故便会回到以前，像是没有发生？莫非我的窘困是这杯子带来的，毁了杯子，困窘也就解除了？头脑里有这样的想法是免不了的，然而把杯子毁了，脑子就真是不正常了。

四

如果真有所谓的邪气，是一种非人的力量，恐怕也只有非人的手段应对得了。人是只有人的手段。我要想好以后再发生什么，如何应对。

有一点是可以确定的：若只是巧合，或许还存有侥幸，但若是有人要害我，我是必须诫防的。

如果有的人真有势头，就是最大的威胁，宁可信其有，不可信其无。若是只下了一次手，不会不知道再下一次手，即便和以前一样，也算第三个事故，或许会利用这次机会对我下狠手了。被指使的人对我也做些什么，也不是不可能的。要是已下了两次手，这一次恐怕再不会放过我了。被指使的人对我也下重手，也是可能的。我恐怕就在劫难逃了。不管什么人这一次下手，至少我会比上次遭罪，付出的代价要大。

如果幕后的是邹金玲，大概见我已在转化，一时不会有第三次，或者往后延，以至取消了。要是觉察到转化不全是真心的，也会再逼我非转化不可，但或许还会手下留情。我倒情愿是邹金玲。别的人只有歹意，我只有尽量不给对方机会。

如果是真有势头的人，我自己的力量是阻止不了的。

至于邹金玲，只要我愿意，和她确定一种关系，如果幕后的人是她，不用担心她会再下手了。不是她，是别的人，尤其是有势头的，虽说不一定，也多少会顾忌我和邹金玲的关系，是否还对我下手恐怕要好好再想一想。要借刀杀人，刀也未必再愿意让他使唤。明目张胆直接对我下手，不会不知道不被追究是很难的。我并不指望对方，尤其是有势头的会收手，但至少减少威胁是可能的。

如果还要造一个局，我正常接触女人，哪怕是从来没有见过的，这个人也会失踪，或者发生别的什么事情，要么因为天意发生这类事故，我再被关押，即使一时出不来，邹金玲也会托人关照我，必定要尽全力来救人。万一直接对我下手，布鲁头我是时常带在身上的，若是致人重伤或者死了，想要治我的罪，邹金玲也必定会尽全力解救。身后有邹金玲，发生了任何的事，要强逼我，即便不得不认罪，也还有机会。

要是我掉进人家设的局，有人还要做帮凶，或者直接对我下手，让我受了很大的伤害，我不愿白白地吃这个大亏，但有了邹金玲，才可能讨到一个说法。要是丢了性命，我成了鬼魂，但我还会有一个心愿，我要把夺命的也拖到阴曹地府里去。有邹金玲在，才有可能成全我。

我自然也知道，没有任何人是完全靠得住的。人首先要自保，假使她知道什么人她也招惹不起，她也害怕了，让她选择是保住财产，或许包括她的安危，还是保住我，到时候只有她知道了。但是到那一步，不只是阴狠的了，那就近于公开了。对方也该知道，她不是狮子，也是豹子，要完全压住她也并不容易，除非是比她厉害得多。……她好像知道什么，我几次把话题引到那里，她或者不回应，或者说别的。也许那人势头真是不一般的，但按说如果她会顾忌，也许还认我这个老同学，但不会还和我做情人。……或许她知道的也不清楚，还不便讲。什么话该不该说，她这种人是很懂规矩的。……或许……

我突然想到，或许这并不是为我，而是给邹金玲设的局：制造这两个事故就是让人疑心我，目的是后面邹金玲也出事，或许我也一起出事，但都诿罪给我。按说，邹金玲死后的受益者是会这样做的。受益者是什么人，我不便和她谈论这个话题，不外乎是可以得到她遗产的，或者可以借此控制公司的。邹金玲或许已立了遗嘱，但这样的年纪，或许还没有考虑。想要控制公司的人或许有，她应该一直是防着的，或许并不知道那个人。另一种人是商业上有仇的，或者因别的事记恨她的。我曾找时机和她谈论这个话题，但也只能试探似的说。她也透露了一些平常与人恩怨的情况，然而她讲的人不像是有能力做这种事的。

再一种人便是和她本人有纠葛的。她前夫不算在里面，除了肖运波，到底还有哪些人和她有这样的纠葛，大概只有她自己知道。她这样的人已不只是她本人，是和财富混在一起的。她的交际圈里面，得不到她的，或者一时得到又失去了，对她的恨都会尤其强烈。那些事情不只是个人的隐私，连试探也不可以的。肖运波即便不行，也算是得到过她的，现在必定怨恨她，但就像他会用这样的办法收拾我，用这样的办法报复她还更难，要让她不察觉也更不容易。我以为此人有嫌疑，但他不大可能这样做。

不管是什么人，这个局要做得天衣无缝是太不容易了。我只算是一只野猫，要整治我，不弄出太大的动静，或许做得到。邹金玲算得上是猛兽，却不只是一只猛兽，她的安危牵连各方的人，对她下手，很难没有大的动静。自然在某些人眼里，邹金玲算不得是厉害的角色，也就不必费这样的周折。但就像我知道的，那些更强的也有敌手，都是盯着对方的，不能授人以柄，也不敢太张狂。毕竟不是处置我这样的人，又有这样几个环节，要动用更多的力量，还要靠运气。蒙蔽过去，要费更大的功夫，却也不能保证一直不被外人察晓。事情一旦外泄，还能收拾，不知什么样的人物可以做到。

我想到和邹金玲不再往来了，或者就脱离锦都，去别的地方。这两种做法，却都是抛弃邹金玲，会令她恼恨，对我绝了念头。即便之前疑猜她是错的，但现在是硬把她逼成了一个仇视自己的人。我没有得到她之前，她没有明说，但那就是威胁的话，如同指给我看了，刀斧手已伏在她身后的幕里。她这样的人已如同一个权势人物，有些话不是随便讲的。跑到哪里，她或许都不会放过我。我去到别的地方，如果确有别的人要害我，也未必就摆脱了，此人或许会找到，再设一个什么局，要么变一种手段来收拾我。此外，若是天意还该我倒霉，我还是避不开恶运。即便没有别的人想害我，但或许至少邹金玲的恶意会追随过去，除非有人整治她得手了，但那是侥幸。要整治她是需要时日的，或许在这期间，我已付出代价了。

那么，我可以去到一个冷僻处隐姓埋名，但那如同在世间建一个坟，把我自己活埋了。

……要摆脱一个女人而不招怨，可以让她主动抛弃我，但要让邹金玲这样的女人察觉不到，是急不得的。然而任由她拖下去，和绑我在一根柱上等人来收拾，或者看我凭自己的运气怎么活，是没有多大区别的。我想到另找一个女人，必须是比邹金玲更强的。这女人可以是锦都的或其他地方的。然而要找比邹金玲强的，还不能是相貌差的，岁数大的，就很难了。我和邹金玲以前还是同学，这个人却是陌生的，以后怎样对待我不好料定。女人和男人一样，越是强势，獠牙利瓜便越是厉害，即便找了一个更强的，靠她保了一时的平安，或许到头来她倒成了最大的一个劫。找这样的女人，还需要时间，更要机会。邹金玲若是知道了，只会更恨我，还想她会手下留情，是更不可能了。

我也意识到，我不离开锦都，一面是不能离开，一面还因为我舍不得离开。我不由得又想到老人的故事，赵广陵最终没有逃离，老人没有说出来，其中一个很大的原因是赵广陵舍不得离开锦都。

虽说都市最像乐园，但锦都才最像乐园。不只是爱吃，爱玩，是爱享受已是这地方的秉性，因此这地方最多生活的真趣。

如果说都市总像是浓妆艳抹的女人，锦都却颇像是始终不减野情的女人，虽然也发达了，也很会矫揉造作，也撒泼，也狰猛，也粗陋，也虚华，也伪假。浓妆艳抹的女人未必是性感的，始终不减野情的女人却是性感的。锦都并不见表面上的纵逸，却是最性感的都市。躺倒的时候，尤其是夜晚，我会觉得整个城市是那样的一个女人，自己躺在她身上。在外地，想到要回锦都，我是会冲动的。我觉得，在这里会永远年轻，会源源不断得到男人的精气，更像是一个男人。会享受的人在任何的城市都会享受，但这里才是最适宜我享受的地方。

　　自然，这城市也失去太多自己的面目了，但只要还是爱享受，还像是不减野情的女人，就还是锦都，锦都就还是美妙的。或许这美妙可以被屠戮，被糟践，却没有什么力量可以将这美妙灭绝了。只要还有这美妙，锦都就还是乐园，我是舍不得离开的。我并不是爱这座城市，是迷在里面，不可自拔了。人在世间，得有一个让自己迷恋的地方。一时没有，也要找到，找不到，就想象出一个来。

　　我既不能逃离，也不愿逃离，逃也很难逃得掉，那么，我是从这里兴起的，若是该毁灭了，就还是在这里。我还没有立遗嘱，只是有过想法，归去之后就埋在此地。最像乐园的地方，也是最好的瘗处。故乡是只可以思念的，也只是在思念里才有故乡。死后真有灵魂，御风飘回去看一看太容易了。

　　我心里还是有疑惑的，是不是想太多了？只是我太敏感，疑心重，才有这些想法，是我自己吓自己。这两起事故，或许就是意外，并没有什么人对我的谋算。我怀疑邹金玲是幕后人，只是听了那传闻的联想，郑丽曼也未必是幕后人。——其实我还是警觉的，知道极敏感的人会觉察他人觉察不到的，却会夸大实情，不危险的就成了危险的。随时都警觉，这便是多疑，若有敌意出现，就不易放过，然而也会神经质，不是敌意和算计当作了敌意和算计，见了风吹草动便以为猛兽出现了，见了土坑便以为那是陷阱。因此，我想到了种种可能出现的情况，并没有断然下结论。但我也不以为我只是疑神疑鬼，并没有人要报复我，算计我，我还是得防备，不要真掉进别人布的局里，若是受了很大的伤害，就晚了。

　　我自己已是够冷静和慎重的，只怕不是想太多了，是有的没有想到。我这样的人已很小心了，还是免不了吃亏，被人算计，是千万不能大意的。

我又想了想，只有和邹金玲确定关系，没有更妥切的办法。即便中了她的算计，也只能往这条路走。我最大的担心，是陪着邹金玲掉进陷阱里，还要背黑锅。但真到那一步，我也不会后悔。没有人替我报复了，我在阴曹地府里也要等着他们。按说死了的人不会再死一次，但我要让他们在阴曹地府里受更多的折磨，再死一次。

若是天意，我心里还是祈愿不要有第三次事故。

五

想到不得不和邹金玲确定关系，我心里是悲哀的，更多的是不情愿。我觉得自己像是一个征服者，似乎是不能战胜的，却要投降了。做一个自在的人，算是我的信念，原来也不过是一个肥皂泡，只是泡更大，色彩更眩耀一些。这既是只能选择的路，走进去，还回不来了。我不是像一条蛇只是蜕皮，是像一只鸟把翅膀卸了，不再做一只鸟。

这时我想到，何不借此另开一个格局？她背后有一座金矿，人都是看得见的。财富如同美色，都引人心动，但我没有动过那个念头。现在像是打开了一道暗门，放出饕餮来了。到时候，邹金玲会给我更多的好处，但恐怕也会更留神我。要把我这样的男人牢牢抓在手里，由她拿捏，得强过我不少，不能给我缩小差距的机会，更不能给我机会超过她。我更要懂得隐饰，万不能让她发现已有饕餮附在我身上。

我没有劝她收藏古董，不想让她以为有什么企图，我自己古董生意还不错，也不愿从她身上赚钱。那时候，尤其不能劝她为了提升所谓的企业文化，或者可以展示自己的品位，或者是作为投资，收藏古董。她似乎对古董有了一点好奇，后面要是想收藏，可以让她去拍卖行，要让她看见财务是清楚的。总之要让她放心，我不贪她的财，但要恰到好处，不能让她以为是有意和她保持距离。

邹金玲是很理智的人，但理智的人若是不理智，往往比一般人更不理智，她对待肖运波便是一个例子。她嫁给一个无能的人，即便不是没有考虑的，也是不明智的。"英雄难过美人关"，女人不也是这样的？美人是男人的一个迷梦，美男子不也是女人的一个迷梦？……到那个时候是要有耐心的。想到的或想不到的事，或许都是会发生的……

我害怕有孩子，那个时候却要有孩子。要劝她立遗嘱，财产给小孩。我也会立遗嘱，财产都留给小孩。这是最保险的。她即便会想到什么，也不至于真疑心我居心不良。不立遗嘱，有了小孩，也有了一个保障。

……我想到若是还有事故，或许就等着应在她身上。或许还是巧合。或许还是先失踪了。不管怎样，即便对我也是一劫，我还是会脱身的。我曾经想过……若是不得不做一件事，不让知道是我做的，得让任何人看这件事都是自然发生的，否则是不能做的。我是绝顶聪明的人，总会找到机会，总会有办法的。——我自己也惊骇：果然人身上都住了魔鬼，财富总能引诱魔鬼出来，没有出来，是财富还不够多。

我在心里也告诉自己，若是结婚了，婚姻有特别的力量，不要被化在里面了，最后只是安心做一个丈夫。婚姻并不是我要的，只是不得不如此。婚姻必定是男人的坟场，婚姻里有丈夫，男人是没有的。男人应该是自在的人，婚姻里或许什么都有，却独缺自在，若是还有自在，那只是有婚姻的形式罢了。邹金玲当然不会只要婚姻的形式，但这还是取决于我本人的意愿，不算是大问题。我忧心的是风险太大了，但只要还有侥幸，就不必放弃。

我明白自己是有野心了，不再是高级的颓废者。

我早知道，不知足，是人永不枯竭的动能。现在我另有一个感悟，不知足还不够，还要有野心。不知足，人会一直向上攀升，但有了野心，会生出翅膀，飞起来。然而，被逼迫生出一个野心来，是我没有想到的。也不尽然，野心或许是早埋在胸间的，被唤醒了。

我不由得想象那时候的一番场景：我要买下许多珍稀的古瓷杯，平常也用昂贵的古瓷杯喝酒饮茶。喝的是定制的熙酒，饮的是极贵的普洱茶。要建一个地方，陈设了明清紫檀、黄花梨、金丝楠木家具。少不了有绝色的、别有风情的女人。这是我的宫院，我可以当自己是帝王。我以前不是没有这样的想法，但心里知道，要实现是几乎不可能的。华美的宫院，要有足够的金子才能建造。现在我觉得那未必是做不到的，为此冒再大的风险也值得。我不爱赌，但若是能得到华美的宫院，要押上命，也未尝不可。

我有些兴奋了，真像成了赌徒，但见了邹金玲，想给她讲并没有讲。这件事太重大了，只是我自己这样想，心里还是不踏实的。这是不能对任何人讲的，连神灵也不可以说，却还想听人讲这样想对不对。谢灵运《游南亭》诗云："我志谁与亮，赏心惟良知。"然而良知已成仙踪了。人见了鲜红的心，往往就露出了兽的本性，要吃了它。

我还曾想，若是案子破了，证明和我无关，没有必要和邹金玲确定关系，我就不走这一步。后来那念头却长成了巨蟒，盘踞在心里。每想到预料的一些事随时会发生，我心里还是慌的。越往后拖，越有可能发生。我打定主意，不管案子情况如何，也要和邹金玲把关系确定下来。这时候是又到四月了。

第二十三章　隐私

一

这天是周日，预报有阵雨，却不知雨什么时候下来。

我的住所，还算是一个闹中取静的地方。我喜欢住这样的地方。住在这里，可以感受都市的氛围，也独有一份谧宁，没有什么东西来打扰。然而现在，我想到我这个地方，或许有人是盯着的。

观察外面的情况，已成了我的一个习惯。我还会上到顶楼，用高倍望远镜窥瞰。几处大楼的窗户、楼顶，是我特别留意的。有时晚上也到顶楼，还上楼顶花园用高倍望远镜窥瞰。这时，附近地面的情况也着意探望。在上面用高倍望远镜，是防有人闯入下面的房子，发现有高倍望远镜，我解释不清楚。

若是有人在监视我的行踪，或在什么地方候着，等着时机对我做些什么，也许并不在可以观察到的范围里面。在下同安路上某处设一个地方，便可以看见小区出入的情况。在阳河路上，可以看见下同安路口。在某个想不到的地方，也是有可能的。

高倍望远镜本就有一种刺探的功能，还让我有了偷看隐私的欲望。但我一直非常戒慎，不让人发现我在用高倍望远镜窥瞰。若是有人在做某件事，被人知道便有严重的后果，比如强暴、凶杀，发现我在偷看，是会招来危险的。

今天早些时候，邹金玲约我晚上一起吃泰式海鲜火锅。我兴奋起来，又在心里反复斟酌要给她表白的话，设想她会如何答复，我再如何回应。该有怎样的表情，尤其是细微的神色，也反复想了。这颇像是演戏事先排练，但我并没有当作要给她演的一场大戏，而当作一场战役，这是战前的演习。这就不是平常的周六，我会记住这一天是何年何月何日。但邹金玲又来了电话，说要见市里面的人，晚上不能一起吃了。

晚饭我是一个人在家里吃的，喝了熙酒。我想晚上要外出，只喝了不到二两。后来还想喝，开了一瓶啤酒。

吃完，我躺在沙发上，抽着香烟，喝着剩下的大半杯啤酒，还在想事情，人却慵困了。我脑子里提醒自己在晚上七点半左右醒来，不要误了外出的时间，就睡过去了。

我因为已很少吃镇静安眠药，很难拉通睡一觉，睡眠如同被分截了，随意安排在不同的时间，有时顶过去了，有时一困就睡了。在茶馆、酒吧、车上（包括人力三轮车上），甚至是某种公开又隐蔽的场所，也能睡，哪怕只睡很短的时间。有时睡前提醒自己某个时候醒来，如同自己在脑子里设了闹钟，这办法以前就用，近期用得多一些。虽然不一定准，会睡过头，但还是有作用的。若是必须准时醒来，就还用手机上的闹钟。我觉得，用闹钟是强制的办法，毕竟是把人惊醒的，对神经多少有点伤害。自己在脑子里设闹钟，是自己把自己叫醒，像还是自己醒来的。或许有时睡得不踏实，但大多时候还是睡得好，尤其是很困乏的时候。困乏本就是最好的镇静安眠药。

我睡得很沉，醒来看手表，差几分钟到晚上七点。

不到晚上七点半，我另取了便宜的手表戴上，又取了包，里面放了眼镜、帽子和布鲁头，客厅的灯仍旧开着，还开了书房的灯，出了家门。平常戴的手表放在了家里，那表也不便宜，花了一万多块钱。我想到了邹金玲可能会突然再叫我，我或许来不及回家换原来的手表，但人偶尔忘了戴表不算奇怪的事，手机也可以看时间的。我曾经真忘了戴表去见她，她注意到我手上没有表，并没有说什么。

值班门卫是姓邓的。那姓张的不知去哪里了，换了一个五十多岁姓刘的。我想过，这里的门卫有可能被收买了。换来的这位或许就是专门派来的，不过姓邓的也可能以前就被收买了，那姓张的也未必没有收过钱。即便没有被收买，看门的也会有意无意出卖这里的住户，是不得不防的。我曾想夜里绕过门卫，翻墙出入。出去可以靠树上墙，回来没有可以倚借上墙的，但若是用攀爬钩，出入上墙都容易了。然而，且不说被发现了很难辩白，只怕是自己给了人家一个机会，等你翻墙的时候，有意当作歹人，正好下手。人死了，也不过是一个过失。

院子的大门既是独一的出入口，我夜里没事便减少了外出，若是只去了不愿让人知道的地方，尽量早回。除了在外面和邹金玲一起过夜，我每晚都回来的。让女人来家里，心里真有顾虑了，带女人过夜的事是没有的。邹金玲曾经傍晚时给我打电话说，她在附近，我要是在家，她就来坐一下。我当时在北门一户人家里，见到一只康熙墨地三彩观音尊，足底有两处小磕，器身有几处划痕。东西本身实在令人惊艳，如同在丧期里的贵妇，全身却春情涌动。又像黑夜里隐形的女鬼，妖娆的美却像月亮发出光来。我想赶回来的，又不愿马上离开。改天见了邹金玲，我给她解释，邹金玲却似乎并不在意。她随时可以去我那里，这话再次给她讲了，但她也没有再来。

我晚上还不按时出入，让人以为出入没有规律。想收拾我的人，该知道我已经警觉了，再等一个女人从我家里离开，趁此下手，难有这个机会了。想根据我出入的情况，尾随我，或者做别的什么事情，不是那么容易的。我如果还会和警察打交道，也有理由为自己申辩。门卫若是被邹金玲收买了，我不必多说，邹金玲就知道我和以前确实不一样了。如果还不信我，是想到的另一种情况，也是预防的做法。

这时姓邓的门卫歪在沙发上，似乎只顾看电视。但我出了门，突然掉转头来，看那门卫是不是跟出来在看我。我没有见到门卫，扫视了附近，朝下同安路口走来。

到了下同安路口，要去我想去的地方，若是选近路，该朝人民公园方向走，经过不远处民国时的公馆，到阳河宾馆拐入永平路，再往北面去。

那时，不少达官贵人在这一带住过，建有公馆。那传闻里的郑丽曼，不知住在这一带哪个位置。后来的古乐斋，也不知是在这一带哪个地方。现在这阳河路上，我只知道留了这一处公馆。据说以前一个军长在这里住过，此人极为凶邪淫恶，大白天在街上开着小汽车劫掠妇女，还杀人取肝给母亲疗心痛病。这公馆已破旧了，正被白蚁咥噬，还有富贵的余韵。这是此人曾经富贵的凭据，而罪恶只是一种说辞了。

我走了反方向，沿阳河路往新西门那边走。到了桥上，停了下来，又观察了一下。街中始终有车，有的很快，尤其是出租车，像是慌慌张张的。行人大多是懒洋洋的，年轻的也有拖着步子在走。穿裙子的陡然多了，在夜里，空气是更骚动了。这地方已没有城门，只留下一个名字。廊桥没有了，也留下了一个名字，但这名字由全然不同的新桥占用了。那边靠近牌楼的地方，曾经是做过屠场的，人是像牲畜一样被戳杀了。想象那场面，似乎还能闻到血腥，然而再鲜的血都会干，化为尘灰。桥上有人在卖水果，一副守株待兔的样子。还有卖花的，眼里满是焦虑和渴求的光。花还是美的，但这样一副样子卖花，花似乎有些低贱了。这段河道连通卫清河，却像是泡在防腐液里糜烂的肠子。仿古建筑旁边，光线幽暗，河道像是成了一个黑潭，上面浮着一片灰雾，似乎有蝴蝶在飞舞，像是有蝙蝠在觅食。

我装着看了看水果，往前走，折入陕西路，过了一个路口，钻进一间公厕里面。我出来，戴上了帽子和眼镜。身子松垮下来，显得矮了一些。我平常身子是挺直的，比同等身量的人显得高些。

然后我坐了人力三轮车，朝东面穿过街道，到了目的地。下了车，我进到了街边一个小宾馆，走楼梯上了三楼，进到了一个娱乐场所。

场子里灯光暗晦，当中布了雾一般红色的灯光，仿佛里面撒了魅药的。音箱里播放的是一个女歌手在唱情歌，也像是魅药。靠里墙那边，就是所谓的暗区，是昏黑的。

女人几乎来自下面的城乡，有四十来个，大多三四十岁，还有五十岁左右的。不少画了浓妆，穿的像是在登台表演一般。有的像是脱衣舞女。也有几个穿着平常的衣服，其中有似乎没有化妆的。

这样的光线可以遮丑和美化，大多的相貌还是平常的，但多少也添了些风骚的媚态，有的晃眼看还有几分艳美，也有几分狐魅的风采。

男人有三十来个，大多是四五十岁的，还有更老的，可能是单位退休的。

一些女人坐在一排椅子上等人挑选。有几个女人在和男人跳交谊舞。还有十来个女人和男人像是在跳舞，却是抱成一团，随着音乐蠕动，相互摩挲，挑弄寻乐。有的两张脸，也似乎像是两张饼要揉成一张饼。有几对在更暗些的窗户墙边，男人似乎要把女人挤进墙里去。还有的男女往暗区里移过去，隐在昏黑里了。另有一些女人，有的主动来拉男人去跳舞，有的就拉到暗区里去了。

还有的女人在陪男人喝茶喝酒。一张桌子旁边，有三个女人在陪一个老头儿。那老头儿人枯瘦，眼眶骷髅似的凹陷，如同以前的鸦片鬼。染了黑发，脑后扎了小辫，人头不像是人头，似乎是一只饿豺。三个女人像少妇的样子，化了妆，穿得并不暴露。陪这样又老又丑的老男人，这几个女人并不像是在做难受的事。有一个大概是这场子最漂亮的，有丰满的嘴和鼓凸的胸，穿着很得体，像是乡镇上规矩的女人。我扫视过去，那漂亮女人朝我看了看，带着有几分意味的笑，但随即就把目光收回去了。

这一类场子有比这家好的，女人更多，有不少年轻貌美的，人气也旺。有的场子常常挤满了人，仿佛就是人肉的世界。有钱有势的却大多不来这里，这是一些没有多少钱的人，一般的混子、痞子，做苦力的也会出没的地方。我因此平常并不爱到这种场子，戴伟清倒喜欢。有一次，我和戴伟清都喝了不少酒，我陪他到一个人气极旺的场子。戴伟清对我说："这种地方，我觉得还是好啊。是低端……低端它本身哪，更接近人的本性吧。人本质上还是一种……动物——畜牲吧。……咱们做人还是累呀，还是做畜牲吧。……"我不去人多的场子，是想到那里太不安全了。有人要害我，比如用毒针，正好下手。以后若是和邹金玲确定了关系，结了婚，有人在那里见过我，会给邹金玲讲，或者以此来敲诈我。此外，那些地方生意太好了，不时会招来警察。还有其他可能出现的情况。我就宁肯去人少的场子，也不固定去一家，这家是去得多的。但无论去哪一家，都会留意是否有可疑的情形。

有个老女人来拉客了。我到这场子，这老女人每次来拉客，我都拒绝。随后又来了一个矮而稍肥的女人，有四十多岁，似乎以前是干农活的，我对她也都只是拒绝。

后来一个圆脸女人走到我旁边，大概知道我还会拒绝，仿佛出于习惯似的，又像是给我打个招呼，淡淡地说：

"你不要呀？"

我心里想的女人，总是只裹了一件桃红连衣裙。本地的，有三十多岁。丰满，并没有赘肉，一身柔腻的肌肤。我起初对她也并没有兴趣，叫了我几回，勉强接受了，却不失望。我也只接受一种方式，觉得那还是安全的。她是完全顺从的，有时我自己也觉得过分了，她似乎也只是在尽力承受，尽量满足我，没有流露出任何的不满。她始终没有一点应付的意思，有时好像也在享受我。

她收费却和那几个女人一样低，我会多给她钱。每次给她钱，她都会带着满意的笑感谢我，仿佛我给的是一种恩赐。后来，我还会和她出了暗区，一边慢歌，一边聊上一阵，自然也要算钱的。有时结束了，她还显得有些不舍。虽说也不过是皮肉生意，却不完全像是皮肉生意，这是太难得了。她是低级的，却别有一种风情，如同一种低廉的食品，自有一种风味，是再昂贵的美食代替不了的。

我用目光搜寻她，没有见到人。以前也会这样，她会从暗区里出来，或者披了一件外套，从外面进来。我朝进门那边看了看，再看了表，又点了一支烟。

稍后，从暗区里出来一个瘦高的男人，还有一个中等偏高的年轻女人和一个矮小的老女人。那男人阴沉着脸，把钱给了那中等偏高的女人，中等偏高的女人再分给了矮小的老女人。一分钟以后，音响里一首歌完了，接着放另一首。几对男女离开了跳舞的场地，女人得了酬劳，有的刚才还和男人如同情侣，马上又成陌路了。同时又有男女进到里面。那圆脸女人手牵一个戴眼镜的男人，进到暗区里去了。

那中等偏高的女人坐下来短暂休息后，再去拉客，两个人都拒绝了。她看了看我，移步过来，弯下腰，凑近我说：

"你在等她啊？她来不了啦。她被抓了，在宾馆里面，就是那边……"

我暗自惊诧，但还是沉得住气的，却用诧异的语气问她：

"被抓了？哪个时候被抓的？"

"昨天嘛，下午。没有带人去，她是吸毒。……她一直都吸毒，听她们说有艾滋病。你以后不要跟她耍——我是看你长得可以，个子又高，我才跟你讲——反正吸毒的很多都有艾滋病。"

她又看了看我，离开了。

我僵坐着，既失望又紧张，忽觉得似乎有一阵寒气灌进身子里。我并不全信她的话。她还敢在这里拉客，还想挣我的钱，她也未必相信那穿桃红连衣裙的女人有艾滋病。为了争抢利益，造谣是各等人都会用的把戏。但想到那穿桃红连衣裙女人的表现，确实像是吸毒的，这种人是很有可能得那种病的。

我兴致已大减了，但还想看有没有勉强入眼的，和她去慢舞摩挲。那漂亮女人在陪扎小辫的老头儿，今晚上没有机会了。我从坐在椅上的一排女人看过去，往里走，有人叫我跳舞，我只是摇头。还有叫我去暗区的，那矮小的老女人也来叫我，我觉得仿佛是被羞辱了，强忍着才没有发火。

我到了厕所外面的洗手间，没有进到污脏的厕所里去。洗了手，回身朝外走，迎面见到那漂亮女人。她对我笑了笑，我也对她笑了笑。她进女厕所里去了，我由椅子上那排女人前面再看过来，站到吧台边，又点了香烟抽。我已打算离开了，又想再看一看。

那漂亮女人往回走，像有身价的女人挺直了身子，似乎多了一点风韵。她在扎小辫的老头儿身边刚坐下，老头儿就起身往场子里面走，她和另一个陪老头儿的女人也跟着进到场子里面。老头儿在离窗户墙一米多的地方站住，双手将两个女人搂住了。我恍惚间看见是一个拖了小辫的骷髅抱了两个女人，在那里摩挲。我心里厌恶，人却更烦躁了。

这时灯刹的大亮了。原来暗区里的人看得清楚了，那里的两三个女人一边整理衣裳一边往厕所跑，有的男人一边提裤子也一边朝厕所那边跑。场子里面摩挲的男女也大多分开了，有的回到座位上，有的女人却还在收钱。那扎小辫的老头儿和那两个女人也回到座位上。穿得暴露的女人，包括一个抓到钱的，也往厕所那边跑。刚才没有生意的女人，包括坐在那一排椅子上的，其中穿得暴露的，也往厕所那边跑。在厕所旁边有一个换衣间，不过有的女人或许会躲到厕所里去。收门票的保安拿着扫把和撮箕，急跑到场地里面，由原来暗区那里开始清除。歌曲并没有停，还有男女在慢舞。

跳交谊舞的还在跳。有几个男人和女人出去了。屋里大多的人朝进门处张望，似乎坦然自若的人其实也在留意那边的动静。吧台里的服务员、售票的和放音乐的，都只是稳坐着，似乎并不慌乱。

我镇静下来，心想有便衣抓现行才是严重的事。灯大亮之前警察没有冲进来，灯大亮后仍不见警察马上进来，情势也不会到严重的地步。没有见到警察，但可能是警察要来了。或许又来宾馆干什么。到这里，也不像是冲着我来的，可能和昨天穿桃红连衣裙的女人被抓有关，或许是因为她说了些什么。押她来对质，或者让她指认和她耍过的人，一般不会这样，但也并非绝对不会这样做。我又想到不会有见过的刑警队的人，但也不能完全排除。呆在这里大概不会有事，但还是离开的好。

我也出了屋子，没有跟着下楼梯，担心警察由那里上来，会把人拦住。我先进到对面的门里，看见电梯正在上来。里面或许没有警察，但或许有警察。宾馆还有没有楼道，我不知道，或许是没有的。客房那边没有响动，然而那平静里面却像是隐伏着什么，往那里躲，没有嫌疑也有嫌疑了。我便退出来，想再观察一下，再决定怎么做妥当些。

这时又从屋里出来一个男人，几步下到楼道里，但猛然收住了脚步。从楼道的拐角处，闪出来一个肤色白净的年轻警察。那人有些紧张，侧身让到墙边。那警察冷冷地看了他一眼，继续往上走。后面还有一男一女两个警察，都只是看了看他。

我暗自松了一口气，站到楼梯口旁边。三个警察不急不慢走了上来。那年轻警察打量了我一下，并没有问话。另一个男警察也看了看我。那女警察有平常却秀美的脸，盯着我看的时间要久一些。我现在不会当作她在观赏自己，突然有些虚怯，身上的皮肤一下紧了。但那女警察也没有盘问我，跟着两个男警察进到屋子里去了。

我并没有马上离去，取出烟抽了起来。这时又有人出来了。那个中等偏高的年轻女人和矮小的老女人也出来了。在亮灯下，年轻女人皮肤粗糙，五官还端正，在昏暗的光里脸却有些扁平。老女人只见到更老更丑，脸上一层白粉十分扎眼。两人进了对面的门，大概是坐电梯去了。我这才由楼道往下走，到了一楼，碰到那两个女人从电梯出来，快步朝外走。

我跟着出了宾馆，见到飘着丝雨，像是浮尘。警车停在路边，罩着阴冷的狠气。那两个女人骑了自行车，朝十字街口那边匆匆去了，大概是去别的场子。这家场子我是不想再来了，要抓紧检查身体，不然心里是不踏实的。

我看了看手表，朝十字街口慢步走过去。街上人更少了，有的走得快了，但很少见到打雨伞的。道上车更多了，大多开得很快，像是急急忙忙的。不知多少车轮飞快擦过地面，整个街道似乎都是烦躁的。

到了十字街口旁边的酒店前面，我站住了，在想去不去别的场子。刚才只是虚惊一场，然而我已觉得不安全了。

二

那酒店并不大，大概是上了星级的。由大门和门边的玻璃窗，大片白光涌出来，像水泼了一地。没有循环彩灯。门面并不招摇，似乎自知实力不够，无法招摇，又像已占了地段的优势，也就没有必要招摇了。

我想借酒店的厕所小解，但这副样子进到里面，人家看出是来找厕所的，不会赶我出去，却会投来不满的目光。我就摘了眼镜，由挎包里取梳子梳了头发，重新戴上帽子，挺直了身板，昂然进了大堂。

大堂没有铺地毯，倒显得洁净。我扫视了一下，进到里面一段通道，没有见到厕所，便来到服务台前，对一个长相还算漂亮的服务员说：

"小姐，请问一下，这里有没有洗手间？"

那服务员眼睛不由得放大了，闪着亮光，微笑着对我说：

"在二楼，那里有电梯。二楼最里面。"

我嘴角挑起来，给了她一个美男子的笑，算是报酬，还道了谢。

我已见到电梯在里面通道口旁边，但又进到通道，由尽头处的楼道往上走。这里温度低一点，透着一缕凉气。台阶还是洁净的，却像已弃用了。

我走得快，刚上拐角处，却见到有人。是一男一女在上面台阶上，女的勾着男的腰在亲吻。男的四十来岁，圆脸，小眼睛，戴金边眼镜，已发福了。穿白衬衣，藏青裤子，黑皮鞋锃亮。像是有些修养的，又有些猥琐。精明，又显得有些自以为是。像是持重的人，又有些虚浮。像是正经的人，却透着假正经，骨子里是下流的。女的是袁丽芳，戴一顶黑帽，穿酒红半袖长裙，臀显得更肥美。背的鳄鱼皮小包大概是名牌。左手戴了那只翠镯。这样装扮显得端庄一些，又像多了一点风骚。她似乎很喜欢这个人，不是在应付。我没有想到是她，但马上明白就是她。

那两人一下分开了，袁丽芳只是看了我一眼，真像见到冒出一个鬼，倒抽一口气，几乎叫出声，用手捂住胸，慌忙把脸别了过去。

我意识到见了不该见的，要装着没有见到也来不及了，就快步从两人旁边走上去，到了二楼。

二楼廊道铺了土黄带条纹的地毯。我走到廊道深处，进了厕所。出厕所时，我先朝廊道看了看，然后朝廊道这边走，见有人进了电梯，跟着进到里面，下到一楼。进到大堂，我没有见到那个男人，也没有见到袁丽芳。出酒店大门，也朝两边观望，然后回到街上。

天上还是飘着雨丝，只是稠密了。天色更暗了，灯光似乎更兴奋了。

我觉得今晚上有些怪异，不宜再去别的地方玩乐，想去酒吧也担心会有什么事情，决定先回到家里。

我招了出租车，在下安同路拐入华都的口子下了车，没有戴眼镜，也没有戴帽子了。

我到了华都的门口，见到姓邓的门卫站在值班室门口，好像很无聊的样子，一边吸烟，一边在看雨——不是在赏雨，只是在看雨，或许是看雨会不会下大。他笑着向我打了招呼，像往常一样始终是客气的。我照旧像往常一样回应，也在审视他。

第二十四章　恶梦

一

进到家里，我心里知道最好不再出去了，身体其实还想出去。

我倒了一盏熙酒喝了，点上一支雪茄，又把杯子放在茶几上，倒了酒，小半瓶熙酒放在旁边，放了音乐，然后靠着垫子躺在沙发上，又在想碰到袁丽芳这件事。

看她当时的表情，不像是和姚姓老男人离婚了。碰到她和男人偷情，并非完全是在意想之外的，只是想不到会在这个地方碰见。她喜欢那男人，未必是对他有感情。嫁给一个衰朽的老男人，有那个中年男人做姘头，也是好的。这个人大概也很善于淫乐那一套，正好让她得到满足。他身上故作的正经，在有妻子孩子的人身上是常见到的，但此人是不大不小的官员，还是不大不小的商人，还不好判断。我出现在两人面前，那个人当时还有些泰然，但从袁丽芳那里知道我是什么人，不会泰然了。两个人都断不会想到在那里会碰到我。这两人应该清楚，偷情的事让姓姚的知晓了是什么结果。有些人官不大，很有钱的也是招惹不起的，那人或许并不怕姓姚的。要是敢黢出去，或者有后台，钱少的也未必怕钱多的。要么付出一些代价，还可以承受。袁丽芳敢和人偷情，被人发现了，她心里或许是有准备的。或许她还想逼得对方也离婚，可以和他在一起。若是如此，被人知道了还不是太严重的事。

但如果后果是两人承受不了的，我就是两人很大的威胁了。有了威胁，都想要消除的。但他们即便有某个想法，未必有那个胆量，还未必有那个能力。或许他们今晚会找上来，求我，要么恫骇我。不过，多半会先求我，若想恫骇，也会放在后面。

我住在华都，袁丽芳是知道的。华都这地方是很好找的。若是不想到家里来找我，想打电话约我去某处面谈，或者只是在电话里谈，她没有我的电话号码，不便经由邹金玲得到（袁丽芳似乎也没有邹金玲的手机号码），但可以先到华都，由门卫那里要我的电话号码（有手机号码，也有座机号码）。她不想出面去要，那男人可以去要。门卫一般不会随便给住户的电话，若有疑心，更不会给。但此人如果有办法，有些来头，或者给好处，是要得到电话号码的。不过，最好不要到我家里来找我，免得被邹金玲知晓了来问我，不好解释。若是向门卫要我的电话号码，也最好是那男人去要。

那两人怕我讲出去，其实我是不会随便泄露的。有人向我告密，若是不会带来灾祸，对我有益，我是高兴的，也愿意报答对方。但告密总归是一种恶习，我有这样的事，有人去告密，是我最痛恨的。当然所有的把柄都是有价值的，拿来换好处，对贪利的人性来讲，是再正常不过了。撞见两人偷情，是晦气的事，却也是有人讲的"偏运"，这件事或许是可以利用的。若是来求我，最好是袁丽芳出面。若是任凭我讲不讲，像是知道逃不过这一劫，任凭它发生，就等一等，找机会去见袁丽芳看她的反应，或许还是可以利用的……我知道这盘算是歹恶的，却有迷醉的快感，像人用了兴奋药。

我身上一阵躁热，在屋子里走动。

看窗外好像没有雨了，又似乎还有雨。

我一直在想这件事。我想要是袁丽芳来家里，我该怎么说，若是两人一起，又该如何应付。若是来了电话，对方可能怎么说，我该怎样讲。要约我外面去谈，我要自己选地方，选哪个地方好些。如果是求我，我怎样回应才妥当；恫骇我，该如何应对才好。我还想，若是来家里找我，或者是袁丽芳向门卫要我的电话号码，邹金玲知道了，我该如何给她讲……

我留意着手机和座机的响声，还有门外的动静。

后来困倦如鬼气再袭上身来，我又在沙发上躺下了，很快进到一个梦里：

我好像是走在阳河路上，身上背了一个挎包，装了布鲁头。虽是白日，并没有别的人。

突然天色暗了下来。这时，我一扭头，见到一辆跑车到了身边，开车的是袁丽芳，头戴那顶黑帽，穿那件酒红半袖长裙。她脸色阴沉，用焦虑的目光望着我。我记得曾经觉得她有点像男人，还带几分土气，现在却是时髦的，自有一种情态，暗藏风骚。

"你是要我上车吗？"我问她。

袁丽芳点了点头。

我要拉开车门上车，这时见到对面街边站一个人，用阴冷的目光望着我。此人像是酒店里和袁丽芳亲吻那个人，然而面目、身材和穿着都是另一个人，只是也戴了金边眼镜。我冷眼朝那人打量了一下，进到车里。

　　车子加速了，很快到了望月公园西门边上的桥上，到桥头往右拐进一条路，已是深夜了，开了车灯，像是到了郊野。开了一段，我认出是紫溪滨河路，旁边是秀水河。车离开滨河路朝右开，不远处有一道门，旁边石头上有"紫溪山庄"几个金字。

　　"你把头低下来，不要让门卫看到了。"袁丽芳对我说。

　　侧窗是贴了黑膜的，我还是俯躬低下头去。

　　大门的栏杆启开了，车到了里面，开得很慢，没有声响，进了一幢别墅。这别墅只有客厅漏出微弱的光，能见到拉了窗帘。这地方我来过的，是姚姓老男人的房子。

　　"他不在？你那位姚董不在？"我问道。

　　"他去澳洲了。"

　　"我记得有一个保姆。"

　　"都不在，没有人。"

　　我随她进到客厅。客厅只有一盏落地台灯亮着暖光。布局还是曾经来时的样子。占了整墙的大画还在，我一眼见到画上像袁丽芳的霓裳女子。我一下搂住了她，有些粗鲁，把她朝大画那边推。

　　这时袁丽芳说：

　　"你要在这里呀，你好怪！不要在这里嘛！"

　　我还是不说话，只顾着行事，这才发觉以前看错她了，她居然有一种绝妙，像汪珍凤那样的。我有些不信这是真实的，然而我的体验是真实的。再看她有处子的表情，又有荡妇的表情，不像是假的。我就信了，在心里赞叹，这真是世间的罕物，遇到了，如撞入仙境。觉得姓姚的既是巨富，还得了这样绝妙的少妻，看来上苍常常是偏心的，对一个人好把好处都给他。又想到她和那个人偷情，那个人貌似人上人，其实也庸陋不堪，是把她糟践了。她这样绝妙的人，是应该由我这样的人来享受的。

我用手扳转她的身子，要她朝向大画那一面。我看着画上像袁丽芳的霓裳女子，像是也在享用那霓裳女子。第一次到这屋子，见到这画上像袁丽芳的霓裳女子产生的一个念头，如今成现实了，我只觉得无比的爽快……

这时忽然亮了几下闪光灯，我扭头去看，见到和袁丽芳偷情那个人拿着相机在拍。我想到这或许是两人给我挖好的一个坑，但看她的表现，似乎事先并不知情。不管是怎样的，把柄让这个人抓住了，就是逼我不敢把两人偷情的事讲出去。如果只是这样，事情还不严重，但要是邹金玲和姚姓老男人看到了照片，这后果我恐怕就很难承受了，而且照片散布到社会上去，颜面就全毁了。我觉得那人极为可恨，陡然起了杀心，又想到冲上去抢相机，对方或许料到我会这样做，已有防备，要夺下相机，先得要他的命，就从地上的挎包里掏出布鲁头。那人开始还不知我要干什么，见我从挎包里掏出了东西，脸上又现出杀气，抽身就跑。我大步冲上去，照着那人的头掷出布鲁头，一下砸碎了头骨，布鲁头几乎嵌进去。那人往前就扑倒了。我又舞动布鲁头猛砸那人的头，布鲁头砸进头骨里，拽出来又砸。那人的头像猛摔在地上的西瓜一样破碎了。

我没有马上去捡相机，想到袁丽芳会跑出去喊人，必须先把她控制住。袁丽芳却吓坏了，身子打抖，小便流了一地。我从她的裙子上撕下一块来，堵了她的嘴。再反剪她的手，抓着她，在墙角一个立柜里找到了绳子，绑了她的手。这时她还是任由摆布的，要她上楼去，才抗拒了，我就连推搡带举抱将她弄到二楼主卧室的床上，缠了双腿。

　　然后我去了枕芯，拿了枕套回到客厅，套了那人破碎的头。再用卫生纸包住零散的骨肉，放进枕套里，用绳子捆扎了，将那人的尸首拖到二楼主卧室，也扔到床上。

　　我见袁丽芳挣扎到了床边，就再用绳子将她全身绑了一遍。

　　我再次回到客厅，捡起相机，取出胶卷，扯出胶片对着台灯曝了光，放进挎包里。然后我找到塑料袋，每只鞋子都裹了几个，由厨房进了花园，接着从后门出了别墅，去看逃离紫溪山庄的地方。

　　我找到了侧门，是一扇大铁门，但带铁枪头，还缠了铁蒺藜。山庄围墙并不太高，上面却也布了铁蒺藜，幸好发现有一处铁蒺藜断开一个小口。

　　我返回姚姓老男人的别墅，找到了一把小锄头，绑了绳子，当作攀爬钩。

　　然后，我提了两个桶进了厨房，拔下煤气灶上的气管，打开输气管的阀门，便有煤气——不是气体，是液体——由气管流进桶里。有一点淡淡的味道，不吸气闻，好像还闻不到。我还是怕煤气中毒，没有一直在厨房，有时站在通向花园的门口。

　　我提着桶，先用煤气把别墅的各个房间，除了主卧室，都浇了。这时我想到了那只大清康熙年制篆书款外青花内划花碗，想带走又担心瓷器是耐高温的，姚姓老男人事后发觉这只碗不见了，会怀疑到我，但我还想看一看。提煤气浇那几个房间时，我主要查看了书房，看了可以打开的抽屉和柜子，没有见到那只碗。那碗或许放在打不开的抽屉和柜子里面。没有见到保险柜。别墅有地下室，像安了保险门，或许里面有保险柜。也可能还有暗室。

　　我又提了桶，从房子外面的墙角浇起，围墙上也浇了，一直浇到附近的别墅。附近的植物隔离带，还有树上也浇了。这时只隐约听见了车子的响声，周围的人都睡死了，像没有人一样。

我这才提桶将煤气浇了主卧室。床上，袁丽芳身上和那人的尸首上都浇了。最后还将装满的两桶煤气放在主卧室里。又对袁丽芳说：

"我只能这样，对不住了。"

她在哭，发出哀求的声音。

我关了灯，离开了主卧室，用瓶子灌了煤气，出了厨房通向花园的门，再由别墅的后门出去。同时由厨房开始，一路用瓶子洒煤气，洒出一条引火线。引火线离别墅并不远，似乎只有几米。我打燃打火机，火焰凑近引火线，便立刻现出一条火蛇，蹿进别墅里去了。我拔腿就跑，随后身后闪出一片火光，要来追赶似的。我躬身贴着植物隔离带跑过去，经过几棵高劲的棕树，由一户别墅背后到了山庄的围墙，顺墙跑到铁蒺藜断开的地方，攀爬钩扔了几次才挂住，不过抓住绳子一下就上了墙。

我朝姚姓老男人的别墅那边看，见到那别墅已是一片大火，有火团冲起来，好像屋顶已掀开了。附近的别墅也燃起来了。似乎因为火势兴起太快，人们还没有反应过来。

突然响起了爆炸声，有人在惊叫，在呼喊了。

我赶忙下了墙，顺墙朝滨河路那边跑，到了滨河路，斜冲过去，下到秀水河边。我踩断了小锄头的木柄，把小锄头和木柄都扔到了河里。然后把衣裤鞋子还有挎包装进几层塑料袋里，用绳子捆扎了，挂在身上，赤身进到水里。布鲁头我是拿在手上的，但游了一段，我把布鲁头丢掉了。

很快到了一座桥前面，这时听到了消防车的警笛声，旋即消防车冲上了桥。对面岸边也出现了人，楼上还有人打开窗户，有人站在阳台上，朝紫溪山庄那边观望。这边的岸上也有动静了，好像有人在奔跑，在呼叫。有一只狼犬狂吠起来，然而听不出那狼犬是在对岸还是这边。

我也并不畏恐，长吸一口气，头埋进水里潜游，过了桥，出了河湾，进了卫清河，仍靠着河岸朝望月公园游去。

这一片大概有人知道那边起大火了，也有骚动的气氛。车子比那边多了，隐隐约约地有消防车的警笛声，不知从哪里传来的。

已游了好一段，我疲惫了，但看见了望月公园西门旁边的大桥，精神一振。离桥近了，我听见了救护车的警笛声。到了桥下，我听见救护车响着警笛声，开了过去。

我看了手表，观察周围的动静，准备上岸了。我知道斜对面岸边有一个埠头，看不清楚，但那里暗进去一块，应该还在。这大桥下灯光亮一些，但上面即便有人，桥下也是死角，不会有人探头来看桥下是否有人。我头扎入水里，朝对边游去。河中间的水力量大了，猛推我朝下面去，但我奋力挣脱了。离埠头近了，水流缓了，却忽然觉得水下有东西来捉我，我拼力朝埠头游去，还是呛了几口水，觉得粪水和尸水进了嘴里。但马上抓住了埠头的石阶，爬了上去，呕吐起来，却似乎没有东西呕吐出来。

我穿了上衣，用内裤擦了头发，穿了内裤，再穿了裤子鞋子，把胶片丢到河里。然后，我上到岸上，心里暗自庆幸，又惶恐起来。我看见紫溪山庄那边的夜空闪着赤光，吵嚷声杂着消防车的警笛声由那边传来。还听到这边消防车的警笛，一声声近了。

我点上一支烟，急步往仿古街那边走。

到了望月公园北门前的丁字路口，我朝钓水酒屋看了看，只见门口有昏黄的光。

我进到仿古街，由街东边往前走，走得快也走得轻。

几步外就是牌楼了。牌楼外面阳河路上，一片灯光。我缓步走过去，进到牌楼下，往左边看，见到一个女人踩着单车正好拐过来。那女人穿着蓝花旗袍，急匆匆的。我遽然觉得像是吴小莲，刚刚从哪里逃脱回来，要去钓水酒屋见吴有明。我像猛然遭了恶徒的袭击，心里竦骇。那女人冲进牌楼里来，朝我瞥了一眼，往里面去了。我还是没有看清楚那女人的长相，但她不是吴小莲。扭动的腰就不像吴小莲，旗袍看着漂亮却不讲究，吴小莲也不会这样穿的。我暗自舒了口气。

我转向东面，却不敢快走。到了不远处的斑马线，过了街道，进了下同安路口，才加快了脚步，但要到折进华都的口子，脚步又放慢了。

到了华都的门口，我按了两次门铃，门才开了。门卫是姓刘的，他看了看我，虽是睡眼蒙胧的，恐怕不会没有认出是我。此人没有给我打招呼，我也没有道谢。

我到了家，换了内裤。我想的是万一有人跟来，查到我穿的内裤是湿的，是一个疑点，我是极难辩说的。然后，我开了门，还是听了动静，上了顶层的房子，拿了望远镜，便上了楼顶花园。

我弯腰伏在墙边，先看了看附近的情况，没有发现有人在朝我这里看，没有见到有人用望远镜窥视我这边。然后我用望远镜朝向紫溪山庄那边看，瞭见那里似乎有红云在翻涌，像是云成了天火。火势是更烈了，然而我的心还是空悬的。我恨不得可以看见姚姓老男人的宅子，附近的房子，离开山庄的路线，确切知道那里的情况。遂了人愿是最好的，只怕有意外的情况。袁丽芳应该过不了这一劫，但或许她命不该绝，倒是我过不了这一劫。若是意外的情况，我得马上考虑出逃了。

这时我觉得后面起了不大的风，但骤然风力就猛劲了，身子便离开了楼顶花园，到了空中。我以为是被那风吹起来的，要摔下去，但又觉得人是被空中的什么东西抓住的。

那东西像是一只黑的巨鸟，和巨鸟又不同。像是一只黑蝶——就是一只黑蝶，却比世间最大的鸟还大。绒毛也看得见，像黑丝线闪着幽光在抖动。六只脚像手一样将我抱住。

我想到黑蝶手一般的脚一松开，人就掉下去了，一阵心怯，然而黑蝶手一般的脚将人抓得牢牢的。

我手上还有望远镜，刚才没有丢掉。

那黑蝶带着我飞过望月公园西门边的桥，到了秀水河，飞得更高了。靠近紫溪山庄，带我到了更高处，我似乎闻见了云气的味道，带有粉尘和烟火的味道。

我看下面的人已经很多了。北岸的人望着对岸，大火现场像是一个舞台。南岸这边是惊乱的，如同遭了殃祸的蚁巢，观望的也多。似乎真有火龙，一条条由地下蹿出来，在那里肆虐。火光映在河里，仿佛有火龙冲进了河道，要把河道也焚毁了。

我用望远镜看，隐约辨认出山庄的围墙，火已出了几面围墙。河边道路上，停了好几台消防车，有的车在朝火射水。还停了警车和特警的车。山庄里到处是火，有好多台消防车进到里面。有灯光，像是消防车的，别墅像是已断了电。还有救护车进到里面。有的房子火似乎已灭了，有的还见到有火。

那黑蝶降低了两次，一次比一次离山庄近，我还是用望远镜看，辨认出了姚姓老男人的别墅，已成了废墟，但没有见到那里有尸骸。附近的别墅几乎都焚毁了，有一具尸体，是肥胖的人，像蟾蜷伏着。另有一个似乎是木偶人，像是大鲵斜卧着。一条大狗已经死了，还像是狗。我翻过的墙，铁蒺藜多处垮塌了，有几处像是都断开了，不好确定哪一处是我翻越的。不过，翻墙的痕迹大概不会留下来了。翻墙后去河边道路的痕迹，差不多都销毁了。在山庄里的痕迹，包括从那宅子出来到翻墙的地方这一路的痕迹，或许还有，但很少了。袁丽芳和那个男人若是成了灰烬，便没有可以顾忧的了。

那黑蝶却犹疑了，然后才往山庄再近了一些。我在姚姓老男人宅子的废墟里寻找，还是没有看出像是遗骸的东西，也不能确认看见了残体或残骸。

我想，只是再靠近一些，我想看到的，也未必看得清楚，要尽量靠近那宅子才行。但也不能太冒险，更不能莽撞。再观察一下，等一等，看有没有适合的时机，再决定如何行动。

那黑蝶便没有再往山庄靠近，升到了高处，和暗云混在一处。然后，由西面飞，绕着那火场飞了一周。再降低了一些，还绕着那火场盘旋。要绕回时，我看见那火场西边腾起了大火团，还听见了爆炸声。那黑蝶随即又降低了一些，我再看，西面的火已是最猛烈的，那一片老木房、老砖房、树木和竹丛都燃起来了。原来山庄北墙外西边的火势已弱了，现在那里也是火光，和西面的火成一体了。消防车也着了火，成了火团。好像有消防员也烧着了。下面的人一片悸恐，还有惊呼，也少不了看客的激奋。秀水河北岸上的人似乎稍减了一些，又似乎还是那样多。火场东面，东北面的火势已弱了。这边的人少得多，没有见到有人在楼顶上了。那黑蝶降落得快了，朝那里靠过去。我曲着腿，贴紧黑蝶，手抓望远镜放在眼上，同时罩住脸。黑蝶离那河湾（那是我先前下水的地方）近了，稍慢了一些，但还是快，由紫溪山庄东北角飞进去。

空气骤然热了，风如同热汤一般。这地方像是一个极大的烧烤炉，却是烧烤自己。有焦糊的味道，混了焚烧动物和人尸的味道，还有焚烧塑料的味道。姚姓老男人宅子旁边的阴影处，停了一辆消防车，如同摆了一只朱漆木匣。稍远处停了一辆消防车，亮着应急灯。宅子附近没有见到人。

我原本不想靠那宅子太近，现在改了主意，能离那宅子很近，可以尽量在短时间里看清楚，然后离开。

黑蝶顿然降下去，滑向那宅子，到了那宅子上面。

这宅子似乎没有可烧的，火才熄了。还有热浪腾上来。因为很近，我只用眼睛看，但还遮了下半个脸。借着光，我看见了我要看见的。我还用望远镜看了。我确定在袁丽芳身上是不会留下痕迹了，但也有一种幻灭感。这景象让我恐骇，然而可以确定这火是没有白烧的。——这世界若会遭火毁绝，那惨状我已眼见了。

我全身已被汗水湿透，想赶紧离开，却觉察出了危险。我刚才看这宅子里面太专注，疏于防备了。然而已经晚了，从停在旁边的消防车上，射来一片刺眼的亮光。还有人持强光手电筒，射出光柱，照到我和那黑蝶身上。

我打了几个寒噤，慌忙将整张脸捂住。那黑蝶仿佛遭了乱棍，猝然坠落，几乎掉进宅子里去，但奋然扇动翅膀，蹿回到空中。望远镜却从我手上甩掉了。

不知从哪里出来了一些人，大多穿了警服和特警制服。有手枪、冲锋枪对着我，不知还有没有狙击步枪。

这时有人用手持喊话器喊叫道：

"上面的人你不要跑！你不要跑！你跑我们就开枪！你看我们

有很多支枪都是瞄准你的！你跑你也跑不脱，我们早就注意到你了！你马上下来！你马上下来！……"

我掉陷阱里了。以为是恰当的机会，却是要诱我下到这里来。我早被发现了，恐怕是真的。人家已看见我在用望远镜，知道我是想看清什么。若是用狙击步枪上的瞄准镜看见的，现在就还有狙击步枪瞄准我。或许也是用望远镜看见的，人家的望远镜应该是很好的。

还在喊话，叱令我下来。而我已是异常镇静了。我现在不能跑，否则只会激这些人开枪，或许还有狙击步枪。我犯了弥天大罪，我是知道的，然而我决不愿像畜牲一般遭罪，像畜牲一般死掉。这局势万分凶险了，似乎已陷在绝境里，却不是毫无机会的。我见黑蝶掉下去腾身回到上面，带起了灰烬，想到了脱身的办法。或许也会像畜牲一样被杀死，然而免除了像畜牲一般遭罪，还像豪杰一般最后抗争了。我是十恶不赦的人，但也宁肯有豪杰的死法。

那黑蝶慢慢降下去，像是要降到宅子前面。

"我下来了，你们不要开枪！我知道跑不了啦！你们不要开枪，我手上……我身上什么也没有！我刚才拿的是望远镜，望远镜刚才掉了，你们应该看见了！你们不要开枪！"我高声对这些人说，往前伸出手。

喊话的人用手持喊话器对我说：

"我可以给你保证，你按照我讲的，你下来，我们不会开枪！但是你不要有任何的侥幸！你不要有任何欺骗的意图！我们的枪一直都是瞄准你的！你要是想跑，我们就开枪！你现在按我的指令做！你现在按我的指令做！你往前面过来……"

那黑蝶已在原来的院子上面五六米处，蓦地一侧身，疾速滑入院子里，猛力扇动翅膀，盘转着，掀起一股股疾风。地上的灰烬，包括烧焦的树木，还有碎砖、混凝土块、跑车破碎的残体等物，都被卷带起来，朝外面飞去。院里院外便是尘灰飘扬，飞沙走石了。

我捂住鼻子，眼睛睁不开了。

那人还在用手持喊话器喊话，却完全变了声调，吼叫道：

"你干什么？……你这是找死！你马上停止！……你马上……你马上停止！马上出来！不然我们就击毙你！……这是最后的警告！你马上出来！……你马上……你马上出来！不然就击毙你！……你跑不掉的！……"

黑蝶掀起更疾劲的风，拔起了土皮，卷起更大的混凝土块、破砖头，还有跑车更大的残体，墙头上的石块也带起来，飞了出去。

那些人或者退后了，或者找地方躲了，有的已受了伤。消防车上的灯打碎了。这时似乎是那个喊话的，又像是此人身边一个人下了指令将我击毙。

特警是带了狙击步枪的。有一个狙击手上了一棵树根外面烧焦的大树，已看不见目标，只好对着宅子这边一团灰烟放乱枪。另一个狙击手原来站在消防车顶上，为躲攻击，溜到车后面了，听到指令，也不敢再到车顶上去。附近一个宅子虽也被火烧了，楼顶还在。这狙击手便上了那宅子的楼顶，也只是朝这边一团灰烟放乱枪。

那黑蝶如同最后一搏的困兽，将力量都使出来了，快速旋转着，疯了似的扇动翅膀，掀起一股股狂烈的风。院子的树根被拔起来了。大的混凝土块、砖头，跑车除了车毂、底盘之外剩余的部分，被卷起来了。这边的围墙垮了几处，石块和泥沙被卷起来了。

宅子里的一些灰烬，一些破碎的混凝土块、碎砖、碎陶瓷片等物也被吸了进去。随即那宅子这面的墙有几处垮了，里面更多的灰烬，一些大大小小的混凝土块，一些破砖和整块砖，大的陶瓷片和极少完整的瓷器等物，包括那两具遗骸，还有望远镜，也被卷起来了。院子这边的围墙大多垮了，更多的石块和泥沙被卷起来了。凡一切吸卷起来的，都飞了出去。我觉得自己骨头散架了，五脏六腑被搅烂了，要崩析了，接着便昏死过去了。

我醒来，是在天上了。下面是浩漫的云，像是污脏的棉絮铺展开去。墨蓝的天空，云天交接处一条赤色，似乎天际被划了一刀，流出血来，像是朝霞，又像是夕光。

这时我发现右胸中了弹，黑蝶的翅膀也有弹孔。

我回想前面发生的事，知道自己还是活着的，然而不可能回到下面去了。我做下了惊天大案，下面任何地方都不会是安全的。恐怕已发出了通缉令。若是发现我往天上逃了，或许派人驾了飞机来追剿我，我在这个位置也不是安全的，还是会像畜牲一样被宰杀。我受了重伤，在天上耗下去也只会死。然而，我宁肯自己这样死去，绝不愿像畜牲一样被宰杀。

那黑蝶便带着我朝更高处飞去，扇动翅膀很吃力了，还是越飞越高。我觉得是飞向宇宙里去了。我不害怕死亡了，心想死在宇宙里，也是一件幸事。

我等着死去，却醒来了。

我还闭着眼睛，觉得刚才并没有完全睡着，是半睡半醒，做的不全是梦，似乎还有臆想。

我拿了茶几上的手机看了时间，仍旧躺着，回味刚才梦中或臆想里的情景。

我觉得今晚上袁丽芳会找我，又觉得未必会找我。我盼想着，有些焦躁了。

过了一阵，我起身来，想去倒熙酒喝，听到了三下敲门声，以为是幻听，但又听见门上还是不大的三声响。

第二十五章　收买

一

我马上警觉了，又有些兴奋。我想到了是袁丽芳和姘头，或许就是袁丽芳，但也会是警察或别的人。我如猫一般快步走到门边，由门镜往外看，正是袁丽芳。人一副忧心忡忡的样子，头上还是那顶黑帽，穿的还是酒红半袖长裙。没有见到有别的人。

我进卫生间梳了头，才去开门。袁丽芳不安地望着我，我邀她进屋，她才进了门。

我请来人在一张单人沙发上坐下。她坐下来，还戴着帽子，手抓着黑皮包放在腿上。

我将小茶盘从小方桌上拿来，放在茶几上。又打开黑漆樟木柜，取出清代粉彩瓷壶，和壶配套的带托茶盏，还有得合如记青花诗文杯。然后用瓷壶沏了绿茶，倒在带托茶盏里，放在她面前，我自己则用青花诗文杯。我也在另一张单人沙发上坐下来。

袁丽芳似乎没有观赏茶具的兴致，但看出来用的茶具是古董。她也没有喝茶。茶几上放着一盒雪茄，我想取一支抽，但点上了香烟。袁丽芳朝雪茄扫了一眼，像是偷看不该看的，然后望着我。

我知道她是来求我的，我不会先说。

袁丽芳又看了看面前的带托茶盏，才开口说道：

"我来找你……我们毕竟见过几面，一起吃过饭的……我们都是年轻人，这种事情你应该也理解。我是来求你……你没有说出去嘛？"

她脸上显出眼袋，像有三十多岁了。

大概因为在梦里或臆想里，她也有一种风致，别有一种情味，看她还是有些令人心旌摇曳，但她的鼻子还是有男人的气息。

我没有回答，却问她：

"你不是一个人来的吧？"

袁丽芳木然片刻，说：

"是他跟我一起来的，我坐他的车。他在下面。我直接来找你，我怕邹总知道了有想法。你有没有给她讲？"

我皱起眉头，轻摇一下头。

袁丽芳又说：

"我来是求你不要说出去，我想……你应该能够理解。……我跟了老姚以后，以前没有这种事情，我是第一次……出轨。我跟他……其实……我在认识老姚之前就认识他……"

我举手挡在两人之间，她就把话收住了。我对她说：

"你和这个人之间的事，请你不要告诉我。他的情况，你也不要给我讲。这样对大家都好，是吧？别人的这种事情，不管什么人的，我都没有兴趣。我是去找卫生间，没想到碰见你。你不愿意被人看见，我也不想看见。……我对别人这种事情没有兴趣，我也不喜欢给人讲这种事情。你和这个人……我最好是没有看见。我碰见

了，姚董和我那个同学关系很好，姚董我也认识，姚董给过我雪
茄，请我吃过饭，你我也认识，你现在来求我……我现在是……很
为难。"

袁丽芳的眼袋更显了，像是更老了些。眼神十分焦虑，和在梦
或臆想里见到的差不多。

"这件事只怪我自己，反正事情都已经出了，我求你无论如何
不要给邹总讲，不要给任何人讲。"袁丽芳从黑皮包里取出报纸裹
着的一包东西。"反正大家是年轻人，我直截了当地说：这是两万
块钱，是我的一个诚意，你收下。今晚上你看见的就当没有看见。
我跟这个男的关系我打算跟他断了。这种事情，真的，我以后不想
再有，迟早都会被发现。我还是很害怕的，真的。钱你收下。"

她起身把钱放到我面前。

我在那梦里右胸中弹流血——这像是梦，不是臆想——现在似
乎应验了。这还是头一回有人要给钱收买我。我心里一阵喜悦，随
即又有些不满。对方还是觉得我有些钱，钱少了封不住我的嘴，但
如果以为我钱多，应该知道这些钱是拿不出手的。那黑皮包里还有
钱，应该会加一些，然而还是看轻我了。

我喝了茶，对她说：

"两万块钱请你收回去。我理解你，这种事没有什么，我就当
没有看见。但是有一点，不知你有没有想过——你们有没有想
过——你和这个人的事，或许有别的人知道，或者有别的人看见你
们在一起，也可能传到姚董的耳朵里。你说你要和这个人断了，这
种事不是说断就断的。常常是知道应该断，还是断不了。人最不能
控制的，就是这种事。你和这个人还在一起，或许还是会有人看
见，有人知道。我答应别人的事，我会守信用。姚董要是知道了，

你不要以为——你们不要以为——是我说出去的。"

袁丽芳咬住了下嘴唇，眨了几下眼睛，然后说：

"王哥，我跟这个人，真的是……我说了跟他断肯定断了，不断的话，我真的害怕被发现。我现在都很害怕。你说被人看见，除了你没有其他人看见，其他人也不可能知道，我很清楚的。王哥，钱你收下。我都是直截了当地说，我相信你不会说出去，但是把钱收下我才放心。你把钱收下嘛。"

我又看了看用报纸包裹的东西，对她说：

"钱……现在都想弄到钱，但有些钱是不应该拿的，也不敢拿的。我们都是年轻人，我理解你，我们还认识，这个钱我不会拿。而且，我有顾虑，我怕……"

我把钱放回袁丽芳面前，又说：

"你放心，我自己这边我不会讲出去。但是以后，你们还是要小心。"

袁丽芳皱起眉头来，有些不满。"我刚才真的没有说假话，我肯定和他断了，我们以后不会再保持关系，以后我也不敢再有这种事情。我现在真的是都已经吓到了，以后哪还敢嘛？钱你还是收下嘛。我们只见过几面，你还是感觉得到，我是直来直去的。我往明里说：钱你不收，你让我放心，我不放心，你把钱收了，我才放心，你就不会说出去。"她把钱又放到我面前。"你收下嘛，收下我就放心了。你收下嘛。"

"钱我是不会拿的，你不用说了。我说了我不会说出去，我会做到的。我也要再说一下，要是姚董知道了，跟我没有关系。"

袁丽芳眉头皱得更紧，沉默了半晌，对我说：

"我们还是明说，你是不是觉得钱少？你要是觉得钱少，更多的钱我拿不出来。老姚平常是给了我一些钱,说真的,也不是好多,不是我想要好多就给我好多,我基本上也是帮助家里面了。我爸爸是常年的老病号,经常住院,几次差点死了。平常也是靠药吊命,药贵得很,很多是进口药。费用都是我的。我还有弟弟,不争气得很,在外面经常欠钱,我只有帮他还,不还人家要打他。你见了老姚你可以问他,我有没有说假话?我真的手头没有好多钱。下面……他,现在手头上也紧。……两万块钱嘛,也不少嘛。现在真的拿不出更多的钱。"

我已点了另一支烟,吸了一口,吐出烟来,阴着脸,说:

"我的钱跟姚董是没有办法比,几万块钱我也不缺。我不是嫌……"

袁丽芳硬声问道:

"你嫌少是不是?你要好多嘛?"

"请你听我讲完。……我不是嫌钱少,我是不敢拿。……"

她又抢嘴了,我对她说:

"请你先听我讲完,好不好?……你可能会再加一点,我要是收下,撞见了你们,钱就有了。两万,三万,再多一点,不算多,但是来得比较容易的。我还从来没有这样挣过钱。做古董做得好,是可以挣很多钱的,但是也不是那么容易的,要很有眼力,还要有运气。锦都做古董生意的——古玩市场里面开店子的,还有下面自己做的——很多只是过得去,不少是赔钱的。我算做得好的,也不容易。……你这几万块钱来得很容易……有的钱来得容易……人是有贪心的,可能管不了自己……后果可能很严重。这种事情,我自己是很担心的。"

我当然很会讲,但有时闪烁其辞另有一种力量。

"你到底什么意思,你直说,不要绕来绕去的。"

我灭了烟头,又点了一支,然后说:

"我也很愿意直截了当地讲。不是绕,要先讲清楚。这件事,我作为旁观的人给你分析一下,大家就明白了。……你这件事情很大,被人看见了,说出去……我理解你,必须要封住对方的嘴。对方说了不说出去,或许确实不会说出去,但毕竟只是嘴上的承诺,不收钱,不会放心。换作是我也一样。但是,这种钱人家有顾忌,不敢拿。……如果他觉得抓住了对方的把柄,这个钱来得容易,如果他很难控制自己,可能会一次又一次再来要钱,敲诈对方,后面很可能就逼得对方报警。这种敲诈是要判刑的。事情也完全暴露了。对方也可能做极端的事,有的人会杀人的,大家都完了。人家想到了这一点,害怕有这种情况出现,既为自己,也为对方,他觉得这种钱他不能拿。另外,刚才已经说了,他已经答应了不说出去,但是这两个人的事还是有可能由别的渠道传出去,这两个人可能认为是他说出去的。他没有拿钱,只是嘴上答应不说出去,这两个人可能会恨他,报复他,但毕竟人家没有拿钱,对他或许不会做太过分的事。要是拿了钱,会更恨他,觉得拿了钱,还是说出去了,可能对他做很过分的事,他也不敢拿这个钱。不是嫌少,再加钱,给得更多,他受到的诱惑更大,压力也更大,就更有顾虑了,更不敢拿。"

她咬着下嘴唇,思忖着。

我稍等了一下,又说:

"有一个办法,可以堵住他的嘴,不用拿钱,你还能放心。"

袁丽芳眼里闪出警觉的光,问道:

"什么办法?"

"……我碰见了你们，当时心里就很不安。碰到别人这种事情，就像抓住了别人一个把柄，对人是一种威胁。谁也不愿被人抓住这样的把柄。我现在就成你们的一种威胁了。我不拿钱，你们不会放心。拿了钱，其实也不会完全相信我。成了别人的威胁，不是什么好事，有的人想让自己安全，就想去除这个威胁，可能什么事都干得出来的。你们不会做这种事情，但我心里也是害怕的。你说不会，但毕竟是嘴上说的，就像我答应你，也只是口头上的，大家都不会完全放心。人要是有理智，把别人害了，把自己也害了，这种事是不会做的，但人如果总是理智的，就不会有那么多害人害己的事。把人害了，把自己也害了，很愚蠢的，明知不能做，但人常常就会做这样的事。人也不会无缘无故做这种事，你们是怕我说出去，我也怕你们，相互都不信任。你们信任我不会说出去，不会对我做任何不理智的事。我相信你们不会对我做什么，我也不会担心什么。我担心你们会做不理智的事——有的人为了防止别人说出去，会杀人灭口。给一些钱，让人把人做掉，这种事是有的。你们不会做，但我得防：我会把这件事给可靠的人讲，要是我出了事，就知道是什么人做的。我会告诉他不把这件事说出去，除非我出了事，他可以去报告警察，但他会不会给其他人讲，我是不知道的。也许我想替你们保密，事情还是传出去了，但这不是我的本意。所以……我们最好是相互信任，这样有些事——大家都不希望发生的事——才会避免。我有没有讲清楚？"

"你太夸大其辞了。你有什么办法？"

"你说我夸大其辞，我就没有必要讲了。钱我不收，你觉得……"

"我也没有说你讲得没有道理……还是有些道理的吧。你把你的办法讲出来，当然大家相互信任，是最好的。你把你的办法讲出来嘛。"

她人极焦虑，蹙拢的眉头如同暝云压在那里。

我望着她说：

"我首先说一下：我讲的办法，不是在给你设一个套子。你觉得这个办法不行，就当我没有讲。……我说之前，我有一个要求。……我下面讲的话，只是你知道，我相信你不会讲出去，但是我要确保不会有别的人知道。……你应该知道，现在有的人和人谈事情，带了偷录的东西——录音和偷拍的东西。现在这种东西很小，很容易藏起来。一般是不会带的，但是我要确保我跟你讲的时候，没有这种东西。"

袁丽芳咬了咬下嘴唇，看了看我，说：

"你想多了吧，我哪会带你讲的这种东西？我带这种东西干什么？"

那梦似乎已给了我警示，或者是我在臆想里提醒自己，对袁丽芳还是要当心的。我不会放弃我的要求。

袁丽芳脸上满是愠色，拒绝我搜身，还发了毒咒。然而我还是坚持要确认她没有带录音器或偷拍器，我才会讲。

袁丽芳呆坐着，突然拿了钱放进黑皮包里，似乎要离开，却坐回沙发，咬着下嘴唇，过了一阵，对我说：

"好嘛，你搜嘛。……衣服我不脱啊，本来我就穿得少，有你讲的这种东西，摸也摸得出来。……要是脱衣服的话，我肯定不让你搜。"

我让她站到沙发旁边，却先查看了沙发和沙发下面，又查看了她的黑皮包，里面果然还有钱。然后开始搜身上了，碰到她，我还是显出小心的样子，而并非是在弄狎。见到手表，也查看了。到胸那里，对她说：

"我捏一下，我不会过分的。"

她脸已红了，却并不鲜丽，带了一点晦色。人像是觉得别扭，有些难受，又有一些激动，和在那梦或臆想里的表情有些相似。

我往下面搜，又对她说：

"我不会过分的。"

她僵直地站着，似乎是在抗拒，又像是在抑制什么。我的手搜到那里，她还是躲避了一下，说：

"这种地方不可能有，你不要再摸了。"

我要查看她的鞋，她便坐回沙发里，脱鞋让我查看了。我还要求摘下帽子，查看了帽子和她的头发。最后查看了她的手机，关了机。

袁丽芳仍旧抓着黑皮包放在腿上，脸还是红的，眼里含着瞋恨，轻轻舔了舔嘴唇，说：

"你都搜遍了嘛，没有嘛。我说了没有就没有。……你的办法呢，该你说了嘛。"

我坐回沙发里，拿了一支烟。我手上还有触摸她的滋味。我觉得她还是可疑的，那黑皮包还应该再仔细检查，却不好再开口了。我有意盯着那黑皮包看，似乎袁丽芳觉得在看她的手，但手也只是动了动。有的地方还是应该仔细看，却不能再去搜查了。

"你有没有办法嘛？有你就讲嘛。"袁丽芳又说。

我再看了看她的脸，说：

"我现在给你讲。……有一个道理：你有一个秘密被人知道了，你要让他不说出去，有一个好的办法——你也知道他一个秘密，他说出去，你也说出去，他就不敢说出去了。大家都……"

"你是这个办法！我哪知道你的秘密！你有秘密你会让我知道？"

"……双方都知道对方的秘密，都可以制约对方。最好是共同拥有一个秘密，就好像成为同伙，这样你前面那个秘密他是不会说出去的，你就可以放心了。他这一方也放心了，相信不会对他做什么。……有没有听懂我的意思？"

"没有。……共同拥有一个秘密，什么意思嘛，你直接讲。"

"……有一个人知道了你出轨，如果你和他的关系变得很近了，这种关系也是不能让人知道的……"

"你直说。"

"……如果这两个人成了情人……"

"你到底什么意思嘛？你不要打比方说别人。"

"……我说的是你和我。"我心里是忐忑的，却还是说了出来。

她脸上的红淡了，也还带着晦色。人显得不安了，说：

"你是说我们两个好，我跟你？你跟我？"

"……这样你和我都放心了。你以前……"

"你这样你不是想借这个机会要我嘛？"

"……你应该是聪明的人。刚才我都已经讲过了，你们害怕，我自己也是很担心的。要让我们都放心，我想不出还有别的办法。你有办法，你可以讲。……对于我，只有这样，我才放心，不会对我怎么样。……你也有……我直接说，我不是迷恋你，你有吸引我的地方。你长得还是可以的，你有你的味道。……男人对你这样的女人有想法，很正常。但是……没有这件事，我没有这样的担心，我不会想跟你有这样的关系。……这样也很好，我们都放心了，大家还又有了一段浪漫。浪漫很美妙的,不能没有浪漫,人只是为了钱财,我们都受不了,当然要很小心。"

袁丽芳咬了咬下嘴唇,舔了舔嘴唇,脸上淡去的红加重了,苦笑着说:

"我跟你,我想起来都觉得好乱!真的,我跟你,我想起来……都觉得好害怕!……你有没有其他办法?我想不出来。这个办法不行,太乱了!我真的好害怕!"

"……我自己有一个说法:人可以不讲道德,不必在意道德,但规矩是要的。"我给她讲了这个道理,又说:"我跟你会很小心,我们随时可以中断,然后我们还是做朋友。……我做情人是很好的,我想你也应该不错。……女人男人是一样的,碰到好的男人或者女人,还能有一种浪漫,是一种很幸运的事。可以得到,错过了,是很大的遗憾。……我想不出有别的办法。……钱不是你拿的吧,是下面这个人给的。有多少我不知道。你如果愿意,你可以给他讲,除了两万块,还有其他钱——你们准备的这些钱——都给我了,我答应不说出去。钱归你了。你跟我在一起,你跟这个人断不断,是你的事,但是我建议你们不要太久了。像你这样,偷情时间久了,是一种忌讳。时间久了,难免会出事。……怎么样?……我没有强迫你的意思。你如果不愿意,没有关系的。钱多少我都不会收,别的我不会再讲了。该说的我都说了。……怎么样?"

袁丽芳眉头一直没有舒展开来,然而已如同被追求的女人,摆出了一副姿态,显得有些自得了。眼里还是焦虑的,看我的眼神却似乎有了一点暧昧。她吸了一口气,胸脯就突了上来,仿佛是有意的,然后气悄悄吁出去,要说什么却没有讲。一只手还抓着黑皮包,另一只手要去端杯子。

"我给你换热的。"我说。

袁丽芳马上意识到不是普通的杯子，便将黑皮包放在自己坐的沙发边上，双手捧了杯子，把一杯冷茶喝了。

"我给你加热的。"我要去拿那瓷壶加热水。

"不用，就喝冷的。"

我还是将壶里的冷茶倒了一些，加了热水，然后给她的茶杯加了茶水。

她又喝了。

我再加了茶水，她没有再喝，仍是抓着黑皮包放在腿上。她好像更焦虑了，也更不安了，似乎过了好一阵子，终于对我说：

"我觉得……你说的……还是有些道理吧。我现在心里……真的是很乱。你讲的，我现在是……是决定不了。我现在心里，真的是很乱。我现在无法给你答复。这种关系真的太乱了！我回去想一想再给你答复……行不行嘛？"

"……你什么时候能答复？"我望着她的眼睛，问道。

她眼睛眨了几下，对我说：

"几天时间你要给我嘛，我想好了我就给你打电话。你把电话号码给我，我没有你的电话号码。还有你要答应我，这几天时间你不要说出去，我答复你之前。"

我又摆出冷峭的面孔，说道：

"你喜欢直截了当，我已经直截了当了。……我前面讲了，我们相互都担心，我是见了一些事情的，我更担心。我可以等你的答复，我也给你明说，你可能确实要考虑，也可能是借口，是拖延，我是必须要防的。现在在外面找一个人，花不了多少钱的，几千块钱可以弄残一个人。要完全放心一个人不会说出去，最好是让他永远开不了口。……我会尽快把这件事告诉可靠的人……"

"你不要这样！你想得真的太多了！"

"我已经给你明说了，你可以……"

"这样嘛，好不好嘛？……现在我肯定是不能答复你，我心里真的乱得很！这样嘛……明天嘛。……就算我觉得你说得有道理，我可能会接受，你也要给我点时间考虑。明天嘛……明天下午。明天下午我肯定答复你。……明天上午我觉得都有点匆忙。这种事情，你多少都要给我点时间。就算我心里愿意，你也要让我接受，你必须要给我点时间。明天下午，我肯定答复你。在这之前你不要跟任何人讲，时间又不长。就明天下午嘛。"

我心里已有些得意，却沉吟片刻，才对她说：

"好吧。在这之前，我不会跟人讲。"

袁丽芳仍皱着眉头，对我说：

"那你把手机号码给我嘛。我明天下午一定给你打电话。……我现在可以开机嘛，我不开。那你把手机号码写给我。"

"你走的时候我写给你。……"

"我现在就想走，你写给我嘛。"

"还有一件事。我跟你讲的这些话，下面这个人，你是不能给他讲的。你给他讲了，他现在是顾忌我，他就会恨我。我不知道他会做什么，如果他会做什么，也许他会跟我过不去——也许不会，但是很难说——如果事情闹出去，你们的事也无法遮掩了。如果你觉得我讲的那些你愿意考虑，我想你不会给他讲。不能给他讲的，不能让他知道。我已经讲了，我们……你还可以和他交往，我不会在意，但是他会在意的，也许恨我，也恨你，他可能会让姚董知道，用匿名的方式，这种事情很难说的。跟其他人——任何人——

也不能讲，我想你应该知道。请你听我的劝。"

"我不会给他讲，任何人我都不会讲的。"

我还有极凛肃的警告，并没有讲出来。我要让她惮怕，却不能太惮怕，否则就适得其反了。又对她说：

"你包里有钱，你下去——我不是让你留下，钱你不要放在这里——你跟他怎么说？"

"他不会翻包。"

"他会注意到你的包，看得出来。你要想好怎么给他讲。"

"……算了，这个钱我就不要了。我就说你不收，再看他怎么说嘛。"

我告诉了她一套应付那人的说辞，就说我先是要六万才答应保密，她加到三万（这是她全部带来的钱），我让步之后，还是要四万。她跟我说，明天给我答复。她估计我最少要三万八。我对她讲，他如果对她还是可以的，他自己会补上，不会让她出钱。要来的还是她的。

我还让她告诉那个人，我是做买卖的，江湖上的人，是守规矩的。我收了钱，一定替他们保密，不会对任何人讲。

我想留她多呆，便将"信用"这个话题引伸开来，但她已显得有些不耐烦，对我说：

"不用说了，我知道跟他怎么讲。你把手机号码写给我。"

我皱起眉头来，有些不悦，去书房匆匆写了手机号码，回来对她说：

"明天你给我打电话，请不要用手机，也不要用你家里的座机，用公用电话给我打。通话是有记录的。我是主张要很小心，任何时候都要小心。我是很小心的一个人，你要是愿意和我在一起，你可以放心，不会让人发现的。"

我把纸条递给了她。

袁丽芳将纸条放进黑皮包里，还是双手捧了茶杯把茶喝了，便站起身，说：

"我走了。"

我送她朝门口走，想用手勾住她的腰，想搂抱她，但我开了门，让她出去了。随即我跟了出去，问道：

"你和他来的时候，门卫没有看见你吧？"

袁丽芳一副心事重重的样子，回答说：

"我坐在后面的，就是不想让人看见。没有看见吧。"

"他车有没有贴黑膜？"

"贴了的。"

"你车窗应该没有摇下来。"

"不会摇下来。"

电梯来了，我还是想给她一个亲昵的表示，便扶住她的腰送她进到电梯。她没有抗拒，进到电梯里面，侧身来朝我瞟觑了一眼。我有些后悔了，应该搂抱她。

我回到屋里，取了进门的钥匙和车钥匙，下到院里，吸着烟，装着既是散步，又是查看自己的车，找寻袁丽芳的姘头开来的车。我想的是如果带了录音器或偷拍器，车上还带了笔记本电脑，袁丽芳的姘头或许会马上听录音或看偷拍的录像，然后来找我。我可以问门卫那车是否出去了，但不愿让门卫起疑，自己将院里的车查看了一遍，并没有见到有人在车里。

我再回到屋里，点了一支雪茄来抽。

我觉得袁丽芳似乎还在屋里，坐在那沙发上，手抓着那黑皮包放在腿上。又觉得那像是梦里或臆想里的袁丽芳。

用钱来封我的口，是我想到了的。几万块钱我确实没看上眼，然而再加钱，我也不愿放过这一次机会。和一个极富有的老男人的少妻做情人，并不是特别的事。但借着特别的机缘，里面还有一种特别的诱惑，能和她做情人，却太难得了。

偷情总是在玩火，和她做情人，则是最危险的一次玩火，我心里是清楚的。但天下再危险的事，不出事情，就只给人添加冒险的乐趣。我会格外小心的，确保绝不会被人发现。我并不指望她真像汪珍凤那样，我最想的是可以像在那梦或臆想里那样，和她在那大画前面，若能做成，就是绝妙的事。那一只大清康熙年制篆书款外青花内划花碗，我想了一个掉包的办法：先拍下那碗的相片，再去景德镇让人照着相片烧一只，换掉原来那一只。最后确认这是新仿的，也会以为原来买的就是新仿的。这件事必须得有袁丽芳配合才行，要她答应也未必做不到，但要做成还是要费功夫，也要时机的。这件事我不会强求，做不到只是一个不大的遗憾罢了。

我既是逼迫她，也是诱惑她，她既没有别的选择，也很难抗拒这诱惑，很可能会同意和我做情人。我明白这样做是卑鄙的，但说到底还是人的大欲。这样的事不暴见，也就只是一桩私密，就像罪恶不受惩处，也就不是罪恶。

我抽着雪茄，有些兴奋，但望着她坐过的沙发，仍旧觉得她是可疑的。我搜查还是不够彻底，但该查看的也查看了。她当时还是有点慌乱，但似乎更多的是不高兴。真带了录音或偷拍的东西，还愿意让我搜查，是太沉得住气了，真不是一般的女人。或许藏得也极隐蔽，并不很怕我搜查。袁丽芳若是带了录音或偷拍的东西，我就真给对方一个极大的把柄了，如同给对方递了一把刀子。袁丽芳来求我保密，用钱封我的口，按说是不会带录音或偷拍的东西，但如果袁丽芳的姘头想到我会对她有非分的要求，不要钱，或者既要钱，又对她有非分的要求，要得到证据，也会带上录音器或者偷拍器。也许就想得我这个把柄，可以反制我。袁丽芳的姘头看上去是心理阴暗，有头脑的人，很难说没有这样的想法。

我想到这里也并不惶急，只是有些忧心。我料到会有这样的事，却未必真有这样的事。真带了录音器或者偷拍器，没有发现，我也只好认了。结果我是知道的，袁丽芳是不会答应我了，他们还会顾及我，然而他们也成了我的威胁……我也并不胆悸，真到了那一步，该怎样应对，应对就是了。我是比许多人更小心的，更知道人的厉害，有太多我招惹不起的，然而我绝非是怕事的人。这世上，恐怕没有多少人比我更有胆量。胆小怕事，我就不敢给她那样讲了。真带了录音器或者偷拍器，很可能那男人会来找我，或者给我打电话。也可能另托别人来找我，或者给我打电话，但那样就有泄密的风险。然而那人若是不想出面，或者想镇住我，还能承受外泄的风险，是会托人的。如果今晚上那男人或托的人没来找我，或者给我打电话，最迟到明天上午，还没有来找我，或者给我打电话，便可以确定没有带录音或者偷拍的东西。

我还想外出，但决定不出去了，就在家里等人找上门来，或者给我打电话。我放了音乐来听，拿了书来看，但并没有看进去，大多时候也没有听见在放什么曲子。我脑子里还在想这件事，在想袁丽芳还有别的女人。也想到了邹金玲，想她今晚上会不会打电话来让我去见她。我有些困乏了，却只是迷糊了一阵，然后更清醒了，又拿了书来看，脑子大多时候却还是在书外面。

后来我又取了一支雪茄点上了，想到阳台上去，既透透气，看一看外面的夜景，若是有人在窥视，也有意让窥视的看见，我现在是在家里的。

这时，手机响了，我心里紧了一下，拿起手机来看，是陌生的座机号码，或许是公用电话，心想是袁丽芳的姘头或者托的人打来的。我定了定神，接了电话，却是一个打错的电话。我不由得松了口气，但手机又响了，我像遭了袭击，头皮一紧，再看手机，却是邹金玲打来的。

我说了一声"喂"，便听见邹金玲说：

"你还没有睡？在家吗？"

"在家里，刚才在看书，现在在抽雪茄。"

邹金玲便叫我去富天国际酒店见她，却说时间只有一个小时，她还有事情，要加夜班。

我换了衣服，内裤也换了，照了镜子，然后戴了平常戴的手表，背了装有布鲁头的牛皮挎包，出了家门。

出院门时，我见到还是姓邓的门卫在值班。我没有问袁丽芳的姘头开车进来时的情况，还是不愿让门卫起疑。

这时，正好有一辆出租车在院门前停下来，下来的乘客是这院里的母女。我便上了这出租车，给司机讲去富天国际酒店。

一路上，我都在留意手机，看袁丽芳的姘头或者托的人会不会打电话来。而离那酒店越近，我人也越兴奋了。

这时入子夜了。细雨已停了，就像没有下过雨一样。月亮也出来了，然而是裹在浮云里的，像是守节的女子，又像是偷情的女人。

第二十六章　表白

一

邹金玲在富天国际酒店住的套房，我初次去，还是头一回享受酒店的套房。那套房也给人堂皇之感，但也是装模作样的堂皇。客厅靠墙的酸枝木桌上，摆了一只仿雍正粉彩瓶，插了花。虽是新仿，乍看还是精美的，然而与真品比，却是粗劣的，太廉价了，这套房也就显得有些窳陋和寒伧了。不过我不想到雍正粉彩瓶，这套房就并不窳陋和寒伧。卧室是我喜欢的，朝向西南，三面是玻璃墙，即便夜里躺在床上，也似乎占有那一大片城区。我想以后也要有一间类似的卧室，但要更大。

阳台也朝向西南，我觉得可以当作一个空中的小酒吧、小茶舍，喝酒品茶另有一种趣味。

不远处是秀水河，从这河下去四公里左右是邹金玲的家，还有姚姓老男人的别墅。离邹金玲与人合伙开发的项目，不足三公里。

我想到与邹金玲在一起，若是袁丽芳的姘头或者托的人打电话来，是不便接听的，快到那套房时，就将手机设了静音。

邹金玲是穿着浴袍开的门。我和她在酒店的房间，见她大多时候用的是自己带的浴袍。她看了看我，然后便走进阳台里，在一张躺椅上躺下来。

我随她进到阳台，将包挂在一张椅子靠背上，刚坐下，邹金玲便对我说：

"你先去洗一下吧。你要喝酒也可以。"

有三瓶啤酒和一个啤酒杯已摆在桌上。桌上还有一壶茶、两个茶杯和一个不锈钢热水瓶。有一个茶杯在她面前。

我听她前一句话，已有热切的意思。我想先喝啤酒，然而还是先去洗澡。

那牛皮包里有擦脸油，还有一把梳子，不过没有镜子。我觉得像我这样的男人，注重容貌是正常的，女人也会喜欢我这样的习惯，但随身带镜子却是女人的习气。我取了牛皮包离开了阳台。她已知道我习惯冲完澡后抹擦脸油，因此并不担心她会疑心我是防她翻包。其实将牛皮包放在这里，趁我不在翻我的包，这种事她多半也不会做的。我也早想好了解释的话，并不怕她发现我随身带了布鲁头。

我冲了澡，擦了镜子上的雾气，照了照自己。我已按网上讲的办法，抹了一种药膏消除眼袋，眼袋果然小了一些，却也没有消。然后，我只穿着浴袍回到阳台，将牛皮包还挂在椅子上。

邹金玲闭着眼睛，双手懒懒地抱在胸前。她会利用时机假寐，有时她会让我叫醒她，大多时候我不敢轻易惊扰她。现在她是等着我来享受，也在等着享受我，我就去与她亲近。开始她还是闭着眼的。她没有戴胸罩，只穿了内裤。邹金玲从来都是这样的，里面不会什么也没有穿。我让她感受我现在的状态，以前她是不会这样的。她的胸也在膨胀，在起伏，气也有些急促了。

这时候我对她说：

"就在这里，好不好？看不见。"

她没有看我，说：

"不要在这里，到床上。"

她就从躺椅上起来了。我还搂抱着她，还与她挑弄。我又想和她在客厅的沙发上，在酒店的套房里我还从来没有这样过，但我想邹金玲还是不会接受的。第一次在卧室里，左右两面玻璃幕墙都拉垂帘遮挡了的。那时我说："中间这面不用拉，看不见。"邹金玲没有再说，那一面才没有遮挡。这次只是左右两面玻璃幕墙遮挡了一些，床对面的玻璃幕墙没有遮挡。虽然是在这高楼的床上，却像是面对这一片城区，是特有趣味的。我很想和她到那玻璃幕墙边，然而我不敢对她说。

月亮缩进了云里，仿佛虽然看了太多远比这纵肆的场面，这次即便是偷看，还是觉得不应该，又像是觉得没有多大意思，没有兴致看了。

这个时候，她似乎也要守住自己作主的权力，不由男人来摆布。似乎除了极乐那一刻，她都可以控制自己，别人是控制不了她的。这或许是她已习惯了的样子，也或许是她刻意制造的一个形象。她到底也只是女人，然而这样的女人毕竟是不同的。我一面觉得她有特别的风味，有时候又觉得吃力，不是容易消受的。我还是在享用，有时却似乎是在提供一种享受。

本来我和女人交往，时间稍长，都难免会厌倦，有时甚至是厌恶。唯独对邹金玲，我没有显出一点冷淡和勉强。她虽然不是一直都让我有激情的，但对她的激情却似乎一直没有衰变。近来，我表现得更投入了。我必须让她满足，而让人满足到底也是一种征服。人对人的各种征服，让人满足是可以摄魂的，其实是最见效果的。……我明白自己有时候是在装出有激情的样子，男女之欢本该是世间最真实的事，我却带了表演的味道。以前我以为，世间到底有一件完全真实的东西，便是古董。男女之间到底有一件完全真实的事，便是男女之欢。我最恨假的古董，和女人交往，也不愿意掩饰自己。本来我平生最想要的，就是这世间最真实的东西；最想做的，就是这男女之间最真实的事。虽然已有野心了，但即便由这野心生出更大的野心，我最想要的还会是古董，只不过是更好的古董。男女之间这最真实的事，仍旧不会废失，但也要接受一个现实，不能再像以前那样，只想得到男女间最真实的享乐。和别的女人在一起，我总有一种做国王的尊严，但和邹金玲在一起，她倒始终是一个女主，而我却像是张易之之类的人。这既非我的本愿，又损了我的自尊，但若是将自尊和实利摆在面前，让我来选，我只会选实利。不要把自尊当作高于一切，自尊是会害人的。要把实利当作高于一切，实利是不会害人的。一切主义，不包含实利至上主义，都可能只是自残，是不明智的。……我早知道男女之事也可以当作一种政治术，我现在也在用这种政治术了。我已不再当作一种无奈，而是攻取的手段。她恐怕也知道我不可能一直是有激情的，但也知道是在满足她，我是顾及她的，在意她的，我对她好——人的内心既然看不见，我给了她实在的享受，就会当作我对她好。当然，这方面我是极高超的。

邹金玲嘴上从来没有夸过我，但心里应该还是知道，我是给她最多享受的男人。

……

我和邹金玲躺了片刻，邹金玲便去冲洗了。随后我也去冲洗了，仍旧穿着浴袍，到了阳台，又在椅子上坐下来。邹金玲已躺在躺椅上，也仍旧穿着浴袍。她眼里闪着光，似乎还是兴奋的。

月亮还在云里，只是透出朦胧的光来。旁边有河流，看不见河水，也能感觉到河水的气息。这一片城区有许多灯已熄了，但仍有很多灯是亮着的。这片灯光虽不如城市中间那一片密，却也增多了，还会一天天增多。夜里，城市就是这些灯光。灯光越多，城市固然越繁华，但似乎也使得这夜晚更显妖冶了。

我带了雪茄，点上抽起来，想开啤酒喝，但先问她说：

"要不要重新泡茶？还是倒掉一些，加热的？"

"重新泡。"

我便新沏了茶，给她的杯子倒了茶，然后开了啤酒喝。刚才还觉得有些倦慵，精神又振作了。

我已看见桌子上多了一个黑的纸袋子，知道是给我的东西，不像是雪茄。以前她也会很晚呼我来陪她，我们在一起时已多次给我东西（大多是雪茄），然而此时我猛地意识到，今天这么晚了还叫我过来，是另有意思。我们是去年四月这个时候邂逅、相认的，但确切的日子我记不清楚。我以前记忆很好，但大醉过几次之后，具体的时间往往就记不住了。女人善记时间，也在意这种事情。邹金玲叫我过来，还要送礼物（恐怕是贵重的东西），也许是为纪念邂逅或者相认的日子，也可能同时纪念我们邂逅、相认这件事。若是如此，她是很在意这个日子的，自然也在意我。她也是在有意展示她的在意，是一种攻心的手段。然而她这样做，就还是抢先了，便显得我不很在意这件事，不很在意她。我有些懊丧，本来我应该考虑到的，却忽略了。造成这样的一个情况，恐怕和服用镇静安眠药也有关，这药果然有很大的副作用。

我脑子里很快谋划了一下：还有办法补救的。我现在就先主动和她说起这件事。如果她是为这件事叫我来的，我也先说了，说明我很在意这件事，很在意她的。虽然算不上是很好的时机，也是一个妥当的时机，我现在也可以向她表明。只是时间不多，只有说主要的意思，有些话以后再说。如果不是为这件事，我就提议特意纪念一下，到那时候再向她表明。

我放下杯子，加了酒，没有再喝，对她说：

"现在又是四月了。四月对于我，现在是很特殊的。我们就是四月的时候又碰上的，想起还是觉得不可思议。我现在更相信命，不可思议的事情，不可能的事，命中注定，还是会出现。"

我脸上显出回想的表情来。

我觉得，我已经不被动了。不过，我有些担心会问我记不记得确切的日期。但问我，也有辩护的话。

邹金玲已端起茶杯喝了茶，脸上没有愉悦的表情，也没有问我记不记得确切的日期，对我说：

"袋子里的东西是给你的，你打开看一下。"

我打开了黑的纸袋子。里面有一个盒子，一本图册。图册硬封靠右下角有"积家"两个字，积字是繁体。我先翻看图册。

"你先看手表。"邹金玲说。

我便打开了盒子，取了手表。那表一看就是要花不少钱才买得到的，也有一种富贵的气派。只有好的物件，才像人一样有一种气度，仿佛也有魂魄了。气度越是不平常，那物件就越是贵重。这表比我想到的贵重得多。

"这是玫瑰金的。牌子是积家,世界名牌,瑞士的手表。"邹金玲又说。"它这个表有一个特别的工艺,可以翻转,两面都有时间。只有积家这个牌子有这种工艺。图册上有介绍,你后面自己看。"

手表是自动上弦的机械表,还在走动,和摘下的手表对比,时间还是准的,稍有不同。但我并不知如何翻转,邹金玲便将手表要过去,给我示范了,交回我手上。

我照着做了,然后对她说:

"这是很好的手表,应该很贵。我……真的是……很惶恐。太贵了。你已经给了我很多了。雪茄就花了你很多钱。这块手表……应该很贵。"

我的惶恐不全是虚言,更多的还是喜悦。但我不能显得太喜悦了,不过也不能不显得喜悦。

"将近二十万。男人应该有一块好的手表。我看这块手表适合你。你戴上看一下。"

没有我想象的贵,然而也谈不上失落,也不应该有失落感,二十万已经不少了。

我戴上了手表,觉得自己一下增添了许多分量。

邹金玲稍微眯起了眼睛,露出欣赏的光来,对我说:

"你就戴上吧,不要取下来了。……保修卡你要收好,不要丢了。保修你去兴元路亨得利。"

我拿了保修卡来看。发票没有见到,我也没有问,心想一种可能是交公司冲账了。

"本来我是明天——今天给你的。今天我要去外地。"邹金玲又说,眼睛盯着我看。

这是明确的说法,去年四月的今天,大概是我和她邂逅的日期。

　　我把盒子还有图册放回黑的纸袋里，将换下的手表放回牛皮包里，喝了啤酒，放下杯子，问她：

　　"还要多久要离开？"

　　邹金铃先是盯着我看了看，然后拿了桌上的手机看了时间，对我说：

　　"再过十几分钟。你可以留下。"

　　"你加班要多少时间？"

　　"要……天亮以后了。"

　　"我就不留了，我也走。"

　　我小吸了一口雪茄，看了看手上的表，说：

　　"这块手表对我来讲，是很贵重的，不只是钱。是很珍贵的。……我们能够在一起，真是一种天意。……我本来想约你，我们再去九洞桥酒吧街。你事情很多，要是有时间，可以先去那家回味庄，但是你不在锦都。你什么时候回来？"

　　她神情变凝重了，似乎不愿意讲，迟疑了一下才说：

　　"要呆几天。"

　　"只有等你回来了。你能抽出时间来最好，我们去回味庄吃饭，然后去九洞桥酒吧街。要是时间不够，去一个地方也可以，我是希望我们能去酒吧街，晚上可以在一起。……我也应该给你送礼物。我不能给你随便买。谭木匠你觉得还可以，已经买过了。要不然，你觉得买什么好，我给你买，你回来我送给你。"

　　邹金玲又迟疑了一下才说：

　　"你不用买了，酒钱你给就可以了。"

　　"我不用解释了，我不是为了还礼，你的礼我是还不了的。我只是觉得，应该给你送一件东西，纪念我们……应该是一种奇遇。……要不然，我再买一把梳子。他们的梳子，我觉得做得很好的。"

邹金玲又端起茶杯喝了茶，放下杯子，很勉强地对我说：

"你就买梳子吧。"

我开了第二瓶啤酒，倒上喝了一大口，对她说：

"我原来还打算我们再去酒吧街，去回味庄，我有件事想给你讲。我现在就给你讲。你去加班，能不能稍推后一点时间？"

邹金玲用审视的目光望着我，说：

"你讲吧。"

我心里倒忐忑了，觉得还是匆促了。我也没有马上讲，伸手去端茶壶要给她加茶。邹金玲扬了一下手，说：

"不要加了。有话你抓紧讲。"

我更觉得匆促了，却还是决定对她说。我定了定神，然后说：

"本来想找合适的机会给你谈，现在我就想给你讲。我讲的，是我这一段时间——这几个月——一直在想的。我这个人是要想明白了，才会决定怎么去做。我做事情，我怎么样生活，我要给自己一个理由。我不完全是由着本能，由着感觉，只是由着性子来的。我是做古董的……但我……其实算是一个读书人。我是真正做古董的。真做古董的，只会买卖真的古董。读书人里面也有真假的。真正的读书人依照道理来做事情，依照道理来生活——所谓活在观念里的人。真正的读书人是信奉道理的。假的读书人嘴上讲道理，其实不按道理来的。不是说读书人就是高尚的，就是雅人。读书人里面也有粗鄙的，堕落的，恶毒的，他们按照道理来，其实更粗鄙，更堕落，更加恶毒。世界上最有教养的、最高贵的人，是在读书人

里面，最卑俗的、最下作的人，也是在读书人里面。最什么样的人
在读书人里面。有人说没有好人、坏人，人没有那么简单。坏人是
有的，好人没有。最好的人世上是没有的。但其他最什么的人，在
读书人里面。读书人里面出极端的人——他是按道理来的，信奉观
念，往往会走极端。人本身不会走极端，人造出来的理论，观念往
往是极端的。只是嘴上讲道理，嘴上信奉观念，不会走极端。相信
道理，信奉观念，会化在道理，化在观念里面，就会走极端，成为
极端的人。……我以前，我想做逍遥的人，我希望做真实的人。我
认为，专一，忠诚，违逆人的天性。人要专一和忠诚，要么是自
残，自虐，要么是虚伪，背叛。不求专一和忠诚，是不会有虚伪和
背叛的。我不愿意虚伪，也不想有别人背叛我，所以我不承诺对人
专一，对人忠诚，我也不要求别人对我专一，对我忠诚。我不要求
别人对我专一，对我忠诚，别人是不是背叛我，我也就不必在意，
也没有所谓对我的背叛。我真是这样想的。真实，我当作了最根本
的东西。——我不会讲很多，再有几分钟我就讲完——如果古董不
是真的，就没有古董。人活在虚假里面，不会有真正的人生，是在
捏造一种人生，以为是人生，其实是假的人生。现在，我还是把真
实当作最根本的东西，我没有变。……我意识到，我这里面有个想
法是不对的。没有专一，没有忠诚，不会有虚伪，但专一和忠诚本
身并不是虚伪，装着是专一和忠诚的，才是虚伪的。我把专一和忠
诚当作违逆人的天性，未必是对的。其实只要还是人，做出违逆人
的天性的事，是不可能的。专一和忠诚，恐怕也是人的天性。人的
天性不会只是一面的。人有善恶，善和恶都是人的天性，就像月
亮……"

　　我朝外面瞥了一眼。云比先前浓厚了，如厚棉絮裹着那月亮，

似乎要月亮睡去，不必再对人世间有任何的好奇，因为人世间已不再有任何新奇的事。然而那月亮却从云里挤了一点出来，像一只窥听的耳朵，还想听到有什么秘密的事。

我接着说：

"有明的一面，有暗的一面，这两面都是月亮。不专一，不忠诚，专一，忠诚，都是人的天性，就看展示的是哪一面。其实，任何的人生都是真实的。一个人很假，人生也是真实的，他的假就是真实的人生。我是很在意真实的，一直很厌恶虚假的东西。我也会说假话，很小的时候我就知道，只说真话是要吃亏的，但是我厌恶虚假的东西。假话我也会讲，人不可能不讲假话的。不会说假话，不可能去做生意，生存也不可能。但是虚假的东西，我很难接受。做古董生意，常常要比做其他生意说更多的假话，但是见到假的古董，我心里是不舒服的。人们说，人要自己作主。能自己作主的是很少的，我看见太多的人只是木偶。我们老说'自己'，到底什么是自己？恐怕'自己'里面，主要的是秉性。人能够自己作主，是服从了秉性。有的人很在意真实的东西，是不是一种秉性，我还没有想得很明白，恐怕跟秉性是有关的。……可能因为我在意真实，我去做了古董生意。但是，古董有真假，人生是没有真假的。人生有优劣，有成功的，有失败的，没有真假。我是近来才想明白的。这一点对我很重要的，算是过了一个心理的关节。我想改变，换一种方式生活，过不了这个心理的关节，我改变不了的；我想结婚，对一个人专一，对她忠诚，我这样想，我是做不到的，用刀对着我，我也做不到。我想明白了，是做得到的。活在观念里的人，观念改变了，人也改变了。我现在跟以前是不一样的，也不可能一样了。我也不想像以前那样生活，那未必是逍遥。……我现在想给你正式提出来……"

我有意停住了，显出虔肃的表情，望着她，又说：

"我希望……和你把关系确定下来，能够和你结婚。有一点我要讲清楚，我以后还是做古董挣钱。我现在已经不缺钱，以后挣的钱会更多。古董以后会更值钱的。我要是这样做下去，运气也好，恐怕不会比有些做企业的差。当然和那些做企业很好的比，任何时候都是比不了的。我们要是能够结婚，你的钱，你的产业，任何时候都只是你的。有了小孩儿，你想给小孩是你的意愿，我任何时候都不会有这样的想法。我可以写一个声明，去公证处公证：任何时候我都不会对你的财产有要求。我会对你忠实，我会对家庭忠诚。……我给你讲我其实是读书人——真正的读书人，我很少跟别人这样讲，我也是第一次给你讲。我说读书人会走极端，极端就是不留余地，是一种纯粹，不一定不好，要看做什么事情。我想和以前不一样，换一个活法，我就要和以前完全不一样。我想做专一的、忠诚的人，我就要真正做一个专一的、忠诚的人。我想有一个家，就要得到一个真正的家。真正的家不应该有背叛这样的事。真正的家里面，应该是只有忠诚的。我看见不少的家庭，并不是真正的家，没有忠诚，只是一个空壳子。没有忠诚的家，不是真正的家。这样的家我宁肯不要，这和以前并没有多大的区别。我要的是真正的家庭。……我讲的这些都是我真实的想法。我不是想你马上答复我，你事情很多，这对你也是很重要的事，我请你考虑一下。"

邹金玲听我讲的时候，眼里似乎有惊喜的光，但不久就消失了。有时眼里的光是带着怀疑的。盯着我看时，那目光似乎还是要钻到我心里。只看她的脸，似乎一直没有表情，但又似乎虽不十分兴奋，却也不是无动于衷的，就像暮色里的水面，起了波澜，只是看不分明。

邹金玲思忖片刻，又盯视着我，说：

"我现在就答复你。我给你讲两点：第一点，我们还能遇到，确实是一种机缘。后来我接受和你在一起，我承认，你有男人的魅力。你没有男人的魅力，我不可能和你在一起。我是正常的女人。这一点我不否认。但是你有些行为，我觉得很不好。你刚才说是为了追求逍遥，其实就是放纵。你说你跟以前完全不一样。你很会说。我碰到会讲的太多了，我不会凭你会讲就相信你说的是事实，我有自己的判断。你跟以前……确实……有所不同，但是你说已经准备好了找一个女人结婚，对人家专一，忠诚，我觉得你还没有准备好。我明确地给你讲，你现在这个状态结婚，你只会后悔，你不可能专一。第二点，我确实想再得到一次婚姻，但是我也不会强求。我有我的标准，我不会降低标准。我是很强势的女人，太弱势的我肯定不会考虑。是不是比我有钱，不重要，人必须优秀，但是你对我不服气，大家也不适合在一起生活。我个性很强，必须要顺从我，对我的事业不说有帮助，不能带来负面的影响。我作为妻子，我也会尊重他，我享受的不会缺他一份。他做事业，我只会成全他。但是不要因为他是丈夫，我是妻子，我就应该抬举你。既然是成家，还要让我放心。这些其实都不是最重要的。我要找一个男的结婚，必须有一个前提：我必须爱他，他也必须爱我。没有这个前提，任何男人我都不会考虑和他结婚。你提出要和我结婚，你还不爱我。爱不爱我，我是感觉得到的。我对你有些方面很欣赏……你很有男人的魅力……你本人我很喜欢。你做古董我不懂，我相信你这方面很有本事。你很会讲，我愿意听，你讲的有些还是有道理的，对我也有启示。你的口才是很出众的。但是，欣赏、喜欢和爱是不一样的，我还没有到爱你的程度。我不会跟你结婚，我觉得跟你做情人还是很适合的，你要做丈夫你还不够格。"

我想到了，即便她愿意，也不会随便答应的。

我并不觉得是极大的挫败，只是有些沮丧，然而摆出一副难受的样子，对她说：

"要说出'爱'是很容易的。我对你的感情，我自己知道，你不相信，我这样的人，谁也不会轻易相信。你再给我一点时间，我会让你感觉到，你会相信的。我说了我会专一，我会对你忠诚，我会证明给你看。不管你愿不愿意和我结婚，我们只是做情人，我都不会做任何对不起你的事。我不会放弃的，我也不会纠缠你，只要你还愿意和我在一起，我会一直争取，让你相信我，愿意和我结婚。"

"你不用向我保证，我不相信任何男人的保证。你是不是真的在转变，你自己最清楚。你转变，你不要为我，你是为你自己。你那样生活，确实不好，你觉得你是浪漫，我觉你是对自己不负责任。你这样玩弄女人，最终只会害人害己。你愿意这样生活，是你自己的选择，我只是劝你，对你没有任何的要求。我一直对你都没有要求。你愿意转变，是对你自己负责，我会为你高兴。但是我也给你一个警告，"邹金玲的目光变得阴狠了，"我不会容忍你用欺骗的方式获得我的信任。你想风流是你的事情，但是你不要用漂亮话来骗我。你以前风流，你还跟我说实话——你也没有完全说实话，我知道——现在你要是用假话来欺骗我，想达到你的目的，我是不会宽容的。你记住，我对人好，我也会加倍收回来。你不要以为我用黑社会的手段，但是在这个地盘上，你不要想混下去。"

她会讲很威骇的话，凶狠的话，我想到了的，但听她讲出这样的话，心头还是震悚，仿佛冷不丁有鞭子打在心上，但我强作镇静，对她说：

"我不说了，看事实吧，还需要时间。"

邹金玲又盯着我看了看，起身出了阳台，去换衣服了。她去了浴袍，套了丝袜，穿了黑的连衣裙，背了包，拿了一件外套。我也换了来时穿的衣裤。

阳台的桌上还有一瓶啤酒没有喝，我想带走的，但她没有说让我带走。

到了门口，我将她抱住了，与她亲吻，对她说：

"我会让你感觉到的。……感谢你给我送手表。"

我又亲她，身子贴紧她，让她感受到我，对她说：

"我很想……你有时间就好了。"

她的气息又急了，但她推开了我，说：

"行了，还有事情。"

我和她出了门，她就显出一副端肃的样子了。进了电梯，并没有别人，还是一副端肃的样子。我更想搂抱她了，却只是用手搂住她的腰，但出电梯时，手还是收回来了。

我们出了大堂，邹金玲便朝院子里自己的车走去。我走到院子的门口，那车便从我身边经过，上了街道，朝右边去了，是要去开发的项目那里。

我看着那车，觉得像是一口奔跑的黑棺。我又仿佛看见有一只黑蝶随着那车在飞，但心里明白，那只是黑蝶的虚影。

我过了街道朝左边走，看了手机，仍没有见到有人打电话来。这时，我关了静音，调大了铃声。

　　几分钟后我坐了出租车，往九洞桥酒吧街来。我给邹金玲讲了现在回去睡不着，想再去九洞桥酒吧街喝啤酒，并没有说自己去纪念两人邂逅，但似乎也有了这个意思。

　　司机少见的胖，五十岁左右，似乎不是一个人，是一大团肉在开车。我想展示我的表，但他没有注意到。那司机开始还找我说话，我却不怎么答话，这人就只好闷声开车了。

　　我抽着香烟，脑子在想事情。邹金玲的那些话，虽大多是我料想到的，然而现在回想，却比刚听到时觉得厉害。她确非一般的女人，那双眼睛不完全是装模作样的。我反复斟酌的那些话，我自己也觉得颇能说服人，换别的女人，恐怕很难不信的，至少不会像她这样不以为然。我费心想的那些话，并没有多大用。然而，我还是不信她可以看人的内心。若是能看透人，恐怕任何男人都是无法和她交往的。她不信我的话，说的那样准确，她若是派了人监视我，或许我有的行踪被发现了。但如果幕后人是她，她现在还能容忍我，还给我这样贵重的手表，似乎也不该是这样的。……她明说我只适合做情人，不愿和我结婚，话说得很明确，然而并没有将门堵死。我自然不会由此放弃。她或许只是还不相信我，或许监视的人并没有发现什么，只要还和我交往，总还有机会的。确实还要些时间。至于她说和我结婚，必须要爱她，我很清楚，真爱上她，就真是被她降服了。所谓的爱，都不过是心身全对一个人降服。我全部心身，对任何人都不会降服的。其实，所谓感觉到爱，也只是相信有爱。而要人相信有爱，只要让人把像爱的东西当作爱便可以了。我是太会表演的人，只要她还和我在一起，不让我离开，总会让她当真的。

　　她讲后面的话，情绪有些激动，然而这些话也都不会是随便讲的。对她的警告，不能不当回事。……她的眼里常透出一种狠力，如同有人故意露出她的刀来，告诉人她是不好招惹的。我不信她在所有人面前都是这样的，而有意显露，大多时候也不过是虚张声势而已。这一次她的目光透出的狠力，更像是虚张声势，却也最不像是虚张声势，已显出凶恶了。……凶狠的事，心能凶狠的人才干得出来，那些事她是干得出来的。她当然清楚后果，但心能凶狠的人，会凭着凶狠的劲头行事的，况且背后还有一座金山。不管她是不是幕后人，有没有让人监视我，发现我的行踪，现在若是让她知道我不但没有收敛多少，有些事情甚至更过分，她警告的话必定不会只是说一说的。她的眼神里确实是有刀的。如果上次我进去放出来，和她有关，这一次必定会让我更遭罪的。……这一次，她头一回一次就送我很值钱的东西，但也是头一回明确发出很重的警告。我得了她不少的好处，抽了她不少雪茄，得了近二十万的手表，这所有的好处都成对我的胁迫了。果然任何人的好处，都不是可以随便拿的。她不给我还礼的机会，不是大方，还是一种招数。

我现在颇为后悔，不该打袁丽芳的主意，风险太大了。大概是因为近来还是压抑的，忽然有了这次极难得的机会，想与邹金玲确定关系之前得一件美事，又觉得还可以在确定关系，结婚后当作一个极好的补充，还是冲动了，率意了。若是有录音器或偷拍器，真是反把对方变成极大的威胁了。但愿只是一种担心，袁丽芳没有带录音器或偷拍器。袁丽芳同意和我做情人，我也不愿意了。真和她做情人，或许还是失望多过满足。那念头是有些美妙的，就在心里品味就好了。袁丽芳在那梦中或臆想里是美妙的，就当作梦中或臆想里的妙物回味好了。梦中或臆想里的妙物还是不要在现实中来寻找，否则既毁了梦中或臆想里的妙物，把现实也毁了。事情也要抹平，我会想出应对的话对她讲，最后确实还得让对方相信我不会泄密。然而，我心里仍旧惶然，害怕袁丽芳带了录音器或偷拍器。

我已没有多少兴致再去酒吧街，但这出租车已带我靠九洞桥酒吧街近了，很快停在新民东路连通酒吧街的口子上。我便由车上下来，进了酒吧街，又有了一些喝酒的兴致。

第二十七章　九洞桥酒吧街

一

还有多家酒吧是开着的，然而酒客不多了，其中恐怕清醒的少，却不让人觉得有沉酣的氛围，倒是有几分冷清，几分颓唐。

九洞桥穿了灯光编造的华服，像夜场的女人，又如同夜场的男人一般趴在河上，像永久都有激情的，又像还是有些麻木了。河水总是带着一种渴望来到这里，也总是没有一点留恋的意思，只是穿过而已。

河对面还有不少的灯，从灯光里显出或高或矮的屋子。有的屋子灯全灭了，便不是屋子，只是阴阴的暗影。有的灯光稀寥，房子还是暗影。亮着的灯仍在造这城市的繁华，似乎还如同白日一般有生气，然而那些房屋的暗影，却使得这城市总还是有冷落的时候，缺少生气的时候。离河岸不远处，有一幢大楼耸在夜空里。像这样的大楼，都如同从空中往下长出来的，尤其是在夜里。这大楼是一家酒店。城里的酒店已越来越多了。大的酒店总有一种极招摇的气势，还有一种颇暧昧的气息。这酒店现在看上去还是招摇的，暧昧的气息也还在飘散。河并不宽阔，对岸的灯光和房屋与这边的灯光和房屋都在一个城市里，然而那边的灯光和房屋却像是遥不可及的。

我到了蓝色月光酒吧，这时酒吧前面的一大块空地上，依旧有大灯照着，但灯光稍弱了一些。不知什么原因，有一地的水，像是地面生了一大块疮疤一般。酒吧入门一侧的多张桌子前，只有几个人坐在那里，然而有两个女人，一个是平常的面孔，还有一个是背对外面的。靠近河岸那边，空着的桌子如同街边还在坐等生意的人。靠着道路的一张桌子边，有三个男人，一人在指手划脚地讲话，看上去有些亢奋。

我常坐的地方在靠河那边的树下，桌子似乎搬走了。我想起了邂逅邹金玲的情景，便仿佛看见我坐在那里一个人喝啤酒。曹红浑身散着香气，朝我走近了，笑着说："先生，不好意思。你是一个人吗？"她叫我过去，我当时的确是不太情愿的。我要是不过去，我这一生不会再遇到邹金玲了。然而，我必定会过去，见到邹金玲，她那天晚上到这里来，会碰见我，这是命定的。

我又去看我和邹金玲、曹红一起喝啤酒的地方。此时照过去的光很弱了，那树下是昏暗的。我一瞬间仿佛见到我和邹金玲、曹红坐在那里喝啤酒，那两个女人都是拿着酒瓶子在喝科罗娜啤酒。但马上我便见到那树下还有桌子，有人坐在旁边，虽是模糊的，却识得出是一男一女。我头脑里立刻想到是邹金玲和肖运波，那男人也似乎是肖波运，那女人也似乎是邹金玲。然而我又觉得，这时候在这里见到邹金玲，是绝无可能的。

我的心却还是有些紧了。我要看一看那树下到底是什么人，但没有径直走过去，先走到自己常坐的位置那边，装着看位置似的，往那一男一女靠近。并不用靠得很近，我已认出那男人是肖运波。

肖运波穿一件蓝衬衣，还戴了领带，像是有花纹的。人还是那次见到的样子，只是昏暗里显年轻一些，长相好看一些，然而不但俗气，也还令我生理上不适。

肖运波是早认出了我，乜斜眼睛望着我，眼里满是恼恨的光。

那女人也是高个子，穿了长裙，像是酒红色的，有排扣，结了腰带。她的脸朝向我，也在打量我。我仿佛看见那是邹金玲，但那女人要年轻一些，也瘦一些，只是像而已。然而，毕竟有些像，我仿佛看见年轻一些的邹金玲坐在那里。

那桌上没有见到有杯子，只有酒瓶子，应该是科罗娜啤酒。

我不想留在酒吧街喝酒了。原来还有些放松，现在又警觉了。

我没有马上离开，从河岸上下来，到了蓝色月光酒吧里面，进了厕所里。我本不想小解的，进了厕所倒有些想了，然而见到蹲式马桶里有呕吐物，好像还有血丝。我一阵恶心，似乎要将胃顶出来，立马退出了厕所，出了酒吧，朝刚来的进口那边走去。这时，我觉得肖运波的目光像毒箭一般，从背后射来。

我拐进了通向新民东路的道路，挎包是拉开的，好随时取布鲁头。到了新民东路，我招了出租车。

车不久就快起来，像是奔命一般。

那司机一直都不找我说话，像是有些闷闷不乐的。他要说话，我也不会搭理，心里还是在想刚才见到的事。

我已是明白了，那位置是以前邹金玲和肖运波坐过的，或许坐过不止一次。邹金玲那天晚上来，像是心里已想和他分手，或者像她讲的，已说了和他分手，然而还怀念过去，便叫了曹红到了这里，坐了老位置喝科罗娜啤酒。肖运波今晚上带了像邹金玲的女人，来到这里，也坐了这位置喝科罗娜啤酒，还是为了纪念过去，自然是他和邹金玲共同的过去。但两人来这里的日期并非四月的同一天晚上，不知是什么原因。刚才在酒店，听邹金玲说话的意思，按准确的时间上说，我和她是去年今天晚上在九洞桥酒吧街相遇的，我见到肖运波在那里，已是今天凌晨，再早，就是昨天晚上。不管什么原因，大概是某年四月的某一天，两人曾一起在那个位置喝科罗娜啤酒，乘着酒兴，或许有一番交心或表白，有一点亲热也有可能的。肖运波没有那个能力，我现在还是这样的判定，但这样的男人，对女人还是可以做一些亲热的动作。

　　肖运波带了一个太像邹金玲的女人，坐在那位置，吹瓶子喝科罗娜啤酒，他必定还是十分迷恋她，或者十分爱她的。如果真是这样的，肖运波在情感一面便是偏执的人。

　　发生第二起事故后，我想到肖运波也有动机，却不以为他真会做出那样的事。现在看，此人若是情感上偏执的人，是会那样做的。这样的人是被情感驱使的，即便明知会毁了自己，往往不能自控。我必定是肖运波最仇恨的人，肖运波或许也会仇恨和我交往的女人。他特意选了从我家里出来的女人下手，如果真是他干的，尤丽和吴小莲是不会再出现了。他会折磨她们的，或许会有极变态的过程。此人没有太大的能力，我后来被关押，大概不是他操纵的，但他未必没有想到还可以让警察怀疑我，将视线转移到我身上来。如果真是如此，此人还是有些头脑，但也并不是很高明的——警察要弄清是不是我干的，也不是太难的事。邹金玲或许想到了和肖运波有关，还问了他，他可能承认了，也可能拒不承认。即便承认了，但如果肖运波了解邹金玲一些不便见光的事，又保证不再做同样的事，不会伤害我，邹金玲或许就答应不告发他，暂时将他放过了，自然也不会给我讲。

　　然而，此人若真是情感上偏执的人，是不会放过我的，或许还会对女人下手，而且会对邹金玲下手。按说他不会先对我下手的，他这样做，是完全不把邹金玲放在眼里，她恐怕也会想到，他会不会也要对她下手了？她是不会再放过他的。肖运波虽然还十分迷恋她，或者十分爱她，但也有极大的怨恨。若是还害怕对我下手之后，邹金玲不放过他，也许就要先对邹金玲下手，或者对我和邹金玲同时下手。他现在对邹金玲只是还下不了手，或者没有机会下手。他若是以为我和邹金玲会结婚，也许会等到那个时候下手。不一定对两人同时下手，但到那个时候，或许就会对邹金玲下手，然后对我下手。……我这时心里乍然紧了一下，我想到如果真是肖运波，今晚上我和邹金玲在一起，或许他就想下手了。他可以让人在茶壶里，或者茶叶里、热水瓶里放毒，同时要两人的性命，让人以为是因为男女的感情或别的什么事，我毒死了邹金玲，把自己也毒死了。若是我活下来，也很难辩白。或者，是一种慢性毒药……不过，实际上是很难实施的。

　　但如果此人真是情感偏执的人，在对他是特殊的日子里，他今天的情绪一定是尤为特别的，他会尤其怀念过去和邹金玲在一起的时光，却也会尤其恨她。他也会尤其恨我。此前，若是因为什么原因，没有对我和邹金玲下手，刚才见了我，这时候就想动手了。我若是留在酒吧街，即便换一家，肖运波也可以打电话召人来。这地方其实不适合动手，但也可以让人以为是发生了争端，即便要了我的命，也只是斗殴引发的事故，甚至可能嫁祸我，至少我也有责任。他这时候是还在和一个女人喝酒，可以证明和这件事没有关联。我当时随时准备取布鲁头，并非是神经过敏了，戒备是必须的。他若是真会那样做，恐怕我有布鲁头也很难脱身。他接下来也会对邹金玲下手的。

我心里起了一阵忧虑，现在还是会对我下手的，比如可以制造车祸。或许已下了指令，找机会也对邹金玲下手。我留意着有没有车在追随，注意观察路上其他车子。我还想联系邹金玲，给她讲碰到肖运波带了一个像她的女人在吹瓶子喝科罗娜啤酒，提醒她肖运波是偏执的人，要小心了。前面的猜测若是对的，她会懂得的。然而她也会想到，我已猜到她知道内情，她在庇护他。若真是如此，我便是一个可能会置她于死地的人，她即便还和我做情人，以后不会提防我吗？她这样的人，是不会感情用事的，她不会想到要消除这个隐患，甚至是假借肖运波的手？这并非是绝无可能的，只要有这个可能，就不得不防范。况且，我现在想到很可能是肖运波干的，也只是一种推测。因为有这可能，我当然也要防他。至于给她说不说见到肖运波和一个像她的女人在一起吹瓶子喝酒，我要再想一想。

……

由九洞桥酒吧街往华都这边的线路，我是再熟悉不过的，大多时候，我并不在意经过的地方。但车到了人民公园，过了阳河宾馆，这一片太熟悉了，似乎已化进我的感觉里，家的气味也闻到了，我便知道是快到了。

车经过那公馆，我明知不是郑丽曼的宅子，这时却似乎见到郑丽曼住在里面，赵广陵好像也在里面。郑丽曼还是我梦里见到的样子，比邹金玲美，风姿是远在邹金玲之上的。同时，我先是仿佛见到了一只黑蝶，像是扇动翅膀的黑影一般，旋即大群彩蝶，还有大群黑蝶也出现了，像是在那公馆里面，又像是围着那公馆舞动。我知道，这都只是虚象。

车子很快拐进了下同安路，往里面开，后面并没有车跟进来，前面也没有车。我想到了旁边或许会突然有车撞上来，但又觉得不太可能会这样做。

前面左边便是连通华都的口子，我没有在这里下车。连通华都这一小段路，也可以当作一个伏击的地方，但未必敢在这里行凶，然而我还是让车拐了进去，在大院门前停住，下了车。

看门的还是那姓邓的，一脸睡意，脸上却还是浮着浅笑。

我想到袁丽芳的姘头或托的人有可能来找过我，但门卫没有告诉我有人来找过我，我也没有问他，只是道了谢。

第二十八章　狂蝶

一

进了院子里，我放松多了。

有凉风一阵阵吹来，带一点冷意，却让我觉得爽快。我朝自己住的公寓那里走，走得慢了一些，感受着凉风。

到了公寓楼一单元前面，我想起今晚是有月亮的，就朝天上看。因为几面是楼房，夜空并不大，挤满了灰云，并没有见到月亮。

然后，我进了单元，上了电梯。这电梯我不知坐了好多次，时常忘了是在坐电梯，只是在那里上下而已。不过，有时觉得像是进了牢笼似的箱子里，只能任凭摆布了。有时坐电梯，脚下虽然踩着地板，却觉得像是悬在空中的。有时想到电梯会掉下去，有些害怕。

我曾经想过，或许会指使人破坏电梯，等我乘坐的时候便失控下坠。但故意破坏电梯还是可以查出来的，而且很可能是别的人去乘坐，要害我，不好掌握时机。我原以为有人会用这样的手段害人，上网去查，并没有见到有这样的案例，然而未必没有这样的事。现在我想到肖运波，既觉得他不会这样做，又觉得他倒是会这样做的。这个人没有很深的城府，却不缺少精明，要是想到人们很难想到这个办法害人，或许就会这样做的。且不管是否在酒吧街见了我，若是很想在今晚上动手，了解我的行踪，见我这个时候回来，正是好的时机。找的人可以从墙上进来，若是高手，事后未必发现得了。若是还没有对邹金玲下手，恐怕邹金玲也会当作意外。我知道未必真这样做，还是忧虑，想到电梯真会坠落下去，心里一阵恐怖，腿有些发软了。

我调整了一下心态，让自己放松，抬起了头，眼睛不由得定住了。我见到了一只黄蝶，贴着顶板悬在上面，还似乎像精灵凝注着我。我人一下僵住了，但马上发觉那是黄蝶的影像，只是太像真实的黄蝶。我想恐怕还是自己思虑太重了，见到的还是心里的影像。然而我看见的太真实了，尽管并不相信那是真实的，却想伸手去摸，看那是不是真实的。

这时电梯停住了，门刚开出一道缝，那黄蝶便飞了出去。

我恍惚了，一时不相信自己的眼睛。电梯门开到可以侧身出去，我便出了电梯，却没有见到有黄蝶。

我还是不相信那是真实的蝴蝶，然而我心里已不安了，想到会不会像前两次一样，又出什么事情了。我想到了邹金玲，想到了袁丽芳，莫非是谁也出什么事了？是不见了，或者……这次却和以前不同：第一次，尤丽不见了，我在镜子里见到了红蝶，然后是在那杯上见到了红蝶。第二次，吴小莲不见了，我在那杯子上见到了蓝蝶，又似乎在那医生的眼镜里，还有烧信的火焰里见到了蓝蝶。都是我知道出了事情后见到的。这一次，到此时，我也不知道又有谁失踪了，或者出了别的什么事，但或许这一次跟以前倒是相反的。不过，恐怕还是心里的影像。

　　然后，我拿了钥匙去开门，门一开，却见到一只黄蝶倏地飞了进去，像是害怕不让进去，抢先进去了。不过看得并不很清楚，倒不像是真的黄蝶，像是一个虚影。但虽然明知是虚影，我随之进了屋子，还是朝屋里看了看，并没有见到有黄蝶。

　　我在沙发上坐下来，从挎包里取出装了手表盒子的黑纸袋子，放在茶几上，把挎包放在双人沙发上。我回过身来，却又发觉玻璃窗外似乎有一只黄蝶。我盯着看，似乎还只是一个影像，然而，我进到阳台，看了窗外，周围也看了，并没有黄蝶。

　　这时，我看了看前面的景象。有的楼房还有灯，但楼房都像睡死了。灯光似乎是醒着的，但也像睁着眼睛，其实已睡的人。若是真有人在楼里窥视我这边，或许现在是看着我的。由楼房的空隙看阳河路，不像是路，有些像混浊的河流。下同安路口前面，那交通指示灯仿佛是不会睡觉的，但似乎还是睡着了，也还是如同睡着也睁眼的人。至于灯在变色，不过是一种本能罢了，如果睡着也睁眼的人眼睛会变色，睡着后也会变色的。对面的机关那里，似乎总有一个深潭。那些灯光确像是深潭里动物的眼睛，而那些动物是只爱在夜里活动。见到的夜空已扩大了，并非挤满了云，月亮却还是没有见到。

　　我回到房子里，摘下手表轻放在鸂鶒木小方桌上，去了卫生间小解。然后，我站到洗面池前洗手，望着镜子，开始只见到自己，还有平常的场景，再看，里面隐隐有黄蝶的影子，随即又见到了红蝶的影子，接着是蓝蝶的影子，却都似乎有又似乎并不存在。

　　我没有回头看有没有这三只蝴蝶，心里倒是明白的，我以为，因为第一次在这镜子里见到了红蝶，后来除了在杯子上见到蓝蝶，还在那女医生的眼镜里、烧信的火焰里见到蓝蝶，刚才又几次看到了黄蝶，下意识里在想会不会在这镜子里再见到蝴蝶，或许见到红蓝黄三只蝴蝶，于是便觉得里面似乎是有蝴蝶的，还觉得似乎有红蓝黄三只蝴蝶。我也觉得有些古怪，第一次在这镜子里见到了红蝶，后来不止一次想到或许里面还会见到蝴蝶，都没有见到，今天却见到了，还是红蓝黄三只。但我还是盯着镜子里看，心想会不会变得清晰。渐渐地，三只蝴蝶的影子却淡化了，不见了。然而我转过身来，还是看了看有没有蝴蝶，自然是没有见到。

然后，我走到鸂鶒木小方桌，取了手表来看，似乎看见手表镜面上有一只黄蝶，不过也只是模糊的影像。我不由得用手去摸，像是要确定那到底是影像，还是画上去的。我把手指移开，镜面上却没有见到有蝴蝶了。

然而，我心里很不安了。我刚才看到的都是心里的影像，我心里仍旧是明白的，但又很担心，或许真是有什么事情发生了。我最担心的是邹金玲，那幕后人真是肖运波，今晚上是很有可能对她下手的。我又想到今晚上我和邹金玲在一起，会不会真动了手脚？我只喝了啤酒，没有喝茶，因此没有事情。不是肖运波，会不会是其他人下了手？但城府很深的人，不大会这样做，这还是能查出来的。然而不管幕后的人是谁，还可以在其他地方下手。如果先还是让她失踪，在路上拦她的车，将她劫了，是做得到的。她去到那里以后，或许也有机会劫持她。我和她刚分手，要嫁祸我也有理由，却不是好的时机。若是她去的路上，制造车祸，她到了以后，制造一个意外事故，这不是不可能，然而还想嫁祸我，就更不容易了。自然要嫁祸我，总是有理由的，然而若是想借刀杀人，还不授人以柄，嫁祸我，就要找一个恰当的理由。会这样做的，恐怕就是肖运波。如果真对邹金玲下了手，下面必定就是我了。

……如果不是邹金玲，是袁丽芳，会不会是她回到了家里，她和那人偷情的事被姚姓老男人知道，对她做了什么？即便姚姓老男人在别的地方，若是由什么渠道知道了她和那人偷情，或许也会对她做什么的。要么，袁丽芳想答应我，要瞒住妍头，妍头看出来了，两人起了冲突，对她做了什么。或者她因为其他的原因，出了别的什么事情。袁丽芳和我远不到亲近的地步，却是我想得到的人，我和她的身体还是接触了的。而如果梦里或臆想里的事情也算，就可以将她当作我的女人。在那梦里或臆想里，她还是死了的。如果这也算，我见到黄蝶，还是在和我有关系的女人出事之后。那么，那杯子上也应该见到有黄蝶。如果是因为梦里或臆想里的事，我不必担心什么。如果是她的妍头对她做了什么，必定没有录音或偷拍的东西，若是因为她来过我这里，牵涉我，我也不必担心。若是姚姓老男人对她做了什么，没有录音或偷拍的东西，牵涉我，也有话辩说。只怕有录音或偷拍的东西，不管是姚姓老男人对她做了什么，还是她因为其他的原因出了事，录音或偷拍的东西若是让姚姓老男人和邹金玲知道了，我再会说也没有用了。不过，这也只是一种担心，或许没有录音或偷拍的东西。

我还想到会不会是我今天见到的其他女人出事了，但觉得和这些人没有关系，真出了事，可能还是邹金玲和袁丽芳。

我最怕的还是邹金玲出了事，即便没有人要害她，她也可能出事的。上天要降祸给她，她也躲不过，再有钱也没有用。且不说还是会嫁祸于我，或者接下来对我动手，即便我没有任何事，若是她出了大事故，我的那个想法，是无法借助她来实现了，再想寻别的人并非是容易的事。有了野心，实现不了，就只是一个空想家。我从来都不想做空想家，只想设计可以达到的目标。目标大了却达不到，即便也很成功了，仍旧只能算失败的人。想成为月亮，虽做了最大的一颗星，还是失败的。

我心里惴惴不安，想知道到底有没有谁出事情。袁丽芳我无法联系。我也不便问邹金玲要姚姓老男人的电话，要了也不能去问他。但我可以联系邹金玲，这样就可以知道她的情况。我想出了一个探试的理由，用手机给她发了短信：麻烦你一件事。我有个朋友，很着急地联系我，他想买锦都的房子，有些犹豫，不知会不会涨价。如能抽出一点时间，现在给我回复最好。我等了一阵，都没有回复。我又发了一遍，还是没有回复。我心想她或许没有看见，或者看了也不理睬，但或许是出事了。若是直接给她打电话，只为这件事还是唐突的，但可以说没有见她回复，担心她有事，只好给她打电话。我便将电话拨了过去，却提示不在服务区内。我知道，有这样的提示，或许是故意设置的，不让人打扰她，也或许是她人在安全的地方，手机信号不好，要么手机有故障，不管是什么原因，她并没有什么事情。但如果不是她自己设置的，她并不在安全的地方，就有可能是出事了。她很可能并没有出任何的事情，但即便她只有一分的可能会出事情，她也是会出事情的。我心里有些慌了，给曹红拨了手机，想告诉她无法联系邹金玲，担心她出事，问她知不知道邹金玲现在的情况，但对方关机了。我又想到给邹金玲那两个亲戚打电话，却没有这两人的手机号码，别墅里的座机号码也没有。后来，我虽然以为这时候邹金玲不会回到酒店，还是给酒店打了电话，电话转进邹金玲住的套房，并没有人接。再问服务台的人，告诉我没有见到人回来。我心里有不好的感觉，但我明白这也只是一种感觉，如果是真出事情了，还得看见那杯子上出现了黄蝶。

二

那杯子还是放在顶楼楼顶花园雨棚中的不钢锈柜子里面。我已另寻了一处，将一些东西藏在那里。顶楼的楼顶花园，也仍旧是我藏东西的地方。

我人已倦乏了，头脑里却没有一点睡意，要睡也睡不着。我决定去取杯子，看上面是不是出现了黄蝶。若是有黄蝶，恐怕就是邹金玲或者袁丽芳出什么事了。若是邹金玲出了事，即便只是意外，但或许会嫁祸我，接下来会对我下手，不管幕后人是谁，我必须马上做防备的事情。袁丽芳的姘头若是因为激愤对袁丽芳做了什么，或许也会对我做什么的，我也必须防备了。总之，见了杯子上出现了黄蝶，我必须想到最坏的情况，马上采取应对的措施。

我便取了布鲁头，还带了小手电筒，要上楼去。手机也带上了，若是邹金玲回短信，我马上可以看到，回电话过来，马上可以接到。我先由门镜朝外看了看，然后开门出来了。我又听了听电梯的动静，朝楼道下看了看，再听了听楼上的动静，这才朝楼上走去。

我脚步很轻，注意着周围的动静。楼道上面变得幽暗了，我打开手电筒，光却很弱，是电不足了。但光一照，我见到楼道里有蝴蝶，是三只，一只红蝶，一只蓝蝶，还有一只黄蝶，不过也都像是蝴蝶的影像。我觉得像是精灵一般，在引我往上面去。

我再往上走，那红蓝黄三只蝴蝶一直都在手电筒的光里。上到顶楼时，那三只蝴蝶也还在手电筒的光里，只是我将手电筒的光照到进门时，那三只蝴蝶才消匿了，但我仿佛见到是进门里去了。我进到屋子里面，果然手电筒的光又照见了那红蓝黄三只蝴蝶。我朝楼顶花园里走，三只蝴蝶也还在手电筒的光里。快进楼顶花园时，我怕手电筒的光虽然不亮，也会被人注意到，便关了手电筒，那三只蝴蝶也没有消失。楼顶花园里面，还是有光的，只是红蓝黄三只蝴蝶似乎失了色彩，像是成了黑蝶，但也只是黑蝶的影子，这时还在引我往雨棚里去。我进到雨棚里，那三只蝴蝶却不见了，但我仿佛看见是飞进不锈钢柜子里去了。

我觉得像是在做梦一般，又像是被摄住了魂魄，但觉得自己的神志还是清醒的。

雨棚里也还是有光，我便打开了不锈钢柜子，取出了黑漆描金小方盒。我没有马上看，用手电筒照，光太弱了。拿到顶楼的屋子里，开灯看，又怕会引人怀疑。我便拿着黑漆描金小方盒，还是由楼道往楼下走，还是极戒慎的。

三

我进到下面的屋子里，坐到单人沙发上，将黑漆描金小方盒放在茶几上，布鲁头和手电筒也暂时放在了茶几上。

我没有马上打开黑漆描金小方盒，再给邹金玲拨了电话过去。我想若是能联系上她，能证明她并没有什么事情，即便杯子上见到出现了黄蝶，也是和她没有关系的。但仍旧提示不在服务区里面，我心里更紧了。

我放下手机，也没有马上打开黑漆描金小方盒，怕见到上面出现黄蝶，但还是打开了盒子，取出了包裹着杯子的绸缎。又犹疑了一下，才又打开绸缎，取了杯子来看。

我在杯子上并没有见到黄蝶，一眼见到的却是红蝶，仿佛是第一次在杯上见的那只红蝶又出现了。我暗自吸了口气，转动杯子，上面出现了蓝蝶的淡影，但渐渐地深了，最后也像是在杯上见过的那只蓝蝶又出现了。这红蓝两只蝴蝶都和以前一样，是珐琅彩，凸起在釉面上的。

我没有再转动杯子，害怕看见上面出现黄蝶——不全是这样，这时我心里其实还希望杯子上出现一只黄蝶。杯上已有红蓝两次蝴蝶出现了，再出现一只黄蝶，即便这三只蝴蝶都还会隐去，然而我毕竟看见了那一只雍正珐琅彩红蓝黄三蝶杯。这样旷奇的宝物，看一眼就是最大的幸运。即便只是幻象，却是绝妙的幻象，能见到也还是莫大的幸事。然而，杯上若是黄蝶也出现了，我恐怕就不能有侥幸的心思了，恐怕不是别人，是邹金玲出什么事了。这杯子上红蓝黄三只蝴蝶即便都不再消失，我得了一只雍正珐琅彩红蓝黄三蝶杯，也无法弥补我的损失。这杯子是无上的珍宝，我那个野心却是更珍贵的。这杯子是极昂贵的，那个野心里却有一座金山，甚至有更多的金山。这杯上红蓝黄三只蝴蝶即便如同是世上最娇媚的女人变成的，我的野心里却会有一个又一个最娇媚的女人。

我终于再转动杯子，这一面见到只是一片白釉。我盯着看了一阵，还是一片白釉。我有些失望，却也觉得希望还在，邹金玲或许并没有出什么事情。另外，袁丽芳或许也没有出什么事，不必担心什么。

但这时，我乍然看见了一只黄蝶飞到了眼前，还像是影像，但太像真实的蝴蝶了，如同妖魅一般凝视着我。我意识到了下面会发生什么，双手将那杯子捂住了，想要放回到小方盒里去。但我知道，这黄蝶既然如同是妖魅般的虚影，杯子放进盒子里，它也会进到里面去的。杯子藏到其他地方，它恐怕也会追随过去，进到杯子里面。要阻止，除非将杯子砸了。但我又想到，邹金玲或者袁丽芳要是出了事情，就已经出事了，这杯上不出现黄蝶也改变不了的，砸了杯子也没有用。即便见到出现黄蝶，也只是让我知道真出事情了，还不能绝对肯定是邹金玲，还是袁丽芳出了事情。如果真是邹金玲出了事，接下来对我下手，我不会坐以待毙，然而很凶险了，未必能够幸免，现在我能看一眼雍正珐琅彩红蓝黄三蝶杯，即便只是幻象，这机会也不能放过。

我没有将杯子放回小方盒里，把手打开来，那黄蝶便朝杯子飘落下去，贴在了杯子上，我再看，就和杯上红蓝两只蝴蝶一样，也成了珐琅彩蝶。

我一面觉得恐怕，一面是迷醉。我想必定出了事情，邹金玲恐怕是凶多吉少了。

至于红蝶和蓝蝶又出现了，或许因为是尤丽和吴小莲的遗骸被发现了，也还有可能是两人现在才死，但也可能是别的缘故。……不管是哪一种情况，那两只蝴蝶在杯上再次出现，黄蝶也出现在杯上，便是一只雍正珐琅彩红蓝黄三蝶杯，或许是专门给我看的。我这样懂古瓷，最迷古瓷杯，最有资格得一件这样旷古的奇珍，虽然是幻象，也算满足了我一个愿望。即便以后凶多吉少，也少了一个遗憾。自然，我还是仍旧不信杯上这三只蝴蝶是不会消失的，那就不是幻象，成一种神迹了。但现在杯上三只蝴蝶还在，我要好好享受。

　　我把玩着杯子，看着那红蓝黄三只珐琅彩蝶，抚摸着。那三只珐琅彩蝶与周围的白釉，并无新旧质感的差异，如同是同时烧制的，是雍正时候的。怎么看，这都是一只雍正珐琅彩红蓝黄三蝶杯。但三只彩蝶虽如同真实的蝴蝶，仍能看出是画的，是珐琅彩，华贵如同宝石，油润远胜过其他的彩料。稍远一些看，那就像是活的蝴蝶烧在了杯子上。而这一只小杯，仅有一握的空间，看着只有三只彩蝶，却似乎有不知多少彩蝶，成了一个彩蝶的世界。我似乎还看见了最艳美的女人，有处子的娇羞，有风情女子的妖媚。她们都是高贵的，极雅致的，不是随便可以得到的，但似乎也更会激发人的欲望，更想得到了。这恐怕是雍正最瑰奇的珐琅彩瓷杯，大概也是世上最瑰奇的珐琅彩古瓷杯。这杯还只是属于我的，即便只是幻象，也足以让我迷狂。但我好像心里还是不甘的，似乎还是希望杯上三只珐琅彩蝶不会消失，我也不会有事，这杯子永久都属于我，哪怕那也还是幻象。不过真是如此，我不会相信那是幻象的，那就真是神迹了。

　　然而，这时我发现杯子上有了异样，三只彩蝶似乎显出了一种凶气，翅膀似乎微微动了起来。我立刻想到那传闻讲，最后无数黑蝶从杯子里飞出来，将赵广陵层层包裹，使他窒息而亡。我猛地想到，红蝶、蓝蝶在杯上再出现，确实是要和黄蝶一道，成一只雍正珐琅彩红蓝黄三蝶杯，专门给我看，然而那也是有歹心的。我明白这也不过是幻象，然而见到的也太真实了，或许这三只彩蝶也会带出无数彩蝶，要收拾我。这杯子或许真有邪气。我得毁了这杯子，我本人是胜过一切珍宝的。

　　我猛地将杯子摔到地上，便有不知多少碎片从地上飞散开了。

我心里一阵痛，也后悔，觉得是莫名其妙做了一件蠢事，但随即，我见到了一群彩蝶，是从碎片里飞出来的。接着更多的彩蝶也从碎片里飞出来了，却不是只有红蓝黄三种颜色，只是没有黑蝶。

我已不觉得这只是幻象，然而即便是幻象，这幻象也是凶恶的。我想逃离，却惶乱了，一时不知是朝别的房间跑，还是朝家外面跑。只在这极短的时刻，有更多的彩蝶飞出来，而已出来的彩蝶似乎知道我会逃，将我围住了。

不过包围还不严密，像是篱笆，但空隙也不大。我想还有机会逃的，应该朝外面逃，却还没有忘了布鲁头，便抓了布鲁头，要朝房子外面跑。这时有好几只蝴蝶朝我腿上冲了上来。若是要拦阻我，一群蝴蝶也拦不住的，那些蝴蝶却只是擦我的腿边飞快掠过去了。我便觉得是刀刃般的东西划了我的腿，不禁叫了一声，蹦跳起来，慌促朝后退。再看下面，裤子被划烂了，腿也划破了，已有一丝丝疼痛，如同尖刺在划挑我的皮肉。

我先是惊住了，旋即便明白了。这是我完全没有想到的。蝴蝶不应该是这样的东西，

这已经如同是刀片了。

刀片般的蝴蝶我还未曾听闻，如果有，我应该知道的。我是有好奇心的人，虽然不想做昆虫学家，对蝴蝶却始终是有兴趣的。我以为蝴蝶不只是最神异的昆虫，恐怕也是最神异的动物。即使在一切生灵里面，也是最神异的。如果动物里面有什么是最有神性的，就应该是蝴蝶了。蝴蝶最不可思议的地方，是由似乎永久只能爬行的虫子，变成了飞舞的花朵，虽说还是昆虫，却最不像是昆虫，而像是一种精灵了。化丑而为美，别的生物也可以做到。但由丑和极丑，化为极美，并没有一种生物可以胜过蝴蝶的。……世上美的东

西似乎都有女人的影子，然而美的女人也都像是蝴蝶。最美的女人就如同是最美的蝴蝶。有时候会觉得，蝴蝶和女人虽是两种生灵，其实是一种生灵。似乎蝴蝶并不是由爬虫变的，是由女人幻化来的。而蝴蝶化成人，就成了女人。或者，蝴蝶本是女人的魄魂，要么蝴蝶是一种精灵，女人是这精灵的肉身。……那些不寻常的蝴蝶，便如同是特异的女人。……我知道世上有极毒的蝴蝶，有吃肉的蝴蝶。据说某种吃肉的蝴蝶，如果一大群，就如同成了猛兽，可以将人吃掉。至于枯叶蝶，是天性最善伪装的，不过我并不认为那蝶最像是枯叶，还是像花朵，只不过是太像枯叶的花朵。……按说，刀片般的蝴蝶，必定是最奇异的，会引起人们的关注，关于它的见闻也就会流传开来。这样的蝴蝶也是最凶猛的，不会躲在太幽僻的地方，倒会是一种扩张开来的动物，人们不会不知道的。固然这只是平常的道理，世上或许也有刀片般的蝴蝶，只是太神异了，太会隐藏了，因此人们一直不知道。——不对，太会隐藏了，却遽然出现在我面前，太怪异了。

　　我随即反应过来，其实不必多想，也不必惶疑，这仍旧只是一种幻象。这些刀片般的蝴蝶也并不是真实的，也都是我的幻觉，是由我自己的心里造出来的。但我也知道，即便还是幻象，然而这幻象是有杀心的。这些蝴蝶仍旧只是虚影，还是极美的虚影，却是要夺人性命。至于我的裤子被划烂了，腿被划伤了，还有流的血，伤口上的疼痛，是不是幻象？这是发生在我身体上的，完全不像是幻象，但似乎也不该是真实的。我想到了会不会是在做梦，也不像，腿上的疼痛完全不像是在梦里面的。但即便是在梦里，也是一个白日梦，那么就还是臆想。也不对，这疼痛是太真实了——就是真实的。眼见以为是真实的，可能只是虚幻，然而疼痛不可能是虚幻的，或者臆想的。在虚幻里，或臆想里面，我还从未有这样的疼痛。根据我的经验，我以为人有了快乐，未必是真实的，但凡是肉身的疼痛，却都是真实的。我心里知道，我可能也错了，然而已没有时间去弄清楚这个问题。但现在有一点我是清楚的：我已经无法躲逃了。那些蝴蝶全都如同刀片，我手上没有任何东西可以对付。布鲁头是没有任何用的。即便手上有威力强大的枪，也没有用。但不管这些蝴蝶是眼见的幻象，还是白日梦里的虚影，既然都只是我的心造出来的，也都是意念变出来的，那么也只有用意念来对付，既然是由心里造出来的，也可以用心将它们灭了。

这时屋子已有太多的蝴蝶，将我围住了，没有多少空隙。但还有蝴蝶从杯子的碎片里飞出来，便有更多的蝴蝶将我围住。然而也没有蝴蝶再攻击我，似乎只是要把我围住，然后再裹住我，就像传闻里那些黑蝶将赵广陵裹住，让他窒息一样。我知道，这些蝴蝶既然如同刀片，不会用那样的方式杀我。刀片般的蝴蝶，只会用刀片的方式杀人。它们似乎还不想马上动手，但如果我朝外冲，会伤害我的，若是想拼死冲过去，只会逼它们早一些把我杀了。我现在要趁着时机，调动起我的意念，先将它们灭了。

于是我就闭了眼睛，要将意念集中起来，只想这些蝴蝶不过是幻象，是虚影，是绝不可能存在的东西。因为信则有，不信则无。靠着不信，可以将这些蝴蝶杀死。这也是独一的办法。我绝不信这些蝴蝶是真实的，绝不信世上有刀片般的蝴蝶。那杯子是真实的，是雍正时候的，然而老人讲的只是传闻罢了，这杯子原本就是一只白瓷杯，上面从来就没有三只红蓝黄珐琅彩蝶。什么杯上三只彩蝶变成黑蝶，只是杜撰而已。根本没有赵广陵这个人，郑丽曼也没有。我查过资料，民国时候本地保安司令部就没一个副司令叫王政安，王政安就没有这个人，哪会有王安政的姨太太叫郑丽曼？那几个女人也根本没有。有女人死了，杯上的彩蝶就变成黑蝶，这是绝无可能的事。我或许是……我只是喜欢那故事，羡慕赵广陵，希望那杯子不是白瓷杯，是那故事里的雍正珐琅彩红蓝黄三蝶杯，那只是一个念头而已。……什么尤丽、吴小莲失踪了，出事了，和杯上出现蝴蝶有关联，都是我听了那传闻后的胡思乱想。什么再有邹金玲，或者别的女人出事，杯上也会有蝴蝶出现，也都是胡思乱想。……这杯子绝无可能变成雍正珐琅彩红蓝黄三蝶杯。前两次在杯上见到的珐琅彩蝶是幻象，是虚影，这次见到的也只是幻象，只是虚影。杯子摔了，哪能飞出蝴蝶？绝无可能的，都只是幻象和虚影。见到的其他蝴蝶，也都只是幻象和虚影。你们全都只是幻象和虚影，绝不是真实的。你们只是我从心里造出来的，我很明白，既然我造了你们，我也可以将你们收了。我竭力集中精力这样想。

这时候我本想在那意念里讲，什么尤丽、吴小莲从我家里出去后就失踪了，是根本没有的事。我哪会在酒吧街遇到一个貌美的女同学，还是很有钱的？都是受了那传闻的影响，想仿造那故事，将这雍正白瓷杯变作雍正珐琅彩红蓝黄三蝶杯，仅此而已。然而，尤丽、吴小莲确实是有的，尤丽确实是我的情人，也确实是从我家里出去后就失踪了。我确实认识吴有明，吴小莲确实是吴有明的妻子。我花钱请吴小莲画画的事确实是有的，有一张就在那边墙上，只是现在已经被这些蝴蝶隔蔽了。吴小莲从我家里出去失踪了，确实也是真实的。……我确实在酒吧街遇到了邹金玲，邹金玲确实和我在贵州老家做过同学，她确实是很有钱的，也貌美。莫非这些也是出自我的意念，也只是幻象和影像，是我当真了？不对的，这些是真实的。如果这也是幻象和虚影，难道我自己也是幻象和虚影？

自己成了幻象和虚影，也有这样的事，那是在梦里，包括是在白日梦里，在臆想里。但不对的，我知道疼痛，我自己是真实的。我并非连什么是真实，什么是幻象和虚影都不知道了。

我睁眼来看，屋里却已全是蝴蝶，蝴蝶如同墙一般将我完全包围住了。那墙自然如同只是用花砌成的，但我明白，其实也是用刀片砌成的。我是被围在刀墙，而非花墙里的。

我明白我是失败了，这些蝴蝶若真是我的意念变出来的，如今已无法收了它们。我用不信的意念去灭它们，是没有错的，然而现在是太晚了。如果真是我用意念造的，我也花了太长的时间，它们已经是成精了。如今太短的时间，即便我确实不信，但没有用的，胡思乱想也是力量——妄念是更有力量的，长久的妄念，可以造出另一个世界来，造出刀片般的蝴蝶便不奇怪了。不信当然力量也十分强大，是可以将整个世界，甚至宇宙都澌灭的。然而，现在时间太短了，力量弱了，若是能给更多的时间，我便可以用这名叫"不信"的意念，造出比对方强大的武器来，必定会将它们都灭了。但不会给更多时间的，这些蝴蝶似乎知道我已逃不掉了，并不急着动手，似乎是……

我心里知道，如果这些蝴蝶真是我的意念变的，是我自己的心造出来的，它们对我也还是会有杀心的，就是要剪除我，其实是我自己的一个意念要将我自己剪除，是我的心要将我自己化为乌有。我无法用意念消灭它们，收它们回心里去，这些蝴蝶是会将我剪除的，我自己会化为乌有的。这如同我已有一个自杀的念头，那念头太强大了，已变成了刀子对准了我，我虽然太想活下去了，然而这想活的念头却敌不过自杀的念头，那刀子必然会劈向我。这些刀片般的蝴蝶必定会扑向我，我必定会被杀死，化为乌有。这些蝴蝶毕竟是我的意念化成的，是由我的心里出来的，也是最知道、最懂得我的。这些蝴蝶知道我是一个爱思考的人，一个喜欢凡事自己要弄明白的人，因此给我留了时间，让我自己再想一想，看还有什么是不明白的。

但这些蝴蝶的杀心已经很盛了，时间不会给很多的，得抓紧了。

我已坐在沙发上，想一边抽着雪茄，一边思考。这也是我最后一次抽雪茄了。

我还想最后一次喝熙酒，最后一次玩赏那一只康熙斗彩道逢麒车杯，最后一次能和一个女人在一起。整瓶熙酒并不在客厅里，一瓶还剩了一些的熙酒放回了黑漆樟木柜里，这柜子却已被蝴蝶砌成的刀墙全屏蔽了。那杯子已经转移，顶楼楼顶花园里并没有太珍贵的古瓷。这屋子最好的古瓷，也还是一般的东西。一件元代龙泉窑青釉杯，是我平常爱用的，若能最后用这杯喝酒，再把玩它，也没有多大遗憾了。然而这杯子，还有别的几件古瓷杯，也在黑漆樟木柜里。现在即便能得一块古瓷片，我也会知足的。但在这蝴蝶砌成的刀墙里面，连古瓷片也没有。既然是最后一次和一个女人在一起，那女人必须是我最想要的，最喜欢的，然而是谁，我却犹疑了。我还想戴上邹金玲给的手表离去，那手表却是留在瀛鹕木小方桌上，小方桌也被蝴蝶砌成的刀墙挡住了。雪茄倒是在茶几上的，我便伸手去拿了雪茄，还有雪茄剪和火柴。

我正想剪掉雪茄帽，一只黄蝶却疾速飞来，如同极锋利的刀将雪茄帽削去了，又倏忽飞回来，将雪茄截断了，留了不到半截。那么，烧完不到半截雪茄，便是给我的时间。

同时我觉察到身后似乎起了一小股凉风，回头来看，是蝴蝶砌成的刀墙分开来，露出了黑漆樟木柜。我就起身去开了黑漆樟木柜，取了元代龙泉窑青釉杯，还有熙酒。

我把酒杯放在茶几上倒满了酒，这时南面蝴蝶砌成的刀墙也分开来，露出了小方桌，却见不到墙面、窗帘和窗玻璃。我便去取了手表，戴在了手上。这不是世间最奢丽的手表，戴这一块离世也还是可以的。

然后，我划燃了火柴，点了雪茄。我吸得很轻，这是在吸我自己剩下极少的生命了。我又端了瓷盏把酒喝了，再加满了，呷了一口，并没有将盏放下，在手上把玩。这也是最后感受时间的美妙。我也可以将这盏当作女人，这盏……

我并非接下来才会思考，我已经开始思考了。既然要离开世间了，我最想知道自己这一生到底过得怎样，我自己到底是怎样的人。

我过去的生活，如同电影一般在头脑里放映出来。以前在镜子里看自己，并不如现在看自己清楚。人借镜子，可以看见自己的脸，身后，甚至全身，但那终究是自己的影像。人永远不能见到自己的脸，也不能见到自己身后，还有全身。然而，现在我却如同见到了自己的脸，身后，还有全身——我就是见到了自己的脸，身后，还有全身，因为现在看到的并不是影像。影像有影像的质感，实物有实物的质感，两者再像，也不一样的。我在镜子里看自己，也常常觉得悦目，现在看却是赞叹。在镜子里我看的是自己的影像，却会当作自己。现在我明知看的是自己，却好像是在观赏别人。我这个人真是长得好，算是一件生命的杰作。这本该是创造者的骄傲，然而自己能做一件杰作，却也是一种荣耀。一切的美，其实都是创造者的骄傲，都是神性的光芒。我自己做了一回人，也有神性的光芒，还是十分耀眼的。对此，我没有任何的遗恨。

做古董，我是成功的。我确实有最好的眼力，确实能看见古董上面时光的美。能看见古董上面时光的美，这是做古董家的至境。有地方上的人，称有眼力是"有眼水"。时光如水，看古董有眼力，便能看见古董上面如水一般的时光。这个说法太对了，但这些地方上的人却并不懂得这一点。最早这样讲的应该是懂的，却不给人明讲。他或许也知道，玩古董的到了那一步，是到了至境。至境里面，本就是极少的人能去的地方。我进到里面，是我自傲的事。我不愿让大家都进到里面去，都进去了，至境也就不再是至境，我也没有可以自傲的了。我也曾经是这样想的。然而现在，我却希望太多的人能进到这至境里来，这样我也不孤独了。我这一生大多时候是孤独的，没有人和我一起品赏古董上面时光的美，算是我最孤独的一件事。我一个人在这至境里，就如同一个孤魂。若是还有机会，我想把更多人都带到这至境里来。至境里面，即便进了所有的人，也还是至境，譬如人们都上了高天，高天还是高天。高天也是广袤无垠的，再多的人都装得下，只怕人们到不了高天。至境也装得下所有的人，只怕是人到不了至境。然而，我要是带去一些人，越来越多的人会进到这至境里来的，我也就不孤独了。现在不会有这机会了，这是我做古董家一个最大的遗恨。

我是懂得算计的人，极小心的人。这是没有错的。但自己还是常常被算计，大意的时候也并不少。我自己是有头脑的人，确实胜过太多的人。像我这样的头脑，天生应该是大有用处的，却浪费得太多了。我可以做得更多的，却放弃了。我本可以做一个大人物，做一个大作家，或许也可以做一个大诗人……做一个文学的巨人。

最该做的是一个文学的巨人。人类社会往后发展，科技会越发厉害，然而再厉害的科技，只会让人成为厉害的机器，而人性却越来越少。科技会让人强大无比，最终却只会让人不再是人。文学不但可以保住人性，还可以开发人性，使得人性更丰沛，更壮美，成为完全的人。文学和科技是完全不同的：科技是把人朝机器推动，文学是把人朝人性推动。科技是带人朝前跑的，要将人带到离人性越来越远的地方，一个只有机器的地方。那时人或许是最高级的机器，但到底还是机器。文学却把人朝后面带，带到人性最初时的状态里去。最初时的人性，才是完整无缺的人性。人类这一路过来，把人性丢失太多了，把人性扭曲太多了。回到最初时的人性里去，人才是完整无缺的人，人才是人。人是不能由人里超脱出去的，然而可以成为一个全人。人是不可能成为神的，然而一个全人是最接近神的，成了全人，也就成了神。依我的头脑，我是可以做一个文学巨人的。一个时代有文学的巨人，才是不缺少巨人的时代，这时代便是不会逝去的。不朽是有的，但只是在不朽的文学里面。至于我后来有一个野心，恐怕就只是一个笑话了，做成了，其实也并不比只是做一个古董家更了不起。如今我死去了，什么痕迹都不会留下来的。作为一个太有头脑的人，这是我最大的遗恨。——我不是一个我自己定义的"高级的颓废者"，就是一个颓废者。所谓颓废者，就是不好好利用自己优势的人。这种人往往优势越大，利用却更少。优势给了人，是让人用优势利己、利他、利社会的，颓废者却把优势糟蹋了，是害己、害他、害社会的。这种人最可气的，是成全了太多没有优势的人，使得成功没有品质了，甚至越是成功，便越是显得失败。我作为一个有太多优势的人，是最该受到谴责的。

　　我嘴上主张"人可以不讲道德，但要守规矩"，真做到了，我即便不是高尚的人，也是应该受到敬重的人。有时候我确是讲规矩的，然而常常是利用规矩，将规矩糟践最厉害的。我是一个表演家，最善演守规矩的人，很多人是相信我的，但其实演技并不高明，有时甚至很笨拙。有人仍旧信我，还是因为那些人太容易被骗了。眼明的人我是哄瞒不了的。现在我看清楚了，不少人也只是装着信我，心里对我却只是轻蔑。本来不信却装着信，别人还以为是深信不疑，这才是极高明的表演。我不是最差的表演家，却是最自以为是的表演家。与其说我是给别人表演，不如说是给自己表演。与其说我想哄瞒别人，不如说我最想哄瞒的是自己。自然我骗得最多的不是别人，是自己。我想做一个雅人，一个有贵族气的人，然而太多的时候我是粗鄙的，常常是在犯贱。我确实想做那样的人，然而行为常常朝着目标相反的方向走。我是一个最分裂的人，也是一个最虚假的人。

　　我的口才确实厉害，恐怕天下不会有比我更会讲的。我是永远有道理的人，因为我是可以制造道理的。我当然知道真正的道理是什么样子，但我也相信所谓道理，便是把话说成道理。在我嘴上，我是永远正确的。其实并没有多少人相信我是这样的，因为世上本就不会有这样的人。我自己也知道这个真相，然而我却相信自己就是那样的人。人有怀疑自己的时候，但人终究都是相信自己的，单凭这一点来说，我是世上相信自己最深的人。我以为靠着能说会道，靠着编造一堆绝妙的言论，可以去操纵别人，摆布别人，影响别人，其实，时时受我那些话操纵的、摆布的、影响的，倒是我自己。太多的时候，我是没有主张的，没有定见的，我得听了这些话，才知道该怎么做，才知道该怎么说。我其实是心虚的，要听了这样的话才有胆子。……我有些话当然说得好，没有人说得出来，自己也常常为这些话迷醉。有些话确实是绝妙的，甚至像是天音，但我并没有发出来自宇宙深处、人性深处的声音，虽说绝妙，却是浅薄的。宇宙深处、人性深处的声音，我说得出来的，但这些话他们不会明白，我要讲他们明白的，这样才有效果。那样的声音其实是极巨大的，如同雷声，他们的耳朵受不了。还如同闪电，他们的身子经受不住的。这些话我自己也承受不住，也就不会说出来。现在若是让我说，我已不知怎么说了。作为世上最会讲的人，这是我心里最大的痛楚。

我对于女人确实是太有魅力了，从小就讨女人喜欢。我是在女人的眼光里长大的，没有这些目光，我后来不会长得这样出众。那些目光是欣赏，也是把玩，也是一种恩赐。我现在还是以为，上天只是造了人，然而是女人造就了男人。男人是因为有女人才成为男人的，本身只是人。有人不明白这道理，其实很简单，比如没有酒，便不会有酒徒，酒徒只是在想酒的时候，喝酒的时候，喝了酒以后，才是酒徒。是酒造就了酒徒，然而没有酒徒，酒还是酒。同样的，只有以种种方式感受女人的时候，男人才是男人，然而离开了男人，女人还是女人。女人是天然的，男人倒是后天的。女人或许晚一步到世间来，然而那是为了要让先一步到来的男人成为男人。我并不是一个女权主义者，只是一个接受事实的人。世上若是剥去了一切概念，只剩下一个事实，就是这个事实。这并不是犯贱。在美酒面前，酒徒承认是美酒造就了酒徒，并不是犯贱。有人拜神仙，承认有神仙，才会有他这样来拜求的人，并不是犯贱。神仙和拜神仙的，神仙若是以为没有拜神仙的，便没有神仙，这才是犯贱。……有人以为我还是在抬举女人，而且是过于抬举了。就算

是吧，我其实对女人是最不恭的。女人给了我最多的快乐，我也给
了女人快乐，但还是给了太多的伤害。我时常听到女人心破碎的声
音，其实有时我还有些心软，但我还是太在意女人本身，对女人的
心并不太在意。我和女人交往，似乎就是要让女人的心碎裂，或者
变得麻木，变得很硬，变得不像是女人的心。按说我是可以好好炫
耀的，但其实我终究什么也没有得到。现在并没有女人是属于我
的，我也不属于任何一个女人。只有得到了女人，男人才是男人，
但其实我从来都没有得到过一个女人，那么我似乎从来就没有做过
一回男人，只是做了像男人的人，做了自以为是男人的人。我马上
要离世了，想到女人，却没有对一个女人有什么留恋，甚至也没有
多少伤感。我这样痴迷女人，到头来在我心里却没有一个女人。尤
丽是我最喜欢的，还有……但都已经淡去了。我只是还希望尤丽是
活着的，也希望真怀了我的孩子，孩子能活下来。邹金玲我既喜欢
又畏惧，然而才离开不久，我已觉得是离开很久了。我还是希望她
没有出事，事业做得更大，有真正爱她的男人，两人能白头到老。
我对两人都不嫉恨，只有祝福。不管什么女人有别的男人，我都不
嫉恨。没有女人是我真正得到了的，没有什么女人是真正属于我
的，她们跟我其实都不相干，我也就不会嫉恨。我心里是明白的，
之所以如此，是因为我不爱任何女人。我迷醉女人，然而那不是
爱。我知道爱的厉害，爱一个女人，是将心和身体，还有别的一切
都给出去了，我不愿这样，想做自在的人。我和什么人打交道都是
算计的，都是提防的，和女人也一样。我想的只是利益，想的是如
何得到利益，自己的利益不被伤害。我要从女人那里得到享受，却
始终防着她们占自己太多的好处。我要从女人那里得到快乐，然而
始终防着她们想独占我。……我明白了，我和女人在一起，只有算

计和提防，只会得到享受，不会得到人。我其实从来都不是一个男人，就要去另一个世界了，却从来没有作为一个男人存在过。我一生求自在，这一生却是惨败的。

和任何人打交道都是这样，若是只有算计和提防，只会得到利益，此外什么也不会得到。我和戴伟清算是最近的朋友，其实也只有算计和提防，除了得到利益，此外什么也没有得到。我打交道的人很多，却没有一个朋友。现在想来，我本来可以和吴有明做朋友的——这个人是可以当作朋友的——然而我却成了吴有明最仇恨的人。我心里是愧疚的，太对不住人家了。作为将去的人，我其中一个愿望是吴小莲能够出现，哪怕她会讲出真相，人们会咒骂我的鬼魂。若是我死之后，吴有明知道了，心里能完全平和下来，那么我觉得自己的死还是有点价值。

我和这个世界也是这样的，只有算计和提防，除了得到利益，此外并没有什么是属于我的。那些古董没有一件我带得走。我痴迷古瓷，然而也只是痴迷。古瓷让我沉醉，我只能带走这感觉。我喜欢锦都，这里有我太多愉快的体验，我会带走这些体验，此外并没有其他可以带走了。对于家乡，我有太多珍贵的回忆，这些我是带得走的。我父亲对我也是算计的，能带走的只有那些和我算计的事。至于母亲，这是我唯一留恋的人。我死了，母亲也是唯一真正伤心的人。

——我便完全明白了，算计和提防是为了得到利益，为了维护利益，然而只靠算计和提防，是什么也得不到的，得到的也会失去，还是双手空空。我曾经害怕爱，不愿意爱，以为爱是将心和身体，还有别的一切都给出去了，这是没有错的，然而这并不会失去全部，倒是可以得到全面。爱是生命完全打开来，没有任何算计和提防，因而也没有任何陷阱与阻拦，一切就都进来了。越是有爱，越是少算计和提防，进来的便越多，得到的便越多。爱其实是最高的智慧，自己没有任何算计和提防，也会将别人的算计和提防，将这个世界的算计和提防都摧毁了，于是得了别人的一切，得到了这个世界的一切。爱得越多，真正的得到便越多。

真正的得到，是进到了自己的生命里，进到自己的灵魂里了。自己快乐，便一起快乐。自己悲恸，便一起悲恸。自己活着，便一起活着。自己死了，便可以带去一切。

若是能再活一遍，我会去掉一切算计和提防，只有爱，爱别人，爱这世界，爱一切。我会得到一切。唯有通过爱才能得到，唯有通过全部的爱，才能得到全部，这是我终于明白的一个真理。这是最高的真理，是所有真理的前提，也是所有真理要达到的地方。只有在爱里才会有人，在完全的爱里才会有完全的人。我确信这才是对的，不是傻话。我算是世上最算计的人，最有提防心的人，然而最后双手还是空空的，说明通过算计和提防去得到，这是一条死路。我只是现在才明白，不会再有机会了。然而明白了这个道理，我还是觉得安慰，总算真正明白了一个真理，而且是无上的真理。我不知要去天堂还是去地狱里，若是去天堂，天堂必定是只有爱的地方，天堂是绝无算计和提防的地方；若是去地狱，地狱必定是没有任何爱，全是算计和提防的地方。

我自己这一生，总的来讲，我是一个没有爱的人，也就是一个什么也没有得到的人。但我终究懂了爱的真理，因此我最终是一个觉悟者。虽然我没有机会实践这个真理，然而得到了这个无上的真理，我还不是双手空空的。我明白我不会到地狱里去，得到这真理的人不会去地狱的。然而我也不相信自己要去天堂里，因为只是得到了爱的真理，心里还没有爱。

……

我这样一边想，一边喝着酒，抽着雪茄。瓶子里不多的酒终于完了。我只是用嘴轻轻衔着雪茄，说是在吸，其实是近于闻雪茄燃烧的烟气。雪茄烧到后面，我便用雪茄剪套住雪茄，直到实在觉得太烫嘴了，才没有用嘴去衔。但我还拿着雪茄剪，等着烧完最后一点雪茄。终于，雪茄还是燃完了，而我也得到了关于爱的真理。

现在我的命就该结束了，然而我还抱有侥幸。我祈望这些蝴蝶，会因为我终于觉悟了，放过了我。这些蝴蝶既是我的意念幻化成的，出自我的心，看得见我的内心，我刚才是怎样想的，这些蝴蝶都是知道的。是不是真觉悟了，我是骗不过的。我看出来这些蝴蝶给我留了时间，其实还有一个心思，就是看我最后会不会醒悟。我确实动了骗的念头，心里有意说些漂亮话，但我知道无法骗过去，又确实想明白自己到底是怎样的人，我的觉悟是真实的。

我思考的时候，那些蝴蝶确实围更紧了，是要将我的内心看得更清楚些，听我心里的声音更清晰些。

我有了这觉悟，自己觉得跟以前是完全不同的人。但我看见那些蝴蝶还是带着杀心的，瑰艳的色彩里面，仍有极凶恶的气息。蝴蝶砌成的刀墙上面，有的地方蝴蝶在涌动，是想要对我动手了。

不过，并没有蝴蝶朝我扑来，反倒是朝外面退了。然而并没有散去的意思，是将里面包围的圈子扩大了。

蝴蝶并不打算放过我，但我成了觉悟者，便想给我一个痛快的死法。若是没有觉悟，离我很近，蝴蝶虽如同刀片，不能得到很大的惯力，击杀的力量就弱了，想让我痛苦少一些，也难做到。若是没有觉悟，还有更坏的想法，蝴蝶会让我死得很难受，我在书里读到的，就会让我自己也品尝了。围得近，是可以如同钝刀子割肉一般，让我求生不能，求死不得。

蝴蝶朝外退去，尽量将里面的围子扩大，是要得到最大的空间，可以借助最大的惯力，用最强的击杀了结我。而且，这些蝴蝶会一起发力，有无数舞动的刀片，形成漩涡般的刀片的激流，如同造出一台绞肉机，一瞬间便将我化为齑粉。那刀片的激流还会急骤旋转，直到我化成了乌有。

我却又迷惑了，这到底是真实的，还是在虚幻里？我自己到底是在什么地方？如果蝴蝶是我的意念变成的，恐怕这一切还是发生在我的头脑里的。头脑里的蝴蝶是不会由头脑里出来的。用心可以造出一切，但还是不真实的，用心造出的蝴蝶还是一种心像。幻象也可以杀人，心像也可以夺人性命，但被杀的人也不应该是真实的人，要么也是幻象，或者也只是虚像。莫非我并不在现实里，是在头脑里面，在心里面的？是在我自己的头脑，自己的心里面，还是什么人的头脑，什么人的心里面？要么是在梦里，包括在白日梦里，在臆想里，但是在我自己的梦里，包括自己的白日梦，自己的臆想里，还是什么人的梦，包括白日梦，包括臆想里？不对，我还是真实的，因为我腿上还有疼痛感。

但到底是怎么回事，我是完全糊涂了。我现在只有一个愿望，我要弄清楚自己到底是真实的人，还是和这些蝴蝶一样，也只是幻象，只是虚影，只是由意念变成的，从心里造出来的——不知由什么人的意念变成的，不知从什么人心里造出来的。

我还想到自己会不会是疯了，然而已悟到爱的真理，这样的人不会是疯了的。不过，或许也正因为疯了，才会把爱当作无上的真理。真疯了，也不会知道自己是疯了。但我还很清醒，知道这个道理，我就还没有疯。不过，不认为自己疯，恐怕就真是疯了。先不管它了，如果我是清醒的，自然就是清醒的。如果我真疯了，就由它去吧，我想清醒也还是在疯癫里的，只有别人来救了。

我现在至少可以弄明白一件事，我自己到底是不是真实的。蝴蝶马上要来杀我，即便是要给我一个痛快的，如果我是真实的人，哪怕只是极短的时间，必定会感到剧痛。若是没有感到剧痛，我必定就不会是真实的人。

那些蝴蝶的翅膀已扇动得快了，屋里空气也颤动起来。它们就要动手了。

我却并不惧恐，我似乎一直都不害怕，然而我心里也知道，世间最大的惧恐，是明明惧恐，却将惧恐已忘记了。

我可以站到沙发边的空隙处，这样蝴蝶行动会更方便些，我若有痛苦，会更轻一些。然而我现在想感觉到痛苦剧烈一些，好确定自己还是真实的人。我便还是坐在沙发上，将那酒盏端在手上，等着蝴蝶对我动手。

蝴蝶的翅膀扇动得剧烈了，蝴蝶砌成的刀墙转动起来，越来越快了，透出一股股阴毒的狠气。我周围的空气也转动起来，也透出一股股阴毒的狠气，似乎空气也有了杀气，而且比那些蝴蝶更想杀我。

我这才害怕了，身子抖动起来，但还是拼力控制自己。若是真会被杀死，我要死得很体面。我追求贵族气，恐怕真是装的，而且贵族气已灭绝了，我也只能装出有贵族气的样范来。但现在，我明知或许真会被杀死，却拿着杯子，端坐着，等着刀片般的蝴蝶来了结我，我还不想痛苦少一些，宁肯感受到剧痛，看自己是不是真实的人。这便是做贵族的气派，我即便死了，也要证明贵族气是没有灭绝的，也不会灭绝，我就是现代一个真正有贵族气的人。

这时刀墙转动更急速了，随即朝我猛然收缩，成了一个绞肉机，将我卷进去了。我万分恐惧，却还保持着清醒，想要感受到疼痛。我确实感受到了，在被卷进的刹那间，便有无数的刀片刺进皮肉里来，急剧划动。那不只是剧痛，是强过一切剧痛不知多少倍的痛楚，已不像是剧痛了。我心里下了结论，我是真实的人。紧接着，我只觉得无数的刀片进到我里面来了，要将我粉碎，之后便有一道白光闪过，我觉得整个人化为乌有，进到虚空里了。

然而我似乎还有感知，看见那一群蝴蝶还在旋转，到后来才慢慢停下来，还是巨大的一团。稍后，这一团蝴蝶朝窗户移过去。很快的，窗帘就变成碎片掉了下来。在有些刺耳的吱吱声里，窗玻璃也破碎了。这一群蝴蝶便穿过窗户，到了外面，仿佛是由那房子飘出来一大片云团。

外面一切却还在深睡，包括灯光。那边深潭里的灯光，虽然像是醒着的，其实也睡着了。

那一片云团朝上飘去，却变了形状，像是巨大的黑蝙蝠，又像巨大的黑鸟，又还像是巨大的黑蝶。

这时，暗云之间夹着一个月亮。那一团蝴蝶朝月亮飞去，却飞进了暗云之间，暗云便仿佛合拢了，月亮被吞没了。渐渐地，合拢的暗云里面，像是有一只手，将合拢的暗云拨开来，月亮完全露出来了，仿佛是夜空最大的一滴眼泪。

图书在版编目（CIP）数据

狂蝶/一夫著. —上海：上海三联书店，2022.1
ISBN 978-7-5426-7574-3

Ⅰ．①狂⋯ Ⅱ．①一⋯ Ⅲ．①长篇小说-中国-当代
Ⅳ．①I247.5

中国版本图书馆 CIP 数据核字（2021）第 216427 号

狂蝶

著　　者 / 一　夫

责任编辑 / 陈马东方月
装帧设计 / 七月合作社
监　　制 / 姚　军
责任校对 / 周燕儿

出版发行 / 上海三联书店
　　　　　（200030）中国上海市漕溪北路 331 号 A 座 6 楼
邮购电话 / 021-22895540
印　　刷 / 上海颛辉印刷厂有限公司

版　　次 / 2022 年 1 月第 1 版
印　　次 / 2022 年 1 月第 1 次印刷
开　　本 / 890mm×1240mm　1/32
字　　数 / 400 千字
印　　张 / 20.75
书　　号 / ISBN 978-7-5426-7574-3/I·1737
定　　价 / 78.00 元

敬启读者，如发现本书有印装质量问题，请与印刷厂联系 021-56152633